谷长春／主编

满族口头遗产传统说部丛书

雪妃娘娘和包鲁嘎汗

　　在努尔哈赤及其子皇太极开基创业的斗争中，黑龙江德钦部女真小孤女被救到科尔沁大草原，她聪明、机智、勇敢，被称为"草原的月亮和百灵"，后与皇太极相亲相爱，生子于荒郊，被狼群养大，从而演绎出一场骨肉亲情、民族纠葛那种异常悲壮刚烈，错综复杂的情感之争。读之令人唏嘘泪下，扼腕叹息。

富育光／讲述　　王慧新／记录整理

吉林人民出版社

满族口头遗产传统说部丛书

满族说部是我国非物质文化遗产的瑰宝

周巍峙题 丙戌年

满族说部是北方民族的百科全书

九十三翁贾芝

丙戌之春

后金向蒙古地区传达谕令的信牌（摄于辽宁省档案馆）

蒙古族的敖包

满族及其先世女真人的妈妈崇拜神偶

书内照片均为荆宏摄影

满族及其先世雪山神神偶

辽宁省新宾满族自治县费阿拉城遗址

辽宁省新宾满族自治县费阿拉城老城遗址

满族说部

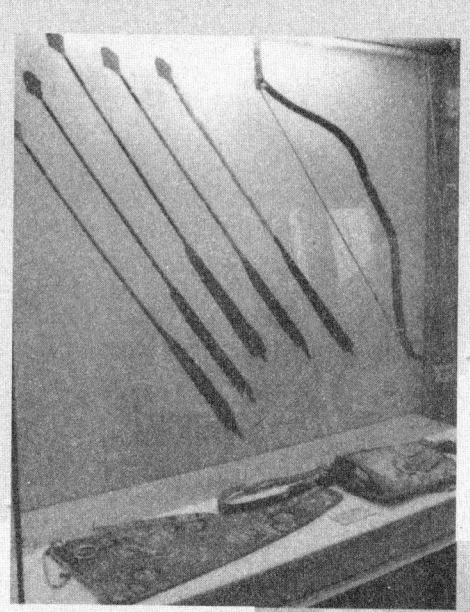

女真人使用的强弩

后金努尔哈赤的故居复位模型图（摄于《清前故里》）

后金努尔哈赤议政殿复位图
（摄于《清前故里》）

此图反映本书主人公包鲁嘎汗当年在黑龙江流域居住的皮帐篷

美丽的北国冬景

初夏的科尔沁草原

科尔沁草原的牧群

满族口头遗产传统说部丛书编委会

主　编：谷长春
副主编：吴景春　周维杰　荆文礼

编　委：（以姓氏笔画为序）
　　　　于　敏　王宏刚　王松林
　　　　尹俊明　朱　彤　邢万生
　　　　谷长春　吴景春　苑　利
　　　　周维杰　周殿富　荆文礼
　　　　赵东升　胡维革　曹保明
　　　　富育光　傅英仁　魏克信

编辑部主任：荆文礼（兼）

总序

《满族口头遗产传统说部丛书》在文化部和中共吉林省委、省人民政府的领导与支持下，经过有关科研和文化工作者多年的辛勤努力和编委会的精选、编辑、审定，现在陆续和读者见面了。

中华民族大家庭中的满族，同其他民族一样有着自己独特的文化源流，作为非物质文化遗产的满族传统说部，是满族民族精神和文化传统的重要载体之一。"说部"，是满族及其先民传承久远的民间长篇说唱形式，是满语"乌勒本"（ulabun）的汉译，为传或传记之意。20世纪初以来，在多数满族群众中已将"乌勒本"改为"说部"或"满族书"、"英雄传"的称谓。说部最初用满语讲述，清末满语渐废，改用汉语并夹杂一些满语讲述。在漫长的历史进程中，满族各氏族都凝结和积累有精彩的"乌勒本"传本，如数家珍，口耳相传，代代承袭，保有民族的、地域的、传统的、原生的形态，从未形成完整的文本，是民间的口碑文学。清末以来，我国社会发生了翻天覆地的变化，由于历史的、社会的、政治的、文化的诸多原因，满族古老的习俗和原始文化日渐淡化、失忆甚至被遗弃，及至"文革"，满族传统说部已濒临消亡。抢救与保护这份珍贵的民族文化遗产已迫在眉睫。现在奉献给读者的《满族口头遗产传统说部丛书》，是抢救与保护满族传统说部的可喜成果。

吉林省的长白山是满族的重要发祥地。满族及其先民世世代代在白山黑水间繁衍生息，建功立业，这里积淀着深厚的满族文化底蕴，也承载着满族传统说部流传的历史。吉林省抢救满族传统说部的工作始于20世纪80年代初。在党的十一届三中全会解放思想、拨乱反正精神的指引下，民族民间文化遗产重新受到重视，原吉林省社会科学院有关科研人员，冲破"左"的思想束缚，率先提出抢救满族传统说部的问题，得到了时任吉林省社会科学院院长、历史学家佟冬先生的支持，并具体组织实施抢救工作。自1981年起，我省几位科研工作者背起行囊，深入到吉林、黑龙江、辽宁、北京以及河北、四川等满族聚居地区调查访问。他们历经四五年的艰辛，了解了满族说部在各地的流传情况，掌握了第一手资料，并对一些传承人讲述的说部进行了录音。后来由于各种原因使有组织的抢救工作中断了，但从事这项工作的科研人员始终怀有抢救满族说部的"情结"，工作仍在断断续续地进行。1998年，吉林省文化厅在从事国家艺术科学规划重点项目《十大艺术集成志书》的编纂工作中，了解到上述情况，感到此事重大而紧迫，于是多次向文化部领导和专家、学者汇报、请教。全国艺术科学规划领导小组组长、中国文联主席周巍峙同志，文化部社文图司原司长陈琪林同志，著名专家学者钟敬文、贾芝、刘魁立、乌丙安、刘锡诚等同志都充分肯定了抢救满族传统说部的重要意义，并提出许多指导性的意见。几经周折，在认真准备、具体筹划的基础上，于2001年8月，吉林省文化厅重新启动了这项工程。2002年6月，经吉林省人民政府批准，省文化厅成立了吉林省中国满族传统说部艺术集成编委会，团结省内外一批专家、学者和有识之士，积极参与满族说部的抢救、保护工作。

　　这项工作，得到中国民间文艺家协会以及黑龙江、辽宁、北京、河北、吉林等省市民间文艺家协会和有关人士的认同与无私帮助，特别是得到了文化部和有关部门的鼎力支持。2003年8月，满族传统说部艺术集成被批准为全国艺术科学"十五"规划国家课题；2004年4月，被文化部列为中国民族民间文化保护工程试点项目；2006年5月被国务院批准为第一批国家级非物质文化遗产名录。这使我们增强了责任感、使命感和克服困难的信心。根据文化部和中国民族民间文化保护工程国家中心有关指示精神，我们对满族说部采取全面的保护措施，不但要忠实记录，保护好文本，还要保护传承人及其知识产权；不但要保护与说部的讲述内容和表现形式相关的资料，还要保护与说部传承相关的文物，从而对满族说部这一口头遗产进行整体保护。我们坚持保护为主、抢救第一的原则，以只争朝夕的精神，组织科研人员到满族聚居地区深入普查，扩大线索，寻源探流，查访传承人，利用现代化手段，通过录音、录像、文字记录等方式采录传承人讲述的说部。在记录整理过程中，不准许增删、编改，只是在文法、句式、史实方面作适当的梳理和调整，严格保持满族传统说部的原创性、科学性、真实性，保持讲述人的讲述风格、特点，保持口述史的原汁原味。

几年来的工作，使我们深感"抢救"二字的重要。目前健在的传承人多已年逾古稀，体弱多病，渐渐失去记忆。就在二三年前，我们刚刚采录完傅英仁、马亚川讲述的说部，还没来得及进一步发掘其记忆宝库，他们就溘然长逝了。一些熟悉往昔满族古老生活的长者和说部传承人，如二十多年前我们曾经访问过的黑龙江省的富希陆、杨青山、关墨卿、孟晓光，吉林省的何玉霖、许明达、关士英、赵文金、胡达千、张淑贞，辽宁省的张立忠，北京市的陈氏兄弟、富察·庄净，河北省的王恩祥，四川省的刘显之等先生都已相继谢世，使其名传遐迩、珍藏在记忆中的说部无以名世，成为永远的遗憾。今天出版这套丛书，也是对他们最好的纪念。

《满族口头遗产传统说部丛书》所选的作品，都是满族各氏族传承人讲述的优秀传统说部的忠实记录，反映了满族及其先民自强不息、勤劳创业、爱国爱族、粗犷豪放、骁勇坚韧的民族精神，具有很强的思想震撼力和艺术感染力，可以说是我国民间文学中的宝贵珍品，具有较高的科学价值。它的出版，不仅是对弘扬我国优秀民族文化遗产，建设社会主义先进文化的贡献，而且也为世界非物质文化遗产保护工程增添了一分光彩。

一、满族传统说部产生的历史渊源

满族及其先民是一个有着悠久历史的古老民族。满族的先民肃慎人自古就在白山黑水一带繁衍。据《山海经》载："东北海之外……大荒山中有山，名曰不咸，有肃慎氏之国。"据《孔子家语》卷四载：肃慎就以"楛矢石砮"为信物贡服于周天子。而后，汉、魏、晋、南北朝之挹娄、勿吉，隋唐之靺鞨，辽宋之女真，明清之满洲，这些同属于肃慎族系，只是不同朝代称谓不同罢了。唐朝初年，靺鞨人曾建立"渤海国"，是北方少数民族的地方政权，史称"海东盛国"。辽代以降，满族先世黑水女真部迅速崛起，其首领阿骨打，承继祖业，敏黾韬晦，扫平有二百余年历史的桀骜恃强的庞然大国——辽王朝，建立了雄踞北方的大金王朝。到金世宗乌禄时代，在文化和经济等诸方面均达到了鼎盛时期，史称"小尧舜"。明末，建州女真首领努尔哈赤统一女真诸部，建立中国历史上又一个东北少数民族地方政权"后金"。其后人又从建立大清国，到打败明王朝，定鼎中原。满族及其先民绵长的一脉相承的历史,是满族传统说部赖以产生的客观基础。

满族是一个创造源远流长、光辉灿烂文化的民族。满族及其先民女真人作为北方边远的游牧、渔猎少数民族,能够两度逐鹿中原,建立政权时间长达420年,对统一中国版图,形成多元一体的历史格局产生了深远影响,做出了重要贡献,这是与其以自己的文化养育顽强、坚毅的民族精神分不开的。一方水土养一方人。满族及其先民历经三千余年的风雨沧桑,世代生活在广袤数千里的山林原野,征伐变乱的砥砺,苦寒环境的锤炼,培育了自己的民族精神与品格,使他们成为粗犷剽悍、质朴豪爽、善歌尚勇、多情重义,"精骑射,善捕捉,重诚实,尚诗书,性直朴,习礼让,务农敦本"(引自《盛京通志》)的民族。渤海的武人颇喜角斗,以骁勇为荣,有"三人渤海当一虎"(引自宋·洪皓《松漠纪闻》)之谚。靺鞨人盛行歌舞之风,其渤海乐不仅传入中原王朝和日本,而且在民间不断延续流传。金太祖完颜阿骨打在对辽作战相当激烈的时候,便命开国元勋完颜希尹创制女真文字,在金朝建国不久的太祖天辅三年(1119年)正式颁行,当时被称为国书。女真有了文字,促进了文化的发展,以歌伴舞在民间广为盛行。有些贵族子弟为求佳偶,常"携尊驰马,戏饮其地,妇女闻其至,多聚观之,间令侍坐,与之酒则饮,亦有起舞讴歌以侑觞者"(见《三朝北盟会编》)。这说明,女真民间一直保持先祖古朴的风俗习惯。随着北宋灭亡,金人大量入关,女真民间歌舞很快传遍中原大地,甚至在金、元杂剧中广为传唱。满洲统治者从建立后金到入主中原,注意保持满族及其先民尚武骑射和语言风俗方面的独立性,努尔哈赤时期创制满文,皇太极时期改革老满文,推动了民族文化的发展。康、雍、乾等几代皇帝,在强调"国语骑射"为治国之本的同时,也注意各民族之间的文化交流与融合,特别是积极吸收汉文化。这是满族传统说部得以滥觞的文化根源。

几度争战几度崛起,几度鼎盛几度衰落,漫长的历史充满着可歌可泣的英雄人物和壮烈悲怆的故事,构筑了深厚的文化根基,从而孕育和产生了古朴而悠久的满族民间口头文学——传统说部。满族说部的形成与传播,历史相当久远。满族先民,在从肃慎、挹娄到靺鞨以及创建大金国的历史过程中,各氏族、部落迁徙、动荡、分合频繁,到明中叶以后,随着女真社会内部矛盾日益尖锐,强凌弱,众暴寡,各部落之间互相争雄,连年战乱,及至进入清代，内部争斗不断，外患与内祸迭起，这使各个氏族都无法选择地交织在历史的漩涡里，涌现众多的英雄人物和感人的业绩。满族及其先民凭借自己对善恶美丑的感受和对社会现象的审视，把一桩桩、一件件值得传诵、讴歌的人和事，详细地记载在各个氏族世代传袭的口碑之中，以此谈古论今。为此，不遗余力地随时积累、记录、采集、传扬本氏族的英雄故事，以光耀门楣，激励族人。满族诸姓氏间，都以据有"乌勒本"而赢得全族的拥戴和尊重，"乌勒本"令族众铭记和崇慕。

满族传统说部的广泛流传得益于"讲古"的习俗。满族及其先世女真人，是一个讲究慎终追远，重视求本寻根的民族。他们通过"讲古"、"说史"、"唱颂根子"的活动，将"民间记忆"升华为世代传承的说部艺术。讲古，就是一族族长、萨满或德高望重的老人讲述族源传说、家族历史、民族神话以及萨满故事等。元人宇文懋昭所撰的《金志》中说，女真金代习俗，"贫者以女年笄行歌于途，其歌也乃自叙家世"。这说明在女真时期就有"行歌于途"，"自叙家世"的讲古习俗。据《金史》卷六六载："女真既未有文字，亦未尝有记录，故祖宗事皆不载。宗翰好访问女真老人，多得祖宗遗事。"从中可知，金代初期民间讲古的习俗就很盛行，已引起上层统治者的重视。据《金史·乐志》载：世宗不令女真后裔忘本，重视女真纯实之风，大定二十五年四月，幸上京，宴宗室于皇武殿，共饮乐。在群臣故老起舞后，自己吟歌，"上歌曲道祖宗创业艰难……歌至慨想祖宗音容如睹之语，悲感不复能成声"。世宗及群臣参与"唱颂根子"的活动，势必张扬民间讲古的习俗。满族先人的故事在"讲古"中传播，在传播中又不断被加工、修改或产生新的故事。讲古不单单是本氏族内部的事，各氏族间互相比赛，场面十分热烈。据《爱辉十里长江俗记》中记载："满洲众姓唱诵祖德至诚，有竞歌于野者，有设棚聚友者。此风据传康熙年间来自宁古塔，戍居爱辉沿成一景焉。"由此可见，满族早年讲唱"乌勒本"，是相当活跃的，甚而搭棚竞歌，聚众观之。此景与我国南方一些民族的歌圩相类似。

满族及其先民将"讲古"、"说史"、"唱颂根子"的"乌勒本"，推崇到神秘、肃穆和崇高的地位，考其源，同满族先民所虔诚信仰的原始宗教萨满教的多元神崇拜观念，有着十分密切的关系。原始先民在漫长的社会劳动和生活中，由于生产力的极端低下，无力与强大的自然力抗衡，于是幻想在人的周围有一种超自然的力量主宰一切，并认为自然的东西都有灵魂，是他们控制着人类，给人类带来幸福，也带来灾难。正如恩格斯所说的，"由于自然力被人格化了，最初的神产生了"。这就是万物有灵论和原始神话。原始先民有了原始信仰和原始神话，便利用各种方法举行祭祀，向神灵祈祷、膜拜，于是产生了原始宗教，即萨满教。在萨满教诸神中，除自然神祇、动物神祇（包括图腾神祇）外，最重要而数目繁多者便是人神，即祖先英雄神祇。宗教与民俗从来就是形影相随的，"讲古"的习俗与萨满教的祭祀仪式结合了起来。满族及其先民以讲唱氏族英雄史传为中心主题的说部艺术，正是依照传统的宗教习俗，对本族英雄业绩和不平凡经历的讴歌和礼赞。人们对祖先英雄神，供奉它，赞美它，毕恭毕敬，祈祷祖灵保佑族众，荫庇子孙。萨满教极力崇奉祖灵，亦包括对本族历世祖先和英雄神祇的讴歌与缅怀。所以，在萨满祭祀中，有众多歌颂和祈祷祖先神祇的神谕、赞文、诗文和祷语，亦有叙事体的长篇祖先英雄颂词。满族及其先民的"颂祖"、"讲祖"礼俗，世代承继不衰，是因为把勉励子孙铭记祖先创业艰难，承继祖德宗功，继往开来，奋志蹈进，作为祖先崇拜的根本目的和信条。特别是乾隆十七年颁布的《钦命满洲跳神祭天典礼》，统一了萨满祭规，使萨满祭祀变成家族祭祖活动，把祖先崇拜推向高峰。经年累世，各氏族在集体智慧的滋育下，赞文日益丰富扩展，情节愈加凝炼集中，使之逐渐升华为长篇祖先颂歌。这也成为满族传统说部的一种源流。

二、满族传统说部的本体特征

满族传统说部经过千百年来的创作、传承和演变，形成了独特的表现空间和表现形式。满族先民自古"无文墨，以语言为约"（《太平御览》卷七八四），所以，说部是以口头形式产生和传承的，讲唱内容全凭记忆。最初记述手段，用一缕缕棕绳的纽结、一块块骨石的凹凸、一片片兽革的裂隙，刻述祖先的坎坷历程。这便是说部的最古老的形态，也叫"古本"、"原本"、"妈妈本"。满族人将这种"妈妈本"尊称"乌勒本"特曷。古人就是通过望图生意，看物想事，唱事讲古的。随着社会的发展，氏族中文化人的增多，满族说部的"妈妈本"逐渐用满文、汉文或汉文标音满文来简写提纲和萨满祭祀时赞颂祖先业绩的"神本子"。讲述人凭着提纲和记忆，发挥讲唱天赋，形成洋洋巨篇。

满族传统说部内容丰富，气势恢宏，它包罗天地生成、氏族聚散、古代征战、部族发轫兴亡、英雄颂歌、蛮荒古祭、生产生活知识等，每一部说部都是长篇巨著。满族说部之所以如此厚重，主要有以下三个方面的因素：

（一）关于记录和评说本氏族所发生的重大历史事件的说部，具有极严格的历史史实约束性，不允许隐饰，以翔实的根据来讲述；

（二）说部由氏族中德高望重、出类拔萃的专门成员承担整理和讲述义务，整理和讲述时吸收了众人谈资，所讲内容全凭记忆，口耳相传，无固定文本拘束，因而愈传愈丰愈精，是群体创作的累积；

（三）具有民间口头文学的生动性。说部多由一个主要故事为经线，辅以多个枝节故事为纬线，环环相扣，错综复杂，又杂糅地域的、民俗的奇特情景，加之口语化的北方语言，因而有深厚的文化积淀和感人的艺术魅力。

据我们掌握的三十余部满族说部来分析，从内容上可分为四种类型：

（一）窝车库乌勒本：俗称"神龛上的故事"，是由氏族的萨满讲述，并世代传承下来的萨满教神话和萨满祖师们的非凡神迹。窝车库乌勒本主要珍藏在萨满的记忆与一些重要的神谕及萨满遗稿中，如黑水女真人创世神话《天宫大战》、东海萨满创世史诗《乌布西奔妈妈》、爱辉地区流传的《音姜萨满》、《西林大萨满》等。

（二）包衣乌勒本：即家传、家史。如富察氏家族富希陆、傅英仁从爱辉、宁安传承的姊妹篇《萨大人传》和《萨布素将军传》（又名《老将军八十一件事》），黑龙江省双城县马亚川先生承袭的《女真谱评》，河北石家庄王氏家族传承的《忠烈罕王遗事》，乌拉部首领布占泰后裔赵东升先生承袭祖传的《扈伦传奇》，富氏家族传承的《顺康秘录》、《东海沉冤录》，傅英仁先生传承的《东海窝集传》等。

（三）巴图鲁乌勒本：即英雄传。满族说部有关这方面的内容很丰富，可分为两大类：一是真人真事的传述，如金代的《金兀术传》，明末清初的《两世罕王传》（又名《漠北精英传》）、《雪妃娘娘和包鲁嘎汗》，清中期的《飞啸三巧传奇》等；一是历史传说人物的演义，如《乌拉国佚史》、《佟春秀传奇》等。

（四）给孙乌春乌勒本：即说唱故事。这部分主要歌颂各氏族流传已久的历史传说中的英雄人物，如渤海时期的《红罗女》、《比剑联姻》，明代的《白花公主传》以及民间说唱故事《姻缘传》、《依尔哈木克》等。

满族传统说部在长期流传中形成了自己独特的风格，凝聚了有别于其他口头文学的鲜明特征。主要表现在：

（一）讲述环境的严肃性。各氏族讲唱"乌勒本"是非常隆重而神圣的事情。一般在逢年遇节、男女新婚嫁娶、老人寿诞、喜庆丰收、氏族隆重祭祀或葬礼时讲唱"乌勒本"。讲唱"乌勒本"之前，要虔诚肃穆地从西墙祖先神龛上，请下用石、骨、木、革绘成的符号或神谕、谱牒，族众焚香、祭拜。讲述者事前要梳头、洗手、漱口，听者按辈分依序而坐。讲毕，仍肃穆地将神谕、谱牒等送回西墙上的祖宗匣子里。这一系列程序表明有严格的内向性和宗教气氛。不像平时讲"朱奔"（意为故事、瞎话）那样随便地姑妄言之，姑妄听之。

（二）讲述目的的教化性。满族传统说部与萨满祖先崇拜的敬祖、颂祖、祭祖观念密切相关。讲述祖先过去的事情，都是真实地记述，是对祖先英雄业绩的虔诚赞颂，不允许隐瞒粉饰和随意编造，否则便认为是对祖先的不敬。讲唱说部的目的，不只是消遣和余兴，而是非常崇敬地视为培育儿孙的氏族课本和族规祖训，是对族人进行爱国、爱族、爱家的教育，起到增强氏族凝聚力的作用。因此，讲述内容、目的以及题材艺术化程度，均与话本、评书有较大区别。

（三）讲述形式的多样性。满族传统说部多为叙事体，以说为主，或说唱结合，夹叙夹议，活泼生动，并偶尔伴有讲叙者模拟动作表演，尤增加讲唱的浓烈气氛。从《萨大人传》和《飞啸三巧传奇》中我们可以看出，有说有唱，甚至还记录了讲唱的曲谱。讲唱说部关键在于说，说讲究真、细、险、趣四个字。真，即真实，故事情节合情入理，真实可信；细，即细腻，绘声绘色，细致入微；险，即惊险，突出关键的地方，有悬念，有艺术魅力；趣，即语言要风趣幽默，使人发笑。说唱时多喜用满族传统的以蛇、鸟、鱼、狍等皮革蒙制的小花抓鼓和小扎板伴奏，情绪高扬时听众也跟着呼应，击双膝伴唱，构成跌宕氛围，引人入胜。

（四）传承的单一性。满族传统说部的承继源流，主要以氏族中的一支或家庭中直系传承为主，虽有师传，但多半是血缘承袭，祖传父，父传子，子子孙孙，承继不渝，从而保持了说部传承的单一性与承继性。《萨大人传》是富察氏家族的祖传珍藏本，其传承顺序是：富察氏家族第十一世祖、清道光朝武将发福凌阿传给长子、爱辉副都统衙门委哨官伊郎阿将军；伊郎阿又传给长子富察德连；富察德连又传给其子富希陆和其侄富安禄、富荣禄；富希陆又传给长子富育光。一般来说，讲唱人大都与说部所宣扬的事件及其主人公有直系血缘关系，他们既对本氏族历史文化有一定的素养，又谙熟说部内容，并有组成说部题材结构的卓越能力和创作才华。《扈伦传奇》的传承就是很好的证明，其最早的传承人乌隆阿，纳喇氏第十一代，他把家史传给曾孙德明（五品官，通今博古），德明经过梳理后传给其侄十六辈霍隆阿（笔帖式），再传给十七辈双庆（五品官，精通满汉文），下传伊子崇禄（八品委官），二十辈的赵东升继承祖父崇禄先生，对家史进行整理。这些传承人都有高深的文化和创作才能。他们把记忆和传讲自己的族史视为己任，当做崇高而神圣的事情，世代不渝。他们在氏族中自行遴选弟子或由自己的后裔承继传诵。传承的方法是口耳相传，心领神会。所以，传承人在满族说部的纵向传承与横向传播的过程中，为保存民族文化遗产做出了应有的贡献。可以说，没有传承人，就没有满族说部。

（五）流传的地域性。满族说部在一些地域流传过程中，深受广大群众喜爱。因此，有的说部逐渐脱离原氏族的范围，被众多氏族传承诵颂，如《尼山萨满传》、《红罗女》、《飞啸三巧传奇》、《双钩记》（又名《窦氏家传》）、《松水凤楼传》、《姻缘传》等，在长期传诵中，已成为该地域更多姓氏甚至外族群众讲述的书目，并代代传承。

满族传统说部和其他口头文学一样，在流传过程中也有变异性。在传播中，传承人根据自己对讲述内容的认识和理解，不断加工、升华，从而产生新的故事纲目。特别是，随着氏族的繁荣，分出各个支系，每个支系都有自己的传承人，在讲述内容和形式上也有了变化。所以在不同的支系、不同的地域出现了不同的传本，如《红罗女》在黑龙江省牡丹江一带流传《比剑联姻》、《红罗女三打契丹》，而吉林省的东部就有《银鬃白马》、《红罗绿罗》等不同传本，这是正常的现象。说部在传播中演变，获得新的发展，并吸收汉族的评书和明清小说章回体的特点，这正是满族传统说部具有顽强生命力的表现。

三、满族传统说部的价值和意义

满族传统说部,是满族及其先民在一定历史时期、一定社会中的一种意识形态的反映,其中蕴藏着丰富、凝重的社会、历史内容。

满族传统说部具有历史学价值。满族传统说部大都是以古代英雄人物为中心、以历史事件为背景编织而成的,是述说满族及其先民各个部落、氏族的兴亡发轫、迁徙征战、拓疆守土、抵御外患等"先人昨天的故事"。如《萨大人传》、《东海窝集传》、《扈伦传奇》等所讲述苦难的经历,不朽的宗功,都从不同的侧面反映了各个氏族充满血泪、卓绝斗争的雄浑壮阔的历史。从各个氏族的说部中,能使人更好地了解到满族及其先民是怎样从遥远的过去走过来的,经历了哪些曲折坎坷和历史沧桑,而且比起正史有更多底层人民群众的历史活动和当时社会各层面的具体细节。高尔基说:"如果不知道人民的口头创作,那就不可能知道劳动人民的真正历史。"说部的历史价值在于它是原生态的历史记忆,是"那时"民间留存下来的口述史。满族的先世在没有文字时,许多史实都靠各个氏族的说部代代相传,据《金史》卷六六载:"天会六年(1128年)诏书求访祖宗遗事,以备国史。命勖与耶律迪越掌之,勖等采撷遗言旧事,自始祖以下十帝,综为三卷。"金代统治者重视采集民间遗闻旧事,并根据民间传说给始祖以下十帝立传,编入金史,这是满族说部为民间口述史的很好证明。满族说部是满族及其先民用自己的声音记述自己的历史,对各个部落、氏族重大事件的生动描写,细致记录,很多实事是鲜为人知的,有的补充了史料之不足,有的供专家研究或可匡正史误。说部以浩瀚的内容、恢宏的气势展示北方民族生动、具体的历史画卷,提供了各个历史时期活生生的人文景观。在《两世罕王传》、《扈伦传奇》、《雪妃娘娘和包鲁嘎汗》中记述了明朝与女真的交往、马市的内幕、东海窝集部与乌拉部的关系、扈伦四部争锋角逐、努尔哈赤创建八旗对女真的分化等等,都是各部族祖先的亲身经历。这对满族史、民族关系史、东北涉外疆域史的研究,都有见证历史的特殊价值。

满族传统说部具有文学审美价值。满族传统说部之所以能够世代传承诵颂,因为它具有独立情节,自成完整结构体系,人物描写栩栩如生、有血有肉,是歌颂克难履险、不畏强暴、能征善战、疾恶如仇的英雄的壮丽诗篇，充满了对英雄的崇敬，对美好生活的向往。说部中讲述的故事曲折生动，扣人心弦，语言朴实无华，简洁明快，具有感人至深的艺术魅力。许多说部都展现了浓郁的民族风韵，朴素、剽悍的独特风格，贯穿了反抗强权、除暴安良、保家卫国、急公好义、扶危济贫、知恩必报的积极主题，突出体现了满族及其先世的人文精神。它对启迪人们的智慧，端正人们的品格，鼓舞爱国主义思想，增强民族自豪感，有着潜移默化的作用。满族传统说部中反映的内容，与人民息息相通，因而受到北方各族群众的欢迎和享用。像《尼山萨满传》、《萨大人传》、《雪妃娘娘和包鲁嘎汗》、《松水凤楼传》等故事早已在达斡尔、鄂温克、赫哲、鄂伦春、锡伯以及汉族中广泛流传，只是过去没有被发掘而已。说部的创作不排除有被流放到北疆的高官和文化人的参与，如《飞啸三巧传奇》把北方民族抗俄守边的斗争与宫廷斗争相联系做了具体生动的描写，就可见流民文学的影子。满族传统说部创世神话《天宫大战》，反映了原始先民与自然力的抗争，歌颂了掌管日月运行、人类繁衍的三百女神与恶神进行惊心动魄地鏖战，是我国史前文化的重要遗迹，可以同世界诸民族的古神话相媲美，丰富了世界神话宝库。满族传统说部中的史诗《尼山萨满传》和有着六千余行的萨满史诗《乌布西奔妈妈》，以北方民族的独特语言，瑰丽神奇的情节，宏伟磅礴的气势，歌颂了萨满的丰功伟绩，具有很强的震撼力。可以说，满族说部是满族及其先世的史诗，是民族文化的精华和古卉，是我国和世界学术界研究满族及其先民历史和文化的不可或缺的宝贵资料，填补了我国民间文学史的空白。

　　满族传统说部具有民俗学价值。满族及其先世，在长期社会生活中，主要靠口碑传承生产、生存经验。在《飞啸三巧传奇》、《雪妃娘娘和包鲁嘎汗》中介绍了用桦树皮造纸、皮张的熟制、不同兽肉的制作和保鲜、鱼油灯的制作过程等古老工艺，还介绍了北方各种草药的药性和采集，北方少数民族的海葬、水葬、树葬等民俗。在《天宫大战》中介绍了祭火神、"跑火池"，在《两世罕王传》中记述了明末清初一种娱柳活动——"跑柳池"等等。因此满族传统说部，为我们展现了满族及其先民等北方诸民族沿袭弥久的生产生活景观、五光十色的民俗现象、生动的萨满祭祀仪式和古时的天文地理、航海行舟、地动卜测、医药祛病以及动植物繁衍知识等，特别是有关生产知识，操作技艺，往往通过故事中的口诀和韵语得以传承。这为研究北方诸民族的人文学、社会学、民俗学、宗教学等学科提供了具体、真实、形象的资料，使这些学科得到印证、阐明和补充。所以，有些专家称满族传统说部是北方诸民族的"百科全书"，其言不为过誉。

满族及其先民，数千年来，在亚洲阿尔泰语系乃至通古斯文化领域里，做出了不可泯灭的贡献。特别是有清二百六十余年来，为世界文化保留了浩瀚的满学典籍及各种文化遗产，满语的翻译历来为世界各国学者所青睐，满学已成为民族学、语言学的重要学科。满语因久已废弃，现存满语仅是清代书面语的沿用。近年来，我们采录了黑龙江省孙吴县78岁的何世环老人用流利的满语讲述的《音姜萨满》、《白云格格》等满族说部，它向世人重新展示了久已不闻的仍活在民间的活态满语形态，这对世界满学以及人文学的研究是弥足珍贵的。除此，在满族传统说部中还保留着大量的环太平洋区域古老民族与部落的古歌、古谣、古谚，故而具有丰富世界文化宝库的意义。

满族传统说部作为民间口述史，其中对历史的记忆也会有不真实、不准确的地方，但它毕竟是民间口头文学而不是史书，作为信史虽不排斥传说但不可要求口头传说与史书一样真实可信。满族及其先民由于受历史的局限和各种思想的影响，在说部中难免有不健康的东西和封建糟粕的成分，但这不是主流，它和所有非物质文化遗产一样，自有其存在的价值。我们把满族传统说部原原本本地奉献给广大读者，相信在批判地继承民族文化遗产的原则指引下，一些不健康的东西会得到剔除。我们在采录、整理、校勘、编辑过程中难免有所疏漏，敬请读者批评指正。

我们抢救、保护和编辑、出版《满族口头遗产传统说部丛书》，是为了贯彻落实党的十六大精神和"三个代表"重要思想，传承中华文明，发展社会主义先进文化，为建设社会主义精神文明和构建和谐社会尽绵薄之力，希望这套丛书的出版能发挥它应有的作用。

2006年6月

目录

《雪妃娘娘和包鲁嘎汗》传承概述 …………………… 001

引　子 ………………………………………………… 001

第一章
　　梦鹰入怀 …………………………………………… 004

第二章
　　鱼儿总要游归大海 ………………………………… 064

第三章
　　狼母鹰师——包鲁嘎汗出世 ……………………… 322

第四章
　　尾声——黑水号子 ………………………………… 386

后　记 ………………………………………………… 403

《雪妃娘娘和包鲁嘎汗》传承概述

满族传统说部《雪妃娘娘和包鲁嘎汗》，四百余年来以其悠久而脍炙人口的传说故事，为北方诸民族所传诵。该传说最初形成的年代，已无从稽考。但从清康熙二十一年，我们家族奉旨由宁古塔北戍爱辉的先辈老人口中，以及我们本姓首任黑龙江将军萨布素《兵痕备钞》遗文中得悉，皆云"混同北岸有巨丘，古木参差。土人诵传有母子厚葬乃成丘陵焉"之语。这里所言"混同北岸有巨丘"即指黑龙江入海口处地方有大坟，内葬母子俩，后人景仰其贤，日久填坟献供而成高冢。这个传说与《雪妃娘娘和包鲁嘎汗》传说故事相吻合。这足以证明，《雪妃娘娘和包鲁嘎汗》传说故事，在清康熙朝中叶已经形成，并一直在北方流传着。事实如此，凡清康熙朝北戍爱辉的满洲八旗诸姓氏，许多家族都知道并能传讲此传说。追其源，他们多是从住在黑龙江中下游地区费雅喀、索伦、赫哲等当地朋友那里听来后，又在本族中传讲开来。当年率军戍北的清军将领萨布素、马喇等人，还从费雅喀人口里记录了《雪娘娘与大丘坟》故事。

长期以来，《雪妃娘娘和包鲁嘎汗》，所以为后世喜爱、重视和传讲，主要因为当地各族均传说，说部的主人公女真后裔雪妃、蒙古科尔沁部色音布尔等，都确有其人，后来死在漠北，留下荒冢。该故事记述清初女真诸部，特别是努尔哈赤建州部发轫时期的故事、以及与蒙古各部之间的大量鲜为人知的史实资料，颇有史书价值，而倍显珍贵。除此，全书极力讴歌了当时民族情爱、正义、友善、互助等人间品德和许许多多心地善良、可亲可爱的英雄人物。全书充满浓郁的地方生活气息。故而，各族以不同语言，竞讲《雪妃娘娘和包鲁嘎汗》，不断丰富润色，使其成为满族祭祀或年节余兴中，最受族众喜闻乐见的"乌勒本"——说部，代代传承着。

据黑龙江省爱辉地区一些满族已故著名文化人士祁世和、吴宝顺、徐昶兴、富希陆等先生生前回忆，《雪妃娘娘和包鲁嘎汗》传本，在传承中名称很多：《孤女离恨》、《大丘坟》、《黑水狼儿传》、《宝福晋和包鲁嘎》、《雪妃娘娘和包鲁嘎汗》等。虽然名称不同，但内容均同出一个故事。只不过因说部流传地域不同或因讲述者的阅历和偏爱有别，使说部内容有所侧重和变异而已。本说部的流传还有一段传奇故事。它系黑龙江省爱辉县大五家子村杨青山老人的爷爷传下来的杨氏家族口传古本。杨氏家族祖居黑龙江江东精奇里江桃木河地方。清咸丰、同治年间，常与当地族众远涉北疆黑龙江出海口和鄂霍茨克海，猎捕鹰貂为生。他们为捕猎方便，就住在黑龙江入海口的堪札阿林部落。这里多系清初辽南一带逃人和乞列迷①人，即费雅喀人。在部落里，他们结识了一位双目失明的乌德林老玛法，身背长琴，腰挂弯脖小鼓，擅讲唱《大丘坟》等长篇说部。乌德林自称是无主的奴才。他原居黑龙江德钦部，后归附乌拉部，又被俘到建州部。他通晓女真语、费雅喀语，阅历丰富，又有一口讲唱才艺，自称夜梦雪妃私得此说部讲唱起来，一时风闻四野。家家传讲宝音福晋的悲凉历史和传奇遭遇，引起听众的同情和共鸣，听讲雪妃娘娘的人越来越多。乌德林老玛法因讲唱雪妃，而备受黑龙江沿岸数百里内各族群众的尊重。据传乌德林老玛法一次在沿江屯寨讲唱说部归来的途中，秋风干燥，突遭山火，被焚惨死。乌德林老玛法生前常栖住杨氏家族，得到家族照养。他已将《大丘坟》和《雪妃娘娘和包鲁嘎汗》说部，口述传给杨氏家族，即杨青山的爷爷。当杨青山降生时，杨氏已阖家迁居黑龙江江东嘎达霍洛，以耕猎为生。1900年庚子俄难时，杨青山的爷爷早已病逝。杨青山随叔父逃过江西，在大五家子安家定居。杨青山年轻时就活泼、聪明、好唱，从叔父口中传袭并学会唱讲《雪妃娘娘和包鲁嘎汗》，多年来他常在各村屯中无偿为当地满族、达翰尔、鄂伦春人讲唱本说部。1950年冬，杨青山便将《雪妃娘娘和包鲁嘎汗》传授给他的农村挚友富希陆先生，由富希陆先生逐字逐句记录下来，并定名《雪妃娘娘和包鲁嘎汗》收藏起来。后来，富希陆将《雪妃娘娘和包鲁嘎汗》传给其子富育光。1953年后，富育光在黑河地区工作时，曾访问过黑河职工干部学校教师熟悉《雪妃娘娘和包鲁嘎汗》故事的徐昶兴、下马场祈世和、大五家子吴宝顺等人，对该说部做过核对，并听过他们传承故事的不同讲述。1980年春，富育光又对《雪妃娘娘和包鲁嘎汗》说部认真通读并赴辽宁新宾、内蒙哲里木盟等地做进一步调查访问，对说部中的年代与几处地名作了核对。但对已在俄国境内的"卢莱巴那"、"堪札阿林"等地名，不便核证，依如所讲，保存下来。

---

① 乞列迷：明末清初时对该族之称呼，清代称费雅喀，现属俄罗斯，称尼夫赫。

引 子

摇车里的"哈哈济"①睡着了,尊敬的"妈妈"②、"玛法"③坐好了,"阿哥"和"沙里甘居"④们都别说话了。现在说书人我手打夹板,给大家讲唱一段慷慨悲壮的满族"乌勒本"⑤传奇故事。说部的名字就叫《雪妃娘娘和包鲁嘎汗》。

天上最美的是什么?
是舜妈妈耀眼的万道光线;
地上最阔的是什么?
是巴那吉额姆无垠的山林湖海;
人世间最尊贵的是什么?
是兄弟姊妹深厚的怜悯和友爱。
我咏唱的乌勒本哪,
万载千年,滔滔不绝
讲述给您们——
阿哥、赫赫、萨克达爷们,
只有一个心愿:
颂赞巴图鲁,英雄的血泪歌,
颂赞巴图鲁,英雄的壮志歌,
颂赞巴图鲁,英雄的创世歌,
英雄巴图鲁,有太阳的胸襟,
英雄巴图鲁,有大地的胸怀,
英雄巴图鲁,有怜爱万牲的心肠。
河流到海,有三百三十三道弯,

---

① 哈哈济:满语,儿子。
② 妈妈:满语,奶奶。
③ 玛法:满语,爷爷。
④ 沙里甘居:满语,姑娘。
⑤ 乌勒本:满语,传说。

001

说起乌勒本有曲曲折折的波澜。
北海的大雁啊
鸣唱着包鲁嘎汗的神奇勋业，
然而，包鲁嘎汗有他神话般的童年，
讲唱包鲁嘎汗，
还要讲唱他先世的远亲
——慈爱的额莫。
黑水源头，始终无有尽头，
在源头上可以看到包鲁嘎汗昂首矗立。
他凝望着黑水，
凝望着遥远的自己的山河和土地，
这是生育他的土地，
在这片肥沃的土地上，
有包鲁嘎汗起根发蔓的传说。
渊渊巨川是由无尽的溪流汇聚而成，
树有根，水有源，
讲唱包鲁嘎汗的诞生故事，
必先要讲唱他的生母
——雪山神母；
我要唱起无尽的歌，
歌颂雪妃娘娘，
我要唱起无尽的歌，
歌颂包鲁嘎汗，
会歌唱的布鲁坤神鸟啊，
给我最美的歌喉吧，
聪慧的塔其布尔神鹰啊，
给我洞彻环宇的锐眼吧，
照穿历史的风云，
唤醒安眠的先贤，
讲述你子孙彪悍的征程，
讲述你雪域豪迈的征杀……

引子

各位尊贵的妈妈、玛法、阿哥、阿沙①们，朱伯西②我现在给众位讲唱的"乌勒本"，是距今已有三百多年历史的一段鲜为人知的老话儿了。这段古老而哀怨的老话儿，从翁姑玛法③讲到达玛法④，又从达玛法讲到妈妈、玛法，世代传流不息。人们齐被她们的辉煌业绩所震撼，齐为她们的凄凉身世而动情。这就是美丽而贤淑的雪妃娘娘和她的英雄儿子包鲁嘎汗的神奇经历……

---

① 阿沙：满语，嫂子。
② 朱伯西：满语，讲故事的人。
③ 翁姑玛法：满语，远世祖。
④ 达玛法：满语，先祖。

第一章　梦鹰入怀

在我们祖国美丽的北方土地上，流淌着一条绵延东西、波澜壮阔的大江。它就是萨哈连乌拉，古称"弱水"，也就是黑龙江。它是我们女真人的母亲河，是哺育我们世世代代成长的地方。在这条母亲河的两侧，有众多的支流，都是它的儿女河：一条叫松阿里乌拉，就是松花江。松花江的支流是脑温江，也就是嫩江。黑龙江的北侧，有几条非常出名的大河，如额尔古纳河、亨滚河、精奇里江、牛满江等。黑龙江的中游南侧有乌苏里江，发源于东海窝集的西艾曼霍通山麓之中。乌苏里江的重要支流有松阿察河、穆凌河、诺罗河、依曼河等河流，这些河流都是它的子孙河，河域绵延无疆。除这条著名的母亲河之外，在辽南版图上，还有一条蜿蜒美丽的河流，河水清澈湛蓝，鱼草丰饶，那就是著名的辽河。它注入渤海辽东湾，北流千里，在铁岭北处分成两股水汊：一个是东辽河，一个是西辽河。

说起东、西辽河，很多人都很熟悉。它哺育了英雄的蒙古人和汉族兄弟。蒙古很多的部落，自古生息在域北广袤的大漠草原。他们在这里曾经建立了叱咤风云的大元王朝。脑温江、东辽河、西辽河，也都是哺育蒙古子孙的摇篮。它的子孙们，在东辽河、西辽河两岸的沃野上，养育着无边无际的羊群、牛群、马群。这里是最宝贵的金子般的地方，是生长着、孕育着财富的地方。在这里，有一个非常美丽的地方，那就是科尔沁草原。雪妃娘娘虽然不是在这里出生的，但她却是从这里发迹起来的。

癸卯年，从大明王朝算，是万历皇帝朱翊钧坐殿三十一年。这是一个不祥的年头。这一年灾难连绵。若论我们满族朱申（女真）年号，一般都用中原王朝沿袭很久的天干纪年法。这年正好是癸卯年，也就是女真天兔年。老辈人都讲，天兔年是个灾难的年头。这一年春天，遍地大旱，而且进入夏天以后，又暴雨连灾。江河发的水比哪一年的水都大。河水汹涌澎湃，白浪滔天。东辽河、西辽河的水猛涨，淹没了很多的草原，淹死了很多的牲畜。远望四野，一片白茫茫。牧群被围困在洪水中，数不尽的牲畜尸体，漂满了水面，白花花、黑茸茸的，无边无际，惨不忍睹。入冬以后，老天又片雪不赐，黑灾千里。"黑灾"，是草原人最惧怕的灾难，一冬不见雪、瘟疫很多。何况，今年再加上夏天大涝，牛、羊、马群伤亡甚大，给草原人民的生活带来了极大的困难。

这年头，明廷日衰。辽东群雄逐鹿，位于太子河畔的满洲建州部首领努尔哈赤崛起一方。此刻，努尔哈赤正率领他的儿子们攻打哈达部，危及叶赫部。战马萧萧，杀声鼎沸。不少难民携儿带女，涌进了西部的科尔沁大草原。因为辽阔的科尔沁大草原纵有重重灾难，但人们总算远离了建州、哈达、叶赫、乌拉诸部日夜征杀不息的战场，逃难到当时最为平静和安定的地方。统辖这块土地的王爷是莽古思、莽古里两位兄弟。他们很友善地收留了源源不断的难民，深得人心。众难民们齐声颂赞王爷的慈爱。

在整个蒙古大草原中，科尔沁草原最为有名。多少人把它比做天女项下的珍珠撒落人间，多少部落的首领对它垂涎欲滴。这是一个美丽的地方，是腾格里①的土地。西辽河的水，虽然发着狂澜，仍然掩映不了她那婀娜秀美的姿容。极目远眺，辽阔而碧绿的草原，像天神投向人间的万斛翡翠，簇拥在芬芳四溢的鲜花翠柏之中。柳树、榆树，像一片毛茸茸的长带，围到江边一直伸向望不到边的天的尽头。无数的羊群、牛群、驼群，像撒在宝毡上的彩色的珠玑，滚动着、扩散着……驼铃声声，一个个骑着骆驼或骏马的老牧羊人，正把牧群赶向柳荫深处的木栅圈场。

白云飘飘，白鹤长鸣。马头琴传出粗犷的旋律。这便是科尔沁部莽古思王爷所在的中心牧场。这里井然有序地排列着许多帐包。蒙古包各个制作精巧、美观，像草原上绽开的无数朵白花。普通的蒙古包，高约十尺至十五尺之间。包的周围由多个用柳条交叉编成的五尺高、七尺长的菱形网眼圈成。蒙古语把它叫作"哈那"。蒙古包的大小，主要依据主人的经济状况和地位而定。普通小包只有四扇"哈那"，适用于游牧，通称"四合包"。大包可达十二扇"哈那"。包顶是用七尺左右的木棍，绑在顶部的交叉架上，成为伞型支架。包顶和侧壁都苫着羊毛毡。包顶有天窗。包门向南或向东南。就在这群蒙古包的中间，簇拥着一座高大的蒙古包式的宫殿。这座蒙古包式的宫殿顶部，绣着数百朵金花，四周还悬挂着九彩羊毛绳编织的彩带。很多佣人出出进进，有的捧着奶茶，

---

① 腾格里：蒙古语，天神。

有的端着鲜果,有的正在挤着牛奶,一片繁忙的景象。这时,从金色的大帐篷中传来阵阵悦耳的歌声,是一位姑娘唱的。歌曲的名字叫《包勒古岱》。歌声那么甜美、婉转。唱歌人是谁呢?她就是本书的主人公雪妃娘娘,这时的雪妃娘娘叫宝音其其格。

宝音其其格是一位年岁不大的小姑娘。她今年十三岁,长得十分秀美,弯弯的眉毛,两只水汪汪的大眼睛,乌黑的头发,一直披到腰间,修长的身材,亭亭玉立,是一个长发美女。蒙古牧民们都说,她是天上降下来的仙女,是尊贵的腾格里天神赐给蒙古草原的月亮。那么,小姑娘是怎么来到科尔沁草原的呢?说书人向各位阿哥讲唱的就是这个离奇的传说。

> 弹起我哀怨的口弦琴,
> 打起我沉吟的恰拉器。
> 我把列位阿沙、阿哥,
> 带向那遥远的古老世纪。
> 那是萨哈连悲泣的年月,
> 那是苦难连绵的痛苦时日,
> 有一只丢掉了窝巢的小幼鹊,
> 有一位失去了父母的女真后裔。
> 她不知自己的出生地,
> 她不知道自己的名字,
> 慈祥的阿布卡恩都力①
> 帮她开创了生的奇迹……

宝音其其格,是一个无家可归的孤儿。她不知她的家在什么地方,只知道她的老家在萨哈连,她从小就飘摇在北方的风雪之中。当她长到五岁时,被一个给女真德钦部落的王爷伺候马的奴才捡去。后来,这个奴才又被野兽咬死。小丫头就被王爷收留了下来。当小丫头长到六岁的时候,适逢努尔哈赤崛起建州。德钦部的这个王爷自认为自己也拥有一个非常大的部落,奴才上千,而且兵强马壮,不愿意让努尔哈赤来统辖自己。他说,我为什么要归顺努尔哈赤呢?我也可成为北方的一个王、

---

① 阿布卡恩都力:满语,天神。

一个汗,将来也能攻伐大明。但是,他虽然勇猛彪悍,头脑却非常简单,是一个有勇无谋的武将。他仅凭仗着自己的勇敢、富有,便目中无人,狂傲轻敌。结果,在一次争杀中,努尔哈赤派他的两个儿子,大儿子褚英和二儿子代善,利用深夜,领兵偷袭了他两个著名的古寨。古寨里的人,这时正在唱着、跳着、玩着。他们根本没有想到半夜里女真的兵马会突然到来。他们满以为,从努尔哈赤所在的赫图阿拉老城到他们的部落,马不停蹄地跑也得跑上七天。所以,他们怎么也没有想到女真的兵马能这么快就来到了他的地界。他们总以为努尔哈赤没有这个胆量,也没有那样的快马。

当时,双方仗打得相当激烈,挥刀舞矛,噼里啪啦,咔嚓嚓,轰隆隆,到处火光冲天。那时打仗很是有趣儿。双方完全凭靠着勇猛,凭武力,凭耐力,相互较量"布库"①,比技巧,比劲头,论胜负。谁最终被摔倒,谁就认输。马队的人都骑着披有重甲的马,飞驰着相撞,还用刀、矛、棍棒厮打,看谁能打过谁。那时候部落相争,全凭着一股子无敌于天下的气概和众志成城的勇敢。最后,还是努尔哈赤的两个儿子最有谋略,很快就把德钦部落的人打得落花流水,抱头鼠窜。整个部落的财产、牛羊、财宝,全都扔下了,成了努尔哈赤的囊中物。

在往北逃的残兵中,就夹杂着这个小丫头的阿玛②。因为她阿玛是随着王爷跑的。他的王爷叫德勒刻王爷,又叫"东王",是德勒刻老贝勒的小儿子。他不务正业,终日好色酗酒。这一日,他正搂着众爱妃们饮酒作乐,努尔哈赤的兵马杀来了。他措手不及,只顾领着自己的爱妃们骑马往北逃跑了。很多奴才被踏死在马下,血流成河。一般说来,主子走了,当奴才的必须跟随;奴才若敢违抗,主子就杀死奴才。因为奴才是主人的财产,和牛马一样的低贱。

方才说书人所讲,小丫头的阿玛不是让野兽给吃了么,怎么又冒出个阿玛来?事情原来是这样的。这个小王爷收留了可爱的小丫头以后,小丫头越长越可爱,聪慧伶俐,非常会哄人,深得小王爷的喜欢。一位爱妃就跟王爷说:"我的好王爷啊,您如此喜爱她,何不收她做您的沙里甘居呢?"东王听后便说:"噢,不行哟。我已经有了好几个女儿啦,何况她又是奴才的孩子,怎么能跟我的女儿有一样的身份呢。"他的爱

第一章　梦鹰入怀

---

① 布库:满语,摔跤。
② 阿玛:满语,爸爸。

妃又说:"要不然,我给您选一位可心的奴仆,让他先精心地伺候着,等将来她长大了,就让她作您的爱妃。"小王爷欣然答应了。这样,小王爷就在手下的随从中,选出一位忠厚可靠的老实人,把小姑娘交给他,由他照看。小姑娘称他为"阿玛"。说书人刚才说小丫头的阿玛,实际上就是照看她的这个人。

这次北逃,小丫头就是由新阿玛保护着,骑快马随同王爷一起走的。当时,正逢半夜时分。逃命的人,一心想躲过努尔哈赤兵马的追赶,全都拼命地争跑,生怕被抓住。小丫头的阿玛直嘱咐她:"孩子,你可要搂紧阿玛啊。"小丫头很听话,手紧抱住阿玛,头藏在阿玛的怀里。阿玛拼命打马飞跑。这时,前边出现了一片巍峨的高山,层峦起伏。逃跑的人,都拼命地打马,想冲过横亘在自己前面的这片高崖。结果,一冲到山顶上,才发现山那面是一条汹涌澎湃的急流。这里正是闻名的牛满河的大河谷。不少的人寻找到有狭窄天堑的沟壑处,打马穿越过去。而小丫头的阿玛走到这里稍有踌躇,便马失前蹄,滚到了悬崖下边的河里摔死了。可怜的马啊,像球似的从百丈深渊霎时间滚到河里,摔死了。这时,小丫头和她的阿玛都从马身上摔了下来,沿着山坡滚下去了。好在小丫头穿着皮袍子,又在阿玛怀里,有阿玛躯体保护,总算保住了性命。等她苏醒过来的时候,发现自己躺在河边。她就大声地喊叫着找阿玛,可是没有人回答,因为她阿玛已经死了。她再一看四周漆黑一片,什么也看不见,就非常害怕,哇哇大哭起来。空旷的四野,小丫头的哭声传出老远老远。哭声引起了一个正率兵追赶东王兵马的将军的注意。

这位将军是一位蒙古人,祖籍蒙古科尔沁部,名叫那日松。他如今为啥到女真建州部了呢?那日松,本是科尔沁王爷莽古思贝勒妹妹的小儿子,性格坦荡豪放。他很敬仰努尔哈赤,早就想到赫图阿拉老城去闯一闯。说来,蒙古科尔沁部位于我们大清国辽东西北部的大草原,它的地域丰饶辽阔。在蒙古大漠诸部中,那是赫赫有名的。科尔沁部始祖奎蒙克塔斯哈剌,系元太祖铁木真(成吉思汗)之弟哈布图哈撒尔十四代孙。原居额尔古纳河、呼伦河及海拉尔一带,后被厄鲁特蒙古所欺,避居嫩江一带,并兼并了兀良哈三部之地。因同族已有"阿鲁科尔沁",故号称"嫩科尔沁",即现在的科尔沁部。它南有碧草茵茵的西辽河,东部有蜿蜒曲折的脑温江向北奔流。这里是一块宝地,物产丰富,河水像奶汁一样甜美,生活着成群的水獭、猞猁、紫貂、棕熊和天鹅、大雁等珍禽异兽。每到春夏季节，这里是最繁华热闹的沃土。所有的野兽和天禽，在这育子繁衍，建起无数个温馨的穴巢。这里水草茂盛，牛羊肥壮，是个很富裕的地方。可它西南方相邻一个强悍的蒙古部落，叫喀尔喀部。这个部落的王爷叫多尔沙图汗。多尔沙图汗是一个野心勃勃的酋长。长期以来，他得到明朝的不断资助，势力逐渐强大。他总是贪婪地扩展着自己的领地。现在，他又在打着科尔沁部的主意。

科尔沁王爷非常惧怕喀尔喀部咄咄逼人的气势，就悄悄地跟乌拉、叶赫建立了密切的关系。在女真各部都在极力扩充自己的实力时，居住在苏克素护河（苏子河）畔赫图阿拉城的建州部首领努尔哈赤，当时也在壮大自己的力量。他需要人力，而且非常需要战马。马从哪里来呢？就从蒙古草原来。蒙古马非常骠悍，日行千里。这样的宝马蒙古部落有成千上万。而且，蒙古人能征善战，头脑非常简单。你只要供给他们酒，供给他们财宝，他们就会为你拼命，甚至把自己的生命都交给你。所以，努尔哈赤也希望能跟蒙古部落取得联系，以便解决人马问题。可是，与建州地界最接近的，就属科尔沁部。科尔沁部里的一些小部落，有的已经被明朝拉过去了，属明朝势力的管辖，努尔哈赤没法插手。就在这种矛盾的纠葛中，努尔哈赤悄悄地派人到科尔沁部，帮助那些与他们建立了联系的部落练兵，教授武术，出谋划策，逐渐加深科尔沁部落对努尔哈赤的好感。不少部落首领开始感激努尔哈赤。莽古思贝勒兄弟原本同叶赫、乌拉等女真部落联兵对抗过努尔哈赤，遭到惨败。后来，莽古思贝勒兄弟越来越发现建州部有位大英雄——努尔哈赤，不仅正兴兵统一女真诸部，就连北京的大明王朝都惧怕他，未来天下究属何人，前程难卜。聪明的莽古思贝勒兄弟，懊悔自己往昔的莽撞。他们近些年绞尽脑汁地想使努尔哈赤放弃前嫌，双方重新建立关系。既然努尔哈赤主动派人来帮助他们，何乐而不为呢？这也正合他们兄弟的心意，能跟努尔哈赤联手，也就等于找到了靠山。

就在这个时候，莽古思贝勒的妹妹乌云格格对他说："那日松总想到努尔哈赤那里去闯一闯。我想，让他到那里磨炼磨炼，也确是件好事，您看行不？"莽古思贝勒欣然答道："也好，也好！"其实，莽古思贝勒早有心思把那日松派到努尔哈赤身边去。这样，既可加深同努尔哈赤的友谊，又可让那日松这孩子见见世面，还能随时了解到赫图阿拉不少动向。妹妹的意愿和他的想法不谋而合。这样，那日松领着二千兵丁，带着上百匹战马投奔了努尔哈赤。努尔哈赤以最高的礼仪欢迎了他，并授给那日松以牛录章京衔。所以，在努尔哈赤的女真兵里出现蒙古人，就是这个原因。

算起来，那日松到赫图阿拉老城已经将近三个多月了。那日松这小伙子年轻有为，勇猛善战，马术高强。在每次的校场比武中，他都以超人的马术、精湛的武功赢得努尔哈赤的褒奖。努尔哈赤的几个儿子，也都非常佩服他。此次北征，就是应大贝勒褚英和二贝勒代善的点将，并得到努尔哈赤的允准，率兵参加了这场围攻东王部落的大战。

夜晚时分，那日松正随着大贝勒褚英和二贝勒代善的马队拼力追杀时，因他的马跑的飞快，冲到了队伍的前头，迎面来到脑温江的峻峭河谷。那日松刚要策马越过沟壑，猛听到河谷的水滨处传来阵阵凄厉的哭声，好像是一个女孩儿的哭声。他策马就站住了。仔细听了听，确实是女孩儿的哭声。他下了马，让旁边的几个管事的巴雅喇①替他牵好战马，并一再嘱咐他们："我下去看看，你们在上边注意动向，严防敌人冲过来。"众巴雅喇管事人一再劝说："将军，别管了。石崖这么陡，天又这么黑，别伤了军爷的身体。"那日松执意地说："不行，崖底下有人在哭，我听着好像是个小孩的声音，多可怜哪。咱们蒙古人可不能学那些黑心肠的人。咱不能见死不救啊。"说着，那日松跳下了悬崖，深一脚浅一脚地一直摸到了小孩哭的地方。

他借着月光一看，确实是个小丫头。他赶忙往崖上召唤几个巴雅喇下来。巴雅喇们举着火把匆匆跳下了石崖，跑到那日松跟前。众人围着小孩一照，嘿，小丫头泪痕满面，瞪着两只惊恐的大眼睛。小丫头一看冷丁一下围了这么多陌生人，吓得赶紧偎到了死去的阿玛身边，趴在阿玛身上连哭带叫。那日松走过去，抱起了孩子，用女真语说："小姑娘，别哭了。你看，他已经死了。你跟我们走吧。要不这么黑的天，老虎还不吃了你？"那日松的这番话本是吓唬孩子的，谁知道小姑娘非常怕听野兽吃人的话。因为她的亲阿玛就是被野兽咬死的。所以，小丫头从小就知道野兽吃人的事。他吓得赶紧止住了哭声，搂住那日松的脖子，又一边哭喊一边叫着阿玛。那日松命巴雅喇们把尸体抬到悬崖的一侧，用干草和石块覆盖在上面。然后，他们离开了这里。兵丁们把孩子接上了悬崖。孩子还在委屈地哭闹着。

在这帮兵丁里，有位那日松贴身的巴雅喇叫德贝儿。他也是蒙古

---

① 巴雅喇：满语，随从。

人，是那日松从科尔沁带来的亲信。他把德贝儿叫过来，告诉德贝儿说："德贝儿，你快把这孩子带走，送到后边的收容车上安顿好，快去快回。我不能停下，还得追赶逃兵去。"当时，女真各部打仗的时候，都有这样一个特点，前边兵马征杀，后边专门预备一些车，拉抢下的战利品和掠来的人。因为努尔哈赤手下没有那么多耕牧的土地和人口。他为壮大自己的力量，需要不断地扩大自己的领地，掠夺更多的人口。每逢领兵征战的时候，他都极力鼓励他的部将们以掠夺更多的人口为荣耀，并以此作为晋阶受奖的衡量尺度。所以，他们一方面拼命抢掠敌方部落的财产和各种战利品，拉不走的就全烧掉；另一方面就是大量抢掠人口，以年轻的姑娘和青壮年为主。他们把姑娘抢到手后，一般是分给有功的将士，做他们的妻室，为他们生儿育女。抢到的青壮年人，大部分都充实到他的各旗兵队伍里，余者分拨到努尔哈赤兄弟属下各个旗主的牧场、王庄里，做他们的世代阿哈①。

不说那日松的亲信德贝儿把小姑娘送到了后面保护起来。单说那日松在北方打了胜仗，立了功。在返程的路上，他一直牵挂着那个小姑娘。他首先找来了亲信德贝儿，德贝儿领着他来到了收容车。那日松和德贝儿在管事巴雅喇们的带领下，在众多的收容车里找到了小姑娘。这时，小姑娘已经睡着了。她身上盖着厚厚的皮被子，小脸已由巴雅喇们洗干净了，长长的睫毛，毛茸茸的。那日松见到了小姑娘煞是喜爱。那日松心想：这个小姑娘这么招人稀罕，我可不能把她带到赫图阿拉，然后被别人领走，我得留下她。可是，留下她以后把她放哪呢？她这么小，我也不能把她放到八旗大营里呀，怎么办呢？他想来想去，想出了一个主意，莫不如把她送到科尔沁草原我额吉②那里去。她非常喜欢小女孩，何况这小丫头长得这么俊俏可爱，一定会招她喜爱的。于是，他飞马跑到队伍前面，找到了大贝勒、二贝勒，把自己的想法跟两位贝勒说了。大贝勒褚英跟二贝勒代善一商量，觉得那日松这么喜爱这个小姑娘，向咱们要人。咱们就给他这个面子吧。如果那日松不把这个小姑娘领走，这个小姑娘就要被带到赫图阿拉，由专人抚养，长大以后不知赏给谁，沦为谁人的妻室或奴才。现在既然那日松想要她，这也是这个小姑娘的福气，就把她给那日松吧，咱们也成全了一桩好事。代善贝勒把

---

① 阿哈：满语，奴才。
② 额吉：蒙古语，妈妈。

商量的结果告诉了那日松,命他趁大军在返程的时候,速去科尔沁办理此事,早去早回。

那日松得到两位贝勒爷的准许,便命德贝儿随同他赶着来时带的九马轿车。那日松骑着战马,暂时离开了八旗劲旅。他俩沿着通向科尔沁大草原之路,急匆匆地往西北驶去。

大约半天多时辰,那日松就回到了阔别多日的家园。一进内厅,他先叩见了额吉乌云格格。乌云格格一见自己想念多日的宝贝儿子回来了,非常高兴,忙唤仆人快传告正在牧场里忙碌着的丈夫蒙格木贝勒。乌云格格是蒙古科尔沁部莽古思贝勒的妹妹,三十多岁的人长得还那么年轻美貌。她心地善良,贤德聪慧,是位才貌双全的女子。她丈夫蒙格木贝勒四十多岁,为人忠厚耿直,是草原上有名的神箭手。他箭无虚发,又准又猛,一箭能射穿两只梅花鹿。他之所以能够得到草原上最漂亮的美女乌云格格,就是凭着他忠厚的品格和出类拔萃的箭术,得到了莽古思贝勒的赏识,欣然把自己最疼爱的小妹妹嫁给了他。乌云格格和蒙格木贝勒非常恩爱,那日松是他们惟一的宝贝儿子。这些年,蒙格木贝勒在莽古思贝勒的大牧场里,协助管理牧业,很有功劳。莽古思贝勒便赏他们夫妻俩上百群牛羊,在科尔沁北部草原一带,又赏给他们一个牧场。他们有了自己的田庄和奴婢。那日松是他们俩心中最珍爱的生命和财富。

只有半袋烟工夫,蒙格木贝勒就飞马赶了回来,没等进门就喊着"那日松"的名字。那日松赶忙迎了出去,把阿布①的马拴好,亲近地拉着阿布的手进了屋。蒙格木贝勒坐好以后,那日松先给久别多日的阿布和额吉叩了头。蒙格木贝勒让那日松站了起来,问道:"小子,听说战事挺紧,你咋有空儿回来了呢?"那日松说:"这次我们发兵萨哈连,我在那儿捡了个小丫头。我挺喜欢她,不忍心把她送进赫图阿拉的奴才营里,把她带回来让阿布额吉瞧瞧,看您们喜欢不?如果喜欢,咱们就留下她。行不行?"乌云格格忙问:"她在哪儿呢?""就在外面的车上呢。"夫妇俩本来就是个热心肠的人,何况又是心爱的儿子特意领回来的,怎么能不喜欢呢?夫妇俩赶忙站起身来,命奴婢们快出去把小丫头抱进府来。

奴婢们匆忙出去,把小姑娘抱了进来。小姑娘初到这陌生的地方,

---

① 阿布:蒙古语,爸爸。

非常惊恐腼腆，低着头，站在地当央儿，一句话也不说。蒙格木贝勒一边吧嗒着烟袋，一边看着孩子。乌云格格微笑着慢慢地来到小丫头跟前，蹲下身子仔细打量着小丫头。小姑娘个儿不高，红彤彤的小脸蛋，弯弯的睫毛，一双水灵灵的大眼睛，浑身上下透着一股灵气。乌云格格惊喜地用蒙语说："哟哟，好俊秀的小姑娘，真是个招人喜爱的小天女啊。贝勒爷，你快看看，她多招人儿喜欢哟。"小丫头只会说女真语，不懂蒙古话，可能周围这和谐的气氛，使小丫头不太拘谨了。她仰着头，天真地瞅着周围的人。这时，蒙格木贝勒放下了烟袋，笑着看了看小丫头。他也打心眼里喜欢，由衷地说道："好哇！这是腾格里给咱们送来的彩雁、降赐的欢乐，是咱们家族的福分，咱们就好好收养着吧！"那日松因战事吃紧，安排完小姑娘的事以后，连饭都顾不上吃，便急匆匆地告别双亲，骑上了坐骑，德贝儿紧赶着轿车，二人回赫图阿拉大营去了。

从此，小姑娘便在乌云格格家住下来了。乌云格格非常喜欢小姑娘，专门拨给她一间漂亮的小屋，并选两个女奴侍候她。蒙格木贝勒待人随和，和乌云格格相敬如宾。乌云格格喜欢的人他当然就喜欢了。所以，蒙格木贝勒对小姑娘也很好。当时，正逢战乱年头，而且连年大旱，灾祸不断。乌云格格把不少难民留到她的部落里。部落里除逃难来的蒙古人外，还有鄂伦春、索伦、达斡尔、女真人等。她身边小丫头有好几个，有的是她捡来的，而她最喜欢的还是儿子给她送来的这个小姑娘。她非常聪明、伶俐、活泼、可爱。时间长了，小姑娘对这里越来越熟悉了，慢慢地还会说蒙古话了。这就越加显露了女真人的天赋和才华。女真人最爱唱歌、跳舞。小姑娘早在德钦部的时候，全部落人就都能歌善舞。特别是小姑娘在德钦部小王爷那里呆了一年多。德钦王爷身边有很多舞女，她们天天跳"玛克辛"①，唱"乌春"②。那时她虽小，但也耳濡目染，熟记了不少歌舞。现在，她虽是六岁的孩子，却能唱上百首北方民歌。她嗓音清脆、甜美，在辽阔的草原上能传出老远老远，十里八里都能听见她的歌声。小姑娘跟乌云格格在一起，又学会了不少蒙古人的礼俗和蒙古民歌。科尔沁部落的人，都非常喜欢地称赞她是大草原上的明月，是吉祥的百灵鸟。乌云格格给她起了个美丽的名字叫宝

---

① 玛克辛：满语，舞蹈。
② 乌春：满语，歌。

音其其格。这是一个蒙古名字，是个很好听的名字。纵使宝音其其格身边有女奴伺奉，乌云格格也总不离她左右，像慈母一般地关心她、照顾她。同时，乌云格格的善良、聪慧，对宝音其其格幼小的心灵有着很深的影响。

单说，乌云格格的哥哥莽古思，是草原上一位有名的大贝勒，在科尔沁一带威望很高。因他治家有方，对奴才们也不那么刻薄，所以，附近的牧民们都愿意在他的庄园里做他的雇工和奴才。莽古思贝勒的大妻早年谢世，现共有五个爱妃，最小的妃子嫁给莽古思时刚十几岁。这个妃子原是大草原一个牧民家的孩子。莽古思贝勒喜欢上了以后，便把她娶了过来。为了表示对她的宠爱，五个妃子中管她叫大妃。这个大妃的"大"字，不是头位的意思，而是表示尊贵，就是在家族里，谁最有权力，谁最受宠爱，谁就为大妃。莽古思贝勒的前几位妃子都有孩子，但都是小子，没有姑娘。第三个妃子有过一个女儿，结果早产死了。第四个妃子生了一个姑娘，后来得病，也死了。莽古思贝勒有六个儿子，就是没有姑娘。他非常想有个姑娘。因为北方民族非常喜爱女孩儿。跟中原王朝大汉族不一样，不是男尊女卑。女孩儿是家中宝，比男孩儿吃香，比男孩儿更受到宠爱。所以，莽古思贝勒把第五个小妃子娶到家后，在俩人甜蜜的交合中，他总向爱妃哀求："宝贝呀，你要啥我给你啥。我就求你给我生一个天下最美貌、最聪明的女孩儿。我一生中要是有了她，死也瞑目了！"莽古思贝勒为了能让大妃生个女孩儿，前四个妃子那里，他一个晚上都不去，天天和小妃子住在一起，俩人如胶似蜜。另外，莽古思贝勒又请来喇嘛给他诵经，让喇嘛帮助祈祷。他还让喇嘛给弄来不少圣药，他和爱妃吃。喇嘛也给他出了一些主意，说："你不要光吃鹿鞭，也不要光吃熊鞭，你还要吃一些雪豹鞭。雪豹鞭是咱蒙族和北方人最壮阳的一种药，你想办法弄一些，你们俩都要吃。你们还要喝雪豹血，要喝倩鸟血。倩鸟血让女的喝，倩鸟血最补血，它比鹿血、龟血都要好。"传说倩鸟一年只生下五个蛋，而且，一个母鸟只找一个公鸟，也就是五对。这五对一年只下二十五个蛋，这是在一个蛋也不损失的前提下，才能孵出二十五只小倩鸟来。这种鸟很珍奇，得到萨哈连北方去寻找。喇嘛嘱咐他们："一定要买这种鸟吃，让大妃多吃点。腾格里天神会保佑你们，生一个天下最美的女孩儿。她将来会成为名垂青史的人。"

腾格里赐福于人间，总给世人快乐和安慰。那是大明万历二十七年的事情。女真年叫天猪年。这一年六月的一个黎明，科尔沁草原百鸟鸣唱，鲜花似锦。东方的启明星放射着耀眼的光芒。草原猎人们惊呼着这百年未见的奇观！在万道霞光中，启明星迎出了早晨的旭日。俗话讲："星迎日，贵人出。"在这吉祥的日子里，从金色的宫殿般的大帐包里，传出一声清脆的女孩儿的啼哭声。天遂人愿！莽古思贝勒喜得一女，博尔济吉特氏。就是这个非凡的女孩儿，长大后成为大清国尊贵无比的孝端文皇后。但这是后话。

女孩儿的降生，使莽古思夫妇俩非常高兴。他们大摆宴席，并请来五十位大喇嘛焚香祝祷，诚谢腾格里天神对莽古思家族的恩惠和庇佑。然而，事与愿违，无限的欢乐却带来了无限的惆怅。这女孩儿生下来以后，天天哭个不停，从早晨哭到晚上，又从晚上哭到黎明，把莽古思贝勒和大妃搅得心神不定、坐卧不安。莽古思贝勒请了多少喇嘛给诵经也不行，请多少郎中看也看不好。莽古思夫妇愁得不知该咋办才好？这么惹人爱的小姑娘，不会笑，就是个哭，只是吃奶的时候不哭，就是睡觉的时候也只能抱着睡，一放下就醒，醒了以后接着又哭。这可累坏了不少奴婢，也愁坏了莽古思夫妇。

这桩怪事儿，很快传到了乌云格格的耳朵里。乌云格格听了很是着急。她知道，老哥哥很久以来就一直想要个女孩儿，这回好不容易盼来了，可倒好，不知啥缘故，就是哭个没完没了，也真急死个人，这让做妹妹的怎不惦念呢。她跟蒙格木贝勒商量："哥哥家生了一个宝贝女儿，咱们还没去看看呢。听说孩子生下来以后，不知什么原因，就是哭。哥嫂让这个小家伙给哭闹得茶饭不进，咱们去看看吧。"蒙格木贝勒见爱妻焦急不安的模样，马上放下手里的活计，爽快地答应了。他们准备好了奶茶、酒、鲜肉干和鹿脯及路上用的东西。那么都带谁跟着去呢？乌云格格首先想到的人，当然就是她最喜欢的宝音其其格了。小宝音在乌云格格家呆了一年多了，个儿也长了，也懂事了，更学到了不少知识。虽然她不是乌云格格亲生的，却像部落里的格格一样受到阖族的怜爱。乌云格格打心眼里想让哥嫂见一见她那聪明、漂亮的宝音其其格。自打小宝音来了以后，当蒙格木贝勒不在乌云格格身边陪伴的时候，晚上陪夜的人，常常就是宝音其其格。说实在的，乌云格格也真离不开小宝音。乌云格格忙唤奴婢们把小宝音接过来。

这时的宝音其其格在她的小屋里兴趣正浓地玩着呢。女奴过去把她领了过来。小宝音现在管乌云格格叫额吉。她张着两只小手，跑到乌云

第一章 梦鹰入怀

格格跟前，抓住乌云格格的手，眨着大眼睛，天真地问："额吉，找我什么事呀？"乌云格格拉着小宝音的手说："过来，让额吉好好给你打扮打扮，跟我一起上大舅家去。"小宝音很乖巧、很听话，和乌云格格也非常亲昵。乌云格格给小宝音穿上蒙族的九彩绣袍，扎条金丝镶蝶的彩带，戴上珠穗编成的百鸟银冠，穿双金丝盘成的小虎头鞋，把宝音其其格打扮得像花儿一样美丽。蒙格木贝勒向下人们叮嘱说："我走后，你们把家看好。不许打仗，不许喝酒，不许到外面惹事生非，看管好牛马。我一两天就回来。"奴才们跪地"喳，喳"地答应着。奴才们把四马轿车赶了过来。说："请贝勒爷、福晋上车吧。"蒙格木贝勒陪着福晋乌云格格，乌云格格拉着宝音其其格的手走出了帐包。帐包外面，早有奴仆铺好了织有花纹的羊毛地毯。他们踏着地毯，来到轿车旁边。乌云格格带着小宝音先上了车。蒙格木贝勒骑上了自己心爱的菊花小走马。他们的牧场离莽古思贝勒爷的庄园也就三十多里地。轿车一个多时辰就到了。

莽古思贝勒正坐在家里愁呢。有家人传报，蒙格木贝勒和福晋来了。莽古思贝勒一听妹妹和妹夫来了，分外高兴，马上起身到门口迎接。蒙格木贝勒跳下马，乌云格格领宝音下了车，向哥哥施礼问候。莽古思贝勒忙把他们拉进屋。乌云格格跟哥哥非常亲，他们是从小一起在马上长大的，现在见了哥哥还像孩子似地说："阿哥，这回你终于盼来个姑娘，高兴了吧！你得好好请请我啊。"莽古思说："咳，傻丫头，可别闹啦。你哥哥我现在什么心思都没有了。我们好不容易请来了一位天仙似的女孩，却整天哭个没完，把我和你嫂子俩愁的都不知咋办好了。"乌云格格说："阿哥，你不要心烦，别愁坏了身子。你先领我去看一看我那多日没见的小嫂子吧。我还真想瞧一瞧是什么样的小天仙，这么淘气，这么厉害，把我哥哥折腾得不得安生。"乌云格格调皮地搂着哥哥莽古思的胳膊，后面紧随着蒙格木贝勒。他们穿过两道用鹿皮圈成的甬道，甬道两旁是种满鲜花的花廊。百花盛开，香气四溢。他们来到了后堂一个装饰得更加阔气的大宫殿。

这个宫殿也是一个帐包式的蒙古风格的宫殿，很有气派。宫殿外一条铺着长长红地毯的宽阔甬道上，有三排穿着蒙古盛装的男女奴才跪地迎着来客。这时，过来两位美貌的女奴，彬彬有礼地向莽古思贝勒领来的乌云格格夫妇下拜问候。由她俩在前边引路，乌云格格等人穿过了一个富丽堂皇的大堂，来到了莽古思贝勒和大妃居住的帐包。

莽古思贝勒和大妃居住的帐包是用海豹皮围成的。海豹皮全是从很远的北极买来的。帐包里镶嵌着用各种鸟羽和兽皮剪裁成的花卉图案。四周摆放着几株花费上百两白银从中原买回来的名贵盆花。西墙处设有佛龛，供奉着佛像。佛堂前摆放着双狮滚绣球、天女散花、刘海儿戏金蟾三座形态各异、惟妙惟肖的喷香大铜炉，焚着的香烟从铜炉中袅袅升起。这香不是当地产的安春香，是专门从大明朝高价买来的云、贵一带的桂香。这种香一烧起来，香气异常。香味可飘散出十里、八里，既可祛邪驱瘟，又令人精神陶醉。

乌云格格无心观赏哥哥帐包的华丽景色，心里惟一牵挂的还是她可怜的嫂子和可爱的小公主。她不管哥哥和蒙格木贝勒，自己紧走几步到了前头，大步流星地进了嫂嫂住的帐包。不少奴才都认识她，知道她是莽古思贝勒的亲妹妹，见了她都下跪施礼。莽古思贝勒把蒙格木贝勒让到客厅，两人坐着喝茶。乌云格格自己直接进了嫂子的内室。她到了内室一看，呵！这里可真热闹啊！地当央儿站了三十多个奴婢，其中有个奴婢怀里抱着小格格，正不停地轻轻悠着。小格格照样一个劲地哭。可以看出来，这三十多个奴婢从早到晚就这么轮流抱着、悠着。小格格除了吃奶，剩下的时间全都得由奴婢们轮流抱着。就是这么抱着，她还哭呢。奴婢们可能一连几宿没得到休息，眼睛都红肿着。乌云格格再往里瞧，瞧见嫂子面容憔悴，半躺在挂着彩绣帷帐的暖阁里，像重病人一样，头上缠着布，两只眼睛哭得像桃似的。两个奴婢正给她轻轻地捶着腿，还有个奴婢端着参汤在一旁侍立。嫂子知道是乌云妹妹进来了，一边委屈得又抽泣起来，一边凝望着东墙叹息着。东墙上供着上师和喇嘛神像，下面摆着哈达，摆着鸡、鸭、天鹅、江鱼、葡萄等鲜美的供品。八个大银蜡台上，点着八根烫金红烛。香炉里插着整把的香炷，香烟缭绕。很多奴婢正匍伏在地上虔诚祈祷。

这时，莽古思贝勒领着蒙格木贝勒进来了。莽古思贝勒边走边说："爱妃，别哭了，听话。你看，谁来了？"他先命众女奴退了出去，又命两个女奴把哭闹的小格格抱到她自己的侧室去。孩子这一抱走，屋里马上就清静下来了。莽古思贝勒的大妃，是莽古思贝勒在科尔沁草原上百里挑一选出来的美人，是莽古思贝勒心中最皎洁的明月。她自从进入莽古思贝勒金碧辉煌的大帐以来，就一直得宠。莽古思贝勒像心肝宝贝一样地宠她、爱她。在那个时代，女人最受宠爱的资本就是有一个好的容貌，再就是能为自己心爱的丈夫生一个丈夫喜爱的孩子，就是人们所说

第一章 梦鹰入怀

的母以子为贵。因为莽古思贝勒最想要的是一个女孩儿,而且老天保佑,她真就如愿以偿地生下一个女儿。可是事与愿违,这个女孩儿生下来以后,不知什么原因就是个哭,怎么也哄不好。大妃心乱如麻、焦急万分。我好不容易才生了一个丈夫喜爱的女孩,这万一有个三长两短,我可怎么办呢?贝勒爷将来能不能变了心,再娶进一个妃子代替我。这是大妃最感到心里不安和伤心的主要缘故。莽古思贝勒打心眼里心疼爱妃,为她的忧伤和茶饭不进而焦虑。说句实在的,他对小宝贝的天天哭闹,确也心神不宁。可他更舍不得的是,眼见着自己的爱妃日渐消瘦,心里像刀绞一般地难受。这次,莽古思贝勒领着小妹妹乌云格格来到宝帐以后,满以为爱妃就可以转悲为喜,可爱妃照样不说话,也不瞅他们一眼。莽古思贝勒觉得很失礼,可又舍不得说自己的爱妃。好在这时,四周围的奴婢全都退出去了,屋里只剩下他妹妹和妹夫。他偷偷地回过脸,给妹妹递了个眼色,意思是让小妹妹劝劝自己的爱妃。乌云格格很聪明,一看哥哥给她递眼色,就知道哥哥是想让她打开这个僵局。乌云格格走过去,笑着给嫂子跪下了,蒙格木贝勒学着妻子的样子,上前紧走几步,也跪下了。夫妻双双说道:"嫂子,妹妹乌云、妹夫蒙格木来看望兄嫂,给您请安了,敬望嫂子珍爱贵体、玉容,不要悲伤。我们和兄长莽古思一同祈求神灵保佑。我们相信,兄嫂是世上心肠最好的人,必会吉祥普照,用咱们的一片真诚感动神灵吧!请求神灵降临兄嫂的帐包,让小格格快快好起来。妹妹我愿意每天在这里陪伴着嫂子,您可别再伤心了。您这样,我的兄长他的心里多难受哇。他也愁了多少天,饭茶不进,嫂子,你可怜可怜他吧。为了我的哥哥,为了我们莽古思的家族,也为了嫂子您。我求您了,求您了。"说着,乌云格格站了起来,扑到大妃的怀中,号啕大哭起来。站在旁边的蒙格木贝勒一看这种情形,又着急、又不知所措。他心想:你这不是火上浇油吗?本来是想让你劝劝你嫂子,可你怎么也跟着哭起来了呢?莽古思贝勒急得直搓手,说:"妹妹呀,你这么一哭,不是帮倒忙了吗?"说也奇怪,乌云格格这样一哭,好像有魔力一样,大妃马上不哭了,反倒劝起妹妹来。大妃也很喜欢乌云格格,论年龄,大妃远没有乌云格格大。这年,乌云格格已经三十多岁了,大妃才是一个二十二岁的年轻女子。乌云格格非常尊敬自己的哥哥,亲近自己的哥哥。哥哥爱的人,就是她心上的人。所以,乌云格格对大妃一直很尊敬。大妃也像对自己的亲姐妹一样对待乌云格格。大妃心里也知道,乌云妹妹是个很聪明的人。她最有办法,每逢贝

雪妃娘娘和包鲁嘎汗

勒家里有了难事，莽古思贝勒都把乌云妹妹接回来，让她帮助出谋划策。她出的主意总是又对又好。所以，乌云格格在她的心里就是太阳，就是光明，是个能逢凶化吉的吉祥人。这次又赶上她不知所措、万般焦急的时候，乌云妹妹来了。大妃好像看到了希望，这是令她破涕为笑的重要原因。另外，乌云格格这一哭，也使她很受感动。看来乌云妹妹跟她们夫妻俩确确实实是心连心。所以，她对乌云格格更喜欢，更亲近了。乌云格格看嫂子不哭了，她马上把眼泪一擦，站起来，给嫂子解下了头上缠着的彩布，帮助她梳理一下乌黑的长发，又用白绢给她擦拭脸上的泪痕，说："嫂子，妹妹我给你好好梳梳头，擦擦脸。我要好好看看你那漂亮的小脸蛋。"乌云格格这么一说，把莽古思贝勒和蒙格木都给逗笑了，屋里的气氛一下子变得轻松、愉快了。这时，莽古思贝勒还惦记自己心爱的小格格。他让奴婢把小格格抱回来，让乌云格格看看。大妃这时也想起来自己那好哭的、在襁褓中的小爱女。她也忙唤奴婢快把小格格抱回来。说起来，乌云格格也真想见见这个闹人的小祖宗。

　　小格格这时正躺在小摇篮里睡觉呢。两个奴婢在旁边轻轻地摇晃着。小格格的小摇篮可不一般。半卧式的小摇篮，是用朱红色的檀香木板加上皮条连接起来的。摇篮不大，但却镶有金边，坠有很多佩饰。小摇篮里铺着用鸵绒和金丝线绣成的一群鸣叫着的紫燕和双鹊登梅的小香褥子。香褥的四周镶嵌着百余颗东珠。小格格盖的是一床彩蝶、牡丹、朝阳如意被，又叫彩蝶牡丹如意毯。这种被子轻柔保暖，是用天鹅绒填充而成，四周用银丝线镶边。被面上绣着栩栩如生的彩蝶和牡丹。彩蝶、牡丹中间傲立一只朝阳鸣唱的小凤凰。这是一床非常美的小花被。小格格就睡卧在这个如花似锦的小摇车里。别看小格格小，她的小帽子却价值连城。这是一顶用上百颗从江南买来的玛瑙、琥珀、彩玉和脑温江的珍珠做成的成吉思汗式的金顶遮沿小帽。这种帽子，是蒙古族贵族们很喜欢戴的帽饰。蒙古族妇女随着年龄的增长，所戴帽子的帽桶越来越高，像个塔形。因为小格格小，所以她的帽子非常小，只是用珠子堆砌成的一个尖顶小帽。

　　莽古思贝勒命奴婢把小格格抱过来的时候，小格格正微闭着双眼，似睡非睡。脸上有时还抽动着，小嘴有时还扭动着，好像自己受了多少委屈。奴婢把睡有小格格的摇车高高举过头顶，弯下腰捧到了贝勒和大妃的跟前。乌云格格忙走过去把小摇车接过来，捧到自己的胸前，亲昵地看着小格格，轻轻地亲了亲小格格的小脑门和她头上戴着的小绒帽。

第一章　梦鹰入怀

两个奴婢半哈着腰,轻轻地退到了下人站的位置,垂手站立,等候吩咐。乌云格格这一亲,把小格格给惊醒了。她睁开眼睛,嘴一咧,就想要哭。众人一下子都惊慌不已,围上来不少奴婢,忙着想要把小格格抱走。

再说,就在乌云格格跟哥嫂说话的时候,站在一旁的宝音其其格,始终悄悄地看着眼前的一切。因为她对这里不熟,随乌云格格来了以后,她始终非常规矩地站在一边,一声不吭。乌云格格把小格格抱过来的时候,她也往前凑了凑,看看小格格。她还是头一遭看见这么大的小孩儿,感到挺新奇。小格格咧着小嘴儿刚要哭,就在这时,她一下子瞅到了正在看着她的宝音其其格。宝音其其格就像有吸力似的。小格格的眼睛一下就定住了,小嘴也慢慢地收拢回去了。她的两只小手扎煞着伸向了宝音姑娘,呵呵地笑了起来。小格格这一奇怪的举动,把屋里的人都看呆了。莽古思贝勒他们刚才只顾着忙小格格的事,对站在身边的小宝音也没注意。这时他们才发现,身边还有个这么漂亮的小丫头。莽古思贝勒看到宝音其其格也很吃惊。他寻思着,哎呀,哪来的这么美丽的小天仙呀!没想到,世上除了我这个既可爱又爱哭闹的小宝贝外,还有这样一个小美女,简直太漂亮了!不管怎么样,闹翻了天的小格格不哭了,悬在大家心里的一块石头总算落了地。大妃笑了,莽古思贝勒也笑了。

说来也真怪,自从乌云格格领着丈夫和宝音其其格来了以后,小格格再也不哭闹了。莽古思贝勒的家里,从此也安静了。乌云格格住了几天后,准备跟随丈夫回去。当然,宝音其其格也得跟着回去。大妃一看着急了,就跟丈夫莽古思贝勒说:"你快去跟妹妹好好说说,看能不能把宝音姑娘给咱们留下,让她陪着孩子。如果能把宝音给咱们留下,可真就太好了!我会永远感激她的!"莽古思贝勒刚想跟妹妹说,站在一旁的乌云格格早就听到了,忙说:"嫂子,你说哪去了。只要你需要,别说宝音姑娘,就是需要我,我也来陪你呀。哥哥,你不用说了,我把宝音给你们留下了,让她陪伴小格格。庄园里还有很多事呢,我和蒙格木就先回去了。"莽古思夫妇喜出望外,自然说了一番感谢之词,说书人在这里就不多说了。

单说宝音其其格就这样留在了莽古思贝勒家。她从此成了莽古思家中最受宠的客人,或者说成为莽古思贝勒家中的显赫一员,地位仅在小格格之下。宝音其其格天生聪慧,善解人意,待人处事都格外讨人喜欢。莽古思贝勒家中的上上下下，没有不喜欢她的。特别是他们家的掌上明珠、活泼天真的小格格，别看她小，却非常愿意跟宝音姑娘在一起。她总愿意让宝音其其格坐在自己的摇车旁，听她咿呀、咿呀的说话，更喜欢宝音其其格抱着她，东走走，西看看，她俩整天形影不离。小格格跟宝音其其格要比跟众奶娘和大妃亲近得多。莽古思贝勒也非常喜爱宝音姑娘，给她送来蒙古姑娘最喜欢穿的漂亮衣袍，戴的各种花饰、头饰，又给她腰间挎满了各种金锁、银锁，走起路来，叮叮当当的声音非常悦耳动听。有一天，宝音其其格被莽古思贝勒叫到跟前，大妃也坐在莽古思贝勒的身边，小格格由奶娘抱着。莽古思贝勒慈爱地对宝音姑娘说："你这天上飞来的小百灵，都说你的嗓音最好，歌声最美，能不能给我们唱一支歌呀？"宝音姑娘大大方方的，笑着站了起来，说："好吧，我唱什么呢？就唱乌云额吉教给我的《西江水》吧。"

宝音其其格望着渐渐远去的西辽河，望着蓝天白云，望着绿野上一片片的牛羊，望着眼前这美丽的景色，放开喉咙大声唱道：

"西江水呀，西江水，
你是天母的玉带，
降到了人间。
你化成了我们蒙古人的
金河、银河、财富的河。
你让我们敬爱的莽古思王爷，
代代金银铺地，
牛马满山坡，
幸福无疆。"

宝音其其格的歌唱完以后，把莽古思贝勒一家人乐的前仰后合。
就这样，从乙亥年，也就是从我们女真人古历的天猪年初夏起，宝音其其格这个被从黑水河畔救回来的无家女，在乌云格格的牧场里仅仅安度了一年的时光，就来到了科尔沁草原最著名的王爷莽古思贝勒的美丽、富饶的庄园。由于宝音其其格的到来，医治了小格格无名的哭闹。莽古思夫妇把她视若神明，认为她是腾格里天神派下来的，是拯救他们的神灵，一点也不敢轻视、慢待宝音姑娘。她的所有吃、穿、住、行，都是贝勒和他的大妃亲自安排。宝音姑娘的地位，比牧场里的任何一个人都尊贵无比，甚至莽古思贝勒和大妃就把她看做是自己的格格。此时，宝音其其格仅仅七岁。

时光像流水，转眼工夫，宝音其其格在莽古思贝勒和他的爱妃身边，已经住了近六个年头。这六年，对宝音其其格来说是最宝贵的六年。这六年当中，她了解了蒙古人，亲近了蒙古人，也更信赖了蒙古人。她本身也处处像个蒙古人。这一年是甲辰年，大明朝万历三十二年，也就是女真的天龙年。这时，宝音其其格已经长到十三岁了。十三岁，对于北方姑娘来说已经是一个成熟的年龄了，也就是说，宝音其其格已经成了一个名符其实的美貌的大姑娘了。小格格这时也差不多七岁了，正好是当年宝音姑娘到乌云格格家的年岁。小格格从小就是在非常富有的家里长大的。她娇生惯养、锦衣玉食，身边有上百个男、女奴才侍候。而且莽古思贝勒又给她请来了喇嘛，天天给她诵经，保佑她。小格格在宝音姑娘和众奴才的侍候下，在莽古思夫妇的疼爱下长大了。她越长越俊俏，而且也挺明白事理。俗话说，近朱者赤，近墨者黑，跟什么人像什么人。小格格跟宝音姑娘的性格确实很像，宝音姑娘也非常喜欢她。当时能够接近小格格的人，除了侍候她的人之外，再就是宝音姑娘了。她最喜欢的就是宝音姐姐。所以，她跟宝音之间的感情非常深，从小就非常亲。她总希望宝音姐姐领着她出去到外面玩，在众多奴才的护卫下，到大草原的深处骑马、射箭、唱歌、跳舞。总之，小格格在宝音其其格的精心呵护、带领下长大了。她不再是以前那个爱哭的小女孩了。莽古思贝勒非常高兴。他把自己心爱的小格格看成是他们科尔沁家族的骄傲和希望。

莽古思贝勒非常感激宝音其其格，把宝音其其格当成他们家族的一个重要的贵人来对待。宝音其其格这几年长得越发标致了。她天资过人，办的每一件事考虑得都非常周到。莽古思贝勒有时商量一些事，都不去找他妹妹乌云格格，而是把宝音姑娘叫到跟前，跟她说："宝音姑娘，我现在又遇到了什么、什么事，你帮我想想办法，我该怎么办好？"宝音姑娘常帮着出些主意。莽古思贝勒总是把宝音姑娘当做自己最亲近的人来对待，但宝音姑娘做事却总是留有一定的分寸。俗话说：花香能招来蜜蜂；有了要孵蛋的母鸭，总会招来数不清的公鸭围着它闹个不停；母鹿长大了，总能招来成群的公鹿。宝音其其格的名声越来越大，她已经成为科尔沁草原最受男人思慕和追求的一个美丽姑娘了。

第一章 梦鹰入怀

莽古思庄园真是热闹得很。往年，这个庄园只是科尔沁草原一个百里闻名的大庄园。莽古思贝勒的为人，又为附近百里内的蒙古人所赞颂。而现在不同了，这个辽阔而富有的大庄园，又嫣然升起了两个明亮的小太阳：一个是小格格，再一个就是宝音其其格。她俩给莽古思家族增添了不少光彩。而最为草原所瞩目的是宝音其其格。她像一株出水的芙蓉，含苞欲放的花朵，娇艳诱人。天天有络绎不绝的牧区首领们，从草原的四面八方，来到莽古思庄园，找莽古思贝勒聊天、饮酒、跳舞，想法让莽古思贝勒高兴，目的就是能一睹宝音其其格的芳容。莽古思贝勒盛情款待这些朋友，这些人大都是附近庄园的，有的也很有名气。既然来的都是自己的客人，自己又不好回拒。莽古思贝勒也真找不着一个回绝的好办法，天天只能是这样应付着。更主要的是，来的人都不是空手来的，都带了很多礼物。因为周围的庄园也都非常富有。在北方少数民族中，相互间都比什么呢？最主要的就是比财富、比奴隶、比牛马。看谁的财富多？谁的牛马多？谁的奴才多？所以，每回来的客人都不是一两个人空着手来，来一次就是一个马队。由主人领着，马队都有上百匹马，马上都驮着各种礼品。有的人赶着勒勒车来。勒勒车在大草原上可是个宝贝，它的制作非常简单，车轮是用一棵树的树干弯圆制成。安上木制的车"胡轳"（轴眼），穿上木制车轴，安上车篷就成了车。勒勒车有时常用七八匹快马来赶，走得特别快。因它的两个车轮子特别大，远高过车厢，行进起来不容易倒，也不容易陷进泥沼。所以，不管在什么样的塔头甸子上，什么样的草塘湿地里，它都能过去。而且，它们一来就是十几辆、二十几辆。车篷里头坐的有男、有女，有的会唱歌，有的会跳舞，有的专能讲故事。这些人想方设法逗莽古思贝勒开心。宝音其其格因为住在内堂深处，外面所发生的一些事情，开始她是不知道的。莽古思贝勒从心眼里，不希望闲杂人等骚扰自己心爱的宝音姑娘。所以，根本不让他们见宝音姑娘，就把他们打发走。大草原各部落凡来瞧看或追求宝音姑娘的人，往往都是高兴而来，扫兴而归。

说起来，宝音其其格这时已经到了成熟的年龄了，什么事儿都明白。她打心眼里感激救了自己命的那日松，感激那日松的额吉乌云格格，更感激莽古思贝勒全家族对她的盛情款待，使她美衣玉食，过着格格般的生活。但是，宝音其其格是很有心计的人。她所想到的，并不仅仅是眼前的这一点点享受，想得更多的是自己的将来。她已在莽古思贝勒的庄园里住了挺长一段时间了。由于她待人诚恳、热情，心眼又好，不少人暗地里关心着她，纵然她深居在远离繁杂人际关系的内堂，却有很多人悄悄告诉她外面所发生的事情。有人告诉她："现在，咱们的庄园里可热闹了，很多人来向你求婚。今天，贝勒爷又在前厅迎客呢。"过两天又有人传告说："又来了一伙求婚的，来有多少车，带了多少礼物……"宝音其其格对外面所发生的这一切，根本没有心思去考虑。因为这些天来，宝音其其格的思绪已经很乱了，在姑娘的心灵深处，已经有三个男人的影子闯进了她的生活。一个男人就是莽古思贝勒的大儿子，庄园的管家色音布尔；第二个男人，是乌云格格的爱子，她的救命恩人那日松；第三个男人，是她非常尊敬的主人，就是这个庄园赫赫有名的莽古思贝勒。这几个人，搅扰着情窦初开的宝音其其格的心。

　　色音布尔，今年二十五岁。他长得相貌堂堂，一表人才，是大草原上一只矫健的雄鹰。他身骑骏马，腰背一杆色木硬弓。他的箭法相当好，有时一箭射穿两只黑熊。他的马术也很棒，在马上用套马竿一连能追捕到两只马鹿。高超的技艺，使他闻名于科尔沁草原。在蒙古草原举行的春秋两季的"那达慕"①盛会的箭法比赛中，在强手如林的较量中，色音布尔总是独占鳌头。每次像山一般的丰硕奖赏，总是非他莫属，人们都投来羡慕的目光。这小伙子到现在还没有成亲。莽古思心里也希望给儿子找一个他自己喜爱的女人。不是他找不到年轻貌美的姑娘，有不少人给他说媒，但是，色音布尔一个都没看中。色音布尔把他整个的精力、智慧，全都献给了他的阿布莽古思贝勒的事业，每天在为整个部落忙碌着，他把部落管理得井井有条。莽古思贝勒非常喜欢这个儿子，在他的几个儿子当中，认为他是最能干的，也是最聪明的。莽古思贝勒很信任他，对他也寄予很大希望，认定他将来定是莽古思家族最好的继承人。正因如此，色音布尔在整个家族中很有地位，很有威望。因为他统管庄园，常到他阿布身边商讨一些事情。如，牧民的生活、牧群的发展、部落的纷争等等，都怎么解决？他都得跟他威严的阿布一五一十地吐露自己的想法。每当他拜见莽古思贝勒和大妃时，在他们身边常常有小格格和宝音其其格。所以，他常能见着宝音姑娘。宝音其其格的人品和美貌都是出类拔萃的。宝音其其格的歌声与舞姿，他也多次品享，而且被迷住了。常常是在宝音其其格唱完、跳完以后，人家已早走了。他依然一个人骑在马上徘

---

① 那达慕：蒙古语，娱乐、游艺。

徊，在月光下发呆。宝音其其格的歌声还萦绕在他耳边，留在他的心怀。他很早就爱慕和关心着宝音其其格。

就在小格格五岁多的时候。有那么一天，小格格闹着让她的宝音姐姐带她到西江捞鱼去。西江水也就是西辽河的水，那年正泛滥，河面非常宽，河水非常急。一般发水的时候，河里会有很多的大鱼。西辽河也是如此，有些哲罗鱼都有一二百斤重。也不知小格格是听哪个奴才讲的，说河里的鱼好看，她就异想天开，要捞鱼去。她先让她额吉领她去。大妃说："我的小祖宗，那块儿咱可不能去呀。那里正发大水，很危险的。再说了，咱们后院里养了那么些鱼，都多好看哪。你想要什么鱼，额吉就让奴才给你捞什么鱼。西辽河说啥也不能去，好孩子，听额吉的话。"大妃没答应她。她又去缠莽古思贝勒，让她阿布派人跟她去，老贝勒也没答应。小格格灵机一动，偷偷地跟宝音姐姐说了。宝音姑娘也是一个好闯荡的人，她心想：小格格是金枝玉叶，从小就娇惯成性。她想要做什么，就必须得做。她想要什么，除了天上的月亮摘不下来，其余的贝勒爷夫妇都满足她。她现在说要去西辽河，就一定得去成。不过，要是去的话，得跟大妃和贝勒爷说一下。她又一想，贝勒爷夫妇这么信任我，他们知道这事以后也一定会让我去处理。行啊，我想办法糊弄糊弄她，带她走一圈，道上我好好保护着她。我们早点回来，估计不会出什么事的。她心里这样想着，嘴里就答应了。时隔不久，宝音其其格选了一个好天，请老管家给套了一个最漂亮的彩车，选了几个猎手跟着。走前她让身边的奴才去告诉大妃，说她领小格格出去转一转，一会儿就回来，请大妃不要惦念小公主。她们很快出了庄园，大车顺着一条绿荫荫的大道，往河边走去。

这时天气还挺好，蔚蓝的天上万里无云。可是走着走着，天空突然乌云密布，雷雨交加。草原的天就是这样，像孩子的脸，说变就变。小格格听到雷声非常害怕，趴到她宝音姐姐的怀里哭起来了。宝音其其格赶紧命奴才们快把车往回赶。由于草原的道都是泥道，一下雨非常滑。他们把车往回这么一赶，车轮一下子陷进了一个深沟里，怎么也出不来了。这可怎么办？雨越下越大。宝音其其格和猎手们都非常焦急。有的猎手和宝音其其格商量："是否派人回去禀告贝勒爷一声。"宝音姑娘说："赶紧想办法把车拉出来。现在你回去告诉贝勒爷，贝勒爷不知是怎么个情况，听了不是更着急嘛。"就在这个时候，大家听到了一声狼叫。紧接着，呼啦一下子来了一群狼，把他们就围在里头了，把车子围

第一章　梦鹰入怀

025

得水泄不通。那时候，草原的狼群非常多。有的狼群有上百只狼，大一点的狼群有数百只狼。不管你有多少人，也不管你有多少刀和棍。它们见人咬人，见马咬马。你把这个打死了，那个又冲上来了，直到把你吃掉。这些人一见狼来了，都慌了神了。马也吓得扬起前蹄咴咴直叫。就在这万分危急的时刻，飞奔过来一支马队。马上有一个武士和四五名猎手。只见那个武士一箭就射穿了那只带头公狼的前心。头狼一死，就像兵丁没有了指挥，狼群一下子就乱了。其他几个猎手，连射箭再用刀砍，很快就把狼群打跑了。惊魂未定的宝音姑娘她们，这时才看清了，赶来救她们的这位马上小将，原来就是草原神箭手色音布尔。大家都非常感激色音布尔的救命之恩，尤其是宝音其其格。开始宝音其其格见狼群把她们围上了，心里就想：这下子我可闯下大祸了！我死了倒不要紧，但这里有贝勒爷的宝贝格格呀，那可是天上的太阳啊，小格格要是有个三长两短，我怎么能对得起莽古思贝勒对我的厚爱，怎么能对得起莽古思家族对我的恩惠。这可怎么办？就在这千钧一发的时刻，腾格里天神有眼，派来了最勇敢的猎人色音布尔，打跑了狼群，把她们救了出来。

宝音其其格打心眼里感激色音布尔，都不知道说什么好了。色音布尔到了近前，一句埋怨的话也没说，命令大家赶紧把车抬出来，又一路护送她们回到了家。色音布尔心里非常明白宝音是怎么想的。他安慰宝音姑娘说："这件事我不会对我阿布讲的"。宝音姑娘心里清楚，如果色音布尔对贝勒爷讲了，贝勒爷吓出一身冷汗不说，还得怪她这件事怎么办得这么糊涂。所以，宝音其其格打心眼里敬佩色音布尔。

单讲色音布尔怎么这么巧就遇上宝音其其格她们了呢？其实色音布尔心里早就有了宝音姑娘，早就注意宝音姑娘了。宝音姑娘走的时候，色音布尔就知道。他心里就特别惦念。一看天不好，他马上就带几个人打马追了上来，正巧望见宝音其其格她们被狼群围上了。色音布尔赶紧和几个猎手冲向狼群，经过一阵射杀，狼群被打跑了，救下了宝音其其格她们这些人。宝音其其格经历了这场劫难，跟色音布尔自然亲近了许多。不仅如此，色音布尔对她的关怀的话语，细致地照顾，使她感到格外亲切。色音布尔对宝音其其格的情感，宝音其其格不是不知道。宝音也知道色音布尔是个好人，但她只是把他当做他们家族里一个有名望的未来的主人来尊敬、来爱戴，并没有想到要嫁给他。作为宝音姑娘来说，因繁杂奇异的经历和幼稚的心灵，她倒不一定对个人的归宿有什么过高的要求，她也没有那么高的奢望。因为她知道自己的身份，而且她也知道自己的命运并不完全掌握在自己的手里。然而，色音布尔目前在姑娘的心灵深处，已占有了很重要的位置。

还有一个英俊、忠厚的男人，更令宝音姑娘萦绕脑际，无法排遣。这又是谁呢？他就是乌云格格的儿子那日松。说书人在前面讲过，那日松现在正在努尔哈赤那里为建州效力，他是努尔哈赤手下一个重要的大将。乌云格格惟一喜欢的儿子就是那日松。当初，那日松把宝音其其格送到他家的时候，他额吉看到小宝音长得又好看、又机灵、又聪明，就曾悄悄地对儿子说："我的宝贝儿子啊，你真有福气呀！这是老天送给你的。将来她一准是我的一个好儿媳妇呀！"乌云格格早就希望宝音其其格能嫁给那日松。那日松嘴上虽然没说，但是心里也很喜欢宝音其其格，否则他也不会把她带回家。那日松只是觉得自己年纪还小，娶媳妇那是以后的事。宝音姑娘也知道，她是那日松救回来的。那日松曾经多次回家看过宝音姑娘。那时，宝音其其格还小，并不懂男女之情，只是把那日松当成自己的救命恩人，她很尊敬的乌云格格的儿子来对待。自从宝音其其格到了莽古思庄园以后，那日松还来过两次看她。宝音其其格从那日松的眼神和他的不自在的表情里，都能看出那日松的心里对她深深的爱。

第三个男人，一提起他，宝音其其格都觉得有点脸红，难以启齿。这个人就是他尊敬的庄园主人莽古思贝勒。很久以来，宝音其其格越来越觉察到，莽古思贝勒一直对自己那么倍加殷勤的关爱和照顾，使她感到无法承受和过意不去。莽古思贝勒是众人崇仰的一位大庄主，为人非常和蔼，对她也非常好。她在这里地位显赫，受人尊敬，享受荣华富贵，不全靠莽古思贝勒对她的宠爱吗？不都是莽古思贝勒给她的吗？莽古思贝勒虽然五十多岁了，只要他说一句话，很多女人都愿意跟他。但是，随着自己渐渐长大，莽古思贝勒对她的喜爱之情，也越来越发生着深深地变化。这些作为一个女孩子来说，完全能够体会得到。她也感觉到了老贝勒对她的感情在一天天的增加，从他说话的语气，对她的体贴照顾，都能感觉到和一般人大不一样。宝音其其格为此尴尬的窘境自己也左右思忖过。在他们父子二人中，儿子色音布尔在她心里所占的分量，要比阿布莽古思贝勒所占的分量多得多，可她又不愿意使老贝勒太伤心难过。在宝音其其格的内心深处，对她寄予深情的三个不同的男人，她都有不同的对待方法。总之，宝音其其格采取了亲色音布尔、敬

第一章　梦鹰入怀

027

那日松、疏老贝勒的态度。

宝音其其格在巧妙地处理三者关系的时候,最使她辗转反侧的,是处理好与莽古思贝勒的关系。她曾经多次通过大妃,或有时当面恳求老贝勒爷,要拜他为阿布。但是,均被莽古思贝勒婉言推诿了。他说:"咳,我可不敢让你给我当女儿啊!你比我的女儿该得到的财富、享受的富贵应多得多!你对我莽古思家族的贡献,不是我的女儿能办到的。"这些弦外之音,宝音其其格都听出来了。其实,大妃也愿意让宝音其其格做她的女儿,做她们家族的一个格格。大妃心里也明白,从莽古思贝勒的眼神中也看出来了。老贝勒和她感情虽然很好,但自己男人的变化,做女人的是第一个能感觉出来的。她深知,自己对于贝勒爷这样的男人来说,就像过眼烟云。他们像走在花坛中的游客一样,今天摘这朵,明天摘另外一朵,采完了后一朵,就把前头那朵扔掉了。所以大妃也极力帮助宝音其其格做莽古思贝勒的工作,但是,莽古思贝勒不同意,总是用其他一些话语来搪塞她,有时干脆装作听不到。他越是这样,大妃心里就越紧张。大妃一看这势头,自己暗暗伤心落泪。大妃在忧伤、郁闷的时候,遐想到了一种可怕的结局:莽古思贝勒另求新欢。自己孤身一人,身边惟一的亲人,就剩下小格格了,想到未来孤单母女的惨状,她想到了妹妹乌云格格。看来,只有把乌云格格接来,让乌云格格说服她的哥哥,再没有别的办法了。

时间过得真快,转眼进入甲辰年秋尾的季末。按女真年算,正是天龙年深秋的时候。科尔沁大草原秋高气爽,万里无云。一群群大雁鸣唱着飞向南方。再有一个多月,寒潮就要降临了。可是,莽古思贝勒的心却火热百倍,他正在抓紧筹划着一桩别人想不到的庞大的显富举动。他要邀请科尔沁大草原上与他临近的各大部落的首领们,齐到他这儿来聚宴。论起来,蒙古大草原地域辽阔。科尔沁草原仅占蒙古大草原中北部的大半个地方。居住在蒙古大草原西部、南部的大小部落还有很多,有扎鲁特部、喀尔喀部、察哈尔部等。但从疆域、财富、草原的美丽和富有来说,科尔沁草原占据的地方最好。整个辽河流域的北半部分和脑温江的中上游都属科尔沁部的领地。这里有科尔沁部大小王爷们所占据着的田庄和牧场。在这些部落里,除其领地、权势和影响最为显赫的莽古思家族等几个大部落外,比较出名的还有:那钦贝勒的那钦部、柳忻贝勒的柳忻部。此外,还有毕拉部、孔格部、胡色部等较小的部族。这些部族,当时刚刚兴起,还没被明朝承认,其头领还没被封为贝勒。然而，他们自为部落之首，自封为部长。他们具有天不怕、地不怕的禀赋，敢拼敢打、不示弱、不惧强，所以发展很快。这些部落大都是沿着脑温江支流建立屯寨和牧场。比如说，在北边的南温河、乌库库尔河、甘河、阿伦河、亚鲁河等等这些河流附近，就聚集着这样一些部落。他们依山傍水而居，充分地利用了那里丰硕的自然资源，渔业、林业、牧业都十分繁荣。他们虽丁勇不多，却非常富有，有很强的实力。当然，比较强大的部落还属科尔沁草原上的莽古思庄园。他兵强马壮，占的地域也相当好，正是科尔沁中部和北部一带，有的地方还深入到喀尔喀部和扎鲁特部的边域。所以说，他占有着天时、地利的好条件。

说书人在前书讲了，很多部落现已传开了：莽古思贝勒得了一位举世无双的年轻美女。但耳听为虚，眼见为实。各部落的首领们都想亲眼见识见识这位美人。他们来到莽古思贝勒这里，表面上是老朋友间的叙谈，而实际上都在暗暗地打着小算盘。有的人不仅想见到宝音其其格，更想把美丽的宝音其其格弄到手。但是，莽古思贝勒没有满足他们的要求。时间一长，莽古思贝勒考虑到，自己老这么应付也不是办法，不如索性办一次有联盟长、部落长参加的盛宴，把他们都请到我这儿来。一是让他们看看我的殷实，借机显示一下我在众部落长面前多有号召力。二是大伙不都想看看宝音姑娘吗？我就满足他们的心愿。我要让我的宝音姑娘好好露露脸，让你们也见识见识什么是世上最亮的明月、最美的美女。她就在我的身边，她将来就是我的爱妃。你们趁早死了这条心吧。这些虽是莽古思贝勒的心里话，但也正是他筹办这场盛宴的初衷。

现在，莽古思贝勒决意在科尔沁草原上建一座"藏娇楼"，也叫"藏美楼"。这在大草原可是一桩新鲜事儿。在早，人们只是听说中原王朝有过"藏娇楼"、"藏美楼"。大秦朝建造了一个"阿房宫"，里头住着好些美女，专供皇帝享用。而蒙古人历来都是以放牧为生，一年四季依靠牧群游动。牧群到了什么地方，他们就在什么地方架起帐包，开始生活。大草原上根本没有什么宫殿。不要说宫殿，就连土房子都很少。后来，随着草原的发展，强大的部落陆续形成以后，居住的蒙古包也随之出现一些精美的装饰。新建起来的一些大的帐包上，开始点缀着越来越精美的图饰。如刺绣的金花粉饰、金银粉饰。帐包两旁，高耸着红纱串串彩灯等等。事实上，它仍然保持着蒙古包的传统形状。可这次不同了，莽古思贝勒在汉文化的影响下，要给草原人带来一个新的惊喜。他想：我要凭靠我的艺师，施展我的智能和才华，让大草原出现一座举世无双的房子。

　　那么，艺师是什么人呢？是莽古思贝勒近年来为了便于跟明朝的联络和沟通，从中原重金邀请来的传授中原王朝的礼仪、建筑和文化知识的一批文化人士。他这次傲然提出建草原第一楼的想法，就是受汉人老师的训诲，知道有个"金屋藏娇"的谚语。他想：我也像中原王朝的皇帝一样，在我们科尔沁草原建一个"藏娇楼"，让我美丽的天女宝音其其格住到那里，让各贝勒看看我莽古思不是寻常之人，暗喻他想凌驾于各位贝勒爷之上。于是，他派人进了关，请来了五百名汉人工匠，给他建造"藏娇楼"。他工期要求得非常短，要在半年之内把楼建起来。有的工匠说："时间太短了，建不成。"他就说："你们要什么我就给什么，你们提出什么条件我都答应。只要你们能按我要求的时间把楼给我建好就行。"就这样，这些汉人工匠们，每天披星戴月，日夜不停，用心赶造"藏娇楼"。

　　秋天，正是羊羔出生的时节。今年科尔沁草原莽古思庄园里，羊羔确实丰收。白花花的羊羔，毛茸茸的，真招人喜爱，成群结队的，像一片银色的海洋，在大草原上涌动着，生机勃勃，壮观美丽。莽古思贝勒为了显示自己的富有，命令管理牧群的奴才们，赶制马奶、羊奶、牛奶。因为蒙古人除喜欢喝牛奶、羊奶外，还喜欢喝马奶。马奶的营养价值非常高，油脂也非常少，味道特别清香，而且可以治病、健身。奴才们挤了上百桶马奶，上百桶牛奶，上百桶的羊奶。这些奶有的要做成饮料，有的要做成奶酪，有的要做成奶皮、奶干、奶的糕点，准备大宴的时候用。另外，他们又杀马、杀牛、杀狍子、杀鹿。蒙古人也非常爱吃马肉。自古以来，他们都是以马肉充饥。因为他们的马非常多，马肉可以当粮食吃，可以做肉干，做粥，还可以炖着吃。还有牛肉、狍子肉。奴才们把这些肉在草原上堆得像肉山似的。这还不算，莽古思贝勒还专派人远涉北海，在北海的费雅喀人手里买回来海鲸、海鱼、海狮。这些有的是吃的，有的用来做工艺品，像海狮牙、海象牙，这些都是雕刻用的。他们还在河边搭起了不少支架，点起篝火烤全羊。羊肉烤起来味道相当好，香溢四野。招来了满天的鸟雀、乌鸦和秃雕。整个科尔沁草原一片繁忙景象。

　　说书人在这里先不说大草原上如何的繁忙。再说莽古思贝勒，他把一些重要的事情交代给儿子以后，又命下人赶紧向各个部落长传信邀请。邀请的办法，就是飞马传箭。那时候，各个部落之间相互联络的办法，就是在所发出的箭上刻上发箭主人的名字或符号，并刻有主人传报信息的符号。这个箭就代表主人的意志和印信，只要对方接到这根箭，便知发箭人所报之事。这次，奴才们奉命分头飞马送出十几根箭。各部落首领迅即领会了箭意，是请他们于近日光临科尔沁莽古思庄园参加欢乐的盛宴。

再说，科尔沁部落现在最红的也是最忙的人，要数莽古思贝勒的儿子，庄园的大管家色音布尔了。因为他是总管家，凡事都由他安排。所以，他一天从早到晚忙得不可开交。色音布尔精明能干，虽然话不多，但做事有板有眼，丁是丁，卯是卯。凡属一些重要的事情，他都亲自督办。正因如此，他的阿布莽古思贝勒非常信任他、器重他。眼下，他正在办的三件大事，都是阿布交他办的。首先，就是全力以赴地监工建造好"藏娇楼"。他心里盘算着，既然阿布把这么重要的差使交给我做，我就要拿出我全部的本事把它做好，让阿布满意。因他阿布讲了，不怕花银子，只要你能在半年之内把这楼给我建好，就算大功告成，我就给你赏。色音布尔现在的心情，十分微妙和复杂。他不能违背父命，要认认真真地管好建"藏娇楼"的事情。但他也知道，建"藏娇楼"的用意，恰是阿布为了夺得自己正在暗恋着的宝音姑娘的欢心而建筑的。因而，他心里难免一种不可言喻的惆怅和不快。色音布尔是一位很稳健的人，纵然心里不愉快，也照样若无其事地着天领人选材、伐木头，因为建楼得需要大量的木料。好在当时，科尔沁虽然是一片绿草荫荫的草原，但也有不少葱翠的山岭，那里古树参天，松、柏、榆、杨样样俱全。当时，最大的困难要数伐木了。山岭里有的古树有七八搂粗，要把它很顺当地伐倒，实不容易，全仗中原来的师傅们的帮助。他们筑起烘炉，点起火，把从关内长途跋涉运来的大生铁块子放在炉里，烧红了，然后再砸扁了做成斧头，用它咔咔咔地砍树。有时，一棵大树要砍两三天。砍倒后，再用马车拉回来。

另外，他又遵着父命，紧张繁忙地备办草原上前所未有的一次盛宴。这确实是件挺不容易的事儿。这么规模庞大的宴席，九个部落的首领和一些贝勒爷们都要莅临。莽古思贝勒为显豪富，要求色音布尔把宴席办得必须相当丰盛、相当讲究。宴席一定要不比寻常，一定要比过各个部落的美宴，要把蒙古人世世代代最好吃的、最上乘的、最好看的美味佳肴都要献上来。所以，需用制佳肴的料品数不尽数，这些都全靠色音布尔去一件件地动脑筋、想办法，千方百计地寻得到，立即交付盛宴大灶备办。

　　正是这两桩大事，使色音布尔忙得不可开交。他既要按期建好"藏娇楼"，又要不误时机地办好大宴。尤其使他焦急的是，阿布给他筹办大宴的期限只是半年。若半年内这些准备事务做不完，贻误了阿布订好的吉日，那可是件大事，到时无法向阿布交代。正因为如此，他事无巨细，每件事都要亲自过问，如：摊派庄园的人去围猎、捕鱼、伐木、备席……等等，天天累得他浑身骨头节都酸疼，满嘴都起泡了。他吃饭不香，睡觉不宁。色音布尔管家是最苦的、最累的、最急的，也是最忙的。整个部落里没有人能赶得上色音布尔辛苦。这还不算，席宴间，还要安排好弦歌舞蹈之事。色音布尔也要有细腻地人选和安排。蒙古人向以能歌善舞著称。有大宴，就要有歌舞。只要这边摆上盛宴，那边歌舞马上就表演开来，气氛活泼热烈。这次盛宴的歌舞，莽古思贝勒早已心中有数。他原本就是要通过盛宴，向众人们显示他的貌若天仙、能歌善舞的宝音其其格。由宝音其其格作为这次盛宴的主角，敬献歌舞，一展才华。莽古思贝勒心中颇感甜蜜的是，宝音姑娘的出现，必会给盛宴增添无限的光彩，给莅会的人们带来无尽的惊喜。让你们看看，在广阔的科尔沁草原上，惟有我莽古思得此美女。她是月亮，她是太阳，她是腾格里天神派来辅佐我成就霸业的贵人。

　　现在，莽古思贝勒命人抓紧时间，马不停蹄地盖"藏娇楼"，说到底，目的就是讨好宝音其其格。使宝音姑娘更喜爱莽古思庄园，也更爱他莽古思贝勒。但是，不论从年岁上、从辈分上、还是从地位上，他直接跟宝音姑娘靠近都不好，都有失他贝勒的身份。另外，他也爱着大妃。最近大妃老是愁眉苦脸的，一会儿这儿病了，一会儿那儿又不舒服了。莽古思贝勒心里明白，大妃并没病，只是对他盖"藏娇楼"有些不满意。所以，他就不好直接跟宝音姑娘接触，因为宝音姑娘常在大妃身边。小格格虽然长大了，但还是经常跟她额吉和宝音姑娘在一起。因为莽古思贝勒非常喜爱小格格。所以，大妃也更爱小格格。小格格是她向莽古思贝勒要钱、要物、要身价的重要把柄。大妃总把小格格拢在自己身边，生怕她被别人抢走。小格格又离不开宝音姑娘。这样，宝音姑娘就常在大妃的身边。莽古思贝勒没法和宝音姑娘单独见面，就没法把他对宝音姑娘的情感袒露出来。而且，有些话对于他来说也不好启齿。他思前想后，还是让自己的宝贝儿子帮助自己玉成此事吧。

　　说来，莽古思贝勒对自己的儿子色音布尔是非常器重的。他觉得有色音布尔这样的儿子是他的骄傲。儿子无论是在管理庄园，还是待人接物，做得都很合他的心意。而且，儿子办起事来想得非常细致、周到，从无纰漏。这一点，就连莽古思贝勒自己都觉得不如儿子，要想把自己心中牵挂的这宗大事办妥帖了，还得让儿子去给他办。莽古思贝勒一味地欣赏自己的富有和名分，认为世上最好的一切都应该为他所拥有。而色音布尔只是一个被他所器重的爱子，朝朝暮暮只知为他忙碌于田庄事务，无暇它顾。而且，在莽古思贝勒的心中，女人和财富没有年龄和辈分的隔阂，理所当然都应该属于庄园主的。但是，他忘掉了，他的儿子早已到了娶妻生子的年龄了，实际上，感情深藏内心的色音布尔比他还要爱宝音姑娘。只是色音布尔办事一向很稳重，从来都不露声色，是一个喜怒不形于色的人。所以，别人看不出来他有这种心情，在这一点上，他比他的阿布做得要好一些。不像他阿布，高兴了，脸上就表现出来了；不高兴了，也能看出来。莽古思贝勒出于利己的一方之念，把事情想得过于简单。所以，他根本排除了儿子会对宝音姑娘怀有爱昵心情的可能，也就毫无隐讳地把自己多年的心绪，在儿子面前和盘端了出来，期望能得到自己爱子的理解、同情和帮助。他跟色音布尔就说了："我最聪明的孩子，这些日子，你为我盖'藏娇楼'费了不少心思，阿布我一定要重重地奖赏你。好儿子，你要帮着阿布早点把楼建好，让宝音姑娘早点搬进'藏娇楼'，离开你额吉和你小妹妹。那样，我就能和宝音姑娘在一起了。"色音布尔不动声色地听着。莽古思贝勒又叮嘱他："你把宴前该办的事情都要办好，决不能拖延了日期。另外，还有最重要的一件事，就是把我的心意告诉宝音姑娘。好孩子，阿布知道你的为人，从年龄上你比她大一些，像她的哥哥，有些事你去说要好一些。我相信你能说通宝音姑娘的。顺便再跟宝音姑娘说一下，让她在宴席上献出她最拿手的歌舞。这正是她展露才华的最好时机，让各部盟长们好好开开眼界。也显出咱们部落有能人，天才都在咱们这里。"

色音布尔对阿布的殷切嘱咐，都无声地接受了。可是他在践行的时候，心里却有着一定之规，既不能触怒阿布，又顺其自然地走自己的路。说起来，宝音姑娘自从到了莽古思贝勒家之后，始终非常尊重和敬仰莽古思贝勒。因为她深切感到，莽古思贝勒不仅有恩于她，而且作为显赫一时的大草原的庄园主，不仅有着叱咤风云的气派，更有着运筹帷幄的头脑，办事果断干练。色音布尔之所以有这样的能力，除了天分，多半来源于他阿布的言传身教。宝音姑娘总想拜贝勒爷为自己的阿布，

第一章　梦鹰入怀

只不过是由于莽古思贝勒不同意,事情也就拖下来了。尽管这样,宝音姑娘仍是按这个辈分称呼着这个大家族的各个成员。这样,色音布尔就是她的哥哥,她尊敬的兄长了。由于他们年龄差距不大,很多事情都容易说到一块儿,想到一块儿。何况色音布尔为人又特别稳重,一点架子也没有。把庄园又管理得非常好,庄园里上下人等都非常敬佩他。这些,宝音姑娘都看在眼里,记在心上。他俩在一起谈得更多一些。当然,这些情况莽古思贝勒一点都不知道。色音布尔虽然爱宝音姑娘,但他在宝音姑娘面前从来没表露过,更没跟他的阿布讲。他比她大十多岁,他像对待自己的小妹妹一样关心她,无微不至地照顾她。色音布尔终日忙着自己家族的事业,外面的那些女人没有一个他看上眼的,更没有一个能跟宝音姑娘比的,所以到现在他还是光棍一人。宝音姑娘也非常愿意跟色音布尔在一起。他们经常一起出去骑马、打猎、游玩。自从宝音姑娘到了庄园,马骑得这么好,箭射得这么准,都是色音布尔的功劳。

有一次,莽古思贝勒从他的大帐里出来,看到有很多猎手正聚在大草原上看热闹。顺着他们的视线,他往远处一望,只见一匹飞跑着的白马,马上骑有一人,虽然看不清是谁,但这匹白马他熟悉,那是他送给宝音姑娘的马。这匹白马的毛色非常好,光亮、雪白,跑起来像一片滚动的白云似的,非常美丽。在北方的少数民族里,白马被认为是神马。莽古思贝勒把它送给了自己心爱的宝音姑娘。那么,究竟是谁骑在马上呢?他就注意了。此刻,马飞速地冲跑着。只见马上人先伏在马背上,后又忽地坐了起来。马继续狂跑着。一刹那间,马上人突然全身倒立了起来。这是北方民族惊险的马技表演。

北方人非常讲究马技,不少民族都是马上英雄。不论男、女,从五六岁起,都先要习学马术。学习马术的时候,根本就不用马鞍。马技,分"上马技"和"下马技"。"上马技",是马从远处跑过来以后,骑手侧立迅跑,伸手抓住马鬃,轻轻往上一纵,飞身马上。"下马技",就是骑手骑到马上以后,不管是在山上,还是在平原,马正迅跑时,骑手突然松开马鬃,一个腾身下来,落到地上以后,紧接一个滚翻,马上站起来立定身躯,不动不摇,这叫"下马技"。还有一种叫"滚马技",就是骑手骑在跑马上,双手抓着马鬃,全身紧伏在马背上。马狂跑着,骑手神不知鬼不觉地突然一滚身,到了马的肚子下,双手紧抱马的脖子,身躯贴紧马的肚子,两腿勾住马的腰间,不管马怎么跑也掉不下来。这叫

"藏身术",又叫"滚马术"。

还有"马上箭",就是人骑在飞跑的马上,熟练而迅速地抽箭射靶。"马上箭",又分射"静靶"与射"活靶"两大绝活儿。射"静靶",就是骑手连续射前方一定距离内的几个固定箭靶。射"活靶",是射天上的飞鸟,地上跑的小兔或小鹿。这些都要箭箭射中,箭无虚发。射"活靶"要远比射"静靶"更难,箭法尤求高超。

现在咱们再把话说回来。只见马上的人一翻身,窜到马背上,站了起来。这时候,莽古思贝勒这才看清了,原来骑马的人真是宝音姑娘。莽古思贝勒非常高兴。宝音姑娘不但能歌善舞,而且又是一个马上的巾帼英雄。宝音姑娘虽是一个十三岁的小姑娘,马术做得那么精彩,那样从容稳健、干净利落。不单使莽古思贝勒感到惊讶,在场的不少牧民们都交口称赞。

俗话说,细雨润无声。丝丝小雨只有不停地下,才能滋润荒涸的大地;人的情感要像小雨一样慢慢地去润化它、影响它、渗透它,使他从心底产生一种共鸣。人心换人心。宝音姑娘自从到了莽古思庄园,和色音布尔相处以后,色音布尔就是用这些真心来感化宝音姑娘的。宝音姑娘也越发感到草原上这么多的男人里,甚至有的男人和自己关系比较近,比如说像那日松吧。他们这些人都比不过色音布尔。在宝音姑娘的心里,色音布尔是草原上最可亲、最勇猛的一个男子,是蒙古人里的英雄好汉,要嫁就嫁一个像色音布尔哥哥这样的人。当然,宝音姑娘这种感情,还主要发自于对色音布尔的由衷崇敬,妹妹对哥哥的敬爱心理,并不完全是男女之情。她觉得,色音布尔是最美的、最好的、最可信赖的人。在这个茫茫的大草原上,在莽古思贝勒的庞大家族里,真正能跟宝音姑娘说心里话的,只有色音布尔。

书归正传。单说这天,色音布尔受他阿布的指派到了宝音姑娘的住处,来求助宝音姑娘。他觉得,宝音姑娘是会帮他忙的。色音布尔也很有意思,他到宝音姑娘这里来,给宝音姑娘带来一件她意想不到的礼物。色音布尔平时很注意观察宝音姑娘喜爱什么。这次,他用一个皮囊装了一个东西,从外表也看不出来是什么玩意儿。他敲了敲宝音姑娘帐包的门,不一会儿,从里面出来一个女奴。女奴一看是色音布尔管家,忙施礼说:"管家到了,我去禀报。"色音布尔站在门外边等候。女奴匆匆忙忙地进去了。现在,小格格每天都缠磨着宝音姑娘,不是让她唱个歌,就是跳个舞。她俩在一起连蹦带跳,玩得格外天真,格外活泼,格

第一章 梦鹰入怀

外愉快。眼下,她俩正玩捉迷藏呢。这时,女奴进来说:"启禀姑娘,色音布尔管家看您来啦。"宝音姑娘一听,马上说:"快请,快请。"又告诉小格格:"先别玩儿了,哥哥来了。"小格格挺懂事,一听说哥哥来了,马上就坐到了虎皮做的卧榻上。宝音姑娘亲自出去把帐包的门帘掀开,彬彬有礼地低头说:"有请大管家。"色音布尔进了帐包,在一张猞猁皮的座椅上坐好后,宝音姑娘又给色音布尔端上了自己亲手熬的奶茶。

色音布尔没顾得上喝。便说:"小妹妹们,我给你们带来一个好东西。你们看,这是什么?"宝音姑娘这才注意到,色音布尔捧着一个野猪皮做的皮篓子。她一边问:"里面是什么?"一边走过来想看一看。色音布尔就笑了,把皮篓放在了桦木雕刻的茶几上以后,慢慢一倒,从里面出来了一个小熊崽儿。这个小熊崽儿不大,黑乎乎、油亮亮、胖乎乎的,特别招人喜爱。两个小圆耳朵,小尖嘴,脖子下还有一道小白毛,看样也就一个多月。小熊崽儿到了这个地方以后,见到了许多生人,非常害怕,吓得直哆嗦,赶紧转过身来要再钻到皮篓里。宝音姑娘一看见小黑熊就高兴了,马上过去,抓住了小熊身上毛茸茸的毛。小格格一看哥哥送来了一个小熊崽,也非常高兴,赶紧跳下了皮榻,"哎呀,我要小熊崽儿,我要小熊崽儿。"这时,旁边的两个奴才忙把小格格抱到怀里,怕小格格去摸小熊,被小熊挠着。这时,宝音姑娘把小熊崽儿抱到了怀里。小熊崽儿吓得直往她怀里钻。一会儿,可能是小熊崽儿觉得女主人身上挺热乎,而且女主人也没有伤害它的意思,慢慢地,它就不害怕了,身上也不哆嗦了。它把头扬了起来,瞪着两个溜圆的小眼睛,瞅着陌生的女主人,伸出舌头想舔宝音姑娘。宝音姑娘正给它梳毛,色音布尔一把抓住小熊,又放到了袋子里,说:"宝音,它现在跟你不熟,你轻易不要摸它。它的小爪子挺厉害,一旦挠了人,不爱好。等我回去以后,用哈拉哈草给你熬点药,那种药治红伤非常好使。等药熬成了,我连小熊一起都给你拿来。我先替你侍候几天。"宝音姑娘就问色音布尔:"你在哪儿弄来的小熊?"色音布尔坐在那里,喝着宝音姑娘熬的奶茶。小格格也老实地坐在旁边听着。色音布尔就给她们讲了捉小熊的故事。

事情原来是这样的:前天,色音布尔因为要备办大宴上的菜肴,就领着一帮人到大草原去打猎。他们回来的时候,天已经晚了。马上驮着獐狍野鹿,车上拉着各样的小动物。他骑着马在后面跟着。突然,他看见前面左侧一个柳树林子里的树叶有些摆动。色音布尔非常警觉,知道林子里准有东西。他命其他人先往前赶路,自己从马上跳下来,就奔树林去了。到了树林跟前,听见里面还哗哗直响。他就扒开很高的树丛,钻进去了。钻进去以后,就见一个黑乎乎、毛茸茸的小东西,头正扎在干草堆里,小尾巴和小屁股在外面露着,身上还直哆嗦。他抓起来一看,原来是个小熊崽儿。一摸,身上还挺热。他猜想,它肯定刚跑出来不久。既然有小熊崽儿,那老熊到哪里去了呢?这个小熊崽儿像懂事似的,见色音布尔不伤它,就冲他噢噢地哭叫着,好像在向他诉说委屈。色音布尔对小熊崽儿说:"小熊,天已经晚了,赶紧回家吧。要不你领我,去找你的额吉。"说着,他把小熊放到地下。小熊好像听懂了他的话,一边叫唤着,一边晃动着小脑袋,往树林里就钻。钻过两道树林的时候,小熊不走了。色音布尔到跟前一看,蒿草地不知被什么踩成平场了,地上有一大摊血。这时,小熊噢噢地哭叫着站起来,两只爪子边擦眼泪,边冲他直叫。色音布尔明白了,老熊不知让谁给杀了,也可能就是被自己带来的人给射死了。他想到这里,心里非常难受,就把小熊抱了起来说:"好了,别难过了。你跟我到我家去,我养活你。"就这样,他把小熊抱了回来。

  色音布尔把经过一讲,宝音姑娘听了以后更加悲伤。她是一个心地善良的姑娘。她看到了小熊就想到了自己的身世。宝音姑娘从小就失去了父母,是一个被人遗弃的北方的孤儿。就像这个没有父母的小熊一样。所以,她对这小熊特别有感情。她想:这人也太狠了,为了自己的宴席,把人家母子就这么拆散了。宝音姑娘心里正在难受,色音布尔又说:"我这次来,是向妹妹道喜来了。现在咱们莽古思庄园上上下下,里里外外所有的人都在忙着,准备宴请科尔沁草原所有部落的首领。他们都要到咱们这儿来聚会。另外,我们还正建筑'藏娇楼'。你知道这是为谁建的吗?"宝音姑娘听了心里一震,忙说:"好哥哥,你别说了。我知道,我都知道。这两天,使我心里一直不安的也就是这件事情。我吃不下饭,睡不好觉,找不到一个好的办法来排解我心中的愁烦。"说到这里,他们两个彼此都心照不宣。色音布尔一看妹妹心里十分难过,也不愿多讲。

  宝音姑娘在部落呆的时间很长了,她也有不少的朋友。他们都告诉她,前几天,大妃也曾经向她透露过,说:"贝勒爷要为你建一座'藏娇楼',将来你有享不尽的荣华富贵,我就要成为被人抛弃的人了。"大

第一章 梦鹰入怀

妃伤心难过、凄楚可怜的样子，宝音姑娘看了心里很不好受。但是，宝音姑娘也不知道该怎样安慰大妃，她甚至觉得挺对不起大妃。但她俩心里也都明白，这件事不是她们能改变得了的。宝音姑娘心里有一股无名的火直往上蹿。说实话，自从到了莽古思贝勒的庄园，莽古思贝勒确实对她恩如海深。她每天只需陪伴着小格格，莽古思贝勒就给了她这么优厚的待遇，使她如登天堂。她心里非常感激莽古思贝勒，也想以什么方式来报答贝勒爷，但她并没想要嫁给贝勒爷。可是现在，莽古思贝勒为她盖了一座"藏娇楼"，意思已经很明显了，要娶她为妃。而且，她从莽古思贝勒的眼神里，说话的口气里，还有各种各样无微不至的关怀里，她都能深切感觉得到，有一种特殊的感情在洋溢着，有一只无形的巨手在伸向她。她想挣脱这个罗网，但又想不出两全其美的办法。她此时此刻由对莽古思贝勒的感激尊敬之情，渐渐地产生一种说不出来的鄙视的心情。她觉得，贝勒爷您太不该这么做了。为了我这普普通通的小姑娘，竟伤害大妃母子俩，使我成了不仁不义之人。再说，您这种轻率的举动，能对得起您的妹妹乌云格格吗？虽然我没正式拜您为阿布，但我始终是以这样的辈分来称呼您的呀。您现在要把这种父女关系一下子变成夫妻关系，这不是给大草原上的人们留下更多的笑柄吗？不有失您尊贵的身份吗？您是一个多么有名望的人啊！贝勒爷啊！您怎么就不多想想呢？

这时，宝音姑娘的眼泪流了下来。她有一肚子的话，可又没法往外说。色音布尔看到这种情形，心里也很难受。他知道宝音妹妹心里想的是什么，就轻轻地拍着宝音的头说："好妹妹，把心放宽些，别多想了。我来是有事找你。阿布让你领些姑娘，在宴席上把咱们蒙古人的歌唱出去，把咱们蒙古人的舞跳起来。当然，主要还是由你来唱，也只有妹妹你能承担这个重任。一切都有你来安排。我只安排你的人和物。你要什么样的道具、服装，我都能给你弄来。好妹妹，千不看，万不看，看在哥哥我的面子上，你也要帮我把事情办好。要不然的话，我在阿布面前无法交差，是要挨鞭子的。"宝音姑娘知道莽古思贝勒的脾气，知道他对儿子要求得非常严，就说："哥哥，你放心吧！我一定把这件事办好！我会尽我的全力来帮助你的，一定不给你惹麻烦。"停了一会儿，宝音姑娘又若有所思地说："好哥哥，妹妹的心思你最清楚。我眼下的处境比你挨鞭子要难上百倍。哥哥，这几天我一直在想，这么大个家业，你都能管理得头头是道。难道，你就不能想个两全其美的办法，帮助妹妹我度过难关吗？哥哥，我相信你，你是最聪明的。"这几句话虽然说得拐弯抹角，也非常含蓄。但色音布尔那是个多聪明的人哪，他听了以后茅塞顿开。宝音姑娘这是在点化我呀，是啊，我咋就不知道想个办法，阻止住阿布的贪欲，保护自己心爱的宝音姑娘呢？宝音姑娘说得好，我得变被动为主动，扭转现在的局面。想到这里，他站起身来，向宝音姑娘告别。色音布尔回到自己的帐包，辗转反侧，一夜无眠。最后，他终于想出了两个办法，他要用这两个办法扭转现在的局面。

一个办法，自己要想使阿布不办大宴，别人谁也阻拦不了，谁也不能改变阿布的决定。只有一个人能行，那就是他的姑姑，也就是莽古思贝勒的妹妹乌云格格。只有让姑姑出面，让姑姑来搅黄这件事。于是，他偷偷地把身边的心腹小校派出一个去送信。他姑姑的庄园是莽古思庄园下面的一个小庄园，来去也非常方便。小校很快就到了乌云格格和蒙格木贝勒的庄园，把事情讲了。其实，乌云格格早就想到了这个事情。她想到了她哥哥这个人从来是好大喜功，好显示自己。而且，哥哥的为人她最清楚。他身边的女人有多少他想要多少，从来不分辈分，不分年龄。当时，她把宝音姑娘留在哥哥那里，一个原因是她心疼嫂嫂和小格格；另一个原因是宝音姑娘还小，哥哥暂时还不会把那么小的小丫头娶做妃子。现在小格格长大了，可以离开宝音姑娘了，宝音姑娘也成人了，她就开始牵挂这件事情，就想往回要人。乌云格格也非常喜欢宝音姑娘，自从那日松把宝音姑娘带回家以后，她心里就暗暗地订下了姻缘。这是天降给我的一个儿媳，这是神赐的，就连蒙格木贝勒也感谢老天，赐给他们家一个这么好的、美丽的媳妇。但是不凑巧，嫂子生个小格格，就是爱哭。她们夫妇带着宝音姑娘到了那里以后，小格格见到了宝音姑娘就不哭了。没办法，乌云格格只好把宝音姑娘留在了莽古思贝勒的庄园。但他俩回来以后，心里也一直惦记宝音姑娘。后来，小格格长大了，乌云格格就想把宝音姑娘接回来，但是，由于小庄园里的事太多，蒙格木贝勒只主管本庄园牧猎等大事，庄园内部奴婢的管理、账房进账等日常生活琐事，都归乌云格格管。俗话说："麻雀虽小，五脏俱全。"乌云格格本来就是个很要强的女主人，许多繁杂的庄园事务她都一一过问，而且，凡事都力求完美。就这样，把接回宝音姑娘的事给耽搁下来了。但她也早就暗暗地捎信给那日松，让那日松早些回来，赶紧把媳妇娶回家，否则媳妇就会让别人抢去了。当时，那日松正在汗王爷努尔哈赤的旗下征战，战事非常紧张。色音布尔给乌云格格捎信的同

第一章 梦鹰入怀

时，乌云格格也已经准备前来要回宝音姑娘。

色音布尔想到的另一个办法，就是给科尔沁九个部落的大小首领透个信，让他们也都办宴席。这样，我阿布的这个宴席就办不成了。这里要说一下，色音布尔为人豪爽、正直、热情，交游很广，跟周围部落的关系都很好，交往很近的有科尔沁东部的乌拉部的首领。色音布尔小时候，曾被他阿布送到乌拉部学习。那时，乌拉部发展很快，很强大，草原的部分部落最早是依附于乌拉部的。色音布尔在那里学汉文，写汉诗，学兵书，学剑术。他共有两个师傅，一个是汉族的文师傅，主要是学文化。再一个是武师傅，主要是学武艺，学马术，学剑术。所以，色音布尔从小跟乌拉部的关系就很密切。他跟科尔沁几个小部落首领的关系也很亲近。色音布尔想：如果把这几个部落里我的朋友们鼓动起来，让他们也摆宴席，那就可以跟我阿布分庭抗礼了。其实，其他部落里也有人有类似的想法。谁心里都有一本账，谁能轻易听莽古思的调遣呢？在那个年代，各个部落间都是群雄争势，互相之间跃跃欲试。你想当王，我也想当王。你想比我强，我还想比你更强呢。他们当时都收到了莽古思贝勒发出的请柬。一些小部落的首领没敢吱声，但一些大部落的首领，接到了请柬之后，非常不满，甚至大发雷霆。比如：在科尔沁部落北部有条脑温江的支流，位于这条支流上游的地方有座高山，叫朝汉山。朝汉山旁边有条诺米毕拉河，这块儿有个小部落，人们叫它"毕拉"部或叫"诺米"部。近些年毕拉部的势力开始强大，占的地势也好。它的东部有很多草原，西北部是大兴安岭的山脉。山不是很险陡，山岭起伏，绵延不断。茂密的森林里有很多种动物，熊、豹、狼、蟒等非常多，盛产皮张，是一个物产丰饶的地方。更主要一点，他这几年和明廷的关系比较近。他们每去一趟中原，要走很多路，沿途要经过很多哨卡，很多部落，经常会跟一些拦路的人马争杀，很不容易。但是，他们始终向明廷进贡。明廷每年也都按季派人专程抚恤他们，带给他们很多赏赐。毕拉部越来越厉害，周围的部落都不敢惹他。"毕拉"部部长的名字叫芒格。芒格这个人非常剽悍、神勇。他天不怕，地不怕，好打抱不平。他的骑术相当高，箭法和箭力也非常强。芒格个子不高，浓眉大眼，说起话来嗡嗡的，就像有几面鼓在耳边敲。附近的人谁都不敢惹他。谁要是不服气，他就跟谁比试。当然，谁也比不过他。他身如猿猴，能蹿能跳，非常机灵，就是七八个大汉都摔不倒他。芒格这个人勇猛异常。他从来不骑马，他认为马不快，不勇猛。他想要骑朝汉山的

"土豹子"。朝汉山有种"土豹子",是一种体形硕大的猞猁,属猫科动物,长的有半人多高,矫健凶猛,跑得相当快,能日行五百里。它圆圆的头,耳朵非常尖,两个耳朵上长着黑色的鬃毛,尾巴也很粗,身上是黑白花,非常好看。它上树上得特别快,在林中树尖上蹿跳如飞,不容易被抓着。"土豹子"的爪子相当厉害,一般都不敢捕它,除非是用套网或陷阱把它抓住。但是芒格专能制服它。有一次,芒格到山里去打猎,碰见一只大公"土豹子"。他打心眼里喜欢,认定了这就是自己的坐骑。芒格迎着它就过去了。"土豹子"见对面来了一个人,就往他身上扑来。哪知道芒格身子往旁边一躲,反过来左手往下一压,正好掐在"土豹子"的脖子上,嘴里大喝一声,手上一用力,把"土豹子"的头就压到地上了。"土豹子"很着急,连蹬带踹,用尾巴打他。芒格用右手把"土豹子"的大粗尾巴又抓住了,"土豹子"还想挣扎。芒格左手猛按"土豹子"的脖子,右手狠劲地薅它的尾巴根。"土豹子"疼得动弹不动了,它心里也明白,不行,我打不过他。我要是再动弹,尾巴就得被他薅掉。所以,它也就老老实实地趴在地上不动了。芒格就这样把"土豹子"降服了。他降服了"土豹子"以后,用身上的皮条把"土豹子"的嘴一勒,就骑到了"土豹子"的身上……

芒格收到了莽古思贝勒的请柬后,就来气了。他怒气冲冲地说:"妈的,你莽古思凭什么办这样的大宴?有什么好显的,你就想要笼络我们,让我们听你的。你好到努尔哈赤那里去请功,做梦去吧。我们能听你的吗?"他从手下人手里接过请柬,咔嚓咔嚓就给撕了。诸位可能不知道,那时候的请柬不是写在纸上的,是写在熟好的皮子上的。芒格把熟好的皮子给撕了,足见他的力气有多大。芒格想:"我一定选个日子,直接到莽古思那里和他碰一碰。他不是说到半年后,把什么楼建起来再设宴吗?我不要等他半年,我偏要早去。我要跟他比试,看他敢不敢跟我摔跤。他要摔不过我,我就把他莽古思庄园给平了。"

芒格之所以火气这么大,不买莽古思贝勒的账,一定要跟莽古思贝勒较量个高低,说起来有许多历史原因。芒格小时候听他阿布巴察杜特尔讲:当年,叶赫部和乌拉部贝勒要组成九部联军攻打努尔哈赤时,芒格他阿布是经过莽古思贝勒兄弟的劝说,才参加进去的。事先,他们讲得挺好,打仗的时候,相互间一定要鼎力相助。但是,真正打起仗来以后,这些人一看努尔哈赤的兵马挺厉害,他们根本打不过。几个部落互相都力保自己,谁也不管谁,跑的跑、逃的逃,把芒格的阿布落在了最后。结果,芒格的阿布中了毒箭。当时,莽古思贝勒也骑在马上跑。他看见芒格的阿布中箭后,不知出于什么原因,根本没管。结果,毒液很快蔓及到了他阿布的左肋和胸脯,再加上他阿布年岁大了,就死了。所以,芒格认为,他阿布的死和莽古思贝勒有关。芒格心存怨恨,早就想替他阿布报仇。他曾暗下决心:我一定想办法和大明朝联合,平了科尔沁的各个部,与努尔哈赤决一死战。这也是他积极靠拢大明朝的一个主要原因。

另一方面,芒格的"毕拉"部离大兴安岭很近,距东部平原很远。他们不但跟明朝联系不方便,就是去东部平原也是非常不方便的,特别是有很多的地方,都要借道莽古思贝勒所管辖的牧场。莽古思部落发展得越来越快,几乎把整个草原和脑温江一带的平原山地都给控制起来了。这样,他就挡住了芒格他们向乌拉部东进的路,使他们进出都受到严重的阻碍。芒格想,现在我的力量强大了,羽翼也丰满了。我要借这个机会,从莽古思贝勒所管辖的地方争出一条道。这样的话,我可以东和乌拉部联上,南和大明联上,我的力量岂不更强了。出于这两个原因,使芒格听到这个信儿后借题发挥,火气更大了。

各位阿哥,说书人现在还得暗中交代一下,就在芒格收到莽古思贝勒发给他的牛皮请柬之后的不长时间,又收到了好友色音布尔身边的心腹秘密送来的一只红冠雪雁。雪雁是草原上娇小美丽的红冠彩雁,因它的胸脯生着一条洁白的绒毛,故而得名"雪雁"。又因这条洁白的绒毛像挂在胸前的一封白板信函,草原人又称它为"报信鸟"。色音布尔和芒格从小就非常熟悉,他们过去一起到乌拉部拜过文、武师傅,而且成了好朋友。这次,色音布尔突然派人送来了这只可爱的红冠雪雁,芒格也很聪明,马上心领神会,这准是色音布尔在向他秘告心腹要事。于是,芒格忙向心腹人仔细打听色音布尔的近况,心腹人一五一十地向芒格讲明了情况。芒格明白了,这是色音布尔兄长对莽古思贝勒日夜催办"藏娇楼"、耗费巨银筹办大宴的做法不满,向他表述积怨,芒格这下更高兴了。

芒格这个人别看年岁不大,却也是一代枭雄,有着老虎嘴里敢拔牙的脾气,是个说一不二的主儿。他从这娇小的雪雁身上,洞察到了莽古思贝勒父子的不和。芒格想,色音布尔让我用办宴席的方法来搅黄他阿布的大宴,那太费劲了,干脆我给他来个连窝端。我对莽古思积怨已久的仇恨,也到了该算账的时候了!他马上命心腹小校分头传书,跟他当时来往很近的那钦、柳忻、胡色等几个部落的头领取得了联系,马上得到了回应。几个部落的头领分别派出了自己的兵马。这样,芒格的势力可就更强大了,而且他们还议定,这支北路联军由芒格来统领,只要"布勒"① 一响,迅疾发兵。

一切准备停当。单讲这天,芒格他们按照事先商定好的时间,吹起了"布勒"。芒格和几个部落的首领一起领兵杀向了莽古思庄园。在不到一天的时间里,他们就来到了莽古思贝勒的庄园。这些日子,莽古思贝勒又张罗设宴,又欣赏"藏娇楼"的建造,根本不知道外边所发生的事情,所有的计划都在很顺利地进行着。莽古思贝勒正暗自得意,忽然,兵勇来报说:"芒格部和那钦、柳忻、胡色几个部的首领来了,他们说要参加宴会,而且是带着兵马来的。"莽古思贝勒听了还挺吃惊,奇怪地问道:"怎么?我只是发出了邀请,也没请他们现在来呀,离宴会的日子还有两个多月呢。这群馋鬼,怎么先来了?再说,也没有带着兵马赴宴的呀?"但是,利令智昏的莽古思贝勒并没有多想。站在他身边的儿子色音布尔,心情大为紧张。他十分清楚,外边来的这伙兵马,准是自己的好友芒格引来的。因为他曾暗送雪雁,求助于芒格。但他当时仅是想让芒格他们都办宴席,来搅散他阿布的盛宴,并没想让芒格发兵来打他阿布。没想到,芒格却带兵来了,这可怎么办好?现在要想阻止已经来不及了,没办法,色音布尔只能提醒他阿布说:"阿布,咱们一定要小心,来者不善。他们一下子来了这么多人。而且,芒格的毕拉部现在比较强大,眼下要是打起来的话,咱们不一定能抵挡得住。"莽古思贝勒正在低头思忖的时候,又有兵勇来报说:"外面来的兵马已经把咱们整个庄园都围上了。"

此刻,夜幕降临了。莽古思贝勒还没来得及命令色音布尔通知庄园的兵将前去迎敌,芒格的兵马已经手擎火把,像长龙似地狂喊着,从四面八方冲杀了进来。莽古思贝勒和色音布尔跑出来查看的时候,只见庄园里到处火光冲天,浓烟滚滚,杀声和哭喊声交织在一起。莽古思贝勒处心积虑地建筑得已初具规模的"藏娇楼"也让芒格他们给点着了,烧得噼里啪啦。巨火像焚烧着莽古思贝勒的心扉,他呼喊着,悲号着,心疼得瘫在了地上。他的儿子色音布尔见此情景,万分焦急,含着泪,抱起了自己的阿布,说:"阿布,到了这个节骨眼上,您就别想太多了。

---

① 布勒:蒙古语,螺号。

您还是领着家人们先走吧。我领兵断后,对付芒格。"因为芒格围兵来的非常突然,莽古思贝勒事先根本没有准备,一下子被打得措手不及。他现在只能听从儿子的劝告,含悲撤退,暂时躲过这个锋芒,以图后计。于是,他带着大妃和众家人匆匆躲往他童年时代曾住过的安格其里老牧场。色音布尔则凭着他的智谋、勇敢和与芒格的私交,终于扼住了芒格兵马的肆虐,这场灾难总算过去了。

莽古思庄园受到了毁灭性的打击,而芒格却如愿以偿。他不仅狠狠地打击了莽古思贝勒的傲慢气焰,而且赢来了他梦寐以求地想打开的通往乌拉部的平坦大道。这条大道,是芒格他们到东部平原和东海去的捷径,这是当地猎民们世代开拓出来的生命之路。近些年来,由于莽古思贝勒的势力范围日渐扩大,给霸占过去了。这使得西部的部落被活活地憋在了里面,断了毕拉部等周围诸部外出的路。他们敢怒不敢言,进出只好绕路远行。要想不绕远,就只能通过莽古思庄园,这必引起血的征杀。现在,芒格他们胜利了,西部联军把这条路又给夺回来了。莽古思贝勒则非常懊恼,他原为显示自己的富有和强大所精心筹办的这场欢宴,霎时同他的美梦一并葬进了火海,灰飞烟灭。简直像一场滑稽的闹剧!一气之下,莽古思贝勒得了一场大病。

话说老贝勒领着家人来到老牧场后不久的一天,草原上阳光明媚,百鸟鸣唱。小格格缠着宝音姑娘领她出外捕蝶。大妃见此情景,温情地说:"贝勒爷,您身子骨现在好多了,不如也到外头走走,散散心吧。"他俩缓步走出了帐包。小格格和宝音姑娘正在扑捉翩翩飞舞着的马莲蝴蝶。莽古思贝勒自打到了老牧场,这还是头一遭走出帐包。眼望牧场上的牛羊、骏马和忙碌着的奴才们,老贝勒触景生情,百感交际。说起来,安格其里牧场是他祖上留下来的家业。那里依山傍水,绿树成荫,是一个很漂亮、舒适的地方。这些日子,老贝勒在这里度过多少难眠之夜。他一直在苦苦地琢磨着,是什么原因惹出这场祸端?造成这么大的损失?他辗转反侧,惨痛的教训使他头脑开始清醒了,他翻然悔悟。从这场厄运的蛛丝马迹中,似乎理出了一个头绪。此刻,他自悔自恨。这事一不怪别人,二也不全怪芒格这些部落,这是他咎由自取。但在莽古思贝勒纷繁的问题中,首先想到的还是灾难的制造者芒格,他不共戴天的仇敌,要洗雪仇恨,夺回被芒格占领的牧场,也并非难事。俗话讲:瘦死的骆驼比马大。凭着莽古思贝勒几代人的殷实家业,如果调动全部兵力,所谓的芒格联军是抵挡不住的,但他暂时还不想同芒格的北部联军较量。

莽古思贝勒本来就不太好动武。他深知二虎相争，必有一伤的道理。而且，他的脑子里也渐渐产生了某种尚未理清的疑问：论起来，儿子和芒格是从娃娃时候起，由莽古思贝勒送到乌拉贝勒那里学习的。当时，莽古思贝勒跟芒格的阿布亲如兄弟，对虎头虎脑的小芒格，莽古思也待如义子。所以，色音布尔和芒格交往密切，关系非同一般。这一点莽古思贝勒心如明镜。现在芒格怎么能不顾及他和我们父子俩以往的交情，说翻脸就翻脸，突然带兵掠夺自己的庄园呢？况且，近些年来，自己满足现状，松弛武备，疏于防范的情况，也只有儿子色音布尔最清楚，外人是根本不知道半点底细的。这次芒格这伙人竟敢明火执仗，偷袭庄园，难道他们就不怕有来无回吗？可是恰恰相反，芒格的兵马轻骑直入，大获全胜。这难道不令人深思吗？所有这些巧合，症结究竟在哪？狡黠的老贝勒思前想后，脑海里呈现出他寄予希望的儿子色音布尔，难道这一切能跟儿子有关吗？他不敢往下想。

莽古思贝勒无心观赏这美丽的景色，仍低头想着自己的心事。大妃见老贝勒不出声，以为老贝勒哪儿不舒服，关切地询问老贝勒。老贝勒不便把自己的想法告诉她，怕她心里有负担，就顺着他的话说自己想回去躺一会儿。大妃信以为真，将老贝勒搀进了帐包，并扶老贝勒躺下。老贝勒刚躺下不一会儿，奴才来报："贝勒爷，乌云格格、蒙格木贝勒带着儿子来了，现正在帐外等候。"莽古思贝勒忙叫大妃到帐外迎接。大妃来到帐外，迎接刚从轿车上下来的乌云格格以及骑着马的蒙格木贝勒和那日松。宝音姑娘和小格格在帐外早已见到了来人。小格格又缠着那日松跟他骑大马。大家已有好长时间没见面了，互相都倍感亲切。然而，这次相见，却不同往常。莽古思贝勒因庄园遇难，心情非常复杂。这些天来，他既盼着自己的妹妹和妹夫来帮他排忧解难，又羞愧于见他们。现在妹妹和妹夫来了，他心里感到无限慰藉，纵有千言万语，又一下子不知从哪儿说起。

乌云格格是个消息灵通的人。她本来就为她哥哥建"藏娇楼"和听到的让她烦心的流言蜚语，想跟她哥哥好好辩扯辩扯。尽管蒙格木贝勒一再劝她，但怎能犟过她的倔脾气呢？她想撂下庄园里繁杂的乱事，专程去找哥哥。可偏巧，传来了她哥哥莽古思贝勒遭遇芒格联军洗劫的消息。她与蒙格木贝勒都大吃一惊。莽古思家族一损俱损，一荣俱荣，安危与共。哥哥的事，就是自己的事。所以，他们夫妇俩带着正好回来看

第一章　梦鹰入怀

望他们的爱子那日松，赶着五马轿车，飞快地赶到她哥哥和大妃暂时栖身的安格其里老牧场。

聪慧伶俐的乌云格格，先给她的哥哥叩头行礼。乌云格格的眼睛多么锐敏，早看出了哥哥的心思。莽古思贝勒见着自己的小妹妹，落下了悔恨的老泪。乌云格格哭着安慰哥哥："哥哥，事情已经过去了，还是好好保重身体要紧。"

当晚，莽古思贝勒和大妃设宴款待乌云格格全家。色音布尔忙完前厅的杂务后，过来给姑姑和姑父见礼。莽古思贝勒命他领着那日松弟弟到另间谈述友情，并让蒙格木贝勒到西牧场大羊圈安排接羔的事情。莽古思贝勒把蒙格木贝勒和大妃等人都打发走以后，厅里只有他们兄妹俩相对而坐。莽古思贝勒和乌云格格沉默着，他们都有很多话要倾诉出来，但不知话如何开口。最终，还是哥哥莽古思先开口了。莽古思贝勒对妹妹说："妹妹呀，老哥哥我活了这么大岁数，也不知怎么的，冒出了这么多奇奇怪怪的想法，惹下了这么大的祸端。咳！真是惭愧呀。"乌云格格一向敬重自己的哥哥，知道哥哥是个心胸坦荡的大英雄！她安慰哥哥说："哥哥，别再难过了。事情过去也就过去了，咱们吃一堑长一智嘛。"乌云格格瞅了瞅刚刚进来沉默不语的色音布尔。此刻的色音布尔，更是心绪万端。芒格联兵事件的发生，对他也是一个震动。他根本没想到，会有如此意想不到的结局。自己亲手筑造的帐包馆舍和为大宴准备的一应用品，刹时间被付之一炬。庄园被霸占了，自己和阿布带领一家人仓惶逃离。这一切使得色音布尔深感后悔。他夜不能寐，暗暗地问自己：色音布尔呀，你当初为什么就不好好考虑考虑，再给芒格送信啊？结果给自家的庄园带来了这么大的损失。尤使色音布尔忐忑不安的是，一直使他敬畏的姑姑现在就在他的面前，那双能穿透他心灵的锐眼，不时地在瞥他。色音布尔从小是在他阿布莽古思贝勒和姑姑乌云格格的疼爱下长大的。乌云格格待他像亲生的儿子。但他最惧怕的人还是姑姑乌云格格。因为姑姑精明干练，是个眼里揉不进沙子的人。庄园出了这么大的事，姑姑肯定也会对自己有看法。想到这些，色音布尔表现得很不自然。

此时，莽古思贝勒并没有注意到妹妹和儿子两人间相互微妙的表情。他现在完全沉浸在对这场沉痛教训后的思索中。他通过芒格等部落兵力的发展，看到了隐患，看到了自己危险的处境。莽古思家族应当怎样发展，都到了该考虑清楚的时候了。

芒格联军的突袭，对莽古思贝勒来说，是吃了一服清醒剂。他又重新显露出他那刚毅不拔的性格，决心要重振旗鼓，靠自己的双手和智慧，兴旺家族的事业。乌云格格和蒙格木贝勒的到来，对他既是个安慰又是个鼓舞。于是，他将自己梳理好的想法对妹妹说："妹妹，你们来得正好，我要重新收拾残局。你回去的时候，也把宝音带走吧。"小格格听阿布说让宝音姐姐跟姑姑一起走，小格格就哭了。她把宝音姑娘抱住，说啥也不放手。乌云格格心里也很难受，她这次来，原本就是要把宝音姑娘接走的，但见到眼前这个情景，她的心就软了。她心想：哥哥现在正在难处，需要人手。我怎么能把宝音姑娘带走呢？宝音姑娘在这里呆了这么些年，对这里的情况都比较熟悉，如果把宝音姑娘留下，多少也是他们的一个帮手。所以，她也不同意把宝音姑娘带走。

宝音姑娘的心情也非常复杂，她百感交集。自己是在北方的冰天雪地里长大的，到了这里就像到了安乐窝一般。这些年来，她跟莽古思家族的人处得格外和谐、融洽，像一家人一样。虽然莽古思贝勒做出了那件糊涂事，使自己有一段时间心情很不愉快，但眼见老贝勒现在的处境，她心灵上所受到的这点小小的创伤，马上就痊愈了。她把莽古思贝勒对她的种种好处，又都想起来了。实际上，她也舍不得离开莽古思贝勒，舍不得离开大妃，更舍不得离开从小就在她身边长大的小格格。宝音姑娘含着眼泪跪下了，说："格格，自从到了您家，您待我像亲生女儿一样，我心里始终想着格格，感激格格您。但这些年，老贝勒对我更是疼爱有加，在他老人家全家遭难的时候，我宝音怎么能离开呢？不能，我不能。我应该留下来，帮助他们做点事。贝勒爷，请您留下我吧，我不能走，我要跟你们在一起。"说着说着，宝音姑娘痛哭流涕。小格格听宝音姑娘这么一说，跳了起来，搂着宝音姑娘的脖子，高兴地说，"好哇，好哇。姐姐不走了，姐姐不走了。"莽古思贝勒越发觉得，宝音姑娘真明白事理。

莽古思贝勒是个很刚强的人，身体恢复得很快，心态也很快地调整过来了。几天后，他告诉乌云格格："好妹妹，不用担心我。你先回去吧，庄园里有很多事在等你处理。不过，你得把蒙格木给我留下，我还有些事要托付给他。"乌云格格听从了哥哥的话，也没有什么异议。她辞别了哥哥、大妃和丈夫，带着儿子和戈什哈①先回去了。

---

① 戈什哈：满语，随从。

莽古思贝勒在这里将一切事务安排妥当之后，有一天，他不动声色地带着儿子色音布尔和妹夫蒙格木贝勒离开安格其里，来到了北山上的一个大寨。莽古思贝勒是一个非常精明的王爷。在他管辖的地方，一部分是牧区，一部分是猎区，另一部分是采伐区。他还有自己的生活区，就是他平时领着家人和妃子生活的地方。生活区通常选择风景优美、宽阔平坦的地方，而且有牧场，有射猎、游玩的地方。采伐区是在靠近山岭的地方。除此以外，他还有两个大寨。这两个大寨对外严守秘密，是他养兵蓄锐的地方，也就是他训练兵马的校场。其中一个，叫北山大寨。北山大寨是用高大的木头围成的院墙。院墙上挂着彩旗。院墙外面的陈设，使人从表面看上去，这里就是一个牧场，是猎民的一个生活区。实际上，里面的面积相当大。这里有许多住房，有演武场，有赛马场，有射箭场。莽古思贝勒专门请来了汉人师傅当武师，也请了乌拉部的名师来指导。这里有很多将才，很多大的军事计划，都是莽古思贝勒和他身边的大将，在这里制定出来的。南山上，挨着脑温江边，他还有一个大寨，就是南寨。这个大寨是后建的，规模比较小。这里住着不少铁匠师傅，主要是为庄园打制铁器，锻造刀箭。这些都是莽古思贝勒前些年精心设计、布置的。因为他知道，要想富强，要想不被人欺负，就必须要有一支强大的队伍，这样才能够跟人比个高低。那时，莽古思贝勒吃住在北山大寨，在那里没早没晚地领着族众练兵，积极充实自己的实力，使莽古思庄园迅速强大起来，没有人敢轻易发兵欺侮莽古思贝勒。当时，真要有敌兵来犯，会马上被自己常备的武力给击溃。那真是兵来将挡，水来土掩。可这几年，由于莽古思贝勒觉得自己已经事业有成，而且兵强马壮了，谁也不敢欺负自己了。他就马放南山，御敌的弓弦也松弛下来了。所以，这次芒格联军才能突袭成功，使自己吃了大亏。莽古思贝勒这次领着二人来到了北山大寨，就是想改变自己颓废的心态。

　　在一座大的帐包里，莽古思贝勒首先拜谒了住在这里的好友洪古尔·杜木根大喇嘛。这是前几年莽古思贝勒为大喇嘛特建的一座喇嘛帐包。这里环境优美，百鸟啼鸣，溪水潺潺，是个修身养性的好地方。以往每年，每到重要的时候和季节，或者遇到什么事，莽古思贝勒都亲自到这里来拜望大喇嘛。这两年，由于莽古思贝勒沉湎于安乐，不常到这里来了，跟大师叙谈也就比较少了。这次，莽古思贝勒又把大师请出，由他主持家祭，祈祷诵经，卜测未来。莽古思贝勒从牧场亲选了体壮的九头乌牛和百只白羊，洒血敬天，举行了隆重的祖先祭和敖包祭。祭时，莽古思贝勒带着儿子、妹夫和这里的族人，向祖先神虔诚叩拜，祈请祖先宽恕自己的罪愆，让腾格里天神重降福祉，给莽古思家族以力量，率领阖族上下重振家业。各位阿哥，说书人在这里还要多费几句唇舌，讲讲这位上师大喇嘛。洪古尔·杜木根大法师可不是平凡人物。他自幼在五台山出家，长大后又云游新疆、西藏。后来，他又传经到察哈尔、喀尔喀等地。他很喜欢科尔沁草原人情物阜，特别是同莽古思贝勒父子很投缘，便在莽古思的北山大寨住了下来。

洪古尔·杜木根大法师现已年逾七十。他宽红大脸，个子高大，慈眉善目，两道长长的浓眉一直遮到双眼，说话声如洪钟，走路稳健，佛学造诣高深，一派仙风道骨。他常到科尔沁草原一带传经，对草原上发生的每件大事都有预见。蒙古族各个部落里的人都认定他是一位神人。他是莽古思贝勒的挚友和恩师。他常帮莽古思贝勒出些主意，指点指点这个，指点指点那个。在庄园里，他受到了至高无上的恩宠和待遇。莽古思贝勒跪在楠木雕刻的神案前，向一排排烫金的祖先牌位和无数尊大小"翁衮"神像叩头，深深忏悔。家祭完毕以后，莽古思贝勒悄悄地跟大师说："请大师到舍下，我还有事要请教大师。"洪古尔·杜木根大师跟着他，来到了莽古思贝勒的帐包。奴才把奶茶献好后，退了出去。屋里只剩下他们两个人。莽古思贝勒自打来到北山大寨，把妹夫和儿子安置好以后，就把自己关在用千张貂皮陈设的貂帐里。纵然室内安适华贵，他照样吃不好饭，睡不好觉。他整个的心思都放在如何重振家业上了。这些日子，莽古思贝勒再不像往日那么悠闲自得了，铁青的面孔让蒙格木贝勒和色音布尔都感到十分惧怕。色音布尔知道，他所担心的事情将要发生了。莽古思贝勒在清算这场事件的罪由，他又完全显露出了一个叱咤风云的庄园主的冷酷无情的面孔。蒙格木贝勒和色音布尔深知贝勒爷的脾气和秉性，他既有女人的慈爱，更有猎人的无情，是位办事非常认真的人。正因如此，他才能在荆棘丛生、豺狼争噬中杀出一条血路，创出这个骄人的辉煌业绩来。莽古思贝勒确实像他俩分析的那样，他是个爱打破沙锅璺（问）到底的人，啥事他都要弄个水落石出。现在，莽古思贝勒就是在专心致志地分析这场事件的来龙去脉。这场突如其来的灾祸，除了有自己的原因外，另外还有几个可疑之处。由于自己将大部分兵力都用在了建楼和办宴上，所以，仅有几个护兵看守庄园，可咋就那么准，芒格的兵马来了以后，直接就到了建楼的地方，把楼给

第一章　梦鹰入怀

点着了。他首先觉得儿子色音布尔难脱其咎,至少是疏于职守。另外,芒格对我庄园兵力的安排掌握得如此心中有数,难道和兵权在握的儿子没有一点关系吗?他深感后果严重,不知如何摆布好。他只想拜见他的好友洪古尔·杜木根大师。大师德高望重,道行高深,料事如神。他要把这些不能跟别人讲的心里话跟大师说说,听听大师的训示。莽古思贝勒就把前些天突然天降灾祸的事,以及他对整个事情的看法和想法一五一十地跟大师讲了。大师微闭着眼睛,静静地听着莽古思贝勒向他陈述的这一切。莽古思贝勒说完以后,大师思忖了一会儿,手打佛号说:"阿弥陀佛,凡孽皆因而起,凡祸皆贪而生啊。人生一世,心无挂碍难做,无欲难为,要想干出一番事业来,你应谨记:勿以情所缠,勿以情所动。清贫苦为,百顺齐来。"莽古思贝勒听了大师的话,似懂非懂。洪古尔·杜木根大师缓缓地走过来,恭敬地打着佛号,望着痛心疾首的莽古思贝勒,说道:"贝勒爷,您不要太难过了。人有失策,马有失蹄,前进的道路并不是一帆风顺的。您受到的这点挫折和打击算得了什么,这是天神腾格里赐给您的福分。有了这次的教训,您就知道了庄园今后哪方面的力量还应当加强,应该朝哪个方向发展。知错就改,就能有大作为。贝勒爷,您休息吧。我要回去打坐了。"莽古思贝勒赶忙站起来,把大师恭恭敬敬地送出了帐包。洪古尔·杜木根大师头也没回,缓步地走了。

莽古思贝勒仔细回味大喇嘛说的话,是啊,把责任归到色音布尔身上是事出有因的:主持这场盛大的宴会,所有的安排,都是经他点头同意后,由儿子去办;朝汉山毕拉部的芒格和儿子色音布尔的交情甚厚,关系非同一般。说到两个家族的关系这个问题,说书人在这里要多说几句。芒格起小就是莽古思庄园的常客。从孩提时起,跟色音布尔就非常要好,他们常在一起玩。前书说过,芒格的阿布巴察杜特尔跟色音布尔的额布格①莽吉尔杜和阿布莽古思,他们之间那是世代之交,而且双方是在恩恩怨怨,相伴着走过来的。莽吉尔杜贝勒和巴察杜特尔之间也交往很久了,关系相当好。他们同住一个草原,相邻相牧,鸡犬相闻。可以说,他们都是在嫩江水域长大的。有一年秋天,两个庄园联合举办草原丰收的庆宴。他们搭起上百座银色的帐包,跳起欢乐的舞蹈。马头琴悠扬悦耳。巴察杜特尔贝勒和莽吉尔杜贝勒在一起忘情地喝着烈酒,疯

---

① 额布格:蒙古语,爷爷。

狂地跳着舞蹈。他们越跳越喝越高兴，从月亮出山一直喝到月亮挂到西山崖。众人怎么劝也劝不住。他俩干脆把奴才们都打发走了。后来，巴察杜特尔的爱妃、芒格的亲生额吉杜坦格格惦念着丈夫，领着女奴们来看望他们。天哪！杜坦格格简直要吓晕过去了。他俩已经喝得酩酊大醉。杜坦格格忙把远处还在狂跳的人们喊来。莽古思闻声赶来了，芒格也来了。大家围着两位人事不醒的主人摇晃、喊叫，忙活了大半天。芒格的阿布巴察杜特尔总算给叫醒了，可莽古思的阿布任凭人们怎样喊叫也没有醒过来。就这样，莽吉尔杜贝勒喝死了。

　　整个科尔沁草原的人，都非常崇拜、尊敬老贝勒爷。他们听说老贝勒爷死了，都非常悲痛。巴察杜特尔一看自己的老哥哥喝死过去了，也慌了神了。这可怎么办？莽古思这边的人都说莽吉尔杜老贝勒是巴察杜特尔用酒给灌死的，把罪过就加到了巴察杜特尔身上。莽古思庄园的人蜂拥围上，双方赤手空拳地眼看要打起来了。还多亏了心明事理、顾全大局的莽古思。当时莽古思虽然很年轻，还不是个贝勒，可威望挺高。他威严地大喝一声："不得无礼"。两头的人一见莽古思如此震怒，谁也不敢再妄动了。这场欢庆的聚会就这样不欢而散。莽古思送走了巴察杜特尔庄园的人，安葬了自己的阿布，承继了贝勒的尊贵职衔。然而，科尔沁人们的心里却留下了一个永久的不解之谜。

　　年轻的莽古思贝勒是位目光远大的人，对阿布的溘然长逝，却有着自己的看法。他知道阿布年事已高，而且宴会前，阿布因庄园事务繁忙，一连两宿没有好好休息了。再加上饮酒过度，乃至酿成这场悲痛的结局。莽古思这个清醒地举动，使剑拔弩张的态势很快地平息下来了。毕拉部首领巴察杜特尔贝勒由此倍加敬佩莽古思的胸怀大度。说来，芒格的阿布巴察杜特尔贝勒也不可小瞧。他原来是毕拉部的一个很出名的将领，后来承继了父业，做了部落的首领。他跟莽吉尔杜的大儿子莽古思的年龄相差并不悬殊，感情也非常好。他从心里赏识年轻有为的莽古思。他曾对老哥哥莽吉尔杜说过："莽古思将来肯定会成为咱们科尔沁草原上的一颗星。"

　　巴察杜特尔和莽古思也如兄弟般亲密。说书人在前面已经说过，叶赫部联合其他几个部落要攻打努尔哈赤的时候，是莽古思动员的巴察杜特尔。由于巴察杜特尔非常信任莽古思，就同意出兵了。这样，才组成的九部联军。当打起仗来的时候，由于他们没有统一的指挥，每个部落都各自为战，怎么能打过努尔哈赤的父子兵呢？所以，一打起仗来，九

第一章　梦鹰入怀

部联军就被打得稀里哗啦。当时巴察杜特尔非常勇猛，他冲在前面，中了毒箭后从马上摔了下来。巴察杜特尔家族的人和跟随他的奴才，包括当时还小的儿子芒格，只知道巴察杜特尔掉下马以后，莽古思和他的弟弟莽古里骑马从他的旁边经过，任凭他们怎么喊叫，俩人也没下马救巴察杜特尔。等他们把巴察杜特尔弄回庄园以后，由于巴察杜特尔中毒箭的时间长了，来不及救治。巴察杜特尔身体逐渐腐烂，后来死得非常惨。芒格他们认为莽古思兄弟见死不救，不仗义。后来，这件事也传到了莽古思的耳朵里。莽古思解释说，当时仗打得非常激烈，人喊马叫的，没听着巴察杜特尔等人的呼喊。而且，当时又是晚上，也没看见巴察杜特尔中箭摔落马下，要是看见了，我们是宁死也会相救的。这件事情在很长一段时间都是个谜，谁也说不清。为此，莽古思曾经在吊唁的时候，拉去了很多的礼品。芒格全家把他送的东西全都给扬了。莽古思只能是灰溜溜地回来了。就这样，两头都留下了一个所谓的杀父之仇。

人世间的恩怨就是这样错综复杂的。说来有趣儿，等到了芒格的时代，芒格和莽古思的儿子色音布尔，又是一对好兄弟。两个孩子经常到对方的牧场帮助练马、放牧牛羊。他们在嬉闹和劳作中一起长大。莽古思贝勒很喜欢憨头憨脑的小芒格。后来，由莽古思贝勒出面，又把小芒格和色音布尔一同送到乌拉部学习。再说芒格的妻子，原来是莽古思贝勒身边的一个女奴。因为莽古思和芒格阿布的关系非常好，这样，莽古思就把这个女奴认做干女儿，嫁给了芒格。

更使莽古思贝勒断然感到疑惑的是，儿子色音布尔近一段时间的情绪有些反常，总是在有意无意地回避他。只要他的眼神一盯着儿子，儿子不是低头，就是借故走开，不敢直视他的目光，就是跟他说话也是支支吾吾的，不愿多说。色音布尔过去跟自己可不是这样啊，父子俩那是非常亲密，无话不谈。如果色音布尔心里没鬼，也不至于这么躲躲闪闪的。

综合上述三点，莽古思贝勒判定儿子色音布尔是这场戏的主导者。莽古思庄园的很多情况，芒格肯定是听色音布尔讲的。所以，芒格敢攻打莽古思庄园。色音布尔这个混小子，肯定是做了他们的内应。莽古思贝勒自问：究竟是什么原因使儿子迈出了这一步呢？为了权力？不，他什么权力都有了。在庄园里，他的地位仅在我之下。为了钱财？也不是，他现在应有尽有，金银财宝不计其数，赏给他的马群最多，奴才也不少啊。那究竟是什么原因呢？难道是为了女人？哎呀呀，莽古思贝勒恍然大悟,色音布尔肯定是因为女人才对我发难。不用说,那女人必是宝音姑娘了。

别看色音布尔平日里寡言少语,不近女色,可他毕竟是二十出头的人了。花香招蜂来,庄园里凭空降下来一个水灵灵的宝音妹妹,就连外部落的人都夸口称赞、垂涎欲滴,何况他们两个是一对年貌般配的痴男淑女呢。我咋把这茬子事给抛到脑后去了呢?这么一琢磨,莽古思贝勒又猛然回忆起一桩事来。

一天,他找色音布尔有要事。帐包里没见到色音布尔,却在桌案的皮囊上发现一把闪亮的绣刀。蒙古人喜爱佩饰这类的绣刀,有时也作为友谊和信物互赠。莽古思贝勒看到这把绣刀后很吃惊。这不是我赏给宝音姑娘的吗?怎么到了色音布尔这来了呢?那时,蒙古人和北方其他渔猎民族都有这样的习俗,主子赏给的礼物,应当像生命一样珍爱,不能轻易送给别人。当时,由于莽古思贝勒还有别的事在忙着,没多想,过后也就忘了。现在这么一联想,事情可就越来越明了了。是啊,那把绣刀一定是宝音姑娘送给他的。宝音姑娘把我给她的绣刀转赠给色音布尔,说明色音布尔在宝音姑娘的心里占的分量要比我重,她们之间已有感情的交流哇!看来是我错看了这个小丫头,一厢情愿地以为她会慢慢地接纳我的感情。我错了,错了,完全错了!宝音姑娘心里装着的不是我啊。她把绣刀作为信物给了色音布尔,这不能简单的看做是友谊的表示。这说明她对色音布尔的感情非同一般哪!色音布尔能把这把绣刀带回到自己的帐包并保存起来,说明色音布尔对宝音姑娘也是情有独钟啊。他又想起来,过去他常看到宝音姑娘和色音布尔并肩骑马在草原上散步、游玩。宝音姑娘的骑术这么高,箭术这么好,都是色音布尔教的。而且,这也不是一朝一夕的工夫,得经常在一起切磋。只有这样,宝音姑娘才能有这样的长进。少年男女在一起,怎么能不日久生情呢?他现在越想越明白。另外,他又想起一件事,就是那次宝音姑娘带小格格出去游玩那件事。宝音姑娘她们遇到了大雨,后来又遇上了狼群,是色音布尔把他们救出来的。色音布尔回来后没告诉贝勒爷,可他手下的那些个护卫和奴才们,都能做到不讲吗?总能隐瞒得住吗?

有一次,莽古思贝勒吃完晚饭,走出帐包到草原上散步。见不远处有一堆人在兴奋地谈论着什么事情。莽古思贝勒走了过去。由于大家都正在聚精会神地听着,谁也没注意到老贝勒的到来。只听人群中间的一个猎人正在讲述不久前发生的一件事,那天宝音姑娘带着小格格出去玩，中途遇上了大雨，后又碰到了狼群。狼群是多么的厉害。色音布尔又是如何的有预见，如何的勇猛，最后，把她们救了出来。如果没有色音布尔，小格格他们就完了。这是腾格里天神的保佑哇。莽古思贝勒当时想：色音布尔有功啊，把我的小格格给救了，特别是把我喜欢的宝音姑娘给救了，这是好事呀。可现在他就不这么想了。色音布尔怎么就那么有预见呢？他那是特意跟去的，这说明色音布尔非常惦记宝音姑娘。宝音姑娘的一言一行、一举一动，都放在他的心上。儿子的心上有宝音姑娘，才能出现这种事情。他越这样想，心中越感到沉痛，也理出了一个清晰的头绪来。这多危险哪，近一段时间，不单是我被宝音姑娘迷得转了向，做了糊涂事，就连我的儿子也让宝音姑娘迷得转了向。我们父子险些铸下大错，家业险些落到别人手里。

认真论起来，宝音姑娘是自己妹妹养育的一个孤儿，身世苍凉，是荒乱社会最底层的人，比自己庄园中的不少女奴还贫贱，只不过是她得到了庄园主人的爱抚，才绽露出一些光彩而已，若选择我莽古思儿子的美妻、良妾，还应当找一个门当户对的亲家。现在着手操办的诸事繁多，此事还应从长计议。莽古思贝勒像个驾驭航船的舵手，既然拨正了航向，生活的信心和勇气就更足了。当务之急是排除所有烦乱的思绪，什么自己的错误，什么儿子的婚事，什么宝音姑娘的情态，一概都是无关紧要的。他目前所要苦思冥想的是，谁能在我之后迎难而上，令我放心地支撑起莽古思家族这么偌大的家业，让它在风雨中长远地辉煌下去。莽古思贝勒是一位很傲慢且有主见的人。他似乎觉得自己一度被人给戏弄了似的，他容忍不了这样的事情继续发生。他要重新确定自己的观念，他果断地决定，一定按照大师所讲的那样，不能感情用事，要以事业为第一。色音布尔至少在目前不能主持家政、做我庄园的继承人。我要重新用人，我一定要把庄园交给一个可信的人。

莽古思贝勒的心情挺复杂，既有对自己往日行为的懊悔，又有对色音布尔和宝音姑娘相爱的嫉恨，又要考虑莽古思家族的生存和壮大。莽古思贝勒还真不愧是莽吉尔杜贝勒忠实的继承者，聪敏而有谋略。他作出的果断决定，非常及时。继承人的确立，直接关系到莽古思庄园的重整和未来。莽古思贝勒想到的是，新选出的继承人必须能出色地完成自己的心愿，而且有能力协调好周围部落的关系，保持和发展本庄园的优势。现在大敌当前，庄园和往南去的路已被芒格部霸占了，当务之急是组织好内部的力量，趁现在芒格的力量还不很强大，羽翼还没完全丰满，以迅雷不及掩耳之势，夺回失去的土地，把芒格部彻底灭了，把毕拉部西部的草原、山岭都收过来。老贝勒又考虑到：芒格这次偷袭成功，很有可能有喀尔喀部多尔沙图汗做他的后台。如果我把芒格部灭了，就等于砍掉了多尔沙图汗的一个臂膀，壮大了自己的力量。

莽古思庄园地处脑温江边，土质肥沃，牧场草质丰饶，牛羊肥壮。芒格承继的是他阿布的朝汉山。那里土地贫瘠，可山产非常丰富。早年令巴察杜特尔最头疼的，就是他的庄园地处北陲，南下的交通非常不便，到哪儿去都要经越其他部落的哨卡。巴察杜特尔去世后，芒格承继父业。芒格在大明朝"以夷制夷"策略的暗中支持和帮助下，发展挺快。在这种形势下，他急需找寻到一条通往外界的通畅大道，然而谈何容易啊！蒙古各部落之间勾心斗角，总是不团结。他们都想当王，对芒格的企图必然各有牵制。有个喀尔喀部，地处辽东进关的一个交通要道上。它的势力比较强盛，征用的明官较多，跟明朝的关系也非常近乎。那么，明朝为啥拼力支持它呢？因为这时女真和蒙古各部纷纷称王称霸，建州的努尔哈赤更是迅速崛起，直逼明廷。明朝是想借喀尔喀部的力量来压住建州部的努尔哈赤。另外，明朝想通过喀尔喀部的力量和影响来平服、争取和笼络住草原的蒙古各部。所以，喀尔喀部就是在明朝的羽翼下这么强大起来的。

喀尔喀部现在的首领叫多尔沙图汗。多尔沙图汗这个人可不能小瞧。他凶狠残忍，杀人如麻。都说他吃人心肝，能顿饮坛酒，酒后异常暴戾，而且他野心勃勃。由于他自恃自己有很多的兵马，便常出兵掠夺和搅扰周围的部落，周围部落都非常惧怕他。芒格是个头脑非常简单的人。他因本部地处朝汉山那个狭窄的地方，对自己发展很不利，总想找一个靠山帮助自己。这样一来，喀尔喀部的多尔沙图汗就挑拨芒格说："你听我的，我帮助你想办法制服莽古思。如果制服了莽古思，你的土地就多了，你的草原就扩大了，往东进的路就打开了，你也可以和乌拉部联手了。你别看努尔哈赤暂时锋芒毕露，他主要还要靠你们。如果你们不给他马匹，也不助他兵力，他早晚会像蜡烛似的自消自灭。"芒格非常相信多尔沙图汗的话。正如莽古思贝勒所料想到的那样，这次芒格偷袭莽古思庄园得逞，有不少计策就是多尔沙图汗帮助出的。

莽古思贝勒根据这样的考虑，当天晚上就在北山大寨，召开了一个有他心腹将领参加的会议。在会上，他宣布了三件事：一件事，是

第一章 梦鹰入怀

由他的妹夫蒙格木贝勒，代替他总管庄园的生产、牧猎，统帅所有的部队。莽古思贝勒为了提高蒙格木贝勒的权威，又把自己随身佩带的，用犀牛角皮包的彩珠的短剑，给蒙格木贝勒佩带在身上。这把短剑是他承继祖上的家传宝剑。它是权力的象征。佩带这把宝剑的人，是家族中最有权威，说话最算数的。短剑做工精美，金碧辉煌，是无价之宝。莽古思庄园的人，见到了这把短剑，就等于见到了莽古思贝勒，也等于见到了莽古思祖上所有的先人。所以他把这把短剑交给了蒙格木贝勒。蒙格木贝勒非常感激。老贝勒对我如此信任，我就是战死杀场，也要为莽古思庄园鞠躬效力，死而后已。短剑的授予，使蒙格木在众将中更有了地位和威信。过去，莽古思贝勒将权利都授给了色音布尔。现在，莽古思贝勒把蒙格木贝勒放在了色音布尔前面，这使得站在旁边的色音布尔非常不自在，脸上红一阵白一阵的。他心想：可能阿布看出什么破绽来了。色音布尔越加心惊肉跳、惶恐不安。正在这时，莽古思贝勒喊了一声："色音布尔。"色音布尔一听赶紧上前给阿布磕头见礼。莽古思贝勒很严肃地说："色音布尔，知道不知道，你已经失职了。"色音布尔跪地答道："儿子知道。""这次的损失，当然我也有责任。但是，我把权力都交给你了，你负起责任了吗？你的心思都放在家族的事业上了吗？你想没想过是由于什么原因造成的？你对得起咱们的家族吗？对得起我对你的信任吗？"莽古思贝勒这一连串的追问，色音布尔均无言以对。莽古思贝勒又接着说："事实已经很清楚了！我现在也明白了。你在想一些不应该想的事，干一些对不起阿布的勾当。"色音布尔吓得跪在地上，头也不敢抬，浑身直打哆嗦。莽古思贝勒想到大敌当前，应一致对外，又缓和了一下语气说："色音布尔，我们现在还有很多事情要做。蒙格木是你的姑父，他治理草原的威望和能力大家是知道的。你要听蒙格木的话，辅佐他，帮助他，将功赎罪，等我们的事情办完之后，依据你的功劳，再做定夺。"色音布尔听阿布这样一说，知道阿布没想马上处置他，心里的一块石头落了地。因为色音布尔在草原的威望也很高，周围的人也都很尊敬他。所以大家刚开始听了老贝勒的话，也都吓了一跳，不知色音布尔会受到什么样的惩罚。后来，老贝勒这么一说，大家的心里也平静了许多。莽古思贝勒又非常严肃地说："最后一件事，就是今天晚上，我们要有一个大的举动。一会儿，由蒙格木贝勒和色音布尔跟你们讲。你们要听从蒙格木贝勒的统一将令，要为咱们庄园争回这个脸面来。让草原上所有的人都知道,最剽悍的、最勇敢的不是别人,而是我们莽古思庄园的人。"老贝勒讲完这三件事以后,回到了自己的后帐。然后,由蒙格木贝勒领众将领商定大计。

前文书说到,蒙格木贝勒能征善战,是一员虎将。他懂得兵书、剑法。别看他话不多,可一打起仗来,有万夫不当之勇。大家都非常敬重他。这时,蒙格木贝勒就把他的复仇方案对大家讲了,并分工明确,布置下去。各个将士得令后,异常振奋,都摩拳擦掌地说:"可算盼到这一天了。这些日子,我们心里实在是太难受、太窝囊了。这下咱们复仇的日子终于到了!"

莽古思贝勒没公开说的最后一件事,到底是什么事呢?原来莽古思贝勒早与蒙格木贝勒两人悄悄议定好,要以其人之道,还治其人之身。就是用芒格他们奇袭莽古思的办法来奇袭芒格部。他拟选精兵三千,每个精兵都备有三匹快马,在天黑出发,夜行五百里路,半夜赶到芒格部。人马到了以后,能烧就烧,能抢就抢,能杀就杀,彻底地平了毕拉部,使莽古思庄园附近再也没有豺狼为患,让朝汉山永远成为咱莽古思庄园的一部分。这样,就砍断了喀尔喀部多尔沙图汗伸过来的一只手,周围那些想反莽古思家族的部落就没了领头人。

前文书讲了,莽古思贝勒有两个大寨,一个是南大寨,一个是北大寨。北山大寨里驻扎有很多兵马,南山大寨里有不少兵刃。蒙格木贝勒和色音布尔充分利用了两个大寨的优势,将人马做了详细分工,然后将库藏兵刃全部分发下去。将士们个个精神抖擞,整装待发。第二天天未黎明,蒙格木贝勒骑上他的菊花小走马,挥舞起他的马刀,带领着莽古思庄园的精兵强将,像猛虎下山一样,神不知、鬼不觉地冲杀到了毕拉部。芒格他们已经被胜利冲昏了头脑,正在摆宴庆贺这次偷袭成功。他们不但掠得了不少财物,而且,最大的收获是占领了一个交通要道。回来后,他们杀牛宰羊,连喝了五六天酒。芒格因为酒喝得太多,还正在睡大觉呢。没想到,莽古思贝勒的兵马会这么快地就杀了一个回马枪,把他所有的帐包都烧毁了,所有的人都掠走了,还抢了不少马群、牛群、羊群,很快地平了毕拉部。蒙格木贝勒在那里又建了一个新的大寨,属于莽古思庄园的又一个分支。莽古思贝勒又授命一个心腹将领来管理这个大寨。这场仗打得特别漂亮,而且非常有影响。芒格他们胜利还没到六天,就成了莽古思贝勒的阶下囚。芒格被牛皮带子捆得结结实实的,扔在马背上,拉到了莽古思贝

第一章 梦鹰入怀

勒的北山大寨,并被押在了大寨后面的水牢里。

看水牢的正是莽古思贝勒的儿子色音布尔。色音布尔一看芒格被抓来了,心里非常害怕。他怕芒格把他们之间的事情都抖落开,那样,他就有杀头之罪呀。另外,色音布尔也想得很多。他想:芒格是烧了咱们的"藏娇楼",又烧了咱们为大宴准备的东西,可人家也没杀咱们人哪。不像阿布您把事做得这么绝、这么狠。阿布,您确实太过分了,表面看来您是报了仇,但您想没想到,却又惹下了更大的祸端。事情宜小不宜大,冤家宜解不宜结呀!长此发展下去,咱们不是越来越孤立了吗?色音布尔又想到,喀尔喀部现在也相当厉害,他们有大明朝在后面撑腰。咱们把毕拉部平了,不等于是掏多尔沙图汗的心窝子吗,多尔沙图汗能答应吗?他肯定会兴兵讨伐的。到那时,不又是一场激烈的火并吗!再说,努尔哈赤的力量也在一天天壮大。咱们如果几面受敌,又没可供依靠的更强大的势力,那肯定是要打败仗的。总之,色音布尔想得非常细。正因如此,他宁可结怨于阿布,被阿布杀头,也要冒险把芒格放出来,使芒格部落的人不至于结仇于莽古思庄园,结仇于他阿布莽古思贝勒。表面看起来,色音布尔的做法很莽撞,是大逆不道,是罪上加罪。实际上,色音布尔是从全家族将来的发展和他阿布的威望等几方面考虑的。

到了深夜,色音布尔悄悄来到了水牢。只见芒格被捆绑着,下半身泡在乌黑冰凉的浑水里,正横眉怒目,虬髯颤抖,声嘶力竭地大骂着。芒格瞧见了色音布尔,便在浑水中暴跳起来,更加高声叫骂:"你这忘恩负义的小人,有何脸面到我近前,你们要动手就麻利点。额布格我只求一死!"色音布尔知道他的脾气,任他怪噪,也不出声。色音布尔先把几个看守芒格的兵勇打发走了。然后打开水牢门,走进牢里,欠身把芒格拉出水牢,又给他解开了绳子。芒格惊愕地看着色音布尔,色音布尔忙说:"我的小祖宗,别喊了,快跟我走吧。"芒格这才如梦方醒。他非常激动,咕咚一声跪地叩头。色音布尔紧握芒格的手说:"时间不多了,哪那么多礼。"芒格见此情形说:"我的好哥哥,你把我放了。你阿布能饶了你吗?依我看,这个地方你也不能呆了,还是跟我一起走吧。"于是,色音布尔和芒格慌忙窜向牢房大门。

哪成想,莽古思贝勒领着一些兵马就站在那里。他俩被堵了个正着。其实,莽古思贝勒早料到了,心地善良的儿子准会来救芒格。莽古思贝勒大喝一声:"你个忤逆的畜生,竟胆敢私放仇家。来人,把他俩给我拿下。"周围的兵勇一看，私放芒格的不是别人，是大管家色音布尔。大家本都不想伤害他，但莽古思贝勒下了命令，又不能不动手。没办法，大家只是做个样子给莽古思看，谁也不想真跟色音布尔打起来。后来赶上来的蒙格木贝勒一看要抓的是自己的侄子，也不想真的拼力阻拦。芒格乘机夺过两匹烈马，他和色音布尔各自骑上一匹，打马飞跑。莽古思贝勒的兵马只是狂喊，没有真追。色音布尔和芒格就这样冲出了重围跑了。

莽古思贝勒跺脚、叹气，大骂周围的人是饭桶，命令兵勇去追他俩。这时，只听杀声四起，飞来的火箭烧着了不少帐包。原来是喀尔喀部的首领多尔沙图汗听到了芒格被抓的消息，闻信赶来搭救芒格了。喀尔喀部的兵马像排山倒海一般，挥舞着刀枪、棍棒，从四面杀了过来。莽古思贝勒一看大势不好，也就顾不上追赶色音布尔和芒格了。站在身旁的蒙格木贝勒忙说："大哥，他们来势凶猛。你赶紧走，我领兵在这里跟他们交战。"就这样，莽古思贝勒隐退走了。蒙格木贝勒领三千兵马迎上前去，双方展开了一场交战。多尔沙图汗此行的目的，只是想救出芒格，并无心恋战。何况，此时他已从探马口中得悉，他的得力心腹芒格已经被色音布尔救走了。多尔沙图汗说："好了，既然芒格没出什么事。咱们就先留下莽古思这条狗命，鸣金回营吧。"喀尔喀部的兵马又焚烧了一些帐包，掠走了一些人畜，然后离开了北山大寨。

各位阿哥，现在说书人再讲一讲这一对患难兄弟——色音布尔和芒格。他们两个人骑着快马冲出重围，跑出了很远。莽古思庄园的轮廓已完全隐没在夜幕之中，头顶上的三星开始偏西了。此时，色音布尔和芒格两人才并辔缓行，以便使马身上的汗让风吹干一些。他俩开始寻思，上哪去呢？芒格四海为家，是一个直肠子人，没那么多考虑。可色音布尔不同啊，他这时已经完全失去了对莽古思家族的留恋。他也了解他阿布的心胸，自己已经成了阿布的仇人，现在回去，阿布不但不能原谅他，就是活下来的希望都很小。想到自己的前途那么渺茫，在莽古思庄园里已经没有再呆下去的可能了，还是另谋生路吧！色音布尔是芒格的救命恩人。芒格平时就很信任色音布尔，现在，他更听色音布尔的了，一切都由色音布尔来安排。色音布尔考虑了一会儿，最后决定，上东边的乌拉部暂住栖身。因为他俩从小和乌拉部就很有感情，而且那里有他们很多的老朋友。此时，两个人又振

第一章　梦鹰入怀

059

奋起来，打马向东奔去。可是，跑着，跑着，色音布尔又把芒格喊住了："芒格，哥哥我还有点急事要办。你先去乌拉部，咱们在那儿会合。"色音布尔急调马头匆匆往回跑去。芒格也调过马头，赶上色音布尔。芒格完全知道色音布尔的心事。知道他一准是去找宝音姑娘。于是，芒格说："你是不是要去找宝音姑娘？我还是跟你一起去吧。"色音布尔为什么要去找宝音姑娘呢？因为色音布尔知道，阿布肯定会认为这场劫难是宝音姑娘引起的，不仅不会再宠爱宝音姑娘了，而且，还不一定怎样处置宝音姑娘呢？色音布尔心想：我要把宝音姑娘也一起救走。她现在肯定比我有危险。阿布正在气头上，是什么事都能干出来的。所以，他让芒格先走，自己要回到庄园里去寻找宝音姑娘。芒格也非常理解色音布尔。色音布尔之所以向他通风报信，就是因为宝音姑娘对莽古思贝勒产生的不满，芒格他们才兵袭莽古思庄园。所以，色音布尔的这些想法也都在芒格的心里。他俩胯下的骏马很快重又踏上仍在冒着浓烟的庄园，到处寻找宝音姑娘，结果没有找到。他俩怕重新陷入重围，不好脱身，只好又调转马头，打马往东去了。

正像色音布尔猜测的那样，正当喀尔喀部多尔沙图汗袭击北山大寨，蒙格木贝勒与之鏖战之时，莽古思贝勒想带着大妃和小格格迅速撤离，以躲开刀兵之祸。大妃忙环顾四周，问："宝音呢？"莽古思贝勒气急败坏地说："不必管她，祸端都在她那儿。"他竟然把眼下一波未平一波又起的灾祸，都一股脑地归罪到了既善良又无辜的宝音姑娘身上。如果时间来得及，他都想把宝音姑娘杀了。尽管大妃和小格格苦苦地缠磨着要带宝音姑娘走，结果都无济于事。庄园里的人还没有一个敢违拗贝勒爷的意思的。就这样，大妃和小格格呜咽含泪地随莽古思贝勒往北去了。

再说宝音姑娘闻听有兵马袭来，就忙着在内室为大妃和小格格整理行囊，以免贝勒爷盼咐撤退时，手慌脚乱。等她把东西收拾完了出来一看，外屋已经空无一人。大妃不见了，小格格也不知道哪儿去了。宝音姑娘心里就明白了，他们这是不要她了，把她甩了。宝音其其格自到科尔沁大草原，算来有六七个年头了。她从一个不懂事的孩子长成一个风华正茂的美丽少女，有多少温暖、赞美、爱抚甚至爱慕的情感，几乎天天在冲击着她。她知道，莽古思庄园这场灾祸的因由缘起，和自己并不是没有关系。她更清楚庄园的老贝勒和少贝勒对她的似明似暗的情感。她也知道，所有这些对她来说，并不一定是幸福和吉祥的征兆。庄园里复杂的关系，使她左也不是，右也不是。宝音姑娘早就有了离开这个是非之地的打算，只是碍着主人的情义和关怀，一直无法张口。而且，她心里着实留恋色音布尔，也惦念小格格。但宝音姑娘更是一个非常坚强的女孩。她心想：这次他们既然悄悄地走了，不要我了，我也就没有什么牵挂了，这也正为我搭了一个回家的桥。长时间以来，宝音姑娘就想结束这种寄人篱下的生活，回到她北边的故乡。那里有她童年的生活，有她女真族的同胞和她阿玛、额莫的坟墓。所以，她心里并没觉得伤心，反而倒有一种如释重负的感觉。她舒畅地吐了口气，自言自语地说："我总算能做自己想做的事情啦。"她简单地整理一下自己远行的衣物，大多是大妃赏给她的贴身衣物。莽古思贝勒所赏赐的金银饰物和绫罗绸缎，她一件都没拿，都原封不动地堆放在帐包的一侧。她环顾了一下四周，像是在告别。这梦一般的七年哪，别了，永远地分别了！

她毅然走出了帐包，把行囊和包裹放在那匹与她相伴多年的大白马的背上。白马见了宝音姑娘咴咴高叫，扬着鬃，亲吻着她的手和她的皮袍。宝音姑娘双手紧紧地搂着大白马的脖子，又用手轻拍着白马的前额，簌簌的眼泪夺眶而出。这是她惟一北上的亲人和伙伴了。宝音姑娘还系念的是她心爱的小熊，此刻，也不知跑哪儿去了。她叫着、唤着，可是仍不见小熊的影子。天色已经不早，不能耽搁远行的路，到了该走的时候了。她骑上了马，可是，她不知道往北去的路程，怎样才能回到自己的故乡呢？她想到莽古思贝勒送给她的这匹大白马，是一匹宝马。它久经沙场，功勋卓著，到过乌拉和黑水。宝音姑娘轻轻拍了拍白马的头，说道："大白马啊，大白马啊，现在只有你跟我最亲了。咱俩回北边的家去，你看该怎么走，我现在就听你的。"

大白马像听明白了姑娘的话似的，嗒嗒嗒地越跑越快，跑过了一片树林，越过了几座山，又趟过了几条河，从早晨走到晚上，又从晚上走到黎明。宝音姑娘渴了就到河边喝点水，饿了就采点山里的野果充饥，或者用箭射个小鹌鹑，用火烤烤吃。就这样，大白马驮着她一连走了三天三夜，也不知道到了什么地方。这天，大白马又驮着她穿越了不少草原和密林。天有些黑了，宝音姑娘确感又饿又累。大白马也该吃点东西了，不能再往前走了。前面是一片山谷，山谷里是一片

第一章　梦鹰入怀

061

一眼望不到边的白桦林。因为已经到了晚秋，树叶大多零落了，但还残留有一些红叶，把山谷装点得格外美。

俗话讲：北国的晚秋像孩子的脸，说变就变。当宝音姑娘从马背上跳下来，牵着马往林子里走去的时候，天色已经阴沉下来了。一阵阵寒彻的冷风袭来，令人打颤。她进了林子，把马拴到了一棵树上，又伏身给马拢来了不少草和树叶吃。然后，她用自己随身携带的腰刀砍了一些粗树枝，搭了一个小窝棚。她又把马背上的一个皮毡子拿下来，盖到了小窝棚上。然后，在小窝棚里面铺上一些干草，干草上面铺上了两张鹿皮。这样，住的地方解决了。她又起身到河边舀了些水，回来的时候，正巧有两只大雁在头上飞过。她一箭就把两只大雁射了下来。回来后，她拢起了一堆篝火，把雁毛薅干净了，就在火上烤了起来，雁肉烤熟后鲜嫩可口。宝音姑娘吃得挺饱，又喝了一些水。大草原上，猎人在外面过夜是常有的事。在莽古思庄园的时候，色音布尔常领宝音姑娘到外面狩猎。宝音姑娘对野外生活非常熟悉。她又是一个神射手，所以，在野外过夜她并不感到害怕。这时，天大黑了，宝音姑娘也太累了。她和衣躺下，一会儿就睡着了。睡着，睡着，朦胧中，她觉得自己站起来了。天空中，满天星斗。她眼前一下子出现了一轮明月。月亮非常亮，照得大地一片光明。突然，从月亮里头飞出一只鸟来。这只鸟越飞越近，越飞越大，原来是一只顶天立地的老鹰。老鹰飞到她的面前，两只爪子一下把她就给抓住了，把她吓得"啊"的一声大叫。宝音姑娘一下子被惊醒了，原来是一场梦。

宝音姑娘霍然坐了起来，看外面天色很黑，大地皆白。不知什么时候，下起了鹅毛大雪。这时是九月末，没想到，今年草原的雪下得这么大。只见马身上是白的，地上是白的，小窝棚上面也是白的。她回想刚才做的梦，感到非常奇怪。这个梦做得怎么这么蹊跷呢？月亮里飞出了一个大老鹰。大老鹰又把我给抓起来了。这是怎么回事呢？在女真人的信仰里，梦见月亮和鹰，是最吉祥的了。宝音姑娘虽然不会占卜，但童年的时候以及在莽古思庄园时都常听人讲，梦见鹰月入怀是最好不过的事，是吉祥之兆，也是光明和幸福的征兆。明月和雄鹰是女真人和蒙古人都非常崇拜的两位神祇。明月高照，象征前途无量；神鹰入怀，是说有勇敢的祖先神来护卫自己。神灵在点化宝音姑娘，一个非比寻常的奇迹就要降临到她的身上了。那么，究竟能有什么吉祥福事降临到这位可亲、可爱、可怜的宝音姑娘身上呢？各位阿哥，请静心落座，听我说书人慢慢地讲唱下去。

第一章　梦鹰入怀

第二章　鱼儿总要游归大海

雪妃娘娘和包鲁嘎汗

阿哥达爷们啊，
我弹着口弦琴，
敲响咚咚的神鼓，
用阿布卡赫赫
给我的口才和智能，
追忆着
布鲁坤神鸟、
达其布尔神鹰，
传述的故事，
——往昔血和泪的旋律。
西辽河的水呀，
淌了十三个春秋了。
漠北的白云哪，
漂了十三个冬春了。
草原的沃野呀，
降了十三次冰霜雪雨。
我们最可爱的
小宝音其其格，
现在已长成了俊俏的草原姑娘。
冰天雪地里长的玻璃棵树，
稚嫩的时候，就可做栋梁；
冰天雪地里长大的
女真后代，
十三个春秋就可叱咤风云。

　　宝音其其格也就是宝音姑娘，现在可不是小孩子了。她已经长成一个名副其实的大姑娘了。她像科尔沁草原上的一棵白桦树，亭亭玉立。她又像天上皎洁的月亮，光彩照人。她长高了，长大了，也长美了。草原上的牧民都喜欢听宝音其其格唱的歌,都喜欢看宝音其其格跳的舞,都愿意跟宝音其其格说话、聊天。宝音其其格是草原上最娇艳的花。现在,她离开了科尔沁茫茫的草原,离开了爱护她的大妃和可爱的小格格,离开了待她像亲女儿一样的乌云格格及她们一家人,离开了终日教她骑马射箭的色音布尔,开始了她一生中新的征程。

宝音其其格一个人骑在马上,信马由缰地走着,思绪万千。当年,她掉到了悬崖下,是好心的那日松救了她,把她送到了科尔沁大草原。后来,她又来到了莽古思庄园。她的生活过得越来越温暖、幸福。现在,这一切突然都化为乌有。莽古思贝勒一家人已经远去了。不过,阿哥达爷们,不要为宝音姑娘担心。前书我已经说了,宝音其其格可不是普通的少女,草原的风霜锤炼了她。她是一个秉性非常倔强的姑娘,而且她很明白事理。她早已像一只离娘的羊羔,懂得了到哪里去找干草吃,到哪里能有阳光,哪里能有自己明媚的春天。她又像一只早已断奶的小鹿羔子,知道什么地方可以多停一停,什么地方可能有虎狼,不能停留。宝音姑娘更是一个坚强、自信的姑娘,她认为自己一定能找到一个适合自己的栖身之处。她对自己的未来,充满了希望。

大白马在奔驰着,马上的宝音姑娘纵情地唱起来:

> 白马啊,白马啊,
> 走吧,走吧,
> 一往无前地走吧!
> 前程似锦别停脚。
> 慈蔼的腾格里天神啊,
> 会把我们带到那富饶的河滩和山坳。
> 在无垠的林莽,
> 在翠海的阔野,
> 去共同开拓美好的生活和自由。
> 用丝草和稀泥,
> 建筑温馨的窝巢。
> 鄂伦耶——鄂伦耶——

宝音其其格一下子不知道从哪里生出来的神力。她骑着骏健的白马,好像生出了一对巨大的翅膀在飞翔,一路向北驰骋。马身上的百余颗金银雕饰的鸾铃,发出和谐优美的声响,仿佛向大草原宣告:科尔沁的小女英雄来了!惊喜得百雀从林中飞出,小鹿从草丛中探出头。它们相互传告着,追逐着,和宝音姑娘一路伴行。

前书说过,宝音其其格骑的这匹白马很有灵性。它懂人语、通人意。自从莽古思贝勒把它送给宝音姑娘,宝音姑娘每天除了和小格格在一起,其余的时间多是和这匹白马在一起。色音布尔有两次在深夜里瞧见宝音姑娘为了给马添夜草,竟睡在马厩里。色音布尔深知宝音姑娘爱马如命,为讨宝音姑娘的欢心,色音布尔几乎把庄园里能张罗到的马具精品,一股脑儿地装扮到了这匹白马的身上。白马的装饰,在整个莽古思庄园里都是一流的,就连老贝勒莽古思看了以后,也啧啧称赞,乐不合口。

宝音其其格现在骑着的这匹大白马,在色音布尔的护爱下,全副武装,威风凛凛。马身上耀眼的装饰,仍然是当初色音布尔精心打造的那套。马鞍做工非凡,是用金丝和铜丝雕镂在软木上的一个金鞍。为了坐骑舒软、暄适,鞍鞴的底部是选用熊和野猪的上好鬃毛以及驼绒编制成的半尺厚的颤垫,四周用虎、豹的胫骨和玉石圈围,外包蟒蛇皮和彩鸡翎,并用珍珠、玛瑙在玉石和兽骨上镶嵌晶莹的金花、银花。马头前鬃的下方,坠有两个小绒球,红白相衬,耀眼夺目,使人打老远就能望到飞旋着的绒球。看到佩有红绒球的白马,人们就知道宝音其其格来了。它几乎已成了宝音姑娘的标志。马嚼子两边,一边还有一个用镔铁打造的金针花。它不单是装饰花,也是护马针。马脖子上还挂着一串串铃。马一走起来,串铃的响声能传出很远。野兽听到铃声,就吓跑了。马脖子上还有一条护带,护带上也有很多用镔铁打造的金花和银花。它和护马嘴的金针花一样,锋利得像尖刀。一般情况下,猛兽在攻击马的时候,往往要先掐马的脖子,咬断马脖子上的动脉,马就会流血而死。如果马脖子上有护带,当野兽要掐马脖子的时候,护带上的金花和银花就会扎它的嘴,野兽就不敢攻击了。所以,烈马或者征马的脖子上都要有护带。另外,在马尾巴下面,围着一条半圆形的护鞘金带。金带上镶嵌着一簇簇利针,这是护刺针,当野兽从后面往马身上蹿的时候,这些后刺就会扎野兽的胸脯和两只前爪,使野兽不敢再往马身上蹿。

此时的宝音其其格头戴白狐绒做的成吉思汗帽子,身披一件银狐皮的大斗篷。斗篷的衣领上镶坠着长长的红、黄飘带。万字花披肩上缝有百颗银铃。马一跑起来,斗篷翩翩舞动,像两个翅膀一样展开,非常轻盈美观。宝音姑娘临走的时候，莽古思贝勒和大妃虽然走了，可他们的佣人们有的被留下来看守财产。小宝音平时和这些佣人们关系很好。他们知道宝音姑娘也要远走了，各个眼泪汪汪，这个给宝音姑娘送包干粮，那个给宝音姑娘装罐热奶，还有的给马身上驮着的两个皮褡裢里装满了炒米、炒面和干肉条。宝音姑娘的随身物还有两个水葫芦。这也是她最喜欢的两件旅行用具。一个是莽古思贝勒过去送给她的。这是一个银嘴镶边，铜盖上雕有很多花、鸟、鱼、虫的水葫芦；另一个水葫芦更别致，是她到莽古思庄园之前，乌云格格送给她的。这个水葫芦上镶嵌着法兰花纹，盖上有两尊小金佛。马鞍后面还有两个大皮囊，里面装有帐篷、皮被和日用衣物等。她带的吃的喝的足可以供她走十多天。

咱们前书说过，色音布尔曾经送给宝音其其格一个小熊崽儿。这个小熊崽儿在宝音姑娘身边已经有两个多月了。两个多月来，它和宝音姑娘形影不离。小熊崽儿成了她的心肝宝贝。她给它起名叫小黑子。因为这次走得匆忙，没找到小熊崽儿。这一路上，她心里总觉得空荡荡的。

阿哥达爷们，说书人在这里要多说几句。这小黑子确实挺招人喜欢。它曾给宝音姑娘带来了不少乐趣和安慰。小黑子聪明、干净，不管什么果子掉到地上，只要是沾点泥，它都不吃。它从不在帐篷里屙屎、撒尿。它要是有尿了，就把它的小爪一抬，小眼睛溜圆地瞅着你，嘴里"嗯嗯"一叫，就是说："你快给我开门吧，我要屙屎了。"你把门一开，它自己就出去了。如果你听到门外有"啪啪"的声响，你开门一看，准是它在敲门。时间长了，小黑子还学会了自己开门。后来，宝音姑娘还训练它听口哨，不管它是在吃饭，还是在睡觉，或者是在附近玩，只要宝音姑娘吹声口哨或者叫声黑子，黑子马上就会"噢噢"地叫着走到宝音姑娘跟前，蹲在那里，仰着小头，两只小爪抱在一起，歪歪个脖子，吐出个小红舌头，好像在说："我在这呢。"宝音姑娘有点愁事或者累了，它就会走到她跟前，把两个前爪搭到她的膝盖上，嘴里叫着哄宝音姑娘。如果宝音姑娘躺在炕上，它就会把两个前爪搭到炕沿上，张着嘴"噢噢"地唱歌，安慰她、亲近她。这更讨宝音姑娘的喜爱。宝音姑娘外出也带着小黑子。色音布尔还专门给它做了一个小吊筐。吊筐是用荆条子编的，再用皮条吊到马背上，把小黑子就放到吊筐里。宝音姑娘到什么地方去，小黑子就跟到什么地方。小黑子成了姑娘生活中的亲密伙伴。

宝音姑娘想到这些，情不自禁地在马上吹起了口哨。可是，哪里有

第二章 鱼儿总要游归大海

小黑子的影子，只有几只飞起来的大雁和风吹过后的阵阵草动。她又高声叫着小黑子，也听不到回音。她失望了，肯定是乱兵征杀中，我的小黑子遭到了……哎呀，她不敢往下想了。尽管这样，她每到一个地方，宿营的时候，她都要给小黑子做一个小柳床，在她旁边放着。吃饭的时候，她也弄一小堆儿肉干给小黑子预备着。就这样，大白马驮着宝音姑娘，踏着一路芬芳的小黄花，在荒甸子上也不知跑了多少个时辰，前面来到了一片有河水穿越的密林。突然，宝音姑娘听到远处的榛柴棵子里传来一阵阵熊的嘶咬声。宝音姑娘连忙催马顺着声音跑过去，走到近前，她隐隐约约地望见在密林深处，有两只肥胖的大公熊为争夺一只小母熊，厮斗得滚成了一团儿。小母熊吓得在一旁瑟瑟怪叫。宝音姑娘慌忙勒马悄悄绕过此地，继续赶路。其时，大白马在密林中穿行，林里早已没有了路。走着，走着，宝音姑娘才发现，方才只顾追寻熊的声音，在密林里走出了很远，现在已经迷路了。在茫茫的林海草原里，迷失方向是常有的事。宝音姑娘因为年轻，缺乏经验，再加上心绪烦乱，现在已经完全无法分辨东西南北了。她骑马围着密林一连转了三四圈，也没找到走出密林的路，急得宝音姑娘快哭了。最后，她还是靠着大白马的敏锐，幸运地穿出了密林，沿着一条山谷，来到了一处她从未到过的地方。

说起来，宝音其其格乍离开莽古思庄园时，是一心想往北走的，方才由于迷路，现在已经往南走了老远，当然宝音姑娘根本不知道。她现在来到的地方是科尔沁草原南部葱翠的密林地带。霍林河水滋润着富饶的林野，使这里既是牧场更是猎场。近几年，北方的天冷得很早。这时，正逢九月暮秋，树叶已经开始飘落。风一吹起来，使人感到冷嗖嗖的。宝音姑娘骑着马就这么走哇、走哇，也不知又走了多远。

单说有这么一天，宝音姑娘来到了一片柳树林子。她把白马放到林子里没拴，只把两个前腿用绳子缠了一下，作为马绊子。她拍了拍白马说："今天晚上咱俩就在这歇着了。你不要到处跑，小心明天我找不着你。"白马好像听懂了一样，把头抬了抬，仰了仰鬃，向她"咴儿咴儿"地叫了两声。宝音姑娘来到了柳林旁边，在一棵粗大的榆树下面，搭了一个小窝棚，又把旅行用的皮囊拿了出来。过去在野外宿营都备有皮囊，是用鹿皮或熊皮做成的一个袋子。袋子的一头封死，另一头留个活口。人钻进去以后，把活口边上的绳子从里边一撸，口就封上了。人睡在里面非常暖和。宝音姑娘和身钻进了皮囊，美美地睡了一大觉。第二天天刚亮，头上几只山喜鹊就喳喳地叫着，好像在告诉她："不早了，不早了，你得赶快上路了。"宝音姑娘坐了起来，来到了山林后边的小河沟。河水非常清澈，可以清清楚楚地看见河里游动的小鱼。她用手一捧，还真捧上两条。她把小鱼重又放回到河里，用水洗了洗脸，喝了几口山水，然后回到帐篷，拿出自己带的肉干，在火上烤了烤，又泡了一杯奶茶，准备吃完上路。

正在这时，大白马在"咴儿咴儿"长叫。猎人们都知道，马一叫就是有事情。宝音姑娘放下手中的奶茶，来到了白马身边。白马边仰头冲着密林外面叫，不停地刨地，意思好像是说："那边有事，赶紧看看去。"宝音姑娘正在奇怪，发生了什么事呢？就听见树林外面闹吵吵的，好像有很多人，声音越来越大，就听见有人喊："快跑哇，快跑哇，黑熊来了，黑熊来了。"又有人喊："蜂子太厉害了。"宝音姑娘听见喊声，决定过去看看。于是，她穿过一片长树林，只见前面出现一片宽敞的草道。她看见，远处有一些人在往这边跑，有的人骑着马，有的人赶着大勒勒车。车上坐着老人和孩子，能看出他们都是当地的牧民，好像是在逃难。

宝音姑娘这时发现，他们不仅慌张地跑着，而且有些人手拿树枝，左右猛甩着在轰赶蜜蜂。也不知是谁把蜂窝给捅了。黑压压的蜜蜂飞上飞下，嗡嗡嗡地追赶着这些逃难的人们，蜇得孩子哭，大人叫，马被蜇的直扬蹄甩尾巴。宝音姑娘迎着这些人走了过去，身边立刻也飞来了一些蜂子。她拿起身边的一个大桦树条子，轰赶蜜蜂，并叫这些人赶紧钻到密林子里躲蜂群。这些人按照宝音姑娘的吩咐，躲到了林子里。宝音姑娘又告诉随后赶来的人，快躲进林子里。她继续往前走着，好心的老头、老太太说："姑娘，你别再往前边去了，前边有熊啊。"宝音姑娘一听到有熊，并没害怕，反倒高兴了。她没听老人们的劝阻，往前走了。

宝音姑娘紧赶慢赶，顺道往前走。她大老远就看到，远处跑过来一只小黑熊。只见这个小熊怪有意思的，胖乎乎的，像个小土球子似的，两只前爪也不知抱着什么东西，往这边正猛劲跑呢，它身后有不少蜜蜂在追赶。没等宝音姑娘看清楚，就见这个小熊把怀里抱的东西往地下一扔，什么也不顾地"嗷嗷"叫着，冲宝音姑娘就跑过来了。它到了宝音姑娘近前，一下就扑到了宝音姑娘身上，抱住了宝音姑娘。宝音姑娘定睛一看，天哪，这不是我的小黑子嘛。这真是踏破铁鞋无觅处，得来全不费功夫。宝音姑娘惊喜地说："黑子，你怎么到这来了？我好长时间没见到你了，我的小黑子，我想死你了，你上哪儿去了？"宝音姑娘也不管黑子身上有没有蜂子和泥草，跟它就搂到一起了。小黑子见到宝音姑娘就像孩子见到娘一样，非常亲。小黑子的两个后腿紧紧夹住了宝音姑娘的腰，两个前爪搂住了宝音姑娘的脖子，舌头舔着宝音姑娘的脸，呜呜直哭。宝音姑娘的心情也非常激动，心爱的小黑子终于又回到她身边了。

宝音姑娘把小黑子从身上放了下来，往地上一看，小黑子刚才扔掉的东西，原来是三个马蜂窝。看来小黑子饿得实在没招儿了，把蜂窝给扒下来了。所以惹得野蜂来蜇它。宝音姑娘的脸上也被蜇了几下。但由于见到了自己亲爱的黑子，她也不知道疼了。小熊的眼睛也被蜇了好些个包，它也不知道疼。周围逃难的人见此情形，都非常感动，为她们的相见而高兴。可是黑子还是不安心，还在"噢噢"地哭闹，扯着宝音姑娘的衣服往外直拽。宝音不明白它的意思，以为黑子只想贪玩，就说："黑子，黑子，别闹了，听话。咱俩能够见面，是天神腾格里的恩赐。眼下这里还有这么多人没吃、没住的，咱们得帮他们想想办法。"

说书人在这里先交代一下：那时候，大草原上人非常少，走出二三百里地见不着人是常有的事，除非是到了牧区、营地，能见到几个人影，几个帐包。宝音姑娘走了好几天，今天才见到个人影。所以，她感到格外亲切，也不管认识不认识，就打听："你们是从哪儿来的？准备到哪儿去？"也别说，还真有人认识宝音姑娘："哎呀，这不是莽古思庄园的天仙吗？我们见过你，格格，你是宝音姑娘。"牧人们一听说眼前站的这位姑娘，就是草原上大名鼎鼎的宝音其其格，蜂拥地围上来。他们有的给宝音其其格深深鞠躬，有的干脆就跪下了。宝音姑娘见此情景，忙说："大家请起，不要这样，不要这样。既然咱们有缘相见，就请到我住的地方来吧。"宝音姑娘把众人领到了她搭建小窝棚的地方。众人刚才为躲避小熊和蜜蜂的追赶，拼命逃跑，现在也真累了。宝音姑娘让大家坐下休息一下，并和这些人攀谈起来。原来，这些人大多来自莽古思庄园的南牧场，那里由莽古思贝勒的一个表姐叫乌丹格格管理着。喀尔喀部首领多尔沙图汗要北上声援芒格联军，南牧场地处科尔沁草原的南疆，是他的必经之路。住在南疆的这些牧民，一向惧怕杀人如麻的多尔沙图汗，也为避免受到更大损失，他们拼命争逃。宝音姑娘见到的这些人，大多是这样到这里来的。这些人没想到在这里有幸遇见了宝音姑娘。宝音其其格的大名，在科尔沁草原可以说是无人不知，无人不晓。她是草原上一颗明亮的月亮。她的歌喉传遍了科尔沁草原。

在那个时候,普通的牧人能见到宝音姑娘一面是多不易呀。没想到腾格里天神竟把众人仰慕并带有传奇色彩的美丽姑娘,送到了苦难的牧民中间。众人都很亲近宝音姑娘。这里也有些人原来并不是莽古思庄园的,他们在逃难的路上不期而遇,走到了一起,四海之内皆兄弟。他们听人介绍站在面前的宝音姑娘的身世,都非常敬佩她。众牧民亲近地欢聚到宝音姑娘新搭成的窝棚跟前。小窝棚太小了,里里外外挤满了逃难来的牧民。宝音姑娘又顺便打听一下莽古思贝勒和色音布尔的消息,他们这些人谁也不知道贝勒爷一家现在的近况。宝音姑娘只好作罢。宝音姑娘还特意把从小河里提来的清水,一罐一碗地端给大家喝。淘气的小黑子跟在宝音姑娘的后面,撒欢儿似的跑着、扭着、叫着,逗得大家捧腹大笑。

这时,天近中午时分。宝音姑娘虽然也是乍到这里,对周围的情况并不熟悉。此刻,她却成了这里的主人。众人也不约而同地把宝音姑娘看成了这个荒林人群中的女首领。宝音姑娘这些年跟着色音布尔,还真熏染了不少管理家政的办法。她分配壮年男子们在一片小树林里伐木、搭窝棚,又摊派一些人去附近山林和河套里打獐狍、网河鱼。另外,她把年轻的女人们组织到一起,用芦苇编帘、编席,把十几座窝棚遮挡得严严实实。宝音姑娘又领着几位勤快的老太太,把每人身上的炒米和粮谷凑到一起,并采来不少野菜,搭灶做饭。她事无巨细,安排得周周到到,井井有条。宝音姑娘和这伙逃难的牧民们,在这片生疏的小树林,七手八脚地开辟了一个新的居住点。犬吠鸡鸣,炊烟袅袅。牧民们有了暂时的安身之所,不再像没头的苍蝇四下乱窜了。

单说在逃难的人群里,有位久经风霜的额布格是"地理通"。他曾经骑着枣骝马,带着猎狗,在附近数百里山林和牧场捕貂和猞猁。宝音姑娘问这位"地理通":"额布格,咱们现在在什么地方?"这位额布格告诉宝音姑娘说:"姑娘,咱们现在在脑温江中下游,霍林河畔,离乌丹格格的大牧场不远。"说起乌丹格格的大牧场,宝音姑娘早有耳闻。那可是个好地方,它东北通乌拉部,北通科尔沁草原,西通喀尔喀部,南通哈达、叶赫、赫图阿拉建州部,是重要的交通路口和兵家必争之地。

这位额布格说得确实准确,说书人真有必要再细讲一讲莽古思庄园的南牧场以及庄主乌丹格格。位于霍林河畔的南牧场,绿草茵茵,土质

第二章 鱼儿总要游归大海

肥沃，是由莽古思贝勒的表姐，一位叫乌丹格格的女主人掌管着的。因为她岁数大了，一辈子没出嫁，大家又尊称她为"乌丹老女"。乌丹老女掌管的这个牧场比乌云格格和蒙格木贝勒所掌管的牧场要大得多。现在这个"安巴苏鲁克"①的"额真"② 就是乌丹格格，所以，大家又叫她乌丹额真。乌丹老女治理的牧场，牧群肥壮，百里闻名。她亲自配种、接羔、诊治疾病，把自己整个的青春都献给了她的牧场。不论酷暑或寒冬，牲畜的成活率在科尔沁大草原里没有一个庄园能比得过它。乌丹格格的大牧场里有几百个牧群，每个牧群里都有几百头牲畜，里面有马群、牛群、驼群和羊群。马群是很讲究的，它分为骟马群、儿马群和骒马群，都由专人饲养，有固定的牧场和马厩。骟马群，是指将成年的公马骟了。马骟后的驮力和耐力都非常强，是草原上非常重要的挽乘马，打仗和运输都离不开它。因此，它的经济价值和征用价值都非常高，是草原上一笔重要的经济来源；另外，还有儿马群和骒马群，也是草原上重要的经济财富。儿马群就是种马群，是专做配种用的；骒马群即母马群，牧群里传宗接代都离不开它。

话说乌丹老女，今年已经五十多岁了。她比莽古思贝勒大几岁，是莽古思贝勒的叔叔莽吉古善贝勒的惟一女儿。莽吉古善贝勒是蒙古草原中非常著名的英雄，也是一个非常出名的骑手。他脾气暴烈，因莽吉古善贝勒看不惯明朝的强权，特别是不满明朝对草原牧场的苛刻征税，有一年，他不听从哥哥莽吉尔杜贝勒的劝阻，带兵跟明朝打起来了。但是，他怎么能打得过明朝的兵马呢！结果，被明朝的总兵官刘铤手下的兵给杀了。莽吉古善贝勒虽然战死了，但明廷因此给草原减了一些税赋。科尔沁草原的很多贝勒都非常敬佩莽吉古善贝勒，也非常感激他，是他用自己的鲜血换来了明廷对草原的减税。大家认为应该对莽吉古善贝勒的后代有个妥善的安置。这个说："我给莽吉古善家五个马群。"那个说："我给六个驼群。"又有人说："我给十个羊群。"就这样，大家七凑八凑，一共凑了一百六十多个牧群，都给了莽吉古善贝勒的家族。莽吉尔杜贝勒又把自己最好的牧场给了弟弟的后代。

各位阿哥，在早儿比试谁的牧场大，不是用丈量，而是用跑马测地。乌丹老女承接的这座大牧场，是一个五匹马的牧场。这是什么意思

---

① 安巴苏鲁克：满语，大牧场。
② 额真：满语，主子。

呢?就是说,在一天里,你骑上一匹快马跑,一直到马跑不动了为止。这匹马跑不动了,你再接着换骑另外一匹马,继续往前跑,就这样一共跑五匹马。莽吉尔杜贝勒就把这么一大片牧场都给了他的侄女——莽吉古善的爱女乌丹格格。从此,乌丹格格成了一个富有的女庄主。当时乌丹格格还很年轻,没有经验,对掌管这么大的家业,她大伯莽吉尔杜贝勒有些不放心,常常过来帮她操持诸事。乌丹格格生来聪明伶俐,争强好胜,从不甘人后。不几年的工夫,俨然锻炼成为一位精明强干的女庄主。乌丹这个女人可不简单,别看她是一位女性,却有着男儿的性格。她的骑术是一般的男猎手都赶不上的。马跑着,她在地上一蹿,就蹿到马背上去,一个手抓住马鬃,单腿勾住马背,不管马怎么跑,怎么蹦,就是马立起来,她也掉不下去。乌丹不但马骑得好,箭也射得非常准,百里以内没有小伙子能比过她。几年的工夫,她就把家业治理得非常兴旺、富庶,不但超过了莽古思庄园,就是附近一些庄园,她都敢跟比一比。

由于乌丹格格聪明艳丽,风流倜傥,孑身一人。她像明珠一样引起了不少人的注意和爱慕。说起来,乌丹也是一个很传奇的人物。她年轻时,就有很多人追求她,但由于她性如烈火,高傲泼辣,很多人都非常惧怕她。说来这里还有个故事。在远离乌丹格格牧场五百里开外的一个大牧场,那里属于扎鲁特部的一个边缘部落,既不受科尔沁地方管辖,又不受扎鲁特部管。这个牧场的额真,是一位很傲慢的人。他拥有很多的马群,自认为是天下最富的"巴彦"[①]额真。他听说乌丹是一个美女,就骑着马从五百里外赶到了乌丹格格的部落,见到了乌丹格格以后,赤裸裸地说:"我千里迢迢赶到这里,就是想要娶你为妻。我愿意把你奉为太阳,奉为月亮,永远爱你、忠于你。"乌丹看他这个样子,微微一笑,说道:"草原上的人,不喜欢听唧唧喳喳叫的山雀的诱惑。你如果真正喜欢我,就告诉我一句实话,你身边还有没有别的女人?"这个巴彦富人腆着大肚子,把八字胡向上扭了扭,嘿嘿地笑着说:"美人呀,我没有别的女人,我只有你。"乌丹说道:"草原的水是清澈的,人的心是圣洁的。我愿意要一颗纯真的心,不愿意要污浊的水。我不看你的富有,不看你的长相,也不看你的年纪,如果真如你所讲,我就嫁给你。你先回去吧,过两天我给你回话。"这个巴彦额真听了以后,骑

第二章 鱼儿总要游归大海

---

① 巴彦:满语,富有。

上马美滋滋地走了。

没过几天,这个巴彦额真在内帐里正与两个荡妇鬼混着。奴才在门外禀报说:"乌丹格格到了。"这个巴彦额真马上起身穿戴整齐,来到前厅,迎接乌丹格格。乌丹格格进来以后,见了他也没说话,直接闯进内帐,看见里面有两个赤裸着身子的美女,正躺在卧榻上。乌丹格格不由火起,二话没说,转身走了出来,用她那鹰爪似的利手,把这个巴彦额真的发辫猛劲一薅,像提小鸡似的给撤到帐外。这小子摔得满嘴丫子是血,疼得嗷嗷怪叫。乌丹格格又左一拳、右一脚地把他教训了一顿,直打得这小子像小鸡叨米似的一个劲地磕头哀告:"我的姑奶奶呀,有话好好说,有话好好说。"乌丹格格左手叉着腰,右脚跺着地,手点着跪在地上的秃头巴彦额真:"草原上的人,一向以忠诚为上,最憎恶那些骗人的恶魔。他像狼一样诱骗羔羊,欺骗那些善良的小鹿。他们凭着一颗黑心,一张臭嘴,到头来,不得好死。我早查清了你的罪孽,你杀了多少牧民,祸害了多少良家女子,你恶贯满盈。为了不再让别人受到你的欺凌和诱骗,我今天就宰了你这个王八羔子,还草原一个干净!"乌丹格格和满地滚叫的巴彦额真这一闹腾,沉寂的帐包四周围上来了不少人。有的人以为从远道来的乌丹格格人生地不熟的,哪那么敢轻易动手,只是吓唬吓唬呗,就说:"不要怕她。她不能,她也不敢。"谁知乌丹格格真的从腰里抽出一个牛耳银刀,把这个巴彦额真的胸膛哗地一下就给剜开了,把心掏了出来,烤烤吃了。这个意想不到的举动,活像在这个小部落里点放了一堆土药,吓得人们四处逃窜。乌丹格格的威名从此在草原上可就传开了,而且越传越远,越传越神奇。

乌丹格格不仅是一个嫉恶如仇的人,又是一个非常有心计的人。按她自己的话说,就是睡觉,她都睁着一只眼睛。有一次,喀尔喀部在夜里发兵,想趁乌丹格格部落的人睡觉的时候,抢夺她们的牧群。哪知乌丹格格早有警觉,喀尔喀部的兵马刚一进部落,乌丹格格就已备好了战马,全身披挂整齐地迎了上去,杀进了敌群。乌丹格格部落的兵马冲上来的时候,乌丹格格已经砍掉了三十多个人头。喀尔喀部的头领被吓呆了,哎呀妈呀,这还得了,这乌丹格格是一个杀人不眨眼的女魔王啊,快跑吧!喀尔喀部的兵马一下子溃不成军,很快就被乌丹部落的兵马打得落花流水。乌丹格格飞马回到自己帐包的时候,众兵丁都认不出来她了。只见她全身溅满了敌兵的鲜血,就连马身上也都被飞溅的鲜血染得殷红了。从那以后,喀尔喀部和扎鲁特部再也不敢欺负她们了。当时,她刚十八九岁。

　　说起来，乌丹格格的命运也很坎坷、凄凉。那时的女人，总是成为部落之间互相争杀的牺牲品。乌丹也是如此。乌丹格格不仅长得非常美貌，而且力大无穷。两三个小伙子都不是她的对手。在科尔沁草原上，她的名望还是很高的。人们崇拜她、敬畏她，很多心怀叵测的人又非常惧怕她。她是科尔沁草原上百里挑一、千里挑一的美人，也是莽吉古善贝勒在世时心中的骄傲。莽吉古善贝勒被杀以后，莽古思非常敬重这位堂姐，乌云格格也非常亲近乌丹格格。他们兄妹俩都非常信赖乌丹格格。他们认为乌丹堂姐不仅为人仗义，还有男儿气概，办事说一不二，斩钉截铁，就连喀尔喀部对她都打怵十分。莽古思家族有乌丹格格，就等于有了靠山。说实话，乌丹格格所承继的这片南疆草原和堂弟莽古思贝勒想连接的科尔沁草原牧场，正如说书人前书说过的那样，那可是一片牧草肥美的沃野。因而，好长一段时间以来，惹起周围多少部落的觊觎。但他们就因为惧怕吃人心的乌丹格格，所以都不敢轻举妄动。近来，莽古思贝勒越来越放肆娇纵。堂姐乌丹格格曾严厉地斥责过他："你早晚会为你的行为付出代价的。"莽古思贝勒不以为然。乌丹格格也因部落琐事缠绕，无暇过问堂弟的事，才使莽古思家族酿成这场十几年来没发生过的祸端。

　　各位阿哥，你们可能都会问：像乌丹格格这样美貌惊人、文武双全的才女，为什么一辈子没出嫁呢？这话说起来呀可就有个讲头啦，话还得从蒙古草原最强悍的部落——喀尔喀部的首领多尔沙图汗谈起。早在数年以前，承继莽吉古善贝勒家业的乌丹格格年岁很轻，但她的美貌却让喀尔喀部的首领多尔沙图汗神魂颠倒、垂涎三尺。当时，多尔沙图汗是个年近四十岁的王爷，他身边已经有了很多的女人，但他又非常想把乌丹格格弄到手。他使过不少巧计，讨好乌丹格格，像个老猎手围圈小鹿一样，想方设法想把乌丹格格弄到手，可乌丹格格偏偏软硬不吃。多尔沙图汗知道，乌丹格格是个不好惹的主儿，像个满身带刺的刺猬，拿不好就得扎手。后来，多尔沙图汗了解到，能跟乌丹格格说上话的，只有她堂弟莽古思贝勒，看来，要想玉成此事，只有找莽古思贝勒，求他来帮着说亲。于是，多尔沙图汗选了十几辆车，装了很多布匹、绸缎以及中原景泰蓝的兰花瓷器，又挑了上百匹骏马，作为优厚的礼品送给莽古思贝勒。莽古思贝勒见了喀尔喀部送来的礼物，知道他这是狐狸给鸡拜年，没安好心，可自己又不敢得罪多尔沙图汗，就勉强接受了礼品。

第二章　鱼儿总要游归大海

送走了来客后，莽古思贝勒心里不由得产生了一阵阵愤恨。他暗想：你真是痴心妄想，我怎么能把我的堂姐嫁给自己的敌手呢？你这个老色狼，你糟蹋的女人太多了。另外，我把堂姐嫁给了你，不就等于把我们家族的领土割让给你喀尔喀部了么，那怎么能行呢？莽古思贝勒的妹妹乌云格格听说此事以后，也说："哥哥，这事咱绝不能答应。你就对多尔沙图汗说，这件事我可以帮你去说，但堂姐一向都是自作主张，她不一定能听我们的。哥哥，多尔沙图汗也不是好惹的，咱们也尽量不要得罪他，你就先这样给他往后拖吧。"莽古思贝勒就用这种办法，婉言搪塞着，一拖再拖，并不给多尔沙图汗真心帮这个忙。他又让乌云格格赶紧骑马密报堂姐乌丹格格，说："多尔沙图汗对你没安好心，他在打你的主意，你千万要小心哪。"乌丹格格早有主见，听到堂妹送来的这个急信儿后，只是傻笑着说："好妹子，你不用担心，他那是一厢情愿。他如果敢跟我来硬的，我就敲碎他的脑壳。再说，我就是嫁也不能嫁给他呀，我怎么能与狼共枕呢？"

话说喀尔喀部的西部有一个蒙古族的大部落叫察哈尔部。这个部落位于长城附近，和明朝接壤较近，是蒙古运送贡马的必经之路。这个部落的首领是斯琴宝力格汗。斯琴宝力格汗虽然离科尔沁很远，但他知道科尔沁草原辽阔，牛羊肥壮，他总想和科尔沁部沟通。他也不愿意让喀尔喀部太强大。所以，他听到多尔沙图汗要娶乌丹格格的消息后，更加害怕。因为他知道，如果喀尔喀部把乌丹格格聘过去了，乌丹格格占有的那块地方也就归到喀尔喀部了。喀尔喀部越强，察哈尔部想要越过喀尔喀部北上到科尔沁部，就更加困难了。而且，这些年来，多尔沙图汗总想吞并他察哈尔部。于是，他派人找到了莽古思贝勒，说："多尔沙图汗有颗饿狼般的心。如果他占了你堂姐的地方，然后会来攻打你莽古思的，你千万不要上当。依我看，不如咱们联合起来，一起对付多尔沙图汗。"斯琴宝力格汗想用两个部落联姻的办法，壮大他们彼此的力量。莽古思贝勒一考虑，要跟察哈尔部搞好关系，共同对付喀尔喀部，这也是个好办法。于是，莽古思贝勒就答应了这件事。他把自己手下巴图汉的女儿巧根姑娘认做干女儿，尊称"巧根格格"，嫁给斯琴宝力格汗的儿子，双方商定下了婚期。

察哈尔部跟科尔沁部这一联姻，把喀尔喀部就卡到中间了。野蛮霸道的多尔沙图汗，因为莽古思贝勒拖黄了他与乌丹格格的婚事，使他的美梦一场空。他本来就气不打一处来。现在，又听说莽古思贝勒将自己的干女儿越过他的领域,飞嫁给与他西邻的察哈尔部,他肺都要气炸了。他认为:"你们这是公然向我挑衅哪,哼!小小的莽古思,你他妈的敢耍我。我吃过的盐比你走过的路都多,你的那点儿鬼把戏,那是毛孩子玩泥巴——不值一提。这回,你爷爷我给你点儿颜色看看。"他阴险的眼珠子一转转,计上心来。老奸巨滑的多尔沙图汗要借刀杀人,挑起科尔沁部与扎鲁特部的不合。

多尔沙图汗通过探子得知,莽古思的干女儿巧根格格出嫁的那天,察哈尔部接新人的花车和马队,将要路过喀尔喀部的一片森林。于是,多尔沙图汗事先布兵,在那里设下埋伏,专等巧根格格的花车经过这片森林时,埋伏在那里的喀尔喀部的兵马一拥而上,抢走巧根格格。莽古思贝勒和察哈尔部的人,头脑确实比多尔沙图汗略逊一筹。多尔沙图汗的兵马不费吹灰之力,轻易地劫走了察哈尔部的新娘,并把莽古思贝勒给她的陪嫁也一并抢了去。多尔沙图汗并命自己的兵勇们,将事先准备好的扎鲁特部的旗子,丢得满地都是。他们又派人四处散播,谣传扎鲁特部抢走了科尔沁部远嫁的新娘。察哈尔部的首领斯琴宝力格汗本来就是一位穷兵黩武的人,满以为他想出的妙计很快就能实现了,谁料想,闹得鸡飞蛋打。他把一肚子的怨恨不分青红皂白地都记到了扎鲁特部的账上。斯琴宝力格汗决意和莽古思贝勒兴师问罪扎鲁特部。扎鲁特部的贝勒蒙在鼓里,还不知道是怎么回事呢?他得到这个紧急情报后,先是大吃一惊,后又万分恼怒,你们这纯是以强欺弱、以大压小,难道我们扎鲁特部就是个绵羊,任人宰割吗?于是,他紧急调动兵马,要跟科尔沁部和察哈尔部决一死战,评出个理来。

多尔沙图汗用一箭双雕的办法,既削弱了扎鲁特部和察哈尔部的力量,更惩罚了莽古思贝勒不讲信誉,不帮他说服乌丹格格嫁他为妻,却把干女儿巧根格格嫁给察哈尔部的行径。正因如此,扎鲁特部的兵马与科尔沁部和察哈尔部的兵马,为了巧根格格,互相攻击、争吵,最后导致火并。由于莽古思贝勒不堪庄园遭受洗劫,悄悄撤出了兵马。察哈尔部斯琴宝力格汗很气愤莽古思贝勒的狡猾。自己的兵马在远离数百里之外的西疆,粮草供应不足,哪能抵挡得住理直气壮、越战越猛的扎鲁特部。斯琴宝力格汗一看大事不好,好汉不吃眼前亏,我不能为了一个儿媳妇,赔了我的兵马,我也赶紧跑吧。可怜的巧根格格,就这样被斯琴宝力格汗在狼狈溃逃中,丢给了扎鲁特部,成了扎鲁特部这场鏖战中的战利品。

第二章 鱼儿总要游归大海

扎鲁特部的贝勒率领欢呼雀跃的兵勇们凯旋而归,这真是凡事难以预料,他们原本一个个怒火中烧,为还自己一个清白而战。没想到,他们不但打赢了这场仗,老天有眼,还白白赏给了他们这么一位大美人。扎鲁特部的贝勒更是春风得意。他要先行一步,回去沐浴更衣,备酒备乐,准备去消磨腾格里天神成全给他的良辰美景。

扎鲁特部的兵勇们正欢天喜地的簇拥着痛哭流涕的巧根格格乘坐的轿车,打马回营。就在这时,只听得耳边响起一阵风声,骏马"咴儿咴儿"地咆哮。一位骑手跨着一匹枣红银蹄走马,带领着一支队伍,像箭似地飞驰而来。扎鲁特部的兵勇们还没闹清楚发生了什么事情,只觉得脖子一凉、双脚一软,刷地一下倒下四十多人,没有一点呻吟声。哭得像泪人似的巧根格格,就觉得有一只大手,把她一下子拽出了车轿,她落在了一个马上人的怀里。巧根格格从小在家里也很娇惯,没经历过这样的阵势。此时,她吓得魂不附体,昏厥过去。等她苏醒过来的时候,马停住了,隐约传来了嘈杂的人声。在这杂乱的人群里,她只觉得走过来了一个人,把她从马上抱了下来。这时,巧根格格忙睁眼观瞧,把她抱下马的原来是一位女人。她转过脸去,又看见刚才把她救上马,并把她带到这里来的人,竟是一位体态魁伟的中年女将。这时,马上的这位女将,跳下马,命站在一旁的女奴们说:"你们把她给我搀到内帐,好生伺候着。"女奴们"喳"、"喳"地答应着。

巧根格格被搀进了一个貂皮内帐,坐在了一张花鼠皮子的小圆椅子上。她不知道这里是什么地方?是狼窝还是虎口?心里像吊了十五个水桶,七上八下。她心里暗暗在想:就是陷进强盗窝里,他们也休想凌辱我。他们要是强迫我的话,我就碰死在篷帐四周的铁壁前。巧根格格正四面查看,以便随时了却自己如花的青春。这时,只听得吱扭一声,帐包的门开了,闯进来一个人,就直冲她来了。巧根格格没顾得细看进来的人是谁,就慌忙跳起身,伸头去撞铁壁。哪知来人更快,她一个箭步蹿上来,用大手一把抓住了巧根格格。巧根格格还没定过神来,就听那人大声说:"好姑娘,有烈性,像咱们家的人。不用怕,孩子。你到姑姑家了,谁要再敢碰你一根毫毛,我就拧掉他的脑袋。"边说边温存地把巧根格格搂到了自己的怀里。巧根格格这时才看清楚,来人正是带她到这里来的那位女将。巧根格格更加感到莫名其妙。那位女将说:"傻丫头,你不认识我了?我叫乌丹,前些年还和你阿布一起打过鹿、套过狍子呢。"巧根格格一听是乌丹姑姑,定睛细看,这才认出了乌丹。她双手搂住了乌丹格格的脖子，委屈地哭个不停……

各位阿哥可能要问：乌丹格格怎么赶得这么巧，正好遇上扎鲁特部的兵勇和巧根格格？说书人在这里还要说上几句。这些年来，蒙古草原几个部落之间厮杀的战场，都离乌丹格格的属界不远。乍开始，堂弟莽古思贝勒连同察哈尔部跟扎鲁特部打仗，乌丹格格确也知道消息。她知道堂弟莽古思贝勒的实力，所以并没有介入。但她时刻在关注着事态的发展，后来听探马急报说莽古思贝勒带兵临阵脱逃了，乌丹格格一听气坏了，她破口大骂起来："这混账的东西，怎么这样办事？这样做，不但伤害了察哈尔部的朋友，也伤害了我的侄女巧根"。

阿哥们可能会更奇怪了，乌丹格格为什么管巧根格格叫侄女儿呢？这话说起来，还得从巧根格格的阿布巴图汉谈起。巴图汉原来是乌丹格格的阿布莽吉古善贝勒手下的一员武将。他和乌丹格格常见面，他们之间非常熟悉。乌丹格格对巴图汉一家的情况也非常了解，认识巴图汉的爱女巧根姑娘。她也很喜欢这个聪明伶俐、活泼可爱的小姑娘。后来，巴图汉全家搬到莽古思贝勒那边去了。这些年，他们交往较少。当乌丹格格听说莽古思贝勒把年仅十二岁的小巧根认做干女儿，远嫁到察哈尔部时，乌丹格格的心里就非常不痛快。她知道，察哈尔是个大雁都不愿意去的地方，生活特别苦，远比不上美丽富饶的科尔沁大草原。后来，她又听探马急报说，巧根格格让扎鲁特部给掠走了。乌丹格格一听，心里就更受不了啦。她急忙问明了情况，领着五十个兵丁，骑着快马，连夜出发，马不停蹄地走了三百里路。扎鲁特部的人正欣喜若狂地往回走。他们根本没想到，半道上乌丹格格会带人杀上来，经过一阵厮杀，乌丹格格她们就把巧根格格给劫回到了自己的部落。从此，乌丹格格就把巧根收养在自己身边。当然，这是后话，这里暂且不说。扎鲁特部的贝勒还正在家里等着迎娶新娘呢，哪成想，护送巧根格格的兵勇回来报告说，巧根格格不但让乌丹格格给劫走了，而且他们还损失了不少兵马。扎鲁特部贝勒气得暴跳如雷，发誓要报这个仇。

由于莽古思贝勒的背信弃义，使察哈尔部损失了不少兵马，就连察哈尔部贝勒的儿媳妇也让人抢走了。这使得察哈尔部贝勒很恼火，为了报这个仇，他想出一个更绝的损招儿来。察哈尔部贝勒把自己本部的美女古得力嫁给了多尔沙图汗，做他的第三十二个妃子。这样，察哈尔部和喀尔喀部的关系就又密切起来了。他们两部联合在一起，要向科尔沁进攻，袭击莽古思贝勒，抢夺乌丹老女的地盘。莽古思贝勒知道信儿后，也急得像热锅上的蚂蚁，坐不住了。他心里就盘算着：我得赶紧想办法联络一些人，抵抗察哈尔部和喀尔喀部的来犯。他急忙找到表姐乌丹格格商量对策。还是乌丹格格办法多，她提出把自己身边一个既漂亮、又聪明伶俐的女奴收为义女，嫁给扎鲁特部首领的儿子坤都尔为妻子。这样，既拉拢了扎鲁特部，也等于自己为过去伤了他们的人，把巧根格格抢走的事道个歉，使扎鲁特部的人心里能得到一些安慰。惟有这样，两部才可以言归和好，一起对付喀尔喀部和察哈尔部北进的力量。这些年来，蒙古大漠的几个部落之间就这样互相你牵制我，我牵制你，连年争战不休。于是，在这一带逐渐形成了这几个部落之间互相抗衡的胶着局面。

乌丹格格庄园的所在地西艾曼霍通，是科尔沁南部非常重要的交通要冲。南来北往的行旅，必须经过乌丹格格这块咽喉之地。它北通科尔沁，凡是要想北进科尔沁草原的，必先得到乌丹格格的准允。它的南边是通往喀尔喀部的门户。西北和扎鲁特部相连。因此，周围不少部落都求助于她，都不敢招惹乌丹格格。同时，这种条件也最易伤害一些部落。乌丹格格的领地又成了众矢之的。所以，莽古思家族也百倍重视乌丹领地，信任乌丹格格。乌丹格格多年来，以她的果敢、勇猛的精神，忠于职守，没辜负堂弟莽古思家族对她的期望。然而，事情的发展总不遂人愿。这些年来，由于莽古思贝勒的狂妄和傲慢，对乌丹堂姐的话已经不当一回事了。由于乌丹格格的年岁越来越大了，自己庄园的事搅得她心烦意乱，特别是喀尔喀部的兵马时常来捣乱，能躲过刀兵之祸就已经不易了。所以，她对堂弟莽古思贝勒虽然心存不满，但自己心有余而力不足，也就随莽古思任意而为吧。

乌丹格格本身是一位心高气傲、从不服输的人。她把庄园忧患和安乐当成了自己的全部生命，她用毕生的勤劳换来了庄园牧民们生活的美满。大家知道，乌丹格格是用自己整个的人格和智慧，使得全庄园富强和敌人恐惧。由于乌丹格格长期在外征战，经常吃住在野外，铺兽皮，饮冰泉，落下了很多疾病。当她到了五十多岁的时候，关节疼痛，连走道都很不利索了，身板一天不如一天。她身边的女奴和随从们都非常心疼乌丹格格。时光如流水，当乌丹格格在安适、休息的时候，也曾期盼过有心上的情侣与她同度良宵，也曾向往过牧民家中欢乐的母笑婴啼，可这些，都离她很远很远。这期间，也有追求和仰慕她的人，她都一概谢绝了。乌丹格格心里明白，自己风华正茂的好时候已经过去了，她也不打算出嫁了。她对庄园的治理，周围多少部落的男主人都望尘莫及、赞叹不已。她受到了本庄园和科尔沁部乃至她敌对部落人的尊敬，人们亲昵地称她为"乌丹老女"。

大约两个多月前，芒格联军在喀尔喀部首领多尔沙图汗的怂恿下，一举攻克了莽古思部分庄园。探马很快将这惊人的消息传告给乌丹格格。其实，这事早在乌丹格格的意料之中。她听到此信儿后，马上从病榻上坐起来，命人赶快把庄园里的马群、牛群往东迁移。就在乌丹格格转移牧群的时候，多尔沙图汗也正带兵杀向乌丹所在的科尔沁南疆。当时，芒格被擒，狡猾的多尔沙图汗表面上是去救芒格，实际上他心里惦记的还是乌丹格格。他还是想把乌丹格格弄到手，一来可以了却他多年的心愿，二来又可占据科尔沁南疆这个咽喉要地。所以，多尔沙图汗命令骑兵去救芒格的时候，只是派了一小部分兵马。他自己则带领他的大队人马掉转马头，直取乌丹格格的部落。他知道乌丹很有实力，他必须把自己主要的力量放到对付乌丹这地方来。只要打败了乌丹，莽古思就会一蹶不振，科尔沁大草原将来就是我喀尔喀的。所以，多尔沙图汗调集了很多兵马，出其不意地攻打了乌丹格格的西艾曼霍通。由于多尔沙图汗兵马来势凶猛，乌丹格格部落的人防不胜防，结果部落里的人们仓皇逃难，草原处处悲声震天。就在这危机时刻，偏巧宝音其其格从莽古思庄园出来，骑马路过这里。她被逃难的人群吸引住了，才和这些陌生人相聚到了一起。

在喧闹的桦树林里，人声鼎沸。宝音其其格听了众多逃难人一五一十的陈述，才知道这些从四面八方聚来的人，大多数是乌丹格格部落的人。宝音姑娘在莽古思庄园处曾听到过乌丹格格的名字，但仅是只言片语的耳闻。没想到，有缘在这里与乌丹格格手下的人相遇，从他们的传述中，她知道了乌丹格格很多的故事。她那爱憎分明的性格，不惧强暴的秉性，爱民如子的胸怀，对自己生活的苛求，都令她非常钦佩。她想：这样好的人，怎么能让她遭受到豺狼的凌辱。我应该及早想办法弄清情况，帮助乌丹格格。眼下形势相当危急，多尔沙图汗已经包围了乌丹部落的中心地西艾曼霍通，不知道乌丹格格现在处境是吉是凶？她现在又在什么地方？大家众说纷纭。有的说，乌丹格格可能被喀尔喀部的多尔沙图汗抓住了，把她关进了蚂蝗沟的黑水牢里，正在用刑。有的说，乌丹格格已经率兵冲出了重围，至于逃到什么地方，还不清楚。宝音姑娘听到这些话，心里非常焦急。宝音姑娘想到：莽古思贝勒、乌云

第二章 鱼儿总要游归大海

081

格格都对自己有恩,他们的恩深似海,我不能忘了他们。乌丹格格是莽古思家族的成员,现在莽古思家族有难,我怎能袖手旁观呢?我得想办法帮他们。可是,我一个普普通通的姑娘家,怎么帮他们呢?宝音姑娘一时想不出办法,她心急如焚。

这些逃难的人还在你一言、我一语地对宝音姑娘说着各自的猜测。宝音姑娘看到眼前这些逃难的人们,突然计上心来。我何不先把这些人聚到一起。人心齐,力量大,就一定能想出办法,我们就会战胜眼前的困难!这样,我也对得起莽古思贝勒,对得起乌云格格,对得起莽古思家族上上下下的人,也使这些逃难的人,有个安身之地。于是,宝音姑娘就把她的想法对大家说了。这些逃难的人也知道,他们现在就像热锅上的蚂蚁东逃西窜,可是,能逃到哪去呢?再说总这样逃下去也不是个办法呀,他们听了宝音姑娘的话,都觉得宝音姑娘说得非常有道理。确实如姑娘所说,逃是没有希望的,越逃人心就会越散,就会越来越失去战斗力,不出多长时间,他们还得成为人家的俘虏,人家的奴隶。不如咱们拿出咱们蒙古人的骨气来,大家拧成一股绳,可能就会有一条生路。凭着宝音姑娘的名望和声誉,是能够把大家组织起来的。他们对宝音姑娘也寄予了很大的希望。

逃难的人不约而同地都躲进了这片密林之中。这里是霍林河畔风光很美的天然形成的一片白桦树的密林,多是几搂粗的大树密集而成的原始森林,古树参天,遮天盖日,一棵树挨着一棵树,密密麻麻。宝音姑娘想:我应该把所有逃难的人以及莽古思家族原来的部下,都集中起来。可是,我怎么能把大家组织到一起呢?组织到一起以后,又做些什么呢?她茫然不知所措。这时,她想到了莽古思贝勒和色音布尔。她心想:要是他们两个在这里,那该有多好哇,他们一定能把这些事做得挺好。宝音姑娘非常聪明,她一想到莽古思贝勒,想到色音布尔哥哥,马上就想到:自己是在莽古思庄园里长大的。莽古思贝勒治理庄园和色音布尔哥哥凝聚大家的那些个办法,自己怎么就不能学着用一用呢?

宝音姑娘一想到莽古思贝勒和色音布尔哥哥,浑身就有了力量,一下子增添了无尽的勇气和能耐,蹭蹭蹭地爬上了一个钻天的青杨柳上。她的这一举动,大伙都看傻了。哎呀,宝音姑娘真有本事,爬到那么高的树上去了。宝音姑娘爬到树尖上部的树杈上,从怀里拔出镶着银穗的牛耳钢刀,把自己的袍子提起来,用小刀"刺啦"一下把皮袍子的下摆割了下来。说书人在这里要告诉大家,蒙古牧民的皮袍子虽然多是用熟好的白皮子做的，但因为上面镶有很多的彩珠，绣有很多的花饰，像一幅画一样，看起来非常好看。宝音姑娘把割下来的皮袍子挂在了树梢上。皮袍子随风摇摆，从远处看，就像一面大彩旗。宝音姑娘大声地向在树下的人们说道："兄弟姐妹们，我是宝音姑娘，是莽古思贝勒派我到这里来的。各位兄弟姐妹们，你们不要气馁，你们也不该没有良心。我们怎么能扔下这么好的家园远走他乡呢？怎么能把这么美丽的大草原扔给杀害我们亲人的多尔沙图汗呢？难道你们就不爱它吗？孤树不能成林，滴水不能汇成河川。只要咱们紧紧抱团，我们就是山川和森林，我们就有排山倒海的力量。豺狼就不敢残害我们，邪恶就不敢蹂躏我们。来吧！科尔沁的子孙们，都到我的旗子下来吧。"

宝音姑娘的嗓门非常高，非常嘹亮，声音传得好远好远。不少逃难的人听了她的话马上都站住了，也有不少人很自然的聚到了树下。就这样，宝音姑娘从傍晚喊到黎明，她喊得嗓子都哑了。下边的人越聚越多，谁也不想再走了，大家都被宝音姑娘热爱草原的深情感动了。不少人相互耳语着，交谈着，都觉得宝音姑娘说得有道理。是啊，人家宝音其其格是一个外乡的小姑娘，来到了咱们蒙古草原，都那么热爱我们这个大草原，不愿意离它而去，难道我们就没有良心吗？我们就不爱我们自己的家乡吗？跟宝音姑娘相比，我们不觉得惭愧吗？所以，又有不少人自觉地聚集到了宝音姑娘身边，表示愿意听候宝音姑娘调遣。宝音姑娘又说道："现在，咱们要在这里把部落重新建立起来。这片树林就作为咱们的一个营地，我这里就作为咱们的服务站。"她又吩咐大家：凡是从这里经过的逃难的人，都把他们集合到咱们这里来。

像滴滴泉水汇成百川，像粒粒散沙聚成宝塔。宝音姑娘把各地逃难的难民聚集到了一起。她大致清点了一下人数，现在这里已经聚有三千多人了。他们当中有东来的、西来的，还有南来的、北往的。总之，四面八方的兄弟姊妹们，在"皮袍旗帜"的感召下，都团聚到一起了。络绎不绝的行人还在往这儿聚。宝音姑娘下了树，从人群里挑选了几个精壮的蒙古青年，帮她分管一些事情。她选出一个"超哈达爷"[①]。由他组成一支带有弓箭、刀枪的青壮年队伍，成为这个新部落的卫士。她又选出一个"猎牧达爷"[②]。由这个"猎牧达爷"组织一部分人，采集大

[①] 超哈达爷：满语，专管兵勇事务的头领。
[②] 猎牧达爷：满语，专管狩猎、放牧的头领。

家吃的、用的，并把所有跑散的马呀、牛哇、羊啊，聚到一起，给这些牲畜搭建了一些圈栏。宝音姑娘把猎牧组成立起来，部落不愁吃、不愁喝，解决了大家的暖饱问题。另外，霍林河里有很多大鱼。宝音姑娘又选出一个"鱼达爷"①，由这个"鱼达爷"组织一些人网鱼，网出鱼以后，晒成鱼坯子、鱼干，预备大家以后吃用。由于逃难的人群里有很多老、弱、病、残和小孩，宝音姑娘又选出两位老妈妈，做"娃娃妈妈"。她们负责挤羊奶、挤马奶并专管老人、孩子以及护理一些伤残的人们。宝音姑娘把这一切都安排得井井有条。这个地方的人，各自有了自己新的工作，一切都在井然有序地进行着。这里很快就形成了一个新的部落，新的庄园。

宝音姑娘非常高兴，但宝音姑娘还是不得安宁。因为他身边的小熊也就是小黑子，自从来到了她身边以后，总是哭闹不止。宝音姑娘也弄不明白，黑子这是怎么了？咱俩已经团圆了，你怎么还这么闹呢？宝音姑娘怎么哄，怎么劝，黑子都不听，它就是流着眼泪哭，还一个劲儿地闹。一位老猎人说："宝音姑娘，你的小熊可能有什么事，它可能有话要跟你说。"小黑子像听懂了这句话，眼珠子一个劲儿地滴溜溜转，小圆耳朵直扇乎着，两个小爪抬起来直点达，好像在说："他说得对，他说得对。"小黑子撂下小爪，冲宝音姑娘"噢"、"噢"叫唤了两声，扭头就向外跑。宝音姑娘也就跟着撵了出去。小黑子在前面跑得挺快，宝音姑娘骑上了大白马，在后面紧追小黑子。小黑子边跑边回头瞅宝音姑娘，宝音姑娘知道，小黑子一定有什么事。宝音姑娘深知黑子的灵性，它有最锐敏的嗅觉，能在顶风十几里嗅出同伙的气味。眼下，黑子肯定有它的好朋友，或者遇到伤害的伙伴需要帮助。宝音姑娘很喜欢"助人为乐"的小黑子，在宝音姑娘没离开莽古思庄园的时候，小黑子就曾经救过一个被狼咬伤腿的小鹿。还有一回，一个牧民家的孩子出去采蘑菇，迷失了回家的路，是小黑子领着宝音姑娘把小姑娘找回来的。宝音姑娘心想：这回，我倒要看看，你究竟让我帮你做啥好事？

他们跑了很远很远，来到了一片白桦林，小黑子钻进了这片林子。宝音姑娘也骑着马跟进了白桦林，走进白桦林的深处，宝音姑娘又望见前面出现一片平地，平地上拢起一堆篝火，看样子有人在这里。小熊蹿过了篝火堆，又继续往前走不远，猫腰钻进了树下搭着的一个小皮帐篷

---

① 鱼达爷：满语。专管打鱼的头领。

里。宝音姑娘感到很奇怪,这是什么地方呀?它咋把我领到这儿来了?谁在那里?宝音姑娘的大白马也"咴儿咴儿"地叫了起来。宝音姑娘没懂得白马为啥叫?她为了弄清楚黑子为啥把她领到这个陌生的树林,翻身下了马,低头弯腰,也钻进了这个不起眼的小帐篷里。宝音进了幽暗的小帐篷里,仔细一看,嘿!小黑子正端端正正地坐在一个人的怀里,舞着小爪,一副得意的样子。

宝音其其格见这个人年岁不大,大眼睛,高颧骨,黑瘦黑瘦的,正背靠着帐篷里的粗树干,身上盖张皮子,手里抚摸着小熊,向宝音姑娘微笑着。宝音姑娘一下子就认出来了,这正是她日夜盼望着的人。她惊喜地大叫:"哎呀,是你呀,色音布尔哥哥。"宝音姑娘高兴坏了,马上跑过去。这时她才发现,色音布尔的身上受了伤,身体非常虚弱。色音布尔看见宝音姑娘来了,心里有说不出的喜悦。他有气无力地说:"宝音姑娘,我终于把你盼来了。"说完,身子一歪,向一旁倒了过去。

宝音姑娘赶紧过去把他扶住,说道:"色音布尔,这些日子我想你也想苦了。我四处打听不到你的消息。这回还多亏了小黑子,是它把我领到这里来的。色音布尔,是小黑子救了你呀。"色音布尔紧紧握住宝音姑娘的手,仿佛见到了久违的亲人。宝音姑娘见到了色音布尔,心里也非常激动。她的眼泪止不住地往下淌。宝音姑娘给色音布尔包扎了伤口,又给色音布尔喝了一些水,吃了一些肉干。色音布尔渐渐有了力气,他重新坐了起来,给宝音姑娘擦干了眼泪。宝音姑娘坐到了色音布尔旁边,听色音布尔述说他是怎么到这里来的。

那天,色音布尔是跟芒格一起跑的。他们俩骑着马跑在路上的时候,色音布尔觉得应该回去找宝音姑娘。色音布尔跟芒格就回来了,结果他们没有找到宝音姑娘。这些前书已经讲了。他俩怕出意外,又骑着马顺原道往东北走下去了。可是走到半路的时候,两个人在密林里迷失了方向。那片地带密林相当多。他们就这样找哇找哇,结果互相又找不到了。色音布尔和芒格走散了以后,色音布尔就在大森林里信马由缰地走着。走着走着,迎面碰着了一支马队。这支马队是多尔沙图汗派来追赶莽古思贝勒的骑兵。他们当中有的人认识色音布尔,一拥而上地要抓色音布尔。色音布尔真够勇猛的,他也不管对方有多少人,冲过去就和多尔沙图汗的兵勇打到了一起。多尔沙图汗的兵勇多呀,色音布尔就一个人。好虎也架不住一群狼啊,结果,色音布尔受了重伤,红鬃马身上也中了好几刀。色音布尔一看再这样打下去对自己不利,他狠打了一下

第二章 鱼儿总要游归大海

马屁股,拼命杀出了重围。多尔沙图汗的兵勇在后头不甘心地连喊带叫地追赶。好在大草原的密林中,到处是密密麻麻的参天古树。色音布尔在密林里转了几个弯,转眼间就消失得无影无踪。多尔沙图汗的兵勇怕中埋伏,没敢往深处追。他们在密林外面大喊大叫咋呼了一阵以后,掉转马头就回去了。色音布尔就这样躲过了这场劫难。

色音布尔身受重伤。他的胳膊被砍了好几刀,右腿让枪刺伤了。马屁股上挨了两刀,也瘸了。躲过了后面的追兵,马速渐渐慢了下来。色音布尔趴在马的身上,马摇晃着走着,把他驮到一个密林深处。他找了这片比较僻静的地方,从马身上滚了下来。色音布尔吃力地从马身上拽下自己的行囊和吃的、用的东西,又选了一个平坦的草地,周围正好有几棵树。他用树枝做了一个篷,并费了很大力气,把自己拿来的皮囊和斗篷都搭在树上,做成了一个小帐篷。他又把皮垫子铺在小帐篷里,一切收拾妥当。他一头就钻进去躺下了。红鬃马也选了一个地方趴在那里,一声不吭。由于它也受了伤,非常疼痛,浑身直打哆嗦。

就这样,色音布尔昏昏沉沉地睡了一夜大半天。第二天,不知是远处狼的吼声,还是花豹穿越树林的响动声,把色音布尔惊醒了。色音布尔睁眼瞧瞧外面,天已经大亮了。色音布尔这时才想起,他已经一天多没吃饭了。色音布尔拿出自己的小水葫芦喝了点水,又吃了点肉干和炒米,然后慢慢爬出了帐篷。色音布尔出来一看,自己的爱马正站在小窝篷旁边低头吃草。马一见自己的主人出来了,就慢慢地向前走了几步,把头深深地低下来,用舌头舔着色音布尔。色音布尔用手搂着马的脖子,亲切地拍着马头说:"红鬃马呀,红鬃马,我现在没法照顾你了。我这还有一些水,你喝吧。"红鬃马听了主人的话,把前蹄一搭,就在小帐篷旁边趴下了,看着它的主人。色音布尔把一壶水给他心爱的红鬃马喝了。色音布尔又爬着在地上捡了一些干柴和干树叶,并拿出自己随身携带的火镰,拢起了一堆篝火。色音布尔非常清楚,篝火对于牧民来说是非常重要的。一来它可以驱赶野兽;二来可以传报信息。因为他坚信多尔沙图汗的兵马已经走远了,如果再有人来,那一定是我们自己的牧工。因为这里是莽古思贝勒的领地。我把火点着,只要有人路过这里,就能看见我,他们就能救我。就这样,色音布尔饿了就烤点肉干吃。肉干不够吃了,他就打草地里的花蛇,烤花蛇吃,蛇血当水喝。色音布尔就这样一时清醒,一时糊涂地度过了五天五夜。

今天,宝音姑娘的小黑熊来了。色音布尔一见非常高兴,马上就把小黑熊抱住了。他知道，黑子来了，黑子的主人宝音姑娘一定就在附近。他坐起来抱着小黑子往外看，看了一会儿，就听见了马蹄声。宝音姑娘大白马的声音，他是非常熟悉的，它这几年就跟宝音姑娘在一起。宝音姑娘的剑术，宝音姑娘的骑术，都是他色音布尔教的。大白马的走路声，他一听就能听出来。这次他在危难中见到了宝音姑娘，就像落水的人抓住了一根救命的稻草，激动的心情无法用言语来表达。

宝音姑娘听完色音布尔的述说，对色音布尔说："色音布尔哥哥，现在我们又有了新的部落，那里有不少咱们的人，到我们那儿去吧。"色音布尔说："宝音，我现在连上马的力量都没有了。红鬃马又受了伤，我怎么跟你走？"宝音姑娘说："这你不用担心，你在这等着，我先出去把小黑子叫过来。"小熊这时已经独自跑到外头去了。色音布尔自打见到了宝音姑娘，再加上他又喝了水，吃了一些肉干，觉得自己的身体已强壮了许多。他说："我替你招呼去。"色音布尔跟小黑子也非常熟，阿哥们可能还记得，小黑子就是色音布尔拣回家，送给宝音姑娘的。色音布尔也非常喜欢小黑子，也会招呼它。色音布尔和宝音姑娘来到帐外，只见小黑子正站在红鬃马的跟前，看着红鬃马。红鬃马舔着小黑子的爪子，它们两个那个亲密样儿，真像一对久别的挚友。

色音布尔吹起了口哨，小黑子听到了色音布尔的口哨声，马上跑了过来。宝音姑娘从自己的左胯下拿出一柄袖剑，是一把非常精致、漂亮的袖箭。过去袖剑有长有短，长的有半尺多长，短的有巴掌那么大，都配有精美的剑囊并镶有花饰。一般来说，袖剑上的绷簧随时可以使袖箭弹出，随手打出去，非常神速，而且非常有劲。袖剑不仅可以作为防身暗器使用，而且它还可以代表主人来传递信息。宝音姑娘又在身上找着一个红绳，把袖剑绑好，系在小熊的脖子上。宝音姑娘拍拍小熊说："小黑子，你赶紧回去送信去。"小黑子完全明白了宝音姑娘说的话，很快就钻进了密林，跑远了。

不大一会儿，小熊真把部落里的人领来了十多位。过去大草原里，大家互不通气。草原的人，有个传统习惯，牧猎在两地的人，一方只要送出一封信，或者一种信物，不管是由人带去，还是用马或者狗带过去，远方的人收到后，就知道对方不是有事相告，就是那里发生了急难险恶之事，需要救助，接到信儿的人必须马上赶到救援。新组建的部落里的人，都知道小熊把宝音姑娘领走了。他们就在这儿等消息。等了一会儿，小熊回来了，脖子上有一只袖剑。大家都知道这是宝音姑娘的剑,见剑如见人。宝音姑娘需要援助。他们赶紧选派了几个壮年小伙子。小熊在前面跑,他们就在后面跟着,一直跟到了这片桦树林,见到了色音布尔。大家都非常高兴。咱们前书说过,色音布尔也是一个赫赫有名的人物。他是庄园的管家,莽古思贝勒的大儿子。乌丹格格也是莽古思家族的一员,所以,色音布尔和乌丹部落的人也非常熟悉,大家都很尊敬他。宝音姑娘对大伙说:"咱们现在想办法把大管家抬回去。不能让他骑马,大管家身上有伤,会疼得受不了。我看,你们几个还是轮流背着他吧!"大伙当然非常乐意。就这样,大家轮流背着色音布尔,欢天喜地地回到了新部落。色音布尔那匹受伤的红鬃马也由人牵着回到了部落。小熊跑前跑后,连唱带叫地也跟着回来了。

这是新部落里的一件大喜事,在整个部落里很快就传开了。新部落成立好长一段时间了,虽然有宝音姑娘领着大家忙这忙那,生活有了着落。但这些人都知道,宝音姑娘终究是一个年轻的小姑娘,没领过兵、打过仗。而且,她毕竟不是莽古思家族的嫡系子孙。部落里没有一个名正言顺的当家人,大家总觉得心里不踏实。宝音姑娘自己也难以应付这众多的牧民们以及安排好这成百上千的马匹牛羊。她心想:部落是组建起来了,大家也都有了各自的工作,可光这样下去也不行啊,多尔沙图汗要是再来攻打这里怎么办?我们不能总这么被动地等着人家来打呀,宝音姑娘一筹莫展。就在这时,腾格里天神把色音布尔赐给了他们。他们这些人又看到了曙光,见到了希望。你说他们能不高兴吗?整个密林里充满了欢声笑语。宝音姑娘见到了色音布尔也更加活跃了。她一天到晚都非常高兴,兴致勃勃地为色音布尔忙活着。今天给色音布尔采山参,熬参汤喝,明天又出去打松鸡、野鸭,给色音布尔做肉粥、鸡汤喝。后天她又亲自下池塘去捕鱼,给色音布尔做鲜鱼羹。她又派人采野药,捣烂后给色音布尔的红鬃马治伤,好让它快快痊愈,继续驮着它的主人去杀野兽、杀豺狼、杀多尔沙图汗他们那些强盗。

色音布尔因为身上有伤,不便走动,坐在那里想着心事。色音布尔并不像宝音姑娘那么单纯,头脑那么简单,他想的事情很多。他过去掌管过那么大一个家业,对治家的事情是最清楚的。他知道,要想把庄园管好,并不是容易的事情。当务之急是我早一天把伤养好,再把庄园的事务管起来。这期间,宝音姑娘常去找色音布尔问这问那,听色音布尔给她出主意,想智谋。

色音布尔自从来到这个新部落,见到眼前的一切,对宝音姑娘更加敬佩和喜爱。宝音姑娘不仅聪明、漂亮，有一副最美妙、圆润的歌喉，更让他出乎意料的是宝音姑娘竟有这么大的凝聚力和亲和力，招集了这么多的人。这些人原来是一盘散沙，来自四面八方。现在他们竟都这么安心地呆在这里，这么抱团，都能一心听宝音姑娘的指挥。她把庄园的事务安排得井井有条，这是色音布尔没有想到的。而且，宝音姑娘把活计安排得非常细，部落里的人各安其职。有专门狩猎的人，也有专门捕鱼的人，还有十几名壮小伙子专门担当保卫部落安宁的重任，并有几位老妈妈精心做好侍候老、弱、病、残和小孩的杂务，这些都令他十分满意。这真是：士别三日，当刮目相看哪。

由于宝音姑娘细心照料和精心调养，色音布尔的伤势好得很快。一日，宝音姑娘来到色音布尔的帐包，对色音布尔说："色音布尔哥哥，我现在非常惦记乌丹老格格，也不知道她老人家的下落。咱们不少的牧场现在都在多尔沙图汗的手里。这些父老兄弟们虽然住在这里，可他们心里牵挂的还是他们的牧场和遗弃在那里的牛羊及财产。他们都想回到自己的故乡。色音布尔，我都等不及了。你的伤也好了，你现在就领着我们大家杀回去吧，咱们一起夺回被多尔沙图汗霸占的草原，为死去的兄弟姐妹报仇！"

色音布尔这些天躺在帐包里养伤，心里却一刻也没闲着。他比宝音姑娘还要着急，他何尝不想回家，可那不是说到就能做到的，难处实在是太大了。自己原来的兵马已经被打散了，阿布又到北边去了，马上组织起来队伍谈何容易呀。另外，多尔沙图汗是一只凶恶的老虎，他的兵力那么强。他后面又有大明朝的支持，可不是那么好对付的。色音布尔听了宝音姑娘的话后，非常冷静。他知道要夺回自己的家园，不仅要有精兵强将，而且，还要经过周密的部署和安排，如果没有这两条做保障，盲目地打过去的话，那等于是以卵击石。宝音毕竟年纪还小，没经历过大事情，所以未免有些心急。宝音姑娘不知他在想什么，又一再催促道："色音布尔，你是草原上的雄鹰。你一定有最好的主意，你快说说，咱们怎么办好？"宝音姑娘把色音布尔看成是她心目中最伟大的英雄，也是她最崇拜的人。她把一腔的希望都寄托在色音布尔身上了。

色音布尔想了想，说："这样吧，宝音，你先不要急。你不是已经选出了'超哈达爷'了吗。你从'超哈达爷'那里给我挑两到三名精明强干的兵勇骑手。我想给他们安排一个差事。"宝音姑娘听了色音布尔的话，马上出去。不大一会儿，她找来了三个年轻剽悍的骑手。他们原来都是乌丹格格手下的人。他们进到帐包里以后，给色音布尔磕头见礼。色音布尔慢慢坐起来，让他们几个坐下。这三个人早年都听说过乌丹格格的侄子、莽古思贝勒爷的大儿子色音布尔的名字，没想到竟在这里见到了，心情格外激动。一个个都走过来问寒问暖，询问他们尊敬的大管家的伤情，并安慰地说："今天见到您，我们算有奔头了。我们尊敬的大管家，我们生是科尔沁的人，死是科尔沁的鬼。您有什么话就尽管吩咐吧。"色音布尔高兴地说："这话说得好！要记住，你们是科尔沁的主人。现在我有一件事要你们去办。今天晚上，你们悄悄地化装成逃难的人，回到你们的老家去，看一看多尔沙图汗他们在干什么勾当，详细地看一看，回来后马上向我报告。"这三个年轻人得到了色音布尔的密令后，辞别了色音布尔和宝音姑娘，打马向自己原来的牧场方向奔去。

他们几个快走到牧场的时候，把马藏到了附近的密林里。这三个小伙子非常聪明，他们把自己巧装成几个流浪汉，往脸上、身上抹了点灰土，有的还把自己的皮袍子撕碎了，头发蓬松着，趿拉个鞋，一副非常可怜的样子。他们三个有时聚到一起，有时分开走，很快就到了西艾曼霍通，就是乌丹老女原来所在的古城。

这座城建得非常整洁漂亮。小城不太大，是沿着一片山岗筑起的梯形小城。城周围有四个门，城墙全是用一人多高、一个挨着一个的圆木桩围成的木墙。木墙里高筑起一圈土墙。土墙夯得很坚实，下宽上窄，上面能走人，是供给巡守的兵卒日夜查哨和观察城外情况用的。他们三人顺利地混进了城里，只见多尔沙图汗的兵马随处可见。他们来到了小城的中心地带，这里十分热闹繁华，有商业铺面，各种作坊，还有摆地摊做买卖的。这一带住的不是过去老式的帐包，都是些房子。有的是起脊的木房，有的是平顶土房，还有两处是从开原请来的汉人师傅给设计建造的青砖瓦房。这原来都是乌丹老女住的房子，现在让多尔沙图汗给占去了。多尔沙图汗天天在这里享福作乐。他们三个东瞧瞧，西看看，见到了不少他们认识的人，也打听到不少情况。三人把情况探明之后，匆匆回到了密林，用口哨把坐骑唤了出来。他们分头骑上马，飞跑着回到了新部落。

他们三人先来见宝音姑娘。宝音姑娘又领他们拜见大管家色音布尔。他们把探得的情况，一五一十地向色音布尔做了禀报。色音布尔的心里才有了底。原来，多尔沙图汗的兵马正在乌丹老格格的西艾曼霍通休整放假，欢庆胜利。多尔沙图汗狂傲地认为，他现在已稳操胜券。因为他们喀尔喀部在蒙古部落里，是比较强大的一个部落。说书人在前面已经交代过，喀尔喀部的兵力很强大，战马特别充足，疆域也十分辽阔。明朝非常重视它。因为这些年来，建州女真部发展得很快，他们的头领就是努尔哈赤。努尔哈赤的父子兵越来越强大，已成为明朝在辽东地区的一个重要对手，明朝视其为心腹大患。明朝在辽东的兵力不足，就采用"以夷治夷"的办法，借助蒙古喀尔喀部的力量，牵制努尔哈赤。

建州部首领努尔哈赤，也很重视联络北方草原蒙古诸部的力量，以便发展自己的势力，既为征服女真各部，又为了将来摆脱明朝对他的控制。至关重要的，就是依靠蒙古诸部在兵源方面的支持和战马的补给。各位阿哥，说书人在前文书已经讲了。那时候，两军交战，双方最主要的还是比战马，比战马的强壮、耐力和速度。蒙古马素有"无敌天下"的美誉。蒙古人又非常剽悍，能征善战。说到底，蒙古部落全凭着变幻多端的"马术"和"马阵"与敌周旋。当时，辽东各部纷纷讨好蒙古部落，争购蒙古名骥。努尔哈赤当然也不例外。他凭着自己的积极主动和大方，得到了蒙古科尔沁等部的大力支援。如果大明朝把喀尔喀等部的人拉过去了，就等于断了努尔哈赤的血液，使他不能够及时地补充营养，他就会因体力不支而逐渐地衰弱下去。努尔哈赤也深知这个厉害关系。当然，大明朝更知道这其中的奥妙。所以，大明朝就极力地扶持在蒙古诸部中居首的喀尔喀部。由此可见，喀尔喀部在蒙古诸部中占有举足轻重的位置。

这次，这三个探子还向色音布尔讲了这样一桩事：多尔沙图汗这个人非常傲慢，觉得科尔沁草原过不了多久就会归到他的手里。他现在天天饮酒作乐，杀猪宰羊。他的手下还到处抢掠科尔沁的人、畜。他们还了解到乌丹格格现已不知去向，失踪多日了。她的兵力、人马已经被打散了。他们又听说，多尔沙图汗正准备在五天后开什么分赏大会。多尔沙图汗要亲自把抢来的牛群、羊群、马群以及男人和女人们，分赏给这次随他争杀的有功之人。色音布尔听了以后很兴奋，这个消息特别重要也非常及时。因为色音布尔已经考虑了很久，大家困在这里终不是好办法，何况现在我们背井离乡、人单势孤。多尔沙图汗早晚会刺探到我们躲在这儿，他一定要发兵把我们灭掉。色音布尔心想：这太好了，我何不利用他们开分赏大会的机会，大干一场。于是，他连忙让宝音姑娘在部落里挑选了二十几名能征善战的猎手。这些人都是乌丹格格的勇士。色音布尔把他们召集到一起，共同商量如何利用多尔沙图汗开分赏大会这个机会，杀进敌营，夺回失去的一切。

　　各位阿哥，咱们暂且不表色音布尔领着宝音姑娘及众人，怎样抓紧时间秘密商量对策。我还要讲讲多尔沙图汗这个穷凶极恶的老鬼。自打多尔沙图汗霸占了乌丹格格的西艾曼霍通，得了一个大便宜。这是他过去和他阿布都曾经梦想过的事情，今天得到了实现，他异常高兴。所以，他摆宴庆贺了十天。此刻，他又做着另一个美梦：继续北上，突破塔鲁河，攻下莽古思现在的老窝，抓住莽古思兄妹。那样，科尔沁草原就成了他多尔沙图汗的领地。然后，他再率兵拿下扎鲁特部和察哈尔部。他越想越兴奋，越飘飘然。我不仅是喀尔喀部的汗王，我还要成为科尔沁的汗王，将来，我多尔沙图汗还要成为全蒙古的汗王。多尔沙图汗为什么如此狂妄？我前书已经说了，多尔沙图汗是有一定的条件和能力的。他内靠自己的儿女，外凭大明朝的扶持。多尔沙图汗有妻妾无数，子女众多。他有儿子十六个，女儿十九个。在他十六个儿子里，有十个儿子都是他手下的武将，是他重要的首领，执掌着部落的兵权并掌管着几个大牧场。在他十几个女儿中，有九个女儿远嫁外地。他的女儿有在扎鲁特部的，有在察哈尔部的，甚至在新疆也有他的女儿嫁过去。另外，他还有一个女儿叫塞云公主，嫁给了辽东总兵官李成梁大将的孙子李辅臣，成为李氏将门家中的蒙古媳妇，这在汉人之中是相当少见的。李成梁为了笼络蒙古的势力，便与蒙古联姻，让自己的孙子娶了一个蒙古姑娘。这足以说明李成梁是非常有远见的。

　　李成梁，字汝契，铁岭人。他更不是一个简单的人物。李成梁是明朝的一员重臣，明隆庆六年，他初任辽东副总兵官。到了万历年间，由于他治军有方，笼络了女真部分亲明部落，杀害了女真建州右卫重要首领王杲，得到了明廷的嘉奖，当了左都督，掌握兵权，镇守辽东。他足智多谋，英勇善战，威振一方。明万历十九年，他又受明廷的器重，重镇辽东，在辽东一带声威显赫。俗话说得好：虎父无犬子。李成梁的九个儿子也都非常有名。现在，李成梁已到了七十多岁的古稀之年，卸任在家，由他的儿子们接替他在辽东执掌兵权。李辅臣是李成梁的二儿子李如松的儿子。他虽出身官宦人家，却没走仕途之道。他受明朝委托，专门贩运马匹。他把蒙古的好马买回来，卖给辽东、四川、新疆及其他几个地方。他会说蒙古话，所以，他娶了喀尔喀部首领多尔沙图汗的女儿。这样，李成梁跟多尔沙图汗就成了亲家。联姻的结果，使明朝和蒙古的关系也更加密切了。

喀尔喀部的多尔沙图汗自从把女儿嫁给李辅臣之后，他和明朝的关系更亲密了。他利用明朝的关卡、驿站办事，是非常方便的。多尔沙图汗也很会能利用他自己的优势。喀尔喀部地域辽阔，他们的人骁勇善战，它的地域绵延三百里。蒙古其他部落对喀尔喀部是既恨又怕。三百多年来，蒙古草原的格局，基本上就是这样，始终没有打破过。近些年来，建州女真部努尔哈赤的兵力越来越厉害。这使得明朝大为头疼。明朝为了压制住努尔哈赤，就极力地扶植喀尔喀部，并派人到喀尔喀部帮助主持事务。这样，喀尔喀部的头领多尔沙图汗越来越狂妄自大、目中无人。

多尔沙图汗身边有几位汉人师傅，都是中原王朝有名的世外高人，是明朝给他派来的。一个是刘纯正大法师，今年已经八十多岁了，他是嘉靖皇帝面前的一个非常有名的大法师。一个是马国祥大法师。还有一个是齐秉仙大法师。他们都是明朝安插在多尔沙图汗身边的暗探，随时监视和影响多尔沙图汗。他们又是多尔沙图汗身边的重要谋士，多尔沙图汗也非常相信他们。当芒格和莽古思贝勒之间出现矛盾时，这几位大师就对多尔沙图汗说："你要抓住这个机会，这正是你东进的好时机。"于是，多尔沙图汗借题发挥，组成联兵，东进科尔沁部，结果大获全胜。多尔沙图汗非常感激这几位大师给他出的主意。这几个大师都是道家人，平时他们给多尔沙图汗讲经说道，炼丹制药。多尔沙图汗非常好女色，他希望自己能长生不老，青春永驻，夜夜和美女尽情交欢。这几个大师就给他炼这些丹药，供他享用。多尔沙图汗吃了这几个大师给他的丹药，精力倍增，更加留恋那美妙的消魂时刻，也更离不开大师给他炼就的丹药。

这次到科尔沁草原，陪同多尔沙图汗来的是齐秉仙大法师。刘纯正大法师因年事已高，没有来。马国祥大法师因受命到云南去，也没有来。齐秉仙大法师陪同多尔沙图汗亲征，来到科尔沁乌丹格格的部落。齐秉仙大法师博学多才，他不仅懂得汉文、汉人的习俗，对辽东的道观、庙宇了解得一清二楚。他对草原蒙古人的生活习俗也非常了解。他很喜欢吃蒙古人的奶油、奶酪、奶干，喝奶茶，用蒙古人的刀叉。他曾多次深入到草原。他有时以出家人身份出现，有时以放牧人身份出现，有时以一个闲散观光的游人身份出现。他不单单了解蒙古草原的情况，

第二章　鱼儿总要游归大海

093

对喀尔喀部的情况更了如指掌。在这三个大法师中，多尔沙图汗最相信他。因为齐大法师出的主意，多尔沙图汗认为都非常可行。他出的主意，最容易骗过蒙古各部落的人。齐大法师看从西艾曼霍通逃走的人太多了，眼见西艾曼霍通日渐萧条，于是，他就告诉多尔沙图汗，说："你抢得的牛马，不要都带走。你拿出一部分给这些人，让他们给你就地耕牧。这些牧民有事儿做了，他们不就感激你了么，他们不就留下来了么，你就可以长久地占有这儿了，你要学会收买人心哪。"

齐大法师还常告诫多尔沙图汗，你不要贪恋女色，贪恋科尔沁草原的大好风光，要速战速决。咱们不能老在这停留着，要避免节外生枝呀。俗话说：蚕蛾入蛛网，千丝缠身不可挣。他的话说得确实有道理。可是，多尔沙图汗根本就听不进去。他太狂妄了，他从他父祖那里就学到了一手。他认为喀尔喀是天下老大，老子天下第一，任何部落也无法同自己相抗衡，没有谁能敌得过他。他根本没把科尔沁部放在眼里。莽古思这一跑，他便认为大功告成了。他觉得以前齐大法师出的主意都对，但这次，大师未免有点小题大作了。所以，他没听齐大法师的话。

多尔沙图汗现在完全处于一种骄兵状态。他对自己兵营的建设也不抓了，兵丁们也都放假了。他认为，莽古思的儿子色音布尔已经被芒格给拉过去了。莽古思的身边没了好帮手，成了孤家寡人。而且，莽古思现在年岁也大了，又多年不领兵打仗。多尔沙图汗已经没有什么可顾忌的了。说起来，说书人还要讲这样一件事，色音布尔所以能跟他阿布反目，表面的原因是他们爷俩都看中了乌云格格送来的宝音姑娘。实际上，这个毒计，还是多尔沙图汗身边的三个大法师帮着出的。他们说芒格长个牛脑袋，根本就没有什么智慧，全凭人来摆布。你让他往东走，他就往东走，你让他往西撞，他就往西撞。几个大法师告诉多尔沙图汗："你给芒格点兵力，再多给他点银子，让他跟莽古思干一仗。然后把色音布尔拉过来。莽古思没有了他的得力助手色音布尔，事情就好办多了。多尔沙图汗依照三位大师出的招儿办了，还迷糊住了芒格。芒格头脑一向简单，他不知道这是多尔沙图汗的借刀杀人之计。他反觉得，奇袭莽古思庄园，虽不一定能亲手斩杀莽古思，以报杀父之仇，但起码能狠狠教训一下莽古思，也是件再好不过的事。所以，当色音布尔向他求助的时候，他就伸出了援助之手，攻打莽古思，并烧了"藏娇楼"。色音布尔当然更不知是计。他一见阿布不信任他了，就投靠了芒格。芒格进了水牢以后，他背着自己的阿布，把芒格给救出来了。二人就这么

雪妃娘娘和包鲁嘎汗

跑了。多尔沙图汗的连环计，既削弱了莽古思贝勒的力量，又离间了他们父子之间的关系。莽古思贝勒没有了儿子的拥戴，自然就成了孤家寡人。多尔沙图汗便趁机向莽古思贝勒下手，大举进犯科尔沁草原。

多亏天神腾格里暗中相助。色音布尔和芒格走到半道，两人迷了路。阴错阳差，他们俩又互相找不着了。没办法，色音布尔只好自己走了。后来，色音布尔受了伤，被宝音姑娘给救了回来。色音布尔和宝音姑娘团聚了，这对多尔沙图汗又构成了致命的威胁。当然，多尔沙图汗现在还被蒙在鼓里，他还以为色音布尔早已远走他乡了呢。

现在，我们把话说回来，再讲讲色音布尔和宝音姑娘。由于宝音姑娘的细心照料和精心调养，色音布尔的伤势好得很快。三个探子回来的第二天，色音布尔吃完早饭，觉得身上轻松了许多。他甩动甩动胳膊，抻了抻腿，觉得腿脚不那么发皱了，只是伤口偶尔感到有些发痒。于是，他穿好衣服，到帐篷外面走了走，还顺路采了一些野花。他又来到了马棚，看了看他心爱的红鬃马。红鬃马见到了自己的主人，忙把蹄子刨了几下，仰起脖子，甩着尾巴，"咴儿咴儿"地高叫着向主人致意。色音布尔进了马棚，拍了拍红鬃马的脖子，亲了亲红鬃马的头，又走到马的身后，看看马屁股上的伤。只见马身上的伤口已经完全定了"嘎渣儿"，有的"嘎渣儿"都掉了。他就把马牵到马棚外头遛了遛，红鬃马一切正常，他就放心了。色音布尔猛地一下蹿到马背上，拍了一下马屁股。红鬃马扬起四蹄儿，驮着色音布尔在密林里飞跑起来。

色音布尔正兴致勃勃地骑马兜风，迎面看见宝音姑娘站在白桦树下向他招手。色音布尔忙翻身下马，把马缰绳往马脖子上一搭，拍了一下马背，红鬃马就明白了，这是主人让它自己找个地方吃草去。于是，红鬃马慢慢地走开了。色音布尔来到宝音姑娘跟前，对宝音姑娘说："宝音，你来得正好，我也正要找你。"宝音姑娘瞅了瞅色音布尔，调皮地说道："我尊敬的大管家，有什么事？您老人家就尽管吩咐吧。"色音布尔装出一副不高兴的样子，说："你这小丫头，竟敢跟哥哥我油腔滑调的，小心我打你。"宝音姑娘不服气地说道："人家做错了什么？你就要打人？"色音布尔并不理会宝音姑娘的话，说道："宝音，我到这里来的消息，可千万不能传出去，要是让多尔沙图汗知道了，会对咱们非常不利，甚至威胁到整个部落的安危。我和阿布都是多尔沙图汗的眼中钉，肉中刺。现在，阿布到北边去了。多尔沙图汗以为我也远走高飞了。如果他要是知道我已经回来了，而且呆在这里，他肯定要带重兵来攻打咱

第二章　鱼儿总要游归大海

们的。咱们现在一点准备都没有,真要打起仗来的话,是要吃大亏的呀。宝音,你想过没有?"宝音姑娘把手往后一背,仰着头摇晃着,在色音布尔面前来回走了几趟,然后得意洋洋地说:"大管家,我早已不是过去那个你领到脑温江边去玩的小丫头了,我长大了。从你回来那天起,我就向部落里的人讲了,我让他们到处放风,就说这里的额真是一个小丫头。我们在这里就放放牛羊、狩狩猎,维持维持生活。谁也不准说出您大管家的名字,这是作为一条戒规宣布的。谁要违反了,我就要杀谁的头。大管家,你听懂了没有?"宝音姑娘这么顽皮的一讲,反倒把色音布尔给逗笑了。色音布尔心里感到特别欣慰,说:"宝音,我没想到,你这么有远见。你真可以做我们蒙古人的女头领。"宝音姑娘把小嘴一噘,小脸一扭,不高兴地说:"哼,那你刚才还要打人呢。"色音布尔赶紧上前深施一礼,满脸堆笑地说:"对不起,我的好妹妹。哥哥我在这里给你赔礼了,要是不解气,来,你打我两下子。"色音布尔的这一举动,把宝音姑娘也给逗笑了。她轻推一下色音布尔,说道:"快起来吧,谁稀罕打你。"

他们俩说笑着,回到了自己的帐篷里,又开始商量怎样对付多尔沙图汗这支强大的贼兵。宝音姑娘这时候,心里想的只有一件事儿,就是想让色音布尔早一点领着这里的牧民们,杀回自己的老家,赶走那里的豺狼。宝音姑娘把自己的想法全向色音布尔讲了。色音布尔是一员久经杀场的虎将,要比姑娘成熟多了。宝音姑娘从小长在莽古思的庄园里,没经过大世面。她还不知道喀尔喀部是怎么回事,不知道多尔沙图汗是眼下蒙古数百里大草原中赫赫有名的霸主,是个野蛮凶残、杀人不眨眼的大魔王。而且,多尔沙图汗身边有几个有名的大法师。他们几个道行高深、神机妙算,不能小看多尔沙图汗,更不能轻举妄动。色音布尔告诉宝音姑娘:"咱们一定要慎重,不能草率出兵。如果不考虑周全了,就会对部落造成不可估量的损失,咱们将前功尽弃。"

各位阿哥,说书人在这里不能不多说两句。色音布尔总是这么犹犹豫豫的。这不单纯是他对喀尔喀部了解得非常透彻,更主要的是,他担心他和阿布之间的关系以后会怎么样?自己引来了芒格,使莽古思家族受到了惨重的损失,惹怒了阿布莽古思贝勒。阿布不会再相信自己了。如果我领着这里的人杀回乌丹姑姑的庄园,夺回被多尔沙图汗霸占的田产,表面上看来是帮助宝音姑娘打多尔沙图汗,实际上是在帮助自己的阿布。我这样帮阿布,阿布会有什么想法?阿布能原谅自己吗?他还会不会认我这个儿子？如果阿布不认我，我又该怎么办？

色音布尔心里矛盾重重。他之所以没有主见拿不准主意，就是这个原因。他眼见心爱的宝音姑娘那么天真，那么仗义。她有一颗多么赤诚、圣洁、滚烫的心哪！色音布尔深受感动。他自己就暗下决心，我决不能让多尔沙图汗的狗爪子碰到我心爱的宝音姑娘。我不能让她纯洁的心灵受到任何伤害。我一定同宝音一起，支撑起这片新天地。

色音布尔这两天也没想出究竟怎样利用多尔沙图汗开分赏大会的机会，夺回失去的家园。他的心情十分焦虑。色音布尔心想："与其这样下去，不如到牧民中去走一走。"他起身来到了帐外。只见新部落里到处充满了宁静、祥和的气氛，人们都在忙着各自手里的活计。女人们有的在挤羊奶、马奶、牛奶，有的在晾晒鱼干、肉干，制作炒米。男牧民们则在稍远的地方放牧。色音布尔见此情景，心情格外舒畅。他来到女牧民中，关切地询问她们，眼下生活得怎么样？能不能吃饱？能不能穿暖？老人和孩子都是怎样安置的？女牧民们一一做着回答。色音布尔又跟她们唠了一些家常。然后，色音布尔来到了牧民放牧的地方。放牧的老牧民们一见色音布尔来了，纷纷聚拢过来，围在色音布尔身边。色音布尔一见这些牧民们的年岁都比较大了，就奇怪地问道："怎么不见年轻人呢？"老牧民们恭敬地答道："回大管家，年轻人有的去打猎，有的去捕鱼，有的到山里采药去了。宝音姑娘本来不让我们放牧，让我们干轻一点的活儿。可我们不干，我们还没老成那样。这大半辈子我们都这么过来的。再说，我们这把老骨头经磕打，身子板也没那么娇贵。宝音姑娘没办法，就让我们来了。"听到这些话，色音布尔打心里敬佩这些勤劳善良、朴实无华的牧民们。色音布尔又向老牧民们详细地询问了牧群的繁殖情况以及水草是否够用等事宜。色音布尔跟老人们唠完以后，抬头看看天色不早，就往回返了。

色音布尔回到帐内刚坐下，只见帐内方桌上的木盘里放着一碗奶茶。在蒙古的生活中，有很多器皿是用刀在木头上刻成的。这个木盘就是蒙古的一位老人用柞木精心刻成的，刻的很艺术。老人把它送给了宝音姑娘。宝音姑娘想：这东西只有色音布尔才有资格享用，就把它送给了色音布尔。色音布尔端起奶茶刚要喝，门帘呼啦一下掀开了。小黑子跑了进来，后面跟着宝音姑娘。他们两个都一副兴高采烈的样子。小黑子的嘴上叼着一个不太粗的长树枝。树枝的另一头插着三只烤好的细鳞鱼。细鳞鱼被烤得焦黄的，散发出诱人的香气。黑子进屋以后，一下就

第二章　鱼儿总要游归大海

跳到了獾子皮铺的板床上。色音布尔当时正坐在床边想要喝奶茶。黑子跳上床以后，一屁股就坐到色音布尔的怀里。黑子把鱼放到了色音布尔的嘴边，"呜呜"地叫着，好像是说让色音布尔吃鱼。宝音姑娘也过来，坐在地下的一个木墩上，说："黑子在向你邀功呢。这是它在后河抓的鱼，抓了好几条，我都烤了，给它吃了几条。这几条给你拿回来了。哎，我这里还有一样你喜欢的东西呢。"宝音姑娘说着，从怀里掏出一个压压葫芦。这小葫芦不大，焦黄闪亮的，看样子至少有十年了。葫芦上头绑着一个彩布条。宝音姑娘把葫芦盖轻轻一打开，一下就扑出一股酒香味。色音布尔非常爱喝酒，他已经好长时间没尝到酒的滋味了，一闻到酒香味，他馋得直流口水，忙说："哎呀，我的小天仙呀，你从哪儿弄来的这么好的琼浆玉液啊？这酒和乌丹姑姑那里的酒一个味儿。宝音，你真是个大好人哪。"色音布尔高兴得手舞足蹈，忙着就从宝音姑娘的手里把葫芦抢过去了。小黑子也是个小酒包，一闻到酒味，它也想喝酒，叫着就往色音布尔的身上扑。色音布尔没办法，往葫芦盖上稍微倒了一小点，让小黑子舔舔。小黑子总算喝着了，它"吧嗒吧嗒"嘴，晃晃小圆脑袋，安静下来了。

　　色音布尔没喝，他把葫芦盖盖上。色音布尔知道，宝音姑娘来这里一定有事。他想听宝音姑娘说什么。正如色音布尔所想，宝音姑娘确实有话要说。说来，宝音姑娘也真是个有心计的姑娘。她自从听说多尔沙图汗要开分赏大会，就马上到牧场去了解情况，看看这些牧民有什么好道眼和主意。宝音姑娘虽然不知道"三人行，必有我师"这句话，但她知道，这些经历过多次部落征杀的牧民们，生活阅历要比她小宝音多得多，有些人的头脑也是很聪明的，要想战胜多尔沙图汗，就必须广泛地听取额布格和叔叔们的意见。

　　她来到了一个牧场。这也是一个新建起来的营地。这些日子，大家在宝音姑娘的安排下，心情都挺好。他们自己伐了木头，搭起了帐包，修起了马圈，牛马都有吃草的地方，生活稍微安静下来了。她往远处一看，在一个小山包的后头，有一个泥堆起来的小房，房上有一个木头烟筒，在呼呼冒着烟。这个烟筒是用林海里最古老的大空树筒子做成的。有的树木由于土质和水源的缘故，年头又久了，里头裂出了空心子，把这样的木头锯下以后，扒了皮，可以做成烟筒。宝音姑娘没有见过这样的烟筒，她就想去看个究竟。

　　宝音姑娘来到房前，仔细地打量着这座草房子。由于宝音姑娘一直在蒙古草原生活，住的都是蒙古帐包。她还是头一次见到这样的房子，自然感到很新奇。这是一座住在平原一带汉族人传统的草屋，三间明亮的土房，一色用土坯砌成，很结实。中间开门，门两边的墙上各有两个窗户，房屋外面东西两侧，各立有一个高大的粗木烟筒。就在宝音姑娘仔细端详这座草房子的时候，从屋里走出来一个白发苍苍的老人。看样子老人家已经有七八十岁了，可身子骨挺结实。只见这位老人一绺长髯，满面红光，两眼炯炯有神，头发虽然花白了，但是一点也没有掉，显得格外精神。老人看见宝音姑娘站在这里，连忙走过来，施礼说："不知小格格驾到，未曾远迎，多多恕罪。"宝音姑娘很吃惊地赶忙抢前一步，把这位老人搀扶起来，说："额布格，请不必多礼，不必多礼。你怎么认识我呢？"只听这位老人声音爽朗地说："回格格，谁不认识您啊。格格您功德无量，把大伙儿聚了起来，连我这老头子也有奔头啦。"宝音姑娘就问："额布格，看你身子骨这么硬朗，今年多大年纪啦？"老人回答道："我今年七十五岁。"这时，从屋里又走出来一个老女人，由两个小姑娘搀扶着。老人又告诉她："这是我的老伴儿。她今年六十九岁了。"宝音姑娘按照蒙古族的礼节，给老人半跪下拜。老人忙把宝音姑娘搀了起来，说："格格啊，您如果不嫌弃，就请到我们屋里小坐一会儿吧。"宝音姑娘爽快地随着这两位老人就进了屋。

宝音姑娘来到屋里一看，这屋里的安排也和蒙古族不一样。房子分里、外屋。屋里有火炕。外屋有一口大锅，盖着锅盖，大锅里不知正熬着什么。一个姑娘在烧火，另一个姑娘呼呼地拉着风匣。大锅里散发出很清香的味道。原来外面粗木烟筒里冒出的浓烟，正是由于屋里这位小姑娘，不停地往灶坑里填塞着柴草所生成的。

两位老人把宝音姑娘让到炕头上，热炕暖烘烘的。宝音姑娘问老人："你们这是什么时候搭的房子？"老人就说："这刚搭起来没几天哪。格格，我们非常感激您呀，是您把我们救到这儿来的。我们原来住在西艾曼霍通，我们的主子就是乌丹大格格。我在她那儿住了八九年了，现在，我还有很多的东西都在那儿呢，也不知道我那些酒曲子让没让这些强盗给糟蹋了。"通过进一步交谈，宝音姑娘才知道，老人原来是这一带非常有名的酒神。这使宝音姑娘更加敬佩，又连忙站起身来，恭恭敬敬地给二老下拜。这两位老人慌忙起身，半跪着把宝音姑娘搀了起来，嘴里一个劲儿地说："格格，您不能再给我们行此大礼了，我们可受不了，您这不是折我们的寿吗。"宝音姑娘也就不好坚持了。宝音姑娘跟

第二章　鱼儿总要游归大海

两位老人越唠越投机。老人给宝音姑娘讲了许多关于酒的故事。宝音姑娘临走的时候，老人又给她装了一葫芦酒，让宝音姑娘带给色音布尔管家。

宝音姑娘回来后，见到色音布尔，便滔滔不绝地讲起她到牧民中间所得的收获。宝音姑娘说："我现在有两件事要对你说，你听了一定很高兴。头一件事，就是我说的这位造酒老人，你肯定也认识。"色音布尔一听就笑了，说："你把这酒一拿出来，我一闻着这味就知道。这酒肯定是从我乌丹姑姑那里弄来的，只有她那块儿有这种酒，我阿布就愿意喝这个酒，乌丹姑姑隔三差五就派人送来。没想到，你找到做酒的人了。好妹妹，你真了不起。我得好好地感谢你。"宝音姑娘接着说："你也不要太高兴了，听我慢慢给你讲。这个造酒老人确实了不起。老人姓蔡，祖籍山东。他们家做的酒已经传了二百多年了。他的祖上在宋朝的时候，就是因为做酒出的名。到了元朝的时候，他们家也做酒。到了明朝的时候，他们家还做酒。他们家有一个祖传的做酒引子的方子。据说是由八味野药配制而成。为了保存特有的味道，他们还专用一种特殊的原木来制作酒桶，就是一种难得的红心儿古柞木。只有用这个木桶装用这八种药配的这个酒，才能出这个酒香味儿。听老额布格讲，这酒一做就是八大木桶。所以每回做这个酒，都先做八个大木桶。木桶有两个人高。酒酿出来以后，装入木桶，再送到地窖里头，一存就是八年。够八年了，才能拿出来卖。就这样，年年做八桶酒，卖的也都是八年前的陈酒。大伙送给这位老额布格一个绰号叫酒圣人'蔡八桶'。他的酒就叫'八桶香'。现在明朝的京师也都卖他的酒。没想到，这次我出去寻察，碰到了蔡家的酒神仙。'蔡八桶'老人原来就在咱们这儿。而且，'蔡八桶'老人还送给我一小葫芦'八桶香'酒，让我拿回来给您尝尝。色音布尔哥哥，你说，这是不是一件喜事？"色音布尔忙不迭声地回答："是喜事，是喜事。""我还有一件让你更高兴的喜事呢。你猜，我今天遇到谁了？""谁呀？""我告诉你，这都是腾格里天神在指引着我呀。今天，在西边树林的小道上，我见到了咱们的洪古尔·杜木根大喇嘛。"色音布尔一听，也非常兴奋，马上站了起来，急切地问道："在哪儿呢？他在哪儿呢？你为什么不请他来呢？我现在就去请他去。"宝音姑娘说："你坐下吧。大喇嘛已经走远了。"

各位阿哥，说书人在这里还要交代一下，刚才宝音姑娘提到的洪古尔·杜木根大喇嘛那也是一位得道的上师，当代的活佛。他是莽古思贝

雪妃娘娘和包鲁嘎汗

100

勒的恩师，得到了莽古思家族的崇拜。莽古思贝勒还专门给他修建了庙堂和休息生活的住所。洪古尔·杜木根大喇嘛有时住在莽古思贝勒给他预备的庙宇里，有时候他也云游各地，到蒙古的其他庙宇去。他有时又到新疆、宁夏、西域等地。大喇嘛最喜欢的地方还是科尔沁草原。他常向莽古思家族的人传授一些与人行善的道理。莽古思贝勒也常听他的训诲。没想到，他今天到宝音姑娘他们这儿的新部落来了。色音布尔没有见到大喇嘛，心里非常后悔。色音布尔心想：如果有大喇嘛在这里，我们请大喇嘛做指导，就会有光明之路的，只可惜……咳！

色音布尔正在唉声叹气的时候，宝音姑娘说："大管家，别后悔了，你听我说。大喇嘛说了，现在咱们这儿的情况非常紧张，他不能够在这呆着。他如果在这里，会很显眼，更会引起多尔沙图汗的注意，给咱们带来很多麻烦。大喇嘛还说，多尔沙图汗他们来势很凶，让咱们千万要小心。而且，多尔沙图汗身边还有齐秉仙大法师帮他出谋划策。大喇嘛还告诉我们，他是从亚鲁河那边过来的。老贝勒他们现在都很好，就在亚鲁河边的一个牛心顶子牧场里。"色音布尔知道这个地方，这也是他们家族的一个老牧区，是几个大牧场之一。那里依山傍水，是一个环境非常优美的地方。色音布尔知道了阿布莽古思贝勒现今落脚的地方，心里的一块石头总算落了地。宝音姑娘接着说："大喇嘛还告诉我说，老贝勒因为上了一股急火，这些天卧病在床。老贝勒现在悔恨不已。"

情况也确实如此。大喇嘛正是从莽古思贝勒那边过来的。他现在要经辽南一带，然后进关去五台山。他今天在这里路过，正好遇到了宝音姑娘。宝音姑娘就把她们这儿的情况向大喇嘛做了简单的介绍。大喇嘛洪古尔·杜木根告诉宝音姑娘说："姑娘，你还要好好劝一劝色音布尔。他现在应该马上振作起来，不能老想着过去的事情，也不要再记恨老贝勒了。老贝勒现在什么都明白了。他自己也很懊悔，非常难过。色音布尔回来得对，他应当想办法辅佐你。姑娘，你们要记住，太阳不会总躲在黑云里，牧场不会总被狂风摧残。腾格里天神会保佑你们的，光明之路就在你们的前头。阿弥陀佛。"宝音姑娘又问了一下大妃和小格格的情况，大喇嘛告诉宝音姑娘："大妃现在挺好，不过她老想你，也想色音布尔。小格格也天天叨念你，把莽古思贝勒闹得寝食难安。乌云格格也在那里，她也常埋怨哥哥心太狠，把你给扔了，也不知你现在是死是活？儿子那日松回来怎么交代？莽古思贝勒也一直不知所措，唉声叹气。"

第二章　鱼儿总要游归大海

101

洪古尔·杜木根大喇嘛把这些情况都告诉宝音姑娘了。大喇嘛又从自己的后背囊里拿出来一个包袱打开了。宝音姑娘一看，包袱里包的是一堆野草，连根带须的，已经干了。宝音姑娘不知这是什么草。大喇嘛说："姑娘，这是草原里有名的蜈蚣草。这草可不好采呀。你要注意，这草有大毒。你千万把它放好，用的时候再把它拿出来。你拿的时候千万要小心，拿完一定要洗手，不要把这草给其它小兽闻。这草毒性太大。我再告诉你，怎么用它？它只能放在酒里泡一段时间，它就会起相当大的作用。你留着吧，以后会用得着它的。"宝音姑娘看着这些草，心里纳闷：大喇嘛给我这些草有什么用呢？我上哪儿用这种草呢？她就问大喇嘛："师傅，这草有什么用啊？请你给我指点指点吧。"洪古尔·杜木根大喇嘛把右手往上一提，打着佛号说："阿弥陀佛。姑娘，天机不可泄露。你有佛光保佑，无须多虑，到时候一切会自明的。你转告色音布尔，做他心里想做的事吧。阿弥陀佛，姑娘，咱们后会有期。"

宝音姑娘和大喇嘛分手的时候，天已经黑下来了。这时是旧历的十月天，夜长昼短。宝音姑娘缓缓地走着，心里琢磨着大喇嘛刚才说的话。她不懂大喇嘛说的是什么意思，但她惦记大喇嘛给她的那个装蜈蚣草的小包袱。宝音姑娘回到了帐包，赶忙把小包袱放在了茶几案上，用火镰把獾油灯打着。獾油灯的亮度很强，烟味儿不太大，还不刺眼睛。小黑子一看宝音姑娘拿个包，它就想过来嗅一嗅。宝音姑娘怕小黑子淘气，就赶紧把小包袱挂在帐篷里用柳木帘子编成的墙上。这样，小黑子就够不着了。宝音姑娘又简单吃了点饭。自从色音布尔到这儿以后，一般情况下，都是他们三个在一起吃饭。

今天，宝音姑娘没到色音布尔那边去。她始终惦记着这个小包袱，想弄明白这个小包袱里的秘密。宝音姑娘就有这个脾气，她对什么事都想弄出个究竟。她到莽古思庄园这些年，进步得这么快，这和她孜孜敏求的精神是分不开的。虽然她并不知道大喇嘛给她的这个神秘包袱的用意，可她老想弄清这个不起眼的野草到底有多大的毒性呢？宝音姑娘的心非常细，她先看了看小黑子，小黑子正在低头舔饭。她才重又把包袱摘下来。哪知小黑子吃着吃着，抬头一看宝音姑娘把包袱又摘下来了，就叼着肉干过来了。宝音姑娘一看，这可不行，不能在床上摆弄。她想了半天，有办法了。在西墙头，正好有一个木架子，是供她陈放打的野兔、野鸡等猎物和采来的野果、蘑菇等土产的。

宝音姑娘站在架子旁边竖着的一个梯子上，把包袱放在了架子上。

然后，她把包袱打开。宝音姑娘戴了一副皮手套，把蜈蚣草拿起来一根，细致地端详。这根草的茎并不粗，呈椭圆形的叶，看起来它在地上长得也并不怎么高。宝音姑娘想：它究竟怎么个毒法？对，我记得大师说用酒泡一下，就能发挥它的作用。想到这儿，宝音姑娘把蜈蚣草重又放回到包袱里。然后，宝音姑娘对小黑子说："黑子，你在家好好看着，我出去一会儿就回来。"黑子一向非常听话。宝音姑娘这样一说，黑子马上蹦到床上，往那儿一坐，盘着腿，两个小爪往大腿上一放，仰着脖，意思好像在说：好，我看家，你去吧。宝音姑娘很快就跑出去了，她到色音布尔住的帐篷去找色音布尔。宝音姑娘不想告诉色音布尔她要实验蜈蚣草的毒性，以免色音布尔担心。

宝音姑娘来到了色音布尔的帐篷前。她顺着皮帘子的缝，看见里面还有亮光，而且还有磨刀的声音，色音布尔还没有睡。于是，宝音姑娘把门帘掀开，走了进去。色音布尔正站在地上用磨石磨一把钢刀。他觉得自己的伤已经好得差不多了，到了自己该发挥作用的时候了。这把钢刀是他新打出来的，有七八十斤重，还没有开刃。宝音姑娘进来以后说："色音布尔，我可能是被虫子咬了一下，身上特别痒痒，还疼得厉害。"色音布尔一听，马上把刀放下，走过来说："让我看看，让我看看。"宝音姑娘装出一副不好意思的样子，说："不用，不用。没事，我自己能治。你不是有酒吗，给我少倒一点，我自己回去擦一擦就行了。"色音布尔一想也对，姑娘不让我看，我就不要看了。于是，他来到北墙角下，把酒葫芦拿起来，打开盖，又找了一个小铁碗，把酒倒出来一些。宝音姑娘拿着色音布尔给她倒的酒，就回来了。

宝音姑娘回到了自己的帐篷。她把小铁碗放到了高处的架子上，然后，打开了包袱，拿出了一根蜈蚣草。她又拿了两根木棍当筷子，把蜈蚣草上的小叶掰下三四片，放到小铁碗里，又把枝干部分也掰下一小块，一起放到了小铁碗里。她把剩下的草仍然放到包袱里，把包袱包好，又挂到墙上。她看着铁碗里的草，刚放进去的时候，还浮在上面。宝音姑娘想：等一会儿，草可能就能沉到酒里去了。

宝音姑娘下了梯子，坐在了皮榻上。小黑子回到它自己的窝里睡觉去了。宝音姑娘坐了一会儿，也睡了。等她醒过来的时候，猛然想起酒碗里泡着的蜈蚣草。宝音姑娘急忙来到架子上一看，蜈蚣草已经沉到酒里去了。宝音姑娘看小黑子已经睡着了，就把小铁碗拿下来，在灯下看着。看了一会儿，她拿起小木棍在里面搅和了几下，闻了闻，没有什么味儿，再看酒的颜色，也没有变。她想：怎么能知道这酒有毒呢？看着也不像有毒的样啊。她不太相信这酒有毒，可又不敢试。她就这样看着。哪知道，小黑子在她身后过来了。小黑子非常机灵，也非常淘气。自从宝音姑娘拿回包袱，可能它心里也惦记这事儿。当它睡醒的时候，一看主人还没睡，正在那儿摆弄什么，而且，它闻到了一股酒香味儿。小黑子马上就起来了，悄声儿地从后头过来一下抓住了宝音姑娘的右胳膊。我们前书说了，小黑子也非常爱喝酒。宝音姑娘本想不理它，可是不行。小黑子的两个小爪抓住她的右胳膊，就是个拽呀，探着头要酒喝，这可把宝音姑娘吓坏了。这酒要是真有毒的话，给黑子喝了，那岂不是害了它吗？可是，不管她怎么说，怎么哄，黑子都不干，就是拽着宝音姑娘的胳膊，"噢噢"地叫着哀求她。宝音姑娘实在没法了，就说："黑子，你好好坐那，我给你酒喝。"这小黑子还真听话，两个小爪立刻就放开了宝音姑娘，坐在那里，仰个头，张个小嘴，两个小眼睛滴溜溜地转着，瞧着宝音姑娘。宝音姑娘见小黑子放开了她，就把小铁碗放回到了架子上。

小黑子见主人什么也没给它，还把小铁碗拿走了。它连蹦带叫地在床上直打滚。宝音姑娘就过来了。她手里还拿着那根用来搅和酒的小木棍儿。小木棍儿已经干了。宝音姑娘也没太在意，说："给你，给你，你尝尝什么味？"就把小木棍儿伸到了小黑子的面前。小黑子闻到了那上面的酒味，就用舌头舔了一下。宝音姑娘马上就把这小木棍儿扔到帐篷里的一堆火里烧了。

小黑子舔完这根小木棍儿，坐了一会儿，就渐渐晃动起毛茸茸的脑袋，小圆耳朵竖得直直的，眼珠子开始发红，后来又翻白，舌头直往外伸，又大口地喘起来，接着，一个跟头从床上滚到了地上，大声地嗥叫起来，叫声非常惨。这还不算，它还抱着宝音姑娘的大腿连蹦带跳，爪子把宝音姑娘的皮袍子挠了好几个口子。接着，它又满地打滚，绕着圈地蹦，看样子十分难受。宝音姑娘慌了神了，焦急地问道："黑子，你怎么啦？怎么啦？"可任凭宝音姑娘怎么急，黑子也不理她。它就像疯子一样在帐篷里闹起来了。可把宝音姑娘吓坏了，她心疼啊，宝音姑娘哭了。她哭着来抱小黑子，小黑子不让她抱。宝音姑娘的嘴里还是不停地问："黑子，黑子，你怎么了？我可怜的黑子，我真对不起你。你没事吧，没事吧。"这时，黑子的嘴里开始往外冒白沫子。

宝音姑娘实在没了主意，小宝贝黑子要是有个三长两短，我可怎么办哪？她赶紧去抱小黑子，小黑子又掐又闹地不让她抱。她也不管那套，抱起小黑子就往外跑。她要去找色音布尔，让色音布尔帮着想办法。这时，色音布尔屋里的灯已经灭了，他可能睡着了。宝音姑娘抱着小黑子没好声地就进了屋。她也喊，小黑子也叫唤，把色音布尔吓坏了。他不知是怎么回事儿，赶紧起床穿衣，把獾油灯点着。这时，黑子满嘴冒着白沫子，还不停地叫着。宝音姑娘哭得像个泪人。宝音毕竟是一个姑娘，年岁又不大。她从没经过这样的事情，又心疼自己的宝贝黑子。所以，她哭够呛，都说不出话来了。

色音布尔闻到了小黑子吐的白沫子里有酒味。他猜想：小黑子可能是喝酒了。他赶紧把小黑子抱过来，告诉黑子："黑子，别闹，别闹。我给你看看，我给你看看。"这时，宝音姑娘也停止了哭泣，过来帮助色音布尔按着小黑子。色音布尔把手放到了小黑子的前胸脯上，只觉得小黑子身上滚烫，心脏跳得非常快，像面小鼓似的。色音布尔没想到小黑子喝的酒里还有药。他心里直埋怨宝音姑娘，你怎么能给它喝酒呢？色音布尔过去常喝酒，所以，他有治醉酒的办法。色音布尔赶紧在地下挖了一个坑。因为地非常暄，坑很好挖。色音布尔让黑子坐到坑里头，然后，他往里填湿土，一直填到黑子的胸脯底下，只剩下小脑袋瓜儿和两个小爪露在了外头。当时是十月份了，天气已经很凉了。而且，地下本身有凉气，这样可以很快降温。在当时缺医少药的情况下，一般治大醉不醒的人，用这种办法很有效。也别说，这一招儿还真管用。色音布尔把小黑子放到土里这么一埋，它的体温还真慢慢地降下了。

小黑子的身上不那么热了，嘴里也不冒白沫子了，情绪也稳定多了，只是张着嘴直喘，两个小爪好像瘫了一样，没有劲儿，拿不了东西。色音布尔心疼地把小黑子抱了起来。宝音姑娘让色音布尔把小黑子抱回她帐篷的床上，她要亲自照看黑子。宝音姑娘又把自己的被子盖在了黑子身上。小黑子这么折腾了一大阵子，又累又乏，慢慢地就睡着了。小黑子这一睡就是一宿。宝音姑娘就这样一直在黑子身边守着。天快亮的时候，她才迷迷瞪瞪打了个盹儿。

第二天清晨，色音布尔过来查看小黑子的情况。宝音姑娘告诉色音布尔："黑子这一宿睡得都挺安稳。"色音布尔问宝音姑娘："昨天你为啥给小黑子喝那么多酒？"宝音姑娘见事情已经闹到了这个地步，不能再隐瞒下去了，就如实地把洪古尔·杜木根大喇嘛给她蜈蚣草的事儿都说了。宝音姑娘告诉色音布尔："这个草泡到酒里以后，酒既不变色，

第二章　鱼儿总要游归大海

105

也不变味。人用肉眼是根本看不出来的。而且，她并没给小黑子喝泡有蜈蚣草的酒，只是让她舔了一下搅和药酒的小棍儿。没想到，蜈蚣草的毒性这么厉害，简直太吓人了。"色音布尔的悟性很高，他一下就明白了，这是大喇嘛在给我们出主意呀。大喇嘛真是及时雨呀！我们正在步履维艰的时刻，他帮我们想出了这样一个杀敌的好办法。色音布尔高兴地对宝音姑娘说："宝音，我有办法了。"宝音姑娘听了一愣。但宝音姑娘是个多聪明的人哪，她马上就领会了色音布尔话里的含义。对了，大喇嘛不是告诉我，到时候一切会自明吗。大喇嘛还跟我说，让色音布尔做他心里想做的事。大喇嘛这是在告诉我们，用药酒去战胜多尔沙图汗。原来奥秘就在这里。宝音姑娘想到这儿，扑腾一下就跪下了，向着西方磕了一个头，嘴里说："多谢大师指点。"

宝音姑娘和色音布尔一算，两天后，多尔沙图汗就要开分赏大会了。他们俩决定利用这个机会，用洪古尔·杜木根大喇嘛给咱们出的法子，制服多尔沙图汗这伙强盗。他们俩越想越兴奋，越想心里越乐。咱们莽古思家族就要拨开云雾见太阳了。

他们俩正在商量怎样具体实施这一行动计划时，就听外面有动静。色音布尔非常警觉，他以为有什么人在偷听他俩的谈话。色音布尔忙一摆手，不让宝音姑娘出声。他走到门口，猛地掀开门帘，只见一个小姑娘搀着一个白发苍苍的老者站在门外。就在色音布尔猜测来人的身份时，站在他身后的宝音姑娘惊呼道："这不是'蔡八桶'老人吗？哎呀，额布格，您怎么来了？"色音布尔虽然没见过"蔡八桶"老人，但他老人家的大名却如雷贯耳。今天，宝音姑娘又把她到老人那儿去的整个经过都对他讲了。所以，他从心里敬佩"蔡八桶"老人。

色音布尔一听说来人是"蔡八桶"老人，忙热情地把老人让到了帐里。"蔡八桶"老人拐着一根镶钻石的花曲柳拐杖，一步一步地往里走。旁边搀着他的人，正是他的小孙女。老人边走边说："格格，我来看你来了。"老人走得虽然慢，但是精神头儿挺足，说话的声音也非常洪亮。宝音姑娘赶紧过来，给老人施礼道："额布格，您怎么亲自来了。有啥事，打发个人把我叫去不就行了嘛。"宝音姑娘和色音布尔一起把老人搀到了床边，并请老人坐下。老人坐好后，宝音姑娘又亲自倒了一碗奶茶，双手献给老人。宝音姑娘指了指色音布尔，笑着对"蔡八桶"老人说："额布格，您知道他是谁吗？"老人瞅了瞅色音布尔，摇了摇头。宝音姑娘笑得更厉害了，说："额布格，您不知道他是谁，却把酒送给了人家。""蔡八桶"老人明白了，站在面前的，原来就是自己仰慕已久的，草原上赫赫有名的色音布尔管家。老人吓得连忙站起身，要跪地施礼。色音布尔急忙上前把老人搀扶起来，非常客气地说："额布格，快起来，不必多礼。"色音布尔重又把老人搀扶到床边坐下。

宝音姑娘慢声细语地说："额布格，您找我有什么事吗？"老人这才想起他的来意。原来，老人虽然现在已有了房子，也可以从事他的造酒业了，但还是惦记他原来住的那个地方。在西艾曼霍通，有他珍藏多年的上百桶好酒。他真怕多尔沙图汗那伙强盗给糟踏了，那可是他大半辈子辛勤劳动的结果。这些酒，有的已经存放几十年了，简直可以说是琼浆玉液啊。自打宝音姑娘从他那走了之后，他心里就一直想去找宝音姑娘，想跟宝音姑娘磨叨磨叨他那点儿心事。

今天一早儿，酒圣人"蔡八桶"老人拄着拐杖，让他的小孙女搀扶着，就来找宝音姑娘。正巧，莽古思庄园的大管家色音布尔也在这里。老人喜出望外，他决定把自己的想法在色音布尔和宝音姑娘面前，一五一十地和盘托出。"蔡八桶"老人说："主子们哪，我小老儿有件事要跟你们学说一下。这件事使我吃不好饭、睡不好觉，一直放心不下。我告诉你们吧，我在西艾曼霍通还藏着一大窖好酒呢，那可是我几代的传家宝啊，有的是我的先翁蔡老太爷留下来的。我现在天天就惦记这些酒，怕喀尔喀的兵马把它们毁坏了。祖宗留下来的东西，要是在我手里被毁掉，我死后还有何脸面去见我的列祖列宗。"说罢，老人掉下了几滴眼泪。老人又说："主子们，咱们还得回到咱们的故乡去，回到咱自己的草原哪。你们别看我是个汉人，可我的心跟你们蒙古人的心早已经融在一起了。我非常恋着那里的山山水水。只要能早些回到咱们的牧场，把多尔沙图汗这伙强盗赶出去，我小老儿就是有一口气在，也会帮助你们的。"宝音姑娘很受感动，握着"蔡八桶"老人的手说："额布格，我们相信你。你老人家讲的这些话，我们很受鼓舞。我们一定让西艾曼霍通还回到咱们自己的手里，把多尔沙图汗撵出去。额布格，您来得正好，我俩刚才正商量这事呢？我们俩想出了个主意，您看行不行？""蔡八桶"老人说："我懂什么，只要您二位认为行就行。"宝音姑娘说："额布格，我们想请你回去，把你的酒牌子再重新亮起来，卖'八桶香'酒，你敢不敢哪？"老人笑了，说："格格，我有什么不敢，我都活这么大岁数了，还怕什么？只要能干点有益咱们部落的事，让我做什么，我都愿意。"停了一会儿，老人接着说："正巧，我有一个好朋友，他现在

第二章 鱼儿总要游归大海

在辽东做事。他叫扈尔汉,这个人非常聪明,年轻有为,武术也特别好。他也是一个酒贩子。我到辽东一带去卖酒,大部分都卖给他。这个人为人很仗义,是个很了不起的英雄,你们不妨认识一下。说起来很有意思,他还是个女真人呢。"听了"蔡八桶"老人的话,宝音姑娘非常高兴,她有多少年没听说"女真"人这几个字了。

宝音姑娘虽然年纪不大,对自己小时候的事情记得不太清楚,但她自从到了蒙古草原以后,常听乌云格格和那日松说:她是个女真人,是被那日松在萨哈连女真部那里捡来的。那日松当时在女真人努尔哈赤的手下做一员大将。所以,她对女真人印象比较好。这回一听"蔡八桶"老人说扈尔汉是女真人,她倍感亲切,急切地问:"额布格,那人在哪?你能把他领来吗?我想认识认识他,那可是我的家乡人哪。"老人说:"好吧,明天我让他到我家来,你们认识一下。"

第二天,还没等宝音姑娘去"蔡八桶"老人那里,老人就把酒贩子扈尔汉领来了。宝音姑娘热情地把他们让进帐包,并请他们坐下。宝音姑娘又亲自给他们倒上了奶茶。"蔡八桶"老人介绍说:"格格,我把你的同乡给领来了。这就是我的好朋友扈尔汉,是个年轻有为的小英雄。"那位叫扈尔汉的年轻人,马上站起来,向前走了一步,非常恭敬地给宝音姑娘打了一个千儿,说:"尊敬的宝音姑娘,我久慕你的大名,今天有幸和姑娘见面,真有说不出的高兴。我叫扈尔汉,是女真人。"宝音姑娘也非常高兴,忙着给扈尔汉回了一个墩儿礼。然后,宝音姑娘伸手示意扈尔汉起身,亲切地说:"大哥哥,您不要这么客气。我也是女真人,在这里能见着自己的同族人,我倍感亲切。"

宝音姑娘边说边打量着这个年轻人。只见此人相貌英俊,浓眉大眼,身材魁梧,个头高大,脸上还有点络腮胡子。他头戴一顶貂绒的、长耳朵的英雄帽。脖子上罩着一个狐狸皮的围脖。身穿紫缎带有花绦子的长衫旗袍,外罩巴图鲁坎肩,坎肩上绣着多朵金菊花,非常秀气。腰上还系着一个英雄带。长衫里露着鹿皮皮筒长裤,缝制得也很讲究,裤角上还镶着一圈儿黑色山羊皮边。长衫的两袖上,套着花鼠皮的剑袖,更显得英俊潇洒。此刻,他可能为了方便,把两个剑袖的马蹄下摆都窝了上去。露出了一双像榔头似的大手。他脚蹬一双狍子皮做的"其克密"①。看样子,扈尔汉的年龄也就在三十岁上下。宝音姑娘自懂事以

---

① 其克密:满语,乌拉,靴子。

来，头一次看见自己同族的人。她越看越爱看，心想：看，还是我们女真人，多带劲！

宝音姑娘问扈尔汉："请问哥哥，你在什么地方做生意？"扈尔汉答道："我原住珲春。因为明末女真各部连年征战，我们全家就逃到了辽东。我现在辽东一带，以卖酒为生，平时也贩几匹马，做点小生意，混口饭吃。"宝音姑娘说："听额布格讲，你是个很了不起的英雄。"扈尔汉笑着回答："哪里，哪里，蔡玛法过奖了。不过，近几年，我在科尔沁草原和喀尔喀部这些地方常走动。如果姑娘您有什么事儿，就尽管吩咐，我会尽力去做的。"宝音姑娘听扈尔汉的口气，似乎他对这一带相当熟悉。而且，扈尔汉蒙古话说得也很好。于是，宝音姑娘想：眼下正是用人之际，面前的扈尔汉对自己也确实是一个有用之人。宝音姑娘忙说："我知道你是蔡额布格的朋友，咱们又都是女真人，同族人相见那更是一家亲，我就不客气了。走，你跟我去见一位我们这里的头领。"

宝音姑娘和扈尔汉正说着，色音布尔突然从外面进来了。宝音姑娘忙上前给他俩相互做了介绍。扈尔汉一听说眼前站的这位就是草原上大名鼎鼎的色音布尔，也正是他很久以来就想结识的人，自然十分高兴。色音布尔听说扈尔汉原是宝音姑娘的家乡人，也十分亲近。这两位小英雄像两个久别重逢的朋友一样，拥抱在一起。他们俩大有相见恨晚之意。色音布尔转过身来对宝音姑娘说："宝音，快去预备饭。今天午间，请扈尔汉在这儿吃饭。"又对扈尔汉说："你别走了，今儿个中午，咱们几个在一起喝酒谈心，好好唠唠。"

宝音姑娘自从离开女真部落，这还是头一回见到自己家乡的人。她感到格外亲切，心里自然也非常高兴。她想给扈尔汉大哥做一顿丰盛的午餐，做什么呢？她正想着，从外面慌慌张张地跑进来几个人，前面两位年纪稍大一些，他俩身后，跟着几个年轻的姑娘。年纪稍大些的牧民上气不接下气地说："格格，格格，可不好了，后河沿来了一只豹子，咬死了我们的一匹马和一个牛犊子。现在，还在后河沿儿那片密林子那儿闹腾呢。"站在一旁的扈尔汉一听乐够呛，忙说："太好了！今天晌午，咱们可有好吃的了。"他忙让宝音姑娘和色音布尔同他一起到河边捉豹子去。"蔡八桶"老人一听也乐了，忙说："你们去吧，我这就回家去，一会儿我打发小孙女给你们送一坛儿酒来，你们就敞开喝吧。"说完，老人迈步先回去了。

色音布尔、宝音姑娘和扈尔汉恭送"蔡八桶"老人，直到老人走

第二章 鱼儿总要游归大海

109

远。这时的扈尔汉急不可耐,比色音布尔更是兴致勃勃。他是一个非常勇猛的小伙子,什么样的野兽,在他的拳头底下,都得甘拜下风。他一听能打猎,那比吃什么都香,扈尔汉一手扯着色音布尔,另一手拉着宝音姑娘,不容分说,大步走出了帐包。扈尔汉跟那两个老牧民说:"豹子在哪呢?老哥哥,你们头前引路。我们跟你们去看看。"于是,那两个老牧民在前面带路,他们三个人就在后面紧跟着。宝音姑娘一边走,心里一边惴惴不安起来。哎呀,我听说豹子很厉害,这刚认识的哥哥要跟豹子打仗,他能不能打过豹子呀?他会不会有什么危险哪?宝音姑娘以前从来没见过跟豹子打仗,这次还真想亲眼看看。走在扈尔汉另一边的色音布尔,过去跟豹子也打过仗,但是色音布尔现在的伤口刚好,不便用力,只能在旁边助威。色音布尔心想:看扈尔汉的机灵劲儿和膀大腰圆的个儿,制服个豹子,应该不会有什么困难。

他们三个人在老牧民的带领下,一路走着,很快就来到了河沿儿前头的那片密林。扈尔汉仔细观察了一下环境,回头对宝音姑娘和色音布尔说:"你们两个在这站着,不要动。我到前面林子去看看。"说完,扈尔汉把身上的巴图鲁坎肩和皮袍子脱下来,上身只穿了一个小皮兜肚。他又从自己的靴子里拔出一把长匕首,别到了英雄带上。色音布尔说:"壮士,你要多加小心。"扈尔汉二话没说,大步流星地钻进了树林。

宝音姑娘和色音布尔没听扈尔汉的话,他们两个不放心,悄悄在后头跟着。宝音姑娘临来的时候,带上了弓箭,她心想:要是需要的话,我就射箭,帮着扈尔汉大哥。色音布尔也是同样的想法,他想:我这里有把匕首,扈尔汉要是打不过豹子,我就上去帮助他。他们三个人就这样呈品字形向林中走去。

扈尔汉进了密林以后,往里走不远,就听见前面的树叶哗哗直响。他知道,豹子一定在那里。他在附近找了一棵挺高的松树,噌噌噌地爬到了树梢。从树上往下看,当然看得很清楚了。他一下子就找到了豹子,豹子正在树底下啃骨头呢,到底是牛骨头还是马骨头,他看不太清楚。扈尔汉知道了豹子所在地之后,从树上慢慢下来。他又爬到另一棵树上,从另一棵树上又绕到另外一棵树上。这样,他很快就接近了豹子。

这豹子可能是太饿了,趴在那里,大口大口地吃得正香呢。它根本没想到,他头顶上的树上会有人。它趴在地上,一个爪子按着骨头,一个爪子撕扯着筋肉,嘴里还"嘎巴嘎巴"地嚼着,尾巴叭叭地来回甩打着。它这一拍打，就是警告别的动物不要来抢它的猎物。

再说扈尔汉，他在树上看准了以后，就采取了松鼠下树的办法往下来。松鼠下树是头朝下，纵越着踏枝前行，没有半点声响。扈尔汉凭他跃如猿猴的绝技，说时迟，那时快，只见他头朝下，双手先紧掐住树干，两脚勾紧树枝。突然，他松手下冲，双脚随即又勾住下面的另一截弯枝。在约莫离豹子还有两丈多高的时候，"嗖"地一声如飞箭射下。等豹子察觉到头上有声音的时候，扈尔汉早已右手握紧匕首，冲下来了。匕首本应从豹子的头顶上插下来，可是扈尔汉非常精明。他冲下来的时候，特意大喝一声，豹子一惊，抬头往上一瞅。扈尔汉的匕首正好从豹子颔下气嗓头子处豁了进去，刀尖一下刺到豹心。豹子顿时四腿一蹬，死了。扈尔汉真是个英雄！从他在树上下来，一直到豹子蹬腿，还不超过数三个数的时间。宝音姑娘和色音布尔大步赶来。扈尔汉气不长嘘地拔出扎在豹子心窝里的匕首，向他俩嘿嘿笑着。

色音布尔真像碰上奇人了！他暗地里连竖大拇指，心想：这个人绝不是一个一般的贩马人或者卖酒的。他肯定有来头，而且他到这里来一定有缘由。不过，看这个人的面相还挺慈善，说话也还真向着我们蒙古人，对喀尔喀这伙强盗部落看起来也非常仇恨，可以说是我们的朋友，至于其他内情，还得以后慢慢再了解吧。

扈尔汉三下五除二，把豹子的皮就全都扒下来了。他又把豹子的尾巴切断了，膛也开了，把心、肝、胆全都拿出来了，四个大腿也卸了下来。最后，他把豹鞭和两个豹子卵子也割下来了，都用一块老树皮包好。扈尔汉把老牧人叫来，说："你们把剩下的肉都拿去吧。"宝音姑娘说："既然扈尔汉大哥给你们了，你们就把它拿去吧。"两个老牧民非常高兴，向扈尔汉致谢。他们抬着剩下的豹肉、豹骨头还有豹皮走了。

扈尔汉拿着包好的东西说："格格、大管家，咱们今天吃顿豹宴，让你们尝尝我做的菜。"他们三人高高兴兴地往回返。宝音姑娘又顺路采了不少野菜。三个人回来以后，就在宝音姑娘帐篷外面支起了木架，点起了篝火，准备开始烤豹肉。"八桶香"老人的小孙女早已给他们送来了一坛子酒。

方才扈尔汉被"蔡八桶"老人领着，来到宝音姑娘帐篷的时候，小黑子的药劲儿还没过去，正躺在那里睡着。扈尔汉瞧见宝音姑娘的床上躺着一只小熊，因为他是初来乍到，没好意思多问。小黑子睡了这么一宿零大半天，再加上宝音姑娘他们这些人在外面这么一闹哄，它也就醒过来了。小黑子来到外面一看,桌子上有这么些好吃的,它摇头摆腔地又蹦又跳。宝音姑娘忙吆喝说:"黑子,别闹了,没看有客人来了吗?"小黑子被宝音姑娘这一训斥,不好意思地躲到色音布尔身后去了。宝音姑娘转过身来对扈尔汉简单地讲了小黑子到她这里来的经过,以及昨天她给小黑子误喝药酒的事。扈尔汉见小黑子的模样儿也确实招人儿喜爱,过去把小黑子就抱起来了。他一只手托住小黑子的屁股,把小黑子举了起来,一上一下,小黑子吓得"噢噢"直叫。色音布尔、宝音姑娘被逗得哈哈大笑。扈尔汉笑着把小黑子放到了地下,亲昵地摸了摸小黑子的小圆脑袋瓜儿,让小黑子在一旁等着,说要给它做好吃的。小黑子听话地坐在了一边。

扈尔汉把他的袍子反过来往身上一系,把豹子的腿拿过来,重新刮一刮,用水涮涮。然后,在点起的火堆上面,用两个叉子形的木头,搭成了木架子。用铁条把豹子腿挂上了,在火上翻来覆去地烤,烤得油直往下滴。他又把豹子的心、肝用水洗了洗,在吊锅里用热水焯一下就拿出来了。北边就有这种吃法,就是心、肝都不能炖时间长了,只需轻炖或者焯一下就可以吃,味道又香又脆还又鲜。扈尔汉又把"蔡八桶"老人给拿来的酒倒了小半盆,把豹胆划了一个口子,胆汁倒在里头,一搅和,这回这个酒可变色了,变成了澄黄色的酒。过去在北方有这样一个说法:喝一杯豹胆酒,能杀十只豹子。如果形容一个人胆大,人们不是还常说:你吃了熊心、吞了豹子胆了。这些都足以说明豹胆的药力非常强。更主要一点的是,喝豹胆酒,对眼睛非常有好处,夜里可以当夜明灯,什么都能看到。所以说,北边的猎人喝虎胆酒、熊胆酒、豹胆酒,这些都是北边猎人最好的健身药。扈尔汉又把豹鞭洗了洗,用刀切碎,用热水激了一下,也拿出来了,用野葱、野蒜拌了拌,这就是一个上等的下酒菜。扈尔汉还很快做出了炒豹心、炒豹肝、炒豹卵子几个菜。没有盘子,用桦皮当盘子,摆了一地,很好看。烤得外焦里嫩的豹子四个大腿,他们一人啃一个。另外一个,留给"蔡八桶"老人。黑子吃了胸脯肉,它也喝了一点儿豹胆酒,吃点生豹胆。他们三人在一起开怀畅饮起来。

俗话说:酒逢知己千杯少。他们越喝感情越深,越说越投机,话越多。这其间,扈尔汉就把他前几天到多尔沙图汗占据的西艾曼霍通了解到的情况,告诉了色音布尔和宝音姑娘。前几天,扈尔汉到西艾曼霍通买马去了。他见到西艾曼霍通一片狼藉,人心慌慌,城里人逃出去不少。多尔沙图汗心狠手辣。他把牧民分成好几伙，服从他管的人，他就允许在城里呆着。如果稍有反抗，他说杀就杀、说砍就砍。现在西艾曼霍通，不少人妻离子散、家破人亡。有的父母失去了儿子和女儿，有的妻子失去了丈夫，有的姑娘今天还好好的，第二天就不知道哪儿去了，第三天又成了哪个强盗的妻子。在城角上，他还搭了很多木牢笼，都是两人高的牢笼。这样的牢笼当地人叫"人圈"，这里有"男人圈"，有"女人圈"。现在里头困了不少人，这些人都是多尔沙图汗准备大军回本部时带回去的。另外，扈尔汉已经打听准了，再有两天，多尔沙图汗就要开分赏大会了，开完分赏大会，多尔沙图汗就要回老家了。多尔沙图汗认为，西艾曼霍通现在已经是他的天下了，是他喀尔喀部在东蒙的一个牧营区。他准备把自己的两个亲信留在这里，镇守西艾曼霍通。

扈尔汉忧心忡忡地说道："现在已经到了紧急关头，如果你们不赶紧夺回西艾曼霍通，多尔沙图汗他们就会把兵营建立起来。你们再要反抗，就不好办了。你们现在应该趁他们还立足不稳，早点动手，出其不意，打乱他的如意算盘，消灭多尔沙图汗这伙强盗，夺回你们失去的家园。"

扈尔汉的一席话，把色音布尔和宝音姑娘说得心里亮堂堂的。宝音姑娘更是喜出望外，她真有点离不开这个新认识的哥哥了。她就想把扈尔汉留在自己的部落里。宝音姑娘说："哥哥，你干脆别卖马，也别卖酒了。你以后就跟我们在一起得啦。"扈尔汉听了嘿嘿一笑，说："好妹妹，哥哥我从小就喜欢四处游荡，不愿意总在一个地方呆着。"说着，一扬脖儿，喝下一大碗酒。宝音姑娘头一遭见着这么能喝酒的人，瞅得她直咧嘴。扈尔汉的酒量也真大，一大碗一大碗地喝，面不改色心不跳。席间，扈尔汉还给宝音姑娘出了不少好主意，看起来，扈尔汉很精通排兵布阵的事儿。宝音姑娘打量他半天，奇怪地问："哥哥，你到底是干什么的？"扈尔汉没出声，只是善意地微微一笑，一副很不好回答的样子。色音布尔就说："算了，宝音，扈尔汉大哥不想说，咱们也就别再刨根了。不过，扈尔汉大哥，从我见到你一直到现在，你的言谈举止都令我很钦佩。我相信，你将来一定能成为一个将领。我们也会成为好朋友的。来，喝酒。"扈尔汉说："谢谢你，色音布尔。请你们相信我，我扈尔汉的心永远是属于善良的蒙古人的。我永远站在你们一边，愿意和你们建立真诚的友谊，做你们最亲的人。色音布尔、宝音姑娘，来，为了咱们的友谊干了它！"

第二章 鱼儿总要游归大海

扈尔汉越说越激动,他干脆起身跳起舞来。他跳的是蒙古的"安代"舞。他跳得那么娴熟、自然,乃至使宝音姑娘和色音布尔也按捺不住性子,跟着跳了起来。"安代"舞是蒙古古老的驱鬼舞。"安代"舞跳起来非常激烈、奔放、雄壮。它表现出蒙古人勇猛顽强同鬼魔进行战斗的场面。现在,他们三个都把多尔沙图汗看成了闯进科尔沁草原的魔鬼,要把这个恶魔赶出去。这个舞蹈的寓意和他们心情完全一致。随着酒劲,他们三人跳得那么尽情。扈尔汉边跳手里边拿着刚啃过的骨头棒子,噼啪噼啪地敲打着伴舞。色音布尔拿起了马缰绳上的铃铛,哗哗哗地摇晃。宝音姑娘甩起了自己身上的彩绸。他们几个边跳边喝,跳着跳着,扈尔汉放开了喉咙唱起了《我的宝马,我的宝刀》:

"啊呀——嘎嘎嘎,
额也——呀呀呀,
我从草原选来
九十九匹神骏。
我从天上借来
九十九把宝刀。
太阳给我烈火,
月亮照我征程。
我的宝马
风驰电掣。
我的宝刀
斩棘披荆。
让太阳光焚烧鬼魅,
让神刀劈震魔精。
美丽的草原啊,
永远阳光普照,
牛马肥壮,
草儿青青。"

他们跳了一气儿,又接着喝酒。还是宝音姑娘心细,不管怎么玩儿,正事总是不忘。宝音姑娘说:"两位哥哥,咱们先别喝了,还是想一想明后天怎么办吧?"色音布尔和扈尔汉都很同意宝音姑娘的话。于是，他们把桌子上的酒杯、桦皮盘和碗筷收拾干净。宝音姑娘把桌子擦了又擦。扈尔汉从自己的鹿皮囊里拿出一块野猪皮铺到了桌子上。这是一块已经熟好的、非常白、非常薄、柔软如布的野猪皮。色音布尔不知道扈尔汉是什么用意。只见扈尔汉来到了火堆旁，找了不少已经熄灭的黑火炭。他用黑火炭做笔，在这张皮子上就画开了，很快就画好了一张图。宝音姑娘不知道扈尔汉画的是什么。色音布尔一看就认出来了："这画的不是我姑姑的西艾曼霍通吗？这是她们那里的地形图哇。"扈尔汉说："对，我画的就是多尔沙图汗在西艾曼霍通的兵马布置的详细情况。咱们一起来琢磨琢磨。"

原来，前几天，扈尔汉偷偷化装进了被喀尔喀部占领的西艾曼霍通。因为他装扮成个贩马的，进城以后就到处吆喝买马，可他的眼睛盯的却是哪儿有兵丁把守，哪块设下了暗哨，哪儿不让平民百姓靠近，哪条道怎么走，旮旯胡同又怎么钻。他一边走，一边注意观察这些情况。他观察得非常细，并一一记在了脑子里。就连多尔沙图汗他们建的囚禁牧人的"人圈"在什么地方，哪儿是他们兵力部署弱一点儿的地方，战马拴在什么地方，甚至多尔沙图汗和他的谋士齐秉仙大师住在哪个房间，他都一清二楚。现在，他就在这张野猪皮上把他看到的都画了出来。他画得非常清楚，一目了然。宝音姑娘和色音布尔看到了这张图，就等于自己已经到了西艾曼霍通一样。

色音布尔对扈尔汉敬佩得很，心中暗想："扈尔汉真可以称得上是一个帅才。他观察事情不是一般人能比的。如果我能有这样一个帮手，那该有多好哇。"各位阿哥，还真让色音布尔猜对了。扈尔汉真确实不是一般的贩马、卖酒之人。说书人为了满足扈尔汉的要求，暂不暴露他的身份，以后会慢慢讲给众位阿哥听的。

现在，说书人我再接着讲这三位小英雄。这时，扈尔汉又告诉他们一个秘密：在多尔沙图汗的兵马中，有两个过去跟他一块贩过马的兄弟。他们表面上是多尔沙图汗的属下，实际上是他的心腹。扈尔汉说："你们有什么事，我可以通过他们来办。多尔沙图汗那边有些细情，我就是通过这两个兄弟了解到的。宝音格格、色音布尔管家，你们放心，只要咱们齐心协力，就一定会胜利在握。"

扈尔汉在野猪皮上画的是一个长方形的图。因为西艾曼霍通就是一个长方形的牧城。这个地方密林丛生，四周围都是古木参天的老树，只有进了密林，才能看见古城。当时有这样一句话：科尔沁的风吹不进西

第二章 鱼儿总要游归大海

115

艾曼霍通。就是说当时西艾曼霍通周围的树非常密，外面的风吹不进去。我们在前书已经讲了，西艾曼霍通城是建在地势稍微偏坡，周围有一片密林的高地上。整座城的四周全都是用原木围成的，里面一层是土墙。城四面有四个门。按方位看，有东门、南门、西门还有北门。城中间有一个十字大道，东西这条道长，南北这条道短。十字大道正好通四门。从城西门出去，便是弯弯曲曲的霍林河。霍林河上有一座独木桥，水里浮游着不少野鸭、野鹤，水里鱼儿成群。洪水期，霍林河的水挺深，也挺宽。从东门进去，道两旁有很多的房子和帐包，现在全让多尔沙图汗给占了。城南和城北现在都是他们的兵营。他们把很多牧民和商家给攆到了城中央。

城中央这儿原来是个集市，现在集市还在开着。这儿有个非常出名的商铺，叫羊汤馆或羊汤铺子，是专卖羊汤的地方。这儿的羊汤做得非常好喝，味道鲜香，都是现杀的羊。这个羊汤馆也卖一些熟食，像牛头哇、羊眼、牛眼哪，狍子肉，还有各式各样的鱼。这个羊汤铺子的掌柜是个山西人。他家在这里已经开了三代羊汤馆了。多尔沙图汗来了以后，为了显示自己不是一个野蛮的强盗，而是一个体恤民心的贝勒爷，所以，他让这个有影响的羊汤铺子照样开着。现在，这个羊汤铺子的掌柜每天早晨把幌子挂上，招揽八方生意。

往西走，是一片高墙。整个这半条南北大街，都在这高墙里头。这里原来是乌丹老女的宅院。现在这里变成了多尔沙图汗的秘密巢穴。多尔沙图汗和他的谋士齐秉仙大师就住在这里。再往西走，北边有一个壁垒，是一个完全用土和石头垒起来的一圈高墙。这个地方原来是乌丹老女设立的牢房。现在关押的都是多尔沙图汗他们抓的人。据扈尔汉讲，乌丹格格很可能就被关押在这块的水牢里。这片高墙有东西两个门。从西门出去，是一片牧场。牧场外圈也是由树桩子围成的。这片牧场挺大，这里都是上等坐骑，是乌丹老女专为自己预备的。现在这里是多尔沙图汗的军事重地。多尔沙图汗和他重要的武将及他的护卫的马都在这里。这里兵丁非常多，把守得也挺严。

宝音姑娘从来没去过西艾曼霍通。色音布尔倒是去过几次，都是受他阿布之命去办事儿。他去了以后，直接进内城到他姑姑那里，办完事儿就走了，也没注意观察什么。他就不像扈尔汉这样，把一个小城完全都记到脑子里了。扈尔汉把这些情况对他们俩讲了，色音布尔和宝音姑娘由衷地敬佩这位扈尔汉大哥。扈尔汉一定是腾格里天神派来帮助我们的。否则，这样一个文韬武略、智勇双全的人，怎么能到我们这儿来呢。"

扈尔汉又说："格格、大管家，事不宜迟，我现在有一个粗浅的想法，不知该讲不该讲？"宝音姑娘说："你讲吧，你讲吧。你讲什么，我们都爱听。"色音布尔也说："扈尔汉大哥，你请讲。我们现在都听你的。"扈尔汉就说了："色音布尔管家、宝音格格，那我就不客气了。我就为咱们下一步的行动，作一下分工。"

扈尔汉好像一个摆布阵法的指挥家在宣布行动方案。他说道："明天一大早，咱们先请'蔡八桶'老爷爷领他的家人，进城去卖他们的'八桶香'酒。'八桶香'酒是远近闻名的，喀尔喀部的人也知道有这种酒，他们早就想买。咱们在没动手之前，先把'八桶香'这张牌打出去，这样不会引起他们的注意。据我了解，多尔沙图汗这个人非常好脸儿。这酒要是在他那里卖，说明他多尔沙图汗把西艾曼霍通治理得很繁荣、兴旺，市井祥和，牧民安居乐业，人们买什么有什么。他会很高兴的。"扈尔汉又说："多尔沙图汗最大的缺点，也是他最致命的要害，就是非常傲气。他目空一切，认为他主宰了这个世界，西艾曼霍通已经姓他多尔沙图汗的姓了，他又有重兵把守，做买卖的人来得再多，他也不害怕。咱们就利用他这一点，酒圣人先进去卖酒。咱们一方面去卖酒，另一方面也熟悉一下地形。咱们卖酒分三个地方：一个是中央大街羊汤铺子那儿。那里人多热闹，不容易引起多尔沙图汗及手下兵马的怀疑。另一个地方，就是喀尔喀部兵营的门口。喀尔喀部的兵丁都爱喝酒，咱们就在他们的门口卖，就是贱点也卖给他们。这酒非常好喝，只要他喝了第一次，就想喝第二次。再一个地方，就是西边的驯马营。那里现在有很多兵丁把守，他们不能随便乱走。咱们就把酒送到他们跟前去，让他们也喝咱们的酒。"扈尔汉对宝音说："宝音格格，你现在就把咱们这里的人聚拢起来，让他们到时候都得听老玛法的话。你把这伙人先做一下分工，把地方占好，这是一件事。再有一件事，宝音格格给小黑子喝药酒的事，使我受到了很大启发，也给我们打败多尔沙图汗找到了一条捷径。我们事先一定要宣布一条重要的军令。凡是参与这次行动的人，都不准喝酒。咱们现在卖的酒里头没有药，喝了没事，但那天的酒跟现在的就不一样了。所以这件事儿，你一定要跟大伙讲清楚。如果有谁胆敢违抗军令，暴露了咱们的行动秘密，就要杀谁的头。宝音格格，这件事你千万要做好。"宝音姑娘点了点头。扈尔汉又接着说："第三件事，

第二章 鱼儿总要游归大海

我在部落里选出一些二十几岁会使刀箭的人,不用太多,百八十号人就行。我们专等喀尔喀部的兵卒们把酒喝下肚以后,悄悄地摸进去,攻到城内西墙那里,就是乌丹老格格原来住的地方。那里住着多尔沙图汗和他的卫士。擒贼先擒王,我们这些人就负责捉拿多尔沙图汗和他的谋士齐秉仙这两个老贼。"扈尔汉又对色音布尔说:"色音布尔管家,你最熟悉这里的情况,又认识乌丹老格格。你的任务就是混到人群里,渐渐接近水牢,等那里的兵卒喝了咱们的药酒,药力开始发作的时候,你们就杀进水牢,救出被关押在那里的人。如果你发现了乌丹老格格,无论如何也要把她老人家救出来。记住,你的任务就是去救人,别的不用你管。"色音布尔态度坚决地说:"扈尔汉大哥,你放心吧,我一定照办。"扈尔汉稍松了一口气儿,喝了一口奶茶,又接着说:"宝音格格,你就跟着'蔡八桶'老人先去卖酒。我就在西墙那边,我这里有一块已经染了色的白板牛皮。只要我把这张牛皮用杆子往高处一挑,就表示可以动手了,你就宣布:'现在抓贼。'只要你一声令下,咱们分布在各个地方的人,一齐动手,有刀的拿刀,有棒的拿棒,杀向多尔沙图汗的那些贼兵,把那些喝了药酒的人,一个个都绑上。最后,咱们会师在羊汤铺子前。到时候,格格你就站在十字路口,宣布咱们的胜利。我相信,胜利一定把握在我们的手里。"

扈尔汉又对色音布尔和宝音姑娘说:"我现在就去找'蔡八桶'老先生,和他一起商量勾兑药酒的事。你们可能也知道,蜈蚣草是非常厉害的毒药,它用法也是很有讲究的。它最多的全草是十二个叶子,一般的是八个叶子,还有两个叶、四个叶、六个叶的。用药多少,毒性也不一样。所以,咱们一定要掌握好,药量要放得适当,要使他们喝的时候什么都感觉不出来,而且越喝越想喝,越喝越爱喝。大约过一个时辰,眼珠子开始发暗,浑身没劲儿,情绪急躁。再过半个时辰,舌头根开始发硬,说不出话来,犹如烈火烧心,肝胆俱裂,心跳加速,直至昏迷不醒,最后,七窍流血而死。剩下那些没喝酒的,或者喝得少的,咱们就好对付了。另外,宝音格格,你再选几个机灵点的年轻人,专门担当咱们之间的联络差使。"一切安排完毕,色音布尔和宝音姑娘对扈尔汉简直佩服得五体投地,劲头更足了。他俩马上起身,按照扈尔汉的布置,分头行动。命令如山倒,新部落里的人都知道明天就要开始动手了。眼看就要救出那些被关押的亲人,收回自己的财产。你说,这怎能不令人欣喜若狂。大家相互传告着,就等着明天早一点行动。

第二天,"蔡八桶"老人按照扈尔汉说的,先领着一些人到西艾曼霍通去卖酒,并顺路熟悉一下地形。一天的时间很快就过去了,到西艾曼霍通卖酒的人回来后,又分别对色音布尔和宝音姑娘讲了他们所见到的情况。色音布尔和宝音姑娘对西艾曼霍通又有了进一步的了解。第三天天还没亮,众人就收拾妥当。随着色音布尔的桦皮口哨声响,部落的人可以说是倾巢出动了。他们有人赶着车,有人骑着马,有人背着弓箭徒步行走。他们虽然不是在一起走的,不过目的地都是西艾曼霍通。不少人挎着酒葫芦,有的兜里揣着的宝葫芦瓶里也装着酒。酒味很浓,离老远儿就能闻到。

说书人现在再讲住在西艾曼霍通的多尔沙图汗。他占了西艾曼霍通以后,又派出了三支马队。一支北上的马队,去追赶莽古思及其家人,并想将其歼灭。第二支马队,去掠抢扎鲁特部。他想在扎鲁特部那里也搜刮到一些财富,掠一些人畜。第三支马队,在附近百里内搜索,把所有牧场的猎民和散放的牛羊马匹,全都收拢到一起,以备将来回西蒙的时候带回去。派出去的这三路兵马,收获都很大。北上的马队,虽然没抓住莽古思,但也收缴了莽古思不少人马,这都使他非常满意。他又得到消息:有名的"八桶香"酒又有人开始卖了。这是件好事,说明他已经得到了当地牧民的拥护。另外,多尔沙图汗也很喜欢喝"八桶香"酒,现在终于可以如愿以偿地喝个痛快了。从前每次从东蒙捎去"八桶香"酒,他只在一些大宴上或中原王朝来重要客人的时候才拿出来,倒一点给大家尝尝。从昨天开始,这个酒又有卖的了。这是对我多尔沙图汗的到来表示欢迎啊!何况我今天就要开分赏大会。我要给我身边的武将和巴图鲁(英雄)们颁奖,奖励他们在战斗中英勇善战、果敢顽强。在分赏大会上,我们就可以喝这个酒。他传令下去,今天大家可以尽情地喝,喝它个一醉方休。

正像扈尔汉猜测的那样。多尔沙图汗心里是这么想的:我的三路兵马已经在方圆几百里的大草原里奋力追杀,这里已经没有一个科尔沁的兵了,还有什么可怕的。我也要让我身边的人享享福。没媳妇的,我给他媳妇;没财宝的,我给他财宝。多尔沙图汗正在这里得意扬扬地想着,齐秉仙大法师进来了。齐大法师先给多尔沙图汗施了一个礼,然后就说了:"我的汗,你不要以为现在没事了。咱们还是处处谨慎为好,万不可掉以轻心。你不能让你的部下喝酒,等咱们回到西蒙自己的城里,你再让他们开怀畅饮,哪怕喝它个十天八天的,也没事。现在咱们是在莽古思的地盘上。你不了解这地方的人。不是有那么一句话：知人知面不知心嘛。你别看他们现在都点头哈腰的。你也见不着谁拿着刀枪跟你干，但你知道他们心里在想什么吗？你怎么就不多加防备呢？我的汗，他们是会趁你不备，暗中抽刀砍伤你的。"多尔沙图汗已经习惯了齐大法师的这种做法。他总有很多说不完的话，你听，他也说；你不听，他还说。多尔沙图汗哈哈大笑，说道："大法师，你不要小题大作了。你说的这些，我心里都有数。你放心吧，什么事也不会出。你没看，现在集市上都有卖酒的了嘛。说明这儿的人现在都愿意在我的手下做奴仆，愿意听候我的差遣。大法师，这些日子你也累够呛。一会儿，你也坐下来喝一杯吧。"齐秉仙说了半天，不但没把多尔沙图汗说动心，多尔沙图汗反而让他也坐下来喝酒。看来多尔沙图汗已经被眼前的胜利冲昏了头脑，听不进自己说的话了。齐秉仙无奈地摇了摇头，打了一个咳声，说："老衲已经到了诵经的时候，不能陪汗王饮酒了。老衲先行告退。阿弥陀佛。"说罢，齐秉仙大法师转身走出了多尔沙图汗的议事大厅，回到了自己的临时禅房。

　　各位阿哥，说书人在这里还要暗中交代一下这位齐秉仙大法师。这位大明朝派来的得道高僧，智慧超群，阅历颇深。他深谋远虑，文武双全，处事严谨。多尔沙图汗之所以有这么辉煌的战绩，跟齐秉仙大法师的辅佐是分不开的。多尔沙图汗确实也很器重他。不过，齐秉仙大法师是一个生性多疑的人。他见到什么事，都要琢磨琢磨。齐秉仙大法师自到了科尔沁草原以后，滴酒不沾。他时时提高着警惕，天天把腰刀挎在自己身上，就是晚上睡觉的时候，他也把腰刀放在枕头底下，以备随手可以抽出刀。他平时坐在那里，一只手也放到左裤兜里头。他左裤兜里放有袖箭，以备他可以随时把袖箭发出去。他的右手总是握着刀把儿。无论他到哪里，眼睛总是不闲着，四处查看。耳朵搜集着从四面八方传来的声音。真可谓是：眼观六路，耳听八方。他有时也诵诵经，打打太极拳，练练刀术。

　　齐秉仙大法师从多尔沙图汗那里回来以后，心想：你不听我的话，早晚是要吃亏的。你们要喝就喝吧，反正我是不喝。这次我那两个师兄没来。我既然来了，就得多负点责任。多尔沙图汗一旦要是出了事，我的两个师兄也不会饶过我的。所以，他进屋休息了一会儿，就又来到了街上。他看到街上非常热闹，有一伙卖酒的，旁边很多人在围着买酒。他站在那里看了一会儿，也没看出有什么可疑的地方。他又来到西边放马的地方，那里的兵丁也都在忠于职守。他又到城门口检查了一番，门卫也都守在那里，所有的地方都太平无事。看来汗王说的对，是我太多疑了，于是，齐大法师也就放松了警惕，回到自己的禅房诵经去了。

不大一会儿，鸣号炮十响。多尔沙图汗领着他的将士们，来到了中央大街这块儿的一个大院套。院子中间，摆着桌椅。每张桌子周围，坐着二十个受赏的将士，一共坐了四十多张桌子。他们这些人，每个人都十字披红，戴着大红花。他们事先已经在这里搭了一个小彩楼。多尔沙图汗上了彩楼。由于人太多，院子里站不下，很多的兵士就站在院子外面的十字大街上。不大一会儿，十字街口就站满了看热闹的人。

多尔沙图汗站在新搭的高台上，侃侃而谈："今天，本汗王要开一个奖赏大会。奖赏这次打仗有功的人。只要尔等一心忠于我多尔沙图汗，我就给尔等最富有的财产，最美的美女，我还要给尔等最勤劳的奴才。尔等要记住，我们喀尔喀部永远是最强大的，永远是天下第一的。我们喀尔喀部的鹰头旗、虎头旗，要插遍蒙古的各个地方。"接着，多尔沙图汗又告诉他们："今天，尔等可以大块吃肉，大口喝酒。吃完、喝完以后，我还要给尔等分发奖品。"这时，有奴才端上来各种各样的肉，有烧烤的牛羊肋巴条，更有烀好的冒着腾腾热气的手扒肉。蒙古人最愿意吃手扒肉。手扒肉是把羊烀好以后，用手撕下来，蘸点作料吃。又有人给每桌端上来一坛酒。这些将士们一见有酒喝，各个喜出望外，急忙抢着往自己的碗里倒酒。整个大院里一下子热闹开了。酒香、肉香洋溢在这个大院里。

他们正在吃喝高兴的时候，来了一个挂着拐杖的七十多岁的老人，由两个年轻的女孩儿搀扶着。老人右侧的这位姑娘，穿着鲜艳的蒙族服装，长得非常漂亮。老人左侧的这位姑娘，穿得也非常艳丽，长得没有右边的这位姑娘漂亮，但也挺好看。他们几人来到了多尔沙图汗的桌前。老人双膝跪倒在地，说："我们最尊贵的、英勇无敌的多尔沙图汗王爷，我就是做'八桶香'酒的小老儿，这儿的人都叫我'蔡八桶'。我代表我们全家欢迎您，是您搭救了我们苦难的科尔沁草原。您来到我们这贫贱的草原，给我们草原带来了光明，带来了希望，带来了幸福和美好的日子。我小老儿没什么孝敬您老人家的，今天，我把我的两个小孙女一块带来，让她俩一个弹'马头琴'，一个给王爷和众位将士们唱'祝酒歌'。我再献上五大桶'八桶香'酒，请尊贵的王爷及各位英雄们开怀畅饮，尽情欢乐。"说完，老人跪着磕了头，两个小孙女也弯腰施

第二章　鱼儿总要游归大海

礼。多尔沙图汗喜出望外。原来，这就是"八桶香"酒的主人。他忙叫人把老人扶过来，坐到他的旁边。老人说："多谢王爷，你们坐吧，我还要给各位将士敬酒去呢。"说完，老人亲自打开了一个木桶，用木勺把酒舀出来，倒给了身边的那些将士。老人的两个孙女，一个弹起"马头琴"，一个唱起了"祝酒歌"。

各位阿哥，书中暗表，这两个姑娘里，有一个确实是"八桶香"老人的孙女，就是弹琴的那个姑娘，而唱歌的这个姑娘就不是了，那么她是谁呢？还是说书人告诉你们吧，她就是咱们书里的主人公宝音其其格，也就是咱们常说的宝音姑娘。她这次假扮成"八桶香"老人的孙女。前书说过，宝音姑娘的嗓音特别甜美，舞也跳得非常好。在整个科尔沁草原她都是数一数二的。所以，她才引起了莽古思贝勒的垂爱。今天，她往这里一站，把多尔沙图汗就给惊呆了。多尔沙图汗瞪着眼睛，张着大嘴，干脆就不会说话了。哎呀，这姑娘怎么这么漂亮啊？我活了这么大岁数，走了这么多地方，又从西蒙来到东蒙，也没见过一个像她这么漂亮的。哎呀，早我怎么就不知道呢？要是知道，我早就去看"八桶香"老人了。我也能早些日子见到美人儿啊。他正在这儿胡思乱想着，宝音姑娘已经唱起了激情嘹亮的"祝酒歌"：

"我最亲爱的骑手哇，
草原上的雄鹰，
你们是盖世的英雄，
绿海千里的主人。
你们从祖先手里接过马鞭子，
千载万载，
马鞭下的牧群，
多过大草原的翠海碧涛，
像白云无际，
像碧水无涯。
献上我的"八桶香"酒哇，
敬给您祖先的美酒哇，
敬给你神灵的佳酿，
开怀痛饮吧！
世代飘香，岁岁年年，

大草原福寿无疆。"

歌声太美了。将士们一边喝着美酒，一边听着宝音姑娘唱歌。他们都被宝音姑娘的美貌和歌声打动了。长时间以来，喀尔喀部的这些将士，常年累月地驰骋在疆场，每日里风餐露宿，饥一顿饱一顿的，既得不到家人的照顾，又得不到兄弟姊妹的关怀。今日他们不仅可以痛饮美酒，而且又有美人儿在一旁唱歌助兴。你说，又有谁不想喝它个痛快？谁还有心思想什么这里有没有敌人？酒里能不能有毒？多尔沙图汗坐在那里一边喝酒，一边看着宝音姑娘唱歌。他越看越爱看，越听越听不够。渐渐地，多尔沙图汗的心里有一股激流在涌动着。他开始不停地喝酒，并且逐渐地往下脱衣服。

分赏大会刚开始的时候，多尔沙图汗虽然已经发话让将士们喝酒，但他们还是挺拘谨的，后来一看他们的汗王在那里只顾欣赏宝音姑娘，也不管他们了。他们也就都敞开喝了，喝完了这碗要那碗。不一会儿，也许是药劲儿上来了，这些人都兴奋起来。他们连喊带叫，有唱歌的，有跳舞的，跳着跳着，就开始脱衣裳。整个的院子里包括十字广场上就热闹开了，有的人又声嘶力竭地号叫起来。

齐秉仙大法师坐在台上见此情形，心里一惊。他一下就明白了，不好，有人在酒里做了手脚。他急忙站起来环顾四周，只见楼下一片混乱，将士们一个个已经不成样子。他再回头一看坐在他旁边的多尔沙图汗，此时已经耷拉着脑袋，闭着眼睛，嘴里也不知在喊着啥，手直哆嗦，快要躺到地上了。齐大法师二话没说，用右手把多尔沙图汗的衣领子一拽，就给薅起来了。他夹住昏沉沉的多尔沙图汗，从小彩楼上一下子就窜到了地上。他像飞檐走壁一般，有时踩的是桌子，有时踩的是地，有时踩的是人身上。两人很快就来到了门外。门外有两匹马，这是齐大法师事先准备的，他对守门的门丁说："你们给我看好了这两匹马，谁也不能动。谁要敢动，你就给我杀了他。"所以，守门的门丁们紧盯着这两匹马，谁也不敢碰。齐大法师来到马跟前，用右手里的刀把马缰绳一砍，马缰绳就断了。他夹着多尔沙图汗，一纵身就跳到了马背上。接着，他又使劲一打马，马"噌"地一下四蹄蹬开，跑远了。

这里的这些人还在疯狂地又蹦又跳，没明白怎么回事，有的人瞅着齐大法师远去的背影儿，还以为齐大法师这是在演什么马技呢。就在这时，宝音姑娘看到远处的西墙上已经竖起一根旗杆。旗杆上挂着一块染

第二章　鱼儿总要游归大海

了色的白板牛皮。宝音姑娘知道扈尔汉大哥这是在向她发信号，到了该动手的时候了。她一步就蹿到了台上，大声喊道："科尔沁的兄弟姊妹们，快来抓强盗哇!"宝音姑娘的喊声就是命令。东西南北的男女老少一个个像猛虎下山，都跑过来，七手八脚地捆绑强盗。这些强盗一个个四肢无力，浑身不听使唤，只能由冲上来的猎民们任意捆绑。没用一个时辰，多尔沙图汗的三千骑兵全都被俘，马匹兵刃也全都被缴械了。

扈尔汉领人把被喀尔喀部占据的科尔沁以南的大部分土地，很快收复回来。他们回到了多尔沙图汗占领的西城据点，把躲藏在那里的贼兵都砍杀了。扈尔汉又把这些人分成两批，一批人北上，到了托河和霍林河上游的地方，把多尔沙图汗在那里的兵马给歼灭了。另一批人追击那些逃窜的喀尔喀部的兵马。这些人有的距离比较远，他们听到信儿后，骑上马拼命地往西跑。他们想逃回到自己的老家，扈尔汉领着一部分人撵到距察哈尔不远的地方，把他们追上了。这些拼命想逃命的人，与那些被捆绑起来的人一样，同样没逃出科尔沁人的手掌心。就这样，宝音姑娘和色音布尔他们，没费吹灰之力，把多尔沙图汗这支强悍的骑兵就全部制服了。那些被多尔沙图汗他们俘虏的人，重又获得了新生，所有被抢去的财产，也都回到了科尔沁人自己的手中。整个西艾曼霍通一片沸腾。人们欢庆夺回了自己的牧场和草原。无数个东逃西散的父子团聚了、夫妻团聚了。他们喜极而泣，又都哭成一团。

单说齐大法师夹着多尔沙图汗一直往西跑。因为齐大法师事先早有警惕，他没喝酒，所以动作比较快，很顺利地冲出了重围。但他们的马身上还是受了四处箭伤。齐秉仙的肩膀上也中了毒箭。后来听人讲，因为毒箭射中了他，他又拼命地打马奔跑，血流加速，毒液蔓延得很快。齐大法师回到西蒙老巢的时候，左半身已经麻木了。郎中为保全他的性命，只好截掉了他的左胳膊。从此，齐大法师就成了独臂法师。齐大法师很伤心，觉得多尔沙图汗头脑简单，任意妄为，不听劝阻，不是自己理想中想要辅佐的人，就离开了喀尔喀部，远走他乡，音信杳然。后人一直不知其所终。

说书人现在再讲讲色音布尔。色音布尔按照事先的安排，领着一伙人悄悄靠进了水牢。他们砍死了看守水牢和里头没有喝酒的兵丁，冲了进去。水牢里还真关押着他们不少蒙古族、科尔沁的兄弟姊妹。色音布尔命人打开牢门，放出这些被关押的人们。色音布尔又到其他牢房里，继续寻找他的姑姑乌丹老格格。当他打开最里面的一间水牢时，只见这里关押着一个花白头发的老太太，色音布尔一下就认出来了，这正是自己的姑姑乌丹老格格。几天不见，乌丹老格格被折磨得不成样子，头发也白了不少。色音布尔急走几步，扶住了已站立不稳的姑姑。乌丹格格见色音布尔来了，眼泪掉了出来。她说："我的孩子，姑姑知道，你一定会来救我的。我们莽古思家族是不会灭亡的。我们科尔沁永远是长寿的，任何豺狼都无法吞掉它。"色音布尔说："姑姑，您现在身体不好，就别多说话了，咱们还是先回家吧。"色音布尔亲自背着老格格，旁边不少人簇拥着，他们回到了乌丹格格的家。

我们前书说了，乌丹格格的屋子被多尔沙图汗霸占了好长一段时间，屋子里非常乱。宝音姑娘已吩咐人把屋子简单地收拾了一下。炕上重新铺上了褥子和被，又铺上虎皮大毯子。色音布尔把乌丹格格轻轻放到虎皮毯上。大家想让乌丹格格躺下休息，乌丹格格执意不肯。没办法，色音布尔就把她扶起来，靠在两摞皮褥子上。这时，屋里来了不少人，他们都是来探望乌丹老格格的。这里有宝音其其格、"蔡八桶"老人及他全家，还有乌丹格格原来的亲随护卫。还有一个人，就是在这次打败多尔沙图汗的战斗中，功劳最大的扈尔汉。众人都跪下来给乌丹格格叩头请安。乌丹格格请大家站起来说话。

色音布尔拉着宝音其其格的手，来到了乌丹老女的身边，说："姑姑，我给您介绍一个人儿，这就是我们跟您常提起的宝音姑娘。"宝音其其格跪地叩拜："宝音给尊贵的乌丹额真叩头了。"乌丹格格早就听说过宝音姑娘的名讳，堂弟莽古思多次在她面前夸耀过这个姑娘。刚才在路上，她就听色音布尔讲宝音姑娘是怎么把大伙组织到一起的，他们又是怎样用计，战胜了不可一世的多尔沙图汗，救了她们的部落。乌丹格格听说以后，非常感激宝音姑娘。宝音姑娘对她们莽古思家族真是恩重如山哪。乌丹格格激动地眼含热泪说："宝音姑娘，你是我们的救命恩人，理当受我一拜，怎么还能让你给我跪地磕头呢？色音布尔，快把宝音姑娘扶起来。"乌丹格格说着，就要起身下地。色音布尔笑着对宝音姑娘说："宝音，你快起来吧，别让姑姑着急了。"宝音姑娘笑着站起身来。乌丹老格格把手一招，让宝音姑娘坐到她的身边。宝音姑娘为了不让乌丹格格着急，就听话地坐到了炕上。乌丹格格把她紧紧地搂在了怀里，喜爱地说："感谢腾格里天神给我们派来你这个仙女。我们莽古思家族真有福气呀。你对莽古思一家有恩，现在又救了我，这让我怎么感谢你呢？"宝音姑娘亲昵地依在乌丹老格格的怀里，说："姑姑，说什么谢不谢的。莽古思贝勒和乌云格格待我都像亲生女儿一样，难道做女儿的为家里做点事，还不应该吗？"宝音姑娘的一席话，说得乌丹老格格心花怒放，她更加喜欢这聪明可爱的宝音姑娘。乌丹老格格忙告诉色音布尔赶紧打扫房间，今晚她要和宝音姑娘一起住。乌丹老格格有一个怪癖，她不喜欢侍女来陪伴，晚上从来都是一个人睡觉。今天是个例外。

色音布尔命人把房间又重新布置一下。大家七手八脚一起行动，很快就把屋子收拾好了。乌丹老格格又在柜子里找出一些从中原王朝买来的桂花香、茉莉香等香包，挂在屋子四周。屋里顿时有一股清香味儿。当晚，乌丹格格和宝音姑娘在一起安寝。

第二天，乌丹老格格同宝音姑娘以及色音布尔，宴请扈尔汉。宴席中，乌丹格格向扈尔汉表达了感谢之情及挽留之意。她真诚地说："恩人，这次要是没有您帮助出谋划策，我们也不可能这么快夺回庄园。恩人，我代表全庄园的人向您表示感谢。"说完，乌丹老格格、宝音姑娘以及色音布尔从椅子上站起来，要跪地磕头。扈尔汉急忙上前搀扶起乌丹老格格，说道："老格格，您快请起，晚辈实在是承受不起。我这次有幸跟你们大家相识，都是神的安排。这次征讨，主要还是靠你们自己的力量，我只尽了微薄之力，何言谢字。"被扈尔汉搀起来的乌丹老格格，重新回到椅子上坐下，她继续说道："恩人，我还有一事相求。"扈尔汉说："您有什么吩咐，尽管说。"乌丹老格格手握扈尔汉的手，语气中肯地说："恩人，别走了。我们这里缺少像你这样的能人，你就留在我这里吧。你要什么，我给你什么。"乌丹老格格的话说得很实在，也很合宝音姑娘的心意。宝音姑娘听了以后，点了点头，意思说："哥哥，我也是这个想法，你就留下来吧。"色音布尔更是这样的心情，他在一旁直说："扈尔汉大哥，你就留下来别走了。"扈尔汉站了起来，深施一礼说："尊敬的乌丹大格格、宝音格格、色音布尔兄弟，你们是我在蒙古草原中最亲的、最好的朋友。我这一辈子都不会忘了你们。我是一个粗人，就爱打抱不平。我只会贩马、卖酒，没别的能耐。所以，我不能留在这里，不能辜负了你们对我的期望。只要我有时间，就会来看你们的。"乌丹格格说："既然恩人不愿意留在我们这里，那允许我们送您一些礼物，表示一下我们的谢意吧。""谢谢大格格，我什么都不要。你们对我的情意，我永远都不会忘。"

乌丹格格见扈尔汉既没答应留下来，又什么都不要，感到非常为难。她在屋子里走来走去，心里掂量着怎么办？突然，她灵机一动，

雪妃娘娘和包鲁嘎汗

说:"恩人,您不是喜欢买马吗?我这里有天下最好的骏马。明天,您跟色音布尔到牧场去,让他挑选二百匹上等的骏马送给您,略表我们的一点心意。这回您就不要再推辞了。"乌丹格格的话正中扈尔汉下怀。扈尔汉这次来,确实是要买些战马回去。他看乌丹格格这样说了,就顺水推舟地说:"也好,那就多谢大格格了。"

酒过三巡,菜过五味。乌丹老格格站起身来说道:"恩人,实在对不起。我身体不太好,不能陪您了。"扈尔汉是个通情达理的人,知道乌丹格格被多尔沙图汗关押在水牢的这段日子里,受了不少苦,身子骨很虚弱。于是,扈尔汉说:"老格格,不要客气。您请自便吧。"乌丹格格又对色音布尔和宝音姑娘说:"你们俩一定代我陪好咱们这位最尊贵的客人。"色音布尔和宝音姑娘异口同声地答道:"遵命。"乌丹格格这才放心地回房休息去了。色音布尔、宝音姑娘和扈尔汉边喝边聊,一直到下半夜,才各自回房休息。

第二天,扈尔汉由色音布尔和宝音姑娘陪着,来到了乌丹格格的几个大牧场。他们一起挑选了二百匹上等的骏马。扈尔汉因有要事在身,不便久留。他婉言辞别了乌丹格格,赶着这二百匹骏马,上路了。宝音姑娘和色音布尔依依不舍地把扈尔汉送出老远,直到扈尔汉进了密林,不见了踪影,他俩才惆怅地调转马头回来了。

话说乌丹格格经过了这场风波和磨难,再加上年岁又大了,一股急火攻心,没几天就一病不起。她每日里茶饭不进,生命危在旦夕。乌丹格格躺在床上,最放心不下的,就是她们莽古思家族的事业。她想:我现在的身体一天不如一天,我不仅要找一个可靠的人来接替我,替我把家业管起来,而且,堂弟莽古思的家业更大,遭受的创伤比我这里严重得多,他那里更缺人手。色音布尔应当尽快回到他阿布身边去。他们父子俩应该携起手来,共创家业。我要尽快把身体养好,把莽古思和乌云都叫来,让乌云劝一劝她哥哥,使他们父子俩言归于好。

乌丹格格又想起了莽古思的大妃,也就是小格格的额吉。我们前书说过,莽古思有很多爱妃,但他最宠爱的就是大妃。这个大妃说起来还是她乌丹送给莽古思的。莽古思手下有一个叫巴图汉的头领,原来是乌丹格格的阿布莽吉古善贝勒手下的一员猛将。后来,他们全家迁居到了莽古思贝勒那里。莽古思贝勒非常重视巴图汉,让他分管一个部落,成了那个部落的头领。巴图汉有个女儿叫巧根,是一个非常美丽的小姑娘。当时,因为喀尔喀部和察哈尔部之间勾心斗角,他们都想吞占科尔沁这块肥沃的土地。喀尔喀部的多尔沙图汗既相中了乌丹格格的美貌，又看中了乌丹格格所占有的地域。他要跟科尔沁部联姻。莽古思贝勒不愿意把自己的堂姐嫁给这个野蛮、贪婪的家伙。乌丹格格自己也不愿意与狼共室。所以，他们对这件事就一直拖着。后来，察哈尔部又从中作梗，这件事也就不了了之。察哈尔部的首领又借机跟莽古思贝勒提出：咱们两家联姻，让你的女儿给我的儿子做媳妇。莽古思贝勒当时就答应了这门亲事。他找来了亲信巴图汉，也没见巴图汉的女儿巧根一面，就把巧根认做干女儿。巴图汉遵照莽古思贝勒的意思，把女儿巧根就嫁给了察哈尔部首领的儿子。没想到，成亲那天，巧根让扎鲁特部的人在半道给截走了。后来，乌丹老女出面，把巧根又给截回来了。这样，巧根就留在了乌丹格格身边。

　　有一天，莽古思贝勒来看他的堂姐乌丹格格。在堂姐家里，他见到了巧根姑娘。巧根姑娘长得太美了。莽古思一下就被巧根姑娘的美貌深深地吸引住了。莽古思跟乌丹格格哀求："好姐姐，你就把她给我吧。只要你把她给我，你要什么，我就给你什么。"乌丹格格说："她是你送出去的，怎么现在反倒向我要人？"乌丹格格的话，把莽古思说得一愣，他百思不得其解。乌丹格格把事情的来龙去脉这么一讲，莽古思这才知道，原来她就是自己许配给察哈尔部首领的儿子当媳妇的干女儿，巴图汉的亲姑娘。莽古思后悔地说："咳，这事都怪我。我当时也没见巧根一面，就把她许配出去了。我要是见到了巧根姑娘，说什么也不能把她嫁出去呀！姐姐，既然她原来就是我的人，那你就把她还给我吧。"

　　就这样，由乌丹格格做主，巧根姑娘就嫁给了莽古思贝勒，成了莽古思贝勒的一个贵妃。过去在北方少数民族里，嫁娶不受年龄、辈分的限制。莽古思贝勒为了表示对巧根的喜爱，称她为"大妃"。"大妃"表示在众妃中权力最大、地位最高。实际上，在莽古思的众多妃子中，巧根姑娘的年龄最小。乌丹格格想起，她好长时间都没看见巧根了，应该让堂弟和巧根领着小格格到我这儿来一趟。我也想看一看那可爱的小格格，顺便再和堂弟商量一下，下一步该怎么办？这回，我要把色音布尔重新介绍给他的阿布。我要告诉莽古思，他的儿子色音布尔这个大管家是当之无愧的，他应该让色音布尔重新掌管莽古思家族的大业。

　　她又想到一个人，就是现在在她身边的宝音姑娘。乌丹格格以前曾多次听到过堂弟对宝音姑娘的介绍和夸奖，堂妹乌云格格也给她讲过宝音姑娘的一些事情。自从乌云格格把宝音姑娘留到了莽古思庄园，那里发生的一连串儿的事，乌丹格格都知道。那时乌丹格格对宝音姑娘的印象不太好。她认为宝音姑娘是个祸水，给莽古思庄园惹出这么多祸乱。她曾劝堂弟，把宝音姑娘送还给乌云格格，可堂弟不听。这次宝音姑娘帮她们收复了被多尔沙图汗霸占的西艾曼霍通，彻底改变了乌丹格格对宝音姑娘的看法。乌丹格格心想：这小姑娘还真不简单，是个有作为的人，年岁这么小，就这么有办法，将来她年纪再大些，说不定还能办出什么惊人的大事。这个丫头的前程不可限量啊。乌丹格格对宝音姑娘也寄予了很大的希望。她的心愿是想把宝音姑娘许配给色音布尔。她已觉察到色音布尔非常爱宝音姑娘，可她不知道宝音姑娘愿不愿意。我得先摸摸姑娘的心思，如果宝音姑娘能够嫁给色音布尔，那可是天生的一对，她会帮色音布尔治理好莽古思的家业，那将是我们莽古思家族的一大幸事。乌丹格格虽然有病躺在床上，可脑子一点也没闲着，她想的都是她们家族的这些事。

也许是乌丹格格的心事太重，没休息好。这天夜里，乌丹格格突然病情加重。赶巧，宝音姑娘那天晚上让"蔡八桶"老两口接走了。"蔡八桶"老两口也挺喜欢宝音姑娘。他们回到西艾曼霍通以后，见他们的酒窖没遭到破坏，老两口非常高兴。他们又有幸见到了乌丹老格格。老格格赞扬"蔡八桶"的酒对收复庄园的作用。"蔡八桶"老两口觉得这都多亏了宝音姑娘，是宝音姑娘带领他们赶走了强盗多尔沙图汗，收回了失去的庄园，恢复了他家祖传的酒业。所以，"蔡八桶"老两口执意要接宝音姑娘上他家住几天。乌丹格格也不好冷了老两口的心，就同意了。

就在这天晚上半夜的时候，乌丹格格突然人事不省，嘴里直吐白沫。在她身边服侍的两个老女奴惊恐万状。其中一个留在乌丹格格身边，另一个跑到了色音布尔的房门前，一边敲门，一边大声喊叫："大管家，快醒醒吧，大事不好了！"色音布尔听见喊声，赶紧披衣起床。他开门一看，来人是姑姑身边的女奴，忙问有什么事，老女奴就把老格格病重的消息告诉了色音布尔。色音布尔一听也吓坏了，赶紧跟着老女奴来看姑姑。老女奴这一高声喊叫，把其他房间和帐包里的人也喊醒了。乌丹格格在部落里的威望是相当高的。她的心眼非常好，从来没有架子，跟这些牧民的关系非常亲近。大家都像对自己的亲人一样，接近乌丹格格，喜欢乌丹格格，爱戴乌丹格格。他们一听说老格格病了，也都赶紧跑来看望乌丹老格格。

第二章　鱼儿总要游归大海

色音布尔来到了乌丹格格的房间，只见乌丹格格双目紧闭，手脚冰凉，牙关紧咬，嘴有点歪，脸直抽动，没有知觉。色音布尔一看姑姑病得不轻，就赶紧派人去找"蔡八桶"老人，请老人来给拿拿主意。"蔡八桶"老人毕竟年事高，经验广。他到这儿一看，就说："大管家，老格格病得不轻。咱们赶紧去请个郎中吧。"色音布尔就派人用四轮车到附近西坎子去接郎中。那时候在大草原里，一般用的都是两轮车，上头用毡子围成一个半圆形的篷子，人坐在里面挺舒服的，叫两轮轿车。更好一点的车是四个轮的轿车，它比两轮轿车要大一些，里面的装饰也较为豪华。它前头有两个小轮，后头有两个大轮。人坐在里面非常平稳、舒适。上头也用毡子围成一个半圆形的篷子，前头有门帘，里面铺得非常暄，有手炉和脚炉供乘坐人使用。几个人可以坐在里面喝茶、聊天。奴才们没用两个时辰的工夫，就接回了一位在草原上德高望重的老郎中。老郎中给乌丹格格把完脉说："老格格得的是急性中风，只能吃一些舒经通络又活血的中药，我再给老格格针针灸。这病只能是慢慢治，也没有别的办法。"最后，老郎中给乌丹格格开了几服药，嘱咐色音布尔他们，如果有新情况，随时找他。色音布尔又派人用轿车把老郎中送了回去。

这时，乌丹格格还是昏迷不醒，人事不知。随同"蔡八桶"老人一起来的宝音姑娘把色音布尔叫到一边，悄声地跟色音布尔说："咱们用蜈蚣草泡点酒，给大格格用用，行不行？"色音布尔一听，吓了一大跳，说："宝音，你的胆子可真大。蜈蚣酒那么厉害，那要是出点啥事可咋办？"他这一吵吵，坐在一旁的"蔡八桶"老人听见了。他想了想，然后对色音布尔说："色音布尔管家，宝音姑娘说得也不是没有道理。这就是俗话所说的'以毒攻毒'。蜈蚣草放到酒里，既能产生热，又能舒经活血。用多了，人会受不了。咱们可以少用点，让乌丹格格少量饮点蜈蚣酒，再用蜈蚣酒给老格格擦擦身上，我想不一定就是坏事。老格格现在病得这么重，咱们又没有其他的法子。老格格身体不好，年岁又大，不能再耽搁了，用姑娘说的办法试一试，也许会有效。"

"蔡八桶"老人的话，引起了色音布尔的重视。色音布尔非常尊重和相信这位有经验的老人。色音布尔就同意了，他让宝音姑娘回房去取药。不大一会儿，宝音姑娘把药拿来了。他们又用"蔡八桶"老人拿来的酒，把药泡上了。宝音姑娘和色音布尔让其他人都回去休息，这里只留下他们俩及乌丹格格身边的两个老女奴，门外有两个门丁护卫。他们几个就这样陪着乌丹格格。

第二天天明的时候，药泡得差不多了。色音布尔把住乌丹格格的头，宝音姑娘从牙缝里给她往嗓子里沤了一点药酒。乌丹格格把药酒喝下去以后，半天也没有什么反应。色音布尔料想姑姑不会出啥事儿，又让宝音姑娘用药酒给格格擦擦身上。

宝音姑娘在乌丹格格的家里一呆就是五六天。宝音姑娘心地善良，总是喜欢帮助别人，对待别人的事情，总像对待自己的事情一样。现在，她把心都放到了乌丹格格的身上。色音布尔见宝音姑娘一天天消瘦下去，非常心疼。他悄悄地对宝音姑娘说："宝音，这儿有女奴们护理，你已经累了几天了，先回去休息一会儿吧，当心别累坏了身子。"宝音姑娘说："没关系。我年纪轻轻的，这算得了什么，你就放心吧。再说，我就是回去，也不放心这里。你身体刚恢复不久，这里也不需要你，你倒是该回去休息休息。"色音布尔一想：宝音说得也对。宝音姑娘她们都是女人，自己在这里，她们有时很不方便。色音布尔就说："那好吧，我先回去换换衣服，然后再来。"色音布尔告辞，便走了。

宝音姑娘见乌丹格格没什么变化。她让那两个老女奴也去休息一会儿，自己一个人在这里看守老格格。两个老女奴也告退了。屋子里一下静了下来。宝音姑娘守着还在昏睡的乌丹格格，想起了很多事。在乌丹格格病倒之前，听老格格说话的口气，是想把她许配给色音布尔，让她永远留在莽古思庄园里。但是，自己在莽古思庄园里，已经给莽古思家族带来了这么多的麻烦，自己怎么还能继续留下来。宝音姑娘不想见到莽古思贝勒，她不愿意回忆起昨天的不快。她也不愿意老贝勒因为见到自己，而感到惭愧。虽然他想大妃，也想小格格，更想乌云格格，但宝音姑娘想：来日方长，总有一天，我会再见到她们的。树有根，水有源。我是女真人，我应该回到我的家乡去。

色音布尔回来了。那两个老女奴也陆续进了屋。色音布尔先看了看病中的姑姑。乌丹格格仍闭着眼睛昏睡着。色音布尔悄悄地招呼了一下宝音姑娘。宝音姑娘跟他来到了隔壁的一间屋子。这本是乌丹格格的客厅，现在经奴仆们重新收拾，擦洗得特别干净，陈设也非常讲究。中厅的南墙上，高挂着一幅从中原买来的竹编的彩绘《虎啸松涛图》。猛虎图两侧有副对联，颇有风趣。上联是：大地有泉皆化酒，下联是：长林无处不摇钱。不知乌丹格格求哪位汉人饱学家把胡大千的幻想诗，做了她中厅的对联。猛虎图的下方，是一张楠木雕镂的长方形八仙桌，桌面

第二章　鱼儿总要游归大海

131

镶嵌着玉雕嫦娥奔月图。桌上摆放两尊人形翡翠大胆瓶。一尊是手拄禅杖寿星老儿；一尊是身背葫芦瘸拐李。桌子两边放着两张楠木红漆太师椅。厅四周摆放很多江南盆花，栀子、夜来香、玉竹桃等散发着清新淡雅的香气。地上铺着羊毛地毯，是用山羊的白毛和黑毛剪压编织而成的母鸡唤雏图。客厅左右两侧，一侧摆着刀剑，另一侧摆着一个一人多高的大弯弓，它的弓力至少能有两百多石，相当有劲。这是乌丹格格年轻时用的大硬弓。

色音布尔跟宝音姑娘在太师椅子上坐下了。色音布尔说："宝音，我非常感激你。我这次受伤，是你救了我。你又精心地伺候我，使我很快康复了。在你的帮助下，我们又赶走了恶魔，救出了我的姑姑。现在这里的一切，比我阿布在的时候还要好。我有一个心意，请问姑娘，你能不能留在我身边？你知道我问你这话的意思，你什么都不用说，只须点头或者摇头就可以了。"宝音姑娘和色音布尔在一起生活了这么多年，感情是非常深的，他们俩可以说是青梅竹马，两小无猜。特别是在这短暂的三十几天的时间里，他们之间的感情尤为深厚。宝音姑娘对色音布尔既敬重又喜爱。她知道色音布尔是很喜欢她的，希望能跟她生活在一起。她也完全明白色音布尔的话是什么意思。宝音姑娘半天没说话，她心里想：我怎么回答他呢？我要是摇头，伤了色音布尔的心。我要是点头，更不行。她犹豫了半天，不知怎样回答色音布尔的问话。色音布尔用期待的眼神看着宝音姑娘。最后，宝音姑娘下了决心，对色音布尔说："色音布尔，你永远是我的好哥哥、好老师。我们之间的感情是最纯真的，就是到了天涯海角，我都会记住你的。我不能答应你。乌丹老格格正在重病之中。老贝勒还在北方。咱们现在刚把豺狼赶走，牧民的生活还没有安排。冬天已经到了，牛、马的草料还没有备好。这一大摊子的事儿你都要考虑。现在，你应当是莽古思家族真正的管家，承担起你的重任。一个人一生中最辉煌的、最值得骄傲的事情，就是致力于家族的事业。你要权衡利弊，不要因小失大。再说我也不想在这里呆下去了，请你谅解。我不能再看到你们父子为了我，影响了你们的感情。你们都是我的恩人、我的亲人。我不想伤害你们任何一个人，我爱你们每一个人。"宝音姑娘说着说着就哭了。

宝音姑娘的话，句句敲打着色音布尔的心扉。色音布尔如梦方醒，别看姑娘今年才十四岁，但姑娘说得对呀，我现在的当务之急是重整庄园。另外，如果我把宝音留下了，我又怎么去面对我的阿布？看来我的命运已经和我的家族连在一起了。色音布尔感到心里很失落。他一句话没说，叹了一口气。然后，把自己的皮衣服解开，在最里层的小兜里，有一个用红绳系着的短剑。他把短剑拿了出来。这把短剑是用犀牛角皮和法朗香珠镶砌成的短剑，价值连城，做工精美。宝音姑娘认出来了，这把短剑是她送给色音布尔的礼物。

宝音姑娘自从到了蒙古草原以后，不仅受到了莽古思贝勒的宠爱，也受到了色音布尔无微不至的关怀。宝音姑娘为了报答色音布尔，就把莽古思贝勒赏赐给她的这把心爱的短剑转赠给了色音布尔。咱们前书说过，莽古思贝勒到色音布尔的屋里去找东西的时候，看到了这把短剑。这把短剑是明朝皇帝赐给莽古思贝勒的，是莽古思贝勒的宝贝。后来，莽古思贝勒又把这把短剑赏给了他最心爱的宝音姑娘。莽古思贝勒当时感到很疑惑，但由于事务繁杂，他也没太往心里去。后来，这把短剑始终被色音布尔带在身上。今天色音布尔把它拿出来，双手捧着短剑，说："宝音，这件世上的奇宝，还是物归原主吧。以后，你看见了这把短剑，就会想起我们在一起的日子。你好好收藏，它会为我们的友谊做一个永久的见证。"宝音姑娘看到色音布尔还给她这把短剑，心里非常难受。她百感交集，眼含热泪地接过了这把短剑。

这时，客厅的门开了。侍候乌丹老女的一位老女奴急急忙忙地跑进来说："姑娘、大管家，刚才我们的额真老格格睁眼了，脑袋也动了，就是没说话。你们快过去看一看吧。"色音布尔和宝音姑娘一听，站起身来，就往乌丹格格那里跑。他们来到乌丹格格的近前，看着乌丹格格。另一个老女奴轻声地告诉他们："刚才老格格睁眼了，头也动了。看来给老格格吃的那个药酒还真管事。"两个老女奴掀开被子，给老格格擦洗下身，可能是老格格苏醒过来以后，尿湿了皮褥子。色音布尔见自己在此不方便，就用手指了指姑姑旁边的白鼠皮木箱上头的一个兰花小瓷罐，小瓷罐里装着药酒，对两个老女奴说："一会儿给老格格再少喝点。"两个老女奴答应着。宝音也在一旁应道："你就放心吧。"色音布尔说完，出去料理庄园的事了。

俗话说的好：百草医百病，看你用得妙不妙。这话说得还真对。蜈蚣草本有大毒，但对治疗中风病症的病人确有疗效。三天过后，乌丹格格的病情基本稳定了，到了第五天头上，天刚黎明的时候，乌丹格格就睁开了眼睛，她右半拉身子都能动了，手也能抬起来了，嘴也不那么歪了，也能认人了，张嘴能说出不太清楚的话。这真是天大的喜事。全部

第二章 鱼儿总要游归大海

落的人都互相庆贺，个个奔走相告。不少老头老太太到院子里跪下，给天神腾格里磕头。大伙还专门杀了一头牛，把牛血都接下来，围着乌丹老女的院子洒了一圈。这是古代的祭祀，意思是把牛血献给众神，感谢天神的护佑。他们又把牛肉剁碎，洒向野外，供给乌鸦、百鸟、野兽和小动物们吃，感谢百灵的襄助。

乌丹老格格醒了以后，想要喝水。色音布尔亲自斟上水，用嘴试了一下水温，又用木勺一点一点地给老人喂了下去。乌丹格格把色音布尔、宝音姑娘和她身边最亲信的几个部落头领都叫到自己的床边，又把右手抬起来，指着宝音姑娘。宝音姑娘忙走到乌丹格格近前。乌丹格格抓住了宝音姑娘的手，说："姑娘，这一阵子把你们忙够呛，真是辛苦你们了。"宝音姑娘微笑着说道："姑姑，您这是说哪里话？您是色音布尔哥哥的亲人，当然也就是我的亲人。难道，自己的孩子为您做点事儿还不应该吗？"乌丹格格听了宝音姑娘的话，欢喜的眼泪止不住地流下来。两个女奴上前给乌丹格格擦擦眼泪。老格格对众人说："你们去把老贝勒给我找来，我有话要说。"色音布尔在一旁听得非常清楚，忙说："姑姑，我这就派人去找我阿布。"

时隔不大一会儿，守门的兵丁进来禀报说："扎鲁特部派人送礼来了。"前一阵子，扎鲁特部的头领看喀尔喀部来了，就不断地给多尔沙图汗送礼物，一再地讨好多尔沙图汗。这次科尔沁部打败了喀尔喀部，把多尔沙图汗打跑了，科尔沁部声名大振。扎鲁特部的头领就赶紧派人来给科尔沁部送财物，声称要跟科尔沁部和好，并说愿意把库尔库草原奉还。库尔库草原本来是乌丹部落的，在乌丹部落的北边，是个很富庶的地方。草原上长了不少蒲草，到了秋季，长出一片蒲棒，很壮观。后来，扎鲁特部凭着自己的势力，仗着喀尔喀部给它做后台，把库尔库草原强行霸占过去了。这回扎鲁特部的头领又派人来说："我们要把库尔库草原归还给乌丹格格。以后咱们两家永远结为兄弟之谊，永远和好。"色音布尔以礼相待，盛情款待了扎鲁特部派来的人，并回赠了他们一些礼物，让他们回去转告扎鲁特部的首领，我们科尔沁部愿意与你们扎鲁特部永远和好。扎鲁特部的人得到了色音布尔的回话，急忙回去复命。色音布尔又把这件事情禀报给了正躺在床上，神志已经清醒的乌丹格格。宝音姑娘一看乌丹老格格的病情好转了。这里没自己的事了，就悄悄地嘱咐老女奴要照顾好老格格，然后拿起自己的小包袱，去"蔡八桶"老人家了。

没过一天，色音布尔派出去的人，就用四轮轿车接来了在亚鲁河畔牛心顶子牧场居住的莽古思贝勒、乌云格格、蒙格木贝勒、大妃和小格格。色音布尔出去把他们恭迎进来。色音布尔先给莽古思贝勒、乌云格格、蒙格木贝勒、大妃磕头见礼。乌丹格格的属下给莽古思贝勒及陪同他来的家人叩头见礼。

莽古思贝勒、大妃还有乌云格格和他的丈夫蒙格木贝勒，他们都听说了这里发生的事情以及乌丹格格病重的消息，纷纷向乌丹格格叩拜。乌丹格格这时已经完全清醒过来了。她见堂弟、堂妹都来看她，激动得泪水止不住地往下流。莽古思贝勒说："姐姐，您身体刚见好，不要太激动。"乌丹格格望着莽古思贝勒，激动地说："姐姐我差点就看不着你们了，是腾格里天神保佑着我，使咱们姐弟还能相见。"莽古思贝勒哽咽地说道："姐姐，都是弟弟我不好，也瓜连了您，让您受委屈了。姐姐，您有什么气，就都发出来吧，弟弟我甘愿受罚。"乌丹格格无力地说："事已至此，我罚你又有什么用？不过，我有一个打算，不知可行不可行？"莽古思贝勒说："姐姐，您有话就尽管说，小弟听着就是了。"乌丹格格说："这次全仗你儿子色音布尔的人缘和才能，才转危为安的。色音布尔功不可没呀，我想让色音布尔还做咱们家族的大管家，继续执掌家族的大业。你说行吗？"莽古思贝勒说："姐姐所言，我们遵命就是了。"乌云格格也回应堂姐的话，连连表示赞同。他们在这里说着话，色音布尔在一旁偷偷地观察着自己的阿布。这些日子，莽古思贝勒一下子苍老了许多，也消瘦了不少。色音布尔看了非常心疼。站在一旁的、活泼可爱的小格格可不管那些，她一下子扑到了哥哥色音布尔的身上。色音布尔见到了自己心爱的小妹妹也非常高兴，兄妹俩开心地嬉闹起来。

乌丹格格继续说："我想把新收回来的库尔库草原和从喀尔喀部收回来的南草原，都暂交给蒙格木贝勒管一段时间。这期间，蒙格木从家族里选出两名接替他的人。莽古思，你看怎么样？"莽古思贝勒急忙回答："当然可以。"说完这几句话，乌丹老女的眼睛扫来扫去，好像在寻找什么。色音布尔忙过去问："姑姑，您找什么？"乌丹格格说："宝音呢？"色音布尔也发现宝音姑娘没在这里。是呀，宝音姑娘上哪去了？乌云格格、大妃还有小格格，包括莽古思，他们都急切地想见见宝音姑娘。乌云格格在来的路上就盼着早早见到宝音姑娘。大家也都在询问宝音姑娘。色音布尔说："我出去找找。"色音布尔找到了"蔡八桶"老人

第二章 鱼儿总要游归大海

135

家里。"蔡八桶"老人告诉他说:"格格今天早上已经走了。她临走让我代她向莽古思家族表示感谢。祝你们家族永远兴旺!祝乌丹老格格早日康复!祝莽古思贝勒、乌云格格、大妃和小格格身体健康,幸福吉祥!"

色音布尔一听说宝音姑娘就这样不辞而别,悲伤已极。他早就觉察到宝音姑娘要走,但又想她不会把与科尔沁多年的感情就这么断了。没想到,这个倔强的姑娘真是说走就走了。色音布尔痛苦地从"蔡八桶"家里出来。他站在院子里,惆怅万分。宝音姑娘走了,把他的心也带走了。他面对着蓝天、白云,望着辽阔的草原,不知道说什么好。色音布尔蹒跚地、一步步地挪到了乌丹格格的住地,把这个令人伤心的消息告诉了大家。

书中暗表,宝音其其格自从那天在乌丹格格处走了以后,就来到"蔡八桶"老人的家里,得到了"蔡八桶"老夫妇及全家人的关照。"蔡八桶"老夫妇把宝音其其格看成了自己的亲孙女,喜爱她、照顾她。老夫妻俩听宝音其其格说要走,大吃一惊。他俩一再苦劝:"孩子,别走了。你是有恩于我们的,我们怎么能舍得让你走呢?这里的人对你像亲人一样,这么喜爱你,你就住在我们家,做我的一个孙女儿,和我们生活在一起,行不行?"宝音其其格执意不肯。两位老人一看,姑娘已经铁了心地要离开这里。"蔡八桶"老人打了一个咳声,说:"你一个姑娘家,我们怎么能放心让你走呢?这样吧,你把我的小孙女妞妞带去。让她陪伴你,照顾你。"宝音其其格不同意。她让妞妞留下来照顾两位老人家。"蔡八桶"老人又说:"妞妞她哥哥现在在抚顺开原明兵里当差,过去是马快,现在是校骑校。妞妞总想学她哥哥到外面去闯荡,你就把她带走吧。你俩好歹还是个伴儿。"宝音其其格听两个老人这么一讲,也挺受感动。妞妞也拉着宝音其其格的手,要宝音姑娘带她出去,宝音其其格这才同意了。

妞妞今年十六岁,比宝音其其格大两岁。她个儿不高,长得挺秀气,也挺机灵。妞妞性格泼辣,她会打猎、骑马,还跟爷爷学了几招武术,在草原那达慕大会的武术比赛中,她在女孩儿里总能夺得前一二名。"蔡八桶"老人见宝音姑娘同意带妞妞同去,又说:"你们这样走可不行。你俩都是女孩家,又都长得这么俊俏,太显眼,容易招惹是非。你俩不如扮成男孩子,在外边就方便多了,到哪儿也好混。我这儿还有点我年轻时候穿的衣裳,妞妞她哥哥也留下一些,你俩都可以穿。到外面以后,你们俩以兄弟相称。妞妞大,是哥哥。宝音姑娘小,是弟弟。

妞妞，你要照顾好宝音姑娘。"妞妞说："爷爷，您老人家就放心吧。"两个女孩也真听老人的话。她俩挑出几件可身的衣服，穿戴上了。她们俩这一打扮，还真像两个俊俏的小美男子。她俩每个人都佩带宝剑和腰刀，靴子里插着匕首，像两个要出征的猎手。"蔡八桶"老两口又给宝音姑娘和妞妞预备一些路上用的东西。一切收拾妥当，她俩就骑马上路了。"蔡八桶"老夫妇把她俩一直送出很远很远。

　　宝音姑娘骑着大白马，妞妞骑着枣红马，一路向南奔去。宝音姑娘一心想先进入辽东，寻找到那日松大哥，然后再决定自己回故乡安身之事。她们刚走出大约二十里的路程，前面是一片杂树丛生、树木很高的一个大山坡，两旁都是立陡的山崖。路就在这两个山崖下面通过。她们过了这个山谷，再往前走，慢慢地快离开大草原了。她俩正骑马跑着，宝音姑娘的白马仰着脖，"咴儿咴儿"地叫起来。宝音姑娘知道，她的大白马一叫，就是有事。宝音姑娘注意观看，在她前面正中央的道上，有个小黑东西。再往前走，她看清楚了，是小黑子蹲在那里。黑子蹲在地上，前爪扶着地，头抬着，张着小尖嘴，"呜呜"地叫着，好像在倾诉自己的想念之情，两个小眼睛滴溜溜转，亲切地盯着宝音姑娘。

　　宝音姑娘自打开始准备讨伐西艾曼霍通的多尔沙图汗，她心里最惦记的就是黑子。她想来想去，终于狠下心肠，决定先送走黑子。一方面，自己要带人和多尔沙图汗打仗，顾及不了那么多；另一方面，黑子也不小了，已经长成一个威风凛凛的黑熊了，可以独立生活了。而且，宝音姑娘早就发现，黑子这个小母熊，有了它自己的异性朋友了。有时它还领回来一两只小公熊。有一次，一个大一点的公熊，蹲在部落外边的一棵松树下。因为部落有人，它没敢进来。可它把部落里的人，特别是小孩吓够呛。因为宝音姑娘爱熊，熊成了科尔沁人的朋友，科尔沁部不少的猎人都很少打熊。宝音姑娘心里明白：黑子已经长大，不能总跟人在一起，应该有它自己的生活了。宝音姑娘终于狠下心，要跟黑子分手。一天晚上，她跟黑子就讲这件事，黑子似懂非懂。她连说了几个晚上，后来黑子好像听明白了，知道主人在撵它。它伤心地吼闹，甚至想办法溜须宝音姑娘，舔宝音姑娘，帮宝音姑娘用嘴叼着拿东西。宝音姑娘要睡觉，它就帮宝音姑娘盖衣服。宝音姑娘烧火，它就帮着抱树枝。它围着宝音姑娘身前身后地转。小黑子哪里知道，它所做的这些努力，丝毫也没有改变宝音姑娘的心。

　　几天后的一个黎明，宝音姑娘和色音布尔各骑一匹马，色音布尔把小黑子放到了自己的马上,他们就进了大森林。走了几十里的路,在一片密林的深处,色音布尔和宝音姑娘下了马。色音布尔告诉宝音姑娘,这就是他当年捡到小黑子那片密林。色音布尔把黑子放到地下,用手比画着让它走。黑子当时就明白了,哭嚎着抱着宝音姑娘,并拽住宝音姑娘的衣服不放。宝音姑娘心里也很难受,她不忍心再看小黑子,转过脸去流下了眼泪。色音布尔板着脸,举起个小木棒,吓唬小黑子,可黑子干脆就不走,还冲他俩"呜呜"地叫。色音布尔没办法,只好举起木棒,照着黑子的屁股狠狠地打了两下。黑子疼了,也生气了。它"噢噢"地叫唤着,离开了他们两个,跑进了密林,哀声从远处传来。

后来,宝音姑娘来到了乌丹老女的西艾曼霍通。一天夜里,她听到了狗叫声。宝音姑娘出去一看,只见黑子蹲在一棵古槐树下。宝音姑娘深一脚浅一脚地过去,搂着它说:"黑子,我知道你想我,可我也没办法。黑子,我过些日子走了,不在这儿了,你就别再来了。这儿现在什么人都有。我就怕我不在这儿的时候,他们有人害你。黑子,去吧,到安全的地方,找你的朋友去吧。"黑子像懂话的孩子一样,舔了舔宝音姑娘,然后,转过身向林中走去。黑子也真听话,从那以后,再也没来找过宝音姑娘。

宝音姑娘在这儿又见到了黑子,她心里特别高兴。这都是天神腾格里的指引,让我在临走的时候,再见黑子一面。否则,黑子怎么会知道我今天路过这儿呢?宝音姑娘急忙打马奔黑子就去了。宝音姑娘快到黑子近前的时候,才发现,这里不单蹲着黑子一只熊,路两旁还有两只黑熊,它们都跟黑子差不多一般大。它们的眼睛也都在盯着宝音姑娘。宝音姑娘一看就笑了,这小黑子,不仅自己来看我,还带朋友来了。大白马看见黑子高兴了,几步就蹿到了黑子跟前。大白马亲昵地舔着小黑子的棕毛。宝音姑娘和妞妞下了马。黑子欢快地跑到宝音姑娘身边,对宝音姑娘又亲、又舔。宝音姑娘也亲了亲黑子。小黑子舔着宝音姑娘的前大襟和她的手,眼睛里"吧嗒"、"吧嗒"流着眼泪。宝音姑娘心里明白,黑子现在挺伤心。其实宝音姑娘又何尝不是这样。宝音姑娘也很想念小黑子。黑子确实聪明,也很善解人意。宝音姑娘搂着小黑子,说:"我的宝贝黑子,你怎么知道我会来?我的小黑子,我知道你想我,我也想你呀!"宝音姑娘说着,从自己的皮囊里拿出黑子平时爱吃的哲罗鱼的鱼块,都是油炸的,递给黑子:"给你,你最愿意吃的鱼块。"黑子接过宝音姑娘给它的鱼块,转身朝另外两只黑熊走去。宝音姑娘明白了，黑子这是把鱼块给那两只黑熊。宝音姑娘急忙叫住黑子："黑子回来，我这还有呢，你多拿一些。"黑子又听话地转身回来，从宝音姑娘的皮囊里，捧了一捧鱼块，给那两只黑熊送去。回来后，黑子一屁股坐到了宝音姑娘的身边。黑子吃着宝音姑娘给它的鱼块。宝音姑娘用手给小黑子梳理着头上的棕毛，说："对不起，黑子，我得走了。你以后自己千万要小心，别再到这儿来找我了。我不能在这里久留，我还得继续赶路呢。"宝音姑娘说罢，一狠心，飞身上马，策马扬鞭，马"咴儿咴儿"地叫着往前跑了。妞妞也骑上了马，紧跟着宝音姑娘。宝音姑娘骑上马，一直跑出好远。她回头一看，三只小黑熊还蹲在地上一动不动地望着她们这个方向。宝音姑娘不忍心再看下去，头也不回地骑马走了。

花开两朵，各表一枝。阿哥达爷们，我的鼓声和说唱，把你们带进了科尔沁那片茫茫的沃野，领你们结识了那么多可亲、可敬的男男女女、老老少少。他们都有颗纯真的心，赤诚的情。连我这说书人对他们都难以忘怀。我亲爱的草原兄弟，我真诚的，恭祝你们福禄安康，岁岁吉祥！现在，我要把各位阿哥达爷们领到另一个天地。开始我讲唱"乌勒本"的新篇章，让我朱伯西①接着领你们认识那些叱咤风云的创世英雄，同他们结下深情厚谊吧！

说书人我要说的这个新天地，是决定本书主人公宝音其其格命运的地方。她把自己全部的爱和恨都灌注在那里，留下了百代流传的哀怨和佳话。这片土地离蒙古科尔沁大草原南部约有七百里地远，它属于女真建州部地界，是不少穷苦人非常向往的地方。近些年，它的声望日高，它的气派和影响也几乎可以和大明朝相比。这就是当时非常有名的——赫图阿拉②城。

赫图阿拉城是女真建州左卫的首领努尔哈赤的曾祖福满在苏子河畔建的一个城池。提起努尔哈赤的祖先，还有这样一个美妙动听的传说。据说，在长白山东北布库里山下，有一个湖泊，叫布儿湖里。一天，恩古伦、正古伦、佛古伦三位仙女来到湖里沐浴。浴后，一神鹊衔来一红果。此红果光滑圆润，香气扑鼻。佛古伦见红果煞是喜爱，便将红果吞下，结果怀孕了，后生下一男孩。这个小男孩相貌非凡，举止奇异，生下来就会说话，而且一瞬间就长大了。他姓爱新觉罗，名叫布库里雍

第二章 鱼儿总要游归大海

---

① 朱伯西：满语，故事。在此泛指故事家。
② 赫图阿拉：满语，横岗。

顺。佛古伦给了他一条船，叫他顺流而下，将来当一国之主。小男孩布库里雍顺乘船到了鳌朵里城（今黑龙江省依兰县南），平息了当地的纷争，被那里的百姓推为城主。这就是满洲的始祖，也是努尔哈赤最早的先祖。

赫图阿拉城是用土、木和石头垒砌而成的。它南依羊鼻山，连接鸡鸣山，它东部的外城墙连接老虎洞山，城西与永陵盆地相连接。索尔科河由南向北在它的城西流过，然后汇入苏克素护河。城东的皇寺河由南流向北注入苏克素护河。苏克素护河由东向西在城北流过。城池就坐落在这依山临河的横岗台地上。赫图阿拉城建有内外两层城墙。内城近似长方形，设有东、东南、南、北四座城门。外城北墙沿苏克素护河的流向修建，东部沿皇寺河的流向修建，西部沿索尔科河流向修建，南部的城墙就修筑在羊鼻山上。赫图阿拉城是随山势起伏而筑建的一座城。

万历十五年，是女真人的天猪年，努尔哈赤的军事实力已经很强大了。赫图阿拉住的人太多了，行动起来非常不方便。努尔哈赤为了兴基立业，扩展自己的势力，就领着他的兵马，在距离赫图阿拉城四里地南边，在呼兰①哈达②之下，嘉哈河（二道河）和硕里加河中的一平山上，拓修了女真人的先祖废弃了的费阿拉山城。这座山城，地势非常险要，东西南三面全是崖壁，仅西北一面向外平展。它有套城、内城、外城三重城墙，都是用土和石头垒筑的。很快，佛阿拉城就成为当时建州女真政治、经济和军事的中心地。后来，努尔哈赤在这里称"汗"，建立了王权。

努尔哈赤汗王爷用了三十多年的时间，统一了女真各部后，他的地域也扩大了，人口也增多了。所以，他就需要有一整套完整的管理制度。

满族过去是没有文字的。在金朝的时候，曾经有过女真文，但由于会的人相当少，早已经失传了。满族从有史以来，就无文墨，以语言为约，全靠人与人之间互相口耳相传的这种语言交流，记录事情和传播事情。遇到一些重大的事情，在木头上一刻，记下来。以后大家互相传看木头上刻的符号。

万历二十七年春天，努尔哈赤命他身边的大臣额尔德尼和葛盖，仿

---

① 呼兰：满语，烟筒。
② 哈达：满语，山峰。

照蒙古文的字母，根据满族语言的特点，创造了自己的满文。这就是没有圈点的"老满文"。自从有了"老满文"，所有的谱书，所有的历史都能记录下来了，有的文书也可以流传出去了。

万历二十九年到三十一年的时候，努尔哈赤出于军事、政治和经济上发展的需要，用了三年的时间，营建了赫图阿拉城内城，将统治中心由山城佛阿拉又迁移至半山城赫图阿拉。

赫图阿拉城这里住着一个个叱咤风云的英雄。他们金戈铁马，所向披靡。赫图阿拉城的势力已经发展到可以和明朝相抗衡的地步，这使得明朝在辽东的总兵非常头疼。明朝视它为眼中钉。明朝怕内地的人都跑到关外赫图阿拉这地方来，就派重兵把守关口。往外跑的人要是被抓住，就得被杀头，把头颅挂在城门之上。明朝用这个办法吓唬那些想往关外逃的人。即便这样，那些衣食无着、无法在关内继续生活下去的人，还是携儿带女，冒死冲出明朝的关卡，到关外谋生，到赫图阿拉来。

由于努尔哈赤治理有方，他的势力越来越强。兵力多了，武器也多了，马匹更多了。万历二十九年，努尔哈赤提出，在原有牛录组织的基础上，创建八旗制度的前四旗。这是清代最明显的一个特点，是满族发展史上的一件大事，也是努尔哈赤的一大功绩。那时候打仗，一个人、一匹马、一把刀、一杆枪是一个整体。打起仗来人多拥挤，不好调动。努尔哈赤为了使兵力更好地发挥作用，他就想出把兵分开管理的办法，就是把兵分出了几拨儿，今天用这拨儿，明天用那拨儿。努尔哈赤根据旗的颜色，把人分成黄旗、白旗、红旗、蓝旗这样四个大旗。一个颜色的旗下，有一部分兵马。这样，兵马就不乱了。属于黄旗部下的人，到黄旗这边来。属于蓝旗部下的人，到蓝旗那边去。各兵各帅也都知道自己是属于哪个旗的人，互不相扰。打起仗来，都互相比试，互相摽劲儿。你黄旗强，我蓝旗比你还强。这样一来，将士们一个个像下山的猛虎一样。

说起满族的兵马，过去都是以自己的姓氏，一个氏族为一个单位。最早的时候，以弓箭为一伙儿人。一伙儿人中有一个头领，这个头领一般叫"牛录"，"牛录"实际上是指大弓箭。这拨人一个大弓箭，那拨人一个大弓箭。原来最早一拨人有十几、二十几个。后来发展到一个大弓箭有一百多个兵勇，叫一个"牛录"。"牛录"太多了，就乱了，也分不清是哪个"牛录"了。分了四旗就好了，每个旗下有多少"牛录"，每

第二章 鱼儿总要游归大海

个姓氏有多少"牛录",这样也好管理了。

努尔哈赤兢兢业业地带着自己的儿子忙碌着自己的事业。他们这里涌进来不少从明朝逃难过来的难民和其他部落的人。努尔哈赤就派人把周围又扩建开来,并建了不少作坊。城里城外非常热闹,这里有铁匠铺、木匠铺,还有做酒的、做酱的、做马缰绳的、编花的、织布的,只不过规模不是那么大,在东台子那块还有一些采沙的作坊,他们自己烧坯、烧窑。真可谓麻雀虽小,五脏俱全。这里宛如一个非常热闹的城市。现在,北边的不少部落都对赫图阿拉刮目相看,谁也不敢小看赫图阿拉,都敬他三分。

努尔哈赤为了扩大自己的势力,他提出了三条政策。头一条,他提出"三看":就是不管你在明朝当官也好,黎民百姓也好,我都欢迎你到我们这里来,欢迎你在我们这里安家落户。你来了以后,我先让你看。一看我的库藏,看我的仓库里的东西多不多,我们富不富。那时候,富人家摆设的东西里,都有珠子。男女身上也都佩戴有珠子。辽东的珠子相当好,非常白,非常亮,又非常大。当时往中原朝廷进贡的贡品,主要就是珠子。赫图阿拉城里就专门有这样一些珠户,就是专门收珠子、买珠子、采珠子的塔那达①。他们的库里有很多上等的东珠。

赫图阿拉还有参户,就是专门挖参的人家。他们挖的都是山参,有的是千年的老山参。这些参户把山参采挖回来以后,先阴干,然后保存起来。赫图阿拉专有一些房子,存放和晾晒这些山参。他们到时把山参拿到边关去卖,或者跟明朝换铁器、盐,换绫罗绸缎,换各种生活用品。现在,他们的库里存有很多上等的山参。

他们还有一些貂户。满族的先世几百年来就是靠捕貂生活。他们和北方不少的民族一样,到很远的地方去捕貂。貂皮非常珍贵,很多的富人都喜欢穿貂皮衣服。赫图阿拉城里就专门有捕貂的貂户。

他们还有缎户。缎户是干什么的呢?就是专门采购和保存绫罗绸缎的。另外,这里还有皮户。皮户,是专管皮张的人家。女真人最早以狩猎为主,他们对皮子的保存特别有经验。皮张分大皮类、珍皮类和庶皮类三种。大皮类有虎皮、豹皮、熊皮、山狸皮、驼鹿皮等;珍皮类有貂皮、水獭皮、猞猁皮、雪狐皮、貉皮、海豹皮等;庶皮类有黄鼠皮、灰鼠皮、鼠皮、兔皮、山羊皮等等。皮户不单按时晾晒,还要用各种草

---

① 塔那达:满语。塔那:东珠。达:头领。即,采珠的头领。

药、芒硝等及时对皮张进行熟、揉、绷、裁等多道工艺处理。

他们还有海库。就是专门存放海物的仓库。库里有大宗的海产品，比方说海鱼、海虾、海龟、海蟹、海狮、海豹、海象，另外，还有整条的大鲸鱼。就连鲸鱼皮，鱼翅，鲸鱼须子，鲸鱼的鱼膘，鲸鱼的眼珠子，都是非常昂贵的，有的可以吃，有的可以做佩饰用，有的可以做各种器皿用。那时辽东北边通到北海，就是鄂霍次克海，东北可到库叶岛。海里的产物相当丰富，大虾有两个巴掌那么长，海参又长又粗，有的像粗碗那么粗，肉相当肥，这些中原王朝是没有的。他们得用大量的银子来买辽东海参。努尔哈赤就让到他们那里去的人看他这些东西。你们看我们怎么样？我们富不富有？储藏的东西多不多？

二看我的作坊。你到我们这儿来，肯定有你的活干。你是木匠，我这有木器坊。你是凿石的，我们有石匠坊。我们这还有花匠的活，制陶的活，雕刻的活。你还可以到专门制作人们衣服上挂的各种玉器、荷包，包括佩带的各种金饰品这样的作坊去。我们这里还有肉铺、烧锅、皮革房、铁匠房等。总之，不管你是干什么的，到我这里来，都能有适合你干的活。

你再看我们这儿的集市。我们这儿的市场上人来人往，相当热闹，鱼、龟、禽、兽、山珍、果蔬应有尽有。你来了以后，也可以在这里做一些小买卖。

第二，你要是到我们这里来，我有三样东西赏给你。一、我赏给你布匹。你来了以后我先给你布，来几个人我给你几个人的布，不单是麻布，我还给你江南的粗布，这样，你就有穿的了。二、我赏给你银两。我给你生活必须所用的银子。三、如果你年岁大了，过去你又是一个挺有身份的人。你过来以后，我还给你奴婢。如果你有奴婢，我就给你一些小男孩做杂役，做戈什哈①。

第三，是三享受。你来了以后，一、我给你吃的。二、我给你住的。三、我不但分给你田地，还拨给你牛、马、驴。这样，你还可以在农耕业上有出路。

还有第四，就是各尽所能。如果你身体好，又会武术，可以把你拨到四旗中去做马甲②。如果你的技艺非常好，武术又非常高强，还可能

第二章 鱼儿总要游归大海

---

① 戈什哈：满语，随从。
② 马甲：满语，旗兵。

143

让你做个拨什库①。如果你对中原的武功造诣颇深,知道各个宗派的武功,就请你到武馆去,做我们的武馆师傅。如果你有文才,是个儒士,我就请你到我们的学馆去,做我们的文师傅。每个人到我们这地方来,都能受到"三看"、"三赏"、"三享"这些待遇。你在明朝那里受旱灾、受水灾,吃不上饭,甚至卖儿卖女,到我们赫图阿拉这里,有吃、有穿、又有住,还给你安排各样的生活设施。你能不到我们这里来吗?人们都愿意在赫图阿拉安家,努尔哈赤的力量能不强吗?人,是最重要的。你的势力要强大,关键得有人。有人才能有兵,才能干大事业。这也是努尔哈赤能够迅速壮大自己力量的一个捷径。

努尔哈赤还有更厉害、更重要的拢人手腕。他向在明朝做官的、有一定地位的人放出风,叫"前咎勿论,赏赉有功"、"旗汉一同"、"宽主严奴"、"主奴非论"。什么叫"前咎勿论"呢?就是说不管你原来给明朝皇帝做了什么,只要你投靠了赫图阿拉,以前的过错都不追究。第二,"赏赉有功",就是说只要你过来以后做了好事,我们就赏你,多做多赏。"旗汉一同"就是说不分满人、汉人,都一样对待。"宽主严奴"是说,你原来是主子,过来以后还是主子。你原来是奴才,过来以后还是奴才。"主奴非论"是说,你们过来以后,不管是主子还是奴才,谁对赫图阿拉有贡献,谁就有可能做主子。如果你做了对赫图阿拉有坏处的事,就有可能由主子成为奴才。

努尔哈赤提出的对策原来都是用满文写的。他为了让更多的汉人知晓,派人到抚顺关、开原关,出高价请来那里的汉人的饱学家,盛情款待他们。努尔哈赤把想法就说了,让他们想办法把这几句话变成汉文。这些汉学家琢磨来琢磨去,把努尔哈赤的意思用这几个字表达出来了,而且表达的非常贴切。这几条政策公布以后,在汉人中间,特别是在抚顺、辽东边关一带,人们对女真人的看法、对建州人的看法、对努尔哈赤的看法就变了。不少人更亲近女真人了,也愿意过来看看赫图阿拉。有的人到这先看看情况,看好了以后再回去,把家口偷着再带过来。赫图阿拉这里每天都有这样过来的人。

努尔哈赤也挺有意思,他完全保留了女真人的特点。女真人有这样一个特点:自己的一个氏族、一个姓氏的孙男弟女,就是一支队伍。不管跟谁打仗,他们都是全家出动。努尔哈赤一家就是这样。努尔哈赤有

---

① 拨什库:满语,低级一层的军官。

好些个儿子，他的儿子都非常有名。在他兄弟五人中，与他一母所生，排行老三的三弟，叫舒尔哈齐。他们哥俩从小就没妈，跟继母生活在一起。继母肯姐为人刻薄，看不上努尔哈赤和舒尔哈齐他们哥俩。舒尔哈齐从小就依附于努尔哈赤，兄弟二人相依为命。后来，他们把自己的家业发展起来了，军事也发展起来了。当时在大明朝，都知道女真人里有两个英雄的兄弟。这两个人非常厉害，是两只矫健的雄鹰，一个是努尔哈赤，一个就是舒尔哈齐。

我们讲讲哥哥努尔哈赤。努尔哈赤比舒尔哈齐更有头脑，更有魄力，也更有组织能力。他刚毅聪睿，是一个杰出的政治家和军事家。努尔哈赤当时有八个儿子，都非常有名。大儿子褚英，万历八年生，现在已经二十多岁了。他骁勇多谋，能征惯战，是努尔哈赤身边一个重要的武将。二儿子代善，万历十一年生。代善自幼习武，勇猛过人，武艺也非常高强。代善在将士里的威信很高，大家对他的印象也好。努尔哈赤周围的幕僚都说代善有发展，是将来接他位的人。包括当时朝鲜来的一些官员也都对代善非常尊敬。努尔哈赤认为将来最有可能主宰赫图阿拉的就是他的二儿子代善。五儿子莽古尔泰，万历十六年生。他也是一员小武将，是一个年轻有为的英俊后生。莽古尔泰非常稳重，待人接物也很好。在整个赫图阿拉人的眼里，都认为他是个很有出息的孩子。八儿子皇太极，万历二十年生，他今年十三岁。皇太极长得仪表堂堂，威严庄重，方脸庞，浓眉大眼，两个耳朵的耳垂特别长。皇太极还没有结婚，跟他阿玛努尔哈赤生活在一起。他非常聪明机灵，努尔哈赤最喜欢他。别看皇太极年龄小，可他从小就言词敏捷，善于察言观色。他的脑子相当灵，悟性也高。努尔哈赤经常把他带在身边。皇太极很勇敢，也很吃苦耐劳。他五岁就开始在马上练习骑马、射箭。他的几个哥哥也挺喜欢他，都愿意领着他，愿意教他箭法、武术。他把这些人的本事都学来一些，在武功方面也进步很快，得到了努尔哈赤的赏识和钟爱。

努尔哈赤对自己的儿子们要求很严，他常出一些题目，让儿子们去做，以查验儿子们的品德、智谋和办事的能力。说书人现在跟各位阿哥讲一件事情。这件事发生在这一年的春天。这天，努尔哈赤安排完城里的事情以后，他想考一考他身边这几个孩子的能力。当时，大儿子褚英跟大将费英东到北边的一个地方调查敌情去了。他就带着二儿子代善、五儿子莽古尔泰和小儿子皇太极以及众多的护卫兵来到了西山岗。西山岗这里有一片密林。这片密林长期以来就是努尔哈赤狩猎的地方。这里有很多的糜鹿、野猪和熊。努尔哈赤把三个儿子召唤来说:"我今天想吃烤鹿腿。我不去了,我就吃你们几个打的鹿。"

女真人狩猎很有特点。他分为小股围猎和大型围猎两种形式。小股围猎就是一个人或几个人参加的狩猎。大型的围猎,就是有一群人或几百人参加的狩猎。大型围猎设有一个总旗手,这几百人都由总旗手统一指挥。一次大型的围猎下来,少则二三日,多则五七日,再多的就是十几天、二十几天。女真人狩猎不管人多人少,都采用围猎的形式。就是在狩猎之前,人们先分散开,形成一个很大的包围圈,逐渐向预定中心前进。其中,有人敲着棒子或者锣,把野兽从山里赶出来。围猎的人们逐渐缩小包围圈,将野兽赶到一个固定的地方。这时猎物就很多了,射手再进行射杀。射杀回来以后,他们拢起火,再把被捕捉到的野牲畜就地宰杀、剥皮,进行燔烤。燔烤熟了的肉蘸点作料吃。他们蘸的作料也非常简单,就是将野菜、野蒜、野葱捣成汁,把酱或者盐粒和里头,肉就蘸着这个有咸淡的野菜汁吃。

今天,汗王爷努尔哈赤组织的是小型围猎,就代善他们兄弟三个人参加捕杀。他们照样采取围圈的形式。这时,骑兵们根据将领的指挥,已经把鹿从围场四面轰过来了。今天因为要捕鹿,所以他们锁住的就是鹿,其他的野兽都放出去了。

努尔哈赤接着说:"我没什么具体要求,你们就按你们自己的想法去捕。你们认为怎么捕对,你们就怎么捕。去吧,你们现在就行动吧。"说完,努尔哈赤就在虎皮椅上坐下,他要看着自己的三个儿子怎么个捕法。旁边有人打着伞盖,还有几个护卫站在两边保护着他。

他们哥仨各走进一个山(路)口。咱们现在单讲代善。二贝勒代善的武艺是相当高的。他使的箭也与众不同,他使的是头排大箭,箭弦非常粗,都是二三百石的,一般人拉不开。努尔哈赤的指令下达以后,代善想:这有什么?射鹿不是太容易了吗!确实,用这弓射的话,一箭能射穿两只鹿。而且,对于他来说,射只鹿是手到擒来的事。代善手拿弓箭,打马进了密林,奔山沟就下去了。他想早点把鹿取回来献给阿玛。再讲莽古尔泰。莽古尔泰使的也是大箭,不过他使的箭没他二哥使的箭大,从箭弓和箭弦上来看,是比二排箭稍强点的箭。莽古尔泰心中也想,给阿玛射一个稍大点的鹿,让阿玛吃个够。他也按照被分配的山沟打马进去了。我们最后再讲皇太极。皇太极心想:阿玛这是什么意思呢?让我们几个捕鹿不是主要的,这里面肯定有原因。皇太极从小就这样,遇到什么事,他都考虑得相当仔细。他前前后后想了很多。最后,皇太极打定主意,打马就往山里去了。皇太极使的这个箭,也属于二排箭。他年纪比较小,弓比较小,箭弦也比较细,但照样可以射到鹿。他们三个就这样都进林子里去了。

不大一会儿,他们各自完成了任务。护卫过来禀报努尔哈赤:"三个小贝勒都已经射回了鹿。"努尔哈赤说:"好吧,让他们都抬过来吧。"他们三个都觉得自己的任务完成得很好,神采奕奕地回来了。三个小贝勒过来给努尔哈赤汗王爷磕头。他们身边的护卫抬着他们各自打来的鹿,并把猎物摆到了自己的前边,请汗王爷查看。

汗王爷努尔哈赤一看,二贝勒代善捕的鹿最多,有六七只,都是一箭射中的,还有一箭射中了俩的。莽古尔泰跟前放了一只大公鹿。皇太极身边有三只鹿。一只死鹿,一只老母鹿,还有一只小鹿崽儿。小鹿崽儿没绑,它在母鹿旁边转来转去。汗王爷说:"你们都起来吧。"他们几个都站起来。汗王爷又赐他们几个坐下。汗王爷说:"你们几个说说,你们是怎么打的鹿啊?代善,你是哥哥,你先说。"代善重又跪下回话:"阿玛,我按照您的盼咐,把鹿捕回来了。我打的鹿里有公,有母,有大,有小。阿爸您选,您想吃哪个鹿,我现在就剥皮,把鹿腿给您砍下来。"汗王爷又问:"你为什么要捕这么些鹿,一只不够吗?"代善说:"阿玛,我多打几个,您老可以有选择,您老爱吃哪个,咱们就砍哪个。"汗王爷夸赞道:"好孩子,难得你一片孝心。"

汗王爷又问莽古尔泰:"莽古尔泰,你怎么就给我打来一只鹿呢?你偷懒呀!你说说,你为什么这么做?"莽古尔泰原本挺高兴,但回来一看二哥捕了那么多鹿,自己只捕了一只,心里就直打怵。他心想:这回我肯定得挨呲儿。汗王爷这一问他,他吓得赶紧跪下说:"禀父汗,我是这么想的。父汗想吃鹿腿,有一只鹿就够了。山是咱们家的山,林是咱们家的林。您什么时候想吃,我们什么时候可以捕。所以,我没捕那么多。"汗王爷听了以后微微点了点头。汗王爷又问皇太极:"你是怎么捕的鹿?说给我听听。"皇太极跪下禀报说:"阿玛,我让我的护卫在山沟里弄几个鹿窖,先把鹿赶到里面去。这样,既伤不着鹿,又把鹿抓到了。大鹿进去了,小鹿也就跟着进去了。"皇太极沉思片刻说:"阿玛,孩儿有一个请求。不知当说不当说?"汗王爷说:"儿子,有什么话,你尽管说。"皇太极说:"谢阿玛。阿玛,我想请您不要吃它,放了它。现在正是母鹿生崽儿、育崽儿的时候。您把母鹿吃了,它的崽儿怎

第二章 鱼儿总要游归大海

么活呀？我同意五阿哥的说法，山是咱们家的山，林是咱们家的林。咱们不能把咱们自己家的财富都砍净了。"汗王爷点了点头。皇太极继续说："阿玛，我还有一个请求。咱们以后能不能分季节捕鹿，这样，会有利于鹿群的繁殖。"汗王爷点头说："好。你说的话，我会考虑的。你先起来吧。"

汗王爷听完了三个儿子的陈述后，非常高兴。他心里想：我的孩子都长大了，他们一个个都懂事了。我有这样的后代，我们家族的事业一定会更加兴旺。努尔哈赤非常振奋，从虎皮椅上站起来说："我看了三个儿子给我献的鹿，都很好。我心里非常高兴。儿子们，刚才戈什哈禀报，朝鲜国来了使臣，我得先去接待一下，就不在这吃了。你们把这些猎物都装回去，咱们一起回家吃。"汗王爷又对小儿子皇太极说："皇太极，你做得对。你的想法也很好，很合阿玛的心。你把大母鹿和它的崽儿放了，让它们回山林去吧。"汗王爷这样一说，护卫们赶忙解开绑在母鹿腿上的绳子。母鹿撒开四蹄跑了，鹿崽儿在后边紧追，它俩一会儿就不见了踪影。其他的鹿已经死了，由护卫装上了车。汗王爷领着这些人，回赫图阿拉了。

汗王爷跟他的三个儿子骑着马并排而行。他打量着自己的三个儿子，心想：二儿子代善是一个勇将，这些年为我立下了不少功劳，但是他有勇少谋，我还要多开导开导他。汗王爷就说了："代善，你的箭法很好，但是你的心不细。你哪能连老带少一块杀呢？它们就像咱们赫图阿拉周围的这些树林一样，咱们不能把小树和老树一起砍，树都砍光了，咱们的城池不就露出来了吗。咱们得选着砍，狩猎打围也是这样，要选那些老的、伤的打，不要连老带小一起杀，都杀绝了，咱们以后还有什么移师之力呀？"三个儿子听了汗王爷这番语重心长的话，都佩服父汗想的远。代善红着脸说："孩儿一定记住父汗的话。"

这件事给努尔哈赤留下一个很深的印象。他更加喜欢皇太极，别看这个孩子小，他想得多周到、多细呀。俗话说：三岁看大，七岁至老。努尔哈赤认定皇太极将来肯定有出息，一定会成为一个治国安天下的栋梁之才。努尔哈赤汗王爷对自己的小儿子皇太极非常信任。当时战事挺紧，努尔哈赤要亲自领兵征战。他就让皇太极在家里主持家政，很多的事情他都交给皇太极来做。皇太极发挥他的聪明才智，总是出色地完成汗王爷交给他的任务。

努尔哈赤有一个长处，他善于听取各方面的意见，也愿意跟大家在一起谈论些事情。他往往出些个题目让大家讨论，讨论的时候，大家各抒己见。你就是说错了，汗王爷也不生气。在赫图阿拉也好，在佛阿拉也好，大家跟他无话不谈。他也常到兵丁或猎民中去，跟他们唠嗑。过后大家才知道他是汗王努尔哈赤，有不少人吓得直摸脖子。

　　努尔哈赤有时把儿子们召集到一起商量军情国事，了解孩子们的想法。在万历三十二年之前，努尔哈赤正在酝蓄力量，准备起兵的时候。一天，努尔哈赤把他身边的亲信召集到一起，其中有他的三弟舒尔哈齐和他的几个孩子。他突然提出这样一个问题："我们应当对大明朝持什么态度？"大家心里头都明白：努尔哈赤醉翁之意不在酒，他这是要反明。当时，明朝的辽东总兵官李成梁跟努尔哈赤的关系非常密切。努尔哈赤属于他的晚辈，表面上，努尔哈赤对李成梁毕恭毕敬。李成梁也没看出来努尔哈赤有什么抵触情绪。大家围绕着努尔哈赤提出的这个问题就争论起来了。大贝勒褚英、二贝勒代善和大将扈尔汉以及一些人的看法是：以逆为首，以攻为首。咱们公开跟明朝对着干，战胜大明朝。还有一些人说：对明朝应该以逆为首，以诚和信为辅，不能真诚，也不能真信。真诚、真信的话，咱们不就成了崇明了吗？咱们要是崇明的话，又怎么能反明呢？皇太极跟他的哥哥争个不停。他的看法是：咱们对明朝不能以逆为先，应该以诚为先，有诚才有逆，不诚不能逆。这些话听起来非常隐讳，必须细细破解才能明白。所以褚英、代善，包括莽古尔泰都觉得自己的老弟弟就能说些歪歪话，不细琢磨都不明白。舒尔哈齐也反对，他认为皇太极说话拐弯抹角的，让人听不明白，有话就直说呗。谁知道，努尔哈赤非常愿意听皇太极的这些话。努尔哈赤说："你们不要争了，让皇太极把他说的话解释一下。"皇太极遵照汗王爷的意思，又细说了一遍："我们现在不能反明，我们还要靠着大明朝呢。阿玛现在还正吃着明朝的俸禄，是明朝的都指挥使，同李成梁一起统理辽东军务。阿玛惟有做好这个差使，对朝廷有诚有信，才会打消明朝对我们建州的疑心，赢得明朝的信任。我们未来的前途才会是不可限量的。"努尔哈赤非常赞同小儿子皇太极的说法，别看他人小，却很有心计。事实上，努尔哈赤在天命元年称"汗"之前，对明朝的策略，基本上都是按照皇太极的这种想法去做的。

　　还有一次，努尔哈赤提出：应当把赫图阿拉城建成什么样？怎么样才能把赫图阿拉各方面做得更好？皇太极这些众兄弟，包括努尔哈赤的弟弟舒尔哈齐和从铁岭、开原过来的汉人文士都参加了这场讨论。努尔哈赤让他们随便发言。皇太极说了不少很奇特的高论。当时有个汉学家叫隋八斗，他就是根据皇太极的高论，写出了一篇很有名的文章"库论"。文章里提到："只有库坚、库丰、库强，我们才能够立于不败之地。"就是说：我们要想成为一支强大的力量，必须先有一个富足的库。广集人才，把人才都招来，有一个丰富的人才之库。把武将都吸引来，装备一个强大的武库。再把各样的财富都汇总到这里来，我们又有财库。只有我们的库满，征战时我们才有实力。我们才会长寿下来，永远立于不败之地。这个比喻打得很好，努尔哈赤非常满意，他说出了努尔哈赤的心声。努尔哈赤这些年也确实就是这么发展起来的。

皇太极又提出一个看法：我们不要随随便便地把来的人都杀掉。表面看来，杀了他更简单。但是，我们如果不杀他，他会更感激我们。我们对他有德，他就会对我们报恩，就会成为我们的力量，去反对那些他原来不反对的人。他们的心跟我们在一起，咱们的力量不就强了吗！我们的库就要这么建。我们要用我们的心，用我们的辛勤努力，来壮大赫图阿拉的力量。我们要飞腾起来，成为大明朝抵挡不了的一个敌手。女真人过去有句俗话："小燕虽小，日行万里风云路。鲤鱼虽小，能跳过千丈龙门。"俗语还说："有志不在年高。"这些都是说有没有志气，并不在于他（它）有多大。皇太极就是这样的人，别看他仅仅是一个十四岁的少年，但凭着他的聪慧、勤奋、好学、勇敢，赢得他的阿玛努尔哈赤汗王爷的由衷喜爱。他的哥哥们也不能不伸大拇指，佩服这个小弟弟。

皇太极在努尔哈赤的严格要求下，比他几个哥哥学的汉学都多。他身边有个汉学家，那就是开原的隋八斗老先生。皇太极非常聪明，一点就透，诗词歌赋样样都会。隋老先生对他是耳提面命，格外器重，对他教的也更多、更细。皇太极学习起来特别刻苦，学的也快，比别人进步的都快。皇太极非常爱看书，他从七八岁认字以后，就开始学汉学。他的汉文相当好，对中原王朝历朝著名的文人墨士他都非常熟悉。他对一些汉人的贤臣也很重视，在他用满文写的条幅里有这样一句话："我不信英雄专出在女真人，中原文武圣贤如云，皆我师，应习之悟之，不餍甘馐，乃可长寿。"说明他对汉学、中原历朝的名人贤士非常尊敬。

皇太极对中原王朝春秋战国时期诸子百家的书爱不释手。他尤喜苏秦、张仪的雄才阔论，对汉代的张良张子房、三国西蜀的诸葛孔明、明初的刘基刘伯温等先贤更为敬佩。他还特别欣赏战国时期一个叫孟尝君的。孟尝君是战国时期齐国的一个大臣，是当时非常有名的田婴的儿子，后来袭封于薛①。所以，都叫他薛公。孟尝君不是他的名字，是他的号。这个人轻财下士，愿意结交天下的名士。他门下有食客三千。这些人里有很多能人。这个故事使皇太极很受启发。他觉得孟尝君做得太好了。他就希望自己像孟尝君那样，广纳贤士，把赫图阿拉变成一个对建州有用的人才之库。

他是这么想的，也真就这么做了。他先建起了一个"布库②楼子"。"布库楼子"就建在旧老城的兵营那里。当时他们很多的要职部门已经搬到赫图阿拉去了。这里主要是军事要地，努尔哈赤和负责军事要务的一些哈番③住在这里。皇太极跟他阿玛左说右说，才在他们住房前面的一块空场上，围起了围墙，盖了数间土坯、草苫的平房。就是最开始的"布库楼子"。后来，皇太极还专请来一些师傅教他们。这些师傅多数是汉人，而且多数是明朝的一些降将。皇太极和一些孩子们在这个"布库楼子"里不光摔跤，他们还在这里学文的学文，学武的学武，学各种技能。这里琴棋书画，样样皆有，非常热闹。时间长了，有些人不理解，背后总向努尔哈赤告状："汗王爷，您可别让皇太极惹出事来。他那里什么人都有，您可要小心点。"努尔哈赤乍开始的时候也心有疑虑，但他相信自己的儿子，做事从不蛮来，肯定是有他的小道眼。

一天，努尔哈赤亲自来到"布库楼子"。努尔哈赤进院一看，嗬！小院里有好些间小屋。有的屋里的孩子在练布库，有汉人师傅在旁边指导。有的屋里的孩子们正在背唐诗，背得非常起劲，也有汉人的老师在监督。他又来到另外一个屋子，那里的孩子正在学画画呢。教画画的老师岁数挺大，戴着老花镜，五绺长髯一直飘到胸前。努尔哈赤询问了这位老师的情况。原来，这位老人来自铁岭，是明朝著名的画家。他很喜欢女真人，不顾明朝人的阻挡，也不听他儿子的劝告，自己背着画笔和行李卷就来了。他到这儿以后，皇太极对老人家非常热情，照顾得也很周到。老人挺喜爱皇太极，也挺喜欢赫图阿拉这个地方，就这么留下来了。努尔哈赤向老先生致谢，又问他有没有什么困难？需要我们帮助办的，尽管提出来。老先生回答道："汗王爷，小贝勒把一切都给我安排

---

① 薛：今山东滕县。
② 布库：满语，摔跤。
③ 哈番：满语，官员。

第二章　鱼儿总要游归大海

151

好了。我什么困难也没有，您就放心吧。"努尔哈赤汗王爷非常高兴。他又到其他屋里去看了看，有的屋是学雕刻的，有的屋是学做酱油的，还有学织布的，学酿酒的等等。还有一个小屋里坐了不少衣着破烂不堪的人，正在登记。皇太极告诉努尔哈赤："阿玛，这些都是我从开原那边跑过来的人里选来的。他们这些人都有特长，有的是木匠师傅，有的是瓦匠师傅，有的是打铁的铁匠。那老两口带着孩子来的，他们专能打造各种刀器，是做兵刃的。我把他们请来了，将来咱们在这里办一个各种技艺的学馆，培养各方面的人才，赫图阿拉不就越来越强大了吗！"努尔哈赤认为皇太极的想法很好。他心想：谁说这是玩的地方，是惹祸的地方，我看这地方不错，是个宝地。我们有了这样的地方，就等于有了成千上万个和我们一条心的人。

皇太极把努尔哈赤又领到另一间屋里。努尔哈赤一进屋，见屋里坐着几位老人。这几位老人都到了古稀之年，个个头发花白。老人们认得，皇太极领来的是满洲建州左卫的首领——汗王爷努尔哈赤，都站了起来。他们有的作揖，有的下拜。汗王爷过去把大家扶起来，亲切和蔼地说："各位老哥哥，不要这样，快快请起，快快请起。"汗王爷的热情感动了这几位老人，老人们站在那里都没坐。汗王爷拍着他们的肩膀让他们坐下。皇太极在旁边给努尔哈赤做着介绍："阿玛，这几位老先生都是辽东的名士，有的是丹青画家，有的老先生的弟子现在还在明朝为官。因为众位钦佩您的德政，认为您礼贤下士，仁义四海。几位都投奔到咱们这儿来。"有位老人附和说："是啊，我们仰慕汗王爷广交天下之士的心，前来投奔汗王爷。我是画画的，曾给辽东府衙彩绘过辽东一带的山河走势图，编绘过图籍，受到过万历皇上的嘉许。现在，我愿把这个图册献给汗王爷。"皇太极把这位老人献的图册呈给阿玛努尔哈赤。其他几位老人也把自己的一些藏图献了出来。

努尔哈赤喜出望外，如获至宝。这是何等珍贵的图啊。这些图标注细腻，一目了然，全是老人们有意收罗并带过来的，有的是沈阳城图，街道在哪，兵马司在哪，住户在哪，绘得一清二楚；有的是抚顺城图，标着兵力的部署，哪有兵营，哪有关卡，画得也是清清楚楚；有铁岭城图、辽阳城图、开原城图。有一张图画得挺有趣儿，把辽东总兵李成梁的看花楼也给画下来了。看花楼上有几个女人，有的弹着琵琶，有的好像在唱着曲子。还有一张图，汗王爷看了非常高兴，画的是和赫图阿拉相邻一带的明边垦域图，图上标注着哪里有多少个堡子，哪块儿有明朝开垦的地，哪块儿现在还空荒着。还有的图是画着东蒙和西蒙各个部落布阵的图。汗王爷看到这些图真是爱不释手。他曾经想了多少年，要把这些地方的情况弄清楚。没想到，自己的小儿子用这种办法实现了他的梦想。这真是：踏破铁鞋无觅处，得来全不费功夫。努尔哈赤非常激动，感谢阿布卡恩都力①对我的恩赐，这是众神在保佑着我，使我得到这么些贤能之人。

这件事过去以后，努尔哈赤不但不同意那些人的流言蜚语，而且认为"布库楼子"是必须要有的地方，它是我们赫图阿拉最宝贝的地方。这里的这些人才都是我最尊敬，最应该保护的。努尔哈赤下令："布库楼子"要有兵士把守，谁要敢来这里捣乱，就按我的腰牌行事。努尔哈赤的腰牌就是命令，谁要是违反了汗王爷的命令，就会被判刑甚至杀头。从此，谁也不敢再打"布库楼子"的主意了。

努尔哈赤拨了万两白银扩建"布库楼子"。那时候的银子相当紧缺，努尔哈赤用这么多银子扩建"布库楼子"，足见他对这里的重视。

皇太极身边有很多能人，有从铁岭、开原过来的大匠役。他们自己到山里砍来大原木，自己设计，自己绘图，自己架木盖楼，并在上面雕龙画凤，刷上红、绿、黄漆。新建的"布库楼子"一色是仿明朝的建筑，真是辉煌耀眼，好不漂亮。"布库楼子"成了当时佛阿拉最亮丽的一个地方。过去的"布库楼子"就是一间间平房，叫"楼子"是为了好听，这回努尔哈赤给了银子，他们就在一部分平房上又加盖了一层，成了真正的楼子。

努尔哈赤又拿出一部分银子奖励那些为"布库楼子"做出贡献的明臣和匠艺们。没房子的，给他们房子；没妻室的，让他们自己选妻室；又给他们奴仆。奴仆一般都给一对儿。一对儿就是一男一女。努尔哈赤又用一部分银子扩建了"布库楼子"里的几个馆。这里现在分成了三个大馆：一个是"艺能馆"。这里既有师傅，也有女真派来和自己愿意来学习各种技艺的人，这就帮助了赫图阿拉城将来在各种手工业作坊方面的发展。还有一个"文武馆"。这里有学文的，还有学武的。他们把南山铲平了，修建了一个马场，作为他们练枪、练剑、练马术、比武的演武场。场子非常大，上头搭一个台子，像点将台似的。除了这两个馆以外，还有一个馆叫"议荐馆"。这是汗王爷建议成立的。这个馆里主要

---

① 阿布卡恩都力：满语，天神。

负责二三件事。一件事就是集思广益，请明朝和其他部落的人到这来，听他们介绍外面的情况，也听我们派出去的人介绍了解到的情况。这样的话，我们坐在家里就可以知晓天下事。另外，再举荐一些能人。还有，有些人投奔我们来了，怎么用他们，这都要听听大家的意见。这个馆由汗王爷亲自来管，其他两馆的事情多数由皇太极来管。

"布库楼子"正面的匾上刻了"布库包"三个满文大字。从正门进去以后，有三个大厅，一个是"议荐馆"，一个是"艺能馆"，一个是"文武馆"。每个大厅里都有数间小房子。这三个馆的字都是用满文和汉文两种文字写的。满文字是皇太极写的，汉文字是隋古老写的。他俩写好以后，找来工匠，刻到匾上，悬挂在每个大厅门的上方。

汗王爷又命令将士们，特别是他自己的儿子，不要偷闲，抽时间到这里来听听、来看看。这回，不少人都愿意到这儿来学技能，长见识。不久，在努尔哈赤的建议下，在"议荐馆"的一侧又辟出一间房子。房子里面的陈设非常讲究。墙上有各种各样的绘画，屋里摆了不少用椴木、榆木、槐木刻出来的雕花茶几。茶几上陈放着一些非常珍贵的地图，这些地图就是从明朝过来的一些人献的。这块匾也是隋古老亲笔给题的，叫"舆图馆"，皇太极写的满文。这个馆里面的内容不断地得到充实。它专门供给赫图阿拉的文武将领参看。这是个非常机密的地方，要有汗王爷的腰牌或传过来的话，方可进去。

说书人再把女真人的生活习俗给各位阿哥简单介绍一下。过去，女真人成家都比较早，这是他们留下来的古老习俗。男孩生下来以后，到了五岁，就要让他看马、看动物，认识外面的生活。到了六岁，大人就把他抱到马背上练习骑马。孩子从马上摔下来，大人再把他抱上去，继续练。夏天的时候，孩子们要跟大人们一样，到江河湖泊里练习游泳。冬天，孩子们还要和大人一起打雪仗，练习冬泳。过了十岁，大人们就认为你可以顶门过日子了，你就得带着弟弟妹妹们出去打猎、网鱼了，当然，骑马就更不成问题了，根本都没有马缰绳。到了十三四岁的时候，男孩就要娶妻生子了，女孩到十三岁就可以出嫁了。北方的生活，造就了女真人的后代。他们一个个都特别坚强，非常能吃苦耐劳。皇太极就是这样，他到了十三岁的时候，已经能顶起一个家了。他的父汗和他的哥哥们领着兵马出去征杀时，他就成了家里的主人。所有留在城里的人，都要听他指挥。他不再是一个光知道玩的孩子，而成为一个年幼的统帅。他不但要照顾家庭的生活，还要管城内的事情，就连守城的事儿他也要管。皇太极恪尽职守，把一切安排得井井有条。

汗王爷从不娇惯自己的儿子，哪个儿子懒了，都是要挨鞭子的。皇太极就是在这样严格的家教中成长起来的。他继承了本民族的良好传统和习俗，得到他父兄的称赞和信任。这个"布库楼子"能建得这么好，能够得到他父汗和他哥哥们以及赫图阿拉所有人的一致称赞，主要的功劳还得归功于皇太极。这和他的勤奋、聪明是分不开的。当然，他的哥哥们对他的帮助也很大。他的几个哥哥没事的时候，就教他骑马、射箭、摔跤，使他从小就练就了娴熟的骑射技艺。哥哥们还帮助他开展各种比武活动，使文武馆的箭法比赛、马术比赛和摔跤比赛，都开展得非常好。有的人还推荐一些人，使这个馆里有了很多有名的人士。上文书中提到的汉人隋古老老先生，就是他的二哥代善给他推荐的。说起隋古老，这里还有几个小故事。各位阿哥，从以下几个故事里，也可以看出赫图阿拉对人才是多么尊重、多么渴求。

努尔哈赤要求皇太极他们，不但要了解女真人的情况，还要知道赫图阿拉以外的事情，要广知天下事。皇太极想：我得懂得汉文，这是非常重要的。如果不懂得汉文，就不知道明朝的一些事情，也没法和明朝联系。要想懂得汉文，就必须请一些有名的汉学师傅来教我。一次，二贝勒代善秘密出去调查情况，回来后，他对皇太极说："锦州城有个出名的老倔头，外号叫'隋八斗'。这个'隋八斗'怀才不遇，对明朝非常不满，逢人便讲明朝的过错。后来被关到了开原府。"二哥代善只不过是随便说说，皇太极却留心了，他一再向他二哥打听。二哥代善也只是听别人说的，知道得并不太多。可是，皇太极耐不住性子，决定智请"隋八斗"。

有这么一天，皇太极领着自己的两个心腹随从，骑着小毛驴，驮着草口袋，像几个逃荒的百姓。他们没敢骑马，怕明朝把关人看他们富有，引起明朝人的怀疑。他们走了两天多，顺利地来到了开原。到了开原，他们就打听隋古老的下落。好在隋古老是个挺出名的文士，谁都知道他。有人告诉他们：这个老隋头不是蹲庙台，就是在哪个树底下坐着。你看哪个光着脚丫子、头发乱七八糟，身上戴着刑具的，那就是他。皇太极他们根据人们的介绍，在一棵老杨树下面看见一个老头，一个小孩在一旁放着两只小山羊。这老头满脸络腮胡子，胡子挺长。伸着两个大脚丫子，身上戴着刑具，张着嘴在睡觉，破草帽子被扔在一边。皇太极就问那个小孩："睡觉的是不是'隋八斗'老爷爷？"小孩告诉

第二章 鱼儿总要游归大海

他:"正是"。

皇太极没打扰老人,他让随从到附近的小酒馆打来了一壶酒,买了点猪头肉和两棵大葱。猪头肉让馆子切好,装到一个盘里,又拿了两双筷子。皇太极这才轻轻地拍了一下老人。老人睁眼一看,他前面站着一个年青后生,长得挺漂亮,身上穿的不怎么好,却很利索,看起来生活也不算太穷。这个后生向他深施一礼。老头虽然穷,但他知书达礼,对人特别有礼貌。他一看这小孩儿挺有礼貌,就和蔼地说:"这个后生,你找我干什么?你是要问道哇?还是要找哪个人呢?你说吧,看我知不知道,如果我知道,我就告诉你。如果我不知道,我帮你找一下。"皇太极就说了:"老先生,我是来找您的。我久闻您的大名,您是当今有名的才子,您的文才出众,是锦州、开原一带谁人不知、无人不晓的人物。我今天特地来拜访老爷爷,向您老人家求教来了。"说罢,皇太极躬身施礼,这使得"隋八斗"老人非常感动。老人马上起身,把皇太极扶起来:"好孩子,好孩子,不要这样,你有啥话就尽管说。我老头儿对懂礼貌的人愿意以诚相待。孩子,快坐下。你有什么事问我?"说完,"隋八斗"老人往四周看看,旁边也没什么可以坐的,只有块土坯。"隋八斗"就把它搬过来了。"你就坐这儿吧。"皇太极听话地坐在了那块土坯上。从年龄来看,皇太极是个小孩子,老人已经到了古稀之年,他俩在一起像祖孙俩。但是,他们谈得非常投机。皇太极非常尊敬老人,老先生也非常喜欢皇太极。这个孩子这么渴求知识,又很懂礼貌,老先生就乐意跟他交谈。

原来,这位老先生确实姓隋,单名璐,字伯臣。这个璐是一种玉。隋璐,意喻高洁。他今年已经七十五岁了。老人平时不用他的名字,谁都不知道他叫隋璐,也不知道他叫隋伯臣,只知道他有个外号叫"隋八斗"。他也这么称呼自己。他曾经说过:"现在当官的都非常无知,他们只知道贪赃枉法。""隋八斗"的才华倒很出众,可惜他仕路不佳。他从大明朝的嘉靖年就开始考进士,一直考到隆庆年,后来又考到现在的万历年。他逢场必考,可场场不中。最后,他勉强考得了一个举人。老头一有气,干脆不考了。自己就给自己起了个外号叫"隋八斗",自恃自己才高八斗。大伙也就跟着这么叫下去了。

隋老先生没考上进士的原因是什么呢?说起来,不是隋老先生的文笔不行。那是为什么呢?就因为隋老先生的脾气倔。隋老先生有一篇文章,每次考试,他都写这篇文章。文章的题目叫《过明论》,里面说的都是明朝的一些过错。他说："我这个平民百姓也没法见着官，更没法见着皇上。我只能用考进士的文章劝谏皇上。"由于他有这种想法，所以，他每回写的都是《过明论》。只不过内容一次比一次充实。《过明论》里主要说：皇帝崇道，百官无道，民生无道。他用三个道揭开了当时明朝的腐败，意思是说：皇上光信道了，只求自己长生不老。各级的官员贪赃枉法，昏庸无道，什么官爱民哪，他们根本没有这个想法。百姓们没有生活之路。这就是明朝现如今的状况。他写了这三个道以后，又谏言朝廷十八款。他说：按我这十八条做，就可以治国安邦平天下。你说，他写这样的文章，这不等于是公开反对朝廷么。他每次都这样写。有些考官见他如此固执，简直到了痴迷的程度，也不愿意搭理他，就说他酒后失言。有时他刚写一半，考官一看，他又老生常谈，干脆就把他撵出了考场，不让他考了。这老头不服，他们就给他戴上大脚镣子，把他囚到开原府。狱头们见在他身上也榨不出什么油水，他又没有什么大事，干脆就把他放了，又怕把他放出来他再闹，就给他带上铁链子。他哪天要是再闹，就再把他抓进衙役。他天天就这么混日子，有时到庙台上蹲一宿，有时到富人家的大门楼里蹲一会儿。在这里让人踢几脚，他又跑到别的地方。尽管这样，他还到处讲他的道理。他逢人便讲：我的《过明论》是对的，现在的朝廷就是这样。皇帝光信道，百官无道，咱们老百姓没有生活出路。他每天都这么磨磨叨叨的，大家都认为他是个疯子，也就没人理他了。

  皇太极通过跟老人谈话，看出老人思路非常敏捷，并不疯癫，是个很有才华的人，不枉称才高八斗。皇太极就琢磨：能不能把他请到我们那里去呢？让他为我们效力。但是，他是朝廷的罪犯，随便把他抢走、带走都是不行的。皇太极想：明朝的官员不就是要银子吗。我多给他们银子，让他们把老人放了。皇太极就拿出一些银子，通过别人把狱官找来，把银子交给他。银子一交，就好说话了。狱官把"隋八斗"老人身上的刑具拿掉了。皇太极就把"隋八斗"老人接到了赫图阿拉。

  "隋八斗"到了赫图阿拉以后，皇太极把他的情况禀告给了努尔哈赤。努尔哈赤非常高兴，夸奖儿子救了一个人，做了件好事。皇太极又命人给"隋八斗"老人换了衣服，把头发梳好，留起了辫子，重新打扮起来。"隋八斗"老人还真没辜负皇太极对他的厚望。他不仅文章写的好，八股文做得也好。老先生被请进了书馆，得到了重用，受到了赫图阿拉人从上到下的尊敬，成为汗王爷身边的重要谋士。"隋八斗"非常

第二章 鱼儿总要游归大海

受感动,他常说赫图阿拉是龙兴之地,将来肯定有大发展。他决心把自己的所有的才华都献给赫图阿拉,献给努尔哈赤汗王爷。他写了很多文章,努尔哈赤和明朝来往的一些折子、文书也都是他写的。后来,在努尔哈赤的安排下,皇太极他们几个人又到了开原府,把他的老伴儿和他九十多岁的瞎老娘接来,使他们全家团聚。

"隋八斗"从不会阿谀奉承,他对努尔哈赤也是如此。他虽然敬佩努尔哈赤,但有时也胆大妄为地指责努尔哈赤,说他杀戮太多。那时女真兵马每到一个地方,就是一阵抢,如果你不服,就把你杀掉。有时连人带东西一起抢。有时他们杀完人把耳朵割下来,用皮条子穿上,回来后按耳朵多少算功劳大小。这些事让"隋八斗"看见了,他非常不满意,大叫这是强盗的行为。有一次,"隋八斗"跟努尔哈赤当面直谏:"我哪点都佩服你,就不佩服你杀人太多。你应学孔孟之道,统御仁义之师。欲图天下,应以德服人,不可以武力役人。""隋八斗"的话,多次惹怒了努尔哈赤。另外,"隋八斗"对赫图阿拉的有些旧俗也看不惯。他认为赫图阿拉奴才太多。在当时的女真人里,奴才是最下等的人,没有什么地位可言。主人说杀就杀,说砍就砍。主人临死前,说要几个奴才跟他一块死,几个奴才就得陪着他一块殉葬。哪个奴才要是跑了,大家也不答应,一块儿把他抓回来,把他弄死。奴才的地位是猪狗不如。"隋八斗"非常看不惯,他说这是缺德性。人都是一样,都是父母所生,为什么有的就被重视,有的就猪狗不如呢?我们要将心比心。他对女真时期一些陋习的看法从不隐瞒,常提反对意见。他的这些意见努尔哈赤都没有听,而且,对老先生的前程有了一定的影响。他怏怏不乐,不久得了绞肠痧。其实,他在一些老郎中的救治之下能好,但他最后郁闷而死。他去世的时候,汗王爷亲自为他吊唁,皇太极为他戴孝。他的老伴儿和他的瞎老娘死后,皇太极把她们也安葬在赫图阿拉。皇太极后来继汗位后,专程到了老师傅墓前,奠祭"隋八斗"老先生,称颂他是后金一位贤圣。这是后话。

现在,"布库楼子"成了赫图阿拉英雄的聚义厅,也成了汗王爷努尔哈赤天天必到的地方。他来以后这屋走走,那屋看看。他有时到"文武馆"把衣服一脱,膀子一露,跟那些小家伙们比试一阵儿。这些小家伙们像一窝蜂似的上去。汗王爷的两个胳膊一用力,把冲上去的四五个小伙子抡的像圈似的,他们却怎么也摔不倒汗王爷。汗王爷哈哈大笑,气色不改,面不红。现在,这里成为整个城里最热闹的地方。

这天吃完早饭，努尔哈赤给皇太极领来了一位他朝思暮想的人。皇太极一看，高兴极了，原来是扈尔汉大哥。他跑过去就把扈尔汉抱住了，像小孩一样，两个手扣在扈尔汉的脖子上，打了一个提溜儿，嘴里一个劲儿地问："扈尔汉大哥，这些天你上哪去了？我都想死你了。"扈尔汉大哥是皇太极非常亲近的人。汗王爷身边的几个儿子对扈尔汉的印象都非常好，跟他也特别亲。扈尔汉比皇太极哥几个的岁数都大。他聪明、勇敢，遇事沉着冷静、胆大心细；他对人真诚，武术、箭法、马术样样都行。他阅历很深，扮啥像啥，啥事交给他，准保一个字"妥"。他的语言也相当丰富，他不单女真语说得好，他还会北方的索伦①语、鄂伦春语、蒙古语。皇太极就说他："大哥哥，你像变戏法似的，今天是这地方的人，明天又是那地方的人。你真神哪！"

扈尔汉的祖上是佟佳江的人。佟佳江是浑江的一个大支流。当时，努尔哈赤起兵不久，扈尔汉刚十三岁，就跟他阿玛投靠了努尔哈赤。到现在，他已经跟努尔哈赤十多年了。努尔哈赤非常喜欢他，就把他收为自己的干儿子。当时，努尔哈赤的儿子们都很小。扈尔汉就成了努尔哈赤最大的儿子。他今年二十七八岁，比皇太极大十多岁。扈尔汉把汗王爷看成自己的阿玛，管努尔哈赤叫"汗父"、"汗阿玛"。汗王爷对他也像对自己的亲生儿子一样，关心他、爱护他、器重他。扈尔汉早年时一直跟努尔哈赤住在一起。后来他长大了，娶了媳妇，才搬出去住。但努尔哈赤还常把自己的儿子交给他，让他来带。努尔哈赤告诉他的孩子们："你们要像你哥哥扈尔汉那样，要跟他学，看他怎么做人、怎么处事、怎么学武、怎么打仗，我要把你们变成像扈尔汉那样的英雄。"他的几个孩子都以扈尔汉为楷模。努尔哈赤让扈尔汉住到自己的府里，让他跟皇太极在一起。皇太极当时刚五六岁，扈尔汉除了办理重要的军务，其余时间都领着他。皇太极是扈尔汉抱大的、背大的、带大的。皇太极到了八岁的时候，才慢慢地离开扈尔汉。扈尔汉是皇太极最亲近、最尊敬的哥哥。他像皇太极的老师，又像皇太极的保姆。皇太极一天看不着扈尔汉，就叨咕"扈尔汉大哥怎么还不来？"扈尔汉要是被汗王爷派出办差，皇太极就整天无着无落的，听到扈尔汉回来的消息，他马上就跑去看扈尔汉，像久别的亲人一样，抓住扈尔汉不放。

各位阿哥，这位扈尔汉就是我在前文书里提到的，帮着宝音姑娘和

---

① 索伦：清代对鄂温克族的称呼。

色音布尔打败了多尔沙图汗的那个马贩子和酒贩子。这到底是怎么回事呢？扈尔汉这些天又干什么去了呢？阿哥们，请听我说书人细细说来：

扈尔汉并不是真正的马贩子，也不是真正的酒贩子，他是努尔哈赤身边的一个重要的武将，是努尔哈赤的一个心腹。努尔哈赤这时还属明朝的一个地方官，受明朝管辖。但他一心想发展自己的势力，既怕蒙古各部落被大明朝拉拢过去，壮大明朝的力量，又怕蒙古部落发展起来，遏制自己，对自己不利。因为蒙古位于建州北部，其中科尔沁部离建州最近。而且，蒙古人特别剽悍，蒙古马非常强壮，蒙古诸部的骑兵所向无敌。努尔哈赤很关注蒙古的动向。所以，他总想了解一下蒙古现在的情况。于是，他就把办事机灵、果敢，又懂蒙古话，对蒙古情况比较熟悉的扈尔汉派出去刺探情报。

扈尔汉这些天没在家，就是受努尔哈赤之命，秘密到草原去了解动向。没想到，这回他不但顺利地完成了任务，还带回来二百匹蒙古最剽悍、最强壮的头牌马，这是非常不容易的。蒙古马不仅价格昂贵，而且也不容易一下买到这么多。大明朝控制蒙古，不让蒙古卖马给努尔哈赤。他们怕努尔哈赤强大起来。那时的马是战争的必需品，谁对马都非常注意。努尔哈赤要是大量买马，明朝也会知道，他就会想：努尔哈赤为什么买这么多马？他是不是想谋反？明朝就会对他有所警惕。马的事是努尔哈赤非常关心的事情。因为打起仗来，马死的相当多。不打仗的时候，马来回传报信息，再加上马的生老病死，马的损伤也很厉害。所以，马必须要不断充实。现在接近年关，又到了充实马匹的时候。努尔哈赤正在想办法怎样能把马弄到手。没想到，扈尔汉竟把马给带回来了。而且，扈尔汉又和草原上的一部分蒙古人成了好朋友。努尔哈赤十分赞赏，他说："好样的，孩子，你要什么？阿玛我赏给你。"扈尔汉说："阿玛，我什么都不要。我什么都不缺。"尽管这样，努尔哈赤还是赏了他千两白银。

这时，努尔哈赤命令戈什哈把他的几个儿子都叫来。不大一会儿，褚英、代善、莽古尔泰都到了。他们进屋叩拜了自己的父汗，又向扈尔汉打千施礼、问好，兄弟们格外亲热。努尔哈赤说："扈尔汉，把你这次出去看到的跟你弟弟们学学，让他们也长长见识。"扈尔汉答应一声，说："弟弟们，我先给你们尝一样东西，你们看怎么样？"他命人在每人面前放上一个酒杯，他又在随从身边拿过来一个桶，给每人的杯里都倒满，屋里立刻香气扑鼻。努尔哈赤的几个儿子一闻，就知道这是酒。褚英、代善、莽古尔泰急不可耐地端起酒杯一饮而尽。皇太极还小，并不像他的几个哥哥那样能喝酒，只喝了一小口。他们几个喝完以后，连夸这酒香、味醇，是上等的佳酿。扈尔汉说："这是我从蒙古草原带回来的'八桶香'酒。"过去，赫图阿拉这儿的人光听说过有这种酒，是在开原、铁岭的马市上听到的。至于是哪出的？谁造的？大伙一概不知道，更没有人喝过。扈尔汉又说："我这里还有一样东西，是父汗赏给我的。"说着，扈尔汉又从怀里掏出一样东西。大家一看是汗王爷的赏牌。过去女真人的赏牌不写满文，因为满文刚有，一般人不会也不懂。他们请一些识字的人在上面刻上个数，用汉文写个赏字，然后盖上戳，这就是赏牌。戳像烙铁一样，有个长木把。木把中间夹住一个铁条。铁条的最前头是一个圆圈，里头放个铁制的汉字，把这个字焊在圆圈上。用的时候放到火里烧，烧红了以后，拿出来，往木头上一按，木头噗地一下就着了，然后赶紧把戳拿起来。木头上就会烧出印，也可能是花纹，也可能是赏字。然后，用红笔往上抹一下，字就变成红色的了。谁赏的，就盖上谁的印。扈尔汉今天拿的这个赏牌，上面写着："特功赏扈尔汉白银千两。汗之印。"扈尔汉把这个赏牌拿出来以后，说："承蒙英明汗淑勒贝勒赏我白银千两。我用不了这么多银子。我现在什么都有，就把它送给咱们新建的'布库楼子'吧。这是用父汗的心血建成的，也是咱们的小弟弟皇太极掌管的地方。愿咱们的赫图阿拉越来越强盛。"汗王爷听了非常高兴，心中暗夸：扈尔汉真是好孩子，真懂事。皇太极听了也深受感动，给大哥扈尔汉施礼，说："感谢扈尔汉大哥给我千两白银。我一定不辜负父汗和哥哥们的希望，把'布库楼子'办好，让它成为咱们家最光彩的地方，成为咱们赫图阿拉女真人的希望所在。"皇太极的几个哥哥也都受到鼓舞，他们群情激奋。父子几个人的心完全拧到了一起。他们都想把赫图阿拉建得更坚强，更具有战斗力。

　　大家正在激动不已的时候，努尔哈赤说："扈尔汉，把你这次出去遇到的事儿，给你几个弟弟讲讲，我也想听听。"扈尔汉的口才很好，他每次回来，都把自己出去听到的、遇到的事，讲给大家伙儿听，以开阔大家的视野。努尔哈赤就这样，他非常愿意听外面发生的事情，谁出去之后回来都要讲，从中可以知道不少情况和线索，等于自己出去一样。这在赫图阿拉已经形成了风气。扈尔汉恭恭敬敬地站起来，说："喳。"努尔哈赤说："你不用站起来，就坐下说吧。"

　　戈什哈端上了茶，他们父子边喝茶，边听扈尔汉讲故事。扈尔汉

第二章　鱼儿总要游归大海

161

说:"父汗,各位弟弟,我给你们讲一讲我这次出去遇到的事情。这是阿布卡恩都力对我的恩赐。我遇上了一个世上最可亲、可敬的人。你们都想不到,她是一个非常年轻、美貌的'沙里甘居'。她刚十四岁。"皇太极一听,这个"沙里甘居"跟自己一般大,就问:"她怎么的了?"扈尔汉说:"你先别着急,听我慢慢给你们讲呀,她也是咱们女真人的后裔。她的家原来在萨哈连乌拉,是那日松把他带到蒙古科尔沁草原去的。"努尔哈赤知道,那日松是一个蒙古人,是他属下一个著名的将领。他一听说是那日松把她带去的,就问:"那日松?那日松现在在哪呢?"代善答道:"父汗,他现在没在营里,跟额亦都大帅到叶赫城去了。"扈尔汉又接着讲:"这个小姑娘长得十分美貌,蒙古人说她是草原上的月亮。她又能唱,又能跳。她到了科尔沁草原以后,引起了莽古思贝勒的垂爱。"

努尔哈赤也知道,莽古思贝勒是蒙古科尔沁部的头领,在蒙古草原是赫赫有名的。是值得自己重视的一个敌手。扈尔汉说:"他和他的儿子色音布尔都非常喜欢这个姑娘。这个姑娘的名字叫宝音其其格。草原的人都叫她宝音姑娘。莽古思非常爱她,想把她霸占到自己手里,就给她建了一个'藏美楼'。结果,引起了蒙古部落之间的内乱。其中的一个小部落首领芒格,得到了喀尔喀部多尔沙图汗的支持,带兵攻打莽古思。由于莽古思的傲慢、轻敌,被打得一败涂地。多尔沙图汗占了科尔沁的部分草原,又抓了莽古思的堂姐乌丹大格格。全仗宝音姑娘这个小丫头,她和莽古思的儿子色音布尔一起,把逃难的蒙古人又聚集到一起,将侵占他们土地的兵马全部抓获,射伤了多尔沙图汗的谋士齐秉仙。多尔沙图汗和齐秉仙仓皇出逃。他们收复了失地,救出了乌丹。"扈尔汉把经过向他们大致说了一遍。他又接着说:"这个小姑娘真是很了不起。我走过这么些地方,还没看见过这么聪明能干,这么有统帅能力的女中豪杰。你们知道吗?她竟是一个无父无母的女真后代,流落到了草原,建立了这么传奇式的功勋。"众兄弟听了以后,也都挺佩服这个小姑娘。她替咱们女真人争了光、长了脸。扈尔汉又向他们介绍了酒圣人"蔡八桶"老人,他的故事也很生动。努尔哈赤听后连连称赞,夸这两个人都是奇才,都是我们赫图阿拉缺少的人才。皇太极在一边问扈尔汉:"扈尔汉大哥,你见没见到这个宝音姑娘?"扈尔汉笑着说:"我当然见到了,我们还在一起商量怎么打多尔沙图汗呢?"努尔哈赤说:"你大哥为了团结科尔沁的蒙古人,花费了不少力气,帮了他们不少忙,他们都很感激你大哥。他带回来的这二百匹马,就是蒙古人对他的酬谢。现在,扈尔汉给咱们在蒙古开辟了一个地方,咱们在科尔沁有朋友了。"

天色渐晚,努尔哈赤和扈尔汉在皇太极这儿吃的晚饭,其他几个兄弟都走了。皇太极遇事爱刨根,他悄悄问扈尔汉:"宝音姑娘她不想家吗?"扈尔汉说:"听她的口气,她也挺想她的故乡。"皇太极把筷子撂下了,瞪着眼睛出神。扈尔汉就逗他:"皇太极,你想姑娘了?"努尔哈赤也笑了。皇太极把他一推:"扈尔汉大哥哥,你瞎说什么?我在想,要是能把她带到咱们这地方该有多好哇。阿玛,咱们这里要是有这样的人,您的宏图大略就更能实现了。"

从现在的时令来看,已经临近了旧历冬月的初几,再过十几天,就是女真人传统的冬至节。冬至节就是汉人说的三九天头九的开始。女真人受汉人的影响,从金代以来就是这样,喜欢过冬至节。冬天是北方人最快乐,生活最丰富的季节。冬至以后,天气一天比一天寒冷,白雪皑皑,滴水成冰。在早以来,女真人重视的就是冬至节。冬至节这天,相当热闹。随着星星的变化,他们开始过新年。后来,受中原王朝的影响,他们又开始过春节。冬至节这天,最大的特征就是看天上的星星。夜里鹰星升空,冬至节来临。这一天,要吃猎肉。一般来说,冬天一到,小兽都藏起来,熊都蹲仓子了,候鸟都躲到南方去了。北方的大地上只有青松和几种小兽。一个是北方的玉兔,也就是白兔。它一般都是一群一群的,在雪地上蹦蹦跳跳,非常活泼可爱。入秋的小兔非常胖,洁白如玉,跟白雪融为一体,只有在它动弹的时候,才能看出来。再就是黄羊,黄羊不怕冷,四季都有。冬天的黄羊也非常特殊,它的毛色稍微变一些。还有就是鹿,这些都是北方冬天里非常活跃的动物。冬至节成为女真人一个隆重的圣节。每到冬至节,家家户户都要出去打白兔、打黄羊、打野鹿、野猪,并把打来的这些猎物驮回来。女人们用巧手精做各种菜肴。特别是白兔,以它洁白如雪的皮毛,象征冬日冰雪的降临,它是天神阿布卡恩都力冬天的使者。于是,人们将和冬神同度严寒,祈求吉祥丰收。所以,女真人对兔的吃法和做法特别多。当然,黄羊、野鹿、野猪等也是节日里辅制的珍馐美味。她们用面做印有白兔模型的馒头、用白面做成兔型的枣山;用面和肉制作兔糕。除此,用在冬至节捕来的兔,燔烤兔脯、兔腿、兔后坐,烹制兔脑羹、兔舌、兔脯、香汁兔肉等。此外,还要在屋舍窗棂上张贴百兔御冬的窗花。冬至节那

第二章 鱼儿总要游归大海

天，各姓萨满还要摆兔肉供，祭祀祖先神灵。在迎接冬至节的时候，家家都要出去捕野兔。

北方满族先世的女真先民，他们都生活在冰天雪地的北方。冬至节时捕野兽，他们都愿意到最远、最寒冷的地方去，认为那儿的野兽毛皮最好，肉也最肥嫩。各部落捕猎鲜牲，把它献给自己的祖先是最真诚的，祖先也最高兴。所以每到冬至节，家家户户都要骑着马，浩浩荡荡地过萨哈连，再过鄂霍次克海，到极远的北方去打野兽。住在松花江和脑温江一带的女真人就西去草原，到大漠草原去打白兔和黄羊。汗王努尔哈赤自从搬到赫图阿拉以后，他们多数是去西部草原打白兔。打回来的猎物用大车拉着，马背上驮着，欢欢乐乐地回家过冬至节。头几年皇太极太小，没有去，多是他的哥哥们和一些大人们去。这年，正好赶上他大哥褚英、二哥代善受他父汗的指派去东海窝集部刺探情况，不能去打猎。皇太极一再地要求他的阿玛，让自己带人到草原去打猎。

皇太极这次为什么这么急切地要求去呢？这里头有原因。扈尔汉大哥回来讲了大草原发生的事，提到了一个跟他同岁的年青美貌的姑娘宝音其其格，干出了一番大事业。他也不知道是什么原因，促使他对这个姑娘产生了一种好感。他久久都不能入睡，总想见见这个姑娘。皇太极曾经见过不少漂亮姑娘，但他都没有动心。这回皇太极觉得，自己无论如何得见着这个宝音姑娘。他要到草原去一趟，或许能见到这个人。这是他为啥在汗王爷面前那么急迫地要去打猎的一个心里秘密。

努尔哈赤非常疼爱他这个老儿子，把他像掌上明珠一样对待。努尔哈赤这么多儿子，为什么他对皇太极格外喜爱呢？这里也有一个很重要的原因。皇太极的生母那拉氏是叶赫部贝勒杨吉砮的小女儿，名叫孟古格格。万历十年，女真天马年，努尔哈赤得到叶赫部贝勒杨吉砮的器重，将自己的幼女许配给了努尔哈赤，并定下婚约。后来，杨吉砮贝勒被李成梁杀了，他的儿子纳林布禄做了首领。万历十六年九月，纳林布禄根据他阿玛生前的安排，亲自陪送自己十四岁的小妹妹孟古格格到了赫图阿拉，和努尔哈赤完了婚。

那拉氏孟古格格是努尔哈赤的第六位妻子。努尔哈赤自从娶了叶赫那拉氏孟古格格以后，心情非常舒畅。那拉氏长得年轻、美貌、贤淑、知礼，处人待事深得努尔哈赤的喜爱。他俩情投意合、恩恩爱爱。努尔哈赤整个的心都给了叶赫那拉氏孟古格格。万历三十一年秋天，孟古格格身染重病，一病不起。努尔哈赤心急如焚，四处求药。孟古格格的病情越来越重。努尔哈赤含着眼泪对她说:"爱妃,你有什么愿望和要求,就跟我说。"孟古格格握着努尔哈赤的手,说:"我现在就想看看我的额莫。"当时,努尔哈赤的建州部和孟古格格的哥哥纳林布禄的叶赫部矛盾非常大。努尔哈赤想:尽管咱们两部关系紧张,但我的爱妻总是你纳林布禄的妹妹,你总不至于不让她看自己的额莫吧。努尔哈赤就派人去跟纳林布禄商量,说:"你的妹妹病得已经不行了,她要见一见你的额莫。"哪知纳林布禄心肠非常狠,没让他额莫来,只派了一个人来看看病入膏肓的孟古格格。结果,那拉氏孟古格格没见到自己的额莫,抱憾而死。那年,孟古格格刚二十八岁。

说起来,这事就发生在说书人现在所讲之事的前一年。孟古格格死了以后,努尔哈赤心里非常难受。他夜夜痛哭,觉得对不起自己的爱妃,也对不起皇太极。孟古死了以后,努尔哈赤破例为她举行了隆重的葬礼。他命孟古身边的四个侍女全都殉葬,又杀了一百头牛,一百匹马,祭奠叶赫那拉氏孟古。他又把孟古的棺椁停放在离自己院子不远的地方。过去女真人有这样一个说法:人死以后,他的魂还没走。三年内,它还和自己的家人在一起。努尔哈赤就把她的灵柩停留在自己家附近。四外用土坯封闭好,还设有灵堂。努尔哈赤每天早晚都要烧纸、焚香来祭奠她。从去年九月一直到现在,他都是这么做的。

今年,也就是万历三十二年正月初八,努尔哈赤为了替自己的爱妃报仇,亲自领兵攻打叶赫部。他让皇太极穿"满身孝",就连征马身上也都披着重孝,和他一块儿到叶赫部讨伐纳林布禄。努尔哈赤的兵马多厉害呀,很快就把叶赫部的张城和阿奇兰城给夺过来了。接着,他们又把叶赫部七个著名的兵营全烧了,把那里的人、牲畜也给掳过来了,他们共掳过二千多人口。纳林布禄惊恐万状,骑马逃遁。努尔哈赤总算出了一口气,告慰了爱妃的在天之灵。

努尔哈赤对孟古格格留下的这个孩子加倍爱护。皇太极在他面前也不像其他孩子那样拘谨,他敢跟阿玛撒娇,敢跟阿玛提要求,做一些他想做的事情。今天,皇太极就跟他阿玛说这件事。努尔哈赤本不想答应他,因为儿子从没走出这么远过,但他又想,皇太极聪明,武术又强,他身边还有那么多人保护。说书人在这里再补充一下,皇太极身边有不少小哥们,都像他这么大。都是扈尔汉帮他选的。他们个个武术高强,刀枪棍棒,斧钺钩叉,马上、地下样样都会。他们曾经到过辽东和其他地方,初露过锋芒。因此,努尔哈赤心里也有数,知道他的八儿子不白

第二章 鱼儿总要游归大海

165

给，别看他小，是不会吃亏的。

俗话说：小鹰总是要出巢的，小虎总是要走进山林的。努尔哈赤也想让孩子们出去锻炼锻炼。我不就是这么闯出来的么。努尔哈赤就答应了皇太极。他又告诉皇太极，不要带太多人，以免行动起来不灵活。努尔哈赤又为他安排了出行路线，嘱咐他在路上的注意事项等等。努尔哈赤又告诉他，过几天，我派扈尔汉去接应你们去。真可谓可怜天下父母心，努尔哈赤又千叮咛万嘱咐："皇太极呀，不管遇到多大的事，一定要沉着冷静。我相信，这世上没有能难住你的事。"

其实，皇太极的心是非常细的。他在跟他父汗说之前，就已经有了自己的打算。第一个，他不想带太多的人，但要精悍、会狩猎的，箭法和武术也都要高强的，一旦遇到什么不测，能够应付得了的。第二个，冬至节快到了，我们应当快去快回。第三个，我得带车去。天一天比一天冷，一旦遇到风雪，我们好有个避雪的地方。

各位阿哥，别看皇太极小，但他想问题想得非常周到。他准备了一个六匹马拉的四轮大轿车，里面能坐六七个人。外头也能坐两三个人。一个是赶马的，另外的一个人是帮助观察瞭望的。车的后头还能坐一两个人，以防后头有人蹿上车。这些人轮流换班。另外，他还准备了一辆车，是拉猎物的车。这辆车是三匹马拉的双轮大车，有两个车把式，一个是赶车的，一个是他的帮手。车上用木头绑成一个像小仓房似的栅栏，为的是盛放捕到的野兽。努尔哈赤不放心，又嘱咐了他一些事情。这件事很快就定下来了。

一切准备完毕，皇太极率领他这支精干的队伍出发了。算起来这支队伍一共有八个人，领队者是汗王爷身边的一位老护卫。这个人叫查其纳，是个蒙古人。他在汗王爷身边已有二十多年了，是汗王爷非常信任的人。他专管皇太极的起居生活。查其纳对皇太极也非常熟悉，从皇太极开始出生到长大，一直到现在主持"布库楼子"，查其纳都看在眼里。皇太极也非常熟悉他、尊敬他。他很熟悉北边的一些地方和民情习俗，是汗王爷专门嘱咐带的人。这一行人完全都是猎手打扮。过去，这在各个部落里是常有的事，谁要是看见了，也不会觉得奇怪。当时，努尔哈赤的建州部虽然和叶赫、乌拉这些部关系非常紧张，但是他们之间互相都是麻秆儿打狼——两头害怕，一般情况下，谁也不主动进攻谁，也不会碰到行抢的事。另外，努尔哈赤听了他小儿子的话，注意跟明朝的关系，特别是跟辽东总兵官李成梁大帅的关系一直不错，建州部和明朝边关的关系都很融洽，他们之间井水不犯河水。所以，皇太极他们出去是安全的。汗王爷把皇太极他们送出很远，才领着自己的亲随回来了。

皇太极一伙人兴高采烈地出发了。皇太极的心情格外舒畅。他已经好长时间没出门了。这些日子，他在赫图阿拉城里不是帮阿玛安排这个，就是帮阿玛整理那个，整日忙碌着，有时连觉都睡不好，饭都顾不上吃。这回可好了，可以轻松一下了。皇太极坐在车里，望着马群在草地上撒欢儿地跑着，一些人赶着牛羊在放牧，那边还有不少人拿着棍棒在练武，远处的山上落满一层淡淡的积雪。他哼起了女真古歌"乌咧咧曲"：

额莫给我弓箭捕獐狍——乌咧咧，
　密林处处任逍遥——乌咧咧，
　打兽要捕老龄兽——乌咧咧，
　射伤了小狍小鹿——乌咧咧，
　古鲁古①妈妈多心焦——乌咧咧。
　阿玛给我桦舟捕鱼鸭——乌咧咧，
　泛泛溪水任逍遥——乌咧咧，
　网鱼要网大哲罗——乌咧咧，
　伤害了鱼苗鱼籽——乌咧咧，
　尼玛哈②妈妈多心焦——乌咧咧。

一路上，查其纳老人给这帮小家伙们讲"乌勒本"。大伙嘻嘻哈哈的，挺有意思，也不觉得寂寞了。查其纳又给他们讲那次汗王爷领兵攻打叶赫的事，他们都非常爱听。其实，这条路皇太极曾经走过。开春时，他跟着他父汗攻打他大舅纳林布禄，走的就是这条路。当时，年少的皇太极童年丧母，他悲痛已极。一路上，他只顾思念慈母，跟着阿玛和哥哥们纵马前行，哪还记得什么路哇。现在，重走这条路，他既感到亲切又感到陌生。

查其纳老人说："那次汗王爷攻打叶赫时，为了不暴露突袭叶赫部城寨的秘密，不是直接发兵过去的，而是在深夜，以练兵打猎的名义，

---

① 古鲁古：满语，鱼。
② 尼玛哈：满语，鱼。

第二章　鱼儿总要游归大海

兵马先东进丛山密林中，越过大苏河，由高高的摩离红山东沟过去后，大军再突然西拐，穿过歪石砬子，杀向叶赫，夺下了张城和阿奇兰城。纳林布禄才发现赫图阿拉的兵马已经杀到了他的家门口。他们措手不及，伤亡惨重，狼狈溃逃。"皇太极问："老玛法，你告诉我，咱们这次走的是哪条路？"查其纳说："咱们这次打猎不怕叶赫、哈达他们知道。咱们直接过大苏河，插入柴河林中山道，到盘岭。然后，奔呼鲁河，过了兴岭，往北上。这条直道也是汗王爷领人开起来的，比打叶赫部走的那条路能近出二百多里地。"他们一路上就这么唠着。

晚上的时候，皇太极他们就住到了赵吉里托克索①。他们也没告诉屯子里的人他们是干什么的，但屯子里的人都知道，他们来自赫图阿拉，有军情秘密，谁也不细问他们。屯子里的人给他们拿这拿那，还给他们选了一间挺洁净的屋子，把炕烧得热热的。皇太极他们睡了一个好觉。第二宿，他们是在庆岭的一个老夫妻家里住的。这对老夫妻的家原来住在哈达部管辖的地界，那里紧挨着叶赫部，常遭叶赫人的劫掠。他们身边仅有的一个儿子，因为逃兵役，让哈达部首领给杀了。老夫妻俩无依无靠，就逃到山里来了。老两口听他们说来自赫图阿拉，非常高兴。皇太极说："老玛法、老妈妈，过些日子，你们就搬到我们赫图阿拉去吧，找我皇太极就行。你们两位老人就在赫图阿拉养老吧。"两位老人也不知道皇太极是谁，但看他的架势，知道他说话管用，嘴里直说："巴尼哈，巴尼哈。"②这对老夫妻还特意到外头打了一个小土豹子，请皇太极他们吃豹子肉。女真人过去吃豹子的方法很简单，把豹子剥完皮以后，切成块，放到锅里用清水炖一会儿，不能炖太烂，要稍有点血丝。然后，用刀子把肉一条条割下来，蘸着作料，连啃骨头带吃肉。第二天，皇太极他们按照查其纳老人的引导，直奔北方草原，去捕捉黄羊和白兔。

说书人先放下皇太极他们一行人不说，再讲讲蒙古大草原这块儿。这时，蒙古大草原上有两个人正骑马往南走，看打扮是两个年轻猎人。走到近处一看，这两个人原来是女扮男装的宝音姑娘和妞妞。宝音姑娘自从离开"蔡八桶"老人的家里，骑马拼命赶路，她要尽早找到那日松大哥。因为她听那日松和乌云格格讲过，她五六岁的时候，是那日松在

---

① 托克索：满语，屯子。
② 巴尼哈：满语，谢谢。

北边把她救下的。所以,她要先找到那日松,把情况问个清楚,然后,再决定往哪儿去。妞妞从小就生活在这里,对这一带的地形比较熟悉,所以她俩骑马走得相当快。

这一天,天色渐晚。宝音姑娘和妞妞来到了一片落叶松树林子。落叶松是松树里的一种,它长得非常直,没有枝杈。一般松树到冬天照样碧绿苍翠,不落叶。而它一到秋天,树叶就开始往下落。妞妞说:"妹妹,天已经这么晚了,咱们就在这儿过夜吧。"宝音姑娘看了看,天色已黑,附近又没有人家,就说:"好吧。"她们俩牵着马钻进了落叶松林。诸位可能不知道,密林里的树一棵挨着一棵,密密麻麻地一眼望不到边,里面空气闷热,非常窝风,回音也非常大。她俩找到一个小空隙,准备在这里休息。那时候,猎手出外打猎基本上都是在山里睡觉,互相之间谁也不干扰谁。野兽一般只有在饿了的情况下攻击人,再有狼愿意攻击人。一般的野兽你只要不碰它,它也不攻击你。所以,在林子里睡觉还是比较安全的。但你不能在里面拢火。因为林子里到处都是树,着起火来难以扑救,是非常危险的。山火往往一烧就是十天、二十天,甚至一个月、两个月。猎人出外打猎,怕的不是野兽,而是野火。长期生活在林区或草原的人,常遇到这些事。他们都懂得看风,能够躲野火。

两个姑娘用带来的干粮和肉干填填肚子,喝点皮囊里的水,想早点歇息,明天好继续赶路。这时,忽然有"嘎、嘎、嘎"山老鸹的叫声。有经验的猎民,都非常警觉山老鸹的动静。山老鸹一叫唤,肯定有事发生。妞妞忙说:"妹妹,不对劲儿。山老鸹的叫声挺奇怪,好像有啥事。"宝音姑娘问:"什么事?"妞妞就竖着两个耳朵听了听,说:"妹妹,赶紧起来,可能有啥事发生。"宝音姑娘就起来了,她俩赶忙把东西装好,各自牵着马走出了林子。妞妞当时以为哪个地方又发生了械斗。那时候,草原各部落勾心斗角,像赫图阿拉、哈达部、叶赫部等这些部落,都想称王,以至于烽烟四起,连年征战,打仗的事几乎天天有。人们一听有什么动静,怕被牵连进去,就赶紧跑。妞妞也是这样。她俩走出了林子,看见从东边飞过来有四五百只山老鸹,可能是因为受到了惊吓,叫声非常凄凉、哀怨。她俩往东一瞧,只见东边浓烟滚滚,火苗起来了。火越来越高,火苗子都蹿到密林上头去了。妞妞拽着她说:"妹妹,咱们快走。"宝音姑娘有一个特点:胆大心细,临危不乱。越到这个时候,她越想看个究竟。宝音姑娘说:"不,咱们到山坡上看看，是什么地方着的火？怎么着的？"

宝音姑娘的心肠就这么好。她虽然是女真人，但自从到了蒙古科尔沁草原后，就把科尔沁草原当成了自己的家。她现在就惦记：这火烧着什么没有？能不能想办法把火灭了？她和姐姐牵着马，来到树林后面的山坡上。从山坡上往下看，东边有一片林带，林带那边的一片小树林着了，还恍恍惚惚看见草地上有什么在动，仔细一听，似乎还有嘈杂的人声和马叫声。

宝音姑娘说："姐姐你看，那是不是人？那好像是马，好像还有车呢。"姐姐一看，果然有些人在奔跑着。姐姐着急地说："这些人真糊涂，这怎么能行呢？人在前面跑，火在后面追，这人不早晚得让火困住吗？"宝音姑娘说："咱俩得赶紧去救这些人。"姐姐二话没说，两个人飞身上马，打马往火海冲去。她俩现在只有一个心愿：救人要紧。

宝音姑娘和姐姐很快来到了树林边。火越来越大，就连这里的空气都热得让人喘不过气来。因为风是从东边往西边刮的，那些人现在在她们的西南方向，宝音姑娘和姐姐只好从南边绕过去，这样就躲过了火势。这时，她们才看清了，这些人有的在拼命扑火，有的人已经被火烧着了，直喊救命。一匹马也被火烧得从她俩身边狂奔而去。她俩不顾一切地冲进了火海。宝音姑娘看见，有两个人架着另外一个人，还有几个人围在他俩身边。这些人都被烟呛迷糊了，不知该往哪边跑。宝音姑娘招呼道："你们赶紧过来，不要再往前走了。赶紧往我这边来，往我这边来。"他们听到了宝音姑娘的喊声，往这边就跑来了。宝音姑娘和姐姐迎上前去，只见他们当中有两个人已经被烟火熏得满脸黑黑的。一个年轻人可能被烟呛得昏了过去，有两个人搀着他走。他们走得很慢，火眼看要烧过来了。宝音姑娘冲上去把中间那个人就给接过来，背到了自己身上，飞快地往火海外面跑，其他几个人跟在后面。宝音姑娘和姐姐一共救出了六个人。

这时，天已经黑了，火也随风往西边烧过去了。离她们不远的南边有一片小树林，是个小山包，没被火烧到。宝音姑娘和姐姐把这五个昏迷不醒的人连拖带架地弄到了这片白桦树林里。她俩把自己行囊里的皮褥子拿出来，把这些人都抬到了皮褥子上。他们几个已经让烟熏得快不行了，有的还能感觉出来在喘气，有的好像都没气了。宝音姑娘和姐姐把马拴在了树上。她俩又到刚才着火的林子里去了一趟，看见车已经被火烧焦了，根本不能用了。她们在地下找到了几个皮囊。因为火烧得很快，有的皮囊只是外面被火燎了一下，但里面的东西还能用。这几个皮囊里有的装着皮衣服，有的装着皮被子，还有的装着水葫芦。她俩把这些东西拿了回来。

　　妞妞给他们上了一些治烧伤的药，又在附近一处平地拢起了一堆火。宝音姑娘找到一条小河，舀了点水回来，并把锅支上。妞妞又把所有皮囊里的衣服拿出来给这几个人盖上。忽然，妞妞惊叫着："妹妹，你快来看。他怎么了？"宝音姑娘赶紧过去一看，这个人已经死了。他伤得挺重，整个后半身都被火烧了。宝音姑娘刚才还喂了他一口水，现在已经不行了。宝音姑娘和妞妞把这个人拖到离山坡挺远的地方，用草把他的尸体给盖上了。

　　妞妞是在她爷爷跟前长大的。"蔡八桶"老人不单酒做得好，看病也看得好。老人掌握不少秘方，这些秘方在草原也很管用。妞妞从小耳濡目染，也懂得一些治病的办法。她照她爷爷的样子掐了人中、足三里等穴位，把一个年岁大的人先给掐醒了。宝音姑娘和妞妞很高兴，这个年岁大的人长长地吐出了一口气，哎哟了两声，接着，骨碌一下坐了起来，好像明白过来了，嘴里连叫："主子，主子呢？"宝音姑娘拍拍他的肩膀："什么主子？你看看你在哪呢？"这个年岁大的人定了定神，看清了站在他面前的是两个陌生的少年，再一看自己身边躺着几个人。他什么也不顾，马上扒拉着四个人看。他看见其中的一个人，抱着那个人就号啕大哭起来，嘴里一个劲儿地叨咕："主子，主子，奴才对不起你。奴才罪该万死，罪该万死。"妞妞让他赶紧把这个人放下，说："他还没死，你先不要动他，尽量让他静一些。"这个人听了妞妞说的话，马上停止了哭泣，连忙把手伸进了这个年轻人的怀里。他摸了一会儿，高兴地叫道："他还活着，他确实还活着。感谢阿布卡天神，他要是活着，我回去也可以向汗王爷交代了。"他含泪把这个人放下了，自己仍然在一旁流泪。宝音姑娘问："他是谁？你们是从哪来的？"这个人打了个咳声说："别提了，一会儿我再细讲给你们听。他是我们的主子。我是受我们老主人之命，带这几个年轻人出来打猎的。哪知天有不测风云，我们猎还没打呢，就遇到了大火，人马都伤了。我们的小主人现在昏迷不醒，这可怎么办好哇？"宝音姑娘这时才注意到躺着的这四个人都是年轻人，衣服穿的也都一样，分不出谁是主子，谁是奴才，看样子，醒过来的这个人年岁最大。宝音姑娘劝道："你不要哭，事情已经发生，哭也没用，还是救人要紧。"宝音姑娘的话提醒了这个人。他擦了一把眼

第二章　鱼儿总要游归大海

171

泪,说:"小伙子,你说得对。我刚才只顾着急了,都忘了救人这码事。"

宝音姑娘端过来一碗水,让这个人把他们的嘴撬开,她要给他们润点水。这个人挺听话,把这些人的嘴一一地给掰开,妞妞抬着他们的脑袋,宝音姑娘一手拿碗,一手拿根筷子,用筷子沾着水,往他们的嘴里润。这个人又把他刚才抱过的那个年轻人的衣服解开,用手摩挲他的前胸。这个年轻人慢慢有了知觉,嘴里一个劲儿地喊道:"火,火,你们快救火。"宝音姑娘见他醒了,非常高兴,来到了这个年轻人的面前。

各位阿哥,说书人告诉你吧,宝音姑娘和妞妞救的就是皇太极一行人。这位苏醒过来的人就是皇太极。此时,皇太极睁眼一看,只见自己前面蹲着一个很英俊的小伙子,他后面还站着一个人,这俩人他都不认识。他回头一看,抱着他的人是他阿玛身边的老护卫——查其纳老人。他回过身,抓着查其纳的胳膊问:"这是怎么回事?"查其纳老人说:"小贝勒,咱们大难不死,从火里逃出来了。咱们脱险了。"刚才皇太极这么一叫喊,把其他几个被烟火熏得很重的人,也都给喊醒了。

皇太极的头脑清醒一些了。他想起他们刚才正在行进,忽然,从后面刮来一阵热风,紧接着,就来了一场大火。马拼命地跑,火势非常快。他被烟呛得喘不过气来,只觉得查其纳把他拉出车外,再后来,他就什么也不知道了。没想到,自己现在躺在了这里。他往东边一瞧,一片黑乎乎的大地,被烧焦的树桩子一个连一个。他再往西看,大火还在那边烧着呢。他明白了,一定是他面前的这两位少年救了他们。他再看看自己身边,就剩下他们五个人,带来的十几匹马,现在一匹也没了。蹲在他面前的这位小伙子说:"你的马被烧死不少,有两三匹跑走了。你们的车也不行了。我们找回来几个被烧坏的皮兜子,里头有些衣服。"旁边另外一个少年说:"多亏我们家小主子,把你给背出来了。"

皇太极等人非常感激这两位好心人。皇太极挣扎着要起来给她施礼。一个少年笑着一把拽住了他的手说:"你躺下吧,不要这样客气。咱们都是出门在外的人,谁还没有个为难遭灾的事呢,碰到难事互相帮一把是应该的。今天晚上,咱们就在这儿住下。我们这儿还有一些干粮和肉干,一会儿咱们就吃饭,算是给你们压压惊。你们什么都不要想了。咱们萍水相逢,能相识也是咱们有缘。"皇太极觉得这也不是说客气话的时候,就同意了这位少年的话。

他们在桦树林里把皮囊里剩的东西重新凑巴到一起。宝音姑娘和妞妞烧汤、做饭。他们吃喝完毕，到了晚上睡觉的时候，皇太极就说："你们俩到我这儿来，挨着我睡。咱们挤在一起，晚上还暖和。"这两个少年却说："你们在这睡吧。我们兄弟俩就不凑热闹了。"只见这两个少年挺有办法。他们找了两棵挺粗的树，每人爬上一棵，把自己的衣服往树杈上一搭，两个腿挎在树上，往树干上一靠，把大皮袍子盖在身上，冲下面说："你看，我们就这样睡了。"皇太极他们仰头一看，哎呀，他俩还真挺有办法，各自骑着一棵树睡了。

　　查其纳老人一宿没睡。他感到非常后怕，今天太危险了，要不是这两位少年，我们都得葬身火海。这次出来，汗王爷一直把我们送出那么远，以为有我陪着，小贝勒就不会出什么事。现在车、马全没了，这猎还怎么打？就是打了，又怎么往回拉？现在回去送信也不赶趟啊？这可怎么办好？还有，这两个孩子到底是哪的？看面相倒不像是恶人。他又想到：有两个人被火烧死了，明天得先把他们安葬了。他又想起着火的地方，能有不少被烧死的狍子和鹿，可以捡来晒晒做肉干。总之，查其纳老人这一夜想得很多。

　　第二天，他们都起得挺早。查其纳老人对皇太极说："主子，一会儿我领两个弟兄到火场去看一下，把我们几个弟兄的尸体安葬了，顺便再到野甸子上找一找咱们失散的马，留下一个弟兄照顾您。您看行吗？"皇太极说："行，你们去吧。人也不用给我留了，你就都带走吧，多一个人就多一份力量。我和这二位兄弟在一起就行。放心吧，不会出事的。"查其纳考虑了一下，说："那也行，我们尽量快去快回。"又对这两位少年说："麻烦二位小兄弟在这儿帮我照看一下我们主子，我们主子跟你俩在一起，我也就放心了。你们就在这儿等着吧。"这两位少年说："你就放心的去吧！我俩会照顾你们主子的。"查其纳老人又对皇太极说："主子，您在这里歇歇，跟这两个少年唠唠嗑，我们很快就回来。"查其纳带着那三个人就走了。

　　宝音姑娘、妞妞和皇太极，他们三个人留了下来。妞妞做饭，皇太极和宝音姑娘在旁边帮着。宝音姑娘突然想起一件事，急忙对妞妞说："你快把咱们那两匹马给他们送去。他们骑马去会更快一些，到草甸子找马也更方便。"妞妞听了宝音姑娘的话，赶紧把马给他们送了去。皇太极见这两位少年如此热心肠，打心眼里喜欢他们俩。看样子，这两个少年的年纪跟自己也差不多少。从长相看，他们两个都比自己俊，说话的声音也比自己纤细，可能是声音还没变过来的缘故。皇太极也没往别

第二章　鱼儿总要游归大海

173

的地方想。宝音姑娘和妞妞互相使着眼色，意思是：注意，别露出咱们的身份。皇太极是个心雄宽阔、知恩必报的人。这两个少年是他们的救命恩人，他自然跟这两个少年十分亲近。他听那个年纪稍大点的少年讲，他是这个小少年背回来的。他对这个小少年的印象就更深。他又仔细端详这个小少年，左看右看，就是看不够。这个小少年实际就是宝音姑娘，被他看得挺抹不开，说："你老看我干什么？还不快点做饭，一会儿他们就回来了。"皇太极笑了，问道："你们俩多大了？你们这是要上哪去？"妞妞在一旁回答道："我比她大两岁。我十六岁，我小弟弟十四岁。我们俩去探亲。"皇太极一听非常高兴："哎呀，你十四岁？我也十四岁，咱俩同岁。"说着，皇太极亲近地拉着这位少年的手。这个少年惊慌地把手挣脱出来，借口说："有话好好说嘛，别耽误我干活。"皇太极不好意思地笑了。皇太极跟这两个少年在一起，他们边做饭，边唠嗑，越唠越投缘。

皇太极真诚地说："我想把你们俩请到我家里去坐一坐，见一见我的阿玛、我的哥哥和我周围的朋友们。我的家在赫图阿拉。我们家人可多了，我有好几个哥哥。我大哥扈尔汉可能耐了，我现在特想他。他要是在这，这山火也不至于烧着我们。"两位少年听了皇太极的话，一下子愣住了。特别是长得英俊白皙的那位小少年瞪大了眼睛问："什么？你说谁？"皇太极说："我说我的大哥扈尔汉哪。他可是个了不起的英雄。"小少年接着问："扈尔汉？你认识扈尔汉？"皇太极一听笑了："那当然认识了，那是我哥哥呀，我还能不认识吗？怎么，你也认识他？"少年马上否认说："不，不，我不认识。我一听你说他是个英雄，就想打听打听。咱们还是赶紧做饭吧。"

宝音姑娘听皇太极说他是赫图阿拉的人，马上就想到了她的救命恩人那日松，又听说他认识扈尔汉，宝音姑娘的心情更加振奋，不知他说的扈尔汉和自己认识的扈尔汉是不是一个人。如果是一个人，那就太好了。她也非常想念扈尔汉大哥，那可是个好人。上次她和色音布尔能够顺利地打败多尔沙图汗，多亏扈尔汉的帮助。宝音姑娘当时就看出扈尔汉不一般。他办事井井有条，对指挥打仗非常在行，要是没有一个聪慧的头脑，没有丰富的打仗经验，他怎么能有那么些个办法？宝音姑娘越想越多。皇太极见他在这里直愣神儿，就问他："你想啥呢？"宝音姑娘的思路被打断了，忙掩饰说："啊，没有，没有。我没想什么。我是惦记你们那些人。"皇太极感到这两个少年有些奇怪。我一说到我们家，特别是说到扈尔汉大哥,他俩就瞪大了眼睛听,还问我认不认识扈尔汉。看样子,他们肯定知道点什么。他们俩究竟是哪儿地方的人呢?

不大一会儿,打扫火场和找马的几个人陆续回来了。查其纳老人详细地向他的小主子禀报说:"咱们几个弟兄的尸首找到了,都埋好了,将来找个时间把他们运回去。"皇太极说:"很好。你们找到马了吗?"查其纳老人回答:"我们找回了四匹马。有一匹受了点伤,稍微瘸一些,不要紧,养两天就能好。"这时,宝音姑娘走过来说:"饭、菜都做好了。你们边吃边说吧。"皇太极对查其纳老人说:"多亏了这两位少年,是他俩给咱们做的饭。回去以后,咱们得好好地谢谢这两位大恩人。"查其纳老人也说:"是呀,老天有眼,给咱们派来了两位好心人,帮了咱们这么大的忙。要不然,咱们还真不好办那。"宝音姑娘看出来了,留下的这个人不是一般人。她从一开始,就听那几个人管他叫小贝勒。她知道,只有有一定地位、一定身份的人才能得到贝勒的头衔。看来,这个人不是个首领,就是首领家的儿子,其他几个人都是他的奴才。宝音姑娘对这位年轻人说:"不用客气,你刚才说你们是赫图阿拉的人。实不相瞒,我非常钦佩赫图阿拉。那是个英雄所在的地方,是个不欺负人的地方,很多部落的人都非常向往它。我哥哥那日松就在你们赫图阿拉。"

皇太极因为经常在家,不出外打仗,对那日松不怎么熟悉。查其纳老人经常在汗王爷身边,他身边的那些个大将他都认识。查其纳老人马上说:"哎呀,你认识那日松啊,那是我们的一位将军。他前些日子刚出去,现在还没回来。他要是在家,我们的老主子就会让他一块儿陪着来了,你就能见着他了。这样说来,你是那日松将军的弟弟。"宝音姑娘笑着点了点头:"我是那日松大哥拣回来的,我管他叫哥哥。我现在就是要看他去。"这样一来,双方更加亲近了许多。皇太极马上起身,抓住这个少年的手,说:"你要到我们那儿去,太好了,太好了。"宝音姑娘的手怎么往外挣也挣不出来。皇太极抓住她的手就是不放,其他几个人也都过来,围在宝音姑娘身边,把宝音姑娘弄得挺不好意思。

宝音姑娘没想到,她和妞妞遇到的这些人,是从赫图阿拉来的。宝音姑娘早就听说过赫图阿拉,因为那日松就在赫图阿拉做事。赫图阿拉的首领是个出名的女真英雄叫努尔哈赤,大家都叫他"汗王爷",是位叱咤风云的人物。那日松每回回来都要讲一些关于汗王爷的故事。

人们常说,缘分是最重要的。人和人之间首先得有缘分。有了缘

第二章 鱼儿总要游归大海

分，凑到一起才能越看越爱看，越处越对劲儿。宝音姑娘对皇太极的印象很好。皇太极不仅长得仪表堂堂，说话办事也非常稳重，很有礼貌，像一个有身份的阔家子弟。也说不清是什么原因，宝音姑娘有点喜欢上这个小伙子了，打心里愿意跟他在一起。这可能就是人们常说的缘分。他们在一起又谈到了冬至节，冬至节是女真人的节日，所以宝音姑娘和妞妞不知道关于冬至节的事。

这一带也属于乌丹老女的地域。妞妞从小就生活在这附近。她来过这里，在这里打过猎，对这一带还真熟悉。她知道附近有个"卜家营子"，离他们现在呆的地方也就百八十里地。那里有蒙古人，也有汉人。可能是由于最早的时候由"卜"姓人居住，所以叫"卜家营子"。在"卜家营子"居住的汉人有家姓"蔡"的，跟妞妞家是一个姓。他们家也卖酒，卖的也是"蔡八桶"老人的酒。妞妞的爷爷常来"卜家营子"，这里的蔡家人也常到"蔡八桶"老人那里去进酒。妞妞告诉宝音姑娘："这一带的情况我熟悉。我常来这儿。"宝音姑娘高兴地说："太好了，你快把情况跟他们说说。"妞妞讲道："我们过去常到这儿打猎。再往前走，是个百里多地的草场。那里白兔最多，黄羊也经常路过。黄羊每年不是都呆在一个地方。它今天在这里，明天又到那里。有一条路，是它们的必经之路。现在正是打黄羊的好时候，再稍晚一些时候，黄羊就进到林子里去了。这地方小动物挺多，是一个很好的猎场，而且离'卜家营子'也近。咱们用个什么东西或者让他们帮个忙也方便。"妞妞把情况一说，他们几位都很高兴。查其纳老人忙说："太好了。我们就盼着有这样一个地方，那就请两位帮帮忙。我们早点动手，也好早点回去。"

查其纳老人说："兄弟，咱们现在互相都熟悉了，我也就不客气了。还不知怎么称呼二位呢？我先自我介绍一下，我叫查其纳，是蒙古人，现在已经六十岁了。我从小没爹没娘，是个孤儿。我们这位小主子的阿玛救了我，后来我一直跟着他。"宝音姑娘听了老人的话，心里非常难受。老人的身世和她多么相像。宝音姑娘掉下了眼泪。查其纳老人说："小弟弟，你怎么了？"妞妞说："她跟你一样，也是个孤儿。她的老家在萨哈连。她从小就来到了我们蒙古草原。她现在总想回去。"查其纳老人安慰宝音姑娘说："小弟弟，在哪儿还不一样。我现在在赫图阿拉，日子过得就非常好。"查其纳老人说完，又指了指皇太极，说："这是我的主子，你们叫他小黄就行了。那几个人都是我的兄弟，我就不一一介绍了。"宝音姑娘见查其纳老人介绍完了，该轮到她们俩了。宝音姑娘灵机一动，她指了指妞妞，说："她叫小牛，我叫小宝。"皇太极一听挺高兴，自言自语道："我叫小黄，你叫小宝，他叫小牛。嘿，咱们的名字还都怪有意思的。"就这样，大家都报了自家的名号，互相叫起名字来，就更显得亲热多了。

这时，天色挺晚了。查其纳老人对皇太极说："主子，我有个事得跟您商量一下。"他又回过头来对小宝和小牛说："你们也听听，看我说的行不行？小牛弟弟，你对这一带比较熟悉，麻烦你明天给我们弟兄带带路，我们几个兄弟跟你出去转转。主子，您身体不好，就留在这吧。小宝兄弟，还得麻烦你再陪陪我们主子。我们办完事儿就赶早回来，咋样？"皇太极痛快地应道："行，行。"宝音姑娘也爽快地说："好吧。"妞妞也点头同意。

临近冬至了，天很凉了。他们现在虽然都钻进了树林里边住，可这里毕竟是一片小树林。树木不密也不太多，寒风一吹完全可以透过来。到了晚上，皇太极关心地说："小宝、小牛，你俩不要到树上睡啦。上头怪冷的，咱们就挤在一起儿睡吧。"宝音姑娘搪塞着说："我们习惯了，不用管我俩。"查其纳老人忙说："哎呀，小兄弟，那怎么成呢？天这么冷，树又这么小，还不把你们俩冻坏了吗？小宝，你过来。小牛，你也过来。咱们挤到一起睡才暖和呢。你们要是不听我老头子的话，我就不睡了。"宝音姑娘和妞妞一见老人生气了，她俩不好再执拗下去，也不忍伤老人的心。宝音姑娘跟妞妞心里有话也不好说，俩人互相使了个眼色，心想：反正都穿着衣裳呢，就在一起挤吧。她俩跳下了树，来到了皇太极他们身边。皇太极赶忙给小宝、小牛安排位置。他让那三个小伙子往外挪，让小宝紧挨着自己睡，小宝那边挨着小牛，查其纳老人睡在最外边。这一宿，他们都睡得非常暖和。

第二天一大早，查其纳老人就把大伙儿喊醒了。老人安排道："小宝和小黄，你俩先跟我们走一段，找一个离'卜家营子'近点的地方选做新据点，把一些不用的东西也都放到那里。我们再骑马到'卜家营子'。"他们一行人，简单吃了点饭，就上路了。他们走了三十多里路，正好有一片树林，古树参天，树还挺密。他们隐隐约约还能看见前面有几座蒙古包。查其纳老人选了一个高点儿的地方搭了一个篷子，作为他们的地窨子。老人把宝音姑娘和皇太极安顿进地窨子以后，才领着那三个伙计上了马，跟着小牛走了。

宝音姑娘把他们留下的东西都归置好。皇太极感觉到浑身难受，身

第二章 鱼儿总要游归大海

177

上一点劲儿也没有,就坐在大皮褥子上,背靠皮囊,招呼宝音姑娘过来。他说:"你也别忙活了。坐这儿,咱俩唠会儿嗑吧。"于是,宝音姑娘坐在了他对面。皇太极说:"咱们聚在一起好几天了。我光知道你跟我同岁,还不知道你是哪月份生的呢?"这一问,可真把宝音姑娘给问住了。宝音姑娘根本不知道自己的生日。

北方女真人有个老习惯,特别是居住在黑龙江两岸的女真人,他们记岁数的办法,一般都是在脖子上挂串兽牙,以兽牙数计岁。男人一般用獾牙,或用公野猪牙。女人用野猪牙前面的小门牙。男人成年以后,佩戴公野猪的獠牙。一个牙代表一岁,到时候,就由老人或者部落的长老亲自给增岁的人佩戴。

宝音姑娘说:"我只知道我是属龙的,壬辰年生的。今年虚岁十四岁。几月份生的我就不知道了。我银圈上有十三颗牙,还缺一颗。今年的还没戴呢。"皇太极说:"你把它摘下来,让我看看呗?"宝音姑娘说:"这有什么好看的?"皇太极说:"好兄弟,我从来没见过这玩意。你给我看看吧。"说着,皇太极伸手就要自己去摘。宝音姑娘一躲身子,忙说:"你等等,我给你摘。"宝音姑娘扭过了身。皇太极说:"干吗扭扭捏捏的,像个姑娘家似的。"宝音姑娘没听他的话,还是扭过了身子,把衣服扣解开,把脖子上套的亮圈拿了下来,递给了皇太极。皇太极接过来一看,这是个银制的圆环,上头串有十三颗小野猪牙。由于戴的时间长了,一个个被磨得洁白闪光。皇太极翻过来、调过去地看了个够,才不舍地还给了宝音姑娘,说:"这佩饰真好看,回去以后,我让我阿玛给我也做一个。我还要让我的大哥哥给你打一头大野猪,送你一颗最好看的野猪牙,让我阿玛亲手给你戴上。小宝,这事我包下了。"宝音姑娘重新戴上银圈。没等宝音姑娘问,皇太极很自豪地说:"我的生日是旧历十月二十五,正好接近冬至节。我阿玛和我额莫都说我有福。每回我过生日,家家都正准备过冬至节,可热闹了,就像在给我过生日。"宝音姑娘羡慕地说:"那多好哇。"

天色渐渐暗了下来,远处传来豹子的吼叫声。宝音姑娘嘱咐皇太极先睡,她要再去烧点开水。皇太极从小娇生惯养,锦衣玉食,平时身边有很多人伺候,这回出来,虽然挺有意思,但坐在马车上一路颠簸,也很疲劳。他们又遇到大火,受到了惊吓,夜里住到外头,天又非常冷,他的身体已经支撑不住了。到了晚上,皇太极发起了高烧。宝音姑娘在外面听到了一阵阵呻吟声,赶忙撂下手里的盆,进来瞧看皇太极。只见皇太极躺在那里，微闭着眼睛，浑身直打哆嗦。宝音姑娘摸摸他的头，头热得直烫手。宝音姑娘赶紧舀点盆里的热水，让他喝。皇太极摇着脑袋不喝。嘴里还一直嘟嘟囔囔，不知是叫谁。宝音姑娘一看皇太极病得连话都说不出来。这茫茫旷野，四下无人，上哪去请郎中？宝音姑娘急得团团转，一时不知该咋办好。宝音姑娘自小在莽古思庄园长大，也是娇生惯养，从没遇到过这样吓人的事。宝音姑娘是个心地善良的姑娘，眼见皇太极身上抖得像筛糠，她实在是心疼。情急之下，宝音姑娘也顾不上自己是女孩儿家了。她躺在了皇太极身边，用自己的身躯来给皇太极取暖。

宝音姑娘就这么紧紧地搂着皇太极，皇太极也抱着她不放。皇太极从小就有嬷嬷①照看。现在，他身边的仆人又都不在，他把对嬷嬷的依赖都寄予到小宝身上了。宝音姑娘为了给皇太极增加热量，把眼前所有能盖的东西，全都盖在了他俩身上，什么皮衣服、皮袍子、皮帐篷，大大小小地盖了一大擦。不大一会儿，皇太极开始出汗了，而且越出越多。宝音姑娘全身被汗水润湿了，也没敢把身上盖的东西撤下去。就这样，皇太极出了一场透汗，也不发烧了。天快亮的时候，皇太极才真正安静地睡着了。

宝音姑娘起来，看皇太极还在熟睡，她悄悄换了两件内衣，穿好袍子，系好腰带，蹬上皮靴，拿起弓和箭囊，走出了帐篷。宝音姑娘为了防止野兽侵害皇太极，找来了一根大木头压住帐篷的门帘，然后才徒步钻进林中。不大一会儿，宝音姑娘提着一只花翎子大公野鸡回来了。她看了看还在安睡的皇太极，便坐在木墩儿上，给野鸡拔了毛、开了膛，拾掇得干干净净，架火就炖上了。接着，又抓把米，熬了点肉粥。这时，皇太极醒了过来，宝音姑娘过来给他擦擦汗，把她自己带的衣裳拿出来，交给皇太极。宝音姑娘说："你先把衣服换上，我去给你打盆水，你再擦把脸。"宝音姑娘出去了。皇太极把衣服换完之后，感觉身上舒服多了。宝音姑娘端了一盆水进来，用毛巾给皇太极擦擦脸。皇太极自己把身子也擦了几下，觉得身子轻松了许多。宝音姑娘又把炖好的野鸡肉和肉粥端到了皇太极跟前。皇太极吃了一些鸡肉，喝了一碗肉粥。宝音姑娘问："你感觉怎么样？"皇太极说："好多了。谢谢你呀，小宝，多亏了你。哎呀，昨天我实在太难受了。"宝音姑娘说："我再给你按摩

---

① 嬷嬷：满语，奶妈。

一下。"那时在草原住的人,一般有个时令病什么的,都用按摩这个方法来治疗。宝音姑娘到了草原以后,也学会了一点简单治病的方法。宝音姑娘用她那轻柔的手,抚按着皇太极的肩背。皇太极感到从未有过的舒适和惬意,在不知不觉中,他又睡着了。宝音姑娘又到外面薅了几棵野草,放在水里熬。皇太极醒了以后,宝音姑娘让他喝下。皇太极问:"这是什么?"宝音姑娘说:"这是我们草原的'神仙水'。它不仅可以除邪症、治百病,还能活筋骨。你把它喝了,身体会恢复得更快,再有什么病灾,你也不会摊上了。"皇太极很佩服宝音姑娘,说:"你真行。你和我一般大,懂得这么多。"宝音姑娘说:"这些我是在草原上从一位大喇嘛那里学的。他知道的东西可多了。"皇太极问:"他是谁?你说出来,看我认不认识。"宝音姑娘说:"他叫洪古尔·杜木根。你认识吗?"皇太极挠了挠脑袋说:"我还真不认识。"

他俩正说着话,宝音姑娘突然注意到,皇太极的脖子下,露出了一根红绳。她感到挺稀奇,就问皇太极:"你戴的是什么呀?"皇太极说:"这是我小时候,一位嬷嬷从西方佛庙给我求来的,听说是一位活佛给的。那时我刚生下不久,这位大活佛给了我这样一块玉石,让我戴上。他为了看我,还特意到赫图阿拉来一次呢。"宝音姑娘一听,挺好奇,问:"什么样的石头?你能不能让我看看?"皇太极说:"当然可以。"说着,皇太极伸手摘下一块洁白精美的玉佩,连红绳一起交给了宝音姑娘。宝音姑娘接过了这块白玉石,见上面刻的是一个活灵活现的、展翅飞翔的雄鹰。皇太极告诉宝音姑娘:"听嬷嬷说,它有震慑邪魔、澄清玉宇的力量。戴上它能逢凶化吉、遇难呈祥。"

见了皇太极的鹰佩,不由得使宝音姑娘想起她刚离开科尔沁草原的那天晚上,做的那个奇怪的梦:她梦见一轮明月和一只雄鹰,而且,那只雄鹰一下子飞进了自己的怀里。现在,她越发觉得梦里那只鹰,非常像皇太极玉佩上这只雄鹰的模样。宝音姑娘暗暗寻思:天下的事真是无奇不有!难道它就是我梦中所见到的那只鹰?现在看来,月亮之谜似乎是对上号了。因为乌丹老女小名叫小月。我跟乌丹老女在一起,就像跟月亮在一起一样。现在又看到了这只鹰,难道我跟这个鹰佩的主人小黄也要有什么关系吗?宝音姑娘正在一旁愣愣地想得入神。皇太极看到宝音姑娘死盯着这块玉佩一动不动的样子,满以为宝音姑娘是稀罕这块玉佩呢,说:"小宝,你要是喜欢,你就拿去吧。什么时候你不想戴了,再给我。"宝音姑娘忙把手一摆说:"不不,这怎么能行?你不能这么做。这是佛爷给你的。你要戴着,不能随便乱给。"皇太极听了他的话,接过玉佩,重新戴好。皇太极像突然想起了什么,说:"你先等一等。"说着,伸手解下了身上戴着的一个缝有金丝银花并镶着翡翠东珠的香荷包,荷包下面系着红穗,红穗上还有些小珠子。这是阔家子弟戴的。皇太极把宝音姑娘的手拽过来,把香荷包放到了她的手上,说:"我把这个荷包送给你,作为咱俩这次见面的纪念。我回去以后,一定再送给你一个更珍贵的礼物。"

皇太极和宝音姑娘这时已经处得像亲兄弟一样了。皇太极说:"小宝,你跟我去吧。我们那儿可好了。咱俩在一起,你愿意干啥就干啥。我给你找你大哥那日松,我还要把我的阿玛介绍给你。他是一位非常慈祥可爱的老人。你到了那里就知道了。我阿玛要是知道你救了我,又这么照顾我,不知会怎么感激你呢。"宝音姑娘说:"谢谢你,小黄。跟你说实话吧,我现在就想回家。我的老家在萨哈连,我从小就离开了那里。后来,那日松大哥把我带到了科尔沁草原,我是在科尔沁长大的。我总想回家看一看,至少应该知道我阿玛、额莫都葬在哪儿了。"皇太极说:"宝儿弟弟,你先到我们那儿去,到那儿以后,跟我阿玛再商量商量。我会陪着你一块到萨哈连,到你的家乡去。前几天,我大哥褚尔汉还去过一次呢。你放心,你的事我包到底了。"

到了晚上,外面的风呜呜地刮着,吹得树咔咔直响。皇太极又让宝音姑娘跟他在一起睡。宝音姑娘也没反对,只是宝音姑娘帽子也没摘,衣服也没脱,就那么躺下了。

宝音姑娘突然想起了一件事情,她从怀里拿出一件东西,说:"你看看这是什么?"皇太极一看,小宝拿的是一个女人用的簪子。皇太极说:"小宝,你在哪儿弄的?这不是女人用的簪子吗?你要那玩意儿干啥?"宝音姑娘掩饰着说:"是我捡来玩儿的。行了,你先睡吧。"皇太极也确实挺困,对小宝拿的这个簪子也没太注意。不一会儿,他就呼呼地睡着了。宝音姑娘本想把这个自己随身携带的簪子送给小黄,可小黄这样一说,她也就没法送了。他们俩就这样睡下了。

寅时正刻,也就是现在的早晨四点钟左右的时候,天刚刚放亮,外面传来大车辘辘的声音,而且还伴有马的嘶鸣声。宝音姑娘和皇太极都被惊醒了。他俩一骨碌儿地爬起来,走出帐篷,见到查其纳老人他们骑着马,赶着车,车上装满猎物,兴高采烈地回来了。查其纳老人下了马,紧走几步,上前先给皇太极问安,说:"主子,托您的福,冬至节

第二章 鱼儿总要游归大海

181

的差，我们办得可顺当了。由于小牛兄弟的引荐，我们银子花得不多，买回来五辆花轱辘大车。一辆是给主子您回去乘坐的。我怕林子密，树枝刮碰到车的油漆，就把它停在了松林外面。一个兄弟在那守着呢。这四辆车拉的全是我们打回来的猎物。这回，小牛兄弟可帮了咱们大忙了。他不单帮咱选了个好围场，而且，人家的箭法真准，百发百中。他的甩棒技术更神奇，骑在马上追兔子，一打一个准，都不用下马，一俯身就把兔子抓在手上，真够绝的了，把我们都看花眼了。主子，我给小牛兄弟报个功，在他的帮助下，我们一共打了一百多只兔子，四十多只黄羊。我们还打了五只鹿、八十多只沙半鸡儿。车上新钉的大木笼里，装有六七十只又肥又胖的活兔子。主子，这回咱们可是满载而归了。老主子和众将军们看了，准会为主子您叫好的。"皇太极听了非常高兴，连连向小牛致谢。他不知道什么是甩棒，忙问个究竟。宝音姑娘告诉他："这是北边打兔子的一个方法。把一个带拐把子形的木棒甩出去，飞旋的棒子很有劲儿，专打飞跑着蹦跳着的兔子的腿，打得好的，一下子能打上两只兔子。"

皇太极告诉查其纳说："我这两天有病了，多亏了小宝伺候我、照顾我，给我吃药，按摩，又给我熬鸡汤，他又救了我一条命。"查其纳听说皇太极有病了，吓得赶紧询问皇太极的病情。皇太极说："我现在好了，没事了。"查其纳老人给宝音姑娘磕头致谢。他说："宝兄弟，谢谢你了。你对我们的恩情，我们永远都不会忘。"

他们高高兴兴地吃完了早饭，诸事完毕后，准备起程。皇太极真诚地邀请宝音姑娘和妞妞到他家。宝音姑娘本心就要去找那日松，又见小黄和查其纳等人如此恳切，也就不再推辞。查其纳老人搀扶着皇太极，后面宝音姑娘和妞妞随同，他们先观赏装载着猎物的四辆大车，又来到了林子外，去瞧看查其纳老人为皇太极新买那辆大轿车。这辆新轿车，要比皇太极他们来时带的那辆车还漂亮，暖木撖成的车篷子，一色刷的都是红亮漆。车篷上苫着绣有群鹿奔驰的花毡子，毡子四周镶着用皮穗做的花饰。车篷的两边各有两个蝴蝶形的窗户，后边有一个小圆窗户。窗帘布可以随时掀开。车里面铺着三层獾皮垫子，后面是靠背，里面有小暖炉，小茶几上还有一个放灯油碗的小铁架。前面挂有两条长帘子，便于车里面的人遮挡阳光、躲避风雨。皇太极围着大轿车仔细看了看，见大轿车确实很讲究，便夸奖查其纳老人会办事。查其纳老人听到小主人夸奖自己，心里也是美滋滋的。

查其纳老人先请皇太极上车，说："我的小主子，那就请上车吧。坐上我买的这辆车，保证您不会觉得累的。"查其纳老人扶皇太极上车后，皇太极又回手把小宝和小牛拉上了车。查其纳老人亲自赶着这辆轿车，扬鞭策马上路了。其余四辆车，由其他两个护卫分赶着。四辆车二十匹马，组成了一支长长的行列。因驭手少，各辆车之间均用缰绳连系着。三个护卫除首尾车辆各有一名外，另外一名护卫专门负责前后照应和与最前面大轿车的联络事务。因为车上装载着野牲和活牲，一路上要经常给它们喂食、饮水，事情远比他们来时繁杂得多。但是，五辆车走得并不慢，不一会儿，他们路经前两天着火的那片林子。查其纳把车停住了，把帘子打开，说："主子，咱们到那几个弟兄的坟前了，下车告个别吧。"皇太极点点头说："是应该看看他们。"他们几个下了车，只见四周地上到处都是被大火吞噬后黑焦焦的一片，偶尔还可以闻到火燎的烟气味。头上，一群老鸹在盘旋，它们在窥寻着那些被烧死的小动物的遗骸。

皇太极等人跟着查其纳老人，来到了一座堆着很高黄土的新坟前。查其纳老人和几个护卫摆上祭品，点上三根蒿杆代香，并把他们带来的一坛黄酒和一坛白酒也摆到坟前。查其纳老人从两个坛子里倒出两木碗酒来，说："主子，您来敬酒吧。"其他人都跪在了坟前。皇太极半跪下，高举着酒碗说："我的好兄弟，你们升天了。我代表我的阿玛及所有赫图阿拉的人，向你们叩拜，请你们喝下我敬你们的暂别酒。我回去后，马上禀报我的阿玛，他会派人把你们接回家的。你们安息吧！"皇太极把白酒和黄酒分别洒在坟前。查其纳和那三个兄弟，每俩人抱一坛酒，围着坟洒上了。他们又把鸡、肉、羊头等祭品全都埋到坟头。然后他们挥泪而别。

他们日夜兼程，走了四天零一夜的时间，很快就回到了赫图阿拉地界。在他们离赫图阿拉城不远的地方，查其纳老人命那名负责联络事务的护卫，飞马到城门口，让守城的兵丁速去通禀汗王爷。努尔哈赤一听说他的宝贝儿子回来了，马上骑着马，领着在家的几个儿子以及扈尔汉和那日松，到城门口接皇太极来了。锣鼓喧天，鞭炮齐鸣，好不热闹。皇太极临下车前，告诉宝音姑娘和妞妞："你俩不用下车，我先跟我阿玛打个招呼。"皇太极下了车，给汗王爷和几位哥哥见了礼，并随他们进了城。

单说查其纳老人奉皇太极之命，把轿车赶到汗王爷的老住处，门口

第二章　鱼儿总要游归大海

183

站了两排男奴和女奴，都非常恭敬地向查其纳老人行礼打千儿。查其纳把轿帘打开，说："请二位小兄弟下车吧，咱们到家了。"查其纳老人把两位尊贵的小客人让进了正厅。仆人献上了茶和洗漱水，有一位奴才按照查其纳老人的盼咐，拿来了几件男人的新衣服。查其纳老人说："小兄弟，你们俩不要客气，先在这休息一会儿，再把这几件衣服换上。我得先过去一趟，把这几天的事情向我们的老王爷禀报一下。一会儿，我们的小主子就回来了。"查其纳老人刚要走，宝音姑娘一把把他拽住了："额布格，您先不要走，我问您个事，那个叫小黄的到底是谁？你们大家都给他磕头的那个长胡子老人又是谁？"查其纳老人说："我告诉你吧。你从火里救下来的那个小黄，是我们汗王爷的儿子、八贝勒皇太极呀。今天你看到的那个长髯老者，就是我们建州卫的首领、汗王爷努尔哈赤呀！"宝音姑娘这才知道，小黄原来是个贝勒，他的阿玛就是满洲建州卫的首领汗王爷努尔哈赤。查其纳老人说："我得赶紧走了，他们还等着我呢。你们俩在这里不要害怕。"查其纳老人说完，匆匆地走了。

妞妞赶紧跑到宝音姑娘跟前悄悄说："怪不得小黄那么有气派，原来他是王爷的儿子。妹妹，咱俩怎么办？总这样下去也不行啊。"宝音姑娘说："我也早就看出他是个有身份的人。有一次查其纳额布格管他叫小贝勒，小黄向他使了个眼色，他以后就再没叫。妞妞，你不用担心。咱俩女扮男装，主要是你爷爷怕咱俩在道上遇到歹人。现在咱俩已经到了赫图阿拉，小黄他们也都是好人，也不用再女扮男装了。你说呢？"妞妞说："我也是这么想的。"

她俩正说着悄悄话，门帘被打开，进来了两个女奴。女奴施礼后说："请贵客到后厅换洗。"宝音姑娘和妞妞跟着女奴来到了一间很漂亮的大房子。这间大房子里面，辟有若干装饰精美的小暖阁。每个小暖阁都有精巧的门窗，门窗上都挂着彩绘花卉的竹帘子。她俩在奴才的引导下，各自进了一个小暖阁。暖阁里放有两个大木盆，木盆里有大半盆温水。奴仆们献上盥漱用的浴巾和胰子，然后，谦恭地关上门，退了出去。她们俩各自在木盆里洗了洗，简单梳洗完毕以后，换上了奴才们拿来的衣裳和帽子。

宝音姑娘和妞妞在奴仆的带领下，又回到了前厅。一个奴仆进来禀报："启禀二位贵客，我们的小贝勒来了。"门开了，皇太极满面春风地来了。宝音姑娘和妞妞站起身来迎接皇太极。皇太极拉着她们俩一人一只手，坐到了炕上。皇太极坐在中间，搂着她俩的肩膀说："我告诉你们俩一个秘密吧。我的阿玛就是赫图阿拉的主子汗王爷，我是他的第八个儿子，我叫皇太极。"宝音姑娘说："我们早就知道了。"宝音姑娘这么一说，皇太极笑了。皇太极说："这些天我也留心你们俩，你们俩好像有什么事瞒着我。"皇太极拽住宝音姑娘的手问："已经到我家了，该跟我说实话了吧。"

宝音姑娘和妞妞互相瞅了瞅。宝音姑娘冲妞妞使了个眼色。俩人会意地站了起来，给皇太极跪下了。宝音姑娘说："请小贝勒恕罪，我们跟您说谎了。她不叫小牛，我也不叫小宝。她叫妞妞，我叫宝音其其格。我们是科尔沁草原的人。妞妞的爷爷怕我们两个女孩子在外面遇到坏人，所以让我们女扮男装。我们当初并不知道你们的身份，隐瞒了实情。现在，我们把实话都告诉你了，请小贝勒原谅我们吧。"皇太极一听，小宝就是他朝思暮想的宝音姑娘。这真是喜从天降啊！他万分高兴，上前两步把宝音姑娘拉了起来，搂住了宝音姑娘，一口气说："原来你就是宝音姑娘呀。我听说过你，我也一直盼着能见到你。我这次出去，一方面是为过冬至节打猎，另一方面，我也想趁此机会找到你。没想到，半道遇到了大火。偏偏你又从火中把我们救了出来。哎呀，咱们俩真是有缘哪。"

皇太极紧紧地搂着宝音姑娘不放，把宝音姑娘搂得喘不过气来，也很不好意思。宝音姑娘急忙对皇太极说："小贝勒，请您不要这样。咱们有话慢慢说。"皇太极这时也发现自己有些失态。他连忙松开手，可嘴里还一直叨咕着："太好了，太好了。"皇太极乐得不知说什么好，搓搓着手，在屋子里走来走去。妞妞看到皇太极这个样，抿嘴直笑，说："小贝勒，我还跪在这儿呢。"皇太极马上过去把妞妞搀了起来。皇太极突然想起，应该把这个喜讯告诉阿玛。他对宝音姑娘说："你们俩先在这坐一会儿。我得把这个喜讯告诉我阿玛，阿玛只知道我们遇到了大火，是你们俩把我们从火中救出来的。他要来感谢你们的救命之恩。他也不知道你就是草原上赫赫有名的宝音姑娘。阿玛若是知道了，他会更高兴的。"说着，皇太极转身跑出了屋子。

这时，那日松、扈尔汉和汗王爷的几个儿子正陪着汗王爷往这里来。刚才，皇太极随着汗王爷回到了议事大厅。汗王爷拉着皇太极的手问："孩子，怎么样？这次出去挺好吧？"皇太极说："阿玛，一言难尽哪！我这次出去真是九死一生。您老差点就看不着我了。"皇太极的话一出口，把大家都吓了一跳，急忙问出了什么事？皇太极就把他们怎样

第二章　鱼儿总要游归大海

185

在途中遇到大火,他们又如何火中被救,以及后来他病重的经过,一五一十地讲给大家听。他们都为皇太极捏了一把汗。努尔哈赤更是心疼他的宝贝儿子,急忙过来查看皇太极的身上,看他有没有受伤。皇太极告诉汗王爷:"阿玛,我一点事儿都没有。您老放心吧。"努尔哈赤就问皇太极:"救你们的小宝和小牛后来上哪去了?"皇太极故作神秘地说:"您猜猜?"努尔哈赤说:"你们小孩子的事儿,我上哪儿猜去。"皇太极神气地说"我把他们俩带回来了。"努尔哈赤忙问:"在哪儿呢?我怎么没看见?"皇太极说:"我让查其纳把他俩先带到后厅休息去了。我一会儿就去看他们。"努尔哈赤忙对皇太极说:"你先去,阿玛我随后就到。"就这样,皇太极先行一步回来了。

　　皇太极的几个哥哥以及扈尔汉和那日松,都想见一见皇太极的救命恩人。他们在查其纳老人的带领下,也都跟着来了。皇太极和汗王爷走个对面。皇太极高兴地说:"阿玛,我再告诉你一个好消息。你猜猜,救我的小宝是谁?""是谁呀?""她就是科尔沁的明月,小英雄宝音姑娘呀。"汗王爷等人听了大吃一惊。他们要想见的人,原来就是名传千里的宝音姑娘,大家都非常兴奋。查其纳也大为震动,走了一路,自己还不知道他们竟是两位姑娘。老人这一路上只是感到小牛和小宝的言谈举止有些不自然,他猜想这里准有什么缘由,果然不出他所料。那日松和扈尔汉都认识宝音姑娘,更是想很快见到她。大家的步子迈得更快了。汗王爷大笑着,边走边说:"这可真是吉星高照哇。一只美丽的小彩凤,落到咱们赫图阿拉来了。"

　　汗王爷快步来到了宝音姑娘的面前。宝音姑娘和妞妞俩人,眼看着皇太极跑走了,还在原地站立望着,又见来了一大伙人。众人护拥着方才接皇太极的那位气宇轩昂的长髯老者,不用问,那一定是汗王爷努尔哈赤。宝音姑娘和妞妞慌忙向前走了几步,俯身叩拜说:"科尔沁草原宝音其其格、妞妞给汗王爷叩头。"努尔哈赤忙走过来,把她俩搀起来,说:"快起来,快起来,不必行此大礼。"努尔哈赤紧握着宝音姑娘手,真诚地说:"宝音姑娘,赫图阿拉欢迎你,我也欢迎你。你救了我的儿子,是我们的大恩人。你能来到我们赫图阿拉,是我们的荣幸。"然后,转身对跟随来的查其纳老人说:"快,告诉'阿哈西'[①],给姑娘们安排住房。姑娘们也该换衣服了,还让人家这么个打扮吗?"查其纳

[①] 阿哈西:满语,奴才们。

老人应道："喳！"努尔哈赤亲切地拉着她的手，给他的几个儿子一一作了介绍。那日松走了过来，宝音姑娘看见了那日松，上前深施一礼，激动地眼含热泪，说："那日松大哥，我终于见到你了。"那日松急忙上前搀扶起宝音姑娘，边给宝音姑娘擦眼泪，边说："傻妹妹，别哭。大伙都看着你呢。"其他的一些将领，听说小贝勒他们被救的事，都赶来向宝音姑娘致谢。他们有的敬酒，有的献哈达。大家都非常热情地欢迎宝音姑娘和妞妞这两位来自蒙古草原的女英雄。

宝音姑娘非常高兴。这真是一个好地方。这里的人这么热情、好客，对自己这么亲。努尔哈赤告诉皇太极："孩子，今天我先按家礼接待姑娘们，明天我再设宴。"他又对宝音姑娘和妞妞说："姑娘们，你们把这里当作你们自己的家，有什么要求就尽管提，不要客气。"从此，宝音姑娘就住在了佛阿拉，和汗王爷以及皇太极生活在一起了。

汗王爷住的地方是在旧老城。努尔哈赤把不少的政务部门搬回了他的出生地——赫图阿拉。他仍然住在老城中间一个山台的台地之上。别看这地方丘陵起伏，经人工平整的这个小台地，还真挺宽敞。前头是两套用青砖盖成的正房，一套五间的，一套七间的。这里有议事、会客的地方，后面还有安寝的地方，再后面又栅出一个小院，小院里也归置得很整齐。努尔哈赤常在这里接待一些很重要的人物，包括他身边的知己朋友。他们有时谈的太晚了，就住在这里。前段时间，主要是努尔哈赤的几个福晋和皇太极在这里住。

小院里非常幽静，也很漂亮。外面是用柞木夹成的障子，门是双层的、厚木板做的大门。院里有护卫保护，很安全。宝音姑娘和妞妞在皇太极的陪同下，走进了这个小院，他们后面跟着两个女奴。

宝音姑娘原本以为赫图阿拉像她们科尔沁草原一样，人们都居住在帐包里。帐包附近有牧放牛羊、摆放大轮马车的地方。帐包周围这儿有个牛粪堆，那儿有辆装水车。哪成想，女奴把大门一开，宝音姑娘宛如走进了一个新天地。小院里弯弯曲曲的小路都是用鹅卵石铺成的，路两旁种着花草。可能是因为有围墙和木栅挡着，又有人居住，里边的气温要比院外头稍微暖一些。对面是三间朝阳的土房，别看是土房，却建得很好。房基下面都是用大石块儿砌成的，盖儿是草房盖。土房前头有前廊，前廊里一共有六根柱子，柱子上刷的是绿油。窗棂子的木头刷得是红油，糊着窗棂纸，窗棂纸上也喷的油。从大门到正房的道上铺的是石板甬道，非常直。

第二章 鱼儿总要游归大海

187

宝音姑娘绕着院子这么一看，见院里搭着一些架子，架子上有六七个铁笼子。有的里面装着蹦蹦跳跳的白花鼠。北方的白花鼠一般都在萨哈连附近。白花鼠非常好看，白肚囊，头和爪都是灰色的，后背是白条花纹。花鼠皮轻柔保暖，非常美观，很珍贵。有五个笼子里装着貂，两个里装着白貂，三个里装着黑貂。还有一个笼子里养了几只小白兔。宝音姑娘正看着，妞妞轻轻捅了她一下，又冲她努了努嘴。她顺着妞妞指示的方向，发现墙右边有一个大铁笼子，里头有一只小熊崽儿。看样子也就两个多月大，胖乎乎的，抱着个杆子在里头爬来爬去。宝音姑娘忙走到装小熊的笼子前，拿起了旁边放着的苞米面做的小饼，用小勺舀了两片给它。小熊还挺高兴，看了看这陌生的客人，低头嚼开了给它的小饼。宝音姑娘自从住进了佛老城，处处都非常随她的心。宝音姑娘的心情非常舒畅，真像到了自己家一样。

自从宝音姑娘来了以后，佛老城和赫图阿拉的变化也很大。这里的人们都在传诵着宝音姑娘带领科尔沁草原的牧民，打败凶猛残暴的多尔沙图汗的事迹。他们一传十，十传百，把宝音姑娘说成是一个非常神奇的人。宝音姑娘也确实带来了蒙古人特有的天赋，热情、勇敢、豪迈、诚朴的性格。别看宝音姑娘是一个十四岁的小姑娘，却给汗王爷努尔哈赤带来了无限的希望。当时，赫图阿拉的力量并不是很强大。用努尔哈赤自己的话说："咱们现在就是一个马蹄子刚乍乍开，马鬃刚开始扬，小屁股蛋刚开始胖起来的小马驹子。"他常训诫他身边的一些人："你们不要把自己吹得太厉害。小心有一天，出来几个老虎把你咬死。咱们的力量不够大，面对的是铜墙铁壁一般的大明朝。咱们周围的这些部落，也都挺厉害。咱们表面上要温顺得像绵羊，不要拒绝到我们这里来的人，我们要双手欢迎他们。我们只要有了朋友，就会得到外面的支持和帮助，我们的力量就会不断强大。"努尔哈赤对宝音姑娘的到来是一百个欢迎，一千个赞成。

不单他这样。辽东总兵官李成梁听说他的亲家多尔沙图汗被一个十四岁的小丫头打败了，也不能不竖大拇指。当然，听说赫图阿拉的扈尔汉也帮了不少忙，那这个宝音姑娘也够厉害的了。多尔沙图汗受到的这个打击，对李成梁来说也是个打击。李成梁心里也非常害怕。他原本每天瞪着两只大牛眼珠子盯着努尔哈赤。因为在辽东，最强大的力量就是努尔哈赤这一支人马，未来最危险的力量就在赫图阿拉。李成梁早就看出来了。现在，这个宝音姑娘又到了赫图阿拉。努尔哈赤等于是如虎添翼。李成梁感到危机就要来临。他马上派心腹到喀尔喀部送信，让多尔沙图汗赶紧派人到他这来，他要面授机宜。

多尔沙图汗被打得一败涂地，全仗齐秉仙大师保护他，他才逃了出去。齐秉仙的胳膊上中了毒箭，他为了保全性命，只好截去了左臂，成了独臂老人。多尔沙图汗回到自己的老窝后，听说是一个十几岁的小丫头领着科尔沁人把他打跑的。多尔沙图汗心里不服，自己怎么能输给一个十几岁的小丫头呢？他觉得自己输得实在是窝囊，每天吃不下饭，睡不着觉。多尔沙图汗连窝气带上火，一病不起。

这时，李成梁大人派人给他送来了书信。多尔沙图汗让身边的人，仔细地给他念了李大人的来信。李成梁的信里大致讲了这样几个内容：一个是，虽然你受到了损失，但胜败乃兵家常事，你不必太在意。第二点又嘱咐他：必须派你最亲信的人到我这来，我有要事相商。李成梁特别嘱咐不让多尔沙图汗亲自来，怕多尔沙图汗在辽东出现，引起其他部落的注意，特别是赫图阿拉努尔哈赤的人的注意。否则，明朝表面上保持中立的立场就会不攻自破。第三点，在这期间，你一定要处理好与周围蒙古诸部的关系，联络一切可以联络的力量，不再要你那飞扬跋扈的派头。你要尊重人家，与他们建立友谊关系，即使是科尔沁部，也不是铁板一块，也不一定都是莽古思的人，像芒格这些人，不都属于科尔沁部么，他们不也反对莽古思么，你就要把这些反对莽古思的力量都拉过来，壮大你的力量，你才可以报仇雪恨。李成梁为了多尔沙图汗，也真可谓费尽了心机。

多尔沙图汗又反复看了李大人给他的来信，他对李大人的足智多谋佩服得五体投地。李大人真不愧为老谋深算。这回，多尔沙图汗把他未来能否取得胜利的赌注，全都下到了李成梁的身上。多尔沙图汗按照李大人的嘱咐，把他的干儿子它塔歹叫来。它塔歹是多尔沙图汗弟弟的小儿子，后来过继给了多尔沙图汗，成了他的义子。多尔沙图汗让它塔歹当晚去辽东，秘密拜见李成梁大人。

它塔歹领命以后，为了不引人注意，只带了五六个随从奔赴辽东。他们很快到了总兵府，见到了辽东总兵官李成梁大人。李成梁过去见过它塔歹，知道他是多尔沙图汗的干儿子。它塔歹给李成梁大人见过礼，李成梁就把它塔歹领到了后厅的密室。仆人沏好茶，退了出去。屋里只剩下他们俩人。李成梁让它塔歹转告多尔沙图汗：现在最重要的一点就是你们要重整力量，并把准备重整力量报仇的消息，迅速地传出去，让外面的人都知道你们要和科尔沁部决一死战。它塔歹听了，不解其意。李成梁说："我说的重整力量，是指除了把你们喀尔喀部内部的力量稳固住，还要把与你们相近的部落，像察哈尔部、科喇沁部的力量也全拉到一起。这样，你们的力量就强大了。扎鲁特部虽然离你们远点，但它离科尔沁部比较近。它现在三心二意，比较倾向于科尔沁部。这不怕，你们到它那里去，多给他们一些银两，朝廷也可以暗中帮助你们一些。你们再想法子把扎鲁特部也笼络过来。这样，在蒙古草原，除了科尔沁部以外，你们的力量就是最强的了。在这个根基之上，你们再把科尔沁内部反对莽古思的力量说服过来，这样你们就胜券在握了。你要跟你的王爷讲清楚，按我说的去做，一切要从长计议。现在，你们先要把声势造出去，要边做边讲。讲出去能镇住八方人，让你们的敌人及他们的朋友在心理上先惧怕你们。第二，你们要抗议大明朝。"他的话刚一出口，它塔歹吓坏了。它塔歹慌忙起身跪下，一边叩头一边说"李大人，李大人。我们可不敢反对朝廷。"李成梁笑着把他搀了起来，说："它塔歹，你先别着急，听我跟你说。这也是一计。你们要公开抗议大明朝。不要怕，怕什么？我是大明朝的辽东总兵官，我说了算。我知道你们是怎么回事。你们就这样做，而且要敢讲出去。努尔哈赤不是说我们明朝支持你们吗？是你们喀尔喀部的后台吗？你们这样一说，就证明他们说的都是错的。我的话你一定向老王爷转达，听明白没有？"它塔歹恍然大悟，连说："明白了，明白了。"李成梁又说："你回去告诉你们王爷，让他说明朝的李成梁大人袒护建州左卫努尔哈赤。据我所知，赫图阿拉的扈尔汉也参与了他们科尔沁部的这次内乱。那个扈尔汉是努尔哈赤的干儿子。他到草原买马是假，煽风闹事是真。要不然，一个十四岁的小丫头就能领兵战胜你们的强大兵力？鬼才相信呢！这里主要由于有扈尔汉做主谋。你们就抓住这件事，指责努尔哈赤是有意这么做的。他把自己的心腹大将派到蒙古去，挑拨你们蒙古人之间的不和，引起你们的争斗。他努尔哈赤跳进黄河也洗不清这干系。明朝不是说各个部落都要各安本分吗？你们就指责我明朝为什么不管努尔哈赤呢？为什么允许努尔哈赤这么横行霸道，干涉我们蒙古人的事呢？你们要兴师问罪，不单要讨伐赫图阿拉，还要向大明朝讨个公道。第三点，你们还要想办法从努尔哈赤手里把那个小姑娘要过去。这个小姑娘挺了不起。她一旦落到了努尔哈赤的手里，会后患无穷啊！咱们千万不能让努尔哈赤得到这个人。你们直接跟努尔哈赤要人，就说你们这次蒙古内部之争是这个姑娘挑起的，让努尔哈赤把她交出来，绝不能轻易放了她。记住了吗？"它塔芿躬身作揖说："记住了，李大人。我回去后，马上向我们王爷禀报。我们一定按大人说的去做。"事不宜迟，它塔芿连夜就赶回去了。

第二天，李成梁把他身边的一个叫张诚的备御叫来。"备御"是明朝官员一级官职的称呼。李成梁交给他一封信，说："张诚，你把我的亲笔信送到赫图阿拉，交给努尔哈赤兄弟二人。"张诚躬身接过文书，装进公文背囊内。他带着身边的两个随从，骑上快马，来到了赫图阿拉。张诚告诉守城的兵丁："我受大明朝辽东总兵官李成梁之命，要见你们的汗王爷。请速速禀报。"汗王爷努尔哈赤听到禀报，知道李成梁派人来定有因由，命禀报之人有请张诚。张诚被让进了客厅，女奴献上了茶。汗王爷从后厅走了出来，陪同他的有他三弟舒尔哈齐、大将费英东、扈尔汉、额亦都等。双方落座以后，张诚开门见山地就说了："都督佥事大人，总兵官李大人有书信给大人，请阅览。"努尔哈赤受明朝之封，为建州左卫都督佥事，张诚是按照努尔哈赤的官衔来称呼他的。张诚说着，从背囊里拿出文书，交给努尔哈赤。努尔哈赤把信囊里的函页抽了出来，展开文书，仔细地看着文书上密密麻麻的墨迹。看罢了信，努尔哈赤把信函页放在书案上，一声未吭。

努尔哈赤早已经习惯了与明朝李成梁大帅的交往。李成梁常常摆出辽东总兵官的派头，对辽东女真各部说这道那。只要有一点风吹草动，李成梁也不管是实是虚，就飞马传书。辽东女真各部几乎天天收到像雪片一样的边关"急报"。努尔哈赤收到的"急报"更多于女真各部。时间一长，不单女真各部对李成梁的信函置若罔闻，努尔哈赤对其更是不屑一顾。但努尔哈赤还是客气地对明朝来使张诚说："总兵官函示事关重大，我等需要仔细商议，定后上报。"张诚是位与赫图阿拉打交道的常客了，像今天这种搪塞、敷衍的回答，他已经习以为常了。张诚早已有所准备，心里想好话语，回去向李大帅交糊涂差。努尔哈赤打发走张诚后，风趣儿地跟舒尔哈齐和众将士们说："一个刺猬猬总算被咱们踢跑了，该议咱们的正事了。"

努尔哈赤禀性刚直不阿，在处理和对待明朝的态度上，他一直采取刚柔并举、软硬兼施的策略。努尔哈赤在和狡猾的李成梁的较量中，总结出一个诀窍：那就是对待辽东的明朝州府要刚柔并施，以刚为宗；软硬兼施，以硬为宗。以刚求柔总有得，以硬求软总有获，诸事可济也。努尔哈赤方才对待张诚便是采取了软硬兼施的策略，既不卑不亢地回答

第二章 鱼儿总要游归大海

要对信函进行"仔细商议",又没给李成梁一个准确的回答,打破李成梁的如意算盘,使他摸不透赫图阿拉的葫芦里到底卖的什么药。扈尔汉、额亦都这些大将,都支持汗王爷的做法。他这一招儿也真管用,明朝也非常怕他。对于汗王爷的做法,赫图阿拉内部还时常有些分歧。努尔哈赤的三弟舒尔哈齐、大儿子褚英、二儿子代善等人,认为汗王爷的态度容易得罪明朝,引起明朝对他们的不满,使他们在力量初兴的今天,被大明朝扼死在襁褓之中。其实,努尔哈赤早摸透了明朝的脾气,他心中有数,而且,在对待明廷的策略上,他很喜欢八儿子皇太极的想法,因为惟有皇太极最了解他的心。努尔哈赤的言传身教使皇太极耳濡目染。皇太极的言论,说穿了全出自阿玛努尔哈赤之口。额亦都和扈尔汉都非常喜欢、亲近皇太极,把皇太极视为努尔哈赤所思、所想、所好的标志。可惜的是,生性耿直的二王爷舒尔哈齐,还有孤高自赏、目空一切的大贝勒褚英,不听众人苦劝,我行我素,偏偏不买努尔哈赤的账,有不少政见与汗王爷相左。

前书说了,努尔哈赤刚起兵不久,力量还不那么强大,更没有形成大明朝那么完备的管理制度,很多的措施和一些章法还正在不断地摸索之中。在赫图阿拉这场初兴的创建中,舒尔哈齐和努尔哈赤兄弟在一些政见上有时相左。说来很有趣儿,各位阿哥可能不相信,赫图阿拉的有些决定常常是努尔哈赤和舒尔哈齐吵着架定下来的。这话一点也不过分。本书就专讲点这方面的小秘密。

各位阿哥,说书人讲到了努尔哈赤兄弟们,我就不能不表述一下努尔哈赤家族往昔的历史。努尔哈赤,嘉靖三十八年(己未)生于建州女真佛阿拉城。他玛法觉昌安,任明朝建州左卫都指挥之职,是明朝的地方官员。努尔哈赤的阿玛建州左卫指挥塔克世,也是明朝的一名将领。他们对守护辽东做出了重要的贡献。努尔哈赤的额莫是都督王杲之女,姓喜塔腊氏,名额穆齐。努尔哈赤兄弟五人。他排行老大,二弟穆尔哈齐、三弟舒尔哈齐、四弟雅尔哈齐、五弟巴雅喇。努尔哈赤从小就吃苦耐劳、精明强干,不仅讨得阿玛、额莫的疼爱,在众兄弟和同辈亲属中,也享有很高威信。他八九岁就会安排生活,还很有胆识。他常领着弟妹们到苏克素护河一带去打猎、网鱼、采集野药和山果。他家的木楼"哈什"①里总是山货成堆。努尔哈赤常拿出来供给邻里和穷人们。然

---

① 哈什:满语,仓房。

而，天有不测风云，努尔哈赤十岁的时候，慈母额穆齐突然病逝了。努尔哈赤领着一帮弟妹们苦度生活，不少皮衣、皮裤都是他跟弟妹们自己做的。后来，阿玛塔克世娶了那拉氏为妻。继母纳喇氏心地不善，吝啬刻薄，对努尔哈赤兄弟百般虐待。努尔哈赤性格刚烈，他看继母对弟妹们无情打骂，常气不公，与继母评理。阿玛塔克世畏惧自己的沙里甘①所倚仗的强大的家族势力，一再忍让。努尔哈赤偏不听这个邪，他的三弟小舒尔哈齐也跟大哥一唱一和，他俩专与继母作对。后来，他们兄弟俩就被继母撵了出去。

俗话说：老天爷饿不死瞎家雀儿，这话一点不假。努尔哈赤领着三弟舒尔哈齐毅然决然地离开了生育自己的家门，开始了他的闯荡生活。也就是从这天开始，这位满族的民族英雄，开始谱写崭新的历史。困难并没把幼小的努尔哈赤兄弟吓倒。他俩没有住的地方，就自己在旧老城的林莽里和泥搭地窨子，两脚被石头、蒿子秆儿硌得血淋淋的，兄弟俩没有一个叫疼的。他们俩没吃的，就把老铁叶子的根挖出来吃，或者把树上爬的白虫子抓来，用火烤烤吃。努尔哈赤非常喜欢、关心、照顾自己的小弟弟。舒尔哈齐也很听大哥努尔哈赤的话。他们俩是从小一起在苦里长大的。后来，努尔哈赤的势力越来越强盛，他们建起了自己的八旗队伍。

舒尔哈齐以他的骁勇善战，称雄本部。赫图阿拉的一些军政大事，努尔哈赤都和舒尔哈齐一起商议，有些事努尔哈赤也常让三弟去办。有时明朝接见努尔哈赤，或者有李朝②的使者来，努尔哈赤常让三弟舒尔哈齐陪同参加。时间一长，三弟舒尔哈齐被努尔哈赤惯得有些骄纵，也愿意出个风头，竟忘乎所以地要跟兄长比个高低，引起了努尔哈赤的厌恶。后来，明朝眼见努尔哈赤的力量越来越难以控制。他们就挑拨赫图阿拉内部的关系，有时在写给努尔哈赤的信里，特意要提一笔舒尔哈齐，管舒尔哈齐叫"三都督"，有意抬高舒尔哈齐的地位。赫图阿拉是家天下，父子兵。初兴时，由于舒尔哈齐和努尔哈赤在部众、人丁及财物等分配上皆一样多，他俩的势力不相上下，在有些事情上，意见往往不好统一，这种现象努尔哈赤是不能容忍的，后来，因权势、功劳、分赏日渐相差悬殊。于是，努尔哈赤就特别强调了集权性。努尔哈赤说：

---

① 沙里甘：满语，妻子。
② 李朝：当时朝鲜的李氏王朝。

"我们现在面对的是强大的明朝,周围这些部落的势力也都比我们强。我们地处偏僻穷山沟,人少、财力薄,不能把权力分散,必须要统一起来。"

　　本书讲到现在,努尔哈赤和舒尔哈齐兄弟俩的矛盾开始日现端倪。诸如:赫图阿拉究竟以谁为主,率队去明朝朝贡?当时,明朝为了对东夷民族实施"羁縻"政策,由皇帝下旨向东夷各部签发无数道"敕书"。"敕书"具有很大的权威性,它代表大明王朝对东夷各部的恩赏和邀请,有了"敕书",辽东女真和蒙古诸部才可定时去明朝献贡。山海关和一路州县凭"敕书"放行。前去朝贡的人既可以通过入京朝贡,领取银帛衣帽等优厚赐物,还可以把自己那里的土特产品拿到京师去卖,再买回(或领赏)耕牛、农具、食盐等生产、生活必需用品,若遇特大的天灾人祸,还可以奏讨更多赐物(米、盐、牛等),以便渡过难关。这对于每个人来说,都是莫大的荣誉和恩惠。所以,谁都非常愿意到明朝去。开始的时候,努尔哈赤自己去朝贡。后来,舒尔哈齐不甘心自己永远躲在深山老林里,他也要去见见世面。努尔哈赤想:多去一个人也好,能从明朝多得到一些东西,就同意了舒尔哈齐的要求。可时间长了,就不是那么回事了。努尔哈赤发现,舒尔哈齐每去一趟京师,明朝就大肆捧场一番。而且,带回来的恩赏也倍加丰厚。明廷竭力在辽东制造出赫图阿拉不仅有努尔哈赤王爷,还有二王爷舒尔哈齐。努尔哈赤曾几次热语规劝过弟弟,指出大明朝心怀叵测,意在他们兄弟内部引起阋墙之争的恶毒用心。对此,舒尔哈齐不以为然,反而洋洋自得。努尔哈赤一看这样下去不行,就一改常态,不让舒尔哈齐去朝贡。舒尔哈齐自打从明朝带着赐品回来以后,就更加受明朝的恣惠。努尔哈赤不让他去,那他能答应吗?舒尔哈齐就跟他哥哥努尔哈赤吵架。后来,舒尔哈齐就挑唆他手下人为他鸣不平。努尔哈赤的儿子们不明真相,也为三叔说情。有时努尔哈赤前脚到京城去朝贡,没几天,他三弟舒尔哈齐又去朝贡。就这样,兄弟俩一直争执不下。特别使舒尔哈齐不满意的是,努尔哈赤常常做主,把舒尔哈齐的姑娘们指嫁到其他部落。舒尔哈齐就有想法:你为什么不把你自己的姑娘嫁出去呢?不单舒尔哈齐有想法,舒尔哈齐的几位福晋也都数落他:"你怎么这么窝囊?被你哥哥欺负成这样子。咱们的姑娘一长大了,就让他硬给嫁出去,也不管咱们姑娘喜欢不喜欢,也不管去的地方有多远,日子有多苦,也不管姑爷将来能不能成为咱们的仇敌。他什么都不管,只顾他自己。咱们真是遭罪了。"舒尔哈齐的福晋们直埋怨他。这也使得舒尔哈齐对哥哥的专断心存不满。

　　最严重的就是努尔哈赤和舒尔哈齐在对待明朝一些官员的态度上，兄弟俩各持己见。努尔哈赤和舒尔哈齐到了京师后，常会遇到明朝的一些重臣。明朝的京官们，都知道赫图阿拉驰名辽东。建州部的人非常仗义，十男顶一虎。他们一听说是赫图阿拉建州女真人的首领光临京师，很多人主动到驿馆报号拜见努尔哈赤和舒尔哈齐，对他俩阿谀奉承、趋炎献媚，笑脸逢迎，表示敬佩。在对待这些来人的问题上，哥俩的态度就不一样。努尔哈赤的头脑毕竟更胜舒尔哈齐一筹。他对来访者始终保持高度的警惕，采取不亲不热、不近不离的态度。他说这里面什么人都有，说不定就有明朝派来探听我们底细的，咱们得事事谨慎，处处小心。我们到京师来的目的，就是向大明王朝表示我的忠心，进贡，然后领赏。所以，我不能跟你们这些人有太多的联系。其实，努尔哈赤说得也不无道理，可舒尔哈齐就不这样认为。舒尔哈齐到京师之后，除了进贡以外，还这儿走走，那儿看看，从来不闲着，到处结交朋友。努尔哈赤曾多次嘱咐他："你去以后，不要随便跟他们交朋友，不要跟任何人联络。你不知他们都安的什么心，如果上当，会株连到咱们赫图阿拉的，也涉及到咱们的生存和发展。"可舒尔哈齐并不相信努尔哈赤说的这些话。他表面上哼哈答应着，而且看样子确实有些收敛，但暗地里依然如故，结交明廷朋友。

　　各位阿哥可能还记得，说书人在前书里提到过一位叫刘纯正的人。喀尔喀部首领多尔沙图汗身边有三位大法师，其中最德高望重的就是这位刘纯正大法师。说起来，这位刘纯正大法师还真不错，他为人比较正直，和多尔沙图汗身边的另外两位法师不一样。他对女真人没什么偏见，而且看不上朝廷对北方民族采取的"羁縻"政策。他说"羁縻"政策那是拉一帮打一伙儿。他认为边关的不稳定，是明廷为了自己的利益，采取的政策不公引起的，并不能怨边疆的那些所谓愚蛮之人。他主张兄弟一家，民族间和睦相处，以和为贵。所以，嘉靖皇帝不喜欢他，就连奸臣严嵩也不喜欢他。刘纯正在朝廷不得烟儿抽，自觉没趣儿，便到了喀尔喀部。刘纯正到了喀尔喀部以后，确实帮多尔沙图汗出了不少点子。多尔沙图汗对他的文才、学问也都非常钦佩，觉得他比马国祥和齐秉仙两位大法师都强。可他没有那两位的鬼点子多，更主要是刘纯正的抱负和多尔沙图汗的意愿背道而驰。在当时那个胜者为王、败者为寇的年代里，哪派都不得意他。后来，他就卷起铺盖回来了。

第二章　鱼儿总要游归大海

万历二十五年五月份的时候，努尔哈赤来京师朝贡。刘纯正听到信儿以后，主动到驿馆登门拜访。努尔哈赤一听说他曾在嘉靖皇帝身边呆过，又辅佐过喀尔喀部的多尔沙图汗，他把对明朝的怨气和对喀尔喀部的火，都撒到了刘纯正身上。努尔哈赤见到刘纯正以后，只是表面上客气了几句，然后就不搭不理，说自己太累了，想早点歇息。就这样，努尔哈赤把刘纯正大法师给攒走了。

这一年的七月份，舒尔哈齐又来了。刘纯正听到信儿后，又到驿馆拜望。舒尔哈齐热情地接待了刘纯正大法师。舒尔哈齐的坦率和真诚，给刘纯正留下了很好的印象。刘纯正设宴款待舒尔哈齐，并领舒尔哈齐到京师的道观去参观。两个人谈得非常投机。舒尔哈齐看出刘纯正大法师很有才华，对女真人非常尊敬，也很理解和同情女真人，对明朝的有些做法也不满意。刘纯正通过和舒尔哈齐的攀谈与交往，也有一些感触，觉得赫图阿拉的人，不都像努尔哈赤那么傲慢。舒尔哈齐就很通情达理。舒尔哈齐和刘纯正互生敬慕之情。舒尔哈齐在离别京师的时候，邀请刘纯正大法师到赫图阿拉去做客，给他们指点指点。当时刘纯正有公务在身，走不开。不过，刘纯正给舒尔哈齐带去了不少药和他炼制的丹丸。从此，舒尔哈齐和刘纯正的关系越来越密切。

努尔哈赤最生气的就是这事儿。努尔哈赤经常嘱咐舒尔哈齐，你在外面交朋友一定要告诉我。现在咱们是初创的时候，势力还不强，处处要小心。对于这些话，舒尔哈齐听了半信半疑。当舒尔哈齐把他从京师带回来的药丸给努尔哈赤的时候，努尔哈赤当着他的面，把药就全给扔了。舒尔哈齐被弄得好下不来台。结果，兄弟俩闹个不欢而散。

还有一次，舒尔哈齐的二福晋生了个姑娘。这个孩子生下来以后总是有病，天天晚上哭个不停。舒尔哈齐和他的二福晋请了不少郎中给孩子看病，也都没看好。舒尔哈齐就给京师的刘纯正大法师捎了封信，在信里把孩子的病症简单地说了，并向他讨些药。没几天，刘纯正真派人把药给送来了。进赫图阿拉城要经过四五道关卡，这四五道关卡都是努尔哈赤设的，把守得非常严。刘纯正心想：我给二王爷送药还有什么可隐瞒的？就没嘱咐送药的人对这事要保密。送药人在过关卡的时候，很坦白地说："我受刘纯正大法师之命，给二王爷送药来了。"结果，这话马上就传到了汗王爷努尔哈赤的耳朵里。努尔哈赤马上就命人把送药人抓了起来。这个送药人还不知道是怎么回事呢？就被押到了地牢。

第二天，努尔哈赤把舒尔哈齐叫了去。努尔哈赤就问他："你是不是跟外面的人有勾结？"舒尔哈齐当时就蒙了："大哥，我跟谁有勾结？"努尔哈赤就说了："你让谁给你送了什么？"舒尔哈齐明白了，可能是我让刘大法师给我送药的事，被大哥知道了。他一看不能再隐瞒了，干脆实说了吧。舒尔哈齐说："大哥，这事儿其实你也知道，我的二福晋生个姑娘，一直有病，请了多少郎中也看不好。上次我到京师，刘大法师给了我不少药。我拿给你一些，你都给扔了。我们的都没扔，包括大贝勒、二贝勒，我们吃了那药，感觉都很好。这次孩子有病，我想请刘纯正帮忙，送一些治小孩病的药，没有别的事。不信你问问？如果你发现我舒尔哈齐愧对了大哥，或者发现我有什么不轨的事情，你怎么处罚我都行。现在，为了给孩子治病，用他点药，以后我给他银子还不行吗？大哥，是不是他派人送药来了？如果送来了，你就把药给我吧。"旁边不少人都知道汗王爷发脾气的时候别人不能乱讲话。大将费英东深知汗王爷的脾气、秉性。他走到汗王爷跟前，在他耳边小声说："汗王爷，这也不是什么大事，就别在大伙面前说了。以后个别告诉告诉二王爷得了。"努尔哈赤的大儿子褚英在一旁劝道："父汗，别生气了，把药给我三叔吧。"努尔哈赤仍坚持着，不肯把药给舒尔哈齐。舒尔哈齐也来气了，认为大哥这是小题大做，一点兄弟的情面都不给他。舒尔哈齐一时气急败坏，竟忘了大哥的脾气，很没礼貌地手指努尔哈赤，大声顶了一句："大哥，你太过分了，真是拿起鸡毛当令箭。我做什么事都不对。你也太霸道了！"努尔哈赤是位自尊心特强的人。他指挥八旗兵马驰骋疆场若干年，还真没遇上一个敢在大庭广众之下，冲自己说三道四的人。努尔哈赤气得青筋暴跳，满脸通红，两腮的短短虬髯在抖动。他厉声喝道："舒尔哈齐，你好大胆。来人哪，把他给我绑上。"随着汗王爷的一声令下，护卫们马上过来，把舒尔哈齐就绑上了。

努尔哈赤头一次把自己的弟弟给绑起来。这是大明王朝万历三十二年的事儿。大伙一见努尔哈赤真生气了，都慌了神儿。他们都知道努尔哈赤一向治军严谨，赏罚分明。不论是谁，有功就赏，有错就罚。而且都是立刻执行。不少人跪下求情，说："汗王爷息怒，汗王爷息怒。"努尔哈赤依旧不肯原谅舒尔哈齐。费英东站了起来。费英东是瓜尔佳氏苏完人，在努尔哈赤起兵初期的时候，就跟随努尔哈赤，他跟努尔哈赤就像并肩作战多年的生死弟兄一样。费英东特别精明，有谋略，为人也非常正派，所以，在赫图阿拉的威望很高。努尔哈赤很敬重他。这时，费英东来到努尔哈赤面前，跪下说："汗王爷请息怒，保重贵体要紧。汗

第二章 鱼儿总要游归大海

197

王爷，咱们兄弟可不能没有二王爷呀！"舒尔哈齐也害怕了，跪倒在地，委屈地说："大哥，我跟你出生入死这么多年，一心扑在你身上，没有功劳还有苦劳。即使我说错了话，你也不该把我说绑就绑了，你能对得起咱们死去的额莫吗？"费英东继续对努尔哈赤说："汗王爷，您是了解二王爷的，他一向忠实于您。我看此事还是不宜扩大为好。不要因为外人，伤了咱们兄弟间的和气，还望汗王爷三思。"努尔哈赤听了他的话，怒气渐消，请费英东快快起来。努尔哈赤原本并不打算对舒尔哈齐治个什么罪，他只是想吓一吓他，灭一灭他的嚣张气焰。他看了看跪在那里的舒尔哈齐，心想：傻弟弟，我一再告诉你，不要跟明朝那些人打连连，这里头都是有原因的。你怎么就不听我的话呢？可这些话，他又不能当着众人的面说。

正在这时，从外头呼呼啦啦冲进来一群女眷，其中有努尔哈赤的大妃和舒尔哈齐的二福晋。原来，舒尔哈齐的二福晋听着信儿后，赶紧去求救努尔哈赤的福晋。努尔哈赤的福晋吓得抬腿就和舒尔哈齐的二福晋往汗王殿跑，后面跟着她们的奴仆。她们这些人也没容通禀，直接就进了汗王殿。满族女真人虽然不像汉族人那样，讲究男女授受不亲。他们男女互相见面是常事，但像今天这样闯进汗王的议政大厅还是头一回。大家一看汗王爷的大妃和二王爷的二福晋来了，马上施礼。褚英和代善也都跪下施礼。

说起舒尔哈齐的二福晋，还是努尔哈赤给他做主讨来的呢。这个二福晋聪明能干，很得努尔哈赤和福晋的喜爱。二福晋的家是东海女真的一个望族，姓那穆都鲁氏。长期以来，明朝和乌拉部千方百计拉拢二福晋的阿玛。二福晋的阿玛很聪明，慧眼看出努尔哈赤未来的发展将不可限量。他不顾明朝和乌拉部的威胁，冲破重重险阻，毅然决然地带着儿子、女儿和东海的特产，到赫图阿拉交好努尔哈赤。努尔哈赤盛情款待，以武会友。比武场上，褚英、代善、扈尔汉接连下场，与东海勇士比试"布库"和箭法。他们早得到汗王爷努尔哈赤的嘱咐："拿出真本事。但到最后，只许输，不许赢。"男将退场后，女将上场。努尔哈赤三个兄弟的格格们，受命陪东海格格比武。这个东海格格便是舒尔哈齐现在的二福晋。那年她刚十七岁，长得亭亭玉立，婀娜多姿。她同赫图阿拉的格格们比马术、比剑法，各有千秋。她最突出的技艺是马上箭，射得相当准，深得在场的赫图阿拉众将的齐声喝彩。努尔哈赤也赞不绝口，称她为"女杰"。努尔哈赤为了保持同东海那穆都鲁氏的联系，他征得了东海贵客的同意,把这个东海美女嫁给自己的三弟舒尔哈齐,做他的二福晋。为此,努尔哈赤对二福晋处处都特别关照。所以,她敢在汗王爷面前撒娇。这位二福晋跪在地上边哭边说:"汗王爷饶命啊。汗王爷,是您把我许给二王爷的。我家二王爷要是有个好歹,您让我可怎么活呀?"说着,号啕大哭起来。别看努尔哈赤身经百战,是赫赫有名的武将,女真人的创世英雄,他还是头一次遇到这事,努尔哈赤当时就没辙了。

这时,努尔哈赤的大妃大步走上了台阶,来到了汗王爷的跟前。这位大妃是努尔哈赤的第九个媳妇,姓纳喇氏,名叫阿巴亥,是乌拉部贝勒满泰的女儿。她十一岁嫁给了努尔哈赤,深得努尔哈赤的宠信。孟古格格死后,她被封为大妃,主持内宫事务。阿巴亥对舒尔哈齐的二福晋说:"快别闹了,多不好看。还像咱们赫图阿拉人的样吗?"她拉了一下汗王爷的胳膊,说:"汗王爷,我们这些人先替二王爷向您告个罪,您就别生气了。您哥儿俩这么一闹,把我吓得心都提到嗓子眼了。汗王爷,求您了,还是让我把心咽到肚子里吧。行不行?再说了,二王爷的孩子有病,求人给捎点药。你不同意,以后不捎了,不就完了吗。干嘛生这么大的气?舒尔哈齐又是您从小带大的。处罚他,您就不心疼?您这个人哪,就是嘴硬。来人,把二王爷赶紧放了。"大妃的一席话,使努尔哈赤也就势下了台阶。大伙听了也都非常高兴。人们七手八脚,把捆舒尔哈齐的绳子解开了。大妃来到舒尔哈齐跟前说:"快起来吧,别跪了。堂堂的男子汉还抹开眼泪了,你多大了?孙男弟女一大帮,还在这儿哭,也不嫌寒碜。"舒尔哈齐擦擦眼泪站了起来。大妃又把汗王爷面前桌案上的药拿了起来,说:"汗王爷,我先把这药拿回去,让郎中们看看是怎么回事。您也别生气了,都是一家人,有话好好说嘛。"

这场风波就这样平息下来了。后来,阿巴亥悄悄把药给了舒尔哈齐的二福晋。二福晋把药给孩子吃上后,没几天,孩子的病还真好了。努尔哈赤听说以后就没再说什么,事情也就这么过去了。

俗话说:江山易改,秉性难移。舒尔哈齐就是这样一个人。这件事发生以后,舒尔哈齐没有彻底地醒悟过来,他就认准了:不管我交什么朋友,我都没做对不起大哥、对不起赫图阿拉的事,我都是一心一意为了赫图阿拉。所以,他总是适应不了他大哥对他的约束,仍然是我行我素,和刘纯正大法师偷偷来往。也还别说,明朝的这位刘纯正大法师还真很关心女真人,真想帮助赫图阿拉,希望他们有发展。他给舒尔哈齐常来信,他说:"你们女真人要想发展,要想扩大自己的力量,不单要有兵力,而且还要有文化,有文化才能明事理。你们没有文化,怎么能知道更多的事呢?又怎么能跟大明朝相比呢?以后有机会,我给你介绍几个汉人师傅,让这些人多帮帮你们。"舒尔哈齐一想,他说得也确实有道理,就同意了刘纯正的观点,说:"那就请大师给我们介绍几位汉人赊夫①吧。"

当时,在明朝京畿一带,有两个小有名气的秀才。这两个秀才是哥俩。老大叫褚文弼,老二叫褚良弼。他们都是明朝的举人,文笔都很好。京郊密云一带过去是明陵。褚家的祖上是给明朝皇帝看陵的。刘纯正常随皇帝去拜祭亡陵。他曾经两年都看到过这两个孩子。当时,这两个孩子全然不顾蚊虫的叮咬,坐在树下专心读书。刘纯正好奇地下轿去问,才知道他们的家就住在这儿。他们的老人是这里看坟的。他们哥俩想考进士,可是总考不上。当时明朝的科举非常黑暗。特别是嘉靖年以来,大兴"荐举风"。就是学子必须由某个高官或某个大臣来举荐,你才能考上。如果没有人举荐,你就是勉强报了名,科考的时候也是名落孙山。褚家兄弟的祖上仅仅是看坟的,是些不知名的人,根本不认识高官,也没有银子送礼。所以,也就没有高官举荐他们。褚家哥俩当然考不上,不单榜上没名,有时连准考的牌子都得不到。刘纯正知道以后,非常有气,可自己官卑职小,也无能为力。刘纯正又非常耿直,认识朝中的几个人,官都不大,自己在朝廷说话也不好使,当时他只能是唉声叹气。特别是到了隆庆年代。朱载垕当了皇帝以后,情形就更糟了。当时明朝流传这样一个民谣:"举人一包银,进士一车银,榜眼、探花一库银。"意思就是说,你要想当上举人,就得拿出一包银子;你要想当上进士,就得拿出一车银子;你要想当上榜眼、探花,就得拿出一库的银子。不管你有多大的文才,你要是没有银子,想榜上有名,那比登天还难。

刘纯正这个人仁心泽厚,很愿意帮助别人。这就是他比马国祥和齐秉仙两位大师有威望的根本原因。他看到褚家兄弟这么好学,他又考了他们哥俩一些文章、诗词,文弼和良弼也都对答如流,相当有见地。刘纯正就说:"孩子,你们俩考不考也都是这么回事儿。这样吧,你们两个到辽东找李成梁大帅。他毕竟是咱大明朝的人,看看能不能在他那里

---

① 赊夫:满语,师傅,老师。

谋个差事。如果实在不行，我再给你们往别的地方荐举。"说着，刘纯正拿出一张纸，用毛笔刷刷刷地写了一封推荐信，交给了他们哥俩，又嘱咐老大："文弼，你们哥俩拿着这封信，直接到辽东找李成梁大人。时光如流水，你们不能再这么混日子了。快去吧。"褚家兄弟磕头下拜，感谢恩公刘大人。

话说褚文弼和褚良弼拿着刘纯正写的这封推荐信，背上包裹，辞别了二老爹娘。他们俩一路步行，边走边打听去辽东的道。那时候，山海关非常不好过，但是他们俩有刘纯正大法师的信函。刘纯正的文才在明朝很有名，更何况他的信是写给辽东总兵官李成梁大人的。所以，山海关守关的将领见到信后，马上放行。

咱们闲言少叙。话说褚文弼和褚良弼哥俩来到了辽东，拜见了李成梁大人。李成梁对朝中每个人的情况都非常熟悉，每个人在朝中的地位和影响他也非常了解。李成梁虽然佩服刘纯正的为人，也知道他学识渊博，心眼非常好，但是这个人倔得很，也就是说死心眼，不会看风使舵，做事总是一条道儿跑到黑，在朝廷不得烟儿抽。李成梁功高自傲，是个非常势利眼的人，他觉得刘纯正不值得他尊敬。所以，李成梁接过刘纯正的信函，简单地看了几眼，然后说："我这里暂不用人，也没有空缺。等需要人的时候，我再通知你们。你们还是先回去吧。"李成梁三言两语，把褚文弼和褚良弼哥儿俩就给打发了。

这可怎么办？褚家兄弟举目无亲，身上带的盘缠已所剩无几，回家的路千里迢迢，也不能回去了。怎么办？老二良弼比老大文弼的脑子活一些。他说："大哥，我想起来了。刘大人不是常说这附近有个赫图阿拉吗？有个二王爷叫舒尔哈齐。他跟刘大法师是朋友，咱们干脆找他去吧。"经弟弟良弼这么一提醒，哥哥文弼也想起来了。刘纯正大人曾经跟他说过，想让他们哥俩到赫图阿拉找舒尔哈齐，在他那里谋点差事，只是眼下他们手里没有刘大人给写的荐举信。事到如今，也只能硬着头皮这么办了。文弼跟弟弟说："良弼，你说得对。咱俩上赫图阿拉找二王爷去。"就这样，哥俩晓行夜宿，很快到了赫图阿拉城。

也是褚家哥俩有福气。在赫图阿拉城外，他们碰到了大贝勒褚英。努尔哈赤的大儿子褚英贝勒骁勇多谋，能征惯战，军功累累，深得汗王爷努尔哈赤的器重。这天，正赶上褚英贝勒领着戈什哈打完猎往回走。他离老远就看见前面有两个书生打扮的人，穿的是明朝的衣服。每个人身上都背着一个包囊，正一瘸一拐地往城门走。褚英命他身边的戈什哈

第二章　鱼儿总要游归大海

201

前去问个究竟。戈什哈来到褚家兄弟跟前，抱拳问道："二位先生请留步，请问你们是干什么的？"褚文弼和褚良弼急忙还礼。褚文弼说："我们是从京师来的，求见二王爷舒尔哈齐。"戈什哈就把文弼的话，回禀给了大贝勒褚英。褚英一听来人是找三叔的，打马来到褚家兄弟面前，细问事情的来由。

褚文弼就把他们哥俩的情况，简单地向大贝勒褚英说了。褚英这才知道，这两个人是从京师来的举人，受刘纯正大师的举荐，来见他的三叔舒尔哈齐。褚英跟他三叔的关系最好，很多事情他俩都能想到一块儿。褚英办的不少事，都是他三叔帮着出的点子。他三叔有难的时候，褚英也挺身相助，帮他三叔说话。褚英听了褚文弼的叙述，为了避免节外生枝，他决定先把这俩人带到自己的府上。褚家兄弟在大贝勒府上简单换洗完毕，吃过饭，褚英就把他俩领到了舒尔哈齐那里。

这是发生在万历二十八年初秋的事情。这天，舒尔哈齐特别高兴，他的大福晋给他生了个儿子，就是历史上有名的济尔哈朗。舒尔哈齐府上非常热闹，前来贺喜的人络绎不绝。大贝勒褚英把褚家兄弟带到了客厅，并把忙碌中的三叔舒尔哈齐请了出来。文弼和良弼老远就见到大贝勒褚英陪着一人向他俩走来。只见此人身材魁梧，满面红光，留着稀微的八字胡，看气派就知道这必是赫图阿拉的二王爷。舒尔哈齐今天完全不是往日的武将打扮，倒像一位明代的商贾士绅。他身穿褐色印有彩蝶的缎面长袍。彩蝶缎面上加绣着几个彩线万字和蝙蝠。长袍外罩着蓝底镶金绦子的大领坎肩，脚穿彩缎花鞋。长袍的右侧，垂挂着绣有金丝、银丝的香囊荷包。左侧挂着一串錾花和玉坠儿。大贝勒褚英给他们哥俩介绍。文弼、良弼慌忙跪地磕头。舒尔哈齐笑着说："快起来，快起来。既然是我的好友纯正大师让你们来的，你们就不要客气了。虽然你们是汉人，我们是女真人，但我非常尊敬读书人。二位先生，请不必行此大礼。"舒尔哈齐很亲切地把两人扶了起来，让进了客厅。二人坐到了太师椅的两侧。正面的太师椅上，上首坐着舒尔哈齐，下首坐着大贝勒褚英。这时，老大文弼站起身来，先躬身施礼，然后，就把他们俩怎样从京师出来，李大人又是怎样对待他们哥俩，他们哥俩走投无路，想到了二王爷舒尔哈齐，只好来到这里的经过说了一遍。舒尔哈齐是个心胸开阔的人，忙说："没关系，没关系。你们来了就好，不必有什么举荐信，也不用说了。我非常佩服纯正大法师，他对我们女真人很好。李大人不收留你们，你们就到我们这里来，我们需要你。"说着，舒尔哈齐用手一指褚英说："这位就是汗王爷的大儿子褚英贝勒。你们以后有事，就找大贝勒。你们还要多听大贝勒的话。"文弼和良弼哥俩一边点头答应，一边忙站起身来，深深施礼。就这样，文弼哥俩就在二王爷舒尔哈齐府里住下了。

舒尔哈齐把他们哥俩看得非常高，天天设宴款待他们，并专给他们俩预备了两间房子，每人各配了两个女奴、五个奴才。他们哥俩天天跟舒尔哈齐在一起，谈天论地摆龙门阵。褚英和代善也都过来参加。过去常讲，汉人知书达理，懂得的知识相当多。他们这些山旮旯里的女真人，天天除了打仗没别的事，哪听到过文弼哥俩给他们讲的这些。这次他们可是大开了眼界。良弼背唐诗，口若悬河。背史书、古文，只要你提个头，他马上就能接着背下来。文弼更胜他弟弟一筹，他不仅将四书五经倒背如流，而且上晓天文、下知地理。

这回舒尔哈齐的府里可热闹了。好多人都来拜文弼、良弼哥俩为"文赊夫"，听文弼、良弼给他们上课。赫图阿拉人的淳朴、热情感动了褚家兄弟。他们没想到，这里人与人之间都像亲兄弟一样，使他们有一种到家的感觉。褚家兄弟非常感激刘纯正大法师，也感激褚英大贝勒，更感激二王爷舒尔哈齐。哥俩跟二王爷舒尔哈齐和大贝勒褚英一商量，由文弼带了几个人，又秘密地回了趟家，把他们平时用的书籍等一些东西，还有他们的老母亲都接了过来。他的老父亲已经去世了。他家里还有一个七十多岁的老仆人，愿意跟他们在一起，把他也接来了。从此，赫图阿拉有了不少汉书。是在万历二十八年的时候，由褚文弼和褚良弼他们哥俩带来的。其中有《四书五经》、《大学》、《中庸》、《论语》、《三国演义》、《水浒传》、《西厢记》、《金瓶梅》、《桃花扇》、《东周列国志》等重要历史书籍。赫图阿拉的汉文化历史就是从这个时候开始的。万历四十四年以后，努尔哈赤登基做了后金国的"汗"，才请进来范文成，后来历史上说范文成是后金国最早的有文化的汉人，实际早在他十多年前，褚家兄弟就已经来了。只是因为褚家兄弟来了以后，投错了主子。后来，舒尔哈齐和褚英在狱中都死了，褚家兄弟也受到了牵连。因此，历史上就没提他们哥俩的名字。

各位阿哥，我们说书人讲求实事求是，什么事情都要讲清楚。文弼和良弼来了以后，给赫图阿拉的人带来了很多的文化知识和欢乐。很多的将领都到二王爷这里学汉文，听故事。文弼和良弼也的确很有才。你问他什么问题，他就能答上来，而且对答如流。比如：树上为什么能结

第二章 鱼儿总要游归大海

果子？地上为什么要长草？河水为什么不干？等等。哥俩讲得那些希奇古怪的事也特别有趣儿，大伙都愿意听。将士们只要是闲暇之余，就到二王爷这里来，就连额亦都、何和礼、费英东这些大将军也愿意到这里来长长见识。二王府简直就像一个私塾。二王爷也非常好客，谁来他都欢迎。当时皇太极刚六七岁。他由嬷嬷们抱着，也来听故事。后来，这件事被努尔哈赤知道了，他勃然大怒。三弟如此大胆！不仅和汉人交朋友，还把他们请到家里来了。他本来要教训三弟一通，可一看大伙都这么拥护他三弟，再说自从上次出了那件事以后，自己也不能再轻易地乱发脾气，可努尔哈赤对三弟还是心存不满。

女真人是一个好学的民族，他们广泛地吸收各民族的文化营养，并请来汉人做他们的老师。建州部发展得这么快，这是一个根本的原因。很早以前，努尔哈赤的玛法觉昌安，为了和明朝打交道，也为了更好地为明廷办差，很注意学汉语，学习汉文化。努尔哈赤的阿玛塔克世，在他阿玛觉昌安的影响下，汉语学的非常好，大伙称他"汉学通"。到了努尔哈赤这一代，因为自己的额莫死得早，努尔哈赤领着三弟舒尔哈齐为生存到处奔波，居无定所。后来，他忙于领兵打仗，就没有深学汉文化的时间了。但是，这个传统努尔哈赤没有丢掉。他对三弟留住汉人师傅的做法表面上无可非议，可又总感到这桩事情不是由他发起的，对他来说不那么光彩。他在心里总是憋着一股劲，总想找三弟的茬儿。但后来发生的一件事，使努尔哈赤对文弼和良弼哥俩的看法有了改变。事情是这样的：

那是万历二十九年的晚秋时节。汗王爷努尔哈赤突染暴病，危及生命。赫图阿拉上下一片惊恐，还全仗褚氏兄弟凭着自己高超的医术，使汗王爷转危为安，成为当时的一段佳话。说起这件事，那还得从李成梁大帅唠起。这年的八月份，汗王爷努尔哈赤接到李成梁的请柬。李成梁大帅又复任辽东总兵官之职。在这之前，李成梁一再跟朝廷提出：要告老还家。朝廷考虑李成梁的年岁也大了，就同意了他的请求。李成梁解任以后，明朝就让他的大儿子李如松继任辽东总兵官。李如松是一员出名的武将，非常能干。不巧的是，在万历二十六年的时候，李如松麻痹大意，过于轻敌。他只带了几十人去征土蛮，结果半道中了伏击，全军覆没，李如松也战死沙场。辽东总兵官的位置就空下来了，谁可以接替李如松呢？明朝的那些大臣们议论来议论去，觉得还是老将军宁远伯李成梁称职。于是，朝廷派了不少人说服老将军，皇帝又御笔亲书三封，请李成梁出山。李成梁实在推辞不过去，就重任辽东总兵官之职。李成梁在辽东的威望非常高，辽东不少的老臣都很拥护他。北方的一些民族，像蒙古族、叶赫部、建州部等，也都愿意跟他共事。李成梁很会收买人心。他复任以后，大摆宴席，邀请各部首领到他府上，与大家畅叙友情。努尔哈赤当时四十二岁，李成梁已经七十五岁了。努尔哈赤非常敬佩李成梁大人，称他是大明朝的一位奇人。努尔哈赤所以能够有今日，李成梁也帮了他不少忙。据传努尔哈赤小时候，曾在李大帅府上当过差。李大帅挺喜欢聪明机灵、勤劳刻苦的小努尔哈赤。时过多年，现在的努尔哈赤已经是辽东建州左卫都督金事，而且升任为大明朝龙虎大将军。这在当时北方各部落里，要算得上是最显赫的官位了。努尔哈赤为了感激李成梁，把舒尔哈赤的女儿嫁给了李成梁的公子李如柏。此番李成梁重登辽东总兵官之高位，辽东各部首领都将争先前去祝贺。努尔哈赤当然也不能落下这个过儿。他得筹办厚礼，和三弟舒尔哈齐同去贺喜。可就在李成梁发来请柬的时候，汗王爷努尔哈赤身体不适，已经病倒多日了。大福晋多次劝他好好将养些日子，可汗王爷因军务繁忙，总舍不得时间诊治，病势一天天沉重起来。更严重的是，不单单汗王爷自己有病，赫图阿拉染病的人数一天天增多。大福晋没有了主意，忙唤舒尔哈齐、费英东、何和礼、额亦都以及褚英、代善、莽尔汉等众兄弟出策。舒尔哈齐马上想到了自己身边的褚氏兄弟，想请他们哥俩来给大哥看看病。大家此刻也没有其他好办法，就同意了二王爷的主张。于是，舒尔哈齐命人传来褚文弼和褚良弼俩兄弟。

　　说起文弼和良弼俩兄弟，自打到赫图阿拉以来，为赫图阿拉汉文化的传播，做了不少事情。特别是老大文弼，博学多才，长于钻研。他到赫图阿拉也手不释卷，非常刻苦用功，抽时间总看些自己带来的古函医书。他深谙脉理，像黄帝的《内经》、李时珍的《濒湖脉学》、吴鞠通的《伤寒论》等，他都能背诵如流。文弼平时沉默寡言，只要听到附近有患病的，就主动过去给人诊治，从来都不要半钱银子。时间一长，文弼在赫图阿拉又有了一个雅号，大家称他"褚郎中"。今天，舒尔哈齐请他来为汗王爷诊病。文弼闻信儿后，迅即提起药匣，欣然前往。他与良弼来到汗王爷府上，大福晋忙出门迎接。文弼和良弼叩见了二王爷和众将领。舒尔哈齐和大贝勒褚英、二贝勒代善、五贝勒莽古尔泰、八贝勒皇太极一见"救命星"来了，都非常高兴，忙请他快给汗王爷诊脉，看个究竟。文弼和良弼被引到内室，见努尔哈赤静躺在卧榻上，昏睡不

第二章　鱼儿总要游归大海

醒。旁边奴才们伺候着。褚文弼沉吟不语，坐到汗王的床边，马上给汗王爷把脉。然后，他站起来，用手轻轻拨开汗王爷的眼皮，测看了看瞳孔，又命奴才拿来汗王爷的便桶，查看了汗王爷泻下的便水。汗王爷经过这十几天的排泻，肚子里已经没有什么东西了，排下来的只是一些脓水。看罢以后，舒尔哈齐问文弼："文弼呀，我大哥得的是什么病，要紧不？"文弼答道："汗王爷得的是霍乱，为时令所致，有些耽误了。不过抓紧用药，即能转轻。众位将军不必惊慌。"文弼又详谈了赫图阿拉好长一阵子就闹起来的瘟病。看来，汗王爷没能躲过这场灾难。文弼诊断得非常准，在场的人没有不佩服的。是呀，自打去年夏天以来，赫图阿拉就连遭大旱。天像下火一样，热得厉害，庄禾枯槁，地上都裂开了长长的大口子。平日宽阔幽缓的苏克素护河，旱成了涓涓细水。而且，赫图阿拉一带，又闹起了霍乱。汗王爷努尔哈赤初得病的时候，他还毫无介意。一天傍晚，小贝勒皇太极、扈儿汉，还有宝音姑娘和妞妞共进晚餐的时候，汗王爷也过来跟他们在一起凑热闹。众人都看出来老人家身体疲惫、食欲不佳的情形。皇太极就问："阿玛，您是不是病了？您的饭量怎么减这么多？"汗王爷很自信地说："小兔羔子，你不要咒我，我没病。我只是这几天肚子有些不舒坦，不要紧。"汗王爷边说边捶捶自己的胸脯，接着说："什么病能搬倒我？"可是，一向刚毅的汗王爷还是被病魔缠上了身，他病倒了。而且，此病来势凶猛。就在说书人方才向各位阿哥讲到努尔哈赤接到李成梁请柬的时候，他已经连吐带泻，病了十来天了。大福晋和他身边的人为他请过一些郎中看病，都不见好。大家又提议请大萨满跳神驱邪。汗王爷的几位福晋、兄弟、儿子和不少族中子弟也都来献香磕头，乞求神灵保佑汗王爷早日痊愈。汗王爷的病情依旧不见轻。后来，还全仗舒尔哈齐找来了褚文弼。他给汗王爷诊视后，由他按症上山采药，亲自炮制汤药。连续几服药追下去，汗王爷的病情急速转轻。他不仅有精神头了，嘴里也有滋味了，也想吃东西了。赫图阿拉人高兴得像过节一样，人们欢天喜地，敲锣打鼓，感谢天神阿布卡恩都里给他们派来褚文弼这样的神医。他们见到褚文弼都下跪施礼。努尔哈赤的身体很快康复了，参加了李成梁举办的盛宴。过了一个多月，努尔哈赤又到京师去朝贡。褚文弼又把自己配制的药送给女真各部，治好了每个得了霍乱的病人。后来，这种药就叫"褚家散"。

这件事情对努尔哈赤触动很大。他非常感激三弟舒尔哈齐，在自己生死攸关的时刻，是一奶同胞的弟弟找人救了他。努尔哈赤对舒尔哈齐的态度变了，对褚氏兄弟也另眼相看了。从此，褚家兄弟的声望在赫图阿拉就起来了。

褚文弼和褚良弼名正言顺地留在舒尔哈齐身边做了谋士。舒尔哈齐有些重要的文书都是他们俩写的。褚良弼还常到辽东李成梁大人那里去，帮助舒尔哈齐办一些家务事。因为李成梁在努尔哈赤那里常碰钉子。所以，有不少的事，包括辽东巡府以及辽东总兵的一些事情，他都先向舒尔哈齐透露，让舒尔哈齐说通他哥哥。舒尔哈齐也正愿意跟明朝取得联系，背靠李成梁这棵大树。何况自己的女儿又嫁给了李成梁的儿子。舒尔哈齐跟李成梁的关系就比较近，他们常常让良弼做他们来往沟通的人。褚良弼有时还跟着大贝勒褚英出去打仗。他去了以后，主要是做些文书的事情，比如：谁在战斗中立了什么功；打仗的时候有什么事发生，都由他记录下来。汗王爷的部将，大部分都是就地组织起来的本族人。他们很多的机构组织都没有，根本就赶不上大明王朝体制那么健全，甚至都赶不上接受汉文化比较早的叶赫部。在文弼、良弼来之前，建州部当时没有什么真正有文化的人。他们每次打完仗以后，全凭自己的记忆说，旁边有分管自己的牛录听着，看你说得对不对。有时，你要是没有证明，事情就不好办了。所以，常有些争吵，有些不公。现在情况就不同了，专有人做笔帖式了①。褚先生给他们专记军中的大事，有功记功，有过记过。而且，军中有了备忘录，有什么事要办，事先都写到上面。文弼哥俩都挺勤快，大军走到哪里，他们就跟到哪里。老大文弼会点医术，能看看病。老二良弼马骑得好，账记得也清楚。军中所有的将领和兵丁们都非常欢迎他俩。

打仗空闲的时候，褚英、代善，包括舒尔哈齐和一些将士，就请二位褚先生给他们讲故事，讲"乌勒本"。"乌勒本"过去也有，只不过那时是讲满文书。自打褚氏兄弟来后，常听他们讲动听的汉文书。这下子，褚家兄弟在赫图阿拉可成了宝儿了。八旗兵都抢着让他们哥俩到自己的旗下，讲诵脍炙人口的历史英雄人物的故事。那时候，赫图阿拉的将士大多数说满语，有的也会说汉语。二王爷舒尔哈齐就跟文弼哥俩说："你们能不能把你们说的书写成满文，用满语讲唱？"当时，女真部落已经有了满文。在万历二十七年的时候，努尔哈赤就已经让额尔德尼和葛盖两位满洲的圣人创造了满文。就这样，由褚文弼、褚良弼兄弟俩

① 笔帖式：满语，文书。

把三国、水浒等一些书里的故事,选出一段一段的,如《刘关张三结义》、《草船借箭》、《扈三娘》、《武松打虎》、《智取生辰纲》等等。舒尔哈齐让人用满文翻译过来,写在赫图阿拉特有的"桦皮纸"和"皮板书"上。努尔哈赤有数十万八旗兵马。平时,努尔哈赤为了减轻征战给将士们带来的疲劳,就鼓动将士们在没事休息的时候跳舞,唱歌,讲女真"乌勒本"。现在,又增加了褚氏兄弟讲唱的故事,将士们的生活就更丰富多彩了。自从有了这些新书目,各路八旗兵也不必再争抢褚氏兄弟了。那些识字的人根据写出来的新书目,就可以给大家讲故事。有时,他们在行军的路上,手敲着恰拉器或八角鼓,连唱带说,既使将士们感觉不到疲劳,又大大鼓舞了士气。努尔哈赤见了,也乐得合不拢嘴。

各位阿哥,说起建州女真人最早的文化用纸,说书人还真得多介绍几句。我们现在各类纸张不可计数,可那时在赫图阿拉,纸张贵如盐,这半点也不夸张。赫图阿拉要生存,要发展,一是盐,二是社会交往。要想有社会交往,就要有文书用纸。当时,建州的女真人还不会造纸。纸多数是从鸭绿江南边朝鲜的李氏王朝贩运过来的"茅头纸",俗称"高丽纸"。不过,贩运过来的纸都很昂贵。努尔哈赤就主张用土法造纸,只要能写字,不必求好看。所以,他们有时就扒下成堆的桦树皮,经过择选,切成不大的小方块,用石头压住,放到水槽里浸泡七八天左右。桦树皮发软了,纤维也膨胀开了。再将泡好的桦皮块从槽盆中拿出,摞好在平石板上,用小木槌均匀地捶打。桦树皮的纤维层开始分解,出现一层层非常薄的桦皮膜。将这些桦皮膜一层层的揭下来,有时能揭十层以上。揭下来的桦皮膜重新用石板压好。风干以后,便成了"桦皮纸"。人们可以在"桦皮纸"上面写字、绘画,用"桦皮纸"制作精巧的工艺品,以及装饰家具和点缀房屋等。除了桦皮纸外,他们受索伦人、栖林人和东海鱼皮鞑子的影响,赫图阿拉还习惯使用动物的皮板,做"皮板书"。"皮板书"就是选用动物的皮张,经过硝除毛,再用木刀等刮削皮上的油脂。刮好以后,再用木制的牙刀反复挤压,用木槌凿,直到皮子的手感达到非常柔软、舒手为止。人们在上面写字,制成"皮板书"。"皮板书"、"皮板画",不怕风化,不怕潮湿,可以陈放年久。这种皮板还是制作衣服的重要质料。它也是北方人制作各种精巧工艺品的必备原料。赫图阿拉当年就专有皮板厂,是努尔哈赤最喜欢去的地方。不少努尔哈赤所赏赐的诰封文书就是写在皮板上。俗称"皮书"或"牛皮文书"。文弼和良弼哥俩的名声，也因为传讲故事，名噪一时。他俩俨然成了赫图阿拉的"大圣贤"、"大赊夫"，受到人们的尊敬。

说起文弼和良弼哥俩，俩人虽是一母所生，但性格却截然不同。自到赫图阿拉以来，因俩人对待哈番[①]、朋友、生活的观点和态度不同，却也滋生出许多难解的纠葛和矛盾。老大文弼的性格比较内向，不大爱说话，能把住自己的嘴。老二良弼聪明，洞察力强，是个性格外向的人，还爱耍个小聪明，见到啥事，心里装不下，总好发个议论。大哥文弼怕他出乱子，不时劝阻他。可他反斥哥哥胆小怕事。良弼还好讲个义气，因二王爷舒尔哈齐在他们哥俩千里迢迢投奔李成梁，遭了闭门羹之后，慨然把他俩留在身边，使他们得到重用，他心里对二王爷由衷地感激。他有时见到汗王爷努尔哈赤在大庭广众之下，对二王爷舒尔哈齐严加厉斥，不给半点情面，又觉汗王爷努尔哈赤心胸狭小，疑心特大，连自己的亲弟弟有时也信不过，他常气不公。良弼常跟哥哥文弼背地议论，长此下去，赫图阿拉必生萧墙之患。褚文弼严斥弟弟说："咱们到这来，就本本分分地做咱自己的事。一定要记住，严谨处事，闲语莫论。"褚文弼常嘱咐弟弟别太张扬，谦虚一些为好。"满遭损，谦受益"呀。但是，良弼不听他哥哥的话，他肚里放不住事，嘴又好说，又是外姓人。俗话说：出头的椽子先烂。这话一点不假。

说实话，赫图阿拉地处荒僻之地，真正有满腹经纶的饱学之士，也真是百里难求。汗王爷努尔哈赤对待舒尔哈齐将褚氏兄弟留为己有一事，打心里感到不痛快。他身边有些知近的人，常透给汗王爷一些有关舒尔哈齐扶持自己势力的风闻。这是努尔哈赤最不能容忍的。他曾几次严令弟弟舒尔哈齐把文弼和良弼两兄弟送到佛阿拉，为赫图阿拉的统一发展效力。然而，舒尔哈齐拒不照办，甚至扬言："他们是我的人，是投奔我来的。"努尔哈赤对舒尔哈齐的严词回拒，更加震怒。赫图阿拉一时间为褚氏兄弟的归属问题，闹得沸沸扬扬，气氛颇为紧张。费英东、额亦都、扈尔汉等亲近汗王爷的人，都千方百计想弥合他们兄弟间的裂隙，希望努尔哈赤和舒尔哈齐能够团结和睦，同舟共济，万不可出现亲者痛、仇者快的事来。就在这众人都在努力使大事化小、小事化无的关键时刻，不识时务的褚良弼，却激化努尔哈赤和舒尔哈齐之间的矛

---

① 哈番：满语，官，上司。

盾。他仗着舒尔哈齐对他的袒护，不顾兄长褚文弼的阻拦，竟卖弄地说："我们哥俩是投奔二王爷来的。我们看中了二王爷，我们就替他卖命。"而且，他还在八旗兵中不知好歹地狂妄指责汗王爷努尔哈赤。他竟敢说什么："我就不明白，汗王爷为什么总盯着二王爷？"甚至，还借古诗引喻，说什么："煮豆燃豆萁，豆在釜中泣。本是同根生，相煎何太急。"他的话把当时在场的褚文弼气坏了，也吓坏了。褚文弼喝道："良弼，你快住口，真是风马牛不相及。你胡诌什么？"

　　世上没有不透风的墙。没过几天，褚良弼的歪论，很快就传到了汗王爷的耳里。其实在这之前，小贝勒皇太极早从汗王爷的亲随那里，听到了这股风声。别看皇太极人小，却也是深明事理之人。咱们前书讲了，自打褚氏兄弟到赫图阿拉后，缠磨褚氏兄弟最多的要数小皇太极。他常让褚文弼教他背汉家的《古乐府》、《唐诗三百首》、《魏文帝诗选》和古文选段等。他记忆神速，引起褚氏兄弟对他的赞许。每当三叔家举办褚氏兄弟故事会时，皇太极常由嬷嬷们背着，听二位褚先生讲故事，而且场场不落。所以，这次听到褚良弼关于"七步诗"的议论，就很自然想到褚良弼先生教他的古诗。他虽然破译得不那么深刻，但他知道，"七步诗"是魏文帝曹操之子曹丕继帝位后，对弟弟曹植的刁难。皇太极心想：三叔哇，三叔，你怎么请来这么个货。褚良弼，你不是漫天打苍蝇——瞎扑（噗）吗。"七步诗"跟我们家八杆子打不着。曹丕和曹植是怎么回事，我阿玛和我三叔又是怎么回事。褚良弼，你完全用错地方。现在看来，这件事得先瞒住阿玛。阿玛要是知道了，定会气炸了肺。那样，不仅要治罪于褚氏兄弟，还得要三叔的好看。这可不是小事。

　　果然不出皇太极所料，汗王爷努尔哈赤还是知道了这件事。一天吃晚饭的时候，汗王爷第一句话就问皇太极："皇太极，你听到有人讲什么'七步诗'吗？"皇太极佯装不知。他支吾了半天，愣了愣大眼睛，没敢说什么。性情急躁的汗王爷"砰"地一声把饭碗一撂，说："小兔羔子，你还跟我耍小聪明。我吃过的盐比你走过的路还多呢。说，这是一首什么诗？背给我听听。"皇太极知道此事无法继续隐瞒了。他只好站起来，安慰道："阿玛，您不要生气。我告诉您还不成吗。"于是，他把曹植那首"七步诗"一字一句地背了一遍。努尔哈赤板着面孔，不吭一声。他对小儿子能用汉语顺畅地背下"七步诗"，打心里喜欢。

　　努尔哈赤毕竟是一位心胸大度、胸装四海的女真建州部的最高首领。他对自己三弟的性格和为人是最清楚不过的了。他当然对所出现的任何事情，都有他自己一定的主见。努尔哈赤对汉书不是一无所知。本书多次讲过，他从小颠沛流离，又给李成梁当过小童，跟许多汉人打过交道。所以，他从小就会说汉话。他本人又是个故事篓子，常到马市上的书肆听评书、听大鼓。中原评话小说中传奇人物的故事，他能讲出不少，至于《三国演义》，那更是努尔哈赤从年轻到中年领兵打仗，一直请人给他讲解或自己常琢磨的书。三国中的人物故事，汗王爷更是知道得滚瓜烂熟。刘备、关公、张飞、诸葛孔明、孙策、孙权、曹操、曹丕、曹植等等，哪个人的故事，他不能讲出一箩筐啊！"七步诗"的故事，他当然知道了。现在他考问皇太极，其用心还是为了激励自己儿子的学识。

努尔哈赤自从知晓舒尔哈齐身边来了褚氏兄弟，对他俩的学识和人品，还没那么注意。他当时仅仅觉得三弟私自做主，将关里的汉人留在赫图阿拉，这在赫图阿拉是从未出现过的事情，他一时有气。后来，随着事务一忙，他把此事也就忘了。俗话说得好："路遥知马力，日久见人心"。褚文弼这次治好了他的病，救了他的命。而且，努尔哈赤留心观察褚文弼，此人待人诚恳、谨言慎行，身怀特技，确也是个不可多得的能人。三弟能收容来这样的人，对赫图阿拉也很有好处，是功不可没的。努尔哈赤还曾密派扈尔汉到自己在抚顺、铁岭安插的内线处，详细盘查过褚氏兄弟的身世和底细，暂未发现他们有什么可疑之处。但努尔哈赤也没有放松警惕，还是命扈尔汉继续监视他们。近日里，褚良弼的言行举止使努尔哈赤格外恼火。他心想：褚良弼这孩子，要远逊于他兄长褚文弼的品德。他浮华有余，务实不足，而且，是一个惹事的祸苗，不得不重视。单从褚良弼的"七步诗"来讲，还不能做出他受明朝挑唆、与明朝勾结在一起的结论。即或这样，对于褚良弼竟敢在我和三弟之间搬弄是非之事，应该给他必要的惩处，让他也接受点教训，不能让褚良弼的过错，乱了我们的规矩。惟有这样做，才能在众将士面前是非分明。赫图阿拉从来都是赏罚分明、论功行赏。任何将军、贝勒，都无一例外。这正是赫图阿拉攻无不克的原因所在。想到这儿，努尔哈赤便命身边的值日哈番带着护卫，去舒尔哈齐府上把褚氏兄弟请来。努尔哈赤一要感谢褚文弼，二要规劝褚良弼。

话分两头。说书人暂放下努尔哈赤命人去请褚氏兄弟不说，还要说说小贝勒皇太极和宝音姑娘的事。自打宝音姑娘来到汗王爷的旧老城，

第二章　鱼儿总要游归大海

屈指算来，已有四十多天了。宝音姑娘领着妞妞虽然和汗王爷住在一个府里，但由于汗王爷每日里政务繁忙，她们俩也不能常见到汗王爷，经常和她们见面的只有小贝勒皇太极。皇太极为了能使宝音姑娘安心地住在老城，又在院里新建起姑娘们爱玩的秋千架。皇太极有时间就跟宝音姑娘和妞妞一起荡秋千、踢毽子、踢"熊头"，跟宝音姑娘和妞妞学跳蒙古舞。他们在一起无忧无虑、快快乐乐。有时那日松、扈尔汉抽空儿来看看，跟她们在一起玩一会儿，有时因军务甚忙，寒暄几句，又不得不匆匆别去。皇太极为了帮宝音姑娘解闷，又命查其纳老人陪她俩到处游览，欣赏赫图阿拉的风光山水，或者打打猎消遣一下。

旧老城的生活环境同宝音姑娘所生活的科尔沁迥然不同。科尔沁草原蓝天白云，绿野无垠，羊群斑斑，乳香飘飘，帐包片片。这里却是丛山峻岭，房舍隐约闪现在苍翠的密林之间。但这里的人却像科尔沁人一样热情、勤劳、好客，上至汗王爷，下至旗民百姓，对待陌生的宝音姑娘和妞妞，都像对待多年没见到的亲人一样，老远就打招呼，问寒问暖，并往自己家里让。宝音姑娘从内心感激小贝勒皇太极把自己领进这个崭新的世界，使自己认识了数不尽的好心人。但所有这些，都不能把宝音姑娘的心给吸引住。她多年来梦寐以求地是回到她呱呱坠地的故乡。特别是宝音姑娘到了旧老城以后，见到了那日松大哥。在宝音姑娘的一再请求下，那日松对心事重重的宝音姑娘讲述了他所知道的一切。宝音姑娘这才真正清楚了，自己是被那日松大哥在追杀女真德钦部落的逃兵时捡到的。当她知道了这一酸楚的情况后，更激起她要返回故乡的念头。她要回到当年德钦部落的所在地，寻找阿玛、额莫的茔地，收拾尸骨，搭起帐包。她要为亲人守灵，不使阿玛、额莫白白生育她一场。

汗王爷的老侍卫查其纳老人受皇太极之命，常来看望宝音姑娘和妞妞。一天，查其纳老人发现宝音姑娘眼圈红肿，像刚哭过一样。老人就问宝音姑娘缘由，姑娘惆怅不语。查其纳老人见到皇太极以后，就把这件事告诉了皇太极。这些天，皇太极因事情繁多，和宝音姑娘及妞妞见面的时间少了些。他听了查其纳老人的禀报，寻思姑娘可能是冷丁到了生疏之地，生活不习惯。于是，他抽空从阿玛那里跑了出来，直奔宝音姑娘和妞妞住的后屋。他打老远就听到屋里传来妞妞的笑声。不用问，这准是俩人在唠什么高兴事呢。他来到了门前，女奴见皇太极来了，便掀开门帘子，通禀道："格格，八贝勒来了。"宝音姑娘和妞妞正在炕上玩嘎拉哈呢，一听说皇太极来了，马上起身迎接皇太极。宝音姑娘把皇太极让到太师椅子上坐下。女奴们献上了茶。妞妞是个心直口快的姑娘，因为与皇太极有着不寻常的患难之交，总觉得跟皇太极非常亲近。她走过来拉着皇太极的手，数落着皇太极："八贝勒，您也不来看我们。宝音又想家了，成天眼泪巴叉的，为了哄她高兴，我刚才跟她玩嘎拉哈来着。"

说实在的，自从宝音姑娘在火中把皇太极救出来，皇太极跟宝音姑娘就十分亲近。回到赫图阿拉以后，他又知道了宝音姑娘的真实身份，就更同情宝音姑娘，愿意与宝音姑娘在一起了，虽然他多次听宝音姑娘讲要回北边去，但皇太极早暗下决心，要留住宝音姑娘，不能让她离开自己。皇太极也曾向宝音姑娘袒露过自己的心事，并向宝音姑娘保证："你先留下来。以后有机会，我陪着你一起回你的家乡。"皇太极听到妞妞指责自己，一点也没生气，忙说："宝音，我这些日子忙，没常来看你。你生我气了吧，其实我一直都挺惦记你们俩的。宝音，我知道你俩很寂寞，心情不好。妞妞，你说的对，都怪我，对不起了。"皇太极说着，很顽皮地给两位姑娘深深地打了个千儿，逗得宝音姑娘和妞妞都笑了。皇太极告诉宝音姑娘，说："你的事，我阿玛都知道了。他听查其纳老人说你要走，就怪我对你关照不够。阿玛让我捎话给你，既然到了我们赫图阿拉，就把这里当成是你的家。阿玛还特意吩咐查其纳，专门打来了飞龙和大公狍子。今晚阿玛要请你们吃'野味宴'。他要亲自烤'黄金肉'，让你们尝尝鲜儿。"宝音姑娘是很通情理的人，听了皇太极的话，心里由衷地感动。汗王爷日理万机，还要为她的事操心。于是，宝音姑娘就答应皇太极先不走了。皇太极见宝音姑娘的心情平稳下来，便安慰说："宝音，你俩哪儿都不要去，在家等着，晚上查其纳来接你们俩。我本来有不少话要跟你说一说，可惜现在不成了。眼下我得去三叔那里，有急事要办，就先告辞了。"皇太极匆匆告别了宝音姑娘和妞妞，带了两个随从，骑上快马走了。

说书人在这里向各位阿哥交代一下。皇太极要跟宝音姑娘说什么呢？原来皇太极是想找一个机会，跟宝音姑娘倾诉一下他对她萌生出来的越来越深的情感，能使宝音姑娘对他更加理解，从而产生共鸣。自从宝音姑娘来到赫图阿拉，皇太极的心情始终就难以平静。他脑海里始终萦绕着两个人的影子，一个是自己的沙里甘[①]；另一个就是他日夜难忘

---

① 沙里甘：满语，妻子。

的宝音姑娘。

皇太极的额莫孟古格格原是叶赫部人，贤惠善良。她自幼在汉人师傅的栽培下，不单汉学学得好，诗赋作得也非常妙。武术、剑法和马术都非常高强。孟古格格受到家庭礼教的影响，对自己的丈夫非常忠诚。孟古格格的阿玛杨吉砮贝勒已经死了，她常回家看额莫。当时，叶赫部和赫图阿拉双方关系疏远。孟古格格的哥哥纳林布禄就叮嘱她说："你不要老向着努尔哈赤。努尔哈赤要是强大了，说不定啥时候就灭了咱叶赫部。"孟古格格就说："努尔哈赤是我的畏根①，我的家现在在赫图阿拉，我也不能不管我的家呀。"她大哥就说："不管怎么说，你要知道，他将来就是咱们家的仇敌。"孟古格格非常犯愁，就劝他大哥不要老跟努尔哈赤作对。有时她又在汗王爷身边吹枕头风："汗王爷，你不要老和我哥哥过不去，我家那边也够苦的。你就帮帮他们呗。我额莫现在为这事愁得天天哭。"汗王爷一听这话，马上把搂着孟古格格的手就松开了，语气坚定地说"你不要再说这些话。记住，女人不许干预我们男人的事。以后你再说这些事，我就把你撵走。"吓得孟古格格再也不敢提及此事了。

孟古格格非常爱自己的畏根。自从她嫁过来以后，汗王爷每天晚上都在她这里过夜。孟古格格心里非常感激汗王爷，但她又惦记自己的哥哥。一边是畏根，一边是大哥，自己夹在中间，是相当痛苦的。由于孟古格格长时间心情郁闷，最后忧郁成疾。

大将额亦都在努尔哈赤没起家的时候，就投靠了努尔哈赤，俩人结拜成生死弟兄。努尔哈赤走到哪儿，额亦都就在哪儿出现。额亦都膀大腰圆，浓眉大眼，络腮胡子，使着两把短刀，打起仗来非常勇猛。他跑得相当快，一般情况下，他从不骑马。他的两个沙里甘都是汗王爷赐给他的。额亦都的小沙里甘生了一个姑娘，叫格博黑。

额亦都知道汗王爷最疼爱的人是孟古格格。他见孟古格格的身体太虚弱，就跟沙里甘商量说："让咱们的女儿格博黑常去陪陪孟古嫂子。孟古嫂子挺喜欢格博黑。格博黑聪明伶俐，又会唱又会跳。她一定会使孟古嫂子开心的。"额亦都的沙里甘非常敬重自己的畏根，就同意了。所以，格博黑常来陪伴孟古格格，对孟古格格像对自己的亲额莫一样。孟古格格也确实非常喜欢格博黑。这小姑娘长得俊秀，也聪明机灵，很

---

① 畏根：满语，丈夫。

会讨人喜欢。孟古格格主动跟额亦都提出:"让格博黑做我的干女儿吧。"额亦都是个性情直率之人,说话也不多加考虑,说:"干脆,咱们两家结亲家吧,让格博黑做你的儿媳妇。"开始他们只是说笑。后来,孟古格格真把格博黑当成自己的儿媳妇来对待。那时候皇太极还小,还不太懂事。

前年,孟古格格的身体越来越不好。努尔哈赤的政务、军务非常繁忙,又惦记自己的爱妻,消瘦了许多。额亦都就对努尔哈赤说:"大哥,把孩子们的喜事办了吧。办喜事冲一冲,小嫂子的病兴许能见好。"努尔哈赤欣然同意。在万历三十一年,癸卯年八月份的时候,他们两家把喜事就办了。这一天,赫图阿拉城里张灯结彩,到处洋溢着喜庆的气氛。汗王爷府上更是热闹非凡,络绎不绝的人们前来给汗王爷道喜。过去的女真人,十二三岁结婚是常有的事。所以,十二岁的皇太极就有了沙里甘。格博黑比皇太极大三岁,这年她十五岁。

十五岁的格博黑非常能干。她每天既要伺候皇太极,又要照顾有病的婆婆,很是忙碌。其实,皇太极和孟古格格都有奴才伺候,但格博黑不放心,有些活计她都自己亲自来做。格博黑的言行举止,赢得了汗王爷府里上下人等的好评和赞许。努尔哈赤和孟古格格对格博黑也格外疼爱。皇太极和格博黑结婚刚三四个月,年仅二十八岁的孟古格格就病逝了。

宝音姑娘到了赫图阿拉不久,就知道皇太极已经娶了沙里甘。所以,她虽然跟皇太极感情很好,但跟他始终保持个界线。可结了婚的皇太极还像小孩一样天真,没事就往宝音姑娘屋里跑。

皇太极骑马走着,他心里依旧想着如何跟宝音姑娘倾诉衷肠。这时,打老远儿跑过来一匹马。他一看骑在马上的人是扈尔汉大哥。扈尔汉看见皇太极,把马勒住,问皇太极:"八贝勒,您这是要上哪去呀?"皇太极说:"我上三叔家,他们惹祸了,阿玛现在正生气呢。"扈尔汉说:"别去了。我就是从三叔那里回来的。阿玛已经把褚文弼和褚良弼两个人给带到汗王府了。三叔气得直跺脚,马上就要过来。褚英和代善也都要过来。听说这里还有别的事。你先回去,咱们以后再说。"皇太极有点丈二和尚摸不着头脑,说:"那我去见见三叔。"扈尔汉说:"你不用见了,还是赶紧回去吧!也不知是怎么整的,现在的乱子越惹越大。"听到此话,皇太极掉转马头跟扈尔汉就回来了。

皇太极对文弼、良弼两位先生也很敬佩。各位阿哥,说书人我在前

第二章　鱼儿总要游归大海

215

书里已经讲了，皇太极从小就由他的老嬷嬷们背着，去听二位先生讲故事，长大以后，他又常去请教汉学。他和两位先生的感情也相当好，尊称两位先生叫"阿浑"①、"赊夫"。皇太极听说阿玛已把文弼、良弼两人带到汗王府，并引起了三叔的不满。他也感到阿玛这事办得有些过火。皇太极便让扈尔汉跟他一同去阿玛那里，劝劝阿玛。于是，他俩重又来到了汗王府。

皇太极和扈尔汉下了马，直接到后厅叩见阿玛。他们刚进去，见汗王爷一个人坐在那里，紧锁眉头，茶也不喝，在生闷气呢。皇太极非常会讨阿玛的高兴。他悄声绕到汗王爷背后，把汗王爷一下就给搂住了。汗王爷一惊，回头一看，是他的宝贝儿子，他不但没生气，一脸的愁云反而立刻就散了，说道："臭小子，就知道闹。你没看阿玛在生气吗？"皇太极撒娇似的偎到汗王爷怀里，说："阿玛，谁惹您生气了？告诉我，我替您出气。"皇太极边说，边用手抚捋努尔哈赤的胡子。努尔哈赤留着不长而英气的络腮胡子，一直从鬓角到下巴，下巴上还留有一绺长髯。努尔哈赤说："好儿子，别闹了。阿玛现在心里挺烦，这事都怪你三叔。他从明朝弄来两个读书人。我说过要把他们收上来，统一调遣，可你三叔不肯。我想，你三叔对我一向忠心耿耿。他身边要是有几个他可心的人，我心里也高兴，不来就不来吧。我也就没坚持。谁成想，那个叫褚良弼的竟口出不逊，妖言惑众。这还了得，长此下去，不得伤我和你三叔之间的关系吗？我思前想后，还是命人把他们兄弟俩带到我这里来了。此事必然要引起你三叔的雷霆之火，可那也没办法。"

这时，褚英、代善、额亦都、何和礼、费英东等人也都来了。他们都怕把事情闹大了，想来劝劝汗王爷。人和人之间就是这样，一旦撕破了脸，互相之间也就没有什么抹不开的了，有点纠葛就容易吵架。舒尔哈齐现在就这样。他总觉得大哥太专横了，也没仔细打听褚氏兄弟是怎么来到汗王府的，一听人禀报，就以为褚氏兄弟一定是被抓走了。他马上怒火中烧，大发脾气，跺脚大喊："他凭什么说抓人就抓人。打狗还得看主人呢，你都不跟我商量一下，把我请来的人就给抓走了，太过分了。"舒尔哈齐十分恼怒，没听褚英他们劝阻，就随着人群进来了。这些人进来以后，给汗王爷见礼。汗王爷让他们坐下了。

努尔哈赤先说话了："各位是为褚家兄弟而来吧？舒尔哈齐，你来

---

① 阿浑：满语，哥哥。

得很好，我也正有事要告诉你呢。现在，我宣布一条戒律：以后请进来的任何一位汉人先生，必须要经过我的同意。而且，来了以后，不能住在个人家里，应该到大营，受到统一的管理。只有政令统一，才能够对付外敌。要是各行其事，我们的兵力怎么能强盛？不都成了一盘散沙了吗？舒尔哈齐，你请来两位先生，这是对的。他们也确实帮着咱们做了不少好事。但有两件事，我必须当众指出：一，褚良弼随便评议赫图阿拉的事，含沙射影诽谤、挑拨你我兄弟之间的关系。我看在你和众位将军的面子上，也看在他为咱们赫图阿拉所做贡献的份儿上，对褚良弼从轻发落。但褚良弼之罪不可恕，若恕，则对治军不利。我已命他到西山和采参阿哈们在一起，罚工百日。褚文弼先生没有过错，就留在我这儿，做我的笔帖式。二，李成梁总兵官和你是亲戚，你们之间可以来往，但你不能让褚良弼在中间跑来跑去的。你知道他有没有把咱们赫图阿拉的机密传出去？做没做对咱们赫图阿拉不利的事？这些你想没想过？我先给你一个警告，下次再有这事，我就要没收你家的财产，别看你是我弟弟，任何一个人在军令面前，都要依法办事，决不留情。舒尔哈齐，你意下如何？"

舒尔哈齐忙站了起来。乍开始，他还真想与兄长好好理论理论，他要当众数落兄长一顿。没想到，兄长并没有蛮不讲理地把褚家兄弟抓来囚禁起来，而是赏罚分明、以礼相待。良弼给自己捅了这么大的漏子，本应受到重罚。可兄长看在自己的面子上，仅罚工百日。而且，还升任文弼为笔帖式。想到这儿，他一股脑儿的怒气全都消了，恨自己太莽撞。他紧忙来到了台阶下，给汗王爷跪下了。因为这里是汗王爷的议事厅。正面上首是汗王爷坐的虎椅，下面有台阶，两侧还有小台阶，前头有四个圆的红色的跪毯。如果有事请示的话，就跪在跪毯上说。舒尔哈齐跪到跪毯上，说："舒尔哈齐感激兄长大度，谨遵兄长之命。"

努尔哈赤说："起来吧，都是自家人，还客气什么。你们正好都在，我还有件事没来得及同各位商议，就是前些天李总兵官信函之事。"努尔哈赤这么一说，在座的各位也都想起来了，是有这样一件事。那天，辽东总兵官李成梁大人派张诚送来一个信函，汗王爷当时对张诚说商议以后再做答复。现在过去十来天了，也没见汗王爷找大家商议。这时，努尔哈赤让护卫把李成梁写的信函取出来，并让一个笔帖式当众宣读。信是这样写的：

第二章　鱼儿总要游归大海

大明辽东总兵官宁远伯成梁谨致函
建州左卫都督金事努尔哈赤龙虎大将军
并三都督舒尔哈齐将军麾下：

敬启者，今兹因蒙古喀尔喀部与科尔沁部冗事争议由，皆乃兄弟萧墙之争耳。凡吾诸部各应自守康乐，勿潜于心，勿扰于邻。今查尔部有扈尔汉者助虐生事，此尔等之过也。西蒙诸乱若因此而起，尔难脱其咎。敝翁难主其公耳。喀尔喀已申定兴师复仇，血影刀光，今日安可平服？汝当迅向喀尔喀部输银赔罪，今后各安其土，不可染指它疆。切哉，本总兵官拭目以待。

大明万历三十三年秋下浣吉旦

李成梁信里的意思是说，蒙古喀尔喀部和科尔沁部互相有些争斗，就像人家兄弟之争一样，没啥大事。他是指喀尔喀部多尔沙图汗侵占科尔沁部乌丹老女地盘一事。其他诸部只要管好自己本部落的事就可以了，结果你们有个叫扈尔汉的掺和进去了，把事情给闹大了，现在你们难脱其咎。我老头子也没法安抚人家了。喀尔喀部决定要向你们兴师问罪，他们要报仇。你们不仅要向喀尔喀部赔银子，而且还要赔礼道歉，要不然是不行的。我现在就看你们的行动。

这封信写得太霸道了。李成梁这是有意偏袒喀尔喀部。他就是想用这个办法震一震努尔哈赤，其目的就是要给努尔哈赤施加压力。众人听信后，也都很不满意，七嘴八舌，议论纷纷，都说李成梁办事不公。努尔哈赤本来还很平静，听到大伙儿的议论，也不由得怒气上升。他把桌案拍得啪地一声响："你们说的对。让咱们给他赔礼道歉，还要赔银子，做梦。"扈尔汉、皇太极到了努尔哈赤跟前，安慰说："父汗请息怒，不要伤了自己的身体。"费英东和额亦都听了以后，也非常气愤。坐在一旁的舒尔哈齐却不这么认为。

书中暗表，前两天李成梁那边来人给舒尔哈齐捎信说："李大人已经给你们去信这么多天了，怎么没见你们的回信呢？你赶紧劝劝你大哥。人家喀尔喀部要发兵了。他们好几个部的力量联合到一起，你们是打不过的，你们赶紧想办法吧。"这些话真把舒尔哈齐给吓住了。舒尔哈齐这几天也正想跟汗王爷提及此事，以便借机劝劝大哥。这时，舒尔哈齐起身说："大哥，依我看，这事是怨咱们。当初咱们就不应该掺和进去。扈尔汉也确实不对。咱们可以到科尔沁买马，了解情况，但他不应该暴露自己的身份，去帮助科尔沁的乌丹老女。大哥，我还认为你有教子不当之过。你让皇太极到那么远的地方去打猎，结果，他把那个科尔沁的丫头又带到咱们这儿来了。咱这不是引火烧身吗？大哥，咱们也不应该把这个宝音姑娘留下，很多祸事都是她引起的，还是赶紧把她交出去吧。咱不把她交给喀尔喀，把她交给李成梁，让李成梁处置。"褚英也附和着三叔的话说："父汗，我也是这个看法。人家说得对。咱们还是想想用什么办法来说合一下。我们不能树敌太多，也不要跟喀尔喀部闹翻了，这样对咱们不利。咱们现在有很多事情要做。乌拉部现在要跟咱们开战。东海窝集部那边还有很多事情没有做。叶赫部现在也站在一边死盯着咱们。咱们时时刻刻都要小心和警惕。"额亦都和努尔哈赤的看法一样，但见二王爷和大贝勒都和汗王爷的意见不一样，他又不能公开得罪二王爷和大贝勒，只好坐在一边不出声。费英东也不便说什么，气氛一下子僵住了。

努尔哈赤站起来说："我认为，咱们赫图阿拉没有错，一点过错都没有。咱们不能让李成梁给震住，也不能让喀尔喀部给吓住。咱们必须挺起胸膛对待这些事情，不要怕。难道咱们能把皇太极的救命恩人给送出去吗？再说了，扈尔汉是我派出去的，我让他好好摸一摸蒙古人的情况。你们想一想，咱们这些年是怎么过来的？我这些年惦记的是什么？你们惦记的又是什么？一个，就是如何对待大明朝。我现在受大明朝之封，任龙虎将军之职和都督佥事这个头衔，在这里驻守边疆。说起来，在北边还没有第二位。他们为啥把这个荣誉给咱赫图阿拉了，还不是因为咱们的力量强，咱们父子、朋友、哥们儿心齐，他们才把这么高的官位封给我，以便笼络住咱们。咱们要心中有数。但是，咱们也不能处处都听他的。李大帅那是咱们的老朋友，但这个人非常狡猾，咱们不能完全相信他。还有，就是咱们周围的几个部。这几年，咱们收抚了哈达部。去年，又惩罚了纳林布禄。过两年，我还要找机会把辉发部和乌拉部也收拾掉。在座的各位都知道，咱们就是这么打过来的。咱们怕谁呀？有什么可怕的，不要听风就是雨。咱们现在最关心的就是蒙古的情况。那是一片肥沃的土地，有成千上万匹战马。现在惟独不能和明朝抗衡的地方就是蒙古草原。我现在脑子里天天想的，就是怎么能和蒙古人交上朋友。扈尔汉这次就是为这个去的。他做得好，把身份暴露了有什么不好？我们女真人不是有句谚语：拯救被欺压的人是英雄，欺诈苦难

第二章　鱼儿总要游归大海

的人是强盗吗？咱们是去帮助那些受难的人，帮着那些受欺压的人，我们这是做了件好事，没什么可指责的。至于说宝音姑娘来到我们赫图阿拉，这是我们的荣耀。我现在非常感激宝音姑娘。她把蒙古人的勇敢、智慧、友情和希望都带来了。这对我们赫图阿拉人来说是多大的福分。她到我们这里来，是对我们最大的信任，我感到特别欣慰。现在，阿布卡恩都力让这位草原的喜神，降临到我们赫图阿拉了。她给我们带来了一个吉祥的兆头。我们的前程一定会充满希望。"

刚才，大家的情绪都很紧张。二王爷那么一讲，不少人都替他捏了一把汗，心里像揣个小兔子似的怦怦直跳。汗王爷的话，给大家拨开了迷雾，使在座的各位，清楚了许多，认为扈尔汉和皇太极做的确实没有错。

额亦都将军虽然战功显赫，但他并不居功自傲。论年岁，他比努尔哈赤还大四五岁，在这个屋里，他岁数最大。额亦都头脑比较简单，脾气暴躁，是个猛张飞，不会说什么漂亮话，也不愿意跟谁争来争去的，刚才努尔哈赤的一席话，勾起了他的话匣子。额亦都站起来对努尔哈赤施了一礼，说："汗王爷，我觉得您说得确实在理儿。费英东，我不太会说话，你跟大家唠扯唠扯。"额亦都这么一点，费英东只好站起来了。

大将费英东可不是等闲之辈。他思维敏捷，看问题也透彻。他要是开口说话，准能讲出个道道来，不少事情，经他嘴一说，使人听了感到舒心顺畅。他是赫图阿拉的"智多星"，努尔哈赤非常信任费英东，也离不开他。费英东向在座的各位一抱拳，说："汗王爷、二王爷、众位弟兄，额亦都大帅让我说，那我就说两句。这事说起来很简单，现在大家争论的话题，就是去年八贝勒冬至节前去打猎，把宝音姑娘请来这件事。有人认为八贝勒不应该打这个猎，更不应该把宝音姑娘请来。也就是由于这个原因，引起大明王朝和喀尔喀部对咱们的不满，喀尔喀部要兴兵讨伐我们，我认为责任不在于八贝勒。盐从哪儿咸，醋从哪儿酸，凡事总有个起因吧。咱们就多唠唠为啥要欢庆这次冬至节。大家不要忘了，去年春天的时候，汗王爷领着代善贝勒、皇太极贝勒、扈尔汉还有我，我们带兵去惩罚叶赫部，攻占了他们两个城，抓住了纳林布禄。汗王爷看在孟古格格的面上，饶了纳林布禄一命。后来，纳林布禄亲自带着厚礼来叩见汗王爷，叩头下拜，连讲了不少告饶的话。汗王爷心一软，便把张城还给了他。纳林布禄起誓发愿地说要永远与汗王爷和好。这样，我们就打通了往西部、北部去的路。

那年，汗王爷又得了一个大胖小子，是他的第十二个儿子。汗王爷的府上办喜事。那天晚上，咱们不都来了嘛。汗王爷高兴地拉着咱们唱起了咱们的女真情歌：

'阿勒善①的小花，
香又艳，
妙罗阔②的小路。
长又弯。
阿济格哈哈③耶，
纵情跳着玛克辛，
甜蜜在心田。
能捕捉大雁的射手，
能擒获獾子的好猎手，
能稳套小花鹿的珊延哈哈济④，
为啥——
不敢去狠狠拥抱你
日夜牵挂着的沙里甘居。'

汗王爷连跳带唱，非常高兴。二王爷当时您也非常高兴。您说：'大哥，这小子就按你唱的，管他叫阿济格吧。''阿济格'的名字不就是二王爷您给起的吗？当时二王爷您还唱：

'您像一只勇猛的公鹿，
四十六的年华，还是小松树的年头，
风华正茂。
你能踩倒三十头母鹿；
你能盖住三十片劲松。
赫图阿拉是
骏马扬蹄，

---

① 阿勒善：满语，甜美。
② 妙罗阔：满语，弯曲。
③ 阿济格哈哈：满语，小男孩。
④ 珊延哈哈济：满语，壮小伙子。

221

猛虎出山，

前程一片光芒似锦啊！

　　再有一件事，就是二王爷、褚英贝勒、代善贝勒还有我，我们奉汗王爷之命，去打探东海窝集部的情况。在这之前，咱们没敢碰它。结果，我们成功地到了东海，占了好几个屯子，结识了好几位部落的长老。现在，那里已经有了咱们的人。东海是乌拉部的富源所在。布占泰贝勒为什么这么厉害，不就是因为他的疆域广、财富多么。它的富源来源于哪？很多就来源于东海部落。咱们要是把东海部落卡住了，就等于掐断了乌拉部的树根。它吸收不到养分，就会慢慢枯竭而死。

　　因为有这三件喜事，咱们想庆贺一下。正好冬至节快到了，额亦都大哥提出：'按咱们女真人的习俗，好好过一过冬至节。'二王爷当时您也同意。因为去年是咱们女真人的天龙年，也就是甲辰年。女真人的传统是吃天兔，而且要吃白兔。说吃了它有发展，有龙飞天宇的吉兆。二贝勒提出：'冬至节吃一顿咱们女真人传统的兔宴。'咱们赫图阿拉的兔子多数是灰兔，而且我们大家都挺忙。八贝勒主动提出要去蒙古打兔子。汗王爷考虑哈达部让咱们灭了，叶赫部也不敢动了，也没谁敢跟咱们捣乱了，就同意了八贝勒的请求。事情是这么定下来的，对不对？二贝勒。"二贝勒代善点点头，忙说："对，对，我想起来了，那时二叔、三叔不是也同意么。大哥，你不也同意了吗。"他这么一说，把大伙都说笑了。代善说："当时八弟说要去，我还怕他有危险。后来八弟一再跟我说，我也就同意了。我还帮八弟找了一个助手，陪他一起去的。"舒尔哈齐也想起来了，说道："对，对，对，是有这么回事。"

　　皇太极一直静静地坐在那里。大家说了这么多，甚至三叔点他名字埋怨他的时候，他也没出声。别看皇太极只有十三岁，虚岁才十四岁，但他的性格比他的几个哥哥都沉稳。努尔哈赤这么喜欢他，就是觉得他胸襟广阔，有大将风度。舒尔哈齐觉得自己今天这事做得不太对劲，就把皇太极搂到了自己的怀里，说："我的好侄子，都是三叔不好。三叔错怪你了，来，打三叔一下。"说着，他把皇太极的小手拉过来，往自己的脸上轻轻拍了一下。舒尔哈齐这一孩子气的举动，把大伙都逗乐了。努尔哈赤也忍俊不住，刚才那种紧张、严肃的气氛，一下子化为乌有。大家的心里敞亮了许多，所有的猜疑、隔阂全都消除了。

　　这时，努尔哈赤从座位上站了起来，大声招呼道："兔羔子们，把阿勒给①和奴勒②拿来，跟我一起'玛克辛'都木必！③"努尔哈赤边说边来到台阶下带头跳了起来，周围不少人有的拍巴掌，有的人跺脚，还有的人拿起了一些乐器，像木板呀，恰拉器呀，铜肯哪④，他们也随着汗王爷跳起了欢快的"蟒式"舞。大家围着努尔哈赤边饮边跳。只见努尔哈赤随着乐声，双手摆动，右手和右脚轻柔抬起，左手随势反臂舞动，反过来，左手和左脚又轻柔抬起，右手也随之反臂舞动。双手鹤展，双肩抖动，随着乐声踏步。大家也跟着跳了起来。努尔哈赤最喜爱跳舞，只要他一高兴，就带头跳舞。努尔哈赤的舞跳得最棒，随着鼓声、音乐声和脚步的踢踏声，舞姿刚健有力。

在这里，说书人不能不多说几句，所谓"蟒式"，即"玛克辛"。女真人自古就能歌善舞。"玛克辛"蟒式舞，是女真人传统的民间舞蹈。其形式多以渔猎生活为主，舞姿活泼欢快自如，虽有基本的格式，但舞蹈中有许多即兴模拟和象声动作，而且，也常伴有面具舞即"玛虎"⑤舞，因而尤为女真人喜闻乐见。汗王爷努尔哈赤的玛法觉昌安、阿玛塔克世都喜爱跳舞。汗王爷努尔哈赤从小就会跳女真舞，是他阿玛塔克世和额莫额穆齐教的。努尔哈赤把女真的传统舞蹈"蟒式"的内容，归结出这样几条：女真的舞大致分为两种，一种是哈哈玛克辛舞，这属于男子舞。这种舞蹈激昂、剽悍、旋律铿锵。跳舞的人有时就戴上各种面具，模仿一些动物的动作，非常活泼；另一种舞蹈就是赫赫玛克辛舞，这是女人舞。舞蹈动作优美、轻柔、悠缓、大方，飘飘欲仙。跳舞的人身上穿着女真人的彩衫或绣花长袍，脚上穿着寸子鞋，手腕、脚腕上都戴着大玉镯和铃铛，随着音乐声翩翩起舞，舞姿优美迷人。铃铛也随着脚步的动作发出悦耳而有节奏的声响，更增加了无穷的魅力。但这两种舞蹈都离不开这样一些动作：抖肩、摆翅、花步。抖肩有正抖肩、倒抖肩、甩抖肩、衬抖肩还有缓抖肩。摆翅有两手双摆翅，就是双手像大雁飞翔时的摆动一样抻开。这里有七十二个动作，有大展翅、凌晨摆翅、双摆翅、前摆翅、错摆翅、上摆翅、下摆翅、扇动的摆翅、曲肘摆翅、伸肘摆翅等。手指有时伸开，有时叉开，有时弯曲等。大展翅就是把手

---

① 阿勒给：满语，白酒。
② 奴勒：满语，黄酒。
③ 都木必：满语，跳。
④ 铜肯：满语，鼓。
⑤ 玛虎：满语，面具。

伸得非常直，微微地颤动着一只手向上扬，一只手向后背弯曲。反过来这只手放到头顶，另一只手甩到背后，前摆，后摆，上摆，下摆。两只手像在水中的鱼翅一样来回摆动，随之又出现很多的舞蹈动作，例：金鹤探水、鱼龙摆尾、彩鹊飞天、金童逗鹿、飞奔马、侧奔马、滚身马、双身滚马、双探手、双侧手、对探手、对侧手等等。另外，花步方面也非常有讲究，有骑马步、顿顿步、踢踏步、碎蹄步等。所有这些动作融合到一起，形成了女真人的独特舞蹈。褚文弼就曾经将女真舞蹈归纳出这样一首诗："手摆长鹤翅，云里鹤成行；反首望花篮，香花探手扬；叉肩双摆肘，池鱼卧水藏。"由于努尔哈赤特别喜欢跳舞，所以，褚英、代善等兄弟受阿玛的影响，也都喜欢跳舞。他们常常是即兴唱，即兴舞。皇太极受父兄影响，也喜欢跳舞。在他的"布库楼子"里，专门辟有一间"玛克辛包"。他选来很多青年男女在这里专攻"蟒式"舞。每逢年节，或者是努尔哈赤接待大明官员及李朝外宾，就让这些人依次即席表演，深得佳宾们称赞。李朝人也非常喜欢跳舞。赫图阿拉人能和李朝来人在一起欢聚、跳抖肩舞、汲水舞，招招式式，配合默契，引起李朝客人对赫图阿拉的称赞与怀恋。

此刻，舒尔哈齐完全被兄长和众位将军的歌舞所陶醉。他按捺不住自己激动的心情，也纵情地抖起双肩，左右双手随着乐曲声摇摆起来，口里喊着"赛音、赛音"①，双脚一跺一跺，缓缓地下场跳了起来。他跳着、跳着，就哭了，边哭边说："大哥，是我不对。我错怪您了，您打我吧。"说完，他又唱了起来。女真人的舞蹈就是这样，随着舞蹈动作可以即兴发挥，自编自演。舒尔哈齐唱道：

> 我这没记性的小燕啊，
> 又飞错了窝巢。
> 全凭母燕喳喳喳地叫，
> 又把我领回到
> 自己的窝里。
> 阿浑啊，
> 你申斥我吧，
> 怒骂我吧。

---

① 赛音：满语，好。

小燕我甘愿受罚……

阿浑得力！阿浑得力！

"阿浑得力"是满族舞蹈动作中，音乐旋律的缀尾音。它虽没有什么语意，但却表现了舞蹈情感的高潮。老哥俩忘记了疲惫。努尔哈赤拍了一下舒尔哈齐的屁股，边跳边说："我生死患难的好弟弟，你年岁不小了，儿女也一大帮了，再不要由着性子来。咱们要有骨气，要给孩子们做个好榜样。不要怕，只要齐心合力，胜利永远属于我们赫图阿拉。"兄弟俩紧紧相抱相舞，众人像众星捧月一般围着他俩纵情起舞。他们个个跳得汗水淋漓。舒尔哈齐看到大哥太累了，便搀着努尔哈赤坐到了他的汗王椅上。舒尔哈齐坐在他的身边。奴才们端上了香茶。此时，费英东、额亦都等大将，看见汗王爷兄弟回座休息，也都陆续归座。这时，扈尔汉悄悄地走了过来，在汗王爷耳边说："禀父汗，宝音姑娘来了。她听说父汗和众位王爷、贝勒、将军都在这儿聚会，想过来给大家请个安，并给大家献曲歌舞。"

汗王爷和众位将军每天忙于军务，当时战事也相当多。今天这个将军领兵出征了，过两天那个将军又走了。你来他走，像走马灯似的。汗王爷曾经说过，要跟宝音姑娘好好叙谈叙谈，可总是找不到一个适当的机会。现在，宝音姑娘要来给大家助兴，他求之不得，说："好哇，有请咱们尊贵的客人。"扈尔汉当众宣布后，忙退了下去。稍后，大厅里渐渐传来由远而近的马铃声和征马的嘶鸣声。只见那日松穿着蒙族的长袍和长马靴，带着十几个蒙族壮士、索伦壮士、栖林壮士边走边舞地进来了。

各位阿哥，让我手打恰拉器，摇着铜晃铃，亮起金嗓子，给众位即兴唱述汗王殿里此刻的激情美景：

只见他们
各个神采飞扬。
拿着半尺长的
铜箍小晃铃。
嘴里吹着欢快的口哨。
黝黑的马靴啊，
踏出忽缓忽急的节奏声，

第二章 鱼儿总要游归大海

铿锵有力。
只听大厅里
回荡起千军万马的奔腾声。
在这雄壮的奔腾声里，
在马头琴激越的旋律里，
人们仿佛进入了
风吹草低见牛羊的茫茫阔野，
又像进入了
幽深而玄秘的原始大森林。
泉水淙淙，
百鸟鸣唱。
小狍仔呼唤母狍，
母鹿呼唤自己的子女，
虎啸声、
熊嗥声交织在一起。
这些声响啊，完全来自
踏步、口技、乐器的交响合唱。
美妙的旋律，
多么自然而和谐，
犹如天籁之音。
真像品尝一席
美酒佳肴。

　　那日松的踢踏舞，赢得人们狂热的掌声。在我的激情讲唱中刚刚结束，紧接着，汗王殿里人未见，歌先到，一曲美妙的少女的歌声，回荡在耳边。"朱伯西"我也被这动听的歌声陶醉了，不由得摇响铜晃铃，放开嗓门唱起来：

努尔哈赤兄弟和众位将领，
走过了多少个地方，
听到过多少人歌唱，
他们都没听到过这样清淳、甜美的歌喉，
多么委婉、

多么动听、
多么迷人、
多么心醉,
简直就像降下天外之音。
一个个的心扉啊,
浸润在这甜美的氛围中,
多少人心情激荡,
多少人心驰神往,
闭上眼睛,细细品味。
宛如迈入一个奇妙的天堂。

只见彩帘拉开,彩铃悦耳,一位身穿蒙古盛装的少女,头戴金珠高冠,身穿珠饰红袍,袍沿和脖领围镶着北极狐皮的银边,穿双绣花彩铃小马靴。少女步履轻盈旋舞着来到努尔哈赤面前,翩翩下拜,莺声燕语:"尊贵的汗王爷,来自科尔沁的苦人儿给您施礼了。"她就是科尔沁草原的太阳,她就是科尔沁草原的月亮,她就是皇太极的救命恩人,她就是赫赫有名的宝音其其格。宝音其其格又来到舒尔哈齐和众将面前翩翩下拜。头一次看到宝音姑娘的舒尔哈齐,为宝音其其格的美貌而惊倒。褚英和代善也仅是随父汗感谢她对胞弟的救命恩,匆匆见过一面。宝音姑娘和妞妞当时女扮男妆,野外的风餐露宿,颠沛流离,使美丽的颜容蒙尘憔悴,没引起人们的瞩目。是赫图阿拉的灵气,赫图阿拉的山水,赫图阿拉的温情,赫图阿拉的美宴,将养了宝音其其格。宝音其其格高挑的身材,粉里透白的皮肤,水汪汪、毛茸茸的大眼睛,配上美丽的盛装,娇艳惊人。舒尔哈齐、褚英、代善都看傻了。怪不得齐说她是草原的明月、天上的百灵,果然名不虚传哪。

在众星捧月般地狂热掌声中,宝音姑娘跳起了娴熟的蒙古舞蹈,几个小伙子围着她跳着热情、奔放、欢快的蒙族"安代舞"。

中原有句古话:窈窕淑女,君子好逑。在女真人的古歌里也有这样一句话:春天的河水,能召来千百只雁鹅戏水;美丽的沙里甘居能引来上百个哈哈[①]的迷恋。谁见了这样美的姑娘,心情能不舒畅。男欢女爱,这也是人之常情。宝音姑娘跳罢一曲歌舞,汗王爷站起身来,舒尔

---

① 哈哈:满语,小伙子。

第二章 鱼儿总要游归大海

哈齐、额亦都、费英东等也一块儿站了起来。汗王爷和蔼而亲切地对宝音姑娘说道:"来,孩子,到我这儿来。"宝音姑娘按照女真人的礼节,恭敬地给汗王爷行了个"墩儿礼",接着,宝音姑娘慢慢地说:"汗王爷,宝音我有话要讲,不知当说不当说,请汗王爷示下。"汗王爷说:"星星虽小,能光照千里。姑娘你驱逐豺狼的勇气,我努尔哈赤非常钦佩。姑娘,有什么话,你尽管说。"

宝音姑娘情绪激动地说:"汗王爷,我非常钦佩赫图阿拉这里的人。我这个可怜的女真苗裔,从小就没了额莫和阿玛。一位慈祥的老奴把我拣去哺养,没过多长时候,这位可怜的好心人又被野兽咬死。黑水各部连年的征杀,又使后来抚养我的养父在战乱中丧命。汗王爷,多亏您的兵马赶到了。您的手下那日松将军救了我,把我带回到科尔沁大草原,我才有了第二个故乡。汗王爷,宝音我有一事相求。"努尔哈赤说:"姑娘,别说你有一件事,你纵有十件、百件,我都答应你,说吧。"宝音姑娘跪了下来,说:"汗王爷,我请求您不要把我送给多尔沙图汗。他是强盗,是我们蒙古人里的害群之马。我死也不会到他那里去。如果我连累了您们,那么我现在就走。我是不会让汗王爷您为难的。"努尔哈赤来到宝音姑娘身边,搀起宝音姑娘说:"赫图阿拉是迎接贵客的地方。你把美丽带到了我们赫图阿拉,这是我们的荣耀。姑娘,像你这样勇敢、正直的人,才是我们女真人的骄傲。你给我们女真人增了光,添了彩,你做得对。我努尔哈赤也绝不会做那些伤天害理的事,决不会把我们心中的月亮,女真人的小英雄送给那些强盗们。放心吧,姑娘。只要有我努尔哈赤在,有我们赫图阿拉在,就有你宝音姑娘在。来,姑娘,坐我这儿。"说着,他把宝音姑娘按坐在他自己身边的太师椅子上。

努尔哈赤很疼爱自己身边的晚辈们。他喜欢生龙活虎的儿子,更喜欢天真烂漫的姑娘。宝音姑娘到他身边以后,他发现宝音姑娘身上有许多与他众儿女不同的秉赋。她美貌、善良,而更多的是聪慧、明理和一般男儿都不具备的无畏性格。因此,努尔哈赤从内心倍加喜爱她。于是,努尔哈赤命查其纳把那串他准备进献给大明朝的东海彩珠项链拿来。努尔哈赤对宝音姑娘说:"宝音姑娘,我把它赏给你,就算是个见面礼吧。"宝音姑娘接过项链,给努尔哈赤深施一礼,说:"多谢汗王爷赏赐。"在座的各位见汗王爷把这么贵重的东西赏给了宝音姑娘,就知道汗王爷对宝音姑娘有多么器重。舒尔哈齐也不再提把宝音姑娘送走一事。此事也就不了了之。

一天，努尔哈赤召集舒尔哈齐、额亦都、费英东等人正在议事。皇太极、扈尔汉和查其纳匆匆走了进来。他们几人给努尔哈赤见过礼后，皇太极说："禀父汗，孩儿有要事禀报。"努尔哈赤说："有什么事，你说吧。""我们发现了一个很重要的情况。查其纳，你把昨天的事跟我阿玛说说。"查其纳走过来跪到汗王爷面前说："启禀汗王爷，昨天头晌，奴才受八贝勒之命，带着几个护卫，陪宝音姑娘和妞妞游玩。奴才把她们领到了西山上。我们在那儿打了两只山鸡，又进了西山道口。汗王爷您知道，那是通往抚顺关的要道。我们在一个山坡的下面，看见了一个小狍子。宝音姑娘拿着箭打马去追，我们紧随其后，可是，山路太陡，小狍子钻进树林不见了。我们找了半天没找着，就牵马往回走。突然前面的榛柴棵子里似乎有声音。奴才以为是刺客，就让两个人保护宝音姑娘。奴才带着另外几个人包抄过去，到了近前，里头的声音没了，可树叶还在动。我们冷丁冲了上去，这时里头跳出一个人来，拿着刀向我们扑来。奴才急忙迎了上去。他哪里是奴才的对手，很快就被奴才逮住了。有一个人借机想跑，被我们的人给抓了回来。他们一共有三个人。汗王爷，您猜？这里有谁？""谁？"查其纳看了看坐在旁边的舒尔哈齐。汗王爷说："咳，有什么话痛快儿地说。吞吞吐吐干什么？"查其纳说："有褚良弼先生。汗王爷，奴才讲的句句是实，没有半点谎话。"

查其纳一说出褚良弼的名字，像天空中响了一声炸雷，在场的人一下都惊呆了。舒尔哈齐更是吃不住烙铁。他的脸上白一阵、红一阵的，连声说："这，这，这，这是怎么回事？我一点也不知道哇。"汗王爷说："你不是多次下保证，说你了解他们吗。现在你又说不知道啦。你呀，脑袋就是简单，很多事情都坏在你身上。"努尔哈赤两眼怒视着舒尔哈齐。这时，气氛马上紧张、沉闷起来。舒尔哈齐和褚英他们也都慌了神，不知怎么办好。努尔哈赤问扈尔汉说："扈尔汉，这到底是怎么回事？"扈尔汉答道："禀父汗，经过这一夜的审问，我已经弄清了他们的身份。父汗，由于军情机密，有些事暂时还不便公开讲。"

其实，很多事情都在努尔哈赤的预料之中。建州的势力发展得这么快，不仅在于地利人和，更主要的在于努尔哈赤运筹帷幄的指挥。它周围的几大部落，包括哈达部、叶赫部、辉发部、乌拉部以及大明朝，都非常怕它。努尔哈赤和明朝及周围几个部落之间的征战，就像下棋一样。棋盘上的主动，全是靠棋手的沉着冷静和聪明决断争取来的。那么，努尔哈赤是怎么下这盘棋的呢？

说书人向你们详细地讲一讲。古往今来，征战双方要想取得胜利，最重要的一条，就是要将对方的情况了如指掌，掌握对方的一切动向、意图和兵力安排，采取相应的措施。只有这样，才能使自己立于不败之地。努尔哈赤非常讲究知己知彼的战术。他通过几年的观察，选中了几个人。其中，最满意的就是他的干儿子扈尔汉。扈尔汉精明、强干、多才多艺，是努尔哈赤的心腹之人。努尔哈赤常带着褚英、代善和扈尔汉外出，回来之后他就问这些人："你们这一路上都看到了什么？"不少人都说不出个子午卯酉来。可是要问到扈尔汉，扈尔汉就能把这一路上看到的、听到的，都具体地、形象地描绘出来。比如说：碰到了什么人、物、鸟、兽，路过了什么地方，哪儿有什么亭台，哪儿有什么标记，他都能说清楚，而且次序不乱，就像他脑子里有记录一样。努尔哈赤非常惊叹扈尔汉有如此天赋！努尔哈赤常说："扈尔汉的眼睛里有神。"意思是说扈尔汉对什么都留心，什么事情都逃不过他的眼睛。努尔哈赤常命扈尔汉化装出去了解情况，打探对方的秘密。扈尔汉勤勉地调查工作，为努尔哈赤在指挥战斗、排兵布阵上提供了准确的情报，令努尔哈赤非常满意。赫图阿拉打起仗来总是立于不败之地，勇敢团结是一方面，更重要的是努尔哈赤事先有这方面的安排。所以，他才能成为常胜将军。

努尔哈赤非常欣赏大明朝刘伯温的卜测之术。刘伯温是明朝朱元璋身边的一位大军师。他神机妙算，赛过三国时代的诸葛孔明。努尔哈赤在李成梁身边的时候，军中有一个马官叫"张果老"，这个人忠厚善良。因为他长得像八仙里"张果老"的模样，所以，大家都叫他"张果老"。小努尔哈赤非常聪明、机灵，也挺勤快。"张果老"挺喜欢小努尔哈赤。到了晚上，他们一起在马厩的草垛里睡觉。努尔哈赤最爱听故事，也最喜欢跟"张果老"打连连，一到晚上，他准躺在"张果老"的怀里，听"张果老"讲故事。"张果老"就给他讲刘伯温的传说。努尔哈赤对刘伯温的兵法知道得这么多，都是"张果老"给他讲的。这也许是老天的安排。那时，努尔哈赤是当故事来听的。后来，这些故事中的一些事，就像是一本兵书，帮了努尔哈赤的大忙。努尔哈赤起兵以后，他最想的人除了他慈爱的额莫以外，第二个人就是"张果老"。努尔哈赤像对待自己的玛法一样尊敬他、想念他。

刘伯温说过这样一句话："凡事有阴阳之术，知阳而洞其阴，知阴而驭其阳。阴阳双测，兵家若神。"这些话是说：什么事情都有阴阳两方面。阳是指表面的，能看到的东西。阴是指潜在的，看不见的东西。

雪妃娘娘和包鲁嘎汗

打仗也是一样，打仗的时候，你能看到战场上奋力拼杀的士兵，但是对方老帅的脑袋里想些什么，你却看不到。"知阳而洞其阴"，表面的东西你知道，更主要的是要洞测它潜藏的东西。"知阴而驭其阳"，你知道他潜藏的东西，再驾驭它表面的那部分。这样的话"阴阳双测"，既知道他表面的现象，又知道他暗地里的东西，表里都知道了，你打起仗来就像有神指挥一样。刘伯温讲的这些话，努尔哈赤总是记在心里。并且举一反三，充分地发挥了刘伯温的战术。明朝为什么这么敬重他，对他又怕又防，还很尊敬他，关键就在这儿。刘伯温还有很多话，如："用兵如神，贵在快速；用兵在巧，贵在夺智；用兵在坚，贵在开隙；用兵在体，贵在养心。"这些话深含机理，为帅者不可不晓，都是非常重要的兵书。这些用兵之策在努尔哈赤整个军事部署中，起到了非常重要的作用。

　　自打褚文弼、褚良弼哥俩到赫图阿拉不久，努尔哈赤就布置扈尔汉秘密监视褚家兄弟。后来，扈尔汉发现，褚文弼还挺本分，不是为赫图阿拉的旗兵看看病，就是教授一些汉学知识，讲些故事。可褚良弼却不像他哥哥，他虽然在八旗兵里也做了不少事，写了不少书，但是这个人很不检点，好显示、卖弄自己。褚良弼的行为，引起了扈尔汉的注意。扈尔汉表面上也常到褚良弼那儿去求教，跟褚家兄弟的关系也很融洽，暗中却在监视着褚良弼的一举一动。二王爷舒尔哈齐没有发现，文弼、良弼兄弟俩也没察觉此事。二王爷舒尔哈齐的女儿穆哈格格嫁给了李成梁的儿子李如柏，做了李如柏的小妾。舒尔哈齐常去辽东看姑娘。后来，努尔哈赤不同意舒尔哈齐这样做。他说："你是赫图阿拉的二王爷，没事不要总往李成梁那里跑，会降低你的身份。有什么事，让孩子们去就行了。"自打褚家兄弟来了以后，良弼就主动把这份差事揽了过去。有时舒尔哈齐和福晋想给格格什么东西，良弼就骑马给送到抚顺。舒尔哈齐的格格有啥信儿，他再捎回来。时间长了，这条路都让良弼跑熟了，他现在就是闭着眼睛都能走到。后来，褚良弼就被明朝拉拢过去，成了李成梁安插在赫图阿拉的眼线，也该着是褚良弼他咎由自取。这次他和李成梁派来的色刻①在西山秘密接触，被查其纳抓了个正着。

　　那么，褚良弼是怎么一步一步跟明朝的色刻联上手的呢？这事说来很有意思。有一次，褚良弼又受舒尔哈齐之命，到辽东李成梁府给二格

---

① 色刻：满语，探子。

第二章　鱼儿总要游归大海

格送一件福晋亲手做的旗袍。他办完事以后，没马上回赫图阿拉去交差，而是来到街上闲逛。他逛了一会儿，感觉肚子有些饿。于是，就在一个临街小店门口的小吃摊儿上，吃了一份煎饼卷果子，喝了一碗豆腐脑。他吃完起身擦擦嘴，交了一文大钱，刚要上路，就听有人高声喊叫："君子算卦，君子算卦。"褚良弼觉得有些可笑。"君子算卦"，是说让他算卦的就是君子，不让他算卦的就是小人呗，这是变着法儿的在让人找他算卦呀。褚良弼循声望去，只见路对面有个卦摊。他心想：我看看他到底能算出来什么？于是，褚良弼牵着小毛驴来到了路对面，把缰绳系到了一棵小柳树上，到了喊"君子算卦"人的卦摊前。这个小摊摆设得挺雅致，平地上放着一张小桌，桌前围着一个帘，帘上画着八卦图，算作他的幌子。桌子的一头放着一些占卜用的书和一个卦签儿盒，盒子里头放着一大把抽签用的签子，桌子的另一头放着一个挺大的大扇子。卦摊儿的上面支有一个篷子，篷子上苫着遮阳布。篷子里坐着一位六十多岁的老先生。老先生留着八字胡，身穿长袍，头戴一顶瓜皮小帽。他戴着玳瑁框大眼镜，非常突出，是个老花镜。镜片非常厚，镜腿都没了，用两根绳套在了耳朵上。这时，算卦人还在那卖力地喊着："君子算卦，君子算卦"。

褚良弼到了卦摊儿的跟前。算卦人一看来了主顾，很高兴，忙站起来说："先生您好。先生请坐。"他把褚良弼让到了他旁边放着的，一个用竹子围成的挺新的靠背椅上。良弼也没客气，就坐下了。良弼刚坐下，那个算卦人就上下打量着他。良弼被他看得莫名其妙。算卦人看了他半天，很是惊讶，抱拳施礼道："哎呀！先生，您并非等闲之辈呀。您是一位从远地而来的大人。小的能见着大人，真乃三生有幸啊。"他这一席话，把良弼说得心里一震。舒尔哈齐曾经多次跟他说过："你路上千万要小心，可不能出乱子。我大哥要是知道了，事情就麻烦了。"良弼一再保证："二王爷，你放心。我事事谨慎，处处小心，不会出事的。"也还别说，他几次到明朝地界来，还真没出什么事。褚良弼今天听这个算卦人这么一讲，着实地吓了一跳。哎呀。他怎么知道我不是明朝人，是从远地而来的？难道我露馅了？算卦人又说："先生您不是一般人，您是位很有文化的人哪。我看您满身生辉呀。"褚良弼问："你根据什么说我满身生辉呢？"算卦人说："先生您看不到，我算卦人能看到。您满面红光，现在正是走运之时呀。若论这个'辉'字也好哇。"褚良弼问："'辉'字还有讲究吗？""那当然有讲究了。'辉'字是众光之辉呀。一个光怎么能那么亮呢,众光集一起才能成辉呀。您在的地方是众光所聚的地方。您就从那儿来。"褚良弼又问:"众光所聚为'辉'。什么地方是众光所聚之地呢?""那还用说吗?"算卦人小声对褚良弼说:"你肯定是从老'赫'家来的。"他这话反倒把褚良弼给说糊涂了,他一时没明白他说的老"赫"家是什么意思。算卦人拿出一张纸,沾了点墨,写了一个赫图阿拉的"赫"字。褚良弼心里一惊,脑袋"嗡"地一下,他怎么知道我是从赫图阿拉来的呢?我哪儿露馅了呢?不行,我得好好盘问盘问,他究竟是怎么知道的。

褚良弼正在疑惑不解。那个算卦的先生笑着说:"先生,您不要瞒我。我前知五百年,后知五百年。不是向您吹,八卦在我手中,就像我请下了大唐神师袁天罡一样,不,我就是袁天罡在世。先生,您要诚实地回答。我说得对不对?"褚良弼是个文人,不会撒谎,只好点头回答道:"先生,你说得完全对。"算卦先生接着说:"对就好。您说吧,您想求什么?这样,您在纸上写个字,随便写,写什么都行。我就能知道您现在都干些什么,您将来会怎么样。我马上就能测出来。"褚良弼一听,这个先生还越说越神了,也不知他说得是真的还是假的。褚良弼索性把墨笔拿过来,沾了点砚台里的墨,随手在纸上写了一个"良"字。算卦先生看了看,很内行的说:"祝贺您,先生。您写的这个'良'字好哇。'良'字是'艮'字基,'艮'字是八卦中的一卦。'艮'在东北方,可您在这上头多这么一个点,这个点可就不那么一般了。它是'艮'字之外飞来的'闲客',这个'闲客'是谁呢?不用说,就是您自己。啊,您原来准不在辽东。您肯定是从外地到那儿的。对不对?"算卦人又接着说:"八卦中的'艮'字是非常有讲究的。'乾三连,坤六断,震仰盂,艮覆碗'。'艮'字在八卦中是"☶"。从天道上解析,"☶"上头一横,下头两个断的二横。一横为天,下头两个断的两横像天上飘渺的云彩。对呀,这个'闲客'同天上飘渺的云彩多么相似啊,'云'乃天游之物,无着无落。这可能暗喻先生您的处境,您是身在他乡为异客呀。好在您人缘还行,为'艮基'所吸,不摇不动。您就像碗一样扣到那儿,那地方的人还挺欢迎您。我说的对不对吧?"这个算卦人很自信地问褚良弼。褚良弼这回没话可说了,并且从心里非常佩服这位算卦先生。褚良弼恭敬地说:"请问师傅,您看这个字还能讲出什么?"算卦先生就着这个字,又开始给他分析了:"您到了那儿以后,被奉为上宾,地位很显赫。为什么这么说呢?因为'良'字的上半部是个

第二章 鱼儿总要游归大海

233

'白'字。'白'是清白,没有污点,而且高居在上,说明人家待您为上宾,非常敬重您。"白"字古文译谓"说"字,若测您是干啥差使的?从字面上可见,白字即为'说',一般都是训教别人的。您做人家的先生,对不对?"褚良弼说:"对,您说得对。您接着说。"算卦先生见自己抓住了褚良弼的心理,又得意地顺情说:"人家非常敬奉您。您像一根高柱子,被竖起来了,顶天立地地立在那里。另外,我断定您未来会吉祥如意。您写的'良'字下端'字基',不但有根顶天立地的立柱,而且,有个交叉的'卐'字,这是'万'字根,什么意思呢?这表示您事事遂心如意,无论到哪里都万事亨通。就因为您有这个运气,主人用起您来得心应手。您一准是受主人之命出来办差的吧?"这个算卦人口若悬河,说得头头是道。褚良弼佩服得五体投地。褚良弼禁不住问他:"师傅,您怎么说的这么准呢?您在哪学的?"算卦先生说了:"我的这些学问,不是一天两天就能学到手的。您要是有兴趣,以后就常来我这儿,我慢慢教您。"褚良弼很佩服这个算卦先生,觉得先生的学问高深,看事准确。

从这儿以后,褚良弼每到抚顺来办事,必看望这位算卦先生,并和算卦先生聊上一会儿。一来二去,俩人成了朋友。这个算卦先生交际很广,领褚良弼认识了不少明朝的将领。随着时间的推移,算卦先生的身份也露了出来。原来,明朝为了防范赫图阿拉派人到明朝刺探情报,把一些人安排在各行各业,以便随时掌握各方面的动态。实际上,他们都是明朝的色刻,专门负责调查和监视对大明朝不满的人。褚良弼知道这一情况后,大吃一惊:哎呀,这可怎么得了,汗王爷要是知道了,不得要我的命吗。但这时已经晚了,褚良弼在和算卦先生闲聊的时候,已经把赫图阿拉的很多情况都讲了。褚良弼非常后悔,想中断与算卦先生的联系,算卦先生威胁他说:"你可以不和我们再来往。到那时,我们就把你跟我们所讲的话都抖搂出来。努尔哈赤和舒尔哈齐要是知道了,绝饶不了你。你还是好好考虑考虑吧。"褚良弼没办法,只好继续保持着与算卦先生的联系。后来,李成梁又亲自接见了他,对他大加嘉奖,并授与他备御之衔。备御在明朝属六品官员。就这样,褚良弼彻底地成了明朝安插在赫图阿拉的一个色刻。

褚良弼回到赫图阿拉以后,对他在明朝所遇到的事只字不提,甚至连他的哥哥褚文弼一点都不知晓。开始的时候,褚良弼做事非常谨慎,处处小心。俗话说:"江山易改,秉性难移"。时间一长,褚良弼就又管不住自己了，遇到什么事，他总想发表点议论。这对他来说，是一大忌。比方说：舒尔哈齐和努尔哈赤二人出现争执的时候，人家褚文弼就不吱声。可褚良弼就不管那套，对努尔哈赤品头论足。他曾经说过这样的话："汗王爷总是欺负二王爷。"咱们前书已经讲了，褚良弼还曾经自作聪明地用曹植的诗来比喻这件事。他以为女真人不懂他话里的含义，但他忘了，女真人是一个非常好学的民族。他们为了学习汉文化，不惜花重银从明朝请来汉人师傅。努尔哈赤小时候在辽东呆了几年，对三国里面的一些故事情节都清楚，虽然他现在岁数大了，又有统帅八旗兵的重任，但他也抽空学习汉文。他的孩子们更是如此。只有舒尔哈齐不学无术，不明白这首诗的意思。那天吃饭的时候，努尔哈赤佯装不知，问八儿子皇太极。皇太极也以为他阿玛不懂。后来汗王爷逼着让他讲，说想看看他汉文学得怎么样，要考考他。没办法，皇太极就给汗王爷解释了一遍。

其实，不仅明朝李成梁往赫图阿拉安插了色刻，努尔哈赤为了掌握大明朝的内部情况，也早就悄悄地派扈尔汉乔装成酒贩子，带着"蔡八桶"老人的"八桶香"酒，多次进抚顺关，到铁岭卖酒，并与李成梁大帅府内的总管家宁贵接上了头。宁贵是宁福之子。宁福是努尔哈赤赏给舒尔哈齐的，是舒尔哈齐之女穆哈格格嬷嬷的畏根。穆哈格格是嬷嬷一手带大的，她跟嬷嬷的感情很好。穆哈格格出嫁以后，把嬷嬷一家人也一同带去了。宁福夫妇俩随着穆哈格格到了李如柏的府上。宁福诚实勤快，又会办事，很得李如柏的赏识。不久，李如柏又将嬷嬷的儿子宁贵介绍给了父帅李成梁。宁贵机灵勤奋，没过几年，就成为李成梁府内的一个管家。宁福父子俩虽然人在辽东，心却向着汗王爷努尔哈赤。后来，努尔哈赤让扈尔汉跟他们取得了联系。通过宁贵，努尔哈赤了解了李成梁那里不少的情况。褚良弼成了明朝的备御，帮李成梁干事。努尔哈赤很快就知道了。努尔哈赤多次劝舒尔哈齐，可舒尔哈齐鬼迷心窍，就是不听。努尔哈赤又不能明说，弟弟脾气火爆，肚里装不住话。这些情况要是告诉他，弄不好就会传出去，断了自己安插在李成梁那里的一根暗线。宁福父子俩这么多年的努力就白费了。舒尔哈齐不知其中的奥妙，他觉得李成梁和大哥的关系不错，自己和李成梁又是亲家，派褚良弼到那边去帮自己办些事都是很正常的，大哥却横加干涉。他认为大哥心胸狭窄，对努尔哈赤产生了误会。

努尔哈赤为了放长线钓大鱼，并没把褚良弼马上抓起来，只是派人

第二章 鱼儿总要游归大海

进行暗中监视。说书人说过，赫图阿拉把守得非常严，不是什么人都能随便进出的。为什么褚良弼他们那么随便呢？这也是努尔哈赤的计谋。努尔哈赤为了了解更多的情况，有意地麻痹褚良弼，既不抓他，也不管他，只是派人暗中监视他。后来，努尔哈赤看褚良弼越来越放肆，便借"七步诗"之由，派人到他三弟那里把褚良弼叫来。努尔哈赤为了不被明朝察觉，把褚良弼的哥哥褚文弼也一块叫了来。努尔哈赤把褚文弼放到自己的身边，给自己当个文书，授予他三等笔帖式的职衔，待遇要超过在舒尔哈齐那里，对褚良弼也没显出特别强硬的态度，只是稍加处罚。努尔哈赤是怎么处罚的褚良弼呢？当时关东一带的山参非常有名，价钱很高。所以，努尔哈赤专门组织一些人去采参、晒参、晾参，然后卖参，用一部分银两在明朝的集市上购买生活及生产用品。努尔哈赤就把褚良弼派到挖参营子干活去了。挖参营子紧挨着大明疆域，很容易过界。努尔哈赤知道褚良弼肯定对罚他干体力活儿不满，他还要和大明联系，就暗派查其纳带人秘密监视，看他每天都干些什么，然后向扈尔汉通气。乍开始的时候，褚良弼跟大伙一块挖参，没什么举动；过了两天，他开始露馅儿了。有的时候他半夜偷偷溜出土马架子，跑到树林子里学猫头鹰叫，招来一个不明身份的人。他们在一起嘀咕了一阵儿以后，又各自分开；有的时候他趁白天干活的机会，跑出去跟那个人碰头。扈尔汉慢慢摸清了他的行踪轨迹，马上禀告给汗王爷。汗王爷吩咐下去："你们瞅准机会，擒获褚良弼。"

说书人在前段向各位阿哥仔细介绍了褚良弼被抓的经过。扈尔汉不想当着众位将军的面，把此事细说。努尔哈赤见此情景，说："也好，此事应该谨慎处理，就按你说的办吧。"费英东、额亦都、何和礼等众位大人知道另有军情要事，也就叩别了汗王爷退了出去。

费英东、额亦都、何和礼等大人走后，大厅里就剩下了舒尔哈齐、褚英、代善等人。舒尔哈齐站起身，非常内疚地跟努尔哈赤说："大哥，我错了。我头脑太简单，给咱们赫图阿拉带来了麻烦。大哥，您怎么罚我都行。"褚英身兼城监管理大任，也过来给努尔哈赤跪下了，说："阿玛，褚英失察。这么大的事，我竟然一点都不知道，请阿玛治罪。"努尔哈赤态度和蔼地说："三弟、褚英，你们都起来吧，现在不是讲这个的时候。你们几个坐在一边儿听听，查其纳，你去把宝音其其格叫来，我想让她也参加这次庭审。"查其纳答应一声出去了。努尔哈赤继续说："我想重用宝音其其格。这个小姑娘你们可别小瞧，她是蒙古科尔沁莽古思贝勒的妹妹养大的人，后来又住进莽古思庄园，成为莽古思贝勒的掌上明珠，与莽古思的儿子、庄园的总管家色音布尔有兄妹之谊，在草原很有威望。蒙古扎鲁特部等也都知道她的大名。她熟悉蒙古，通晓蒙语和当地习俗。这有利于我们和蒙古北部、西部草原建立起更有益的关系。你们要明白我的用心，再不能做对咱们赫图阿拉不利，使亲者痛、仇者快的事了，明白吗？"舒尔哈齐和褚英他们低头应道："谨遵大哥、阿玛之命。"

努尔哈赤很早就关心科尔沁的情况，并且想了解神秘的科尔沁草原。科尔沁的疆域在蒙古部落里是最大、最富庶的。整个嫩江、脑温江流域的西部大部分，都被科尔沁的几个部落占有，它比任何一个蒙古部落占的地方都集中。由于它位于西北，地处偏僻，别人不太容易攻打他们。所以，蒙古各部都想把它据为己有。科尔沁的倾向性对蒙古各部影响也很大。长期以来，科尔沁和乌拉部的关系就很好，他们有几代的关系，而且，科尔沁跟叶赫部的关系也非常近。科尔沁是乌拉部和叶赫部后方补给的重要基地。努尔哈赤知道，要攻打乌拉部，战胜布占泰，不单单要砍断他东海窝集部的那些树根，还要掐断他的大动脉，断了他的血源，科尔沁就是他主要的输血管。如果把科尔沁征服过来，再制服布占泰的乌拉部，就会马到成功，信手拈来。另外，自己也就没有后顾之忧了。可以这么讲，努尔哈赤这几年朝思暮想的事情，就是如何能与科尔沁联手，这就是努尔哈赤派扈尔汉到那么远的地方去贩马、贩酒的根本原因。他希望扈尔汉能打通赫图阿拉与科尔沁的关系，抓住了科尔沁，就等于抓住了蒙古，抓住了大明，也就断了乌拉、叶赫部的野心。

汗王爷努尔哈赤和科尔沁过去打过交道。当年科尔沁莽古思兄弟和乌拉部、叶赫部等组成九部联军，攻打过努尔哈赤，被努尔哈赤打得落花流水。莽古思知道努尔哈赤厉害，不敢惹赫图阿拉，但他和乌拉部、叶赫部始终保持着密切的联系。这几年，努尔哈赤忙于自己的内务，既然科尔沁没干扰他，努尔哈赤也就没多理会。不过，努尔哈赤始终对科尔沁部密切注视着。科尔沁发生的一切事情，都有色刻密报给努尔哈赤。所以扈尔汉能及时出现，帮助宝音其其格和色音布尔赶走喀尔喀的兵马。这都是扈尔汉为实施努尔哈赤的计划，所进行的一个步骤。这些舒尔哈齐哪知道底细。费英东和额亦都根本不知道。宝音其其格在科尔沁的声名，以至后来的出走，努尔哈赤也稍有耳闻。他原本就想派人出去寻找宝音其其格，使这颗草原的明珠落到赫图阿拉。努尔哈赤同时

第二章 鱼儿总要游归大海

237

也想到了，如果宝音其其格到了赫图阿拉，李成梁肯定会大做文章，帮助喀尔喀部找茬儿对付自己。但是要想与科尔沁联上手，帮助自己成就大业，就顾不了那么多了。可茫茫草原，到哪里去寻找陌生的宝音其其格呢？真是吉人天相，有天神阿布卡恩都力的安排。八贝勒皇太极竟在出去打猎的途中，遇到了宝音其其格，并得到宝音其其格火中援救，这是多么难得的巧合啊。皇太极盛情邀请，宝音其其格跟随皇太极来到了赫图阿拉。

这时，宝音其其格在查其纳的引领下，走进了汗王殿。宝音其其格给两位王爷和贝勒们见了礼。努尔哈赤对宝音其其格说："宝音姑娘，昨天的事你也知道。一会儿，我想让你来审理此案。你看怎么样？"宝音其其格从未审理过案件，见汗王爷将这么重要的担子放到自己肩上，怕自己难以胜任，忙下跪说："感谢汗王爷对我的信任。我宝音怎能担此重任？"皇太极本来对宝音其其格就有一种爱慕之情，也希望宝音其其格能在自己的父汗面前发挥出她的聪明才智，以得到父汗的赏识，就鼓励宝音其其格说："宝音，不要怕。我父汗说让你审，你就不要推辞了。"扈尔汉也说："宝音姑娘，汗王爷这么信任你。你就听从汗王爷的安排吧。"汗王爷说："宝音姑娘，你就别推辞了。你也看出来了，我们也没把你当外人，我让皇太极和扈尔汉帮着你。我相信，你有这个能力。我想喝杯茶，歇一歇。怎么样，宝音姑娘？"努尔哈赤这么一说，宝音其其格也就不好再推辞了。查其纳老人走过来说："姑娘，请上座。"老人引着宝音其其格，沿着右侧的台阶阶壁，一步一步地走上了汗王的御阶。

宝音其其格坐到了汗王椅上。汗王椅的前面是一个非常厚的椴木雕刻的大几案。案面上雕刻着一个有翅膀的老虎，老虎脚下踏着一团祥云。女真人有这样一个习俗，就是"以西为大，以长为尊"。"以西为大"，主要表现在佛龛、祖像、墓地的方位和房间、坐席的位置上。佛龛、祖像要供在帐包或房屋的西北角上；墓地也是以西为大，按辈排列；住房及坐席也都是以西为大。宝音其其格的西侧坐着皇太极，东侧是扈尔汉。努尔哈赤坐在西上首的一张大红木椅子上。东边并排摆放着几个靠椅，上首坐的是舒尔哈齐，中间坐的是褚英，下首坐的是代善。查其纳老人站在宝音其其格的身后。

宝音其其格自从到了科尔沁草原，在莽古思贝勒那里长了不少见识。她也曾看过莽古思贝勒审案、断案。所以，努尔哈赤让她审案，她并不感到十分棘手。宝音其其格站起身来,向努尔哈赤又施一礼说:"那我就谨遵汗王爷您的吩咐,来行此事了。"汗王爷说:"这就对了。我既然把这差使交给你承担,你就大胆地去做。谁要敢有藐视你的心,我绝饶不了他。"这时,宝音其其格吩咐查其纳:"查其纳老玛法,请您把褚良弼带上来。"查其纳老人答应一声,马上出去。

不大工夫儿,老人把褚良弼带来了。只见褚良弼身上戴着枷锁,一根非常粗的大铁链子套在了脖子上。铁链子的两头,分别绑在了两只胳膊上。脖子下面还牵拉着一根粗铁链子,成人字形分开,把他的两只脚也分别套住了。褚良弼来到台阶下面,一扫往日趾高气扬的神态,"扑通"一下跪在地上,像小鸡叨米一样,一边磕头一边说:"汗王爷饶命啊,汗王爷饶命啊。"说着,说着,痛哭流涕地大嚎起来。宝音其其格厉声说道:"别哭了,抬起头来回话。"褚良弼万万没有想到,说话的竟是一个年轻女子。他觉得挺奇怪,按照这位女子说的,马上抬起头来。大伙看见,没几天的工夫,褚良弼就完全变了模样。只见他满脸灰垢、头发蓬松、胡子挺长,消瘦了许多,后头的辫子披散在肩上。褚良弼这时也看清了,原来汗王椅上坐着一个姑娘,自己以前没见过。这个姑娘的西边坐的是八贝勒皇太极,东边是扈尔汉。西边上首坐着汗王爷,东边坐着二王爷舒尔哈齐和大贝勒褚英、二贝勒代善。二王爷正瞪着眼珠子瞅着他呢。他吓得慌忙跪地,给二王爷舒尔哈齐磕起头来:"二王爷,我对不起您哪,我连累了您。"舒尔哈齐气坏了,把桌子"啪"地一拍,说:"你个大胆的奴才,没有良心的败类。赫图阿拉哪点对不住你。我待你又怎样,啊,你竟做出这样的事来。"这时,宝音其其格说:"请二王爷息怒。"坐在一旁的努尔哈赤也说话了:"哎,老三,现在主审官是宝音姑娘,咱们就别随便插嘴啦。"舒尔哈齐怒气未消地坐了下来。宝音其其格说:"褚良弼,你听好了,我就是你们要找的宝音其其格。汗王爷和二王爷大发慈悲,将你收留下来,给了你这么多的照顾,你却见利忘义,恩将仇报。说,你都做了哪些对不起汗王爷和二王爷,对不起赫图阿拉的事?你要老实交代。"褚良弼抵赖道:"我没做什么呀。"他刚说到这里。舒尔哈齐气得听不下去了。他又站起来,骂道:"你个混账东西,都什么时候了,还他妈的嘴硬……"话未说完,一口鲜血涌了上来,舒尔哈齐当时就昏过去了。事情发生得很突然,站在一旁的护卫马上跑过来,搀扶住舒尔哈齐。努尔哈赤着急地说:"你们快把二王爷搀下去,找几个郎中给二王爷看看。"护卫搀扶着二王爷往外走。努尔

第二章 鱼儿总要游归大海

239

哈赤又吩咐道："褚英、代善，你们两个也去照看照看你三叔。"二人应道："喳。"就和两个护卫一起，背着昏迷不醒的舒尔哈齐下去了。

人一连走了几位，大厅里显得空旷起来。汗王爷努尔哈赤对宝音其其格说："姑娘，咱们换一个地场审他，怎么样？"宝音其其格说："行啊，一切都听汗王爷的。"于是，他们几个都退出了大厅。查其纳带着几个护卫，押着褚良弼，跟着他们，进了正厅后面的一个走廊，往右拐，出了门，到了另外一个院子。院里有一个人造湖，湖里有一个假山。院子的一侧是一个走廊，走廊上头有篷子。院子的另一侧有一个食坊。顺着走廊往右拐，就到了后堂。后堂是努尔哈赤的密室。说书人过去讲过，努尔哈赤经常在这里跟自己的亲信商讨军情秘事。密室里一共有四张桌子，每张桌子周围都有三张虎皮椅。地上铺着用熊皮做成的地毯，地毯上锈着白花。由于是宝音其其格负责审案，所以，宝音其其格就坐到了正面的虎皮椅上。汗王爷、皇太极、扈尔汉分别坐在了另外三面的虎皮椅上。查其纳把褚良弼拉到了地中间。

室内格外肃静。褚良弼跪在地上，一动不动。褚良弼知道，自己犯下了杀身大罪，怎么样都是死罪了，就抱着死猪不怕开水烫的顽固态度，想一字不吐。

宝音其其格格命查其纳老人把褚良弼身上戴的铁锁解下来，又命护卫抬来一个木椅让他坐下，褚良弼不敢落座。宝音其其格说："褚先生，我们知道你上了李成梁的当，才干出这等丑事。你坐下，把事情说清楚，汗王爷是会宽恕你的。"褚良弼对宝音其其格说的话根本就不相信，他心想：我要是说了，汗王爷不把我五马分尸就不错了，还能宽恕我？你骗谁呢？所以褚良弼听了宝音其其格的话以后，便说："格格，你不要费事了，我只求能让我痛快的死了就行了。"宝音其其格见此情景，知道再这样僵持下去也没什么意义，便命查其纳老人把褚良弼先带下去，再审明朝色刻。

没过多大一会儿，明朝色刻被带了上来。这个人也还真有些骨气。只见他戴着一副深度眼镜，毫无惧色，挺胸抬头，身上虽然带着锁链，却走得稳健有力。护卫们让他跪下，他置之不理，气得两个护卫照他后腿"叭、叭"踹了两脚。他"咕咚"一下，趴到了那里。宝音其其格对扈尔汉说："扈尔汉大哥，你来问吧。"扈尔汉点点头，高声问道："下跪之人可是刘扁头？"明朝色刻一听，心里一惊，暗想：他怎么知道我的外号？难道他真会算卦？不，我先不能承认，看他还有什么话讲。于是，他也不答话，故作镇静地跪在那里。扈尔汉又说道："刘扁头，不要再装了。你以为我不知道吗？你不就是那个在铁岭街上摆摊算卦的吗？我问你，你算没算出来，你会有今天？现在，你当着我们汗王爷的面，当着八贝勒和宝音姑娘的面，你再算一算吧。"那个被叫做刘扁头的也非常狡猾，他抬起了头，对扈尔汉抱一抱拳，说："将军明鉴。将军，我那都是骗人的，只不过是为了混碗饭吃。"扈尔汉厉声喝道："住口！就是你那几句骗人的鬼话，使褚良弼上了你的当，背叛了赫图阿拉。你还有什么可说的。"那个刘扁头还想继续抵赖，扈尔汉接着说："你以为我们不清楚你的来历吗？你是李成梁派来驻守辽东铁岭卫步兵司的参将。你做的那些坏事，早就记在我们的账上了。"扈尔汉几句话，把刘扁头的老底给揭出来了。刘扁头一下子傻了眼，心中不由暗暗佩服。自己过去总认为赫图阿拉都是山野之人，什么都不知道。没想到，自己早在人家的掌握之中，看来这些人绝非等闲之辈，不可小瞧。扈尔汉看时机成熟，又采取了攻心战术，说："我们汗王爷一向赏罚分明，不管你以前做了什么错事，只要你以后不再做对不起赫图阿拉的事，我们就既往不咎。而且，你如果有立功表现，我们还照样给你奖赏。"刘扁头听了扈尔汉的话，心里暗暗盘算，自己的老底已经被人家掌握了，不说实话恐怕是过不了关的。况且，自己以前就听说赫图阿拉的汗王爷是一个开明的王爷，礼贤下士，又眼见连李成梁大人都为之心动的宝音其其格都投奔了努尔哈赤，看来这是众望所归。

常言道：识时务者为俊杰。刘扁头马上抱拳说道："汗王爷和众位将军，既然你们都知道了。我这是落进了你们的天罗地网，就好比'黄鼠狼钻炕洞子，不给熏死，也得困死。'我连藏带瞒地也没啥劲啦，就都抖搂出来吧，讨个将功赎罪。"宝音其其格笑道："这才是明白人呢，你说，你都知道什么？一五一十地讲出来。我们听听你是不是诚心诚意的，如果你要江湖骗子嘴唬我们，我们可决不轻饶。"刘扁头点头应道："是，是，是，我要是有半句假话，天打五雷轰。我一准儿把我知道的，全都告诉汗王爷和诸位将军。我这次是奉命而来。""奉谁之命？你说清楚。""我奉李成梁大人之命。前几天，多尔沙图汗派它塔尕到李大人府上，和李大人商定，他们要组成一个联军。"宝音其其格忙问："什么联军？""就是以喀尔喀部为主，察哈尔部、扎鲁特部、科拉沁部也派出一部分人，组成一个万马铁骑。他们要马踏科尔沁乌丹老女的地盘。另外，还有一件事，小的不敢说。"扈尔汉说："你有什么不敢说的？如果

第二章　鱼儿总要游归大海

241

你要将功赎罪，就把事情全都告诉我们。"刘扁头一想，人家说得有道理，自己也别有什么顾虑了。

　　刘扁头看了看上面坐着的宝音其其格。宝音其其格这个名字，他早就听说了，但这次是头一次见到，只见宝音其其格神采奕奕，俊俏的面容透着威严，又见宝音其其格位居正座，汗王爷却坐在一旁，心里就想：汗王爷如此器重这丫头，看来，多尔沙图汗想要把她弄到手，也决不是件容易的事。他愣愣地瞅着宝音其其格，心里正盘算着。宝音其其格厉声喝道："你想什么呢？将军问你话，你怎么不回答？"刘扁头立刻回过神儿来，嘴里一再地说："我说，我说，还有一件事。格格，我说了，您不要生气。"宝音其其格说道："哪那么多废话。"刘扁头点头应道："是，是，是。多尔沙图汗还想讨要宝音姑娘，要把宝音姑娘擒回喀尔喀，要……。"扈尔汉和皇太极都说："快说，别吞吞吐吐的。"刘扁头赶紧说道："多尔沙图汗要在东河城也建'藏娇楼'，要娶宝音姑娘做妃子。"宝音其其格听到这话，气得满脸通红，说："呸，不要脸的东西。你住口！"刘扁头说："姑娘，不是您让我说吗？我把话如实地告诉您，请姑娘不要生气。"扈尔汉说："你说吧，你把话都说清楚。"

　　原来，多尔沙图汗要向赫图阿拉讨要宝音其其格。赫图阿拉如果不给人，他们的联军就借机血洗赫图阿拉。李成梁派刘扁头他们出来，就是要造这个舆论，而且要造出一定的声势。这时，坐在一旁始终一言不发的汗王爷说话了："你说详细一些，他们要怎么样马踏科尔沁，血洗我的赫图阿拉呀？你如果交代得好，我们对你可以从宽发落。"宝音其其格接着汗王爷的话说："听见了吧，刘扁头，我们汗王爷都发话了，你还有什么不放心的？刘扁头，我们汗王爷一向以宽大为怀。你要认清眼前的局势，不要辜负了汗王爷的一片心。"宝音其其格又扭头对查其纳说："查其纳玛法，把刘参将身上的刑具去掉，请刘参将坐下回话。"查其纳盼咐下去，马上有小校过来把刘扁头戴的镣铐给打开，又有两个小校抬来了一张太师椅，并献上了一杯热茶。刘扁头见赫图阿拉的人给自己这么大的面子，不但把镣铐给拿掉了，还赏给自己个座，跟努尔哈赤对面坐着，人家努尔哈赤是什么身份哪，那是建州左委的都督金事、大明朝的"龙虎大将军"哪，连李成梁都敬他几分。没想到，自己这个阶下囚，反倒跟他平起平坐。这样宽厚、仁慈的人，使人哪能不敬重。刘扁头非常感动，马上跪下磕头，说："感谢汗王爷。我一定报答您老人家对我的大恩大德。"就这样，刘扁头把他自己知道的所有事情，一股脑儿地都说了出来。

努尔哈赤和在座的各位,一下子知道了很多情况,并且知道了同刘扁头一起被抓的那个色刻,是喀尔喀部它塔歹身边的人。汗王爷、皇太极、扈尔汉和宝音其其格他们一商量,既然事情都搞清楚了,就没有必要再审那个人了。皇太极、扈尔汉和宝音其其格得到汗王爷的同意,把刘扁头送到了驿馆,并把同刘扁头一起被抓的那个喀尔喀部的色刻也放了出来,送到了驿馆。宝音其其格还告诉查其纳:"一定要严加看管。"

明朝色刻被带走以后,宝音其其格沉思不语。皇太极问道:"宝音,你又想啥呢?"宝音其其格说:"我在想怎么样让褚良弼开口说话?"皇太极问:"你想出办法没有?"宝音其其格说:"办法我倒是想出一个,只是不知道行不行?"汗王爷在一旁搭话道:"说出来让我们大伙听听。"宝音其其格说:"我想把褚良弼的额莫请来劝劝他。我听说褚良弼是个大孝子,没准就能行。汗王爷,您看成吗?"汗王爷高兴地一拍大腿说:"姑娘,你这招太好了。我就知道你准想出办法来,好,就照你说的办。"汗王爷马上令查其纳把褚良弼的额莫请来,并吩咐不要吓着褚老太太。汗王爷又对宝音其其格说:"宝音姑娘,我还有事,就不陪你们了。这里的事你就看着办吧。"宝音其其格等起身恭送汗王爷。

时候不大,查其纳老人搀着一个小脚老太太进来了。在查其纳的引见下,老太太给皇太极、宝音其其格等见了礼。宝音其其格先跟老太太唠唠家常,问她在赫图阿拉生活的怎么样?习惯不?老太太面带感激地说:"回格格的话,我们的生活好着呢,要吃有吃,要穿有穿,这都多亏了汗王爷和二王爷,要不是二位王爷好心收留了我们,我这把老骨头恐怕早就没了。"宝音其其格说:"老人家不要客气,我们汗王爷和二王爷一向爱惜有能耐的人,只要你们一心为赫图阿拉做事,汗王爷是不会亏待你们的。老人家,这次把你请来,就是有事相求。"褚老太太说:"咳,格格,说什么求哇,有事您就尽管吩咐吧。"宝音其其格这才把褚良弼为明朝做色刻的事对褚老太太说了。褚老太太听了大吃一惊,她万万没想到,自己的儿子这么糊涂,做出这等没良心的事,这犯的可是死罪呀!老太太又恨又气,眼泪就止不住地流了下来。宝音其其格劝道:"老人家,汗王爷宽大仁爱。只要褚先生改过自新,汗王爷是会原谅他的。老人家,我们把你请来,就是让你劝劝他,把自己所犯的罪过都说出来。"褚老太太听说儿子还有活的希望,马上止住了哭声,说:"格格,你放心,只要能救我儿子的命,让我做什么都行。"宝音其其格吩

第二章 鱼儿总要游归大海

243

咐查其纳先把褚老太太带到关押褚良弼的牢房，自己和八贝勒随后就到。

褚良弼在牢房里正仰面长叹时，房门开了，查其纳老人领着褚老太太进来了。褚良弼没想到在这个时候还能见到自己的老母亲，他万分羞愧，跪在地上向母亲请罪。褚老太太眼见自己苦熬半生拉扯大的儿子这么不争气，又生气，又心疼，气儿子不听自己苦口婆心劝导他要报效赫图阿拉、报效汗王爷的话，心疼儿子现在落到这么个下场，能否活命还难以预料，褚老太太思绪万千，老泪纵横。别看褚良弼性子直爽、脾气暴躁，可他的孝顺却是出了名的，此时褚良弼见母亲被自己气成这样，心里也非常心疼，他跪在母亲面前痛哭流涕。褚老太太数落着褚良弼，并把宝音其其格说的话对儿子讲了。褚良弼点头应道："母亲大人放心，孩儿一定把知道的所有事情都讲出来。"这时，随后赶到的皇太极、宝音其其格等也都进了屋。褚老太太、褚良弼慌忙跪地磕头。褚老太太说："启禀贝勒爷、格格，这个不孝的奴才已经想通了，你们想问什么就问吧，问完了就把他拉出去喂狗。"宝音其其格搀扶起褚老太太，对跪在地上的褚良弼说："你也起来吧。"褚良弼谢过皇太极和宝音其其格。这回没用宝音其其格多费唇舌，褚良弼就把自己的罪过都交代了。

原来，明朝非常关注赫图阿拉内部的一举一动。李成梁交给褚良弼的任务，就是注意观察和收集努尔哈赤和舒尔哈齐有什么不同意见，他们之间有什么争议，就连他们吵架、骂人这些鸡毛蒜皮的小事，也都一一讲给他听。就这样，褚良弼给李成梁讲了不老少有关努尔哈赤和舒尔哈齐兄弟之间不和睦的事情。宝音其其格问完了，又安慰、鼓励褚良弼几句，让他回去继续想想自己还有什么没交代的事儿，并命查其纳先把他带回牢房。

汗王爷、皇太极、扈尔汉和宝音其其格吃完饭，闲聊起来。汗王爷问宝音其其格："下一步该怎么办？我想听听你的想法。"宝音其其格自从到了赫图阿拉，她和汗王爷在一起的时间虽然不长，但她从汗王爷身上体会到了一种从未有过的亲情，那是长辈对晚辈的爱。宝音其其格对汗王爷像对自己的长辈一样，也很亲。皇太极和扈尔汉明白，这是阿玛在考宝音姑娘。他们两个也异口同声地说："宝音姑娘，你说吧。我们也想听听。"宝音其其格知道皇太极和扈尔汉是在凑热闹，不再理会他们俩，对努尔哈赤说："汗王爷，我想把这两个色刻都争取过来。不是有一句话叫以德服人吗，您老过去就是这么做的，我们也要继续这么做。我会说蒙语，我去争取那个蒙古人。扈尔汉大哥继续做刘扁头的工作。汗王爷，还有一个人，就是褚良弼。阿玛，年轻人谁没有走错路的时候，我想还是不要杀他，把他留下来。"皇太极马上接着说："宝音，你说得对，我也有这种想法。他经历了这么大的坎坷，肯定会接受教训。咱们再把褚文弼请出来，一起劝劝他。阿玛，咱们的'议荐馆'正缺少褚良弼这样的人。"汗王爷听了以后很高兴，说："很好，很好。孩子们，就按你们说的做。"大家看汗王爷累了，就让汗王爷进内室休息。他们三个在一起商量怎样办这些事。

咱们先说扈尔汉。扈尔汉当天晚上就到了驿馆。这个驿馆在赫图阿拉是比较好的一个建筑。建楼的师傅是从铁岭那边请来的汉家师傅。这是一个二层的木楼，房子装饰得很漂亮。扈尔汉直接到了刘扁头住的屋。扈尔汉进屋以后，先问候刘扁头。刘扁头一看是扈尔汉将军来了，马上施礼说："参见扈尔汉将军，不知将军大驾光临，有失远迎，望将军恕罪。"扈尔汉亲切地拉起刘扁头，说："刘参将不必多礼，快快请起，快快请起。"俩人落座以后，扈尔汉问刘扁头："怎么样，在这里还习惯吗？"刘扁头说："习惯，习惯。感谢汗王爷对我的盛情款待。将军，你们给我这么高的待遇，我承受不起呀。我用什么来报答你们呢？我真，哎呀，真不知道说什么好了。"扈尔汉笑着说："咱们都是一家人了，还那么客气干什么？汗王爷对你印象很好，认为你不仅是个才子，还是个英雄。我这次来，就是汗王爷的意思。他还让我给你带来了礼物。"说着，扈尔汉把门拉开，招呼外面的人进来。查其纳带着五个人走了进来。这五个人有的手里捧着山参，有的手里捧着鹿茸，还有的手里捧着貂皮、豹皮等。扈尔汉对那五个人说："这是刘大人，以后他就是你们的主子，给刘大人磕头。"他们几个都跪下给刘扁头磕头。刘扁头慌忙问扈尔汉："哎呀，这是怎么回事？""这是汗王爷赏给你的奴才。汗王爷还赏给你三十亩良田、三十匹马、三十头牛和三十只羊，并且已经命人写好了牛皮文书，明天你走的时候，我就把文书给你。"这时，其中的一个奴才说话了："刘大人，汗王爷把我们赏给您了，以后我们就是您的人了。"刘扁头不知所措，嘴里不住地说："我何德何能，令汗王爷对我如此器重。"扈尔汉对刘扁头说："刘大人，这是汗王爷的一点心意，你就收下吧。"扈尔汉让查其纳先将几个奴才带出去，又对刘扁头说："为了不被李成梁察觉，这些人暂时就呆在我们这边。以后，你可以把你的妻儿老小接到我们这儿来。你可以在给你的地上盖房、建庄

第二章 鱼儿总要游归大海

245

园，成为一方之主。"刘扁头感动得又跪下了，说："请扈尔汉大人转达我的心意，我代表我们全家老小感谢汗王爷。从今往后，我一定替汗王爷效力，永不变心。"扈尔汉说："好，有你这句话就行。以后有什么消息，记着马上通知我们。"刘扁头点头应道："放心吧，我一定做到。"扈尔汉又告诉刘扁头："明天你就可以回去了。回去以后，你就说事情办得很顺利。至于问到赫图阿拉的情况怎么样？你就说赫图阿拉现在非常麻痹，一点准备都没有。你就这么说，记住没有？""记住了，记住了。""为了不引起他们对你的怀疑，明天我们让那个蒙古人跟你一起走。"刘扁头问："我什么时候能见到他？我们什么时候走呢？""不用着急。你今天先好好休息，明天我再给你们安排。"扈尔汉辞别了刘扁头，回去见皇太极和宝音其其格。

皇太极和宝音其其格见扈尔汉把事情办得挺顺利，非常高兴。皇太极说："宝音姑娘，该你上场了。"宝音其其格说："好，我现在就去。我想请查其纳玛法和扈尔汉大哥陪我一起去。"皇太极点头同意说："可以。""八贝勒，你就静候我的佳音吧。"宝音其其格、扈尔汉领着查其纳，来到了驿馆。这时，天色已经不早了，但这里吹拉弹唱还挺热闹。宝音其其格在一个空房间里坐下了，查其纳去请这位蒙古客人。

说书人在这里还要说几句。这位蒙古客人就是和刘扁头、褚良弼一起被抓的另外一个人。他们三个被抓以后，都被囚禁在牢房里。由于他们三个不是一般的犯人，所以他们三个都戴有锁链，并且都被关在站笼里。站笼是由木头做成的，下面布满了一尺高尖朝上的木棍。犯人被关到里头以后不能坐，只能在里站着。后来，宝音姑娘按照努尔哈赤的意思，去掉了他们三个身上的枷锁，但宝音其其格她们没审这个蒙古人，而是命查其纳用轿车把他送到了驿馆。查其纳告诉他："我们汗王爷宽宏大量，没把你当成坏人。我们汗王爷请你住在这里，不要客气。我们做的不周到的地方，还请多多包涵。"这个蒙古人被弄糊涂了，他不知努尔哈赤的葫芦里到底卖的什么药？自己过去常听说赫图阿拉的人杀人不眨眼，被他们抓到必死无疑。他以为自己的小命儿要交待到这儿了，没成想，努尔哈赤不但没杀他，反而把自己当成了上宾，除了不许随便走动，其余各方面照顾得都非常周到。他感到疑惑不解。这时，查其纳来了。这两天都是查其纳和他打交道，他知道查其纳是努尔哈赤身边的人，马上给查其纳跪下行礼。查其纳把他扶了起来，说："不要这样。你起来，跟我去见我们大人。"说完，就把他领到宝音其其格和扈尔汉的房间。

这个蒙古人见到宝音其其格大吃一惊，心想：宝音姑娘怎么在这儿？他马上给宝音其其格跪下了，说："奴才给宝音姑娘叩头了。没想到，在这里见到了我们草原的恩人。"他是用蒙古语说的，宝音其其格和扈尔汉都听明白了。她俩都觉得挺奇怪，他不是喀尔喀部的人吗？怎么能管宝音姑娘叫恩人呢？宝音其其格伸手示意，说："不要客气，快快请起。这位是扈尔汉将军。"这个蒙古人又给扈尔汉磕头。扈尔汉将军把他扶起，并请他坐下说话。宝音其其格问这个蒙古人："你叫什么名字？你怎么认识我呢？"这个蒙古人就把自己的身世简单介绍了一下。原来，这个蒙古小伙子原是芒格的旧部，叫乌勒吉。芒格兵败以后，他不少部下就跟随了喀尔喀部的多尔沙图汗，乌勒吉也在其中。宝音其其格和色音布尔在扈尔汉的帮助下，带人反攻。当时，宝音其其格在"蔡八桶"老爷爷和姐姐的陪同下，去给喀尔喀部的蒙古兵敬酒，所以乌勒吉见过宝音其其格。后来，他们很多人喝药酒喝迷糊了，这些人被抓住了。宝音其其格当即命令部下："不许随便杀喀尔喀部的兵将，他们都是咱们的兄弟。咱们主要抓多尔沙图汗，抓齐秉仙。"就这样，这些喀尔喀部的蒙古兵才得以保全性命。这些喀尔喀部的蒙古兵酒醒以后，宝音姑娘还让人给他们送吃的和用的物品，他们愿意走的就走，不愿意走的就留下来。喀尔喀部的蒙古兵将非常感激。他们一打听，才知道这是宝音其其格下的命令。

乌勒吉酒醒以后，在乌丹格格的庄园也住了两天，可他总惦记他的家，因为他的家还在喀尔喀部。于是，他就回到他姐夫那里的家去了。他姐夫是喀尔喀部下头的一个叫巴德部的部落长，名叫恩格特尔。多尔沙图汗在攻打科尔沁的时候，管巴德部要了不少人，结果损失惨重。多尔沙图汗气得咬牙切齿，发誓要报仇雪恨，要把宝音其其格抓回来做他的妃子，并让乌勒吉到他那里去帮他。恩格特尔不同意。可多尔沙图汗根本不听恩格特尔的话。恩格特尔本来就因为部落损失了那么多人着急上火，又跟多尔沙图汗惹了一肚子的气，就病倒了。后来，乌勒吉的姐姐怕把事情闹大了，就劝说恩格特尔，让乌勒吉到多尔沙图汗那里去。结果，乌勒吉就到了它塔歹手下做事。它塔歹命他跟刘大人一块儿去赫图阿拉了解情况，并说他们在赫图阿拉有内应。结果，他们跟赫图阿拉的人刚接上头，就被抓住了。

乌勒吉介绍完情况以后，给宝音其其格和扈尔汉就跪下了，说：

"宝音姑娘、扈尔汉将军,你们帮帮我们吧。救救我的姐姐和姐夫,他们还被困在喀尔喀部。他们想反,可又没那么大力量。"扈尔汉站起身来,将乌勒吉搀扶起来,说:"兄弟,你放心。我们会帮你的。"乌勒吉对扈尔汉也有所耳闻。他听它塔歹说,他们之所以损失那么惨重,就因为赫图阿拉的一个叫扈尔汉的将军帮助宝音其其格她们。所以,在乌勒吉的心目中,扈尔汉是一位了不起的英雄。现在,扈尔汉将军都答应帮助他们了,乌勒吉非常感动,他紧紧握住扈尔汉的手,不知说什么好。

扈尔汉说:"好兄弟,你把事情再详细地跟我们说说。多尔沙图汗是不是真的要组织联军?他们的力量到底有多大?"乌勒吉说:"什么联军,有多少人愿意跟他干哪?像他那样狼心狗肺的人没有几个。我们都是草原的儿子。我们不愿意杀人,不愿意流血。不过它塔歹非常忠于多尔沙图汗,他会出兵的。他能拉个三五百人,什么时候出兵就不好说了。"宝音其其格和扈尔汉从乌勒吉这里又了解到喀尔喀部的很多情况。后来,扈尔汉说:"乌勒吉,明天你还跟他们一起回去。"乌勒吉一听这话,立刻站起来了,大声说道:"扈尔汉将军,你干什么?难道你还要把我往火坑里推吗?我不去,不去,不去,说啥也不去。我要跟你们在一起。宝音姑娘在哪儿,我就在哪儿。"乌勒吉这样大喊大叫,把宝音其其格给逗笑了。宝音其其格说:"乌勒吉,你别着急。你让扈尔汉大哥把话说完。"扈尔汉也笑着走过来,把乌勒吉两肩一按,说:"你先坐下,我怎么能把你往火坑里推呢?乌勒吉,你听我说,它塔歹派你来了,你要是不回去,他肯定会起疑心。他一定怀疑你是不是投靠了赫图阿拉或者被赫图阿拉抓住了?你如果回去,不仅麻痹了它塔歹,而且还能帮助你的姐姐和姐夫。"乌勒吉瞅着扈尔汉,问道:"将军您有什么妙计?"扈尔汉笑了笑,说:"你按我说的去做,保准万无一失。你回去以后,就说赫图阿拉的大军正准备往东海窝集那边进发。如果多尔沙图汗问起宝音姑娘,你就说宝音姑娘是到了赫图阿拉,但赫图阿拉好像没太重视她。你要取得多尔沙图汗对你的信任,这是非常重要的。"乌勒吉又问:"我以后还为你们做些什么呢?"扈尔汉说:"你把多尔沙图汗他们发兵的准确时间告诉我们,你把信儿送到乌丹格格那里就可以了。"乌勒吉说:"那太好了。乌丹格格那里我有很多熟人。我们被宝音姑娘和色音布尔他们打败以后,我的很多朋友还留在那里没走。"扈尔汉说:"这样更好,你可以找一个可靠的人跟你联系。"就这样,赫图阿拉在喀尔喀部又有了暗线。

扈尔汉让查其纳老人取来一包银子，扈尔汉把银子交给了乌勒吉，说："这是汗王爷赏给你的，以备路上之用。记住，我们赫图阿拉永远把蒙古兄弟当成自己的朋友。我们和蒙古人永远心连心。"这时，夜已经很深了。宝音姑娘、扈尔汉和乌勒吉互相告别。查其纳把乌勒吉送回去休息。宝音其其格、扈尔汉和查其纳高兴地去佛老城找皇太极。

各位阿哥，咱们再讲讲八贝勒皇太极。宝音其其格、扈尔汉和查其纳走了以后，皇太极先把褚文弼请来了。说书人在这里先说明一下，皇太极这时在佛老城这边。因为褚良弼被关押在佛老城的地牢里。褚文弼自从被努尔哈赤接过来以后，就被安置在"布库楼子"的"议荐馆"里，在这里帮助汗王爷整理各方面的文书或者教授汉学。褚文弼这些天愁眉苦脸、茶饭难进。弟弟不听自己的劝阻，惹出祸来，被汗王爷罚去做苦工，也不知现在怎么样了。

这天，皇太极身边的护卫来找褚文弼，说八贝勒有请。褚文弼一听八贝勒请他去，赶紧随护卫出了书斋，到了皇太极的小客厅。护卫在门外通报："禀八贝勒，褚文弼先生到了。"皇太极来到门口迎接。褚文弼见皇太极亲自来迎，急忙向皇太极拱手一揖，说道："文弼在这里给八贝勒施礼了。"皇太极上前扶住褚文弼，说："褚先生不必客气。"并把文弼让进客厅，奴才们献上了茶。皇太极问褚文弼："先生近来生活得可好？"文弼马上起身应道："回八贝勒，承蒙汗王爷和您的厚爱，我生活得很好，请汗王爷和您不必挂念。"褚文弼说完，打了个咳声，继续说道："只怪我那个不争气的弟弟，不听我的话，咳。"皇太极说："请先生不要难过，今天我找你来，就是要谈谈令弟的事。"褚文弼急忙问道："八贝勒，我弟弟他又出什么事了吗？"皇太极说："先生不要着急，听我慢慢跟你说。"皇太极就把褚良弼这次在西山被抓后所交代的，跟褚文弼简单说了一遍。褚文弼听后大吃一惊，没想到，自己的弟弟竟到了如此地步，真是可耻啊，可耻。他这样做，不仅对不起汗王爷，更对不起收留咱们兄弟二人的二王爷。这可如何是好？褚文弼又急又气，一时竟不知说什么好。皇太极见此情景，劝解道："先生不必着急，良弼先生已经知道他错了。我阿玛还说了，良弼先生还年轻，一时糊涂，上了明朝的当。只要他认识到自己错了，真心悔过，我们赫图阿拉仍然欢迎他。我阿玛让我找你商量一下，咱们一块劝劝他。"褚文弼听了皇太极的话，非常激动。自己的弟弟做了这么大的错事，汗王爷却还这么爱护他。褚文弼"扑通"一下，给皇太极就跪下了："谢汗王爷不杀之恩。

第二章　鱼儿总要游归大海

249

请八贝勒转告汗王爷，来生我们就是变牛变马，也要报答他老人家的大恩大德。请八贝勒放心，我一定尽全力劝导我弟弟悔过自新。"皇太极请褚文弼起来说话。皇太极笑着说："褚先生，我打算明天让你和我一起再劝劝良弼先生，让他真正从心里认识到自己错了，这才是你当大哥的责任。"褚文弼点头应道："我一定照办。"皇太极命人把褚文弼送回了"议荐馆"。

皇太极回到了自己的书房，又想起宝音其其格。天这么晚了，也不知道宝音姑娘那边的事儿办得怎么样了？皇太极也不知道自己这段时间是怎么了，心里时刻都想着宝音其其格。宝音姑娘要是不在自己身边，他就会心神不定、坐立不安。皇太极在屋里实在是呆不住了。他起身吹灭了油灯，把斗篷一披，走出了屋子。门外站立的护卫一看八贝勒出来了，忙给八贝勒请安。皇太极怕惊醒了睡在书房旁边屋里的小福晋钮祜禄氏格博黑，把手轻轻一摆，不要他们出声。皇太极走过前廊，又绕过花园，来到了前厅。前厅左侧的小二层楼就是他的"布库楼子"，右侧就是努尔哈赤的卧室、客房和议事厅。宝音其其格就住在努尔哈赤的客房。

皇太极见宝音其其格屋里的灯还亮着，就知道里面的人还没睡，就推门进了屋。此时，妞妞看天这么晚了，宝音其其格还没回来，她也挺着急。女奴们见妞妞睡不着觉，就和她下起五子棋来。这时，屋门吱扭一声响，妞妞以为是宝音其其格回来了，马上推开棋盘迎了过来，可谁知进来的是八贝勒。妞妞和侍女们马上给皇太极施礼。皇太极一看这些人里没有宝音其其格，当时心就凉了。他急忙问妞妞："宝音没回来吗？"妞妞说："没有。我也正等她呢。"妞妞命人给皇太极献上了茶。正在这时，外面传来了脚步声，并伴有咯咯咯的笑声。大家一听这银铃般的声音，就知道是宝音姑娘回来了。妞妞跑过去把门一开，只见宝音姑娘在前，后面跟着扈尔汉和查其纳。宝音其其格一看皇太极正在屋里，非常高兴，说："八贝勒，我就猜到你肯定在这儿呢。"皇太极拉住宝音其其格的手，关切地问："宝音，你怎么才回来呢？"宝音其其格根本顾不上回答皇太极的问话，兴奋地说："八贝勒，告诉你一个好消息，我们今天可是大获全胜啊。来，咱们坐下说。"皇太极说："别的了，时候不早了，让妞妞她们先休息吧。咱们到我的'布库楼子'去，怎么样？"宝音其其格和扈尔汉都表示赞同。

皇太极、扈尔汉和宝音其其格以及查其纳，来到了"布库楼子"右侧的议事厅。他们坐好以后，皇太极吩咐查其纳："你先去给我们弄点水来，我们擦把脸，清醒清醒。你再给我们弄点吃的来。"查其纳答道："喳。"就下去了。一会儿，侍卫们打了三盆清水。他们三个人都擦了擦脸，又漱了漱口。查其纳又给他们端来了莲子汤、吊炉烧饼和萨其马。他们几个人简单地垫补了几口。宝音其其格和扈尔汉这才和皇太极唠起今天的事儿来。

　　皇太极听完他俩的禀报，说："你们俩做得很好。咱们仨明天再和褚良弼谈谈。"他们三个人就这么约定好了。此时天已经快亮了。皇太极命查其纳陪宝音其其格回到她自己的房间，他和扈尔汉分头回去歇息。吃过早饭，他们几个人就又来到了议事厅。皇太极命查其纳请来了褚文弼先生。褚文弼也是头一次见到宝音其其格。他非常惊叹宝音其其格有如此美貌。江南的美女众多，还真没有几个能跟宝音姑娘相媲美的。大家寒暄了几句，皇太极命查其纳把褚良弼带来了。

　　褚文弼一看自己的弟弟来了，连忙起身，上前几步，把褚良弼一把就抓住了："兄弟，你可把大哥想坏了。"褚文弼说着，抱着自己的弟弟痛哭起来。哭了一会儿，褚文弼又责怪地说："我和你说过多少次，你就是不听。你把咱们家的脸都丢光了，你对得起谁呀？你真让我操老心了，这些日子，我茶饭不进，天天想的就是你。我以为咱们兄弟再也见不着面了。多亏汗王爷开恩，饶了你一命。兄弟，你要对得起汗王爷呀。"褚良弼止住哭声，说："大哥，你放心吧，我一定好好认过，报答汗王爷大德。"皇太极说："你知道错了就好。"褚良弼这才想起给皇太极、宝音其其格、扈尔汉叩头见礼。皇太极让褚家哥俩坐下回话。

　　皇太极说："褚良弼，你该当何罪，知道吗？"褚良弼说："我知道，我完全知道。我犯了杀头之罪。我对不起汗王爷，对不起赫图阿拉。"皇太极说："汗王爷以慈悲为怀，觉得你还年轻，只要你能改邪归正，赫图阿拉仍然欢迎你。"褚良弼说："放心吧，八贝勒。我以后不会再做这样的蠢事了。"皇太极又说："褚良弼，过去的事就让他过去吧。前面的路还很长，我们可以重新开始。"褚良弼说："八贝勒，有什么事您尽管吩咐。我褚良弼就是赴汤蹈火也在所不辞。"皇太极高兴地说："好，褚良弼。我们打算把你安排到我们的'议荐馆'里来，你愿不愿意？"褚良弼说："八贝勒，我的命是汗王爷给的。你们让我干什么我都愿意。"皇太极继续说："一会儿，我阿玛要设宴欢送乌勒吉和刘参将。你们哥俩也和我们一同前往。"褚家兄弟见汗王爷这么重视、信任他们，

第二章　鱼儿总要游归大海

251

很受感动。宴会以后，扈尔汉悄悄地把乌勒吉和刘参将送出赫图阿拉。

诸事一一办妥以后，皇太极、宝音其其格还有扈尔汉，又来到了汗王殿，拜见汗王爷，商量下一步对策。从刘扁头和乌勒吉交代的情况来看，形势还是很严峻的。喀尔喀的蒙古骑兵相当厉害。他们一出动就是一片马群，成百上千，行动非常神速。对方只能射杀他们前面的几匹马或几个人，后面的马队紧接着就冲过来了。不论你有多少人，都会被它们踩在马蹄之下。凡是马踏过的地方，顿时化成一片废墟，尸骨狼藉，惨象不堪入目。汗王爷认为：既不能让多尔沙图汗破坏我们的赫图阿拉，也不允许他们去践踏科尔沁的蒙古兄弟们。咱们一定要想办法避免这场灾难，可想什么办法才能转危为安呢？

皇太极问宝音其其格："宝音啊，你从小长在科尔沁，熟悉蒙古人，而且，你跟多尔沙图汗又交过手，要看现在这个架势，你说咱们怎么做才能赢多尔沙图汗？"宝音其其格想了想，说："我倒有个想法，不知你们同意不？"汗王爷拍着腿，大声说："我的好丫头，你有什么招儿，尽管都拿出来。我就爱听你的鬼点子。"宝音其其格转了转眼珠，胸有成竹地说："汗王爷，我看哪，咱们就来它个重锤战术。"

皇太极对宝音其其格说的这句话一时还没转过弯儿来，就急着推了一把宝音其其格，说："我们的小谋士，你就别卖关子了，什么重锤战术？你把话说得再详细一点。"宝音其其格笑着说："我听洪古尔·杜木根大师给我讲过古代用兵之计，里面就有专治恶人的重锤战术。今天，咱们就用这个战法，惩治多尔沙图汗。多尔沙图汗是蒙古人里的害群之马，蒙古各部都恨透了他，别看现在不少部落围着他的屁股转。他摆出一副穷凶极恶，不可一世的臭架子。他有千条妙计，咱们有一定之规。那就是用重锤战术狠狠地惩罚他，让他知道咱们的厉害，使他不敢随便地打咱们的主意。李成梁没有了帮凶，也就不敢再放纵胡来。"

皇太极等众人一再催促宝音姑娘快快亮出底牌。大家都想尽快弄明白，这"重锤战术"究竟是何种致命的兵法？汗王爷则坐一旁，右手捋着长髯，眯缝着眼睛，慈祥地瞅着宝音姑娘。

宝音其其格在皇太极等众人的一再追问下，从太师椅上站了起来，红晕着脸，向汗王爷抱拳施礼，说："常言道，打狼要用利棒，除恶要用垂锤。兵法上常讲，常胜之兵，一贵在神速，二要用重锤。这重锤指的就是集中力量狠击对方，打掉他的气焰，使他们一蹶不振。"宝音其其格的一席话，确实说中了要害，众人连连点头。汗王爷不禁从心里暗

雪妃娘娘和包鲁嘎汗

暗佩服，别看宝音其其格这么年轻，还是位小女子，可她才智过人，远超过自己身边不少将领和谋士。努尔哈赤心里暗打算盘，我要把宝音其其格扶持起来，我要让她成为我的好帮手。

汗王爷命查其纳老人传来膳房师傅，在他的小花厅里摆好碗筷，共尝女真烤鹿脯。吃完了饭，宝音姑娘由查其纳陪同，去校场观看旗兵比赛"射鹄子"。妞妞也随同去了。汗王爷惦记着三弟的病情，就带着皇太极、扈尔汉去看望舒尔哈齐。舒尔哈齐这时在炕上正躺着呢，听奴才禀报说大哥看他来了，马上要起身下地。汗王爷上前把他按住，说："好兄弟，不要动，你得好好将养些日子。"舒尔哈齐看到大哥，又想起了往事，他觉得很惭愧，说："大哥，都怪我不听您的话，我有过呀。"努尔哈赤说："你不要说了，以后改了就行了，别总没完没了的。"说着，汗王爷就挨着舒尔哈齐坐了炕边。皇太极和扈尔汉坐在了地上一张花曲柳长条凳子上。汗王爷拉着舒尔哈齐的手说："三弟呀，大哥以前有些细情没告诉你，你做了些糊涂事，也情有可原。现在好了，一切都过去了，你也别再有负担了。不过，经历了这件事，我倒觉得咱们下一步还好走了。三弟呀，咱们过去把人看低了。宝音姑娘真是了不得的人才呀，现在很多事情我都让宝音姑娘帮着安排，她做的还都挺遂我的心思。褚良弼和他哥哥都在皇太极的'布库楼子'里做事，被抓的那两个色刻也归降咱们了。我还有一桩子事，要托付你来办。"舒尔哈齐说："大哥，有什么事，您就说吧。"汗王爷说："你病好以后，和额亦都大哥，还有褚英、代善，你们把东海窝集的动向摸清楚，最好先派去几个得心应手的戈什哈，到那里做内应。咱们要是能在东海窝集东大荒子那个地方站住脚，就有了很大的回旋余地和靠山了，更主要的是把乌拉部布占泰伸进东边的一只手给切断了。你和额亦都大哥多考虑考虑这桩事。"舒尔哈齐说："我知道了，大哥。"

次日清晨，汗王爷吃过早饭，命扈尔汉："你去找那日松，让他到我这儿来。那日松是蒙古人，会蒙语，跟喀尔喀部打交道更方便一些。"扈尔汉领命走了。这时，只剩下汗王爷和皇太极两个人。汗王爷对皇太极说："也不知道宝音现在吃没吃早饭？我今天还没看见她呢。儿子，我太忙，有时照顾不过来，你要替我多关心关心她。"皇太极说："阿玛，我知道了。"汗王爷又嘱咐道："你们在一起的时候，要多让着她点，不要惹她生气，知道吗？"皇太极看身边没有外人，假装生气地说："阿玛，我都看出来了，你现在就惦着她，把我们都给忘了。"汗王爷拍

第二章 鱼儿总要游归大海

了一下他的小脑瓜说:"傻小子,我能忘了你吗?宝音姑娘为咱们赫图阿拉办了这么多事,咱们应该多关心关心她。怎么,你也学会吃醋了?"皇太极急忙辩解道:"阿玛,怎么会呢?我怎么能吃她的醋呢?"努尔哈赤说:"这就对了。儿子,告诉阿玛,你喜不喜欢她?"皇太极刚要回答,就在这时,门外护卫禀报:"扈尔汉和那日松到了。"

扈尔汉和那日松进到客厅,给汗王爷请安。汗王爷跟皇太极与那日松就谈起宝音姑娘。那日松把宝音其其格的身世详细地向汗王爷做了介绍,皇太极有时还帮着补充几句。汗王爷听完了他俩的讲述,站起身来说:"走,找宝音姑娘去。"说着,汗王爷在前,他们几个人跟随着,很快就来到了宝音其其格下榻的闺房。宝音其其格闻听汗王爷来了,忙从屋里迎出来。汗王爷笑着说:"宝音姑娘,今天天气挺好,你愿不愿意跟我们一块儿出去走一走哇?"宝音姑娘高兴地说:"那太好了。"

这是一个秋高气爽的季节,阳光明媚。努尔哈赤带着几个他最喜欢的人,出了佛老城的北门,来到了赫图阿拉有名的马场。

赫图阿拉城建在苏子河源头支流的高阜上。苏子河水清澈见底,水里的鱼儿清晰可见。这几年,赫图阿拉城修筑得越来越气派,几条宽宽的城中大路铺着一排排倒木,上面还撒着沙土,平坦坚固。一群群奔跑的骑兵马队,传出震耳的蹄声。赫图阿拉更显得很有生气。赫图阿拉通往外界的交通也极为便利。在群山中形成了三条峡谷,俗称"老沟趟子"。"老沟趟子"通往三个方向,北沟趟子通往哈达、叶赫,直达科尔沁草原;东沟趟子,又名"索里口子",是通往李朝的必经之路;西沟趟子,烽火台连绵不断,十几个烽火台一直垒到马尔顿,是建州部西连明朝的重要通道。这些沟趟子里全都生长着参天的古树,什么榆树啊、柳树啊、桦树啊,全是稠密而俊美的混杂林。所有群山的山腰间,还杂生着一簇簇葱翠的红松林,点缀得赫图阿拉分外妖娆。努尔哈赤很欣赏造物主赐降的这片自然美景。他下令不让伤及这些树木,这就使得佛老城和东边的赫图阿拉城更加隐蔽,使外界打远处只能望到一片密林。

汗王爷带领他们往西山口走去。从西山口进去,是赫图阿拉的第一个马场。赫图阿拉有好几个这样秘密的马场,都是用粗木夹的障子,里面挺宽敞。马场里有不少马是前不久乌丹老女赏给扈尔汉的,一部分被努尔哈赤分赏给了各个王爷,剩下的马就养在这里了。这个马场安排得很有秩序,有的地方专养小马驹,有的地方专养骒马。宝音其其格过去以为只有科尔沁有这样的地方,没想到,在赫图阿拉这里也能见到。只是这里的马场不像草原牧场那么大，马群那么多。因为这是在山沟里，怕马放到山里不好找。所以，他这里是圈养，到一定时候再赶出去放牧，而且赶出去轮流放牧的次数也比较少。不过，能在山地中把马场建成这么大的规模，也是很不容易的。

汗王爷边走边向宝音其其格介绍，我们这里除了自己用的马和补充的战马以外，每个贝勒、王爷自己也还有马场。汗王爷又领他们往里去，走不太远，又是一个马场。这个马场也都是用柞木围成的高障子。把门的兵丁给努尔哈赤下跪请安，并给皇太极等下跪。汗王爷告诉宝音其其格："这是我自己的牧场，来看看吧。"宝音其其格下了马，跟随汗王爷进了他的马场。这里养了百多匹骏马，个个体魄健壮。还有两匹高头大马，白鼻梁、白蹄碗儿，长鬃抖抖，咴咴暴叫，显出它那傲视群类的无比威风。这是明朝特赏给龙虎大将军努尔哈赤的。据说这两匹马来自罗刹，其中一匹还是西洋种马呢。

努尔哈赤拉着宝音其其格出了马场往里走。那边还有牛圈，里面有百余头牛，有黄牛，有奶牛。一群小牛犊单圈养在另一个木栏里。再往里走是羊圈，里面能有八百多只绵羊，其中有二百多只是山羊。更为有趣儿的是，有一个羊圈里全是小羊羔。小羊羔"咩咩"地叫着，非常招人喜爱。汗王爷领着宝音姑娘又继续往里走，拐过一道山弯，来到了一个鹿皮大帐子前。这时，早有一群兵丁在门口跪迎汗王爷努尔哈赤。

宝音其其格她们随着汗王爷走进了大帐，只见大帐四周都架起了高架子，中间用粗皮条编成一间间小房。走近一些，宝音其其格看清楚了，小房子里摆满了铁笼子，养着紫貂和小白貂，还有一个非常高的大铁笼子里养着五只白头老鹰，就是秃雕。努尔哈赤告诉宝音其其格，雕的翅膀非常有用，它可以盖房子，而且它身上的羽毛还可以编出各样的花卉图案，装饰屋室或棚帐。在雕笼子旁边，还有一个像大房子一样的粗木笼子里养着三十多只海冬青。海冬青体形娇小，但它飞得特别高、特别快，视力非常好，有很大的俯冲力，别看它小，它能擒獐子，还能抓鹿。还有两只小笼子里专喂养着白鹰。白鹰价格昂贵，非常难弄，一般都是到北海悬崖上捕捉的。汗王爷告诉宝音其其格说："宝音姑娘，这些白鹰都是刚从你的老家萨哈连运来的。"

汗王爷领着宝音其其格来到了自己的驯鹰场。这里并排有十个鹰笼子，每个笼子里都有一只鹰。这些鹰都是努尔哈赤训练好的。汗王爷从小就爱放鹰。他平时没啥事时，主要的活动除了散步、骑马，再就是放

第二章　鱼儿总要游归大海

255

鹰。汗王爷问这里的看鹰人，也就是鹰把式："我那小花翅儿怎么样了？还拉不拉稀了？""小花翅儿"是汗王爷给他最喜欢的一只鹰起的名字。鹰把式回答道："回禀汗王爷，您那小花翅儿早就不拉稀了，它可精神了。这两天您没来，它天天直叫唤，可能是找您老呢。"汗王爷听了非常高兴，快步来到了小花翅儿的笼子外。小花翅儿老远就见着了汗王爷，摆动着翅膀，嘎嘎嘎地直叫。汗王爷把笼子打开，把皮袖子套在了自己的左胳膊上，在鹰把式那里要了一块牛肉，嘴里啧啧一叫，小花翅儿一下就飞出来，落在了汗王爷的胳膊上，看着汗王爷。汗王爷给它捋了捋毛，说："行了，今天我没时间，过两天咱们进山，好不？"然后，把它交给了旁边的鹰把式。鹰把式把小花翅儿又放回到笼子里，把笼门就关上了。汗王爷像讲故事似的告诉宝音其其格，这个小花翅儿才厉害呢，它专能抓香獐子。公香獐子卵巢的囊里有香精，是镇静用的，可以入药。香獐子不大，跑的又快，可只要被小花翅儿看见了，它马上就从天上"嗖"地一下冲下来，没等獐子钻进林子里，小花翅儿的两个爪子"咔嚓"一下，就抓进了香獐子的脑袋里，香獐子疼的直往树林里钻。小花翅儿非常聪明，它把身子附在香獐子的背上，然后，把头往旁边躲，这样碰不到前面的树枝，等香獐子疼的厉害，一拨弄头的时候，小花翅儿的嘴相当快，嗖嗖两下子，就把香獐子的两个眼睛给叨瞎了，然后，它自己飞出树林，飞到高树上，叫唤着找主人。只要听他一叫唤，你就去吧，香獐子准在那片树林里磨悠呢。

汗王爷领着宝音其其格看过了自己的驯鹰场后，说："走，我再领你看看我们的'贡物楼子'，那里还有挺多的活物呢。"宝音其其格天生最喜欢小动物啦。她像个孩子似的，挎着汗王爷的胳膊，皇太极挎着汗王爷的另一支胳臂，他们一行人很快就到了"贡物楼子"。

"贡物楼子"也建在了密林里头。"贡物楼子"的外面围着很高的黑墨大障子，里头面积挺大，能有六亩多地。右侧有两排房子，一排房子是南北朝向，北边是长廊，南边是很多屋子；另一排房子是干活的奴才们住的地方。障子左边有一大排木笼子，里面装着各种野兽。正面的大笼子里有一雌一雄两只东北虎，虎视眈眈地瞅着他们。在"贡物楼子"里做事的一个叫德贝儿的奴才，看样子像是一个小头目。他告诉汗王爷："汗王爷，这两只老虎已经下了好几窝崽儿了。"

各位阿哥也许还记得，当年有个叫德贝儿的，他和那日松一起在收容车里找到的宝音其其格。那个德贝儿就是现在在"贡物楼子"管事的这个德贝儿。那日松在一旁说道："汗王爷，您还记得前年咱们给万历皇帝进贡的那只小虎崽儿吗？就是这只老虎下的。当时也不知是怎么回事儿，这只老虎就是不给那只小虎崽儿吃奶。后来，还是德贝儿把它救活的呢。"汗王爷想起来了，是有这么回事儿。那年，万历皇帝的皇后为了治胎病，要吃虎羔子。李成梁撒下大批人马出去找，也没有找到。后来，李成梁求汗王爷努尔哈赤帮忙。赫图阿拉那时刚好有一只小虎崽儿，汗王爷就派人给他弄去了，但汗王爷也不知道具体的一些细节，现在一听，原来是这么回事儿。汗王爷非常高兴："这么说，你是咱们赫图阿拉的功臣哪。我得赏你呀。德贝儿，你是怎么把小虎崽儿侍候活的？"德贝儿就把事情的经过讲给汗王爷听。

德贝儿这几年共接过五个虎崽子。接生小虎崽儿可不那么容易。他每次在母虎要下崽儿前，都先把马肉或者牛肉泡在一种用狼毒药等药泡的水里。药放得要适量，剂量大了容易把老虎毒死，剂量小了还起不到麻醉作用。老虎临快要下崽儿的时候，就给它把煨好药的肉吃进去，使老虎生崽儿的时候，基本上已经处于半昏迷状态，既能把崽子生下来，还干瞪着眼睛看着人进来，无力反抗。小虎崽儿生下以后，德贝儿把它的身上擦洗干净。前年，这只老虎生下小虎崽儿以后，就是不愿意喂养。没办法，德贝儿就把这个小家伙儿抱了过来，有时给它喝豹子奶，有时给它喝羊奶，有时给它喝牛奶。由于德贝儿的精心饲养，小虎崽儿一天一天地长大了。两个月以后，正好李成梁派人让努尔哈赤给朝廷弄小虎崽儿。德贝儿没办法，将自己亲手养大的小虎崽儿献了出去。

老虎笼子旁边是一个熊笼子，里头有两只大黑熊和三只小黑熊。宝音其其格看到这三只小黑熊，就想起了她的小黑子，心里不免有些酸楚，但她并没流露自己的感情。他们继续往前走，又看到三只金钱豹，两只爬在笼子里的树杈上，一只在石头边喝水呢。再往里去，又是个野猪群，有两个大公猪，浑身蹭得锃亮，獠牙已经长出来很长了，向外勾勾着，像两把匕首一样。德贝儿领着他们离开了这里，来到了后边的一个大院。这里养着十几只鹿，五六只小狍子和三只香獐子。宝音其其格问："这些都是要进贡的吗？"扈尔汉解释道："不都是进贡用的，有的是给皇帝进贡，有的可能送给明朝的哪个大臣，也有的是赐给将军的。另外，我们有时候祭祀也要用，一般现打来不及，所以我们就事先预备好。"

离开了这些活牲，德贝儿又把汗王爷人等领到了一座大仓库。他们

第二章 鱼儿总要游归大海

先看了皮库,这里有虎皮、貂皮、豹皮、狐狸皮,各式各样的皮张堆得像山似的。汗王爷告诉德贝儿:"你们可千万不能让这些皮子捂了,或者生虫子呀?"德贝儿说:"回汗王爷,奴才们把地上全铺上了草药,鼠类也不敢进来,也不生虫子。这上边的篷也是活的,奴才们随时把篷盖打开通风。另外,四圈都有窗户,奴才们也可以把窗户打开通风。汗王爷,奴才们从来没让虫子蛀过一张皮子。"他们又看了鹿茸、鹿鞭的存放地。这里的鹿鞭挂了整整半个库,有好几百根。鹿茸都摆放到了架子上。他们又来到了存放老山参的仓库。说到老山参的存放,德贝儿说:"汗王爷,奴才们现在最愁的就是存放山参。这东西放不好就烂了,不能摞到一起,摊开了还太占地方,翻晒起来也费工夫。奴才们前些天想出了一个办法,但是没得到汗王爷的准许,奴才们也不敢擅自做主。"汗王爷问:"什么办法?""就是先用锅蒸,蒸完以后再晒。奴才们试验了几次,效果还不错。""你拿来我看看。"德贝儿就把他们蒸过的山参拿来几株。德贝儿说:"汗王爷,奴才们还拿到开原找那些老中医看过,他们都说药力一点没减。"汗王爷问:"你们是怎么琢磨出来的这个办法?"德贝儿说:"奴才们这里有一个参丁,他额莫是个瞎眼老太太。去年过年,您老赏给每个参工几株山参,让奴才们变卖后,置点家当,也可娶个媳妇什么的。有一个参丁,把赏给他的山参拿回家交给他的额莫了。他额莫眼瞎看不见,把摸到的一筐宽豆角和放旁边晾晒的山参混到一起蒸了。瞎眼额莫蒸完以后,又晒了几天,然后就放起来了。前些天,这个参丁突然想起自己一直没看见汗王爷赏给的山参,就问他额莫把山参放哪儿了?他额莫想了半天,才想起来山参可能是被自己给蒸了。这个参丁一听吓坏了,那可是汗王爷赏给的参哪,被额莫给蒸过了,然后又放起来了,那还不得捂烂了吗?他额莫也吓得急忙把盛放干豆角的袋子拿出来。这个参丁打开袋子一看,山参不仅一点没坏,而且红扑扑的,颜色非常好看。后来,这个参丁不敢隐瞒,便把这件事就跟奴才说了。奴才不信,亲自到他家瞧看,果然不假。奴才回来按照他说的方法试验了几次,效果确实不错。汗王爷,您看奴才们以后就这样存放行吗?"汗王爷非常高兴,说:"当然行了,以后咱们的山参就这么存放。"后来,山参又叫"汗参",也叫"红参"。

他们看完了"贡物楼子"。皇太极说:"阿玛,您走了这么长时间了,该歇一会儿了。"汗王爷点点头。于是,德贝儿把汗王爷人等领到了原来专给"贡物楼子"的守卫们住的那排房子里。刚才查其纳已经派人给收拾出来了。汗王爷落座以后,奴才们献上了茶。汗王爷让皇太极他们也都坐下休息一会儿。

汗王爷没想到,自己的"贡物楼子"竟让德贝儿管理得这么规整,真是打心眼里高兴。汗王爷品了口茶之后,就问站在一旁的德贝儿:"德贝儿啊,你今年多大啦?""回汗王爷,奴才属小龙的,今年二十五岁了。""你到赫图阿拉多少年了?""已经九年了。""你是怎么到这里来的?"德贝儿就说:"奴才原来在那日松将军那里做事。后来,那日松将军把奴才送给了褚英主子。褚英主子五年前又把奴才送给了您,说让奴才在这里给您准备一些贡品什么的。奴才来的时候,这里就两三个人。那时候奴才们上山打野鸡、打野兔,后来人多了,奴才们就打些大的野兽回来。打前年开始,奴才就做了这里的'库达'①。"

这时,宝音其其格说:"汗王爷,您是一位开明的好王爷。我求您老,对德贝儿达爷这样的人,应该奖励,用以激励更多的奴才。"宝音其其格的话,说到了汗王爷的心坎上。汗王爷点点头说:"好,宝音说得对。德贝儿,从现在开始,我升你为佐领。"德贝儿被这突如其来的好事弄蒙了,跪在那里不知说什么好。扈尔汉捅了他一下,说:"汗王爷赏你佐领,你还不赶快磕头谢恩。"德贝儿这才醒过腔儿来,砰砰砰地磕了三个响头,说:"谢谢汗王爷,谢谢汗王爷。"汗王爷说:"我还给你娶个沙里甘,你要不要哇?"德贝儿不好意思回答,只顾傻呵呵地笑。汗王爷说:"怎么?你不要哇,那就算了。"德贝儿一听慌了神儿,连忙说道:"奴才要,要,奴才要。"大家被他的傻样儿逗得哈哈大笑。宝音其其格也忍俊不禁。从此,德贝儿的下半生完全变了,他不仅从奴才成了平民,而且又成了一位佐领,真可谓一步登天。德贝儿跪地千恩万谢。

宝音其其格也非常高兴,因为那日松早就告诉过她,是德贝儿把她送到收容车上的,又是德贝儿领着那日松在收容车里把她找到的。宝音其其格对德贝儿也心存感激,总想找机会报答德贝儿。现在,汗王爷采纳了自己的意见,使自己的救命恩人有了一个好的归宿,也了却了自己的一桩心事。来到"贡物楼子",不光是她开了眼界,就连皇太极他们也是如此。"贡物楼子"轻易是不让杂人进去的,因为里面存放着赫图阿拉的所有财富,怕有强盗和匪徒偷袭。再者这里喂养着不少活牲,怕

---

① 库达:满语,管仓库的头儿。

有瘟疫传染。所以,这个地方很秘密,把守得非常严,一般人不许进去。皇太极只来过一次,光看看活物就走了,里面并没有全进去。查其纳倒是来过几回,有时到这里通知点什么事,或者给汗王爷取点东西。但其他人都没来过。今天汗王爷破例,领着他最喜欢的人到这里转了一圈,其目的是让宝音其其格增长点见识,更主要的是想让她对赫图阿拉多产生些好感。

这时,查其纳老人突然想起个事,说:"汗王爷,有件事我得向您禀报。"汗王爷问:"什么事?""您让我们给大明朝的皇后娘娘做的那件白玉袍,就是在这儿做的,现在已经做好了。您是不是看一看?"汗王爷说:"好,拿来看看。"于是,德贝儿出了屋。不大一会儿,他拿来一个大包袱。查其纳把包袱打开,里头是一件白天鹅绒做的长袍。用天鹅绒做白玉袍是女真人祖传的手艺,做白玉袍耗费的时间特别长,做一套袍服要经过一到两年的时间,用的全是天鹅胸脯上的羽毛。因为天鹅胸脯的羽毛非常白,非常柔软,长短一致,颜色也都一样。而且,羽毛要在立秋以后,入冬以前,天鹅绒最丰满的时候往下薅,而且必须是活天鹅,不能在鸟死了以后取毛,那样羽毛都凝聚在肉里,薅时不仅要费劲,而且手一使劲,羽毛就容易折坏。所以,只有在鸟活着的时候往下薅羽毛,羽毛才能保持原来的形态。做一件长袍最少要用五百只大天鹅的羽毛,羽毛有了以后,还要把它一根根刷捋干净,摊晾晒干。那么一根根天鹅绒怎么能织成一个袍子呢?是用苘麻拧的小细线一根一根地把绒毛都揉在细线上,线要非常细,还要揉匀了,毛必须都露那么高。然后,将编好的羽绒绳,经纬分明地编串一起,里头用内布和胶固定上,再放上里子。领口缝有三圈珍珠,袖口也缝有三圈珍珠。珍珠有的发蓝光,有的发黄光,十分耀眼夺目,跟白玉袍配套的还有个白玉帽,也是天鹅绒做成的。上面镶有一千颗各色的彩珠。这种衣服给人一种轻柔、盛洁、高傲之感。汗王爷说:"宝音,你穿上,我看看怎么样?"宝音姑娘说:"汗王爷,这是给皇后娘娘做的衣服,我怎么敢穿呢?"汗王爷笑了,说:"在我这儿咱们不讲那套,我让你穿,你就穿。"

俗话说:人在衣服马在鞍。宝音其其格穿上白玉袍,戴上白玉帽以后,更加娇艳动人。在场的人都惊叹不已。汗王爷问宝音其其格:"宝音姑娘,你喜欢不喜欢这衣服?"宝音其其格轻轻抚摩着身上的白玉袍,边看边说:"这么漂亮的羽服,当然喜欢了。""那好吧,这套衣服就送给你了,咱们再给皇后娘娘做一件。"宝音其其格推辞道:"汗王爷,这么贵重的东西我怎么能要呢？再说，您老已经赏给我礼物了。这件衣服我不能要。"

努尔哈赤说："宝音姑娘，你比大明皇后在我们心目中占的位置都大。这件衣服你穿着最合适。你就不要客气了。"皇太极在一旁说道："我阿玛说给你了，你就收下吧。我们可以让人给大明皇后再做一件。"宝音其其格非常听皇太极的话。此刻，她见皇太极这样说，也就不再推辞，跪地给努尔哈赤施礼道："宝音其其格多谢汗王爷赏赐。"

汗王爷让宝音其其格坐下说话。汗王爷说："宝音姑娘，有件事我跟你商量一下。你既然是我们女真人的后代，就应该有一个女真人的名字。你说呢？"宝音其其格一听，汗王爷说得有道理，就点头说："汗王爷，您就给我起一个名字吧。"汗王爷眯缝着眼睛，捋着自己的短胡须说："你是女真乌拉氏的后代，你的家乡在白雪茫茫的北边，为了纪念你的家乡，你的名字应当和雪联在一起。而且，你心地那么善良，那么纯洁，就像这白玉袍一样洁白美丽。我看，你应该叫白雪，也不能再叫你姑娘了。姑娘那是对一般人家女孩子的称呼，你不能跟她们一样。我现在赏你做我的格格。以后，你就叫白雪格格，用汉人的话讲就是白雪公主，这个名字你喜不喜欢？"女真人的格格是相当尊贵的，一般都是王爷家生的姑娘叫格格。宝音其其格听汗王爷赏给自己格格的身份，马上给汗王爷施礼谢恩。汗王爷说："以后你就是我的沙里甘居。"汗王爷说着，把宝音其其格亲切地拉起来，并搂到自己的怀里。宝音其其格头一次得到这样的温暖。皇太极走过来问宝音其其格："我是叫你姐姐，还是妹妹呢？"宝音其其格歪着小脑瓜儿说："那当然得叫我姐姐了。""凭什么让我管你叫姐姐？阿玛，她耍赖。"周围的人都被他俩这天真的举动逗笑了，汗王爷也乐得合不拢嘴。宝音其其格从此成为白雪格格。众人齐声道贺。白雪格格那个高兴劲儿，就不用说了。

汗王爷说："今天是大喜的日子，晚上咱们不回去了，就在这好好乐和乐和。对了，我又想起一件事儿来，查其纳你过来。"查其纳弓着身子过来了。努尔哈赤小声说了几句话，查其纳"喳"、"喳"、"喳"地应承着，悄悄退了出去。不大一会儿，他领进来六七位女奴，最小的能有十三四岁，最大的也就十七八岁。她们都穿着粗布麻衣，收拾得倒挺干净利索。你别看她们现在都是奴才，但只要是主人高兴了，把她娶过来，做自己的妻妾，那可就立码儿转为正身旗人了。这帮女奴进来以后，跪下给汗王爷磕头。查其纳说："你们都抬起头来。"女奴们听话地

第二章　鱼儿总要游归大海

261

把头抬了起来。汗王爷悄声对身边的宝音其其格,也就是现在的白雪格格耳语道:"我的小雪格格,你替阿玛给德贝儿选个媳妇,你看选哪个好?"白雪格格看看这个,又看看那个。她看见一个女奴年龄和个头都跟自己差不多,面相倒也有些俊俏,就选中了这个女奴。过去选人有这样一个规定,你选中了谁,不能当面说,只能在她后面做个记号。出去以后,被选中那个人就被直接带走了。白雪格格懂得这个规矩,她贴着汗王爷的耳朵,悄悄地说了几句,然后用手偷偷一指。汗王爷看看也点了点头。女奴们虽然都抬着头,却不敢正视主人。汗王爷把查其纳叫来,在他耳边悄声说了几句,查其纳低声应道:"喳。"然后吩咐这些女奴:"汗王爷让你们下去领赏。"这些女奴排着队,跟着德贝儿鱼贯而出。

出去以后,查其纳根据汗王爷的话,把那个被选中的女奴叫住了,并赏给其他几个女奴每人半贯大钱,然后就让她们走了。查其纳把选中的那个女奴带了回来。女奴重新给汗王爷和在座的各位磕头下拜。汗王爷问她:"你叫什么名字?"小姑娘头一次见到汗王爷和这么多将军,非常怯懦,志忐忑忑地说:"奴才我没有名字。""那他们都怎么叫你呢?""他们都叫我虫儿。"汗王爷笑道:"这算什么名字?以后不能这么叫了。我给你起个名字,既然你是赫图阿拉的人,以后就叫你'赫氏'。'赫氏'呀,从今天开始,你就是赫图阿拉的一个正身旗民了,我把你嫁给你们的德贝儿达爷。德贝儿呀。"德贝儿马上过来,答道"喳。""德贝儿,我把她许给你。你看怎么样啊?"德贝儿早就相中了这个女奴,马上跪地磕头说:"谢汗王爷大恩,谢汗王爷大恩。"汗王爷继续说:"今天晚上就给你们办喜事。"汗王爷又命查其纳取来了银子,赏给了德贝儿和赫氏。汗王爷跟德贝儿说:"你再选四个信得过的人管这里的差使。你以后就不要在这儿了,我另有事安排你。"德贝儿说:"汗王爷放心,这件事我一定办好。"

德贝儿下去准备今天晚上的宴席。汗王爷又吩咐查其纳在赫图阿拉的"包袱楼子"①里给白雪格格的祖先设立一个牌位。女真人过去有这样一个习俗,每族每家都设立自己的祖宗牌,按时进行祭祀。汗王爷为了让他的白雪格格安心地呆在赫图阿拉,就按照女真人的习俗给雪儿的父母也立了牌位。因为汗王爷把雪儿封为格格,地位和汗王爷的沙里甘

---

① 包袱:满语,家坟。包袱楼子是专门摆放和供奉祖先灵牌的所在地。

居一样，所以，祭祀全是按照王爷家的祭祀礼仪来办。他们又杀了乌牛、白马，以备祭祀之用。乌牛就是清一色的黑毛、没有杂毛的牛叫乌牛。白马，顾名思义，就是马身上都是清一色的白毛。为了使祭礼隆重，汗王爷还打发人叫来了褚英和代善。褚英、代善知道阿玛新认的白雪格格就是原来的宝音姑娘，他们为自己有这样一个能干的妹妹，也感到很骄傲。扈尔汉是给白雪格格先人立灵牌的司仪。白雪格格穿上白玉袍，焚香上供。褚英、代善、皇太极、扈尔汉、那日松等也都虔诚地叩拜雪儿的祖先牌位。祭祀结束后，褚英和代善因为军务繁忙，告别了父汗、皇太极、雪儿妹妹及众位将军，骑马先行走了。汗王爷也知道他俩忙，就没多留他们。扈尔汉想得非常周到，他跟皇太极一商量，把妞妞也接来了。因为妞妞是宝音姑娘带来的，是宝音姑娘身边的人。所以，汗王爷对妞妞也高看一眼。

到了晚上，汗王爷他们就在"贡物楼子"里举行了欢乐的宴会。一来祝贺汗王爷喜得白雪格格，二来给德贝儿佐领举行婚宴。大家都非常高兴，笙歌燕舞，好不热闹。汗王爷更是心花怒放。这回宝音姑娘成了自己的格格，就不会离开赫图阿拉了，就更能帮助自己了。汗王爷和众位开怀畅饮起来。喝着喝着，汗王爷又把扈尔汉招呼过来，跟扈尔汉耳语了几句。扈尔汉和皇太极嘀咕了几句以后，皇太极走到宝音姑娘跟前，说："宝音你来，我跟你说点事。"他握着宝音姑娘的手。他现在还不习惯叫她雪儿，依旧叫她宝音姑娘。

宝音姑娘知道皇太极非常喜欢她。说实在的，她也早就爱上了皇太极。虽然皇太极已经有了一个沙里甘，但在那个年代，一个男人有很多妻妾是常有的事，再说，格博黑是皇太极在认识她以前娶的，宝音姑娘也觉得情有可原。所以，她一心一意地爱着皇太极。她顺从地和皇太极来到了走廊的另一头儿。皇太极看着心爱的宝音姑娘，怎么也看不够，一时间竟忘了把宝音姑娘叫出来是有事要说。宝音姑娘被他瞅得有点莫名其妙，问："你干什么呢？不是说找我有事吗？怎么不说了？"皇太极这才回过神儿来，说："噢，我差点忘了。阿玛让我跟你商量一件事。他老人家非常感激那日松救了你的命。而且，那日松到了赫图阿拉以后，又屡建奇功。阿玛说那日松已经二十八九岁了，还没有成家。他想把妞妞许配给那日松。我们也不知道人家姑娘在家里有没有心上人？人家愿不愿意？贸然去问也不好。因为妞妞是你带来的人，何况那日松将军在科尔沁的情况你也知道，所以先征求一下你的意见，不知你同意不

第二章　鱼儿总要游归大海

同意?"白雪格格的脸上一阵红润。她心里完全明白，那日松大哥喜欢自己。乌云格格的话里曾多次流露出这个意思。但白雪格格对那日松内心深处，更多的还是救她命的感激之情，并没有那种男女之爱。白雪格格深知由于自己的存在，那日松到现在还没有结婚，确实心里过意不去。现在汗王爷要把妞妞嫁给那日松，派皇太极征求自己的意见。白雪格格想：妞妞人品很好，从年岁上来说跟那日松比我更般配。论长相，妞妞长的也很漂亮，而且很能干。他们俩在一起，可以算得上是天作之合。那日松大哥有了妞妞，也就有了一个家，以后的日子也有了扑奔，我应该成全他们。于是，白雪格格跟皇太极说："阿玛想得挺周到，我看这事不错。皇太极，我先去跟妞妞唠唠，看她是什么意思，如果人家不同意，咱们也不能强办。如果妞妞有这个心思，你再回禀阿玛。怎么样？"皇太极说："好，就这么办。"皇太极就先回去了。

　　白雪格格一边走一边想：我怎么和妞妞说呢？万一妞妞不同意怎么办？白雪格格刚才没注意妞妞，现在这一找，才发现妞妞不见了。白雪格格急忙四下寻找，好容易在离德贝儿新房不远的一个草堆旁发现了妞妞。妞妞手里拿着结婚用的大红烛呆呆地站在那里，好像有多少心事。白雪格格走到她身后，手往她肩上一搭，把妞妞吓得一激灵，回头一瞅，原来是白雪格格。白雪格格就逗她："都说女大心事多。姐姐，想什么呢？姐姐你是不是看中谁了？"妞妞轻轻推了她一下说："别瞎说。好妹妹，你不陪着汗王爷，到这儿干什么来了？"白雪格格说："姐姐，我找你有事儿商量。"说着，她拉着妞妞在草堆旁坐了下来。

　　妞妞自从跟宝音姑娘来到了赫图阿拉，一直过着无忧无虑的日子。日子一长，她看出了个秘密：宝音妹妹将来肯定是皇太极的人。皇太极不论是地位、人品还是相貌，都是一流的。妞妞的心里暗暗为宝音妹妹祝福，同时也想到了自己的归宿问题。她甚至想过，等宝音姑娘安顿下来以后，自己到铁岭去找哥哥。

　　今天，宝音姑娘被封为白雪格格，奴才德贝儿也结了婚。这些都是汗王爷帮助办的。妞妞就想，我咋就没这个福呢？妞妞拿着给德贝儿布置新房用的大红烛信步来到了外面。妞妞正在暗暗伤心难过，白雪格格突然在背后拍了她一下，把她吓了一跳。白雪格格和妞妞坐下来以后，白雪格格说："姐姐，有件事我跟你商量一下，如果你不愿意，可千万别生气。"妞妞说："净说胡话，咱俩比亲姊妹还亲，有什么可生气的？有啥事你就说吧。"白雪格格就把汗王爷为她提亲的想法告诉了妞妞。

白雪格格说:"汗王爷想把你许配给他身边的一位将军,可又不知道你的心事,特让我来跟姐姐你透露一下,听听你的想法。"妞妞听了白雪格格的话,心里热乎乎的。原来汗王爷不单惦记着宝音姑娘,也惦记着自己呢。妞妞心想:汗王爷挑的人,准不能差了,再说了,赫图阿拉这地方的人,个个是好样的。那么,汗王爷给自己选的如意郎君又是谁呢?妞妞的心眼也挺多,她不好意思直截了当地打听对方是谁,就绕个弯儿对白雪格格说:"好妹妹,汗王爷是为了我好,那我还不知道吗?妹妹,你肯定知道这个人是谁。我先问问你,这个人你满意不满意,如果妹妹你满意,那我就满意。"白雪格格心想:妞妞姐可真厉害,她这是在要我的口供哪。宝音姑娘笑着对妞妞说:"好姐姐,你也别套我的话了。我告诉你吧,他就是我那日松大哥,怎么样啊?"妞妞一听,心中暗喜,羞涩地说道:"一切都听汗王爷的安排。"白雪格格高兴地说:"这么说,你答应了,那我报信儿去了,等着喝你们的喜酒喽。"白雪格格笑着跑了。

就在白雪格格去找妞妞的时候,皇太极也把那日松叫了过来。这些年来,萦绕在那日松心里的事情,也是他阿玛、额莫非常关心的事情,就是自己的婚事。额莫乌云格格曾多次写信催他回去和宝音姑娘完婚,说是怕夜长梦多。那日松是个正派、忠厚、善良的人,他非常喜欢宝音姑娘,但由于大舅莽古思家发生的一连串事情,使得他和宝音的婚事耽搁了下来,后来,宝音姑娘也来到了赫图阿拉。宝音姑娘到了赫图阿拉以后,汗王爷非常器重她。宝音姑娘和皇太极又形影不离。那日松越来越感觉到,宝音姑娘将来肯定是汗王爷家的人。那日松始终很尊敬宝音姑娘,他为了使宝音姑娘能够成为皇太极的福晋,始终跟宝音姑娘有一段距离,没有特殊的事情,他不到宝音姑娘那里去。

皇太极告诉那日松说:"我阿玛挺关心你的事,想给你指一门婚,不知你意下如何?"在赫图阿拉城,汗王爷给部下或晚辈指婚,说明汗王爷对某人的厚爱和重视,也表明某个人在汗王爷的眼里占有很特殊的位置。这是一件值得自豪和骄傲的事情,也是了不起的殊荣啊。那日松不敢多问,只是激动地跪在地上磕头谢恩。皇太极也听出来了,那日松这是同意了。皇太极让那日松起身以后,回去把这个想法告诉了父汗。

白雪格格这时也从妞妞那里回来了。汗王爷听到他们俩的回信儿后非常高兴。这时,天黑了下来,德贝儿小两口先行告退,跟他们在一起干活的奴婢们闹洞房去了。这里就剩下了汗王爷、皇太极、白雪格格、

第二章 鱼儿总要游归大海

265

扈尔汉、那日松还有妞妞。这时，汗王爷把那日松叫过来了，说："那日松将军，这些年你为咱们赫图阿拉立了很多功。我听说你到现在还没有成家。我做主，把妞妞指给你。噢，我差点忘了宣布一件事，我要收妞妞做我的格格。"大家齐声祝贺。妞妞、那日松过来谢恩。汗王爷说："今天已经这么晚了，再说咱们也没准备，过两天再择日完婚。好不好，我的妞妞格格？"妞妞不好意思地回答汗王爷的问话，只是红着脸，低头说："一切都听阿玛的安排。"

汗王爷努尔哈赤一下子收了两位格格，非常高兴。他命人把酒拿来，自己要痛饮三杯。奴才们把新烀好的羊肉也都端上来了，放到桌子上。酒是德贝儿他们自己炮制的酒，一种是用长白山长寿草（不老草）、五味子、千年树脂，炮制经年，专献给明朝皇帝的贡酒，酒劲儿挺大。还有一种酒，是人参梅茸酒，它比贡酒度数要低，还有一股清香味儿，像饮料似的，女真语叫窝敏卡。查其纳又让兵丁拿来一些酒，什么地龟饮、花蛇饮、哈士蟆饮等。地龟饮是用龟血泡出来的酒，这是一种补酒，酒的度数不高，带有甜味儿。花蛇饮里头泡的是花蛇，这种酒可以祛风邪，对于治疗腰酸腿疼，腿脚发凉很管用。哈士蟆饮，顾名思义，是用哈士蟆泡出来的酒，它可以使人身体发暖，也可以起到滋补的作用。另外还有黄花饮、百合饮等，都是用花卉、草根泡出来的酒，它可以提神、养性。

查其纳单独又拿来一大坛子酒，坛口用猪尿脬盖着，盖了好几层，又用绳子扎得非常紧。查其纳告诉努尔哈赤，这坛酒叫九阳如意酒。是把熊鞭、虎鞭、鹿鞭、豹鞭、野牛鞭、豺鞭、狼鞭、豺狗鞭、猞猁鞭经过蒸洗，泡晒以后，焙干，磨成面，泡到酒里，然后存放到窖里。几年以后，这个酒就成了深黄色的，非常清澈，有种特殊的香味，这种酒对补肾壮阳非常好。查其纳老人又说："汗王爷，这坛酒要是拿到开原马市，可以换回十匹蒙古马。"汗王爷一听大吃一惊，没想到，小小的一坛子酒竟有这么大的用途。汗王爷看着这坛子酒，一下子受到了启发，这也是赫图阿拉日后发展的一个很重要的财源啊。汗王爷没让打开这坛酒，让兵丁们放了起来。

汗王爷领着孩子们推杯换盏，喝得非常高兴。扈尔汉突然想出一个主意："汗王爷，咱们这么喝没啥意思。"汗王爷说："那你说怎么喝？"扈尔汉倒了一碗地龟饮，说："咱们先把这碗酒放这儿，然后咱们猜谜，猜得好的有奖，要是猜不出来或者猜错了，就喝了它。"汗王爷说："这个主意好,你们同不同意?"大家都表示赞同。那么,让谁先来呢?扈尔汉就跟皇太极说:"小贝勒,您先来吧。您出一个谜,我们大家猜。"皇太极想了想,说:

"热时软,

冷时硬,

切不开,

洗不净。

打一个平常必须用的东西。"

白雪格格说:"我猜出来了,是木克①。"皇太极说:"白雪格格说得对,是木克。白雪格格,你再说一个吧。"白雪格格想了想说:

"地上生,

天上来,

虽说不硬劈不开,

万物少它可不行,

多了不治又成灾。"

妞妞说:"我猜到了,你这是阿生②。"是啊,雨水是地上的蒸气升到天上形成的。虽说不硬,但是劈不开。妞妞说:"我换个样吧,我说的这个是打一数字的。你们想一想:

"上不在上,

下不在下,

人有它大,

天无它大。你们说这是什么?"

这个谜语可把大伙难住了,半天无人搭腔。皇太极刚要问,扈尔汉说:"我猜到了。这是额木③。"妞妞说:"对了,是额木。"扈尔汉又说:"我也给你们说个谜语。你们猜猜是什么?

"你走它不走,

你站它也站,

大小多变幻,

没光看不见。"

---

① 木克:满语,水。

② 阿生:女真语,雨水。

③ 额木:女真语,一。

第二章 鱼儿总要游归大海

267

那日松说:"扈尔汉大哥,你这个一猜就能猜出来了,是喝勒门①呗。"扈尔汉说:"你猜对了。"这时,那日松说:"我说一个你们猜猜:

"一条彩带风难飘,

捉不住来摸不着,

平常时候看不到,

雨后挂在半天腰。"

汗王爷笑了:"那日松啊那日松,就数你这个好猜,别人说的我还真觉得难猜一些,你这就不用说了,是乌伦②。"汗王爷说:"我给你们说一个。这是我小时候,我阿玛常给我讲的谜语。你们谁要是猜到了,我就赏他个礼物。我用女真语说,你们都好好听听:

"阿济格,阿济格,

额木窝赫。

它啊,它啊德莫。

嘎妞,嘎妞,

刻泰刻车,

木克腾莫,

额勒特克。"

汗王爷用女真话合辙押韵地唱着说了一遍。他又瞅了瞅大伙,又重复着再唱着说了一遍。汗王爷说:"打一个什么用件?好好动动你们的小脑瓜儿想一想。"汗王爷用女真语说的这个谜语,是什么东西呢?白雪格格反映相当快,她马上说:"汗王爷,我猜到了,是黑勒哈或者亚达拉库,对不对?"汗王爷说:"对了,对了。你真是个聪明的孩子。"谜底是什么呢?是点火用的火石,也就是火镰。汗王爷讲的这个谜语,用汉语大概翻译过来,就是:

"小小的一块石头,

它啊,它啊,打啊,

真怪,真怪,

霎时升腾起光华。"

这是什么东西呢?是火石。古时候,人们取火就用石头互相碰,碰出的火花,就能把用艾蒿搋出的小绒球点着了,这是几千年来北方人类

---

① 喝勒门:女真语,影子。
② 乌伦:女真语,彩虹。

常备的点火用品。皇太极过去听他阿玛讲过这个谜语，所以他知道谜底，但是他没说。扈尔汉也知道谜底，他也没说。他们俩都知道汗王爷是特意让白雪格格猜的，好在白雪格格还真猜中了。汗王爷非常高兴，从怀里拿出一个小包，是用金丝线缝的小包，这是女真人常用的东西。汗王爷说："雪儿格格，这个礼物就属于你了。"白雪格格美滋滋地接过礼物。大家都围过来争看汗王爷赏的是什么礼物。白雪格格打开小包，只见包里装着两块小石头。这是两块红色的石头，凿得非常精致美观。汗王爷告诉她们，这可不是一般的石头，是明朝万历皇帝赏赐的礼物。

　　他们正在欣赏着这两块精美的石头，忽然外面传来一阵阵清晰的相互厮打吵骂声。汗王爷一惊，马上命扈尔汉："快去看看怎么回事？"扈尔汉和查其纳疾步蹿了出去。不大一会儿，他们俩就回来了。汗王爷问："外面到底发生了什么事？"扈尔汉回答说："禀父汗，离这不远有个扑鲁口子，那是咱们新安设的一个游民住的地方。近些日子，投靠来的人越来越多，有从乌拉部那边逃过来的，有从东海那边过来的，有从叶赫、哈达那边过来的，也有的是从明朝那边过来的。他们这些人凑到一起，经常因为争粮食、争水而打仗，有时伤亡挺大。"汗王爷说："你们赶紧领人过去看看，把事儿解决了。"扈尔汉和查其纳领命出去了。那日松也不放心地跟了出去。

　　白雪格格说："阿玛，我要说些冒犯您老的话。"汗王爷说："好孩子，你就说吧，我不会怪罪你的。"白雪格格接着说："阿玛，您现在如明月当空，名声越来越响，投奔您的人也越来越多。但据我所知，他们来到这儿以后，生活并不好，每天吃蒿子叶和薇菜，好一点的人家有点儿霉苞米粒子。他们不耕田，打猎的人也太多了，附近山上的野兽几乎都打光了，远地方又去不了，都被明朝关口把着，长此下去，他们怎么活呀？"

　　很长时间以来，汗王爷就听下头人奏报，说流散到这里的难民经常发生械斗，但汗王爷的事情太多了，根本顾不过来那么多，他也没考虑安排这些难民。这次争斗正巧被汗王爷赶上了，甚至连呼喊声、叫骂声，女人和孩子们的哭闹声，都听得一清二楚。汗王爷也觉得此事非解决不可了。

　　不大一会儿，扈尔汉回来了。汗王爷问他："到底是怎么回事？"扈尔汉回道："禀父汗，他们主要是因为粮食争斗起来了，死了五个人，现在已经没事了，明天我们再去看一看。父汗，时候也不早了，您早点

第二章　鱼儿总要游归大海

269

歇着吧。"汗王爷抬头看了看天,时候确实不早了,对皇太极和白雪格格他们说:"你们也歇着吧。"说罢,汗王爷在查其纳等人的陪同下,先行回到自己的临时住所。

各位阿哥,说书人在前面说过,这排房子原来是专给看守"贡物楼子"的守卫们住的,居室比较简陋。汗王爷临时住在最里边的一间屋。这间屋原来是参将住的,很宽绰、舒适。白雪格格和妞妞住在汗王爷的隔壁。皇太极住的就是他们现在呆的这间屋子,在白雪格格的隔壁。那日松和扈尔汉住在了最外面的那间屋子。

第二天一大清早,德贝儿带着奴仆到各屋送洗漱水和洗脸水,并告知汗王爷:"早饭一会儿就送到。"汗王爷说:"我不在这吃了。赫图阿拉那边还有许多事,我得赶回去。"这时,皇太极、白雪格格他们都进来了。汗王爷说:"我一会儿就走,你们谁想回去,就跟我一起走。白雪格格,你走不走?"白雪格格说:"阿玛,我一会儿跟扈尔汉大哥他们去,就不跟您回去了。"皇太极也说:"阿玛,我也想到出事的地方看一看。"汗王爷点点头说:"好吧,你们去吧,不过一定要注意安全。扈尔汉、那日松,你们俩一定得保护好白雪格格。"扈尔汉和那日松说:"汗王爷放心,我们一定保护好八贝勒和两位格格。"汗王爷这才骑上马,带着查其纳和几个护卫放心地离去。

汗王爷走了以后,皇太极他们齐向新郎官德贝儿祝贺。德贝儿谢过大家以后,说:"我们做了两种饭菜,一种是女真人的饭菜,一种是蒙古人的饭菜。刚才扈尔汉将军告诉我白雪格格爱吃蒙古的饭菜,我们就专做了一些,不知做得地道不地道,请格格尝尝。"奴才们先端来了茶、水果、点心和肉粥,然后又端来了蒙古人的饭菜和女真人的饭菜,并分两桌摆放。蒙古人的饭菜有奶茶、奶酪、奶皮、奶干、芝麻酥饼、手扒肉、烤肉。女真人的饭菜有手扒肉、熏鸡、熏鹿腿、肉粥,各种饮酒。那日松自昨天汗王爷把妞妞指给他,心里自然很亲近妞妞,所以他挨着妞妞坐了下来,把妞妞弄得还挺抹不开。皇太极一看,自己心爱的白雪格格在那桌坐着呢,可自己又不好意思过去。扈尔汉看出来皇太极的心思,说:"八贝勒,要不咱俩也尝尝蒙古菜。"皇太极说:"好吧。"皇太极马上起身就坐到了白雪格格的身边。

吃完早饭以后,皇太极就问白雪格格:"白雪格格,你说咱们什么时候走?"白雪格格笑了,说:"八贝勒,赶早不赶晚,咱们现在就走吧。"扈尔汉说:"好,我让德贝儿赶紧备马。"德贝儿把马匹牵过来以后，他们几个人骑上马，带上护卫就出发了。德贝儿也一同随行。

皇太极一行人绕过一片树林往左走，前面是一片开阔地。开阔地的周围都是立陡立陡的山。开阔地上新盖起了一片房子，都是朝阳的半地穴式的房子。房子建得挺坚固，也挺好看，里头铺的都是木头，外头都抹的泥。扈尔汉说："这儿原来是一个小土丘，前些天我们派人把它平整了一下，盖了这四十多间房子。"

皇太极他们看到不远处一所房前的院子里有两个壮年，一个人在勒弓弦，另一个人正拿锤子在一块厚铁板上凿箭头呢。这时，两个小姑娘搀着一个老太太从屋子里走出来，老太太坐到了院子中间的一个木头墩儿上晒阳阳。扈尔汉刚要上前搭话，院子里的人听到了声音，朝这边望了过来。老太太看到有人来了，热情地招呼道："进屋呆一会儿吧，歇息歇息，喝点水。"皇太极他们这些人也没客气，白雪格格和妞妞进来以后，坐在了老太太跟前，和老太太唠起了家常。

老太太今年六十多岁了，是个寡妇。她们一家子人原住在宽甸，因为争块猎场，和抢夺貂皮的歹人打起来了。对方是当地一霸"杀一方"的看家奴。"杀一方"的势力非常大，官府有他的小舅子，他们就仗势欺人。老太太就领着几个儿子冲过明朝的关卡，跑到赫图阿拉属地来了。她有五个儿子，大小子柴文现在被人家打得还瘫在炕上；二小子柴武领着五小子柴信打猎去了；刚才勒弓弦的那个是三小子柴礼；凿箭头的那个是四小子柴智，两个小丫头是老太太捡来的。这两个小姑娘长的挺俊，都挺精神，大点的也就是八九岁，小点的也就五六岁。老太太说："她们的妈妈被'杀一方'奸杀了，家也给烧了。这两个小丫头在大火里哭叫，被我那二小子给抱出来了。哎，这两个孩子真可怜哪。"

皇太极他们又进屋看看躺在屋里的老大柴文，院子里的人也都跟了进来。柴文在屋里正躺着呢，神智倒挺清醒，就是下肢不太好使，说话有气无力的。老大含着眼泪说："我们听说汗王爷是救苦救难的活菩萨，几个弟弟就背着老娘投奔来了。谁成想……咳！"这时，扈尔汉见破铁锅里正熬着什么东西，发出一种刺鼻的味道，他用勺子一舀，舀上来一勺子蒿子叶、薇菜，还有几粒苞米粒子。老三、老四说："我们这儿的人都吃这个，就连这个都快没得吃了。你们看样子像是有身份的人，能不能帮我们找点儿差事做。"皇太极问："你们为啥不自己种点地呢？"老三就说了："这位爷，您可能不知道，地都是有主儿的，我们哪敢随便种啊。明朝的地税太高，我们也种不起。前头就有几千垧地，那是明

第二章 鱼儿总要游归大海

朝的地,都在那空着呢。要是你们能派兵帮我们看着,再少收我们点税,我们就种。"他的话引起了白雪格格的注意。白雪格格很有兴趣儿,问老三:"还有哪儿是这种情况?"老三柴礼说:"顺着这条路往南走,一直到宽甸,整个这一片都可以种。你们如果把这片地种了,能打不少粮食。不单有人吃的,马吃的,还能卖一些呢。"扈尔汉说:"你在这些地方看到过明朝的兵马吗?""看到过,但他们不常来,有时一个月来巡视一趟,在这儿过一过,看看你们占没占他们地方。他们怕你们打他们,不敢在这儿呆时间长了。"

皇太极他们离开了老柴家,又来到了老刘家。老刘家也是从宽甸那边过来的,他家有哥四个,刘老大、刘老二、刘老三、刘老四。刘老大、刘老二已经六十多岁了,刘老大会点武术,刘老二是个瘸子,是上山打猎时被地箭给射的,现在就靠哥儿三个养活他,刘老四今年五十多岁,哥儿四个只有他娶了媳妇,老四媳妇给哥儿几个做做饭,料理料理家务。他们一家在就这样忍饥挨饿地对付着过日子。他们又走了好几家,情况大致都是这样。他们还见到了从东海来的苏巴海、苏巴泰哥俩。他们也是投奔汗王爷来的,希望自己在这里能做个旗人。他们又见到了从乌拉部来的依力哈、依力纳、依力布哥三个。他们也希望自己能成为旗民,为汗王爷做点事。

在回来的路上,白雪格格跟皇太极和扈尔汉说:"阿玛不是希望咱们帮他出点主意吗?我想出来了一个主意。"皇太极问:"什么主意?""我想把这些人弄到一个地方去,让他们能种地的种地,能打猎的打猎,然后给咱们交租。这样,咱们赫图阿拉不就更强大了吗?"皇太极说:"你这个想法倒挺好,但是那样的话,咱们就得派兵保护他们,不知阿玛能不能同意?还是回去和阿玛商量一下再说吧。"

他们很快就回到了赫图阿拉。汗王爷也正好处理完了军务,他听说儿子和白雪格格回来了,非常高兴,忙请他们进来。皇太极、白雪格格、扈尔汉、妞妞、那日松都拜见了汗王爷。汗王爷让他们坐下,又命人献上了热茶。汗王爷说:"这回你们长了不少见识。我想听听你们都有什么想法?白雪格格,我最想听的就是你的想法,说说吧,别怕错,说错了我也不怪你,说对了,就按你的办。"皇太极、扈尔汉也附和地说:"对,让白雪格格说说。"

白雪格格说:"阿玛,我前几天把赫图阿拉老城转圈的山南、山北都走遍了。我把西山口、东山口、北山口,这几条道也都看了一遍。咱们赫图阿拉城山势险峻，道路崎岖，沟趟子里树林又这么密，咱们只要把山口一把，谁也别想进来，这是一个能攻能守的好地方。如果喀尔喀部的骑兵真的来了，也绝不能像在大草原上一样，排山倒海地就推过来了。他们的马来了以后，根本就跑不起来，只能是挤到一起。我们只要在林中埋伏重兵，在山口用礌石、滚炮把守，就可以使他们无法靠前。我们乘机出击，他们是必死无疑。眼下问题是投奔咱们的人越来越多，就连大明朝属下的臣民都不怕被抓住杀头，到咱们这里来求生存、找奔头，这是好事。可咱们这里的山太多，土地太少。他们来了以后，吃的也没有，住的也不好。时间长了，容易使他们对咱们赫图阿拉失去希望，甚至产生怨恨。这种想法一旦传出去，有失于赫图阿拉的声望，也有损阿玛您的威望。所以，咱们不能坐等，让他们牵着咱们的鼻子走。"汗王爷问："咱们怎么办呢？"白雪格格说："明朝那边有的是地，就那么空着。咱们的当务之急是想办法把这些人聚到一起，去种明朝空着的那些地。咱们派兵把守，咱们要是出兵，明朝就不敢欺负他们了。他们种出的粮食除留一部分自己吃，剩下的给咱们做军需用。"汗王爷听了白雪格格的话格外振奋，没想到雪儿年岁不大，竟如此有谋略。这事汗王爷也早就考虑到了，就因为北边战事太紧，乌拉部的布占泰老来挑衅。汗王爷总是静不下心来，应付这些内部之间的纷争。另外，也没找到一个合适的人办这方面的差使。现在白雪格格把这宗事提出来了，真乃天助我也。汗王爷对白雪格格说："好姑娘，那你就统揽这方面的差使吧，同八贝勒、扈尔汉、那日松一起商议一个对策，然后就放手干吧。"

白雪格格又说："阿玛，要是有人反对我们怎么办？"汗王爷听白雪格格说得也有道理，就点点头说："我是得给你一把尚方宝剑。这样吧，我把赫图阿拉的旗兵分为左、右两翼，就目前来说，右翼那边以对付乌拉部的布占泰为主，包括对付东海的窝集部，兼顾注意辉发部。这方面我已经让二王爷、费英东、褚英、代善他们来考虑。左翼这边主要对付的就是李成梁。我是受明朝封的官员，吃着明朝的俸禄和赏银，表面上我们要敬重明朝，但是，明朝欺压咱们，咱们也不能干，过去他们老是指责我们，我们最多的办法就是不理它，但这总不是办法。咱们要想办法赢它。另外，自从白雪格格来了以后，多尔沙图汗就一直要马踏咱们赫图阿拉，甚至让我们交出人来。所以，我们更得想办法对付他。还有，随着赫图阿拉的发展，咱们的影响越来越大，投靠咱们来的人也越

第二章 鱼儿总要游归大海

273

来越多。我们的粮食储备也不多,很难应付眼下的局面,我们显得有些被动。既然白雪格格提出来了,我们就按你说的办。左翼的力量强大了,对右翼的发展是相当有好处的。皇太极、扈尔汉、那日松,我提议让白雪格格当左翼的翼领,你们服不服哇?"皇太极马上说:"父汗,您定的事我坚决服从。"扈尔汉、那日松也马上迎合道:"我们谨遵汗王之命。"就这样,以白雪格格为首的赫图阿拉左翼核心在佛阿拉建立起来了,在当时确实发挥了不小的作用。

汗王爷做事一向雷厉风行。第二天,众将领来到了汗王爷的议事厅,民间把它叫做"汗王殿"。"议事厅"是汗王爷给起的名字,汗王爷怕在明朝传出不好的传闻,所以不让叫殿,说叫阁、楼都行,或者就叫议事厅吧。可后来,民间仍然把它叫做"汗王殿"。"汗王殿"建在赫图阿拉北门东侧的高台之上,很有气派。一色用大青砖和青瓦、原木筑造,从很远就可望见。汗王爷在一次去北京朝贡归来的路上,在山海关附近住驿馆时,结识了一位土木名师。这位名师有鲁班的神工,家传有造楼阁的工匠墨线神法宝卷。汗王爷把他请来,帮忙建造议事厅。议事厅有前廊后厦,前有松木大排柱九根,红漆抱柱。屋檐没采用汉人飞檐瓦顶,而是采用女真凉帽圆顶,上有日月迎天脊,建得非常雄伟庄严。汗王爷在议事厅向众属下宣布说:"我现在要起用一位格格,她就是宝音姑娘,也就是现在的白雪格格,现任白雪格格为左翼总翼领,皇太极、扈尔汉、那日松为副翼领。舒尔哈齐任右翼总翼领,费英东、褚英、代善为副翼领。另外,我再拨给左翼三千兵马,听候白雪格格的调遣。我相信,只要我们大家同心同德,就一定能把我们赫图阿拉治理得好上加好。"宝音姑娘的名字在赫图阿拉早已经如雷贯耳,众将对宝音姑娘都非常佩服,何况这是汗王爷定下的事情,更是没有一个人反对的。

白雪格格、皇太极、扈尔汉、那日松他们几个具体商议怎么实施他们的方案。白雪格格提出:"咱们到这些流民中去,了解他们的疾苦,帮他们想办法解决困难。"扈尔汉说:"这个主意好倒是好,只是我跟那日松常到下头去,已经习惯了他们的生活,可八贝勒能行吗?还有,白雪格格能受得了吗?何况这里还有个安全事儿,您二位一旦有个三长两短的,我们回去怎么跟父汗交代?"

那日松也接着说:"是啊,我也是这么想的。"白雪格格说:"两位大哥,咱们在一起的时间也不算短了,你们想想,我白雪是那种人吗?

我是在苦窝窝里长大的孩子,什么样的苦没遭过,什么样的罪没受过。扈尔汉大哥,你忘了?我们住在小桦树林里,那窝棚搭得多简陋啊,日子多苦哇,我跟色音布尔都熬过来了。我不愿意把自己圈到家里,像个格格似的,整天一群人伺候着,我不习惯。我就想帮汗王爷干点事。"

皇太极也马上说:"是啊,我们俩怎么就不行呢?扈尔汉,你说说,我六岁的时候就敢骑马,听我阿玛讲,当时我一个人骑在马上,鞍都没有。马跑得那么快,把我额莫都吓哭了。后来,你和我褚英大哥跟上来了,把我从马上抱了下来,就那样,我都没觉得害怕。所以,你们不要替我担心,我什么都不怕。汉人有一句诗说:人生自古谁无死,留取丹心照汗青。扈尔汉大哥,你不用担心。我阿玛是明白事理的人,真要有什么事,他也不会怪你们的,现在最要紧的是把阿玛交给咱们的事情办好,让阿玛高兴。"白雪格格又补充说:"对,扈尔汉,我现在以左翼翼领的身份命令你。"扈尔汉一听笑了,没想到这小丫头现在就开始发号施令了。他急忙走到白雪格格面前,装模作样,也很正经地躬身施了一礼,答道:"末将听令。"白雪格格很郑重地说:"扈尔汉,从现在开始,在一些重要的差使上你有权管我们,而且,你必须给我们出点子,不许偷懒,要不然我就要……"白雪格格话没说完,自己就憋不住笑了起来。在场的各位也都笑了,这算什么发号施令?白雪格格的意思是别看汗王爷让我管事儿,但我还得听众位哥哥的。

扈尔汉说:"总翼领,既然您这么信任我,那我就把我的想法说说。现在看起来,下面人很多的争斗都是因为粮食不够引起的,他们现在都缺粮食。咱们就做一个放粮官,代表赫图阿拉去给他们分发粮食,借这个机会把人聚起来。汗王爷拨给咱们的三千人马,我看就交给那日松掌管,他直接指挥这些兵马,需要的时候把兵派出去。我就做咱们左翼的联络官,负责联络、安排事务,以及出现什么事,随时向汗王爷禀告。另外,咱们昨天已经了解了不少情况,但是还不够,咱们还应该下去。听说在宽甸一带有一个恶霸,相当厉害,下头人都非常恨他。我想去摸摸情况,这很可能是咱们的一个突破口。白雪格格,您同意不?八贝勒爷,您还有什么想法?"

白雪格格听了非常高兴:"扈尔汉大哥,咱们就按你说的做。"皇太极、那日松也完全同意扈尔汉的计划,事情很快就定下来了。扈尔汉说:"咱们今天晚上就到老柴家去,好不好?"白雪格格说:"好哇,咱们现在就去,这回我再当一回男子汉。"白雪格格说完就进了内室,妞

第二章 鱼儿总要游归大海

妞也进去帮她打扮。不大一会儿，白雪格格穿着武士的衣服走了出来。他们几个人骑上马，很快就离开了老城。

他们出了北门往西走不远，就拐进了一个山沟，绕过这座山，到了柳树通。柳树通这块儿也新盖了不少房子，不少逃难的人在这里住了下来。现在这里非常热闹，是个很活跃的山村。他们几个人在这里见到了刘老大。刘老大正在磨刀，刘老二还在炕上坐着呢，老三、老四出去打猎去了。他们在这里又了解了一些情况，就告别了刘老大，又来到了小南碇子。柴家兄弟就住在小南碇子。今天柴家哥几个都在家，柴老太太一看他们几个来了，热情地把他们迎进了屋。柴老太太瞅了瞅这几个人，问："怎么没看见你们那位姑娘呢？"扈尔汉笑了："您再仔细看看，这里有没有那个人？"柴老太太一下子明白过来。她又仔细看了看，发现一个小伙子个头比较矮小，身子骨也比另外几个人单细，面相英俊，正站在一旁偷着笑呢。老太太说："我看出来了，那个姑娘就是你。你怎么又扮成小伙子了呢？"

他们几个看老太太一家人挺好，不像是什么坏人，没想瞒她们一家。白雪格格就说了："大娘，不瞒你说，我们都是汗王爷身边的人。昨天我们听你说，你有个仇家，把你们给害成这样。你的这个仇家是谁？他现在在哪儿？我们想替你报这个仇。"白雪格格说着，又把大娘怀里抱着的小丫头接了过来。这个小丫头大眼睛，双眼皮，梳两个钻天锥儿。白雪格格对她说："小妹妹，这回我们要替你报仇，替你阿玛、额莫报仇了。"老太太一听白雪格格她们能替她们家报仇，非常高兴，马上把她的几个儿子都叫了进来，并告诉他们这一喜讯。柴礼问道："几位官员，你们能管了这事吗？"扈尔汉说："我们现在就是来了解实情的。你们不要有顾虑，给我们讲一讲，究竟是怎么回事？"

这时，老太太对柴仁说："老大呀，你给这几位贵人讲讲。"老大柴仁虽然是个瘫子，但脑袋挺好使。柴仁这时就说了："说起来这件事你们也可能听说了。这些年逃过来的能有三百来家，人有两三千人。"皇太极吃惊地说："这么多人哪。"老太太说："可不是呗。"这时，老二柴义说："我大哥身体不好，还是我来说吧。这里原来有六个堡子，各个堡子相距都挺远，有的相距三十里，有的相距六十里，还有的相距百八十里，是明朝为了防范你们女真人建起来的。明朝从万历年开始建的这些堡子，算起来已经三十多年了。堡子在宽甸、新甸、大甸、长甸、永甸、张吉哈拉甸那一片，这些地方在鸭绿江边，再往西是爱河，爱河那边就是本溪,那是明朝的地方。明朝当时派些兵,在那里边把守堡子边开荒种粮食,自给自足,他们把种出来的粮食一部分上缴做军粮,另一部分就卖了,可他们的地太多,开垦不过来,怎么办呢?李成梁就想出来个主意,让住在附近的边民跟他们签契约种地,种多少地交多少粮食,契约上都写得非常细。时间一长,事儿也就出来了。很多明朝的官员都非常贪婪,他们大鱼吃小鱼,小鱼吃虾米,层层盘剥,最苦的就是下面的兵丁。他们天天得干活,却什么也得不到。当官的还说打就打,说骂就骂,说杀就杀。不少的兵丁受不了上司的欺压,有的逃跑了;有的干脆进行反抗,把自己的上司一杀,把粮食一拿,银子一包,也逃跑了。所以,他们常常闹内讧,弄得明朝也不好办。那些跑出来的人,有的就往赫图阿拉这边跑,到后来越跑越多。

当时这地儿有这样一句嗑儿:'张三儿、李屎儿、外带一个杀(沙)。'就是说从本溪东大甸子到桓仁一直到宽甸,这一片土质肥沃的土地,全被这三家霸占着。这三家人原来都是明朝的官员,后来成了当地的一霸。这三家人可蝎虎了,那可谁也不敢惹。外号叫'张三儿'的,实名叫张善;外号叫'李屎'的实名叫李适,都是朝中万历皇帝驾前锦衣卫宦官的外戚。老沙家的小姐沙清莲嫁给了赵楫巡抚。沙清莲的哥哥叫沙毓芳,他本来是明朝的一个六品官员,后来他觉得六堡子这块儿山高皇帝远,到这块儿来管事是个肥差,就花了不少银子上下打点,终于来到了这里,专管六堡子这块儿租税。六堡子耕民都被他盘剥苦了,他从中渔利,家财富有。他的属下都叫他'杀一方'。我大哥原来在'杀一方'手下当兵,我和老四柴智在大甸那边当甸农,老五柴信在新甸当甸农,我们年年给'杀一方'种地。'杀一方'太霸道了。他不给我们工银,也不给我们吃饱,还让我们给他干活。我大哥去找他讲理,'杀一方'就让他的手下打了我大哥二十军棍,把腰给打折了。我们哥几个一核计,在这儿是呆不了啦,就在一天夜里,来到了'杀一方'的家。我们打算把'杀一方'全家杀完以后再走,不巧得很,'杀一方'领着他老婆上铁岭去了,家里就剩下他一个儿子。我们把他的儿子打死了,又抢了不少银子,临走时还放了一把火,把他家的粮垛烧了两个。我们就跑到赫图阿拉来了。"

老大柴仁说:"几位军爷,这事我们过去从来都不敢往外讲啊,当时要不是他把我们逼急了,我们也不一定要杀他。我们实在是活不下去了。"皇太极问:"沙毓芳现在怎么样?"老太太就说了:"沙毓芳比以前

第二章 鱼儿总要游归大海

277

更凶了,把大家管得更厉害了。谁要想跑,抓住就点天灯。"白雪格格问:"怎么点天灯?"老五柴信说:"点天灯就是把人用草包上,外头再绑上绳子,吊到大高杆子上,在草上倒上油,点着以后活活烧死,可惨了。"

这时,老二柴义出去把刘老大招呼来了,后面还跟着老徐家、老陈家、老董家、老佟家、老张家的人,一共来了十几个人,都是从宽甸一带逃过来的兵丁。他们听说赫图阿拉的军爷能帮他们报仇,都高兴坏了。不少人说:"我们的房子被他们烧了,粮食被他们抢去了。'杀一方'害得我们四处流浪,家破人亡。我们现在吃不饱,穿不暖。如果抓住了'杀一方',我们也把他点了天灯。"大家都恨不得把张三儿、李屎、杀一方这伙害人精千刀万剐,五马分尸。

扈尔汉说:"你们都听我说,明天我们就把粮食运来,给你们分下去,我们还要分给你们银两。你们放心,汗王爷是不会看着你们挨饿不管的!"大伙异口同声地说:"谢谢汗王爷。"扈尔汉又说:"我有一个办法,你们一定要按我说的办。第一,你们现在不能在这里呆着,你们都先回到明朝那边去,回去以后找亲戚,找朋友。你们告诉他们,凡是到赫图阿拉来的,赫图阿拉都赏给粮食和银两。第二,谁拉来的人越多,我们给谁的粮食和赏银就越多。第三,你们到那边去,不要怕张三儿、李屎、沙毓芳他们,要敢于跟他们讲理。"有人说:"那他们还不把我们都得杀了,都点了天灯。"

白雪格格说:"你们不要怕。我们的八旗兵会去保护你们的,有我们做你们的后盾,明朝不敢把你们怎么样。老沙家他们这么富,靠的不就是你们给他干活吗?你们不给他干了,都到赫图阿拉这边来,他就是个光杆司令了,他不得天天喝西北风啊!"白雪格格掰开皮儿说馅儿地这么一说,大伙都如梦方醒。

白雪格格、皇太极、扈尔汉几个人跟这些难民吃在一起,住在一起,就像一家人一样。三天下来,有不少人都表示愿意回去。

白雪格格他们选了一个日子,让这些人悄悄地回他们老家去了。他们回去以后,找到自己的亲戚、朋友。就这样,一传十,十传百,很快,这几个堡子的人,包括那些当兵的人,都知道赫图阿拉这块儿给粮食吃,给银子花,都争着抢着想到赫图阿拉这边来,有赫图阿拉给咱们撑腰,咱怕啥?有的人干脆去找张三儿、李屎、沙毓芳算账。张三儿、李屎这两个家伙吓得都猫起来了。沙毓芳一看这些人这么厉害,也躲到了他小妹妹家里。沙毓芳跟赵巡抚说:"妹夫,你快帮帮忙,救救我吧,我该怎么办哪?"赵巡抚就去找李成梁。李成梁说:"咱们派兵去看看吧。"李成梁就让他长子的姑爷,姓韩,叫韩诚辅的,带兵去镇压一下。他们谁要敢再闹,就杀了谁。

韩诚辅是个有勇无谋的人。他听了李成梁的话,带着五百人就出发了。他们刚到不大一会儿,那边鼓声震天,八旗兵冲过来了,为首的是赫赫有名的那日松将军。那日松非常剽悍,他使的那杆枪有二百多斤重。韩诚辅早就听说过那日松的厉害,知道自己不是那日松的对手,吓得他领着兵马就往回跑。赫图阿拉的兵马也没追赶,因为白雪格格和扈尔汉早都告诉那日松,你领兵出去就在鸭绿江边到宽甸一带,把旗子打得高高的,骑着马来回地走,每天走三圈,注意,尽量不要和李成梁的兵马发生冲突。那日松接受这个差使,就领着他的三千将士,每天在宽甸一带,女真人这边的地界上来回地走。所以,韩诚辅领兵跑了,那日松也就没有领兵追赶。

过了两三天,李成梁吃不住劲了。因为赫图阿拉的将士这么一闹,明朝那边有些人的心也活了,有的人干脆就到赫图阿拉这边来了。原来明朝占的这二百多里地界上都乱了套了,人们跑的跑,逃的逃,搬家的搬家,乱成了一窝蜂。

就在这个时候,白雪格格、皇太极、扈尔汉悄悄回去,把情况报告给了汗王爷,并告之要这样、这样、这样做。汗王爷听了他们的想法,就带着查其纳、扈尔汉去找李成梁。汗王爷见到李成梁就说:"我们这里现在非常乱,六堡子的很多人都往我们这边跑,我们现在都容纳不了了。我派我的爱将那日松天天在边界这边守也守不住。将军您知道,我们那里是弹丸之地,我们哪有那么多粮食来养活这些人哪,这不是给我出难题嘛,我一向是忠于大明朝的,想朝廷之所想,为朝廷把守边关,现在许多事情竟都落到我的头上,请成梁大人想想,万历二十年以来,那时直隶受蝗灾,流落到我们建州来的有四千难民,都安置在我们的赫图阿拉。万历二十二年的夏天,辽阳、凤城、锦州、辽河、苏子河、宽河、柳河一带发大水,又有不少人逃到我们这边来。万历三十二年那年,又是水灾,又是旱灾,难民又过来了很多,今年万历三十三年,你们六堡子的难民到我们这来的更多了。我们实在承担不了了,望大人赶紧商议此事,要不然我们就上报朝廷。"

李成梁明知道这事是赫图阿拉捣的鬼,但是自己又没有证据,他又

第二章 鱼儿总要游归大海

279

怕努尔哈赤将此事上报朝廷，那将说明他总兵官治理边疆不当，朝廷会怪罪于他。李成梁安慰着汗王爷，给了汗王爷一些银两和粮食，又请汗王爷先回去，他马上就办理此事。汗王爷带着李成梁给的银子和粮食回去了。

汗王爷走后，李成梁想了一个晚上。最后，他下定决心，派兵把六堡子附近所有明朝管辖的臣民全都迁到内地，六堡子这个地方就不要了。可是有很多人故土难离，不愿意走。李成梁就下令，把房子都烧掉，不走的人也统统杀掉。就这样，六堡子一带烟雾弥漫、火光冲天，有不少人死于刀下，整整闹了有三个多月。有一部分人被李成梁逼迫着迁往内地，大部分人都跑到赫图阿拉这边来了。从此以后，宽甸、新甸、大甸、长甸、永甸、张吉哈拉甸这些地方，从鸭绿江以北一直到桓仁，整个这八百多平方公里肥沃的土地，都成了赫图阿拉的领土。

李成梁为了在明朝皇帝面前说明自己做得对，他给明朝皇帝上了一道奏折，说建州左卫都督佥事、龙虎大将军努尔哈赤治理边疆有功，把咱们逃难的几千臣民都给安置了，功劳不小。朝廷应该荫其子孙，赏其银两。万历皇帝非常信任李成梁，就按照他奏折上所说的，以年例的名义，每年厚赏给努尔哈赤八百两银子，这件事就这样解决了。后来，李成梁为这桩事还在朝中挨了不少骂，就因为他资深年迈，德高望重，万历皇帝没有惩治他。李成梁在万历三十六年，他八十三岁的时候，告老还乡，颐养天年，九十而终。这是后话。

逃难来到赫图阿拉的这些人群，包括老柴家、老刘家、老佟家等，先后都加入了女真部，有不少人成了八旗劲旅中的将领。他们打心里感激汗王爷，不少人在后金灭辉发、灭乌拉的战斗中，立下了奇功。

这场胜利，使白雪格格的名望在赫图阿拉一下子就大起来了。特别是从明朝过来的那六千多人口，没有不服的，包括二王爷舒尔哈齐、大贝勒褚英、二贝勒代善和那些大将也都服了。他们都伸着大拇指向汗王爷祝贺。

在逃往赫图阿拉的难民群里，还有一些游方和尚。他们看中了汗王爷仁慈宽厚，想在赫图阿拉借一方土地，修庙安身，也帮助赫图阿拉做些祈祝风调雨顺之事。他们中有的喇嘛便来找白雪格格、扈尔汉等人，把他们的想法就说了。白雪格格心肠本来就好，又素来敬重洪古尔·杜木根大喇嘛，当然就同意了。她与皇太极一起又把此事跟汗王爷禀报，得到了汗王爷的允许。在白雪格格、皇太极的倡议下，他们每人还舍出了一些银两，汗王爷也舍出些银两帮助游僧，在赫图阿拉东岗高埠向阳之处，建起了最早的简陋的佛殿。后来，又建起了一排三间草苫土房，是僧人诵经和居住之地，外面有土墙围成。这便是清史上所记载的"实胜寺"。"实胜寺"朝夕钟鼓声声，给赫图阿拉带来了另一番生气。

这时，又有色刻来报，说大事不好，喀尔喀部主将它塔歹带着五千骑兵，正往这边开来。他们扬言要重占科尔沁，对赫图阿拉下手。汗王爷问："这个消息可靠不？"色刻说："可靠，是上次咱们放走的那两位官员报来的信儿。"后来，汗王爷又把扈尔汉叫来，让扈尔汉核对一下这件事。扈尔汉密见了刘扁头，确定了色刻所报的消息。扈尔汉马上晋见汗王爷，说："禀父汗，确实有这件事，他们已经发兵过来了，至于有没有那么多人马，现在还不清楚。"汗王爷想了想，说："扈尔汉，跟我走，咱们去找白雪格格，听听她的想法。"

汗王爷和扈尔汉出了大厅，穿过长廊，想到白雪格格住的地方去。迎面来了一群人，吵吵嚷嚷的，只见额亦都将军手拉着他的爱女钮祜禄氏格博黑格格正往这边走。格博黑满脸泪痕，后面跟着格博黑的奴婢和额亦都的随从。汗王爷问道："你们这是要上哪儿去呀？"额亦都说："我就是来找你的。我的格博黑回家一个劲儿地哭，我和她额莫怎么劝也劝不好。我们俩也没辙了，就来找你来了。"这时，格博黑一边给汗王爷见礼，一边哭个不停。

汗王爷望在自己面前的这个小泪人儿，非常心疼。他过去拉着格博黑的手，把格博黑搀了起来。汗王爷说："好孩子，别哭了，看哭坏了身子。你现在是我们赫图阿拉最尊贵的人，你的功劳不小，你既要保护好你自己，也要保护好我的小孙子。告诉阿玛，谁欺负你了？谁敢欺负我的宝贝儿媳妇，我决饶不了他。"格博黑破涕为笑。

汗王爷很疼爱格博黑。格博黑忠厚、勤快，对老人也敬重，特别是对自己的小丈夫，关心得更是无微不至。汗王爷和福晋们对她都很满意。前些日子，汗王爷听府里的郎中说格博黑怀孕了，他和额亦都高兴得喝了好几回酒。

皇太极刚结婚的时候，还不太明白男女之间是怎么回事儿，后来稍微大了一些，也就明白点了，但他始终把格博黑当成自己的姐姐看待，俩人并没有夫妻之实。格博黑没办法，把这事告诉了自己的额莫。她额莫就给她讲了一些男女之事。格博黑用额莫教给自己的办法，慢慢引逗着皇太极，他俩就有了关系。当皇太极知道格博黑怀孕以后，不知所措

第二章 鱼儿总要游归大海

281

地说:"哎呀,这可怎么办哪?"格格说:"怕什么的?把孩子生下来就是了。"

由于皇太极年岁还小,过后也没把这事放在心上,更不懂得关心和体贴已经怀孕的格博黑,而且,他把感情都倾注到了宝音姑娘身上,心里就更加没有格博黑,连着几个月的时间很少和格博黑照面,常有随从或侍女传报给格博黑,说八贝勒有事回不来了。开始的时候,格博黑没怎么在意,可是时间一长,格博黑不禁心生疑惑,后来她一打听才知道,原来赫图阿拉来了一位美女,叫宝音其其格。皇太极现在天天和这个宝音其其格在一起。

格博黑想得很多,心情也很不好,妊娠反应尤为强烈,她常回家向她的阿玛、额莫哭诉。她额莫非常着急,就跟额亦都说:"孩子现在身怀有孕,天天这么哭,这样下去怎么能行呢?得想想办法呀。你去找汗王爷,让汗王爷管管皇太极。"格博黑的额莫逼着额亦都来找汗王爷。

汗王爷见格博黑哭成这样,心里也明白是怎么回事。皇太极总到宝音姑娘那边去,汗王爷也早有耳闻。他从八儿子的眼神里也看出来,儿子心里现在装的全是宝音姑娘。宝音姑娘也对自己的儿子充满爱意。他俩是你心中有我,我心中有你。过去女真人对男女之间的事没那么讲究。我儿子的姑娘嫁给你,我也可以娶你儿子的姑娘;甚至也不管年龄差距有多大,只要是愿意,俩人就可以结合到一起。所以,努尔哈赤也没管他们俩。你们愿意在一起就在一起吧,何况自己眼下非常需要宝音姑娘的帮助。宝音姑娘来自蒙古。蒙古是一个非常强大的部落,连明朝都非常怕他们。自己过去和蒙古的关系始终联系不上。现在,宝音姑娘就像桥梁一样,搭上了赫图阿拉和蒙古之间的关系。努尔哈赤是从这个角度来看待这种结合的。

汗王爷拉着格博黑进了屋,旁边跟着额亦都。他们进屋以后,奴婢们献上了茶。汗王爷告诉扈尔汉:"你和那日松先到白雪格格那去,让查其纳也过去,我有军情要与你们商谈。"扈尔汉答应一声:"喳。"然后退了出去,屋里就剩下额亦都和他的女儿格博黑格格,奴婢、侍女站在两边。这时,额亦都就说了:"格博黑现在都怀孕四个月了,天天也见不着八贝勒,她总到我那儿去哭。我和她额莫觉得这怀孕的人总哭也不好哇,就到你这儿来了。你跟八贝勒说说,让他回家看看。"汗王爷说:"好,我这就把皇太极叫回来,我要好好教训教训他。大哥,你放心,我会好好待格博黑的。你回去告诉福晋,让她不要惦记。"额亦都说:"好吧,那我就回去了。"汗王爷送走了额亦都,对格博黑说:"好孩子,你先回去好好休息。我一会儿就让皇太极回去,让他给你赔礼。"格博黑拜别了汗王爷,领着奴婢们回去了。

汗王爷最头疼这件事,见到皇太极怎么跟他说呢?要是让皇太极回格博黑那边去,皇太极现在恋的是白雪格格,皇太极到哪儿都愿意带着白雪格格,他也真离不开她。我让皇太极回去,他能听我的话吗?我要是说多了,又伤了白雪格格,等于是给白雪格格泼了一盆冷水,白雪格格会不高兴的。我现在需要白雪格格的帮助,喀尔喀部要发兵,只能靠白雪格格帮助才能解围。白雪格格在科尔沁蒙古诸部中是有影响的,由她出面组织反喀尔喀多尔沙图汗的联盟,是很容易的,别人可没有这么大的力量。这样,就能减轻赫图阿拉的压力,这是直接牵扯到赫图阿拉城池安宁、吉凶攸关的大事。眼下可不能得罪白雪格格,我得让白雪格格高兴,让她满意,她才能一心一意地帮我们。可是,我要是不命皇太极回去看望格博黑,格博黑那边又怎么办?格博黑现在正在怀孕,天天老这么哭,对身体不好,再说这也影响他们夫妻的感情啊,这可如何是好?汗王爷这一路上,就想着这件事。这位咤叱风云的大英雄,为这点儿女私情犯了难了。

不大一会儿,汗王爷就到了白雪格格的住地。守门的护卫见汗王爷来了,马上进去禀报。门开了,妞妞出来了。妞妞给汗王爷施礼请安:"阿玛吉祥。"汗王爷问妞妞:"雪儿在家吗?"妞妞说:"不在,她和八贝勒可能在假山那儿玩儿呢。"汗王爷说:"你先进屋吧,我去看看。"

汗王爷带着几个护卫来到了后花园,离老远就能听到假山那边,传来一阵阵的笑声。汗王爷走过去一看,只见皇太极的眼睛上蒙着一块红绸子,正在石山这边摸着。白雪格格穿着红绸子上衣,头上梳着两个小抓髻,在石山那边往皇太极这边瞅呢。皇太极眼睛被蒙着,摸索着往白雪格格这边走来。白雪格格头一低,钻到旁边的一个山洞里去了。旁边站着的奴婢憋着嘴,不敢笑出声。汗王爷看见了,也乐得张着大嘴。皇太极往汗王爷站的方向摸来。汗王爷一时童心又起,摆手示意不让奴婢们吱声,自己站在那里一动不动。皇太极一下抓住了站在自己前面的汗王爷,嘴里一个劲儿地说:"这回抓着你了,看你往哪儿跑?"汗王爷眼睛一瞪,说:"小兔羔子,你抓到谁了?"皇太极一听是阿玛的声音,赶忙把眼睛上蒙着的那块小红绸子拽了下来,一把把汗王爷就搂住了:"阿玛,您啥时候来的?怎么不告诉我一声呢?"白雪格格和众奴婢给汗王爷请安。汗王爷笑着说:"白雪格格,我有事情要跟你商量。你看没看到扈尔汉?""我没看见。"他们正说着,扈尔汉和那日松从山后过来了。扈尔汉说:"我们早到了,看八贝勒和格格正玩得高兴,我俩没好意思惊扰。"汗王爷说:"扈尔汉,你和白雪格格、那日松先到我的小客厅等着。我跟皇太极有点事,一会儿就过去。"扈尔汉答道:"喳。"他们几个就走了。

皇太极不知道是怎么回事,问:"阿玛,咱们为什么不一块走呢?"汗王爷说:"你得跟我去一个地方。"汗王爷说着,拉起皇太极就走。皇太极回头喊道:"白雪,我一会儿就过去,你等着我。"白雪格格向他招了招手就走了。

汗王爷把皇太极拉到了当年孟古格格住的屋子。孟古格格在世时,比较愿意住在空气清新的地方。这里环境幽雅,离假山也近,四周围还有奇花异草,花鸟鱼虫,汗王爷就让她住在了这儿。小皇太极常到额莫这里来,对这里的一切都非常熟悉。孟古格格去世以后,这个屋就始终空着。奴才们每天照常来打扫。汗王爷还常来这里怀念往日的情爱。

汗王爷坐到了红木椅子上,并让皇太极坐到自己身边,说:"孩子,你知道阿玛为啥找你吗?"皇太极问:"是呀,阿玛,您找我有什么事?""孩子,格博黑都怀孕了,你也不回去看看。你咋让我这么操心呢?"皇太极把头一低,没出声。汗王爷又说:"刚才格博黑回娘家哭了,你额亦都大爷把她又给送回来了,挺可怜的。我才让她先回去了,说你一会儿就回去看她。"皇太极寻思了半天,说:"阿玛,我不愿意回去。"汗王爷说:"傻小子,说什么呢?那是你的家,她是你的沙里甘啊,你怎么能说这话呢?"皇太极说:"阿玛,这事是您和我额莫跟额亦都大爷定的。再说,我也不喜欢她。""孩子,你这样说,不单伤我和你去世额莫的心,也伤你额亦都大爷的心,更伤格博黑的心哪。格博黑对你那么好,她现在已经怀孕了,那是你的孩子,你怎么能这么对她呢?孩子,你已经不小了,也应该懂事了。""阿玛,您过去不是答应过我,让我自己选媳妇吗?我现在有了我自己喜欢的人了。"汗王爷说:"孩子,那我还看不出来吗?你是不是想要白雪格格?""阿玛,我是想要白雪格格,要是没有白雪格格,我也不活了。""孩子,你不能想怎么做,就怎么做。咱们家不是一般的人家,阿玛主掌着赫图阿拉这么大的家业。你是我的儿子,做啥事都要考虑周到,你现在这么说,后果将是什么样子?你想没想?你是我最喜欢的孩子,你一定要体谅阿玛的心。阿玛能害你吗？孩子，你的婚事将来怎么办，得容阿玛再多想想。我现在要跟你商量一件事，是一件大事，就是蒙古喀尔喀部要发兵的事。蒙古兵相当厉害，翻脸不认人，连李成梁都怕他们，李成梁的儿子李如柏就死在喀尔喀部人的手下。现在李成梁想借刀杀人，想要灭了咱们赫图阿拉。我就不信这个劲儿，我要把这把火烧回去，烧到李成梁那儿去。现在关键的人物就是白雪格格，白雪格格能够帮助阿玛实现这一计谋。"皇太极问："你让白雪干什么？""我想请她带着扈尔汉和那日松出去把这事平息一下，你就别跟着去了。你现在不能分她的心，一定把大事放在前头。"皇太极听汗王爷这么一说，急得都要哭了："阿玛，这不行。我一定要去，我不能离开白雪格格。阿玛，我给您磕头了。"皇太极说完，跪在地上砰砰砰地磕起了头。汗王爷说："孩子，别这样，快起来。""阿玛，您就让我去吧。我听您的话还不成吗？阿玛，我求您了。"

汗王爷见一时半会儿地也无法把儿子说通，只好应付着答应："好吧。你现在听阿玛的话，先回去看看格博黑。你把这事办好了，我就让你跟白雪格格她们一起去。"皇太极马上笑了，亲了汗王爷一口说："好阿玛，您放心吧，我一定回家看格博黑。"爷俩儿说完了话，从屋里走了出来。汗王爷跟皇太极说："你现在先跟我回去，咱们商议完了事情以后，你再回家。"皇太极边走边半搂着汗王爷，像个小孩似地说："阿玛，您就别说了，我都知道了。"

汗王爷和皇太极来到了小会议厅。早等在那里的白雪格格、扈尔汉、那日松等人忙起身迎接。汗王爷坐下以后，又让大家也都坐下。皇太极跑到了白雪格格的身边，挨着白雪格格坐下了。汗王爷环顾了一下，说："前些日子，白雪格格和你们几个解决了咱们赫图阿拉的一个大难题，不仅安置了几万难民，还使宽甸一带的土地到了咱们手里。明朝是赔了夫人又折兵。咱们既占了土地又得了人口，你们几个的功劳不小哇。我今天叫你们来，有要事商量。现在事情非常紧急，喀尔喀部确实要发兵了。扈尔汉，你把详情跟大家说一下，大家商量个办法，也请白雪格格帮着拿拿主意。"

扈尔汉谨遵汗王爷之命，把他所掌握的情况跟大家讲了："我受汗王爷之命，到明朝的抚顺边关见到了刘参军，了解了一些情况，我们从暗探那里也得到了一些情报，这些消息确实很准确。现在，多尔沙图汗已经联络了察哈尔部、扎鲁特部、喀喇沁部等几个部落的部分首领，科尔沁部里也有一部分人参加，他们组成一个联军，估计能有二千多人。

第二章 鱼儿总要游归大海

他们很快要进攻科尔沁，然后对我们的边缘地方采取行动。所以，我们现在必须想出一个万全之策。"

汗王爷说："是啊，你们商量商量。白雪格格，我很想听听你的高见。你说这个仗我们该怎么打法？"白雪格格说："汗王爷，依我看，咱们不能把多尔沙图汗他们引到家里来打这个仗。蒙古骑兵相当厉害，他们所到之处均夷为一片废墟，破坏力太大了。咱们应该走出去，把危险引到外面，再设法收拾它。这场仗要打得既伤不着咱们自己，也伤不着我的科尔沁的兄弟姐妹。"汗王爷听了白雪格格一番议论，两目闪光，忙说："你打算怎么办呢？""我先找一下乌勒吉。那次我和扈尔汉让他回去说服他姐夫恩格特尔台吉，告诉恩格特尔台吉不要跟多尔沙图汗搅和到一起，否则会自食其果。乌勒吉也已经答应我们了。所以，我还是先找一下乌勒吉，看看他那里的情况怎么样？我们已经跟他约定好了，到科尔沁乌丹老格格那里去找他。汗王爷，这件事就包给我们吧，还真想回去看看我那些蒙古兄弟。"汗王爷说："白雪格格，你的这个想法太好了。你去吧。我再让扈尔汉和那日松准备五千马队，足够应付他们的。我要让他们有来无还。"

白雪格格说："我先去乌丹老格格那里，见见我的科尔沁朋友们。我要把科尔沁的力量聚合过来，让他们跟咱们站在一起，然后我再找到乌勒吉，通过他瓦解多尔沙图汗的内部，使多尔沙图汗孤掌难鸣。汗王爷，要这样的话，我必须马上行动，现在就走。"汗王爷对白雪格格佩服极了。这小姑娘如此有韬略，真是了不得。她要是成了自己的对头，后果将不堪设想。他甚至对白雪格格产生了一种惧怕的心理。

汗王爷说："你的这个想法很好，是上策。不过，你一个人去我不太放心。这样，你带上扈尔汉、那日松、查其纳，让他们跟你一起去，也好保护你。"汗王爷话音刚落，白雪格格一愣，心想：怎么没有皇太极呢？皇太极也急了，马上站起来说："阿玛，您怎么把我给拉下了，咱俩不是都说好了吗？"汗王爷停了停，说："对，还有你，你也跟着一块儿去吧。"皇太极听到这话，也没管旁边站着的汗王爷等人，高兴地把白雪格格抱起来了，把白雪格格臊得小脸通红。汗王爷说："别闹了，别闹了，都这么大了，还像个孩子似的。我还有几件事得说一下，一个就是那日松和妞妞的婚事。"那日松紧接着说道："不着急，现在兵事这么忙，还是放一放再说吧。"汗王爷说："不，你岁数也不小了，该成个家了，你的事情要是不办了，我这老头子心里总装个事儿，也对不起你的阿玛和额莫。"汗王爷提到了那日松和妞妞的婚事，皇太极忙插话说："阿玛，那日松和妞妞都是科尔沁的人。那日松到咱们这儿来了多年，功勋卓著，他想请阿玛给他个假，准许他回家办这个大婚。莽古思贝勒、乌云格格、蒙格木贝勒、乌丹老格格都有这个意思，妞妞的爷爷'蔡八桶'老夫妻都健在。阿玛您赐婚的大喜事，已在科尔沁草原都传开了。"那日松也禀报说："汗王爷，您老赐婚，我舅父等蒙古各部的台吉、贝勒们都很感激，齐赞您宽仁温厚，都想来赫图阿拉叩见您呢。"汗王爷听了，笑着说："在科尔沁大办我爱将和我姐姐格格的婚事，这主意太好了，我一百个同意。不过，我要带厚赏给你们，等于我这老头子也去喝你们的喜酒喽。"说着，汗王爷爽朗地大笑，白雪格格等也都欢喜起来，为那日松祝贺。汗王爷又让皇太极、白雪格格、扈尔汉、查其纳代表他参加婚礼。汗王爷特恩赏给那日松和妞妞绸缎十匹、布帛二十匹，貂裘、狐裘各两袭，还赏给他们白银千两。那日松磕头谢恩。

汗王爷说："你回去以后，请向尊贵的莽古思贝勒、乌云格格、蒙格木贝勒转达我对他们的祝福和问候。特别是向莽古思贝勒转达我的心意，告诉他，过去的事情就让他过去吧，愿我们建立新的友谊。我们建州女真人永远愿意和蒙古兄弟在一起，努尔哈赤永远是蒙古人的弟兄。另外，请向尊敬的'蔡八桶'老爷爷转达我的祝福和问候。白雪格格，你说说，我还应该做些什么？"白雪格格非常高兴："汗王爷，您想得太周到了。我们一定把您的心意带去，我要向莽古思贝勒、乌云格格、乌丹老格格转达您的祝福和问候。"

汗王爷又命人叫来了妞妞。汗王爷对妞妞说："妞妞，你现在是我的沙里甘居了，这次，你跟那日松他们一块儿回去看看，代我问候你的爷爷和家人，另外，再把婚事办了。"妞妞脸一红，马上跪下给汗王爷磕头，向汗王爷表示谢意，也替他爷爷、奶奶向汗王爷表示感谢。汗王爷又说："妞妞，你回来以后，还得想法儿见见你哥哥。他如果愿意继续在明朝那边，就留在那里；如果愿意到我这边来，我一定重用他。我会授给他比明朝高得多的官衔。你的爷爷如果愿意过我这边来也行，我可以在赫图阿拉给他开办酒厂。这里离抚顺、本溪、铁岭、开原都非常近，他还可以和明朝做生意。你回去跟你爷爷商量一下吧。"妞妞点头答应着。

当晚，汗王爷备了酒宴，一个是给白雪格格他们送行；再一个就是恭祝那日松和妞妞百年好合。按照女真人的习俗，今天晚上的宴席就等

第二章 鱼儿总要游归大海

于是婚宴一样。白雪格格给大家跳了很多舞,唱了很多歌。大家也都即兴表演了很多歌舞,他们在一起又玩又跳。汗王爷很早就回去休息了。扈尔汉这些日子一直住在汗王爷这里,明天又要走了,现在他也抽空回家去看看。

那日松和妞妞来到了专为他们两个准备好的房子。那日松打发走了奴才们,把灯就熄灭了。这一宿,他们夫妻恩恩爱爱地在一起不知道有多少回。那种甜蜜的感觉,我说书人难以言讲。

各位阿哥,咱们先放下那日松和妞妞如何度过新婚之夜不提。单提另外两位年轻人,那就是白雪格格和皇太极。白雪格格今天非常高兴,妞妞终于有了一个好归宿,那日松大哥也有了自己的家。她再也不用惦记他们两个了。她又唱又跳,还喝了很多酒,后来她唱累了,也跳累了。几个女奴就把她搀到了她自己的内室。皇太极也喝了不少酒。他本来是想回去陪伴自己的沙里甘格博黑,但他看白雪格格喝醉了,忙让查其纳老人把他先送到白雪格格那里,他要先看看白雪格格,然后再回去。查其纳在汗王爷身边呆的时间长了,这两个年轻人之间的这点事,他看得一清二楚。查其纳是位好心的老人,他也很喜欢聪明善良的白雪格格,就说:"小贝勒,您放心去吧。我到格博黑格格那边去告诉一声,就说您这边有事没办完。"

皇太极走进了白雪格格的屋子。只见白雪格格躺在床上,有的奴婢用湿毛巾给她擦脸,有的奴婢端来了热茶。白雪格格用手比划着说:"你们不要管我,都下去吧。"皇太极一摆手,奴婢们都出去了,并随手把门关好。

白雪格格今天的心情比较复杂。自己自从跟随皇太极到了赫图阿拉,就得到了汗王爷的器重,每有重要的事情,汗王爷都要找她商议。这些日子以来,她最惦着一件事,就是能不能像把妞妞指给那日松那样,把自己指给皇太极,可是汗王爷始终没有提这件事。白雪格格心里就琢磨,汗王爷为啥没把我指给皇太极呢?难道汗王爷不同意?不能啊,汗王爷对我很好哇,难道因为皇太极已有了沙里甘?可这事连我自己都没在意呀,那为什么呢?而且,在今天商议事情的时候,汗王爷只提到让扈尔汉、那日松、查其纳跟我去,把皇太极给忘了,这难道是巧合吗?白雪格格是多么聪明的人,这些都涉及到她自己的终身大事,她能不想吗?可这些话她又说不出口,没有一个亲人可以听她吐露心声。虽然她也跳舞、唱歌、喝酒,可这愁心的酒,使她喝的闷得慌。酒这个东西就是这样，如果你心情愉快，再碰上个知己，就是喝上千杯也不会醉，这只是打个比方，意思是说心情要是好的话，多喝一点也没事儿。你要是心情不好、郁闷的时候，喝上半杯都会醉倒。白雪格格可能就是这个原因，她喝醉了，脑袋刚一挨炕，就呼呼地睡着了。

皇太极见白雪格格真喝醉了，就把奴婢们打发走，把白雪格格的鞋脱了，又把她的外衣脱了，好让白雪格格睡得舒服一点。皇太极坐在床边看着白雪格格。他越看越爱，越看越看不够，白雪格格太美了。皇太极亲了白雪格格两口。白雪格格翻了个身，嘴里说着："水，我要喝水。"皇太极赶紧把晾好的茶水端到了白雪格格嘴边。白雪格格喝了几口又睡着了。皇太极决定不走了，他要留下来照顾白雪格格。人到感情上来的时候，就什么都不顾了，阿玛嘱咐他的话也忘了。皇太极把白雪格格的首饰拿下来，一件一件地摆好。他又把白雪格格的衣服都脱了，活脱脱地一个美人坯子展现在皇太极眼前。皇太极抑制不住自己即将喷发的激情，把白雪格格从头到脚亲了个遍，又给白雪格格盖上被，然后把灯一吹，把白雪格格就搂住了。皇太极紧紧搂着自己心爱的女人。其实白雪格格今天酒喝得并不太多，只是由于心情不好，才喝醉了。她刚才睡了一会儿，又喝了一些茶水，神志稍稍有些清醒。皇太极和她温存、亲她、搂她、抱她，她都好像知道一些。忽然，她觉得下身一阵疼痛，随之而来的又是一种奇妙的感觉……

到了后半夜的时候，白雪格格醒过来了。她躺在皇太极的怀里，和皇太极无数次的亲吻、拥抱。白雪格格心甘情愿把自己完全都给了皇太极。就这样，一直快到天亮的时候，皇太极睡着了。白雪格格看着躺在自己身边的心上人，心想：汗王爷啊，我现在已经是皇太极的人了。您什么时候能够开恩说一句，让我嫁给他呢？可看眼下情形，汗王爷好像还没这个打算。天哪！难道皇太极真的与我无缘？此刻，白雪格格好像感到赫图阿拉最威严的人，正伸出无形的手，把她们俩分开。

想到这里，白雪格格不由得伤心地哭了起来。她这一哭，把皇太极哭醒了。皇太极看白雪格格坐在那儿哭呢，自己也坐了起来，搂着白雪格格说："白雪，你怎么了？生气了？难道你不喜欢我吗？"白雪格格说："皇太极，我非常喜欢你。""那为什么哭呢？你怕我不要你吗？你放心，我明天就去跟阿玛说，把你要过来。"白雪格格哭着说："皇太极，我一个无依无靠的孤儿，出身微贱，到了你的身边。我现在已经是你的人了，我把什么都给了你。皇太极，你能理解我的心吗？你一定要

第二章 鱼儿总要游归大海

给我做主啊，一定让汗王爷把我指给你，要不然的话，我还怎么活呀？"皇太极紧紧搂抱着她，说："白雪，你相信我，我会说通阿玛的。别胡思乱想了，好吗？"

　　白雪格格是个非常明白事理的人，又是一个心地善良的女人。因为她深爱着皇太极，所以事事都替皇太极着想。她缓缓地停止了哭泣，说："皇太极，眼看天就要亮了。咱们今天还要早走呢，你还是回家看看格博黑吧。你要是就这么走了，格博黑会伤心的。将心比心，人家也是人哪。"她的话提醒了皇太极。皇太极说："雪儿，你的心肠太好了，到了这个时候，你还想着格博黑。雪儿你放心，我皇太极不是那种黑心的人，我一定娶你。要是阿玛不答应，我就跟你走。"白雪格格说："你竟说些傻话。汗王爷这么疼你，你怎么能说这种话？我知道，汗王爷对我也很好，他会让咱俩满意的。行了，快起来吧。"

　　皇太极调皮地说："遵命。"白雪格格帮皇太极把衣服穿好，又把自己的衣服也穿戴整齐。皇太极双手抚摸着白雪格格的肩膀说："你真体谅人，你一定能成为一个好福晋的。"白雪格格说："别说了，赶紧走吧，再不走时间就来不及了。"

　　这时，天已经擦亮了。皇太极告别了白雪格格，回到了自己的家。他进屋一看，只见屋里的灯还亮着。格博黑正靠着被，坐在炕上。格博黑看见皇太极回来，忙下炕说："终于把你盼回来了。"然后，一下子扑到了皇太极的怀里，委屈地哭了起来。皇太极搂着怀里的格博黑，心里也非常难受。

　　自从皇太极娶了钮祜禄氏格博黑以后，格博黑就像对待小弟弟一样对他，把他照顾得无微不至。奴婢把洗脸水打来以后，她先试一试，要是凉了，她自己出去把水再温一温，然后给皇太极端来；皇太极喝水，格博黑总要先用嘴试一试，看热不热、凉不凉；晚上睡觉，都是皇太极先躺下，她就像皇太极的额莫一样拍着皇太极，等皇太极睡着了，她再把衣服脱了，轻轻地钻进被窝，甚至连衣服都是格博黑帮他穿。他们刚结婚的时候，皇太极不太懂得男女之间的情事，格博黑就一点点教他。以后他们俩每次在一起，皇太极都感到很满足。格博黑常说："贝勒爷，只要让你高兴，我做什么都行。"皇太极也是个很重情义的人，他对格博黑由最初的感激之情逐渐发展到了爱情，所以说，男人的心情就是这么复杂，皇太极虽然说现在爱的是白雪格格，但他一回到家来，格博黑又在他心里占据了主要位置。格博黑这一哭，皇太极也觉得很惭愧。

皇太极把自己的手帕拿出来，轻轻地给格博黑擦眼泪，哄着格博黑："别哭了，啊，听话，都是我不好，我这不回来了嘛。你现在怀着咱们的孩子，他也是咱们家族的宝贝呀。你要多注意身体，可千万别伤了他，啊。"皇太极紧紧地搂着格博黑，又亲了格博黑几口。格博黑不再哭了。她搂着皇太极的脖子问："你就不想我吗？"皇太极说："怎么不想。""那你一天到晚不着家。""我实在是太忙了。这不，我一会儿还要走，等我这次回来，一定好好陪你，行不？"格博黑温柔地依在皇太极的怀里，不停地亲吻着皇太极的脸、耳朵、脖子，撒娇地说："人家都想你了。"皇太极也被她撩拨得激情涌动，他一把把格博黑抱了起来，放到炕上，脱去了自己身上的衣服，格博黑见状也把衣服脱了。小夫妻俩在一起好一阵甜蜜。甜蜜过后，皇太极说："我得走了，误了事，阿玛会怪罪的。"

　　格博黑是位很温柔善良的女人。她一听皇太极要走，忙把衣服穿好，说："我得给你换换衣服，再给你弄点吃的。"格博黑帮皇太极换了内衣，给皇太极穿了一条新裤子，又把自己新绣出来的鸳鸯荷包给皇太极带上，格博黑又亲自沏了一碗薏米红枣莲子粥，一边吹着一边喂给皇太极吃。皇太极直嚷嚷不赶趟了，格博黑说："你着什么急，吃完了粥再走。"皇太极吃完了粥，格博黑又给他擦擦嘴。皇太极站起身来说："我得走了，阿玛还等着呢，你多保重！"

　　皇太极一狠心，头也没回地走了。到了汗王殿，白雪格格等人早已等候在那里。皇太极前脚刚到，汗王爷后脚就到了。汗王爷见大家都到了，很高兴，又嘱咐他们："你们这次出去，一定要秘密出行，在没到科尔沁之前，不要露出你们的身份，以防明朝和多尔沙图汗他们有所准备。"汗王爷又拿出两块加急令牌，给扈尔汉和那日松每人一个，这两个令牌是领兵用的，有了令牌，任何关口都必须放行，不能耽误，谁耽误杀谁的头。汗王爷又告诉他俩："你们俩在必要的时候，就拿我的令牌行事。这次，你们一定要给多尔沙图汗点颜色看看，让他们知道知道咱们的厉害，以后不敢轻易进犯赫图阿拉。"扈尔汉、那日松接过了汗王爷的令牌。昨天夜里，扈尔汉、那日松就已经把五千骑兵和一万匹战马分成两路，由两个参将带着出发了。他们要到一百多里地以外的山沟里埋伏下来，打仗的时候，以令牌为将令，参将们只要看到令牌，就带着兵马立刻杀出密壕。

　　汗王爷明白，大明朝的李成梁那是一贯的死盯着赫图阿拉，总是在

第二章　鱼儿总要游归大海

291

沟坎道口藏匿一些色刻，想方设法找出赫图阿拉努尔哈赤以小犯上的可疑形迹来。正因如此，他非常谨慎。一再叮咛护卫扈尔汉和那日松将军，还有老侍卫查其纳，你们此次领着八贝勒皇太极、白雪格格去科尔沁草原，可不是一桩小事，这是咱们赫图阿拉和蒙古科尔沁头一遭联手，这不仅会惊动大明朝，就连乌拉部、叶赫部、哈达部都要警惕百倍。这还不算，四分五裂的蒙古各部也绝不会善罢甘休。所以，你们几个一定严格遵照我的命令，古人有马衔环、人含梅、夜过敌营的典故。你们一定秘密出行，要人不知、鬼不觉地接近目的地，一旦出了闪失，必按旗规削首行事。扈尔汉等人听了冒了一身冷汗，这可真是提着脑袋上阵了。汗王爷那是说到做到的人。这几个人，都把生的希望，寄托到精明强干的扈尔汉身上。查其纳暗里一劲儿直捅扈尔汉，让机灵鬼扈尔汉快点拿出好招儿来。你甭说，啥事也难不住扈尔汉。他胸有成竹地对汗王爷说："我们谨遵汗王爷之命，敬请汗王爷放心。我们跟您老这么多年，东挡西杀，咱们吃过谁的亏，我们这次还扮成贩马的，怎么样？"汗王爷努尔哈赤欣然点头。

在场的皇太极和白雪格格等人都认为扈尔汉出的主意很好。那时候，贩马的人挺多。马当时是最重要的交通工具，也是最重要的武器。他们要是装成贩马的，不会引起别人的注意。就这样，皇太极和白雪格格一伙儿，他们扮成夫妻，一人骑一匹马，另外又赶了两匹；那日松和妞妞一伙儿，他们俩也扮成夫妻，一人骑一匹马，另外又赶了三匹；扈尔汉和查其纳一伙儿，查其纳扮成一个老奴，他们一人骑一匹马，另外又赶了四匹，加起来一共有十多匹马。

汗王爷考虑，装成马贩子在草原一带能够使人信服，而赫图阿拉是贫瘠的山沟，专出产人参、鹿茸、紫貂、五味子什么的。所以，从山沟里走出的人都应该是猎人或办山货人的打扮。因此，汗王爷让他们简单地换上了猎人的衣装，然后，又悄声地陪他们从佛阿拉城东门出去，直奔东山口，在那里换上马贩子的衣装，再往科尔沁方向走。这样，就躲过了大明朝的耳目——叶赫部及哈达部的监视。

他们晓行夜宿，用了三天的时间，到了乌丹老格格所属的科尔沁南部的山岗，离这儿不远，就是当时白雪格格也就是宝音姑娘，把那些逃难的难民聚集到一起的那片小树林。扈尔汉怕皇太极和白雪格格累着，决定在这里休息一会儿。扈尔汉告诉那日松："你先走一步，知会乌丹老格格一声，就说赫图阿拉来人了，宝音姑娘到了。"那日松和妞妞两人骑上马先走了。

　　白雪格格望着四周熟悉的山山水水，往日她率领众牧民与多尔沙图汗拼死抗争的艰难岁月，又一幕幕浮现在眼前。慈祥的"蔡八桶"老人，待自己像亲妹妹一样的色音布尔，被久困在水牢里的乌丹老格格，他们现在都怎么样了？白雪格格的心又和蒙古亲人们完全融合在一起了，她恨不能立刻飞到他们身边。于是，白雪格格便催皇太极等人也快些赶路，当他们快到南寨门的时候，老远儿就看见寨门前彩旗招展，不少人在那儿站着呢。

　　这时，蒙格木贝勒和色音布尔骑着马朝她们跑来。色音布尔在马上大声说道："宝音，我们接你来了。"蒙格木贝勒和色音布尔很快来到白雪格格等人近前，翻身下了马。白雪格格等人也都下了马。扈尔汉忙向蒙格木贝勒和色音布尔两人施礼，说："我真高兴又见到你们了，先告诉你们个喜讯，我们赫图阿拉的汗王爷给宝音姑娘新赐个封号，她现在是白雪格格。"在蒙古诸部中，赫图阿拉的女真人威望很高，无论是谁，都知道远近驰名的努尔哈赤。白雪格格是努尔哈赤给的封号，身份和地位可就不寻常啦。此次宝音姑娘即现在的白雪格格，驾临乌丹老女的故地，按礼节就等于努尔哈赤亲临此地。所以，蒙格木贝勒和色音布尔当然得另眼看待了，他俩要以蒙古的大礼叩头下拜。白雪格格见此情景，急忙上前几步，双手紧紧拉住蒙格木贝勒和色音布尔，说："我的两位贝勒爷，何必如此客气？我宝音是回来探亲来了。"边说边给两位蒙古科尔沁的亲人行了一个墩儿礼。

　　这时，百感交集的色音布尔竟忘情地抓住白雪格格的手，说："宝音，俗话说'一日不见，如隔三秋。'你可把我们惦记坏了。自打你走以后，大草原里的人没有不念叨你的。"白雪格格绯红着脸，忙把自己的手从色音布尔的手里抽出来，现出一副若无其事的样子，回过脸来，把站在自己身边的皇太极等人介绍给他们俩，说："这位就是赫图阿拉的八贝勒皇太极。他随我们一起来拜望科尔沁蒙古众位贝勒爷和朋友们。"白雪格格又指着站在一旁的魁伟大汉扈尔汉，笑着说："这位大英雄不用我介绍，你们早都认识了。色音布尔哥哥，想当初咱们在一起对付多尔沙图汗，还全仗着扈尔汉大哥给咱们排兵布阵呢，那咱，咱们还真让他的'酒贩子'和'马贩子'的诨号给唬住了，后来我才知道，扈尔汉大哥是赫图阿拉汗王爷身边的一员虎将。他那次来，就是受汗王爷之命，有意来相助咱们的。"白雪格格的一席话，更激起了蒙格木贝勒

第二章　鱼儿总要游归大海

293

和色音布尔对努尔哈赤的敬佩之情。色音布尔和蒙格木贝勒给皇太极和扈尔汉等人半跪施礼,说道:"我们代表科尔沁欢迎赫图阿拉的众位英雄。"皇太极等人也相应施礼,互致寒暄。

少时,从欢迎的人群中走过来几位腰扎彩带、身穿蒙古袍的奴才,把客人们骑来的马牵走,拉到固定的马厩,用好料伺候。然后,色音布尔又命几个奴才牵来了几匹高头大马,全都是一水儿的白鼻梁红鬃马。马头上戴着彩带,马背上配有金鞍银镫,这是科尔沁草原迎迓贵客的"迎宾马"。白雪格格和皇太极正看得很有兴致的时候,不知从什么地方跑来一群姑娘和小伙子,欢笑着来到了他们近前,还没等皇太极、白雪格格和扈尔汉等人回过味儿来,就已经被人家抬到了"迎宾马"上。不少蒙古童男童女手摇腕铃和彩鼓,在路两旁翩翩起舞。色音布尔和蒙格木贝勒仰脸笑着,猛拍着巴掌,陪着马上的客人们向南寨门走去。

鼓乐齐鸣,鞭炮声噼里啪啦。蒙古姑娘跳起了欢快的蒙古舞蹈,唱起了迎客的歌儿。一位姑娘半跪着在马下献酒,又有几位姑娘献上了哈达。科尔沁草原牧民的热情好客,深深地感染了皇太极一行人。

白雪格格她们来到了南寨门。这里是新开辟出的一块新庄园,近一年来,在蒙格木贝勒的带领下,乌丹老格格南庄园四周空闲的草溏、洼地、丘陵全都开垦出来,并种上了牧草籽种,使这里变成了绿荫荫的新牧场。乌丹老格格感激万分,口口声声地称赞蒙格木妹夫真是天下的奇人。这不,乌丹老格格今早又命人用车推着,查看西沟沿儿那块儿新开辟的草原去了,到现在还没有回来。白雪格格和皇太极他们来到科尔沁草原,没先见到乌丹老格格,反倒最先见到了白雪格格最羞于见到的人,他就是莽古思贝勒。

早已等候在那里的莽古思贝勒看见了自己想念已久的宝音姑娘,既惭愧又伤感,激动得老泪纵横。白雪格格下马紧走几步,恭敬地来到莽古思贝勒面前,笑声殷殷,落落大方地给莽古思贝勒磕头施礼。莽古思贝勒眼含热泪,搀起白雪格格,说:"好孩子,快起来。你来了就好,你来了就好哇。"白雪格格一抬头,见到了正向她慈蔼微笑着的乌云格格。白雪格格激动得也热泪盈眶。说实在的,白雪格格离开科尔沁草原,屈指算来,时间并不太长,使她永远铭刻在心的是,那天夜晚的一瞬间,贝勒爷和大妃走了,日日缠绕她的顽皮天真的小格格走了。她又像一个被遗弃的孩子,刚强的她为了不流下眼泪,嘴唇都咬出血了。她当时最怀念的人还真不是她的生身阿玛和额莫,而是当年收养她的这位乌云格格。白雪格格将她尊为自己的恩人和额莫。她走过去，先给乌云格格和大妃见礼，然后，与乌云格格相抱着欢喜得痛哭起来。站在旁边的小格格也跑过来，直喊："宝音姐姐、宝音姐姐。"抱着白雪格格的胳膊不放。白雪格格把小格格抱在怀里，亲了又亲。皇太极看见白雪格格同科尔沁莽古思贝勒一家人的那种亲密情感，深受感动。随后，白雪格格又把皇太极等人介绍给莽古思贝勒。皇太极和莽古思贝勒互相见礼之后，在一旁等待多时的那日松才走过来，用蒙古人的礼节给自己多日未见的舅舅、舅母、阿玛、额莫行叩头礼，又亲亲小妹妹，简单地讲了自己的近况。然后，他把妞妞拉过来，给众人介绍。乌丹老格格听说他是"蔡八桶"的亲孙女儿，心里非常高兴。

　　蒙格木贝勒和色音布尔看时辰不早了，就走了过来，恭请赫图阿拉尊贵的客人皇太极、白雪格格、扈尔汉等人，重又骑上"迎宾马"，然后，再请莽古思贝勒、乌云格格骑上坐骑。大妃和小格格上了彩轿。蒙格木贝勒和色音布尔骑着马在后面相随。

　　马队浩浩荡荡，来到乌丹老格格的府邸。乌丹老格格的住处已今非昔比，高耸着的彩绘牌楼富丽堂皇。正门两旁，两尊大白石狮子威风凛凛。石阶下，设有花岗岩的上马石和下马石。扈尔汉和白雪格格望着这壮观的建筑，非常惊讶。这里的变化太大了，变得几乎令他们都不认识了。他俩正欣赏着眼前这些变迁，忽然，一个豁亮的声音传到耳边："今早喜鹊喳喳叫，我猜必有贵人到。原来是我的宝音姑娘回来了。"听这声音，那准是乌丹老格格无疑了。白雪格格小声地向马上的皇太极说了几句什么，她俩便下了"迎宾马"，扈尔汉也跟着下了马。三人忙来到乌丹老格格车前，恭身施礼，热心问候老人的近况。乌丹老格格把白雪格格拉到近前，慈爱地打量着姑娘，看也看不够，还是色音布尔过来提醒道："姑姑，咱们还是进屋说吧。"老人家这才松开拉着白雪格格的手。白雪格格、皇太极推着乌丹老格格乘坐的车，进了会客厅。

　　众人进了大厅以后，分宾主落座。乌丹老格格是这里的庄主，又是莽古思家族的年长者，莽古思等人当然都听她的安排。

　　乌丹老格格考虑，今日的贵客非比寻常。来客中，不单有帮助过自己的扈尔汉将军和像自己孩子一样的宝音姑娘，更有自己久已敬慕的努尔哈赤的儿子皇太极小将军。他是第一位光临草原的建州部贝勒，他给荒僻的草原带来了荣耀。所以，乌丹老格格极力主张请皇太极和白雪格格坐在正位上。莽古思贝勒也完全同意表姐的主张，可皇太极却执意不

第二章　鱼儿总要游归大海

295

肯。他说："我此次有幸来到向往已久的蒙古草原，是遵父汗之命，看望蒙古众位朋友来的。尊敬的乌丹格格和莽古思贝勒，请不必客气。您们都是我的长辈，让我坐在主位，我是万万不敢从命的。"大家又谦让了一番，最后，只好按照皇太极的话办了。乌丹老格格和老贝勒坐在中间正位，大妃坐在莽古思右侧，紧挨着大妃坐着的是乌云格格、蒙格木贝勒和色音布尔。这样，科尔沁的人都坐在了右侧。

乌丹老格格左侧坐着的是皇太极、白雪格格、扈尔汉、那日松、妞妞和查其纳。双方坐好后，先由众奴婢献上了奶茶和香果。大家寒暄几句后，色音布尔说："今天，是咱们草原最喜庆的日子。我们不仅迎来了想念的宝音姑娘，不，是尊贵的白雪格格，更使我们草原生辉的是，我阿玛敬慕已久的大明朝龙虎大将军努尔哈赤派来了他的使者，尊贵的皇太极贝勒和扈尔汉将军，这是建州部对我们草原的信任和惠顾。我们感激不尽，我愿在此代表我的姑姑、我的阿玛和草原的兄弟姐妹们，对您们的到来致以深深的谢意。"这时，有两个身穿鲜艳服装的蒙古姑娘手捧红漆花盘，花盘上陈放着六杯白酒和六条哈达。色音布尔和蒙格木贝勒亲自给客人再次敬献美酒和哈达。

各位稍作休息之后，色音布尔又把众人领到了给他们早已安排好的一间漂亮屋子。皇太极、白雪格格、扈尔汉、那日松、查其纳他们都擦了把脸，换了身衣服。白雪格格换上了女真人的服饰，梳着女真人的小发鬏儿，插着一支金簪子，手指上戴着金闪闪的指套。皇太极穿的是贝勒服，戴着英雄冠。扈尔汉和那日松穿的是带有铠甲的将军服饰。皇太极等人收拾停当，重又来到了乌丹老格格新修整过的，驼绒镶嵌成云鹤翔飞的大厅。

莽古思贝勒向皇太极说："贝勒爷，欢迎您到我们科尔沁草原来，请您转达我们对尊敬的努尔哈赤汗王爷的问候，以前我们有不恭敬的地方，请汗王爷多多海涵。"

皇太极说："老贝勒，我父汗经常夸赞您治理科尔沁有方。我父汗说，过去的事就让它过去吧，都不要再提了，让咱们今后永远成为好朋友、好邻居。"皇太极说得非常诚恳，莽古思贝勒很受感动。莽古思贝勒为什么要给皇太极行此大礼呢？因为皇太极的阿玛是赫图阿拉的汗王爷努尔哈赤。当年，莽古思贝勒和叶赫、哈达等部组成九部联军，攻打赫图阿拉的时候，被努尔哈赤打得一败涂地。所以，莽古思贝勒知道努尔哈赤的厉害。现在努尔哈赤的儿子皇太极来了，他当然要高看一眼。

另外，他一看皇太极一表人才，有帝王之相。莽古思贝勒心里就想，别看皇太极并不张扬，可辽东的天下将来准是他的。不是有那么一句话：真正的能人从来不显山不露水，只有那些一瓶子不满、半瓶子逛荡的人才好显示自己嘛。

莽古思贝勒高兴地宣布："为了欢迎远道而来的客人，我们要大宴三天。"白雪格格马上站起来，说："老贝勒爷、乌丹老格格和各位长辈，实言相告，我们这次来，是有紧急军情要事跟你们通禀的。"莽古思贝勒一惊："什么军情要事？"白雪格格说："事情非常紧急，一刻都不能耽搁。"莽古思贝勒是位久经沙场的老将了。他看白雪格格等人表情严肃，就知道事关重大，说"那咱们就先谈正事，晚上再喝酒。"客厅里的气氛马上变得紧张了。那些迎客的人见白雪格格她们有事要跟莽古思贝勒商议，纷纷告退。乌云格格也领着大妃、小格格走过来。白雪格格向乌云格格和大妃表示歉意，并拉着她俩的手说："我一会儿就过去看你们。"小格格抱住白雪格格不放，说："宝音姐姐，我不走，我要跟你在一起。"大妃哄劝着说："好孩子，别闹了，你宝音姐姐现在有事，一会儿她就过去看你，跟你玩儿。"大妃好说歹说，才把小格格领走了。

刚才还喧嚣热闹的大厅一下子静了下来。扈尔汉将军把情况详细跟他们介绍了一遍。莽古思贝勒说："上次发生的事情我都听说了。多尔沙图汗是只狼，他吃了这么大的亏，肯定是要回来报仇的。我听说扈尔汉帮了我们的忙，就知道李成梁肯定会把这件事嫁祸到你们身上，也想到可能会有一场恶仗。你们没来前，我就跟色音布尔和蒙格木贝勒商量妥了，凭我这张老脸去赫图阿拉求你们，请老汗王再帮我们一个忙。没想到，你们倒先来了。现在科尔沁的事虽然由我来执掌着，但我年纪大了，没这个精力，庄园里的具体事全交给我的两个儿子去做。我的大儿子色桑布尔，原来跟乌拉二贝勒布占泰拜为'金兰'兄弟，被布占泰重用为东海窝集部'淀海'噶珊大管家。这不，近一阵子因庄园出了不少不快的事，我就把他召了回来，帮我料理族事。他现在正在忙活我们北边庄园的事。我老姐姐也因为身体不好，西艾曼霍通就交给我的二儿子色音布尔和蒙格木贝勒代管。你们有什么事，就尽管跟他们谈吧。你们能来，我就很满意了，这也是对我们庄园有利的事。你们放心，我们一定竭尽全力。我身体不好，就先行告退了，请诸位见谅。"莽古思贝勒深深施礼。皇太极等人把老贝勒热情地送出门口。

第二章 鱼儿总要游归大海

客厅里只剩下了蒙格木贝勒、色音布尔和皇太极、白雪格格。蒙格木贝勒和色音布尔也觉得事态严重。白雪格格问色音布尔:"色音布尔哥哥,你认不认识一个叫乌勒吉的人?"色音布尔说:"认识啊,他原在我们这里呆过一段时间,后来,到喀尔喀部他姐夫那里去了。他到了那里以后,看不惯多尔沙图汗的专横跋扈,不愿替多尔沙图汗卖命,最近又回来了。他希望他姐夫能离开多尔沙图汗,不再受多尔沙图汗的气。他姐夫怕多尔沙图汗报复他,不敢把人拉出来。前些日子,我阿玛也担心多尔沙图汗会杀回来,一再告诫我们要小心。我阿玛非常关心这些情况,派乌勒吉出去打听打听,已经走了五六天了,大概也快回来了。"扈尔汉又问他:"科尔沁这边的情况怎么样?"色音布尔凭着他的辛勤调查,对科尔沁一带的各部关系,提出了很多看法。他认为:"科尔沁还跟扈尔汉走时情况差不多。北科尔沁部都是一些小部落,各部落人数有的超过千人,有的不到百人。那阵,我阿玛力量强大,他们就都依附我玛法和我阿玛。芒格父子就跟我们家族有世代交情,孔格是临近芒格西部的一个小部落。这些年,随着我们家族的壮大,鞭长莫及。芒格、孔格这些小部落,也都在悄悄地壮大起来。而且,喀尔喀部的多尔沙图汗也趁机对他们施以小恩小惠,把魔爪伸了过来,这才闹得芒格反目。我阿玛被搅得焦头乱额。芒格现在因受到了挫败,有些收敛。孔格又想步芒格的后尘,见我阿玛势力衰弱,南北不相顾及,也在趁势施威,想从我们科尔沁庄园里头挖到一碗羹。北边就是这样个情况。还有些零散部落,虽与芒格和孔格关系挺好,但他们各揣心腹事,还不能握成一个拳头。他们即使都恨多尔沙图汗,但他们总觉得各部间毕竟都是蒙古人,有着共同的血缘关系,对赫图阿拉从心里上就疏远些。这点还请诸位包涵。想当年,汗王爷率兵打败了我们的九部联军,他们对你们始终还抱有戒心。说句心里话,人有脸,树有皮,栽了跟头,都想有脸面地爬起来。我们蒙古人个个血气方刚,总要个骨气,要个面子,总想把往日的沮丧平抚过来,但他们又觉自己的力量,根本就实现不了自己的心愿。他们对你们又了解不多,不太信任,不得不把希望寄托在阴险的多尔沙图汗身上。这次你们来了,给我们送来了关爱,送来了友谊。你们威名赫赫,能瞧得起我们草原的人。我们很感激啊。我们蒙古人就是这种性格,我们对朋友从来是以红心对红心,你敬我十倍,我敬你百倍。我再说说西边的扎鲁特部。扎鲁特部现在是哪边也不想得罪。他们觉得我们科尔沁部和喀尔喀部两个部的人口、地域、兵力、财富远超过他们,而且，我们两家又是他们通向东疆和南疆的必经要地，他有求于我们。现在，由于我们科尔沁部受到了一些损失，我阿玛的威望下降。喀尔喀部趁机活跃开来，蒙古草原相持的力量发生了变化。扎鲁特部在这种状况下，他们深知我们莽古思贝勒虽然骄纵些，但为人善良，怜爱弱小部落，所以，从内心深处还愿意接近和帮助我们，对芒格联军的突袭也持有贬斥之意，但他又怕我们日渐强大，威胁他们。至于说对喀尔喀部的多尔沙图汗，扎鲁特部从来都把他视为一只狼，始终是睁一只眼、闭一只眼地盯着他们的一举一动，怕他们有朝一日，窜进自己的羊圈里。现在，多尔沙图汗力量倍显强大。当然，扎鲁特部为保存自己的实力，不敢公开袒露自己对我们的同情和支持，表面上还装出一副倾向喀尔喀部的样子。但是，如果没有特殊情况，他是不会出兵的。"

扈尔汉听了色音布尔的详细介绍后，说："等乌勒吉回来，咱们听听乌勒吉带回来的情况，再做定夺。色音布尔，现在你能否帮我办件事？"色音布尔说："扈尔汉大哥，请尽管吩咐。"扈尔汉说："你还得想办法见见芒格，让他尽量把人拉出来，必要的话，我们出面跟他谈谈。咱们要尽量分化多尔沙图汗的队伍，只要削弱了他的力量，咱们就好办了。我们汗王爷说话是算数的，到什么时候我们都不会背叛蒙古兄弟，不会背叛科尔沁，这点请你们放心。"蒙格木贝勒和色音布尔听了非常高兴。

正说着，有小校来报："乌勒吉求见。"色音布尔忙说："快请。"不大一会儿，乌勒吉进来了。他进来以后，一眼就看到了赫图阿拉的宝音其其格、八贝勒皇太极、扈尔汉将军、那日松将军，他一一拜见。色音布尔让乌勒吉把出去打听到的情况说一说。乌勒吉说："大管家，大事不好了。多尔沙图汗的两千多兵马已经扑过来了，他们是从阜新那条道上过来的。我琢磨，今儿夜里就能赶到这儿，咱们必须及早做好准备。"

按照乌勒吉所讲的情报，扈尔汉等在场的人做了认真分析。大家细致地算了一笔账，就眼下的情况看，真正愿意发兵攻打科尔沁部落的力量主要来自多尔沙图汗，其他部落参与的人数不多。如科尔沁北部的孔格部首领，他同原来在乌拉部的色桑布尔是要好的朋友，现在色桑布尔回到了科尔沁。所以，大家判定，即使孔格真的出兵，那也仅是咋呼几声，应付了事而已，不会真正帮助多尔沙图汗。大家又判定，多尔沙图汗摇唇鼓舌地声扬自己有两千亡命之徒，那也是虚泡胀肚的数，不足为信。尽管这样，咱们还要有备无患，只要两家通力合作，定让多尔沙图

第二章　鱼儿总要游归大海

299

汗有来无回！扈尔汉问："乌勒吉，你姐夫他们来没来？"乌勒吉说："来了，不敢不来呀，我姐夫一共带来了三百骑兵。"

白雪格格考虑了一会儿，说："乌勒吉，我跟你去见见你姐夫。咱们今天晚上就去，尽量让他撤走。扈尔汉大哥，你说行不行？"扈尔汉一想，现在也只能这么做了，而且出面人也只能是白雪格格。因为宝音姑娘在蒙古人中的威信很高，很多人都听她的。扈尔汉说："你这个办法倒是很好，那只能有劳白雪格格了。"乌勒吉说："我陪宝音姑娘去。"扈尔汉说："色音布尔，你也跟着一起去吧。你也是科尔沁的人，你们自家人好说话。另外，你多带几个人，千万要保护好白雪格格。"色音布尔说："扈尔汉大哥，你放心吧。我阿玛早就说过，白雪格格是我们草原的明月，我们的恩人，就是我死了，也不能让她伤着半根毫毛。"扈尔汉笑了："有你这句话，我就放心了。"色音布尔又问："芒格那里怎么办呢？"白雪格格说："咱们今天夜里先随乌勒吉去见他姐夫，然后就到芒格那儿去。他们之间离的不太远。"

他们分头行动。乌勒吉领着白雪格格和色音布尔告别了大家，去会见乌勒吉的姐夫；扈尔汉和那日松两人带着汗王爷给的腰牌，返回到事先秘密藏兵的地方待命，静候白雪格格她们的会谈结果。

各位阿哥，白雪格格她们为了不引起多尔沙图汗色刻的注意，化装成了逃难的难民。路上，白雪格格才知道色音布尔已经娶了沙里甘，是乌云格格给选的科尔沁草原的一位美女。白雪格格恭喜色音布尔。色音布尔听那日松说白雪格格跟八贝勒皇太极很亲近，对白雪格格说："汗王爷那么喜欢你，你将来肯定是汗王爷的儿媳妇。"白雪格格被他说得脸一红，说："你瞎说什么？八字还没一撇哪。"他们一行人，很快到了乌勒吉的姐姐那里。

那时，蒙古人打仗常常把家人和马匹一块儿带着。恩格特尔台吉当然也带着自己的沙里甘。白雪格格她们先见了乌勒吉的姐姐，然后又悄悄把恩格特尔台吉找出来。恩格特尔台吉和沙里甘听说自己面前所站之人，就是草原上众人敬仰的白雪格格时，慌忙跪地磕头。白雪格格让恩格特尔台吉站起来说话。白雪格格说："恩格特尔台吉，赫图阿拉的汗王爷已经派出了大批兵马，准备和多尔沙图汗一决高低，多尔沙图汗这回肯定没有好果子吃。你最好不要掺和到这里边来。"恩格特尔台吉非常相信白雪格格的话，他知道赫图阿拉要是出面的话，多尔沙图汗肯定得打败仗。恩格特尔台吉说："可我的兵马都已经来了，怎么办哪?"白雪格格说:"那不要紧,他们进兵的时候,你找机会把你的三百兵马悄悄带走。恩格特尔台吉,像你这种情况的还有吗?"恩格特尔台吉就讲了:"还有四五家哪。他们也不愿意来,都是多尔沙图汗硬逼着来的。"白雪格格说:"你再劝劝他们。"恩格特尔台吉觉得有赫图阿拉做自己的靠山,腰杆子也直了。他领着白雪格格到了他最亲近的几个部落首领的那里。这些首领本来都不愿意来,但都惧怕多尔沙图汗的淫威,不得不来。他们见到宝音姑娘以后,知道宝音姑娘现在已经是赫图阿拉的白雪格格了,更加敬重宝音姑娘,纷纷表示愿意听从白雪格格的安排。

　　这里的事情安排好以后,白雪格格她们又到了芒格那里。芒格实际也不想打,上次他被莽古思贝勒打败以后,关在水牢里,色音布尔把他救出来了,他出来以后没地方去,就又回到喀尔喀部。多尔沙图汗挺重用他,给了他一些兵马。他听说宝音姑娘和色音布尔一起打败了多尔沙图汗,对宝音姑娘非常佩服,也非常尊敬。他一看宝音姑娘亲自来了,而且宝音姑娘现在是努尔哈赤亲封的白雪格格,所以,白雪格格讲的话他能不听吗?他一想白雪格格说得对呀,我好不容易又有了一些兵马,可别全都赔进去,还是老老实实地回去吧,当时他就下了决心,说:"白雪格格,我听你的。我一会儿就领着我的兵马回去,我不管它塔歹了。这次汗王爷要是出兵,他的损失会更惨。我可不能跟着赔进去。"色音布尔说:"你这样想就对了。另外,你回去以后再劝劝孔格。他们现在也存在侥幸的心理。"芒格的阿玛跟孔格的阿玛关系非常要好。芒格是科尔沁北部的一个小部落,他的阿玛是巴登杜特尔。色音布尔就告诉他:"听说孔格他们也来了人。"芒格说:"是,他可能来了五百兵马。我去说说看,他不一定能听。不过,只要汗王爷出兵狠狠揍它塔歹他们一顿,别人就害怕了。多尔沙图汗总想报仇,这次把他打垮了,他以后就老实了。"白雪格格说:"你放心,你只要说通了孔格,别的部落就好办了。"白雪格格她们忙完了这些事儿以后,悄声地又回来了。

　　各位阿哥,咱们再说多尔沙图汗派出的兵马,这天晚上真就杀过来了。他们按照李成梁说的办法,大造舆论,要踏平科尔沁部,赫图阿拉必须把罪魁祸首宝音其其格交出来。他们走到哪儿,就吵到哪儿。他们以为这样一造舆论,别人就害怕了。他们想入非非,打算从阜新杀过来,先到科尔沁,把科尔沁打得一蹶不振以后,再飞骑南下到赫图阿拉,痛痛快快杀掳一番,让努尔哈赤尝尝我多尔沙图汗的厉害,知道我

第二章　鱼儿总要游归大海

的力量有多强大，如果他不交出宝音其其格，我就再抢占他一些地方，直到把努尔哈赤弄得精光为止。

在多尔沙图汗发兵之前，刘纯正曾好心相劝："你千万别去打赫图阿拉。赫图阿拉的努尔哈赤那是一代枭雄啊！你是斗不过人家的。另外，你能抓着宝音其其格吗？据我所知，她现在在努尔哈赤手下，而且得到努尔哈赤的重用。她将来就是不给努尔哈赤做妃子，也得给他儿子做妃子。你要她，赫图阿拉能给你吗？你还是听我劝一句，不要再想着报仇的事了。"可多尔沙图汗不听刘纯正大法师的劝阻，他执意要发兵。不过他自己没亲自来，而是让他的干儿子它塔歹领兵出来了。刘纯正见他不听自己的忠告，推说自己岁数大了，没跟他们出来。再说多尔沙图汗见他与自己的意见相左，也信不着他。另一位军师马国祥，因抱病在家，不能相随。齐秉仙自胳膊被砍断以后，已经认清了多尔沙图汗是个无能之辈，不愿意再帮助他了，所以，一直云游在外。

多尔沙图汗现在是孤家寡人，有些心怯。可他的干儿子它塔歹野心勃勃，是个不知天高地厚的家伙。他一心想要继承多尔沙图汗的汗位，所以，总想在多尔沙图汗面前显示一下自己的能力。他四处搜罗兵马，一共准备了二千多人。周围这些小部落的首领谁也不敢惹他，表面上都答应他。可一到发兵的时候，有的人根本就没来，来了也就一千八百来人。可多尔沙图汗已经下达了军令，不走也不行了。就这样，它塔歹就带着一千八百来人出发了。这一千八百来人里，还有不少并不听命于他，他自己能管住的人，实际也就是八百多人。

他们快到科尔沁的时候，探马来报："恩格特尔台吉的人马不见了。"过了一会儿又报，又有几彪人马不知去向。它塔歹哪里知道恩格特尔台吉等人已经悄悄溜走了，还以为他们走错了方向呢。他们走到离科尔沁草原不远的一座山前。这是一座丘陵山，不太高，树林挺密。前面的色刻禀报："总兵，前面是一片密林，树木茂密，易有敌兵埋伏。先锋官让我问问，队伍是否继续前行？"它塔歹说："继续走，谁敢耽误就杀了谁。"打前站的先锋官听到指令，带着队伍继续往前走。那时候，蒙古各部落打仗就像游牧一样。队伍在前面走，后面是一些大轱辘车，车上拉着家口。他们打到哪儿，就在哪儿生活。

他们正往山沟里走着，突然，几声炮响，从山上杀下来一支马队。扈尔汉和那日松没把五千兵马都带过来，而是带来三千。他们只用了不大一会儿的工夫，就把它塔歹这帮人全都包抄起来，就连他们的家口也都被围上了。里面的人要往外逃，可围兵更厉害，马上就赶过来，挥刀乱舞，有的削下了马头，有的砍断了马腿。这还不算，这些飞来的将士，个个神勇，手使盘弓箭，将不少四散的敌兵像穿线儿似的全撂倒了。什么叫盘弓箭呢？就是一种人推的车形地箭车，箭车分大小箭车。车上装有十根到二十根不等的利箭，上在弓弦上，后面有几个壮汉一起拉弓，突然放手，群箭一起飞啸而出，使对方的人无处躲藏，也有的弓弦上安放的不是箭，而是飞刀，也用同样办法发出，这就是地刀。就这样，不到一个时辰的工夫，他们全军覆没。它塔歹也被抓住了。

扈尔汉和那日松正为擒拿到多尔沙图汗的走卒它塔歹合兵欢聚的时候，突然有色刻来报，说："有一彪人马，看样子足有一千多号人，从北边向这里冲来。"那日松感到很奇怪，多尔沙图汗哪还有什么兵马能从北地冲来？依他的判断，北部现在有影响的部落除了芒格就是孔格。芒格因为遭到了舅舅的报复，尝到了苦头，估计他不敢造次。除此，那就是孔格部的人马了，但他又想到，孔格部应该从毕拉部所受到的挫折中，汲取一些教训，可是，人总是贪心不足的。孔格看到多尔沙图汗的势力越来越强，或许会孤注一掷。那日松把自己的判断讲给了扈尔汉。扈尔汉很同意那日松的看法。于是，他让那日松来应对孔格。

事实正如那日松所料，业经色刻详察，前来的兵马果然是科尔沁北部孔格部落的人。说来孔格能带人马南下，是因他收到多尔沙图汗的密信。多尔沙图汗诱惑他秘密南下，配合它搭歹去偷袭乌丹格格，并讲明偷袭成功后，所获一应战利品，与他平分秋色。但孔格可不是芒格，他遇事谨慎，从来是不见兔子不撒鹰，但又架不住多尔沙图汗的诱惑，最终，还是忐忐忑忑地出兵了。他的队伍像夜行的狐狸，从莽古思庄园的密林丛中悄悄前行数百里，躲过了科尔沁部的色刻，好歹算平安地到达这里。正因为孔格东查查、西望望地蜗形前进，当他们到来的时候，它塔歹已被擒获。孔格的色刻急报这个噩耗的时候，孔格吓得满身是汗，又跪地叩头，庆幸自己办事谨慎，没把自己惨淡经营的家底子给卖了出去。正在他踌躇不前的时候，哪成想，他从小的光腚娃娃，后来到了赫图阿拉的那日松飞马赶到。孔格羞愧得无地自容。那日松下了马，向孔格致意，拍着他的肩膀说："我的孔格兄弟，咱们多日没见，你一向可好？我代表汗王爷向你致意。一定要记住，人立在世上，脊梁骨永远应该是直的。你跟我舅舅都是邻居，是几辈的交情了。凡事往前看，我舅舅有做得不对的地方，请哥哥多多海涵。今后咱们多联系，人熟为宝

第二章 鱼儿总要游归大海

303

哇。"就这样,那日松并没有为难孔格。孔格很是感激,带着他的兵马,慌慌张张地溜回到了孔格部。

第二天,孔格又带着丰厚的礼品,来到了莽古思贝勒家里。他想让乌云格格帮忙跟那日松说说,请那日松在皇太极和白雪格格面前给说些好话,并表示自己今后一定跟赫图阿拉永世和好。莽古思贝勒和乌云格格找到皇太极、白雪格格他们,把孔格的意思跟他们说了。白雪格格跟扈尔汉他们几个一商量,就答应下来。

扈尔汉又派人飞马把战况向汗王爷禀报。汗王爷马上回信儿说:"把缴获所有的物资、马匹、车辆全部留下,把他们的人都遣返回去,让它塔歹给咱们留下一个悔过文书。"扈尔汉遵照汗王爷的意思,把它塔歹教训了一顿。它塔歹也后悔了,咬破了自己的食指,在一张白板牛皮上写下悔过文书,表示从此再也不与赫图阿拉为敌,狼狈地回喀尔喀部去了。

多尔沙图汗遭到了沉重的惩罚,震动了北疆。恩格特尔台吉受到了很大的教育。恩格特尔来找白雪格格,他说:"感谢汗王爷大慈大悲,要不然的话,我们这次就全完了。为了表达我们一片诚心,我们想去赫图阿拉拜见汗王爷。"白雪格格笑着说:"非常欢迎。"当天,恩格特尔就领着自己的兵马返回了住地。这里暂且不说。

各位阿哥,白雪格格他们取得了胜利以后,当天晚上,就要返回赫图阿拉。莽古思贝勒、乌云格格、蒙格木贝勒,还有乌丹老格格执意挽留。他们在一起欢庆重逢。白雪格格那美妙的歌喉又响彻在广阔的科尔沁草原。莽古思贝勒、乌云格格和草原的人又听到宝音姑娘的声音了。莽古思贝勒非常惭愧,要不是自己做错了事,宝音姑娘很有可能现在还呆在我们科尔沁草原。不过人往高处走,宝音姑娘现在到了赫图阿拉,这也是好事。白雪格格唱完以后,一些蒙古科尔沁姑娘唱起了她们自编的歌:

> 带来了恩惠的人啊,
> 送来温暖的人啊,
> 赐给我们生命的人啊,
> 你呀,宝音姑娘,
> 你是我们草原的恩爱。
> 我们草原的月亮,草原的太阳,

让我们纵情地把心上的爱献给你，
让我们举起我们的酒杯，
祝福你呀，
永远快乐，
一生幸福！

  白雪格格身边围着里三层、外三层的人。大家争着给宝音姑娘献酒、献哈达，施礼问候。不少老人也都挤进人群看望宝音姑娘。皇太极过去没想到，宝音姑娘在蒙古人心中的威望这么高。他更加喜欢、爱恋白雪格格。扈尔汉、查其纳也有同感。
  这时，"蔡八桶"老夫妇也被妞妞和她的小妹妹搀来了。"蔡八桶"老夫妇见到了日夜想念的宝音姑娘，心情非常激动。他们和宝音姑娘紧紧地搂到一起。"蔡八桶"老夫妇又见到了老朋友扈尔汉。扈尔汉给老人施礼问候，老人还礼。妞妞又领着老人拜见了八贝勒皇太极。"蔡八桶"老人要给皇太极施大礼叩拜。皇太极赶紧把老人扶起来了。皇太极亲切地对"蔡八桶"老人说："我早就听说您的大名了。我还喝过您酿的酒哪，真好喝。我阿玛说过，您如果愿意到赫图阿拉，随时可以来。""蔡八桶"老人点头说："非常感谢汗王爷给我孙女儿带来了幸福和欢乐，过些日子，我们老两口一定亲到赫图阿拉，向汗王爷表示感谢。我一定不负汗王爷的盛情，到赫图阿拉酿造我'蔡八桶'美酒，那可就要给您们添麻烦喽。"皇太极说："咱们都是一家人，干么说两家话。"
  他俩正唠着，大妃、乌云格格带着小格格来了。小格格现在出落得越发漂亮了。乌云格格对白雪格格说："她现在长得越来越像你了。"大妃说："白雪格格，小格格小时候就愿意跟你在一起。你走以后，她更是天天念叨你。"皇太极细看了一眼小格格，只见这个小格格长得确实像宝音姑娘，就像是一个娘生出来的一样。皇太极也感到这个小姑娘挺可爱。看来也真是有缘，小格格也不认生，走过去把皇太极的腿就给搂住了，说："大哥哥，你能带我出去玩儿吗？"她的话把大妃和乌云格格逗笑了。皇太极把小格格抱了起来，他们俩在一起就唠上了。扈尔汉过来禀报道："白雪格格，咱们现在除了给科尔沁留下的物品外，还有一百多车的战利辎重。您看咱们什么时候动身好，我好早做准备。"白雪格格和皇太极都感到扈尔汉考虑得很周密。白雪格格说："扈尔汉哥哥，你现在就去准备。咱们明天就走。"扈尔汉得到白雪格格的指令走了。

站在他们旁边的色音布尔说："宝音，你就不能再多呆一天吗？咱们有很多话还没唠哪。"白雪格格完全理解色音布尔此刻的心情。说实话，她也不愿意离开科尔沁的这些亲人们，但是她知道汗王爷那边还有很多事情在等着自己呢，而自己又没有分身之术。白雪格格拉着色音布尔的手，无奈地说："色音布尔哥哥，我也愿意和你们在一起多呆几天，可我还有很多事要做，不能不走。你放心，我还会来的，咱们后会有期。"站在一旁的皇太极也说："请色音布尔哥哥有机会到我们赫图阿拉去做客，我们非常欢迎。"色音布尔也紧紧握着皇太极的手说："八贝勒，认识您是我的骄傲。我有机会一定去看您。"色音布尔又对白雪格格说："如果你们执意要走，我也就不多留你们了。天已经很晚了，你们早点休息吧，明天还要赶路呢。"就这样，宴会散了，人们都回去休息了。

　　第二天子时刚过，白雪格格和皇太极他们来和乌丹老格格、莽古思老贝勒、大妃和色音布尔等人告别。皇太极贝勒和莽古思贝勒互相敬酒祭天，发誓要永远和好。色音布尔握着皇太极的手说："我想求八贝勒一件事。"皇太极说："色音布尔哥哥，有什么事，您尽管说。"色音布尔说道："请八贝勒善待宝音姑娘。这是我对您惟一的期望。"皇太极也看出来了，色音布尔深爱着白雪格格。他说道："色音布尔哥哥，您放心吧，我们都很尊重雪儿。另外，我也很爱雪儿，我会好好待她的。"乌云格格和大妃听了皇太极的话，都很受感动。乌云格格说："八贝勒，您和白雪格格真是天配良缘哪，有您照顾白雪格格，这也是她的福分。我为白雪格格高兴，也为您们祝福。您们一定能生活得很幸福美满。记住，您们成亲的时候，一定告诉我这个老太婆哦。"乌云格格的话，把白雪格格说得脸上一红一红的。皇太极答应道："您放心，我们一定请您们去做客。我和白雪格格一定给您们献上我们那里最好的美酒。"

　　乌丹老格格一向是伶牙俐齿，为世人所惧怕。她心直口快，心里怎么想就怎么说。你就是天王老子，她也不怕。乌丹老格格眼见心爱的宝音姑娘又要离大家而去。老人的心里一阵酸楚，此去经年，又不知相逢在何年。她虽讲了不少临别话，但仍觉话未说透。她也不管赫图阿拉的人在场不在场，大声喊白雪格格："宝音，我这么叫你叫惯了，白雪格格叫起来让我觉得冷冰冰的，还拗口。孩子呀，你千万要心中有数啊。八贝勒爱你，这我看出来了，可你俩年轻不懂啊，那努尔哈赤可是个猴儿尖猴儿尖的人啊，啥事都得他定夺。你可千万别让他给耍了呀，孩子,一旦有差,你马上回来找我。我帮你撑腰去。"

乌丹老格格这几句话,弄得在场的人都没敢吱声。扈尔汉、那日松都知道乌丹老格格的脾气。站在一旁的莽古思贝勒非常同意堂姐的话,凭着他的经验,他对宝音姑娘与皇太极的婚事也有看法,但他怕得罪皇太极等人,所以,就不便多言。他想拦住堂姐的话,又怕堂姐的脾气上来,话会更多。皇太极听了当然很不快,认为她们误会了自己的阿玛,他想上前解释,让扈尔汉、查其纳把他拉住了。扈尔汉说:"八贝勒,蒙古人性直,他们说话您别在意,咱们赶紧上路要紧。"

这时,查其纳禀道:"八贝勒、白雪格格,刚才汗王爷又传来将令,要我们速速启程。"白雪格格说:"好,你去告诉扈尔汉大哥,他要是准备好了就先走吧,我和八贝勒随后就走。"查其纳老人就把白雪格格的安排,告诉了扈尔汉和那日松。他们俩接到指令,就率领着兵马,押运着装载战利品的一百辆车先走了。

由于八贝勒和白雪格格他们来的时候怕走漏了风声,所以是化装来的。这回仗打完了,也就没有必要再化装骑马了。色音布尔就给八贝勒和白雪格格安排了两辆轿车,以便他们俩乘坐舒适一些。大草原的人听说宝音姑娘要走了,纷纷前来和宝音姑娘告别。人们都舍不得让她走,不少人痛哭不止,这里也包括"蔡八桶"老夫妇和妞妞。因为那日松要率领兵马日夜赶路,妞妞不便于跟着,就先不走了。所以,她也来送行。宝音姑娘被人们围个水泄不通,怎么也上不了车。色音布尔一看如果这样下去,就是到天黑,姑娘也走不出去。于是,色音布尔跳到了车上,说:"各位蒙古兄弟们,宝音姑娘有重任在身,不能再耽搁了。大家闪开一条道,请赫图阿拉的白雪格格上车,请我们尊敬的八贝勒皇太极上车。"人们听了色音布尔的话,自动地让出一条道来,请他们的宝音姑娘上路,请尊敬的八贝勒皇太极上路。不少蒙古姑娘含泪唱起了送别的歌,白雪格格也和她们一起唱,唱得非常深情。蒙古人这种真诚质朴的感情,感染了皇太极。他们含泪上了车。白雪格格上了一辆有五个奴婢陪着的彩色大轿车。轿车里面很宽敞,装饰得也很讲究,里面有一张桌子和放东西的小柜,周围都有带窗帘的小窗户。皇太极坐的是另一辆彩色大轿车。查其纳领着三十多个护卫,他们都骑着马在后面相随。他们这一行人上路了。

皇太极见到了莽古思贝勒家族的人,可以说是历史上的奇缘。皇太极抱过的那个小格格,在十三岁的时候,与皇太极成婚。她就是清史上著名的孝端文皇后。

再说恩格特尔台吉回去以后，觉得自己这次保住了性命，多亏赫图阿拉的人。白雪格格要是不来说服自己，自己不也得跟它塔歹一样全军覆没呀，包括当时受恩格特尔影响的那些人，都非常感激恩格特尔，认为是恩格特尔救了他们。所以，他们都同意恩格特尔的意见，要去赫图阿拉拜见汗王爷，表示一下他们的忠心。没过多少日子，恩格特尔台吉和喀尔喀五部贵宾，来到了赫图阿拉，把二十匹上好的蒙古种马献给了汗王爷。汗王爷非常高兴，盛情款待远方来的客人。在这年冬天的时候，这些人又来到了赫图阿拉。这回他们带了更多的马，还有骆驼。他们给努尔哈赤献上了一个尊号，尊奉努尔哈赤为"昆都仑汗"（即"恭敬汗"）。

由此为转机，赫图阿拉与蒙古草原诸部的关系好转了，跟科尔沁的关系也更亲密了。科尔沁的北部孔格这些人受到教训以后，看出赫图阿拉汗王爷是个开明的汗王。他们痛心疾首，诚心改悔，和赫图阿拉的关系也越来越好。后来，孔格把自己的女儿嫁给了汗王爷。

各位阿哥，话说皇太极一个人坐在车里走了一段路，觉得挺没意思，他就招呼查其纳说："查其纳，把车停停，我要上白雪的车上去，我们俩在一块儿还不闷得慌。"查其纳笑着说："您还是坐这车吧，这样您们俩都能好好休息一会儿。"皇太极不干。查其纳老人一看劝不住，只好招呼前面的车停下来。查其纳过去跟白雪格格请示说："格格，八贝勒想要到您这车上来，您看……？"其实白雪格格也早有这个想法，只是自己没好意思开口，现在皇太极把话说出来了，她爽快地答应道："请八贝勒过来吧。"查其纳老人就命车里的五个奴婢出来，又把皇太极从车上搀下来，上了白雪格格坐的这辆车，那五个奴婢就坐到皇太极原来坐的车上去了。

查其纳老人又嘱咐赶车人赶车要快还要稳。赶车的两个人都是赫图阿拉的兵丁，嘴里"喳"、"喳"地答应着，扬鞭打马赶路了。皇太极把外头的小硬门一关，门帘一挡。轿车小窗户上挡的帘都很薄，所以里面也不太黑。白雪格格和皇太极这两个相爱的人，拥抱到了一起。这两天，他们虽然天天在一起，但每天忙着军事上的事情，而且周围的人太多，两个人也没有机会亲近。

皇太极搂着心爱的白雪格格说："雪儿，我想死你了。"白雪格格也说："我的贝勒爷，我也想你呀。"两个人躺在正在行走的轿车里又恩爱起来。皇太极满以为这回大功告成，阿玛肯定会更赞赏、喜欢白雪格格。另外，阿玛又是最疼我的，他一定能答应我的要求，把我最心爱的白雪格格娶到家。皇太极心里已经有一百个、一千个把握。可是，白雪格格不像皇太极那样把事情想得那么简单。她一路上，时时刻刻想着乌丹老格格的话。她虽然也不爱听，但又觉得乌丹老格格正一语道破了自己时时都在担心的事。她非常爱皇太极，把自己的一切都给了皇太极，但自己毕竟出身低微，又是无依无靠的女孩儿家，所以，她想得比较多，总觉得有些地方不对劲儿，她躺在那里想着想着，又哭了起来。皇太极正搂着她呢，一看白雪格格哭了，赶紧坐了起来，问："雪儿，你怎么了？为什么你又哭了呢？"白雪格格打了个咳声，说："是啊，我是最坚强的人，从来不掉眼泪，可不知怎么回事，我总感觉咱俩这事有些不对劲儿，我还在想着方才乌丹老格格的话，我总觉得她说得有道理，确实，很多事恐怕你也说了不算，咱俩弄不好是竹篮打水一场空。你是汗王爷的心肝贝勒，他不会怎么样你，受害的还得是我们女孩家。我总有一种不好的预感，皇太极，我总觉得我跟你在一起时间不会长了。"皇太极大吃一惊："你说哪儿去了，怎么会呢？你不要听乌丹老格格她们胡猜。我阿玛不是那种人，他疼我，也疼你。他不会不知道咱们两个的心思，何况，我阿玛早都同意了，让我自己找媳妇。"白雪格格说："真要按你说的那就好了，不过，我总有种感觉，觉得奇怪，我到现在心里都解不开，一个就是初来时，汗王爷为啥不让你来；另一个就是，汗王爷能给妞妞指婚，为啥不能给我指婚呢？我也是他的格格呀。"皇太极说："阿玛把妞妞指给的是那日松。我是他老人家最疼爱的儿子，你是他最喜欢的格格。他怎么可能一点准备都没有，就急着把你指给我哪。"白雪格格又说："那让咱俩分开坐两辆车是谁的主意？是你还是扈尔汉大哥？"皇太极说："我没说呀，也没听扈尔汉大哥说这事呀，可能是色音布尔让的。"白雪格格说："我刚才问过色音布尔，色音布尔说是查其纳老玛法嘱咐让咱俩分开坐的。"皇太极说："哎呀，我当是什么事呢？分开坐两辆车不是更宽绰一些吗？"白雪格格瞪了他一眼："宽绰？把咱俩给分开了。你坐一个车，我坐一个车，是什么意思？"皇太极说："可也是，不过，阿玛不会像你们女孩儿，针鼻儿那么大点的事，就想得那么细。我猜查其纳是我阿玛的护卫，对咱们俩特别关照，也是情理中的事儿，他想让咱俩都睡得舒服一点。你想哪儿去了？"白雪格格说："不管怎么说，我总觉得这里头好像有点什么道道？究竟是怎

第二章 鱼儿总要游归大海

回事，我现在还没想清楚。不过，我总觉得汗王爷肯定还有连你都不能告诉的事。"

这时，只听车外有人说话，是查其纳老人的声音："八贝勒，天儿这么好，出来走走吧，在里头时间长了憋得慌啊。白雪格格，你不出来走一走吗？"皇太极把小门打开说："老玛法，我们这样挺好，就不出去了。"查其纳骑马到近前说："八贝勒，要不您骑骑马，让格格歇一会儿？"皇太极说："不用，你们走吧。"说完，把小门一关，俩人照样躺下了。

白雪格格又跟皇太极说："汗王爷心里有两个白雪格格。"她这样一说，反倒把皇太极弄糊涂了。皇太极问："怎么出了两个白雪格格呢？"白雪格格说："汗王爷爱的那个白雪格格，是从蒙古草原来的白雪格格。汗王爷想跟蒙古拉关系，需要白雪格格的帮助。你爱的那个白雪格格，是在大火中把你救出来的白雪格格。你爱的这个白雪格格，不一定非得从蒙古来，你说对不对？"皇太极说："对，对，不管你是从什么地方来的，我都爱你。"白雪格格说："汗王爷那时主要关心的是科尔沁草原，现在，汗王爷已经跟科尔沁、喀尔喀以及蒙古其他各部建立了联系。原来的宝音姑娘，现在的白雪格格已经完成了汗王爷的夙愿，留在赫图阿拉也该没太大的用场了。你别不信，咱们回去以后，汗王爷不会再提什么左翼、右翼的事了。他现在最关心的，是怎么把乌拉部和东海窝集部那些地方归居到赫图阿拉这里来。我在汗王爷跟前，已经没有什么值得重视的东西了。"皇太极一向佩服白雪格格的头脑和智慧，但他又非常怕白雪格格说这些丧气的话儿。他一听急够呛，急忙用手把白雪格格的嘴捂上了："雪儿，我求求你，你快别说了。你越说越吓人，真要像你说得那样，我可怎么办哪？"皇太极好像白雪格格马上就能飞走似的，紧紧地扑到白雪格格怀里，搂着白雪格格。轿车走得真快，他们很快就离赫图阿拉不远了。这对恋人此刻真盼赫图阿拉再有千里、万里远才好呢。

快到城门口的时候，查其纳在外面大声禀报："八贝勒，白雪格格，咱们到家了。汗王爷接您们来了。"皇太极和白雪格格一听，马上整理好衣服。皇太极打开了小硬门，俩人钻出了车篷。车子很快到了城门口。在鼓乐声中，汗王爷亲率众位将军来迎接白雪格格一行人。皇太极和白雪格格下了车，给汗王爷请安。汗王爷扶起白雪格格说："我的雪格格，你给赫图阿拉又办了一件大好事。我代表赫图阿拉所有的女真人感谢你。我们现在跟蒙古兄弟握手言和了,这都是你的功劳哇。"汗王爷左手拉着皇太极,右手拉着白雪格格,兴致勃勃地从城门口往回走。

当天晚上,汗王爷大摆盛宴,为得胜归来的赫图阿拉的将士举行"玛克辛"酒会。赫图阿拉所有著名的人物全都出席了。皇太极、白雪格格、扈尔汉、那日松、查其纳都像英雄一样被人们敬重,人们跳着轻快的"玛克辛",给他们祝酒、献哈达。宴会以后,汗王爷拉着白雪格格的手,来到了在汗王殿后头新盖的一座二层小楼前。小楼外墙全是用白色岩石一块块砌成的,非常讲究。汗王爷说:"我的雪格格,这是给你的,你以后就住在这儿了。"白雪格格急忙说:"汗王爷,这可使不得,我怎么能住这么好的地方?您还是把这房子给别人吧,我不能要。"查其纳说:"格格,您不能这么说。汗王爷这是疼您,尊重您。您不要伤了汗王爷的心哪。"汗王爷说:"是啊,你为赫图阿拉办了这么大的事,我都不知怎么感谢你才好。这座房子是专门给你建的,叫'白玉楼'。你在这里先住着,要是觉得不好,将来我再给你换。"汗王爷又继续说道:"我再赏你白银万两,牧群三百,良田牧场一座,男女奴婢五百名。你就安心地住在这儿吧。"白雪格格似乎感到自己的预感就要降临到头上了,但她强打精神,试探道:"汗王爷,我一个人怎么能住这么多地方?再说也没意思呀。"汗王爷说:"怎么会是你一个人,有这么多奴婢侍候你哪,将来,我还会给你一个更好的安排。"汗王爷还是没说把白雪格格指给皇太极的事。皇太极跟在汗王爷的后头也都听到了,他心里想:阿玛说将来好好安排白雪,安排给谁呀?怎么没把我的名字点出来呢?阿玛也知道我俩的关系呀,看来我不说不行了,弄不好这里面真可能有什么岔头。皇太极刚想说话,汗王爷又对白雪格格说:"雪儿,现在右翼的军务非常紧。扈尔汉和那日松不能再留在你这边了。你这边的事情大部分都办利索了,得让扈尔汉、那日松回到他们原来的位置上去。那日松和大贝勒一起很快就要东征去了,扈尔汉明天要到东海窝集部那边的堇优城去。"白雪格格看了皇太极一眼,意思是说,我猜得怎么样?皇太极也好像什么都明白了一样。汗王爷把这里的事情安排完以后,因为还有军务要忙,就领着皇太极和查其纳等人告别白雪格格,匆匆走了。

白雪格格从此孤零零地一个人住在小白楼里。皇太极也不方便到这里来,因为楼门外有很多把门的护卫。他们得到汗王爷的命令,闲杂人等不能进来,白雪格格也不能随便出去。开始的时候,皇太极仗着自己

第二章　鱼儿总要游归大海

是汗王爷的宝贝儿子,有时硬闯进来。后来,一连有一两个月的时间,皇太极也没到白雪格格这里来,可把白雪格格急坏了。那天,她实在憋不住了,就问前来看望她的查其纳说:"怎么见不着八贝勒呢?你去把他请来,我有事情找他。"查其纳老人说:"八贝勒家里出事了。"白雪格格心里一惊,忙问:"出什么事了?"查其纳回答道:"格博黑格格因为心情郁闷,又摔了一跤,小产了。八贝勒非常伤心难过,在家躺着哪。"白雪格格心想:前阵子我还见到了格博黑格格,她只是心情不太好,也没早产哪,再说,贝勒爷也不是轻易掉眼泪的人,他是不是有啥事或者得了啥病,查其纳老玛法肯定在骗我。白雪格格没说什么,后来,她找了一个跟她关系挺好的小奴婢,让她到那日松那里打听一下情况。那日松偷着告诉她,格博黑那天出去溜达了一会儿,在回来的路上,摔了一跤,确实小产了。但皇太极没来看白雪格格,并不是由于身体不适,而是汗王爷把他叫去关起来了,所以,他来不了。白雪格格知道,这里面肯定有原因。到底出了什么事呢?

各位阿哥,说起这事,还得从两年前唠起。东海窝集部蜚优城是一座呈品字型的城,受三个大的部落控制。其中的一个城主是乌拉部的后代,在万历二十几年的时候,他到了蜚优城,在那里把自己的势力扩大起来以后,就把原来的老城主给杀了,自立为蜚优城的一个城主。土城都是依水滨筑高堤建起来的。各位阿哥可能还记得,前年,汗王爷领兵攻打叶赫部,夺了叶赫部两座城池,携了他们二千多口人。后来,叶赫部贝勒纳林布禄亲自带着礼品前来谢罪,请求汗王爷宽恕,并表示以后和赫图阿拉永远和好。汗王爷就把其中的一座城还给了他。细心的扈尔汉在释放俘虏的时候,发现在那些被抓的人里,有东海窝集部的人。因为当时叶赫和乌拉的关系非常密切,不少乌拉兵被叶赫借过去了。而乌拉部的兵里,有的就是从东海窝集部来的。扈尔汉就把这一情况告诉了汗王爷。汗王爷听了挺高兴,告诉扈尔汉:你一定要通过这些人打进蜚优城,打进东海窝集部,想办法和他们建立联系。褚英和扈尔汉他们遵照汗王爷的旨意,和这些人建立了联系,并几次化装去东海窝集部。他们渐渐地就跟这个蜚优城城主联系上了,为了进一步密切关系,扈尔汉提议把从叶赫和哈达夺过来的马匹、籽种、农具送一些给蜚优城城主。汗王爷采纳了扈尔汉的意见,当扈尔汉把这些礼物送给蜚优城城主时,蜚优城城主很受感动,说:"汗王爷给我这么多新鲜宝物,我有什么可以答谢汗王爷的呢?"蜚优城城主有个女儿,刚刚十岁,长得非常漂亮。

他说:"要不把我的小女儿嫁给汗王爷的儿子吧,不知汗王爷同不同意?请扈尔汉将军代为转达。"扈尔汉回去以后,把蜚优城城主的意思告诉了汗王爷。汗王爷反复斟酌,欣然同意了蜚优城城主的想法,让他的小女儿嫁给八儿子皇太极,这事就这么订下来了。由于当时城主的女儿年岁还小,双方约定两年以后再行迎娶。

然而时隔不久,皇太极遇见了宝音姑娘,并把宝音姑娘带到了赫图阿拉。那时,汗王爷主要关心的是如何跟蒙古建立关系,而宝音姑娘正好可以帮助他。另外,他又看皇太极跟宝音姑娘这么好,所以,就没对皇太极讲这件事。扈尔汉一心效忠汗王爷,汗王爷不让讲的事,他自然就不会说了。汗王爷知道白雪格格喜欢皇太极,想嫁给皇太极。他为了利用白雪格格,皇太极跟她来往,他也就没干涉。汗王爷曾跟扈尔汉说过:"唉,雪儿要是科尔沁人,也可以让她做我的儿媳妇。她是一个平庸的女真后裔,身份太一般了,可惜啊,可惜!"所以,汗王爷在很长的时间里,在任何场合,都处处回避或装糊涂,就是闭口不提给白雪格格指婚的事。这事儿,汗王爷身边的老护卫查其纳知道得很清楚。汗王爷为啥让查其纳知道呢?原来,汗王爷在临让白雪格格到科尔沁前,发现皇太极和宝音姑娘的感情已经非同一般了,皇太极简直到了非白雪不娶的程度了。汗王爷这才感到事态严重,就让查其纳看着点皇太极,使皇太极尽量离白雪格格远一点。所以,这次皇太极和宝音姑娘在一起的时候,查其纳老人总是跟着乱掺和,因为他是受命而来。白雪格格分析得相当对,把他和皇太极分开坐两辆轿车,也是有原因的,说到家,那也是汗王爷的意思。

汗王爷不是怕他俩发生关系,因为女真人对这些事不在乎,但就怕他俩真要结婚。皇太极自打从蒙古回来以后,也感觉到有些不对劲儿。首先是白雪被阿玛送到了"白玉楼"里,表面上说是让白雪好好享受享受,实质上是把白雪关进笼子里了,自己想要和白雪相会,那是难上加难,根本就不像过去那样来去非常随便了,再就是自己也被圈到了屋子里,汗王爷嘱咐他:"格博黑身体不好,这段时间,你在她身边多陪她一会儿,不要到处走了。"又命查其纳守在他身边。他刚要往外走,查其纳就过来了,说:"八贝勒,您有什么事,让老奴替您去办。格格身体不好,她需要您呀。"把皇太极气得一点办法也没有,只好闷在家里。他这两天吃不好饭,睡不好觉,晚上自己一个人睡到另一个屋里。格博黑去看皇太极,皇太极也不出声,格博黑问他:"贝勒爷,你怎么了?

病了吗？要不要我去给你叫个郎中？"伸手就要摸他的头。皇太极把她的手一挡，说："没有，没有。我心里就是闷得慌。"格博黑说："心里闷得慌，就出去走走吧。"皇太极也不答话。格博黑见皇太极不搭理自己，只好心事重重地回到自己的屋。

格博黑知道自己的贝勒爷挂念的人是白雪格格。她心里也非常难受，也想出去散散心。两个女奴搀着她，慢慢地来到院子里。因为朗中跟她说过，不要总躺着，多活动活动，对以后生养有好处。她猛然想起，听说汗王爷把赫图阿拉最漂亮的"白玉楼"赏给了白雪格格，这个"白玉楼"到底是个什么样子，自己还没见过。她就在院子里走出来了。搀扶她的奴婢说："格格，您别往前走了。走时间长了，您的身子会受不了的。"格博黑根本不听她们的话。走着走着，格博黑就发现了前面不远处有一座小楼。

这时小楼外正站着一个女人，她是谁呢？她是白雪格格。白雪格格在屋里呆得实在没意思了。她不顾护卫们的劝阻，信步来到楼外。白雪格格出来往前一走，一眼就看见那边过来几个女人，中间的那个女人由两个奴婢搀着，很显然，那个女人怀孕了。白雪格格虽然从来没见过格博黑格格，格博黑格格也没见过白雪格格，但她俩好像互相都知道对方是谁。两个女人走到了一起。格博黑说："你是赫图阿拉最尊贵的白雪格格吧？"白雪格格说："我知道了。您一定是八贝勒的福晋钮祜禄氏格博黑格格。"两个女人的手拉到了一起。白雪格格关切地说："格博黑格格，您怎么走出这么远？走，到我那儿歇一会儿去。"白雪格格搀扶着格博黑来到了"白玉楼"一楼的"迎宾厅"。

奴婢献上了茶。白雪格格心地善良，挺同情格博黑。格博黑本身心肠就挺好，这回一见白雪格格这么漂亮，这么贤淑，心想：怪不得贝勒爷爱她，就连我见了她都喜欢。两个人挺投缘，越说越近乎。格博黑把自己的心里话告诉了白雪格格。她说："我们这里嫁娶全都是阿玛、额莫说了算。我受阿玛之命，嫁给了八贝勒，哪成想，八贝勒根本就不爱我。"格博黑说着说着，伤心得哭了起来。白雪格格劝道："格博黑姐姐，谁说八贝勒不爱你。您现在有身孕，不要伤心难过。"格博黑说："好妹妹，咱姐俩有缘。我告诉你一句心里话，你不要太死心眼了，男人的事根本不好揣测。我再告诉你，小贝勒以后还说不定得娶几个福晋呢，咱们走着看吧。我呀，就是这个命了。"格博黑说得非常凄凉，她完全失去了对生活的希望，她不相信皇太极将来会爱她。她这一点化，反倒更加深了白雪格格心里的惆怅。白雪格格一想，格博黑说的也对，自己以后还说不上会怎么样哪。俩人说了一会儿话，格博黑起身告辞。白雪格格把格博黑送了出去，两位受害的女人含泪而别。

格博黑边走边想：白雪格格是多好一个姑娘啊，为赫图阿拉做了这么多的事，真是女中豪杰，却也要受汗王爷的摆布。她好像看透了世间的女人是最苦的。掠来的女子是奴隶；高贵人家的女儿，又是另一种权势之下的可悲奴隶，都没把女人当人，而是掌权者为达到自己的目的，所利用的一种工具。她越想心里越难受，也没注意前面有一块石头，脚下一绊，"咯噔"一下，就摔倒了。不大一会儿，血顺着裤腿儿直往外流。两个奴婢吓坏了，一个背起格博黑就往回跑，另一个赶紧跑回去报信。这时皇太极没在屋，不知上哪去了，好在查其纳老人就在附近。查其纳老人一听，马上赶着轿车就来接格博黑格格。这一路上，格博黑格格血流不止。他们到家以后，查其纳老人又亲自把格博黑格格抱进了屋，然后又命人赶紧去找郎中。不大一会儿，郎中来了。郎中给格博黑格格把了把脉，说："格格这是动了胎气。"查其纳问他："要紧不？"朗中直摇头，说："不好说，不好说，先吃几服保胎的药看看吧。"第一服药吃下去没当事，第二服药吃了以后，血还继续流。到了晚上，格博黑就小产了。

查其纳把这事禀报给汗王爷和额亦都大将军，他们都来看望格博黑。汗王爷一看皇太极不在，就问查其纳："八贝勒上哪儿去了？"查其纳说："不知道。我让人找了半天也没找到。"汗王爷当着亲家的面，觉得脸上挺挂不住。他大发脾气，命查其纳再去找。这时皇太极在哪儿呢？他就在离这不远的假山山洞里坐着呢。查其纳老人最后找到山洞，看见了皇太极。他急得一把拉起皇太极，边走边说："我的贝勒爷，您可把我急死了。快走吧，家里出大事了。"皇太极丈二和尚摸不着头脑，问："出什么事了？"查其纳说："您回去就知道了。"皇太极就这么稀里糊涂地被查其纳拉回来了。

皇太极进屋一看，屋子里来了挺多人，阿玛正怒目圆睁瞅着他呢。汗王爷问他："你上哪儿去了？家里出了这么大的事，你都不知道。我跟你说过多少次了，不要遥哪儿乱走，你就是不听。"皇太极长到十几岁，头一次见阿玛这么发火，他吓得没敢出声，来到格博黑近前一问，才知道格博黑小产了，皇太极非常后悔。众人见皇太极回来了，陆续地就都走了。汗王爷命人好好伺候格博黑，多给格博黑吃些补养的好药和

第二章　鱼儿总要游归大海

膳食，又命两个郎中留在格博黑身边侍候她。

一切安排完毕，汗王爷把皇太极领到另一个屋子，屋里只有汗王爷和皇太极两个人。汗王爷数落着皇太极："我让你多陪陪格博黑，可你就是不听，现在格博黑小产了，孩子也没了。你说怎么办吧？我问你，你到底干什么去了？""我到假山的石洞里去了。""你到那儿干什么去了？""我心里闷得慌，到那儿呆一会儿。"汗王爷叹了一口气。隔了一会儿，皇太极又说："阿玛，您为什么把白雪格格关到那个地方？那是什么'白玉楼'？那不就是个笼子嘛。您为什么不让我跟她见面？这多伤白雪的心哪！她替咱们家办了那么多好事，咱们怎么能这么对待她呢？阿玛，您把她指给我吧。我会善待格博黑的。我们三个人会相处得很好。阿玛，您就放心吧。"汗王爷板着脸说："儿子，从打你把白雪格格接到咱们这来，这事我就想过。儿子，你想过没有，你是我建州部首领汗王爷的孩子，白雪格格是咱们女真人奴才家的孩子，她怎么能配跟你成婚呢？这事我已经决定了，你就不要再说了。儿子，你还记不记得？你大哥褚英和扈尔汉他们几年前不是到东海蜚优城去过吗？他们见到过蜚优城城主的女儿。她的岁数跟你差不多，长得也很好，又非常机灵。我和她阿玛早就定下了，把她许给你。孩子，你知道不知道，咱们和蜚优城联姻，就等于打开了东海的东大门。这样，就切断了乌拉部布占泰的通道。咱们赫图阿拉很快就会得到辽东这片最大最富的土地，那里不但有山林、绿地、人口，而且有大海。孩子，这才是大事。你怎么还像孩子一样，想得这么狭隘呢？"皇太极搂着汗王爷，流下了眼泪，说："阿玛，咱们要是这样做，白雪她还能活吗？那不是害了她吗？阿玛，我实话告诉您，白雪已经有了我的孩子。阿玛，您就开开恩吧，白雪那么敬重您、爱您、信任您，您怎么能这么对她呢？"汗王爷说："皇太极，白雪格格的功劳，我永远都不会忘，但是你要记住，你跟她成亲是万万不可能的事。我还要把她嫁给蜚优城城主乌拉贝勒的小儿子。"皇太极一听，哭得像个泪人一样。汗王爷说："皇太极，你不知道阿玛我的脾气吗？我最不喜欢哭的孩子。哭什么？这事就这么定了。你们的喜事马上就要办了。我还得交给你一件事，你去说通白雪格格，让她死了那条心，这事只有你去才能办成，解铃还得系铃人哪！"

皇太极当时就傻了，几乎瘫在了地上。他做梦也没想到会出这令人肝肠寸断的事，但皇太极也知道阿玛是一个做事武断的人，他定下来的事情谁也改变不了。他还记得小时候，三叔的姑娘不愿往外嫁，阿玛气得把桌子一拍，大吼大叫，好几个人下跪求情都不行。最后，照样得按阿玛的意思把姑娘嫁走了。大哥、二哥的亲事也都是阿玛给定的。他一看自己实在是拗不过阿玛，也就只好忍气吞声认命了。

皇太极辞别了阿玛。查其纳过来劝他，皇太极瞪了他一眼。皇太极现在非常恨他，心想：我把你当亲玛法一样看待，你却跟我阿玛合伙骗我，不告诉我一句实话。他又想起了扈尔汉，他也应该知道这背后的内幕，为什么就不告诉我一声呢？后来，他冷静一想，这也不能怨他们，谁敢不听阿玛的话呢？自己不也是一样嘛。

皇太极回到家来，见格博黑已经睡着了。他把奴婢们打发出去以后，自己在格博黑的床边坐了下来。皇太极看着熟睡着的格博黑，不禁可怜起她来了。她自从嫁过来以后，自己从未好好地爱过她。现在，她惟一的希望又破灭了，不知她将怎样面对今后的日子。皇太极一下子长大了，他忽然感觉自己有些对不住格博黑，他想用自己的爱给格博黑一些补偿。皇太极这些日子以来，一直守在格博黑身边照看格博黑。格博黑虽然失去了爱子，却唤回了贝勒爷的心。她紧缩的愁眉渐渐舒展开了，脸上也有笑容了，身体恢复得很快。

这天，格博黑见皇太极这些日子一直守在自己身边，就让他出去溜达溜达。皇太极也确实想去看看白雪格格，他知道白雪肯定惦记自己呢。他把格博黑安排好以后，就来到了白雪格格的小"白玉楼"。因为父汗想让他去劝说劝说白雪格格。所以，这里的护卫没有阻拦。皇太极没用禀报，直接进了白雪格格的屋。白雪格格做梦也没想到，皇太极会突然出现在自己面前。她还以为自己出现了幻觉。皇太极上前紧紧地搂着白雪格格。白雪格格这才相信眼前的一切都是真的。两个人亲也亲不够，搂也搂不够。皇太极非常难过，流下了眼泪。白雪格格反倒劝起皇太极："贝勒爷，你多保重身体，我早就知道会有这么一天的。贝勒爷，咱们在一起的时间也不会太长了。我走以后，你还会有新妃子的。"

皇太极说："你怎么知道的？""我不知道，但我已经想到了。贝勒爷，我已经见到了格博黑姐姐，她是个非常好的人，不管你将来娶多少个妃子，都要好好待她。"皇太极说："白雪，我心里爱的人只有你。你记住，如果有一天我得了汗位，你就是我最爱的妃子，我皇太极说话算数。汉诗里有一句话：'在天愿作比翼鸟，在地愿作连理枝。'咱俩今生不能在一起，来世我也跟你做夫妻，咱俩生死不分离。"俩人紧紧搂抱在一起，痛哭不止。这时，皇太极把自己脖子上戴着的一个金项圈拿下

第二章　鱼儿总要游归大海

来了，亲手给白雪格格戴上。皇太极告诉白雪格格："这是我额莫留给我的东西，叫'百岁大项圈'。听我额莫讲，是我阿木哈①在我额莫五岁生日时，送给她的礼物。我额莫始终戴在身上。我生下来以后，我额莫又把它套在我的脖子上。现在我把它送给你，作为咱俩的定亲物。"白雪格格看着项圈，发现项圈里面有用汉字写的"孟古"两个字。皇太极又告诉她："这个金项圈是明朝抚顺关那里的一个金匠打的。所以，他写的是汉字。白雪格格哭着说："皇太极，你这个金项圈，我会永远戴在身上。我见到了它，就等于见到你，将来你只要看到这个金项圈，也就等于看到了我。"两个人又抱头痛哭。也不知过了多长时间，从外面传来僧人的梆子声，又听到门外有打佛号的声音："阿弥陀佛。"白雪格格听到这个声音，心里一惊。这声音怎么这么熟悉呢？白雪格格被这声音所吸引，就想看个究竟，不知不觉已穿好衣服出去了。

只见天空湛蓝如水，一轮明月当空。一个老者身穿僧袍，手敲木鱼，正站在门外。白雪格格一看来人，一下就扑了过去，嘴里说道："老师傅，你可来了。"说完，扑在来人的怀里，委屈得痛哭起来。原来来者是洪古尔·杜木根大喇嘛。说书人在前书多次讲过，这是一位世外高僧，他长期住在科尔沁莽古思贝勒那里，有时也出去到各处走走，在最关键的时候，这个大喇嘛总是出面帮助宝音姑娘。洪古尔·杜木根大喇嘛手打佛号说："孩子啊，别哭；万事都好排遣。一切都把他放空了，不就清净了吗。我就是专程从科尔沁赶来看你的，走吧，咱俩进屋说话。"白雪格格搀着大师往屋里走。

大喇嘛进来以后坐下了。这时，皇太极也已穿好了衣服。白雪格格给皇太极介绍说："贝勒爷，这就是我跟你多次提到的我的老恩师，世外高人洪古尔·杜木根大喇嘛。"皇太极马上起身下拜，说："皇太极拜见高僧。"杜木根大师忙把皇太极扶起来了，说道："快快请起，八贝勒，我听说过您。您阿玛是努尔哈赤汗王爷，那是女真人的大英雄，我们佩服哇！"白雪格格亲自给大喇嘛倒了杯热茶。大喇嘛叫道："宝音姑娘。"皇太极在一旁说："她现在叫白雪格格。"大喇嘛一听，沉思了一会儿，自言自语地说："雪呀，雪呀，洁雪无瑕，缥渺无常。寒来世上，热到天涯。无影无踪，何处可求？怎么叫这么个名字？"皇太极马上说："老恩师，我知道您老最疼爱白雪格格。我们俩现在遇到了难事，您帮

---

① 阿木哈：满语，外祖父。

帮我们吧。"大喇嘛说："我已经知道了。自古风来难御，雨来难消，只能安于自然。不过，只要你们相爱，那就永远爱到底。小施主，我看你身上有日月之光辉，你将来会光耀辽东的，你要好自为之。人生就是这样，各有各的路，既然走到这条路上去了，你也不能拗着它。现在，我最心疼的是我的宝贝丫头小宝音啊。她起小是我看着长大的，她到你们这里来的时候，我心里就想到了会有这个结局。八贝勒，你知道吗？中原有句俗话说'飞鸟尽，良弓藏。'说的就是这种情况。"白雪格格问他："那怎么办呢？"皇太极也说："怎么样才能让我们百年偕老呢？"大喇嘛说："不行啊，小施主，雪怎么会留在浊世？不要那么想，鱼儿总是要游归大海的呀。宝音，我这次就是来接你的。我要领你去见一个人。"大喇嘛说完，拉着白雪格格的手就往外走。白雪格格像有所悟彻似的，跟着大师就走了。

皇太极正琢磨大师说的话是什么意思，眼见大喇嘛拉着白雪格格走出门外。白雪格格回头向皇太极招了招手，跟着杜木根大师就走了。他们俩越走越快。这下皇太极可慌了神儿了，难道大喇嘛要把我心爱的白雪领走？想到这儿，他在后头连撵带喊："大师傅，你们不能走哇。白雪格格，你站住，要走咱们一起走。"大喇嘛转过脸，对皇太极高声说道："小施主，留步吧。好了，好了。一切都了啦，一切都了啦。阿弥陀佛。记住，人生最重一个情字，不要忘情，就阿弥陀佛了。"说完，领着白雪格格匆匆地远走了，走得那么快。

此时，天上飘起了鹅毛大雪。皇太极还在声嘶力竭地含泪狂喊："宝音姑娘，白雪格格。你不能走，你不能走哇。"这时，白雪格格回过头，大声对他说："贝勒爷，不用追了。你如果有情，就把我养的鸟全都放了。"白雪格格跟着老喇嘛毫不留恋地走了。皇太极眼前除了眼泪以外，什么也看不见了。

皇太极无限悲伤，像傻了一样地坐在地上，半天才清醒过来。阿布卡恩都力呀，难道白雪就这么离开我了吗？白雪，海阔无涯，你到哪儿去了？你怎么狠心地把我抛下了呢？父汗为什么这么狠啊？皇太极恨不得马上找匹快马去追赶白雪格格。白雪，你为啥不容分说，就远走高飞了？皇太极两眼发直，非常痛苦地在外面跟跄地徘徊着，徘徊着，一直到格博黑派人来找他，才把他搀回了家。

皇太极一病不起。汗王爷来看过他好几次，他只是眼含着泪，话语皆无。汗王爷怕皇太极出现什么闪失，就命扈尔汉、那日松等陪着他，

第二章 鱼儿总要游归大海

319

又命查其纳老人跟他形影不离。皇太极躺在床上仔细回味老喇嘛讲的那些话。老喇嘛话里有话呀，这分明是在暗示我。雪不可能常在人间，它（她）到时候就要走了。它（她）是无影无踪的，找不到的。咳！可也是的，汗阿玛怎么给她起了这个名字呢？老喇嘛还说："好了，好了。一切都了啦。"这难道是暗示我与白雪的情缘已经到头了？大喇嘛甚至还讲什么"飞鸟尽，良弓藏。"这说明阿玛前一段时间仅仅是利用白雪格格，现在事情办完了，也就用不着她了，该把她放一边了。他又想起老喇嘛让他永远记住这段情，难道我们将来还有见面的一天吗？总之，皇太极遐想联翩，他沉湎在痛苦之中不能自拔。

这事后来被舒尔哈齐知道了。舒尔哈齐是个非常正直的人，好打抱不平，心里装不住事，有什么就说什么。他认为大哥不仗义，当初那么捧白雪格格，别人都以为白雪格格将来准做你的儿媳妇。可现在你认为她对你已经没用了，又嫌人家出身低贱，配不上你的儿子了。你这不是卸完磨就杀驴吗？你这样做，不有失于天下心吗？舒尔哈齐气不公，就去找大哥评理。但是汗王爷的态度非常严峻，不容分辩。他定下的事情，任何人也没有权力更改。他将他的一把佩剑高挂在了汗王殿的议事厅门上，下令：勿提此事。众兄弟和将领们都知道汗王爷的脾气，谁也不敢再提此事了……

这一年是万历三十六年。皇太极为白雪格格的出走，一直病了三十多天。他在病中受汗王之命，与东海女乌拉纳喇氏成了婚。乌拉纳喇氏于次年生一子，即皇太极长子肃亲王豪格。

洪古尔·杜木根大喇嘛此番接走了贤惠善良的白雪格格，使她与皇太极的情缘终了。悲海情长，兴安含泪。曾几何时，当年被遗弃深崖的无依无靠的小孤女，辗转多地，苦经沉浮，今朝又要回到生养她的地方，未来什么样的生活在向她敞开胸襟？从此，方引出苦娇儿包鲁嘎汗出世，狼母鹰师哺野孩，天聪帝苦寻金项圈，一宗宗扣人心弦、肺腑的思亲故事，唱不尽的人生长恨歌。各位阿哥，请静听"乌勒本"第三章。

第三章 狼母鹰师——包鲁嘎汗出世

阿哥达爷们啊,
我弹着口弦琴,
敲响咚咚的神鼓,
用阿布卡赫赫
给我的口才和智慧,
继续讲唱这段
动人的故事,
讲颂白雪格格
曲折的人生。
白雪格格到何处去了呢?
她的栖身之地在哪里呢?
白雪格格未来的前程
是凶还是吉?
白雪格格
走在五月风雪之日,
白雪格格
走在端阳降临之期。
她,愤慨地走了,
她,忧伤地走了。
赫图阿拉思念白雪格格,
赫图阿拉齐赞她的业绩。
多么俊俏聪慧的才女呀!
多么友善痴情的姑娘啊!
短暂的时光如流水,
她帮助赫图阿拉
缔造了升腾的生活;
她给赫图阿拉
带来了

显赫的威名、各族的情谊。
如今，她义无反顾地走了，
她去寻找生育她的故里。
是谁对她如此绝情？
是谁这么忘恩负义？
历史将会评说曲直。
惟我朱伯西弹着口弦琴，
节凑激扬，
呜咽悲泣。
我默祝宝音姑娘，白雪格格，
万神护佑你，万事如意！

宝音其其格，朱伯西我还是喜欢用她原来的名讳称呼她。

洪古尔·杜木根大喇嘛用佛家的偈语破解"白雪"一词："白雪，从字面上看，洁白俏美，然而寓含悲伤。雪，来自阔宇，洒落人间，但它转瞬又变为大气，不见踪影。人们可以看到雪，又会很快忘掉雪。宝音姑娘就像一片雪花，飘落到赫图阿拉，但很快她又像大气一样飘走了。宝音姑娘经过大喇嘛的点化，很快就明白了这个道理。白雪格格是努尔哈赤给她起的名字，宝音姑娘现在十分憎恶这个不祥的名讳，这个容易令她勾起辛酸泪的名字。宝音姑娘再也不愿意听到这个名字，决心痛痛快快地忘掉它。她义无反顾地跟杜木根大喇嘛，离开了赫图阿拉。痴情的皇太极当时还没理解大喇嘛话里的含义，等他明白过味儿来，已经不赶趟了。白雪格格随洪古尔·杜木根大喇嘛走了。从此，她离开了赫图阿拉，离开了她爱恋的心上人皇太极，开始了她人生的新程。

说实话，洪古尔·杜木根大喇嘛早就料到会有这么一天，因为宝音姑娘出身低贱，你可以帮助汗王爷，但要嫁给他的儿子，汗王爷是万万不会答应的。何况，皇太极的婚事完全是汗王爷说了算，他自己也是身不由己。所以，洪古尔·杜木根大喇嘛为了使宝音姑娘早日脱离苦海，赶来搭救宝音姑娘。这也是宝音姑娘的造化，在她还没陷入最痛苦、最悲伤的时候，大喇嘛及时赶到，把宝音姑娘救出来了。如果她在赫图阿拉再呆些日子，赶上汗王爷逼着皇太极和东海女成婚，那她还能活下去吗？各位阿哥要问：大喇嘛究竟要把宝音姑娘带到什么地方去呢？原来，大喇嘛真心诚意要把她带回到科尔沁草原去。大喇嘛认为只有科尔沁大草原，才是能给宝音姑娘带来幸福的地方，也惟有投入到蒙古兄弟的怀抱里，才是宝音姑娘惟一的寄托。所以，大喇嘛决意要把宝音姑娘带到那里去。

大喇嘛和宝音姑娘走着走着，宝音姑娘的头脑也开始清醒过来。她望着旷野，问大喇嘛："老恩师，咱们这是要到哪儿去呀？""孩子，你应该回到你的老地方去。""您是说让我回到北边去？""不，北边已经没有你的亲人。孩子，你应该回到科尔沁草原去。""什么？回科尔沁草原？""是啊，那是你的家呀，那里有乌丹老格格、乌云格格、莽古思贝勒、人妃、小格格，还有你色音布尔哥哥。他们都挺想你，天天叨念你哪，就是他们让我来接你的。"宝音姑娘低头不语，呜咽地哭了。

大喇嘛又接着说："孩子，说一句不该说的话。我看出来了，你现在已经有了身孕。你要找一个安身之地，好好静养，把孩子生下来。你要是有了孩子，以后就有寄托了，他就是你最亲的人了。孩子，你知道吗？"宝音姑娘感动得热泪盈眶。她当时就跪下了，说："多谢恩师的好意。回到我的故乡，是我多年的愿望。既然我现在有了孩子，我更要把他带到那里去，让他知道他额莫过去所受的苦，请老恩师您能够体谅我，答应我。我在这儿给您叩头了。"大喇嘛知道宝音姑娘是一个非常倔强的姑娘，一向说到做到，既然她不想回科尔沁，自己也就没办法了。大喇嘛叹了口气，把她慢慢地扶了起来，说："看来你前生注定就是受苦的命啊，孩子，起来吧，既然你已经决定了，我也不勉强你，人各有志。我相信，佛祖庇佑无辜，你会闯出一条路的。你的孩子也会像你一样，百难退避，闯出一条路来的。阿弥陀佛。"

各位阿哥，虽然宝音姑娘早就有离开赫图阿拉的打算，但现在真的要离开这个给自己带来了无尽欢乐和幸福的地方，她心里还真的很不是滋味，何况自己又和皇太极有了孩子。这个无辜的小生命一出世，就要过着没有阿玛的生活。宝音姑娘伤心的眼泪，不停地流着。洪古尔·杜木根大喇嘛也被宝音姑娘哭得眼含热泪。他疼爱地抚摸着宝音姑娘的头，替她擦去脸上的泪，安慰着宝音姑娘。

就在这时，从他俩身后传来一阵阵马的嘶鸣声，接着，就看见一匹马狂奔着朝这边跑来。宝音姑娘听声音就知道这是她的大白马赶来了。各位阿哥，说书人在这里还要说一下，这匹马就是莽古思贝勒赏给她的那匹白马，宝音姑娘一直骑着它。也不知道这匹马是通人性还是怎么回事，它在后面撵上来了，很快就跑到了宝音姑娘的跟前。大白马见到了

第三章　狼母鹰师——包鲁嘎汗出世

宝音姑娘，又叫又舔，把整个的头都扎到了宝音姑娘的怀里，好像有多少委屈向主人诉说。宝音姑娘搂着马脖子痛哭不止，马的眼睛也湿润着。宝音姑娘哽咽着说："我的大白马呀，大白马，我要走了，以后再也见不到你了。你既然来了，就随老恩师回到咱们科尔沁草原去吧，那里有你的伙伴，去吧。"宝音姑娘又跟洪古尔·杜木根大喇嘛说："老玛法，我不能带它到北边去，我的前程未卜。另外，路上可能有匪患，骑马目标太大。请老玛法把这匹马带回去，交给莽古思贝勒。"大白马像懂事似的，冲着宝音姑娘哝哝高叫。大喇嘛轻轻拍了马头两下，说："别叫了，跟我一块儿回家吧。过些日子宝音姑娘会回来的，到时候你再去接她。"大喇嘛又对宝音姑娘说："孩子，一路上你要多加保重啊。你对往北走的路不熟，一路上要多打听。你还要记住，见到生人尽量少说话，遇到什么事都不要去管。我再送给你一个保平安的袈裟，它能够保佑你平平安安。另外，萨哈连那边我有一位老僧友，叫静空禅师。你到了那边可以去找她，她的心肠非常好。我是黄教的弟子，她是大乘教的高僧。她会像我一样，善待你的。"大喇嘛嘱咐完以后，又把自己身上穿的袈裟解开，披到了宝音姑娘的身上。

宝音姑娘再次叩拜老先师。因为洪古尔·杜木根大喇嘛要把她往科尔沁领，所以，他们走的这条路是往哈达方向走的路。正是当年皇太极带宝音姑娘来时经过的路，既然宝音姑娘不去科尔沁，那就得沿着脑温江，就是顺着嫩江一直北上，才能到达萨哈连。宝音姑娘和洪古尔·杜木根大喇嘛在此分手，一西一北地走了。大白马也哝哝高叫着，向主人告别。宝音姑娘一步一回头，看看老先师和大白马渐渐离去，直到看不清对方，才转过头走了。

这次分别，竟成了宝音姑娘和她最尊敬的洪古尔·杜木根大喇嘛永远的诀别。洪古尔·杜木根大喇嘛于次年仲夏，在科尔沁北牧场，他的宿处圆寂了，终年九十岁。莽古思贝勒在科尔沁给他修建了一座灵塔，以表纪念。

宝音姑娘自己步行北上。她晓行夜宿，过了一个部落又一个部落，有的时候她没有吃的了，就到沿路的部落里讨口干粮。人们看出她已经怀孕了，都很同情她，有些富足的人家就赏她一碗饭吃，有的给点水喝或者允许她在门前歇歇脚，有的时候，她还能在人家的小仓房里睡上两宿。

话说有这么一天，宝音姑娘正行走在路上，见前面的密林里浓烟升起,并且有人喊马叫的声音,听声音不像是好人。宝音姑娘心想,这些人肯定是哪个部落的强人或者是山贼。她悄悄地钻进了旁边的榛柴棵子里,从树林边绕过去,躲过刚才那伙人,走进了另一条林间小道。她往前正走着,迎面过来两个赶马人,赶着三十多匹马。在那个时候,征战和运输主要靠的就是马。所以,贩马的人相当多。一般在马群中部的位置有一个人,管赶马和收拢外逃的马,行话叫"边靠"。马群后边有一个人,行话叫"压舵的",是马群的主人。宝音姑娘一看就知道这两个人是马贩子,很可能是在北边哪个部落买来的铁离马。因为那时候铁离马很出名,都非常剽悍,粗蹄碗。这时已经是下半晌了,两个人都举着鞭子急着赶路。宝音姑娘上前招呼道:"兄弟,兄弟,快站住,前面有强盗。"那两个人开始没注意,后来宝音姑娘又是摆手又是喊叫,他们才注意到了。走在马队中部的"边靠",把大鞭子"啪啪"一甩。贩马人的马群里,都有一两匹他训练出来的头马。这样的马一般都是儿马,就是公马。头马的体格雄壮,而且非常厉害,鬃也特别长,它能跟野兽打仗。要是其他的马不听话,它上去就是一口。所以,群马都怕头马。马贩子在一般情况下,把其他的马卖出去以后,再把头马带回来。主人的鞭子就是命令,头马乖乖地就站住了,群马也都跟着站住了。

马群站住以后,"压舵的"从后面打马来到宝音姑娘的近前,问:"这位大姐,你有什么事吗?"宝音姑娘说:"不能再往前走了,前面有强盗。""压舵的"听了宝音姑娘的话,赶紧喊了一声:"快把马往林子里赶。""压舵的"一声令下,"边靠"的鞭子"啪啪啪"响了三声。头马立即明白了主人的意思,领着马群往密林里钻进去了。宝音姑娘是热心肠的人,完全忘了临别时洪古尔·杜木根大喇嘛嘱咐她要保重身体、不要多管闲事的话,反而俯身也拣起一根小木棍,帮着他们把几匹散马往密林里赶。群马很快就隐进了密林之中。

他们刚隐进林子里不大一会儿,宝音姑娘刚才躲过的那伙人就过来了。宝音姑娘猜得没错,这些人确实是一伙土匪。他们足有七十多人,一个个都骑着马、拿着刀。这伙强盗过来以后,耀武扬威地喊叫着,因为没有发现什么油头,便飞马冲向东山沟里去了。等强盗的马蹄声全听不到了,那个"压舵的"贩马人走出密林,对宝音姑娘说:"这位恩人,您救了我们,帮了我们的大忙。要不是您好心提前给我们送信,我们的马肯定得全让土匪抢走,太谢谢您了。"宝音姑娘笑着说:"我只不过是说句话而已,还说什么谢字。你们快走吧。我也要赶路呢。"宝音姑娘

第三章 狼母鹰师——包鲁嘎汗出世

扭身刚要上路,"压舵的"人在后面急忙喊道:"恩人请留步。"宝音姑娘站住了,问:"还有什么事吗?""您帮了我们这么大的忙,我们无以为报。我们俩是由叶赫洛洛噶珊委派来的。我们想买些马卖点钱,买点口粮,换点冬天的衣服穿。你不但救了我们俩,更救了我们整个一个大噶珊啊。请问恩人,我们还不知道您叫什么名字呢?"宝音姑娘一想,这里是蒙古的地方,宝音其其格这个名字在这里人人皆知,如果说出我是宝音其其格,很有可能就会被这里热情的牧民留下来,我就走不了啦。所以,她就用了赫图阿拉汗王爷赏给她的名字,说:"我叫白雪。"这两个贩马人高兴了:"哎呀,恩人,太好了。我们的马群里有一个叫'银雪儿'的马。这是一匹小骒马,可机灵了。我们哥俩就把它送给你,做个纪念吧。""压舵的"人亲自到马群里,把小白马给牵出来了。

这匹小马非常精神,黝黑的大眼睛,半寸长的黑睫毛,白如雪的长鬃,白身、白蹄、白尾巴,尖尖的小耳朵立立着,看牙口也就刚近两岁。宝音姑娘是在草原长大的,非常爱白马。她一见到这匹小马就特别喜爱,想过来拍拍它。"压舵的"说:"恩人,小心点。它是生个子马(行话:就是没有人骑过的马),别踢了您。"宝音姑娘完全忘了自己是个怀孕之人,根本没听"压舵的"人的话。她把马鬃一抓,"腾"地一下就跳到马背上。小白马把两个前蹄竖起来,想把宝音姑娘给甩下去。宝音姑娘的手紧紧抓住马鬃,像粘在它身上一样。小白马又把后腿尥起来了,想把宝音姑娘蹶下去。白雪格格的头紧紧伏在马的脖子上,身子和马紧紧地贴在一起。不管这匹马怎么折腾,也没把宝音姑娘摔下去。小白马稍一休息,宝音姑娘右手一伸,把小白马的耳朵就给薅住了。大草原的牧人都明白,马最怕薅耳朵。宝音姑娘把马耳朵这么一薅一扭,小白马疼得直哆嗦,立刻不敢动弹了。这两个贩马人一看,这个女人可不简单,我们两个加一起恐怕都不是人家的对手。宝音姑娘把两腿一夹,手"叭"地一打,小白马就跑起来了。

宝音姑娘骑着小白马跑了一圈,回来以后,宝音姑娘在马上跳下来,说:"这匹马确实不错。"这两个贩马人见宝音姑娘很喜欢小白马,非常高兴,说:"恩人哪,您的骑术太高了。这个'银雪儿'跟您正配,说什么也得送给您。"宝音姑娘见盛情难却,另外,她也真喜欢这匹小白马,也就说了句:"那就多谢二位了。时候不早了,二位赶紧上路吧。"他们就此告别。

宝音姑娘骑上了这匹小白马,走得可比以前快多了。这匹小白马是匹天生的走马，跑得相当快，它能日行千里。宝音姑娘不敢走大道，就骑着小白马在树林里钻来钻去。宝音姑娘的身板，哪能经得起这么折腾。这一天，宝音姑娘的肚子突然疼得厉害，汗珠子直往下淌。她急忙下了马，坐在了地上，咬着牙说："孩子，孩子，你可别闹，额莫还有很多事要办。"可肚子里的孩子哪里听得懂她的话，依旧是又蹬又踹。宝音姑娘又想起洪古尔·杜木根大喇嘛给过她一件保平安的袈裟。她就按照大喇嘛教她的，嘴里叨咕着："杜木根大师，快来救救我呀。"也真怪，她这一叨咕还真挺灵验，肚子慢慢地就不疼了，汗珠子也没有了。

　　小白马驮着她继续跑着，跑着。宝音姑娘看见前头有一帮人，正在交头接耳地议论着，她料想这里可能发生了什么事。宝音姑娘过去没来过这里，不知道这是什么地方，但看这些人的衣着打扮，可以断定是草原的蒙古兄弟。宝音姑娘打马过去，问站在人群边上的人："这里出了什么事？"人家一看她是个女的，好心劝她说："什么事你也管不了，继续赶你的路吧。"偏偏宝音姑娘天生就是个爱管闲事的人。她翻身下了马，来到人堆里。这一打听，她才知道，原来这里地处科尔沁在脑温江东岸一带的边缘牧区，也是莽古思家族的一个部落，受乌云格格和蒙格木贝勒管辖，当地人通称这里为"东平部落"。这个部落的部落长叫达音布。达音布老人现重病在身，部落没人管了。因为科尔沁的马多，他们又都是靠游牧生活，所以，与它相临的乌拉部常来侵扰。乌拉部的马队像苍蝇似的，呼拉一下来了，又呼一下跑了，等科尔沁的援兵到了，他们早都跑得没影儿了。前几天，乌拉部来了一百多骑兵，他们不单掳走了马，而且，还抢走了不少姑娘和青壮年。就为这事，蒙格木贝勒还特意来了一趟，今天早晨刚走。蒙格木贝勒前脚刚走，东平部的人就听说乌拉部的人过两天还要来。大家正在这犯愁，不知想什么办法对付他们才好。

　　宝音姑娘看大家一筹莫展的样子，心想：乌云格格对我有恩，现在他们的部落遭难了，我能不帮着想办法吗？有位牧民问她："这位过路人，有什么事吗？咳，就是有事我们也帮不了你了。我们现在都自身难保呢。"

　　这时，宝音姑娘用当地非常熟练的蒙古语说："我是想帮帮你们。"众蒙古人一听这个姑娘说着一口流利的蒙古科尔沁语，都觉得格外亲近，马上围了过来，惊奇地说："你是谁？你能帮我们做什么呢？"宝音姑娘没敢说出自己的真名字，就连白雪格格的名字她也没敢露。于是，

第三章　狼母鹰师——包鲁嘎汗出世

327

宝音姑娘只是说："我是探亲去，从这里路过。"也不知道是谁说了一句："要是宝音姑娘在这儿就好了，如果她在这里，肯定能帮助咱们打败乌拉部。"又有人说："你现在说这个有什么用？还是赶紧想办法，怎么能躲过这场灾难？"大家都唉声叹气，无计可施。

宝音姑娘说："你们要是听我的，我就给你们出个主意，行不？"大伙瞅着她，心想：你一个小姑娘，能帮我们什么忙？有人说："好孩子，你的好心我们领了，但是不行啊，那乌拉部多厉害呀，我们是打不过他们的。你还是赶紧骑马早点走吧，别跟我们受连累。"宝音姑娘说："我是腾格里派来帮助你们的。我有腾格里给我的智慧，我有腾格里给我的心胸，我有腾格里给我的胆量。蒙古儿女个个维护正义，家里人有难，我怎能光去忙自己的事呢？我的牧民兄弟们，俗话说得好，一堆散沙可以挪走，若是聚成山一样的峻岭，岂可轻易撼动。只要大家抱成团，别说一个乌拉部，就是来它七八个乌拉部，都不是你们的对手。"在蒙古人里，腾格里被视为天神，他是受苦受难人的救星，蒙古人都非常崇拜他。这些人听了这个过路女子不同凡响的一席话，都感觉她确实是个非凡人物，不能小瞧。大家都紧紧围了过来了。有人说："既然您是腾格里天神派来的，那我们就都听您的了。您说，我们该怎么办？"这时，宝音姑娘以腾格里天神的名义下令："这两天你们把部落和牛群、羊群、马群都赶回到西岸，东岸这里留下两群马就够了。你们马上就动手，动作要快。然后，把你们的帽子和衣服都挂到江边苇草秆、荆条上。等乌拉部的马队来的时候，你们先藏起来。我什么时候唱腾格里神歌，你们就什么时候出来，把这些强盗全都给我围住，一个也不能让他跑了。"

大伙一听，这个主意出得确实很好。因为脑温江是南北流向，江的东岸不远是乌拉部，西岸是科尔沁草原。但是，科尔沁草原放牧的时候，经常把牧群赶到脑温江东岸一带。所以，科尔沁的马匹才会经常被乌拉部的人给掠夺走。现在，宝音姑娘让他们把马群都赶回到脑温江的西岸，东岸这里只留下两群马做诱饵。宝音姑娘给大家出完主意以后，有人就把这件事告诉了达音布老人。达音布老人听了高兴得从病床上爬起来，要跟族人一块儿去抓强盗。很快，东平部落的人按照宝音姑娘出的主意，都埋伏好了。

不出宝音姑娘所料。第二天的晚上，乌拉部的一百多骑兵，像疯子一般地冲过来了。他们以为自己来得这么快，东平部落照旧没有准备。

他们还会像上次那样把马群全掳走。他们太得意忘形了，也不管周围的情况怎么样，朝有马群的地方就杀过去了。另外，从远处看，那里还影影绰绰有些人影，把这些人一块掳回去当奴才，岂不更好。哪知他们刚冲到马群周围，歌唱腾格里天神的歌声就唱起来了，四周又响起了鼓声。只听一个女人唱道：

"腾格里天神命令你们：

拿起你们的刀，

拿起你们的矛，

向豺狼动手吧！

我给你们勇气，

给你们胆量，

让所有的豺狼

都死在你们的刀矛之下。

让他们暴露自己的原形吧！

腾格里，腾格里……"

随着歌声，烈火熊熊地着起来了，把乌拉部的一百多铁骑全都给围到了火海之中。这些强盗也顾不得去抢人和马了，都拼命地想逃跑，被围在外面的人用刀和棍棒一阵猛打猛砍，又拼命地往回跑。就这样，马与马相撞，有不少乌拉部的人被踏死在马下，东平部打了个大胜仗。达音布老人握着宝音姑娘的手，感激地说："太谢谢您了。您是我们蒙古人的大恩人哪。您的歌声这么美，听到您的歌声，我就想到我们的宝音姑娘，那可真是一个好姑娘啊。"宝音姑娘听了达音布老人的话没出声。宝音姑娘看到眼前的胜利也非常高兴，自己总算为乌云格格和蒙格木贝勒做了一点事。宝音姑娘骑上自己的小白马，向达音布老人和东平部落的人告别。达音布老人和东平部落的人怎么留，也没能留住宝音姑娘。于是，他们有的送来炒米，有的送来炒面，有的送来肉干，并把宝音姑娘的小水葫芦装满了水。宝音姑娘在人们的一片欢送声中，打马走了。

宝音姑娘刚走了不大一会儿，蒙格木贝勒和色音布尔贝勒来了。他们为啥来了呢？因为，他们听回到部落里的洪古尔·杜木根大喇嘛说，宝音姑娘往北边走了。莽古思贝勒、乌云格格、色音布尔还有乌丹老女，都为可怜的宝音姑娘的命运而长叹，愤愤不平。他们根据洪古尔·

第三章　狼母鹰师——包鲁嘎汗出世

杜木根大喇嘛说的话，料想宝音姑娘必经过他们的东平部落。几个人一商量，就让蒙格木贝勒和色音布尔两人骑快马赶到东平部落，留住可怜的宝音姑娘，不能再让她往荒凉无垠的北疆去了。

　　蒙格木和色音布尔两个人见到了达音布老人。达音布老人人逢喜事，病早好了。他看见两位贝勒爷来了，忙躬身施礼，说："二位贝勒爷，告诉您们一件喜事，腾格里天神来了。她就像当年的宝音姑娘一样，把我们大家聚到一起，把乌拉部的马队，足有一百多号人，全给烧死了。咱们打了一个大胜仗。"蒙格木贝勒和色音布尔一听，说："哎呀，老玛法，你怎么这么糊涂？她就是宝音姑娘啊。我们就是奉老贝勒爷之命，来接她回去的。"达音布老人说："怪不得她歌唱得那么好听。我当时还寻思来的，原来她真是宝音姑娘。咳，我要知道她就是宝音姑娘，说什么也不能让她走哇。"达音布老人后悔不迭。色音布尔忙问："她往哪儿去了？"达音布老人回答："不知道。她骑着一匹小白马往北走了。"色音布尔急忙翻身上马，追赶宝音姑娘。

　　色音布尔追出了一百多里地，也没见着宝音姑娘的踪影。那时候，往北去的路有很多条，而且都是些山中的茅草小道。色音布尔也不知道宝音姑娘走的哪条道，所以，他就没找着。色音布尔只好眼含热泪，遥望北方，默默祈祷宝音姑娘一路平安。

　　各位阿哥，话说宝音姑娘告别了众位蒙古兄弟和达音布老人，骑着马沿着脑温江逆水而行。宝音姑娘走在岸边的芦苇丛中，饿了就到水边打来一碗水，抓出肉干和炒米吃上一口，或者到江边的小沟汊子里抓条鱼。那时，脑温江的鱼多得用手就可以抓到。宝音姑娘抓到鱼以后，用火镰把干草和干枝点着，用荆条把鱼一串，放到火上烤熟以后，再用小蒙古刀把鱼肚子豁开，把肠子扔掉。鱼肉蘸点盐，吃着非常鲜香。夜里，她就在芦苇塘里过夜，身边有月光、星光和水流相伴，有时也能听到狼的吼叫。宝音姑娘很习惯这样的生活，所以，她一点也不害怕。宝音姑娘每天都加紧赶路，终于来到了她思慕已久的故乡萨哈连。

　　这天，宝音姑娘来到了萨哈连中游。她从路过的猎人们的嘴里得知，这里是德钦部的地界，名叫老雁滩。一连走了几个月的宝音姑娘，终于回到了故乡，她激动得大声哭了起来。

　　此刻，宝音姑娘突然感到肚子一阵一阵地疼了起来，而且剧痛难忍。宝音姑娘在科尔沁看过别的女人生孩子，所以，她知道这是临产的征兆。她强忍疼痛，用柳条搭起了一个窝棚，在里面铺上两个皮袍子，又喝了点水，吃了两口肉干。这时，宝音姑娘的肚子不像刚才那么疼了。她被折腾得筋疲力尽，昏昏沉沉地睡着了。夜里，天上又下起了小雨。傍天亮的时候，外面雷鸣闪电，暴雨倾盆。宝音姑娘腹中一阵阵绞疼，随着一声清脆震耳的啼哭声，宝音姑娘的孩子出世了。

说也奇怪，此时，雨也停了，天也亮了。东边的太阳透过芦苇，照在了宝音姑娘和孩子的身上。孩子舞动着小手，哇哇地叫着，好像在向世界宣告自己的诞生。宝音姑娘坐了起来，看看躺在自己身边的孩子。这孩子浓眉大眼，方脸膛，非常像自己心爱的皇太极。她把孩子轻轻地抱过来，用身边的干草擦掉孩子身上的血迹，她发现孩子的右肩膀上长着一块红痣。她又挣扎着到了水边，蘸着河里的水，轻轻地擦洗了一下自己的身子，并给孩子也洗了个澡。宝音姑娘又把皇太极给她的金项圈摘了下来，套在了孩子的脖子上。她慢慢地移动着，用蒿草把自己住的小窝棚重新搭了一下。就这样，宝音姑娘和孩子就在小窝棚里住了下来。

孩子非常省事，也不哭。宝音姑娘的奶水也非常充足。孩子生下来二十多天的时候，就会瞧着宝音姑娘笑了。此时，宝音姑娘非常高兴，特别开心。自打自己从赫图阿拉出来，就没这么开心过，现在历经磨难，终于有了自己的孩子，有了自己的感情寄托。只有他，才使自己有了活下来的勇气和力量，才是自己最关爱的人。宝音姑娘心中有说不完的话要对儿子讲。她看着自己亲生的儿子，心里非常甜蜜。孩子虽然那么小，却也像懂事似的，大眼睛瞅着她，有时小嘴还扭动着，好像有许多话要对额莫说。她们母子就这样用心交流着。

一天，宝音姑娘正在给孩子喂奶，就听见窝棚外有许多鸟在叫，好像还有狼嗥和野兽怪叫的声音。她觉得非常奇怪，把孩子放下以后，来到外面。只见远处浓烟滚滚，原来林子里着火了。在北方，肆虐的山火非常多，有时一连烧几个月，令人窒息的烟气弥漫几十里。一片片数百年的古林，往往在烈火中化为灰烬，变成一片焦土。

这时，风越来越大。风越大，火势也越猛。风夹着火向宝音姑娘和孩子住的方向扑来。野兽们怪叫着，从宝音姑娘身边狂跑过去。宝音姑娘也慌了，不知该怎么办。火势万分危急，不容她多想。宝音姑娘凭着她在草原的生活经验知道，眼下惟一的办法，就是快快打出一条火道，把火舌引到另处去。于是，她站起身来，使出全身的力气，拼命地把小窝棚周围的小树一个一个地往外薅。她要把自己周围的草和小树全

第三章 狼母鹰师——包鲁嘎汗出世

拔干净，使火不能烧过来。小白马咴咴直叫，是告诉主人，你赶紧骑到我身上，我驮着你跑。可宝音姑娘当时已经吓糊涂了，她一个劲儿地拼命薅草，等窝棚转圈的草都薅没了的时候，她又想起自己的孩子，马上往小窝棚那里跑。她正跑着的时候，就看见一个大火球子，在她头上飞过去，正好落到她搭起来的小窝棚上。宝音姑娘急坏了，急忙就往已经着火的小窝棚里钻。她冲进去一摸，吓坏了，里面就剩下铺在地上的一个皮单子，根本没有她的宝贝儿子。她四周都摸遍了，也没摸着。她以为孩子掉到皮子底下去了，就把皮子拿起来，到草地上去摸，结果也没有。这时，小窝棚被烧落架了，全仗着宝音姑娘一猛劲儿退了出去。宝音姑娘又想，我的孩子没在这里，难道火苗子把我的孩子卷到小岛上去了？因为她看见很多火团子被风刮过了小河套子，落到对面的小岛上去了。她又赶紧骑上马，到岛上去找她的孩子。岛上到处都是火。她骑马在烈火中窜来窜去，也没见孩子的踪影。她骑着马又急跑回来，继续寻找她的孩子。

这时，野火随着风势刮到西边去了。宝音姑娘脚下站的地方成了一片焦土。她像疯了一样，拼命呼喊着儿子。小白马也咴咴地直叫唤。宝音姑娘哭得眼泪都干了，嗓子也喊哑了。火过去了三天三夜，宝音姑娘就在这片黑焦的土地上，转了三天三夜。可是，哪里有儿子的踪影？宝音姑娘断定，自己的儿子已经不在人世了。她本来要带着自己心爱的儿子回到故乡，在那里把孩子抚养成人，帮助儿子开辟出一片新天地，没想到，现在孩子没了。她所有的安慰和希望，全都化成了泡影，破灭了。她埋怨自己没有照顾好孩子。孩子刚来到人世才三十来天，就让我这粗心的额莫给害死了啊。她顿足捶胸，自恨自责，当时自己怎么就没想到抱着孩子，骑上小白马跑呢？我怎么聪明一世，糊涂一时呢？我连自己的孩子都保护不好，还有什么脸面再活在世上？宝音姑娘完全变成了另外一个人，生命之路对她来说已经到了尽头。

这时候，她想起洪古尔·杜木根大喇嘛临别的嘱咐。大喇嘛说，要是有什么困难，就去找他僧界的好友，大乘教的高僧静空禅师，看来我应该去找静空禅师，遁入空门，忏悔自己的罪孽。

说书人在这里不说宝音姑娘如何哭得两眼像桃儿似的，骑着自己的小白马去找静空禅师。诸位阿哥达爷们，现在大家最关心的是宝音姑娘的儿子到底到哪儿去了？他是不是让火给烧死了？不，不会的，有腾格里天神保佑着他，他是不会死的。老雁滩是个有名的狼窝，这里有很多狼洞。所以，宝音姑娘常能听到狼的叫声。离宝音姑娘住的地方不远处，有一片柳树通子。柳树通子旁边就有一个很大的狼洞，里面住有百余只野狼，这个狼群的头狼是一只灰青色的老母狼。这只老母狼前不久生下了两只崽子，可惜都死了。这只老母狼百般难受，天天哀号，到处寻找它的孩子。大森林着火的时候，老母狼耳朵非常尖，就听到火中似乎有小孩儿的哭声。它长啸一声，把众狼叫出来了。这群狼跟着它，寻找这个小孩儿。它们一直找到小窝棚这儿。这个时候，宝音姑娘正好在外面打火道呢。群狼直接冲进窝棚里。事也凑巧，宝音姑娘给孩子戴的那个项圈套在孩子的脖子上以后，一头卡在了孩子的脖子上，孩子的两只小脚一蹬，正好蹬在了项圈的另一头。四只狼站在四周，用嘴叼起了金项圈。它们不但把金项圈给叼跑了，就连戴着金项圈的孩子也给叼跑了。所以，宝音姑娘回到窝棚里的时候，不见了自己的孩子。原来，孩子早已让狼群在老母狼的指挥下，被叼到了狼洞。

  这只老母狼得到了这个小孩儿以后，就像对待自己的崽子一样疼他、爱他。孩子饿了，老母狼就把自己的奶头塞到孩子的嘴里让他吃。孩子睡着了，老母狼就躺在他的旁边守护着他。孩子屙屎撒尿了，老母狼就给舔了。老母狼对他照顾得无微不至。刚开始的时候，有些狼觉得这个同伙的崽儿，长得不像它们的狼种。有的狼就想冲过去撕咬他。老母狼气坏了，把其中的一只狼就给咬住了，把这只狼的后腿"咔嚓"一下，就咬断了，这只狼惨叫着跑出去了。又有一只狼可能是出于好奇，想过来闻一闻这个小孩儿。老母狼过去，就把它的鼻子尖给咬折了，把这只狼疼得"嗷嗷"直叫。从此，狼群里的大小狼谁也不敢再招惹他，都溜溜地离他老远。老母狼为了使小孩儿身上更多地有它的味，特意把自己的尿往小孩儿的身上撒，使孩子身上的狼味越来越浓。时间长了，小孩的人味就没有多少了。群狼也越来越熟悉他了。有时候，老母狼出去捕捉猎物，留在狼洞里的狼，也帮助老母狼照看孩子。

  孩子一天天长大了。到了一岁多的时候，孩子就能脸冲上，用手搂住老母狼的脖子，两只脚一扣，扣在老母狼身上。老母狼带着他窜山越涧，他也掉不下来。这孩子在狼窝里练出了一身奇特的功夫，他能跑、能跳、能蹿、能跃，这么说吧，狼的技能他全都学会了。他像狼一样走道，像狼一样吼叫。狼的叫声是非常有讲究的，找伴有找伴的叫声；发现食物有发现食物的叫声；遇到危险有遇到危险的叫声。总的来说，叫唤的声音不一样，声音有长、有短、有尖叫、有厚重，小孩学得是一模

第三章　狼母鹰师——包鲁嘎汗出世

一样。他跟狼崽子们滚打在一起。他吃生肉、喝生血,一点也不次于那些小狼崽。

各位阿哥,时间在说书人的嘴里,过得飞快。一晃儿,九年的时间过去了。这九年的时光,把孩子锻炼成一个特殊的狼。阿哥们都知道,狼是非常凶残暴烈的动物,也很贪婪。它们要是抓到一头野猪、一只鹿或者其他小动物,吃完以后,最多就剩点毛。所以,猎人们常说:狼吃红肉屙白屎。它为什么屙白屎呢?就因为它把骨头都吃了。狼非常凶狠,但又是非常机智、非常敏捷的食肉动物。在这一点上,很多动物是赶不上的。狼的模拟性非常强,它遇到强敌时,能装瘸,还能装死。而且,狼群有严格的规矩。它们的等级观念非常强。狼群在得到食物以后,要头狼先吃,其他狼都围在旁边,谁也不敢动。头狼吃完了,它们还不能抢,然后是那些老狼、瘦弱的狼或者是小狼接着吃,这些狼吃完以后,那些成熟的壮狼才开始吃。不管狼群多大,程序都是这样。狼之间要是厮咬打架了,惩罚得也是相当厉害。头狼会让群狼一齐冲上去,猛咬互相咬架的狼,甚至咬死,使其不敢再回群里,变成孤单无依的野狼。而且狼非常抱团,一只狼要是一叫唤,其他的狼听见声音,即使不是一伙的,也马上跑过来援救。有时它们自己吃饱了,就把剩下的猎物埋起来,撒上尿,其他狼就能闻出味来,到这里来就可以刨开吃,吃完后再埋上,别的狼接着吃,一直到最后吃完为止。狼有很多长处,所以它的生命力特别顽强。宝音姑娘生的这个孩子,就是在狼群里长大的。他在狼群里学到了不少狼生活的方法和技能,这对他后来的生活相当有利。

他在狼群里生活了九个年头,越长越跟狼不一样了,更主要的是老母狼年岁也大了,该让位了。一个咬死一只豹子的红眼小公狼当权以后,首先就向这个不像它们同类的伙伴开刀了,狼撵这个脖子上戴项圈儿的怪物。再说,他的个子也太高了,在狼群里特别显眼,跟它们也越来越不合群了。有些小狼也恨他,老母狼现在也不能保护他了。群狼一致要把他撵走,不让他跟着它们。这个孩子因为一生下来就认识它们,跟它们有感情了,现在它们不要他了,他还受不了。所以,它们在前面走,小孩就在后面跟着。这些狼就冲他龇牙咧嘴地叫唤,吓唬他,可小孩依旧在后面跟着。后来,小公狼一声长啸,一百多只狼很快就隐入密林丛中不见了。小孩儿找不着它们了。就这样,小孩儿在狼群的生活就这样结束了。

小孩儿悲伤不已，一个人在野甸子里到处乱跑，嗷嗷直叫，呼唤他的狼额莫。过去群狼给他捕来猎物，他跟它们一起抢着吃。现在没人管他了，他也不知道怎么弄食吃，饿得在林子里连哭带闹。这时，天上飞来一只老鹰。老鹰的嘴里叼着一个树枝，树枝上结着几个山梨。老鹰把树枝扔到了小孩的跟前，就飞走了。小孩看见山梨非常高兴，把山梨拣起来就吃了，可是没吃饱，他又继续哭闹。不大一会儿，老鹰又飞回来，落到一棵矮树上。老鹰的嘴里还叼着一个树枝，树枝上又有两个梨。这回老鹰没把树枝扔下来。小孩儿一看，就又想管老鹰要梨。老鹰站在树上，叼着树枝不动。小孩儿就围着树跑来跑去，扬着脖子向老鹰要梨。老鹰还是叼着不动。孩子没办法，就自己往树上爬。因为狼不会爬树，所以，他就不会爬树。他刚爬上几步，就摔下来了，接着再爬，又摔下来。他疼得直叫唤，但为了吃梨，还得往上爬。最后，他刚要够到老鹰，老鹰一蹦，又飞到上一个树枝，嘴里还叼着那枝带梨的树枝。他一看老鹰又飞到上头去了，就又往上爬，好不容易才爬了上去。老鹰一张嘴，树枝正好掉在他的胸前。小孩儿赶紧抓住，坐在树上把两个梨就吃了。小孩儿吃完了梨，老鹰就飞走了。过了一会儿，老鹰又飞回来了。这回老鹰没落到树上，而是落到了一堆石头上，嘴里还叼着一枝树枝，树枝上还有挺大的两个梨。老鹰扇动着翅膀，瞪眼瞅着他，意思是你下来，下来吃梨。小孩儿一看，老鹰那里又有梨，但是他在树上哪，怎么下来呢？他就慢慢地再从树干上一点一点往下窜，离地不太高的时候，他"扑腾"一跳，一个腚蹲儿坐到了地上，疼得他哇哇大叫。他叫喊了一阵儿，站起身来，扑棱扑棱屁股，就来撵老鹰。老鹰没给他梨，扇动着翅膀飞起来了。老鹰飞得也不太高，就在他头顶上。小孩儿扬着脖，够还够不着。老鹰在前头飞，小孩儿就在后头跟着，过了一个山沟又一个山沟，前头是一片树林。这里前不久着过一场大火，地都烧得焦黑，树干烧得像黑柱子，有的还冒着烟。老鹰飞到这里以后，把嘴里叼着的树枝就扔到了地上。小孩儿赶紧过来捡起梨，把梨就吃了。小孩儿吃完梨以后，觉得自己还没吃饱，又等着老鹰给他送梨来，结果老鹰再也没飞回来。小孩儿等了半天，也不见老鹰回来，只好自己在这荒郊野地里四处撒目，寻找可以吃的东西。

实际上，这只老鹰把他领到了一个非常好的地方。因为他常跟狼群到处走，所以，对野牲的味儿早都会闻了。他到这儿以后，马上就闻到这里有很多野牲的味，而且，这味儿比过去的味儿更香。过去他在狼群

第三章 狼母鹰师——包鲁嘎汗出世

335

里吃的都是生肉,现在这里有烧死的鹿、野猪、山兔等,而且吃起来的味儿更好,更好嚼。他在这里吃了个饱,又学着狼额莫和众位狼兄弟的办法,把剩下的肉有的埋起来,有些挂到树枝上。这样,他就有了好几天吃的了。慢慢地,他就学会了专找山火着过的地方。这只鹰又把他领到山林里去。在山林里,他跟黑熊学爬树,学松鼠贴树皮。什么叫贴树皮?就是把自己的身子紧紧地贴在树上,掉不下来。他又跟小松鼠学到了蹿越树林的本领。由于这里的石山相当多,有的石头经过风吹日晒,有些松动,有的石头就掉下来了,有的石头经风一吹,忽悠忽悠地动。因为熊身上刺挠,母熊就领着它的熊崽子们到石头上去蹭,把石头蹭的直动弹。有的小熊崽儿学着老熊的样子,用两只小爪子特意地去推石头。有的石头被推得骨碌碌地滚下了山,有的石头被推得忽悠忽悠地直晃悠,挺有意思。

小孩看黑熊玩得挺好。熊走了以后,他也过去推石头。开始的时候,他的力气没那么大,有的石头他推不动。时间长了,他的劲儿也大了,有时候就能把大石头推着到处骨碌走。就这样,他吃饱喝足以后,就自己推石头玩儿。这一推着玩不要紧,孩子的力气越来越大,有力拔千斤之力。他练得两条腿和两个胳膊都像棒槌一样粗,两只手像两个小笸箩一样。这个孩子就在山林里自己闯荡开来了,交下了不少的动物朋友。而且,他又用狼额莫教他的办法,在萨哈连江边找了一个阳面、洞里有水流通过,而且洞口很隐蔽的山洞,作为自己的家。他弄来了不少的干枝和干草,铺好了自己的窝。

时间一长,他也就习惯这样的生活了,也就不再找他那些狼伙伴和他想念的狼额莫。不过,他的狼额莫和它那些狼孩子们不是不管他。他遇到了困难,或者遇到强敌的时候,只要他一嚎,就有不少狼伙伴赶来帮助他。有时它们也和他一起追鹿群、抓野猪,而且和他分着吃。

小孩的嗅觉特别灵。他常赶到山火烧焦的地方,找烧死的禽兽饱餐一顿。有时候,他就把捕获的猎物放到还在燃烧着的野火里烧着吃。后来,他渐渐地也掌握了钻木取火、打石生火的本领。

都说人类是灵长类的动物,任何动物都没有人的智商高。人类在自然界里生存,要是能把动物的技能学到手,那肯定要超过任何动物。这个孩子得天独厚,从小生活在狼窝里,又有鹰师傅的引导,和山里的野兽摸爬在一起,学会了不少动物的生存本能。而且,他又有着人的智慧和头脑,就更了不得了。他在萨哈连一带越来越厉害,成了野兽之王。

很多动物都听他的指挥。后来，脖子上戴个项圈儿的小野孩儿的踪迹，在萨哈连江畔出现得越来越频繁，引起当地不少部族人们的惊奇和传讲，成了当年萨哈连江畔一大奇闻怪事。

不少人三三两两，寻找这个人形的小怪物。好在各部落的人，都还没有害他的意思，只是好奇地寻找他。小野孩儿随着四季变化，懂得冬天身上披皮子，双脚包皮子，头上蒙皮子。夏日天暖，他为了防止上下树磨屁股和前边的小"索索"①，就在大腿胯部兜着皮套和树皮。因为他从小在狼群里长大，会狼的叫声。狼的叫声都是"嗷"、"喽"、"嘎"、"啊"这几个声音。而且，小野人又喜欢身披用柳枝编织的柳服。女真人称柳为"布鲁嘎"。故此，就给他起个名字叫"包鲁嘎"。有人说他是一个野人。他有人的心肠，野兽的速度。只要你不欺负他，不骗他，不抓他，他跟你就相当友好。他喜欢接近人，帮助迷山路的人走出大山，帮助溺水的人逃出水域，但如果你真要欺负他，被他抓住了，他能把你吃了。又有人说他是天上降下来的一位神人，有着神勇无比的力量。在萨哈连一带，流传着不少关于"包鲁嘎"的神话故事。

说书人暂且放下"包鲁嘎"如何在山林中闯荡，威名越来越高。再回头说说赫图阿拉的那些人们。自从白雪格格被洪古尔·杜木根大喇嘛领走之后，皇太极着实病了好长一段时间。虽然汗王爷努尔哈赤给皇太极又娶了一个媳妇，但他心中总是念念不忘他心爱的白雪格格。

光阴似箭，时光犹如白驹过隙一般，"嗖"地一下就过去了。到了万历四十年，按女真年来说是天鼠年，皇太极已经二十一岁了。他已经完全成为一个领兵的大将了。前些日子，皇太极随父汗去兵伐乌拉部，他担任领兵大帅。皇太极现在常跟扈尔汉、那日松他们在一起。他想让扈尔汉和那日松帮他寻找白雪格格，可扈尔汉和那日松都是汗王爷身边的大将，没有汗王爷之令他们不敢走，而且当时战事又非常吃紧。最后，皇太极只好恳请父汗。其实，汗王爷也挺喜欢白雪格格，白雪格格给自己出了那么多好主意，给赫图阿拉解决了那么多困难，而且通过她，使自己跟科尔沁拉上了关系。这些功劳，汗王爷都没忘，只是由于自己想要收服窝集部，而白雪格格在这方面又帮不了自己什么忙。他只好舍弃白雪格格，让皇太极娶了乌拉纳喇氏，但汗王爷的心里一直感到挺愧对白雪格格，也十分惦记白雪格格，现在儿子多次哀求自己派人寻

---

① 索索：满语，男性生殖器。

找白雪格格，汗王爷便答应了皇太极的请求，抽空把扈尔汉派了出去。

扈尔汉到了科尔沁，见到了莽古思贝勒和乌云格格。乌云格格她们告诉他：当时洪古尔·杜木根大喇嘛是要领宝音姑娘到我们这里来，可是宝音姑娘不来，她说她要回到自己的故乡去，然后就走了。现在我们也非常惦记她。这事怪你们汗王爷，他太不仗义了。他为什么这么狠心，把这么好的一个姑娘给气走了。我们现在也挺恨皇太极，他身为贝勒，连自己心爱的人都保护不了，而且他还见异思迁。扈尔汉回来以后，把乌云格格她们说的话，全部告诉了皇太极。皇太极是有口说不出，闷闷自责，人家说得句句在理，自己确实没有保护好白雪格格，可要说自己见异思迁，自己确实是有些冤枉。皇太极的内心十分痛苦。

皇太极把这些情况跟父汗讲了。扈尔汉在这之前就已经禀告了汗王爷，说白雪格格没回科尔沁，而是自己徒步往北走了。汗王爷打心里也很敬佩白雪格格。扈尔汉又向汗王爷禀报说，白雪格格是在科尔沁旁边过去的，到了科尔沁下属的东平部落，正好赶上乌拉部布占泰的人来抢东平部的马匹和人畜，恰巧当时这个部落的部落长有病，是白雪格格帮助东平部的人，使乌拉部一百多兵马全部葬送在东平部。白雪格格也没露出自己的真名，又继续北上。这件事又使努尔哈赤大吃一惊，没想到，白雪格格的品德这么高尚。他后悔自己心胸狭窄，三弟说得真对呀，自己不应该把白雪格格逼走。另外，自己想要统一北方几部，如白雪格格这样的人到了北边，势必就加强了北边的力量。汗王爷心里非常后悔，我怎么能让她到北边去呢？她将来不跟我作对吗？不会成为我的一个强敌吗？所以，他就同意了皇太极的话，命他们继续寻找白雪格格，找到后，再把她请回来。汗王爷还想到，由于白雪格格的出走，使科尔沁部对自己有些不满，而自己要征服乌拉部，就必须把科尔沁部牢牢地抓住，用什么办法呢？就用联姻的办法。于是，汗王爷就跟皇太极说："孩子，白雪格格也不知什么时候才能找到。这样吧，你不是喜欢科尔沁姑娘吗？我就在科尔沁再给你娶一个福晋，这回你自己选，怎么样？"皇太极表示同意。

于是，汗王爷命扈尔汉、那日松和姐姐前去科尔沁部跟莽古思贝勒求亲，想娶莽古思之女，就是那位小格格做皇太极的福晋。现在小格格已经十二岁了，她虽小，可什么都明白了，由于她宝音姐姐被汗王爷逼走，所以，她非常恨皇太极，恨赫图阿拉，说啥也不肯嫁给皇太极。她的姑姑乌云格格劝她："孩子，努尔哈赤的力量强大，咱们不能得罪他们呀。另外，皇太极是一个好人，他挺喜欢你宝音姐姐的。你嫁过去，想办法说服皇太极，把你宝音姐姐接回来。你要是不去，谁能帮你在努尔哈赤和皇太极面前催促他们，去找你宝音姐姐呢？"乌云格格这么一说，小格格就同意了。

万历四十二年四月，科尔沁贝勒莽古思之女，小格格博尔济吉特氏年满十六岁。她正式嫁给了皇太极。大婚的头一天，小格格对皇太极提出："我有一个条件，你答应了，我才嫁给你。"皇太极说："什么条件，你说吧。""你必须把我宝音姐姐接回来。"皇太极当即发誓："只要我有一口气在，我一定想办法接回你宝音姐姐。"就这样，皇太极亲去辉发扈尔齐山城，迎接科尔沁的送亲彩轿，在辉发城大宴成婚。

万历四十四年丙辰春正月，女真天龙年，赫图阿拉一片欢腾，努尔哈赤汗王爷坐殿沈阳，由八旗贝勒大臣奉尊号为"承奉天命养育列国英明汗"（简称英明汗），定国号为"后金"，年号为"天命"。汗王爷应众臣的要求，派兵征伐萨哈连南北的萨哈连部和呼尔哈部，并给扈尔汉下道密旨，要他顺便打听打听白雪格格的消息，有可能的话，就把她迎回朝内。这一年的七月，扈尔汉领兵征伐萨哈连。皇太极把他送出很远很远，并一再嘱咐他，要把白雪格格给接回来。这是努尔哈赤第一次派兵远征萨哈连。

扈尔汉偕安费扬古率兵二千人，招抚了萨哈连南北的四十七个屯寨和位于乌苏里江的使犬部、诺洛部、实喇忻部等部，战事功勋卓著。遗憾的是，扈尔汉此行没有打听到白雪格格的消息，只好于十一月初，率兵返回赫图阿拉。

白雪格格杳无音信。皇太极和小格格博尔济吉特氏失望已极，汗王爷也连连叹息。扈尔汉见此情景也深感歉疚，自己未能多走些地方寻找白雪格格。所以，他又一次恳请汗王爷再给他个机会，寻找白雪格格，找不到白雪格格的下落，自己情愿死在北方，报效汗王爷的知遇之恩。汗王爷答应了扈尔汉的请求。扈尔汉秘密北上了。

各位阿哥，扈尔汉没有见到白雪格格。那么，白雪格格现在到底在什么地方呢？说来话长了。

白雪格格在火中丢失了自己新生不久的儿子，她痛不欲生。后来，她按照洪古尔·杜木根大喇嘛的嘱咐，沿萨哈连一路打听去拜见静空禅师。静空禅师的佛门就在萨哈连的下游，也就是萨哈连的出海口、混同江一带的使犬部地界的特林，那块儿有个特林碑。特林碑的旁边有一片松林,松林里有一个古庙,是明中期,一位老僧人了空师傅化缘请匠役修建的庙,叫"了空庙"。后来,这一带的人都把它叫做"了空古刹"。庙不大,但建得非常辉煌。在那个时候,在离京师有数千里之遥的地方,建这样一个庙是很不容易的。当时庙里有两位老和尚。后来,两位老和尚相继圆寂了。当地的善男信女,仿学内地寺内筑建灵塔的模样,给两位好心的老僧分别建了灵塔,然而,庙从此就空了。静空禅师来了以后,就住在了这个庙里,并根据自己的法号,把"了空庙"改成"静空庵"。静空禅师没收弟子,她天天在这里坐禅、诵经。

白雪格格顺着萨哈连一条弯弯曲曲的沿江林荫小道,打听来打听去,终于打听到了静空禅师的"静空庵"。还别说,静空禅师这几天来就觉得有什么心事,觉也睡不好,什么都干不下去,手心也觉得发热。她自己掐算了一下,原来是有客要来。她起身穿上衣服,把庵门关好,手拄禅杖,缓步走出了松林。老人家已经近六十岁了,不过身板很硬朗,走道非常洒脱。她沿着下山的小台阶,到了萨哈连的江边。

老禅师猜想客人很可能沿江而来。她看看天色尚早,就沿着江边往上游走去,这是从内地来人的必经之路。走着走着,迎面有个骑白马的人正缓缓地过来,只见那人突然从马上摔了下来。马"咴咴"地叫着站住了。老禅师紧走几步,到跟前一看,从马上摔下来的是一个瘦弱的女子,脸色蜡黄,眼窝儿深陷,看穿戴打扮,不像是这里的人。老禅师忽然瞧见白马背上驮着一个水葫芦,忙把水葫芦拿起来,摇晃了几下,里面有水声。老禅师给这位小女子喝了点水,并轻声呼唤着她。

各位阿哥可能都猜到了,从马上掉下来的女子,正是我们本部"乌勒本"的主人公——白雪格格。白雪格格慢慢睁开了眼睛,半天才说出话来:"我,我找,我找静空师父。"老禅师一听,非常高兴,忙说:"施主,我就是静空。我接你来了,离这不远就是我的'静空庵'。快,我扶你到庵里歇一歇,有话回去再说。"白雪格格听说此人就是寻找已久的静空师父,马上有了精神头儿,站了起来。老禅师搀着她,小白马懂事地在后头跟着。她们一老一少回到了"静空庵"。

静空禅师先扶白雪格格躺到了自己的炕上,又出去给小白马饮了水,喂了草料,这才又回到了屋里。这时,白雪格格已经躺在炕上睡着了。老禅师到后堂给她沏了一碗姜糖水出来,轻声呼唤白雪格格:"施主,你把这碗姜糖水喝下,会好一些的。"此时白雪格格四肢无力,连说话的劲头儿都没有了。老禅师拿过来一个小勺,给白雪格格一勺一勺地往嘴里饮。白雪格格喝了有半碗水，觉得有些缓过劲儿来。她这才把自己的不幸身世和遭遇，毫无隐瞒地哭诉给静空禅师，并告诉禅师是杜木根老恩师叫我来找您的，求您收留弟子，指点迷津。

静空禅师听了白雪格格的话，才知道此女子是自己僧门中的老友，她非常敬重的洪古尔·杜木根引荐来的。静空禅师劝解她不要总往绝路上想，什么事情都不是那么随人所愿，一切要放宽心，保重身体要紧。你有什么困难，有什么心里话，尽管跟我说。老禅师的一番话，使白雪格格感到非常亲切，非常温暖。

白雪格格在床上一连躺了九天。十天以后，白雪格格提出："师父，我想出家，入佛门。"老禅师说："入佛门也好，不入佛门也好，一切都在心上。心上有了，一切就都有了。你要想入空门，就必须了却一切，把自己超脱出来，万事皆空才行。你现在六根未净。这样吧，你先跟我在庵里诵经、谈禅、做法事，然后，我们再一起去找你的孩子，至于你什么时候剃度，到时候自然是水到渠成。"

白雪格格在"静空庵"住了下来。老禅师说得对，白雪格格虽然住在庵里，也读经书、做佛事，但她每天两眼发直，总是安不下来心，老禅师跟她说话她也听不着。老禅师为了排解她心中的郁闷，每天都领她到处走走。渐渐地，白雪格格的情绪好一些了，但她还是念念不忘她的孩子。

各位阿哥，闲话少说。时光如流水，一晃儿，白雪格格到"静空庵"八年了。八年里，静空禅师和白雪格格一直都在打听孩子的下落，但始终没有打听到。不论静空禅师怎么苦劝白雪格格，白雪格格总是紧锁愁眉，天天傻呆呆地望着流向东海的萨哈连的波涛。静空禅师真怕她想不开，发生使她惧怕的事。

这天，静空禅师对她说："孩子，这些年你一直都在惦记你的孩子。我看咱们还是到北边找找，如果他还活着，肯定就在萨哈连沿岸这一带，也准能有一些蛛丝马迹。你不是说孩子的右肩上有颗红痣，身上还戴着一个金项圈么，如果他还活着的话，他的项圈肯定还戴着。咱们俩沿江往上游走，沿路打听，看他们见没见到一个戴金项圈的孩子。要是他们都没看到，咱们也就死心了。要是孩子还活着，咱们就把孩子接回来。"静空禅师是佛家人，最能体贴人的心，她完全说到白雪格格心里去了。白雪格格也真愿意跟师父一块儿，出去寻找自己那苦命的儿子。

于是，静空禅师和白雪格格沿着萨哈连逆水而上。她们一路化着

第三章　狼母鹰师——包鲁嘎汗出世

缘,边走边打听过往的行人和部落里的人们,看没看到这样一个孩子,左肩膀上长着一颗红痣,脖子上戴个金项圈,或者听人讲过这样一个孩子。她们也不怕费唇舌,每到一个地方都打听。有时,雪儿没信心了,静空禅师就鼓励她说:"咱们这次出来,主要就是给你找孩子的。咱们还是多打听打听,如果这个孩子已经离开了人世,咱们师徒二人回去咏经念佛也就安心了。"就这样,静空禅师连鼓励带安慰,使白雪格格增强了信心,继续往前找去。

一天,静空禅师和白雪格格来到了接近萨哈连中游的一个集市。这里卖皮货的人相当多。从元明以来,萨哈连中下游一带有个老习惯,猎人们每到春秋两季都到一个集中地点,赶"乌达卖大集"。中原内地的百货、塞北的名犬、元狐、黑狐、红狐、白猞猁、黑貂皮、水獭皮,东海的鱼睛、玳瑁、殊角、鱼鳔等应有尽有。当地费雅喀、使犬部的猎人们,多半把皮张拿到集市上换弓箭、鞍辔或者换盐、布等生活用品。

静空禅师和白雪格格师徒俩走得太累了,就来到了江边一棵歪脖老松树下面坐着歇息。白雪格格到江边去往水葫芦里灌水。那里正有一个老猎人,背着猎枪,马背上搭着一只猞猁、两只山狸。白雪格格一看就知道是刚打回来的猎物。老猎人可能是太渴了,两只手往江里一拄,嘴对着江"咕咚"、"咕咚"就喝起来了。老猎人喝完起身抹抹嘴,见一个女子站在自己面前,而且还是佛家人的打扮。老猎人挺客气,对白雪格格笑着点了点头。白雪格格也点点头。她拎起水葫芦刚要走,一下想起了师父的嘱咐,又回过身来问:"请问老玛法,您听没听说,有谁看见过一个十多岁的孩子,脖子上戴着一个项圈?"哪知老猎人一听,问道:"你说的是不是那个戴着项圈的野孩子?"白雪格格惊喜地简直不敢相信自己的耳朵,反问道:"他是个野孩子吗?"老猎人肯定地说:"是啊,是个野孩子!"白雪格格忙问:"你见过吗?"老猎人说:"我没见过。我听不少人说过。"白雪格格忙搀着这位老猎人,把他领到了歪脖树下师父面前,高兴地说:"师父,找到了,找到了,我儿子还活着。这位老人家知道孩子的情况。"静空禅师也非常高兴,忙站起身来,请这位老猎人坐下,并与老猎人攀谈起来。老猎人手指着萨哈连中游方向说:"我前一阵子听上面过来的人说,有两个猎手看见一个小野人赶着几头野猪奔山沟去了。他们说那是个野孩子,披个长头发,走道非常快,谁都撵不上,也不跟人说话。"这个喜讯,着实使静空禅师和白雪格格欣喜若狂。后来,静空禅师和白雪格格又连续走访了几天,打听到的情况

雪妃娘娘和包鲁嘎汗

342

基本上都和老猎人说得差不多，但这些人中没有一个人看见过那个小野人。

静空禅师频频打着佛号说："阿弥陀佛，老天不负苦心人。白雪啊，恭喜你啊，这个戴项圈的小野孩子，特征太像你从小就丢失的孩子了，看来你的孩子还活着。"静空禅师打算领着白雪格格继续往中游方向去寻找，白雪格格也恨不能马上见到久别的儿子。可是，她不忍心师傅这么大年纪，跟自己整天到处跑，而且，从他们现在呆的地方，到人们说的发现小野孩儿的地方，大概还有数百里之遥。于是，她跟静空禅师说："师父，您这么大年纪，就不要跟我四处奔走了，我看咱们还是先回去，知道线索就好办了，以后我再去找吧。"静空禅师不甘心，她们又继续找了三十多天，也没有什么新的发现，师徒俩这才回到了"静空庵"。

静空禅师和白雪格格回到"静空庵"不多日子，赫图阿拉的扈尔汉就找上门来了。原来，扈尔汉此次在北上寻找白雪格格前，先与妞妞和那日松商议办法。妞妞建议他去科尔沁找色音布尔。因为色音布尔在洪古尔·杜木根大喇嘛圆寂前拜见过大师，大师必定会详细谈到他去赫图阿拉见宝音姑娘的情况。宝音姑娘究竟到何处去了，大喇嘛或许能知道一些线索。扈尔汉按照妞妞说的，去见色音布尔，从色音布尔口中知道了大喇嘛在萨哈连有一位好友静空禅师，住在混同江出海口处"静空庵"，宝音姑娘或许会到那里去。扈尔汉便按照色音布尔说的，千里迢迢，找到了"静空庵"，他见到了阔别数年的白雪格格。

白雪格格身穿麻布皂衣，头发上插着一根大银簪，还那么清秀美丽。此时的白雪格格见到扈尔汉俨然是路人，低头不瞧他一眼，话语很少，只是说声请坐，喝茶，并未说一句问候的话，使扈尔汉吃惊的是，白雪格格丝毫未提赫图阿拉的汗王爷、皇太极，好像那些人对她来说都很陌生。此时，白雪格格心目中最敬重的扈尔汉大哥，那个曾与她和色音布尔在草原初次相遇的马贩子、从树上飞身而下捕捉豹子的扈尔汉，早已经死去了，面前的扈尔汉是个一边关心她、护爱她，一边替皇太极从东海寻来新的女人，使她陷入苦海的努尔哈赤的奴才。白雪格格的心里在流泪，然而，白雪格格表面上没动丝毫声色，还是静空禅师打破了沉寂，请远方的来客喝杯热茶。

扈尔汉给白雪格格带来了汗王爷和皇太极的礼物，一张十万两白银的银票和汗王爷封白雪格格为皇太极福晋的宝册，并一再劝说白雪格格

第三章　狼母鹰师——包鲁嘎汗出世

343

跟他回去。白雪格格心想：自己虽然没有剃度，但现在同出家人没什么两样。汗王爷给的封号，对自己已经没有用了。她执意不接扈尔汉递给自己的封册。白雪格格说："小尼已入佛门，一切都已成过去，请将封册和银票一并带回。"扈尔汉十分为难。后来，扈尔汉将这十万两白银施舍给了"静空庵"。静空禅师知道雪儿的心情，但她觉得既然汗王爷回心转意，认了自己的儿媳妇，这也是桩好事，代雪儿先收下了汗王爷的封册，并请扈尔汉向汗王爷转达她们师徒的敬意。

扈尔汉这次顺利地见到了白雪格格。他走了三个多月的时间，才又返回了赫图阿拉。自他走后，皇太极天天掐着手指头算，现在总算把扈尔汉大哥盼回来了。扈尔汉把找到白雪格格的喜信向汗王爷和皇太极一一禀报。汗王爷和皇太极听了都很满意，觉得扈尔汉就是能办事，办得就是圆满。汗王爷大加称赞扈尔汉，赐宴并赏雕鞍、貂帽。

皇太极想亲自到"静空庵"接回白雪格格，但由于当时北方部族还没有归服努尔哈赤，汗王爷担心儿子皇太极到北边不安全，就说："孩子，等以后有机会，阿玛我再让你扈尔汉哥哥去替你办这桩事，你就放心吧。"谁知，扈尔汉的差使一个连一个。他回来后，汗王爷又秘密安排他去东海窝集北部"淀海"地方（即兴凯湖）笼络当地头人，为攻取乌苏里江下游东海窝集部落开辟联络点。等扈尔汉从乌苏里江下游回来后，脚还没沾地，汗王爷又命他西去蒙古喀尔喀部密探军情。就这样，扈尔汉马不停蹄地四处奔忙，把接白雪格格的事一拖再拖。没想到，扈尔汉这次同白雪格格竟是最后的相会。后来，扈尔汉在汗王爷面前失宠，于天命六年含恨而死，终年四十有五。

各位阿哥，朱伯西我还是讲讲你们一定都在关心着的那个小野人吧。静空禅师和白雪格格只是听说有一个小野人，而且都是互相传言，越传越玄，越传越神，但谁都没有看见他。那么，这小野人究竟在哪儿呢？他此时确确实实就在萨哈连的中游附近。这也许是天意，萨哈连中游这块儿，就是说书人开头讲的白雪格格幼年曾经呆过的德钦部的地界。

德钦部是索伦部的一部分，这里索伦人居多。索伦人非常勇猛、剽悍。他们以狩猎为生，过着一种原始野蛮的生活，叫茹毛饮血。他们换乘的工具总是使鹿或骑鹿。所以，又把他们叫做使鹿人。

由于小野人长大一些了，也就不经常在深山老林里呆着了。他常到林子边缘一带活动，所以常能遇到人。因为他从小到大见到的多是动物，所以见了人就感到好奇。他也害怕，见人就跑。开始的时候，有些人顽皮，耍戏小野人，一看见他跑，就在后面撵他，可若是把小野人惹恼了，他也会耍弄人。他等撵他的人到了跟前，就噌噌噌地爬到树上去，然后不知道什么时候，又骑到你的脖子上了，把你的脖子一拧，就给拧折了。有时候他气急了，把你的手指头都掰下来吃了。时间长了，人们都传说他是一个长着人脸的小妖精，谁都怕他，见了他都跑得远远的。小野人不知道人家怕他，有时候他看见了人，撵着要跟人家玩，结果把这一带的人吓得白天、晚上都不敢出来。猎人们要想打猎，只能是三五成群地出去，打完猎赶紧回家。有时候打猎打得太晚了，出来的路程又长，必须在外面打尖。猎人们就把火拢得高高的，火苗子烧得旺旺的。大伙围在一起，谁也不敢离开谁。

这个小野人行动非常诡秘，走路一点声音都没有。有时几个猎人正在烤肉，突然伸过一只手来，跟你抢肉吃。你回头一看是这个小妖怪，吓得拔腿就跑。结果，谁跑他抓谁，抓住以后，什么野猪屎、马粪蛋子等东西都往你嘴里塞。

因为小野人从小到大都跟野兽在一起，也不懂什么叫羞耻，所以全身都是光着的。小野人很聪明，有时候他的身上被树枝刺疼了，他知道用树枝或树皮把身上围上。后来，他看见人们都穿着衣服，觉得挺好。有时候他把人的脖子拧下来以后，人死了，他就把人的衣服扒下来，自己穿上。穿上以后，他觉得挺暖和。再后来，他看见人就去扒衣服，也不管冬天、夏天，也不管是男是女，就把你扒个溜光，他把衣服穿上。时间长了，这个小野人在山里呆腻了，他也想到山外面看看。后来他看德钦部这里人来人往挺热闹，就来逛逛。于是，就到了德钦部。

德钦部的头领是德钦王爷的小儿子。这个小王爷岁数不大，今年也就二十六七岁，但却非常荒淫。古语说，普天之下，莫非王土。率土之滨，莫非王臣。德钦部远离京师和赫图阿拉，山高皇帝远。虽然赫图阿拉当年征讨过他们，但也不过是掳些人畜就走了。德钦部照样如故。现在，老王爷退位了，小王爷继了位，荒淫无度的生活，比起老王爷来是有过之而无不及。小王爷睡觉的时候，不是睡在铺东西的床上，而是睡在多少个光着身子的女人身上。他出门要坐肉车，什么叫肉车？就是他在坐车的时候，要有人裸着身子，垫在他的屁股下面，走一段路换一个人。如果他看哪个人不顺眼，就杀掉扔到火堆里，或者扔到兽窝里。

这天，天气晴和，鲜花盛开。小王爷和他的众妃子们在花厅外面正

第三章 狼母鹰师——包鲁嘎汗出世

看热闹。小王爷坐在中间，众妃子众星捧月一般坐了一圈，周围还有不少佣人和吹拉弹唱的奴才。他们在看什么热闹呢？说起来这事都令人不好启齿。小王爷在俄罗斯那边花重金买了五头公奶牛，都是种牛。俄罗斯的奶牛非常出名，它不是种地用的，而是专门挤奶，供人喝的。公奶牛体型高大，头和脊梁骨一直到屁股都是平行的，四个腿非常短。小王爷得到这种牛以后，像得到宝贝一样。俄罗斯的牛贩子告诉他："王爷，你天天喝牛奶，身子就可以壮起来。你可以青春常在，永世不老。你用牛奶洗身子，你的皮肤就会像年轻美女那样白，那么光嫩。"小王爷一听高兴透了，他就弄几头当地的黄母牛来。他想用俄罗斯的公牛来配当地的母牛，使当地的小黄牛都变成大奶牛。

小王爷也糊涂，公牛配母牛必须是同一个品种的牛。俄罗斯的牛都非常高大，当地的牛小，用俄罗斯的公奶牛配当地的小黄牛，根本就配不到一起去。老公牛刚一骑上去，小黄牛就被压趴下了。小王爷就命身边的奴才在小黄牛身底下垫着点，结果公牛一上去，连人带牛一起全压底下了，压得那些人吱哇直叫。小王爷就命身边的武士用鞭子狠狠地抽打那些喊疼的人。

赶巧，小野人来了。小野人是当地土民早先给他起的绰号，他光着个身子，脖子上戴个大项圈，腰间围着一帘柳树叶，拎着一根胳膊粗的圆木棍子来了。人们喊着："了不得了，小妖怪来了，包鲁嘎来了，快跑吧。"一会儿的工夫，人都跑没影儿了。

小王爷的心思都放在这个老公牛身上，他恨不得马上配出小奶牛，够他享用。另外，他现在正坐在几个妃子的身上，对身边武士的提醒根本没在意。他还坐在那里瞅着，嘴里还直喊："谁要顶不住就给我打。"这时，小野人包鲁嘎看这里有挺多人，就过来了。他走近一看，一只大黑牛压着一只小黄牛。小黄牛身底下还有那么些人。包鲁嘎最恨欺负人的家伙，他在狼群的时候，狼额莫就不允许同伴们互相欺负。所以，包鲁嘎从小就这脾气。包鲁嘎心想：好哇，你个大老黑，你欺负小牛。他气坏了，把手里的棒子一扔，就走过去了。

他用右手把牛尾巴一薅，"啊"的大叫一声，使劲儿往回一拉，就把老公牛给拽下来了。老公牛疼得"嗷"的一声，扭身想跑。他的左手早上去了，伸到牛的裆部，连牛鞭带肠子一下都给薅下去了。牛当时就倒地死了。大家吓得目瞪口呆，半天没人敢说话。小王爷气得大骂："你好大胆，把我的牛给杀了，来人。"包鲁嘎当时把注意力都放到大奶牛身上了，没看到小王爷。小王爷这一吵叫，他才看见有一个人正坐在一堆人身上哪，原来你也欺负人啊。他的火就上来了，没等小王爷把话说完，他走过去用左手一薅，就把小王爷正指着他的右手指头给拽过来了，"叭"地一下，把他的手指头给掰折了。周围的那些武士还没醒过腔来，他已经把手指头嚼巴嚼巴给吃了。小王爷疼得嗷嗷怪叫。他又一把把小王爷薅了过来，把小王爷的衣服撕个稀巴烂，又把小王爷塞到自己的屁股底下坐上了。小野人心想，你也尝尝挨人坐的滋味。他这一连串的举动，可吓坏了众随从和妃子们，这里立刻就炸了营了。他的妃子们边跑边喊："不好了，小王爷被妖怪抓住了。"

在内宫的老王爷听到喊声，忙问是怎么回事？知情的奴才说："老王爷，您快去看看吧，小妖怪包鲁嘎来了，把小王爷坐到屁股底下，都快坐死了。"老王爷一惊，赶紧领着护卫跑来。他到这儿一看，自己的宝贝儿子嘴啃地，衣服都被撕碎了，手上鲜血直流，被包鲁嘎坐在屁股底下。老王爷本来是想领着人和包鲁嘎打一架，现在一看这种情形，没敢贸然动手。他怕小妖怪一生气，儿子性命难保，还是赶紧想办法，哄住这个小妖怪，让他起来，把儿子救下来要紧。他让众人先别动手，周围的人把刀都赶紧藏到背后，不敢露出来。老王爷请包鲁嘎先起来，有事好商量，但是，包鲁嘎不懂人话。老王爷就跟他比划，意思是让他起来。包鲁嘎不明白老王爷的意思，没搭理他。老王爷又跪下了，周围的人也都跪下了。小野人包鲁嘎看了以后，龇牙一笑，还是不懂。他坐在小王爷身上，瞪眼瞅着他们，可能是猜这帮人要干什么。老王爷眼瞅着儿子被小野人坐在屁股底下，满脸发青，可急坏了，不知怎么办才好？

老王爷不愧是个老牧人，在山里转悠的时间长了。他急中生智，猛然想到虎狼之间交往的一些信号。他知道野兽之间互相打滚的意思就是表示友好。老王爷想：小野人经常跟野兽在一起，用这个办法试试，看灵不灵。老王爷这个六十多岁的老头，在小野人包鲁嘎跟前扑腾腾打了好几个滚。他这一打滚，还真打对了，这是野兽的暗号，意思咱们是朋友。包鲁嘎一看老王爷给自己打滚，就站起来了。

大伙一看，还是老王爷有办法，跟妖怪能说上话。包鲁嘎站起来，回头看看被自己刚才坐过的那个人，用手指了一下，把眼睛一瞪，意思可能是说他太坏了。他坐别人，所以我要坐他。老王爷明白小妖怪的意思，在地上又打了个滚，意思是你说得对，你说得对。包鲁嘎非常高兴，手舞足蹈地走过去就跟老王爷搂到一起了，并且照老王爷的下巴啃

第三章　狼母鹰师——包鲁嘎汗出世

347

了一口。因为野兽之间互相亲密的时候，都是你啃我，我啃你的，但它们都不是真咬，而是表示亲密。包鲁嘎用和动物交流的办法，啃了老王爷一口。老王爷也啃了他一口，然后，又把包鲁嘎拉进了大厅。

老王爷悄悄命奴才们把小王爷扶了起来。小王爷吐了三口血，半天才缓过来。老王爷又命人把小王爷送到后屋，好好调养。老王爷还是很有经验，他不像小王爷那样飞扬跋扈，任吗不懂。小王爷吃了这么大的苦头，也是他咎由自取。老王爷的做法，使这个小野人包鲁嘎很满意。他从内心喜欢这个老王爷，跟老王爷越来越友好。老王爷心想，看来自己真应该做点好事。这几年就听说，这一带常有长得像人一样的怪物出没，谁也治不了，而且是来无影去无踪，没想到，他今天到我这来了，看他的长相，不像是什么野兽，很可能是长期飘泊在野外的野人。我应该让他回到人世中来，过上人的生活，这也是我晚年积德的事情。老王爷这一辈子做了多少坏事、脏事，多少令牧民们发指的事，惟一做的一件好事，就是他把小野人留下了。老王爷也真有点能耐，他连哄带顺，还真能跟包鲁嘎交流到一起。小野人包鲁嘎跟人交流不了，惟独能把自己的想法跟这个老头透一透，所以，他也愿意跟这个老头打连连。

一来二去，包鲁嘎常到德钦部来。老王爷就想办法教他说话，教他一些人的交际礼节。相处了近一年来的时间，小王爷也变多了。他对奴才，对妃子们也不像过去那么野蛮了。正如前书所说，包鲁嘎毕竟是非寻常人的后代，天资聪敏，一点就透，使老王爷感到非常惊奇。乍开始，他虽然舌头发硬，口型变化蠢笨，发音也十分不准，但他非常爱学，像小孩呀呀学语似的。后来，他跟老王爷学会说了不少话。

一天，包鲁嘎把老王爷拉到了只有王爷才能坐的汗王椅前，拍着自己的胸脯，说："我要坐。"老王爷以为包鲁嘎喜欢这把汗王椅，说："包鲁嘎，这是汗王坐的椅子，你不能坐。你要是喜欢，我找人再给你做一把。"包鲁嘎把脑袋一晃，还是说："我要坐。"老王爷以为他没听懂，又解释了一遍，包鲁嘎还是摇脑袋。老王爷不明白了。后来，包鲁嘎干脆把老王爷按到了椅子上，他又拍了拍自己，指了指椅子。老王爷试探说："你是想坐这把椅子。你想当汗王？"包鲁嘎点了点头，嗷嗷叫着，咬了老王爷的下巴一口。老王爷明白了，包鲁嘎是要代替他的儿子，做德钦部的汗王。老王爷的心里非常不高兴，心想：你也太得寸进尺啦，你是个野人，我把你当宾客一样对待，这就行了。你还要继承我的汗位，真是岂有此理。看来，留着你是个祸害，我得想办法收拾你。

德钦部王爷就使开了计谋。他大摆酒宴,请包鲁嘎喝酒,想把包鲁嘎灌醉以后杀掉。包鲁嘎不知是计,就留下来了。包鲁嘎长这么大也没吃过这么多好东西。老王爷还命人抬来了米酒,让包鲁嘎一坛子一坛子地喝。米酒是用黄米酿造的,喝起来有点酸甜味,度数相当高,特别是后反劲儿大,真要是喝醉了,七八天都醒不过来。老王爷下了狠心,想把包鲁嘎一下子喝死。包鲁嘎是个忠厚之人,非常耿直、淳朴。他根本没想到人会是那么奸诈。老王爷让他喝酒,他端起酒碗先尝了尝,发现这玩意儿挺好喝,酸酸的、甜甜的,越喝越爱喝。他嫌用碗不过瘾,干脆就捧起坛子对嘴喝。老王爷身边的人这个劝喝一坛子,那个劝喝一坛子。包鲁嘎从未喝过酒哇,不大一会儿,他就倒在地上,人事不省了。

　　王爷身边的人都非常高兴。小王爷更高兴,好哇,这回我该报仇了。老王爷命手下的奴才们:"快,把他给我绑起来。"有奴才问:"王爷,用什么绑?""用咱们套野兽的那个网。"套野兽的网是用三股皮条子扭成的,都非常粗,非常结实。老王爷想:这个酒这么厉害,醉也能把他醉死了,就是醉不死,这网他也挣不出去,饿也把他饿死了。奴才们用三层网把包鲁嘎捆好以后,又遵照老王爷的吩咐,把包鲁嘎扔到了后仓房里。

　　包鲁嘎真被灌醉了,两天多还没醒过来。包鲁嘎自小在野兽中间长大,他不仅学会了各种野兽的语言,而且已经成为众兽的朋友。单说关包鲁嘎的仓房里老鼠很多。因为他身上都是动物的味儿,动物之间都互相怜爱。所以,老鼠一闻到他的味儿,马上过来瞧看,并把他的事赶紧报告给了鼠王。鼠王又把这事传给了蟒蛇。蟒蛇的唾液里虽有毒,但能治病。人要是得了疾病昏过去,稍舔一点巨蟒的唾液,就会很快苏醒过来。德钦部的老王爷太狠了,他给包鲁嘎喝的米酒后劲非常大,烈性相当强,再说,包鲁嘎喝得也太多了。鼠王命上千只老鼠捣洞,巨蟒顺着耗子洞就钻进来了。两条巨蟒轻轻地缠在了包鲁嘎的身上。巨蟒是冷血动物,身上非常凉。包鲁嘎身上烈酒的热量就计巨蟒给吸过去了,同时,两条巨蟒把头一伸,对着包鲁嘎的嘴,用它的小舌芯往他嘴里舔。各位阿哥会问:"包鲁嘎身上不是有网吗?"对呀,是有网,但早被这群耗子们轮番给嗑个稀巴烂了。

　　第三天天还没亮,包鲁嘎就醒过来了。包鲁嘎醒来一看,两条巨蟒正在他身上缠着呢,身边还有那么多鼠类朋友。包鲁嘎知道是它们救了自己。他坐起来,用兽语向它们表示感谢。众鼠都走了。巨蟒看他醒过

第三章　狼母鹰师——包鲁嘎汗出世

来了,也走了。

其实包鲁嘎在没醉过去之前,就已经知道自己上当了,可当时自己酒喝得太多,想动动不了,想喊又喊不出来。现在他醒过来了,能不报仇吗?这时,天还没亮,仓房外守门的护卫睡得正香。他们做梦也不会想到仓房会被老鼠捣了那么大的洞,更不会想到巨蟒会来搭救包鲁嘎。包鲁嘎站起身来,摸了半天也没摸着门在哪儿。他用大手稍一用力,把墙就推倒了,包鲁嘎走出去。墙倒的声音把守门的护卫惊醒了,他们一看包鲁嘎活了,都吓坏了,谁也不敢出声,更没敢动弹。

包鲁嘎经常到老王爷家来,对王爷家很熟悉。而且,包鲁嘎的记忆力非常好,辨别力也相当强,有些事他看得挺清楚,即使他不会表达,但心里头也明白,哪个屋是男人住的,哪个屋是女人住的,哪个屋是主人住的,他都知道。所以,他要想找老王爷和小王爷是易如反掌。

德钦部的老王爷正在为自己把包鲁嘎灌醉而洋洋自得,哼,不管你包鲁嘎是妖怪也好,是野人也好,你也得落到我的手里,这回我就要了你的命。这两天他特别高兴,夜里,他让两个爱妃陪他睡觉。这天天还没亮,就听外面有吵闹的声音。老王爷住的屋子和小王爷住的屋子是挨着的,他以为是小王爷又出了什么花花点子,领着人玩呢。结果,过了不大一会儿,他的屋门被踹开了。包鲁嘎怒气冲冲地、嗷嗷怪叫着进来了。老王爷的两个妃子吓得赶紧往被窝里钻。老王爷一看,不好,他怎么出来了?谁把他放出来了?老王爷来不及多想,还是保自己脑袋要紧。他想包鲁嘎头脑简单,自己好好哄哄就能混过去。老王爷也不顾自己赤裸裸的身子,跳到地下,赶紧打滚。他还想用打滚的办法把包鲁嘎给安抚住。没想到,小野人包鲁嘎气坏了,根本不买他的账。你打滚?跳舞也不行。他哇哇怪叫着走过来,包鲁嘎的手指甲特别长,"咔"地一下,手指甲就抠到老王爷的肉里,拽住他的肩膀,一下就把他拎起来了。老王爷疼得嗷嗷直叫。包鲁嘎用右手往他的头顶上"叭"、"叭"一拍,把老王爷的头就像压饼子似的,一下就跟脚掌凑一起去了,把老王爷拍成个大肉饼。

包鲁嘎打完了他,又上了炕,把那两个赤裸裸的妃子也薅下来了。他一手抓住脖子,一手抓着脚,使劲儿一拽巴,就给拽两半了。他处理完这两个妃子,又到小王爷门前,同样把门砸开,把小王爷给砸死了,把陪伴小王爷的那几个妃子也给砸死了。王爷府上可就乱了套了,很多的奴才和护卫都想跑。包鲁嘎拣起个大门板当兵器,把门一堵。好在近一年来的时间，老王爷教会了他一些话。他大声喊道："站住，谁也不许动，都过来。"他这么一喊，四处逃窜的人们一下都站住了，那谁敢不听？

他们父子被包鲁嘎砸死的消息不胫而走，人们一传十，十传百。不一会儿的工夫，整个德钦王爷大院里聚满了人。这里不光有王爷的奴才们，还有德钦部的猎民们，他们早就恨透了老王爷和小王爷父子俩。小野人做了一件大好事，真是大快人心。不少人蜂拥而来，都对包鲁嘎表示谢意。

几十年来，在德钦部头一次听到猎民们开心的笑声，整个部落沸腾起来了。人越聚越多，大家都来看包鲁嘎，谁也不把他看成野人，都跟他分外亲。包鲁嘎说："我要跟你们比比。"他这一说，把大家都说愣了。人们心想：他力大无穷，要我们跟他比，我们谁能比过呀？谁敢跟他比呀，再说了，我们都非常尊敬他，谁也没想跟他比呀。有些胆大的人到了包鲁嘎跟前，跟他说："咱们不比，咱们是友好的，咱们是朋友。你是天上的太阳，给我们送来了光明；你像大树，给我们遮阳。我们现在从心里敬佩你，我们不能跟你比。"包鲁嘎一听着急了，不知怎么说好。后来，他跑到厅里，把汗王椅扛了出来，放到地上，然后拍着椅子说："我也要做王。"大伙儿明白了，包鲁嘎是想要做我们的王，那我们高兴啊，我们打心里拥戴，你就做德钦部的汗王爷，我们都同意。大伙都跪下了，包鲁嘎让大家起来，他说："我自己想当不行，咱们得比，看谁有能耐。"大伙一听明白了，包鲁嘎的意思是看咱们大伙谁能比过他，要是能比过他，他包鲁嘎就不坐这把椅子。原来，包鲁嘎是想让德钦部选一个最勇敢的大英雄来当家。

包鲁嘎让大家拿来用十几股野猪皮拧成的、海碗那么粗的皮条绳子，大家不知是怎么回事。他把绳子分别缠在了自己的脖子、左右手腕和两条腿上，这样的话，他的身上有五条大粗绳子。他说："你们要是把我拽倒了，我就服输，就不坐这把椅子。如果你们拽不倒我，我就做这里的王。"大伙现在都明白了，包鲁嘎是想让德钦部的人真正的从心里服他。

德钦部头一次有了平等，众人欢呼雀跃。很多年轻人都挺好信儿，想看看包鲁嘎到底有多大劲儿，都争抢着去拽绳子。哪根绳子上都有几十个人在拽，五根绳子就有百十个人。有人一喊号子，大家一齐拽绳子。包鲁嘎咬紧牙关，握紧两个拳头，腿一叉开，在当中一站。这些人

第三章 狼母鹰师——包鲁嘎汗出世

拽了半天，都没拽动，结果反把皮条拽断了。大家倍加佩服野人包鲁嘎。包鲁嘎又命人把小王爷在俄罗斯弄来的黑牛赶了两头过来，因为大黑牛比较高，他得抬起脚才能够着牛的脊梁骨。于是，他就让大家找来几块大石头垫在脚底下。他站在大石头上，两只手各扳住一头牛的牛角，然后让大伙拿鞭子赶牛。牛被打得嗷嗷直叫，拼命地挣。包鲁嘎站在中间把牛角使劲儿一拽，把牛角都快扳碎了。牛痛得哞哞哀号，但却像被钉在地上一样，一点也动弹不了。包鲁嘎超人的力量，使德钦部的人没有不佩服的。大家一致拥戴包鲁嘎为德钦部的王，称他为"包鲁嘎汗"。

德钦部的人又在小王爷家的柜里找出来一顶传位用的金冠，给包鲁嘎戴上了。包鲁嘎从此也就不在山里住了。他当了汗以后，把原来的老规矩给改了。他不要妃子，把王爷所有的妃子都给打发了，使她们各自成了亲，并把所有的奴才也都放了，成了部族的牧民。他让人和人之间和睦相处，不准谁力气强，就可以欺负人；谁势力大，就霸占别人的东西，要是让他知道，小心挨他的大巴掌。所以，自打他当了汗以后，德钦部牧民们生活过得非常和睦、甜蜜、平静。

在漠北，也就是在德钦部的大北边，有个海滨部落叫莽吉尔噶珊。这个部落也有百年的历史了。莽吉尔部的头领叫班根塔达。班根塔达像德钦部的老王爷一样蛮横无理、飞扬跋扈，经常欺负周围的一些小部落，专门搜刮、抢掠周围部落的人畜。这个人也非常淫荡，他周围的女人，凡是长得有些姿色的，都成了他的妃子。谁要是违反了他定下的规矩，就被扔到海里海葬。哪个奴才不听他的话，也要被海葬。包鲁嘎汗听说以后，气得火冒三丈，他决心要治服班根塔达。

于是，包鲁嘎汗带了三十几个人就出发了。由于有天鹅群给包鲁嘎汗领路，所以，他们很快就到了莽吉尔部，并见到了班根塔达。包鲁嘎汗见到班根塔达以后，直接就说："班根塔达，你得改一改你们的规矩。你要是还照老样子做，别怪我不客气。"班根塔达说："你是哪来的？竟敢管我？这里我说了算，你算老几？"包鲁嘎汗说："这样吧，咱俩比试一下，我如果输了，我的德钦部就归你管，如果你输了，你的莽吉尔部就归我管。"班根塔达说："行，比就比，我还怕你呀，咱俩怎么比吧？"包鲁嘎汗说："我听说你好施海刑，好吧，咱们就在海上比个高低吧！"班根塔达听包鲁嘎汗说要跟他在海上比武，心里暗自高兴，这包鲁嘎一准成为我的刀下鬼，胸有成竹地说："你说怎么比，咱们就怎么比。"包鲁嘎汗说："你看这样行不行？咱俩都在冰排上站三十天。谁要是能活下来，谁就赢了。"班根塔达心想：这一带都是我的人，我随时发个信号，就有人给我送东西来，我要吃有吃，要喝有喝。你这么老远来的，什么也没带，在冰排上站三十天，不用说饿死，冻也把你冻死了。班根塔达痛快地说："好吧！"他俩就这么约定下来了。

这个时候正是初春时节，海上到处淌着冰排。包鲁嘎汗和班根塔达按照约定好的时辰，每人各选了一块大冰排站了上去，站了不到十天，班根塔达就有点支持不住了。班根塔达虽然带了很多吃的、用的东西，而且随时有人坐船来给他送。包鲁嘎汗什么也没带，但包鲁嘎汗会说鸟语，他站在冰排上一唱歌，就会飞来上百只白尾海鹰。海鹰就会给他往冰排上扔吃的东西，有的海鹰还给他扔皮子，他可以垫着皮子坐在冰排上面。班根塔达虽然带去了不少东西，可他刚要一吃，海鹰就飞来，把他的东西就叼跑了。有人坐船给他送东西，结果海鹰飞来了，把送东西人的眼睛给啄瞎了。后来，谁也不敢给他送东西。班根塔达孤零零的一个人站在那里，看着包鲁嘎汗。包鲁嘎汗吃得饱饱的，边吃还边拍着自己的肚子。不到十二天，班根塔达已经饿得不行了，他彻底服输了，哭着哀告包鲁嘎汗饶他一命。

包鲁嘎汗治服了班根塔达，班根塔达成了一般的猎民，他的权力交给了包鲁嘎汗。后来，班根塔达含恨而死。当然，这些都是后话。

包鲁嘎汗收服了莽吉尔部以后，把莽吉尔部很快治理得兴旺富足起来。人与人之间既没有欺诈，也没凌辱。英雄包鲁嘎汗的名字在北疆莽吉尔部传开了。

在萨哈连西部外兴安岭附近，有条比其尔河，河畔生活着一个凶悍的部落。这个部落也属索伦部的一部分，叫米吉尔部。这个部落的王爷贪得无厌，经常欺压周围弱小部落，非常野蛮霸道。因为他地处西北部，他的长长的驮队跟勒拿河上新从欧洲来的蓝眼睛、高鼻梁的黄毛罗刹多有交往，所以，他就仗势欺人，谁要敢违抗他，谁就被送进水牢、虫牢、兽牢里，受尽酷刑折磨致死，苦不堪言。包鲁嘎汗听说以后，十分同情那里的牧民，决心治服米吉尔部。

他带了德钦部的人，有群狼帮忙引路，很快找到了米吉尔部。他到了米吉尔部后，对那里的王爷好言相劝，劝他们改弦更张，痛痛快快降服，要不然的话，过两天就会让他自食恶果。米吉尔部的王爷以为包鲁嘎汗在说大话，压根就没理他。包鲁嘎汗看他不听劝，就走了。他在米

第三章　狼母鹰师——包鲁嘎汗出世

吉尔部附近搭起个小篷子，住了下来。到了夜里，他用兽语唤来了上千只狼。他让它们把城墙先掏开，然后又把牢房给掏通了。那个时候的牢房，都是用土坯垒成的。牢房被掏开以后，里面困着的人都逃了出来。狼群在包鲁嘎汗的号令下，又冲进了米吉尔王府，咬死了米吉尔王爷和他不少的亲随。一宿的工夫，米吉尔部就很顺利地被包鲁嘎汗给收服了。然后，包鲁嘎汗在米吉尔部里选出了一位新的头领，这里从此受包鲁嘎汗的德钦部管辖。

当时，从萨哈连的下游直抵入海处，这一段河流在地理上又叫混同江，萨哈连的水从这里流进闻名的鞑靼海峡，海峡那边就是古老的库兀岛。库兀岛上云杉、古松茂密。貂、狐、熊、獾、鹿等各样的兽皮皮质非常好，鱼蟹产量也非常丰富，还有成群的海狗、海豹、大鲨鱼等。在萨哈连入海处东部有两个临海高山统称叫堪扎阿林。堪扎阿林分大堪扎阿林和小堪扎阿林。两山之间有一条进海的通道，是内地猎人到海上去的必经捷道。这里地势险要，只要把这条山路卡住了，任何人休想过去。这里现在由一个野豹子部控制着。一个神勇无敌的吃人女魔是这个部落之主，谁要想从这儿过去，都必须给他们好处，只有得到他们的允许，才能过去。这里成了雁过拔毛、令人胆寒的鬼门关。包鲁嘎汗听这一带猎民苦诉这个境况，便说："好，咱们东征去。我要瞧瞧堪扎阿林的女魔究竟长什么三头六臂？"

野豹子并不是豹，而是当地土人对猞猁的尊称。猞猁体型俊美，矫健、凶猛，最喜上树，挺厉害。因它皮毛昂贵，也常常伤人。这个部落就用了它的名字。野豹子部的头领是一位远近驰名的吃人魔女叫奥莫额云①，被她伤害的人无计其数。这个野豹子部的头领为啥这么凶狠呢？原来，当年有一位举世无双的魔女带领六十多个野女人，从库兀岛来到这里。她们发现这里有并列两座堪扎阿林，风光旖旎，相传是天女的两个丰乳，落地而成两座美丽的高山。女汗和众野女选定了这里，树蓬架屋，建起部落，占据了这片肥美的土地。可惜不久，女汗被当地的野人部落的头领打败。女汗带着残部重又逃回库兀岛的西海滨，苟延生命。女汗的次女奥莫额云承继汗位，誓为本族复仇。在奥莫额云的率领下，野女们重又杀回堪扎阿林，把打败她们的野人部从首领到族众，投海、喂兽、蒸食心肝，仅留下年轻美貌的男子，做本部落繁衍之用。新女汗

---

① 奥莫：满语，海。额云：满语，姐姐。即海姐姐。

的称呼远近闻名，令人不寒而栗。

奥莫额云今年年方十九，长得美貌非凡，妩媚夺人，招引百里内不少男子对她的倾慕和追求，可魔女眼光甚高，傲慢得很。她说惟有能赢得她神功的人，才配触摸到她那白嫩的玉肌。她自称自己是东海美人鱼的化身，有着非凡的水下功夫，多少海上猎手或武士追求过她，在海中戏斗，结果都败在她的手下，被她吃掉心肝。她直到现在，还没看中一个可心的男子。奥莫额云水性绝佳，在大海里能长时间潜游渡海，神速如鱼。萨哈连海口附近的人，没有能敌得过她的。她在海峡两岸突来突走，被她掠走的人畜财货，无计其数。现在，她又霸占着萨哈连出海口东边的堪扎阿林，如虎添翼，更没人能跟她匹敌了。

英雄包鲁嘎汗，听说野豹子部头领奥莫额云这么霸道，又听说她那么年轻美丽，反而更激起了他的好奇心。包鲁嘎生性就有野人性格，泼辣、放荡，从来就不知道怕字。他听到众人对魔女的介绍，更来劲了。这可真是针尖对麦芒，两家算对上了。包鲁嘎汗偏偏要碰碰这桩蹊跷事，一定要见见魔女奥莫额云。包鲁嘎汗说："我不但要会会这个小魔女，我还真相中她了，我就娶她做我的沙里甘了。"

包鲁嘎汗到了野豹子部以后，以礼先劝奥莫额云。奥莫额云骄纵惯了，哪能听得进去呢？包鲁嘎汗就说了："咱们比试一下，你若赢了，就还像现在这样。如果你输了，你的部落就得归我管，你还得做我的沙里甘。"奥莫额云对包鲁嘎汗嗤之以鼻，蹙眉讥笑，干脆没把他当回事，说："好吧，比就比，你想比什么？"包鲁嘎汗说："你说吧，我听你的。"奥莫额云想：我们堪扎阿林山相当高，山顶上长着一种梅花，没有特殊的爬山本事根本就上不去，就是上去了，也下不来。奥莫额云就说："谁要是能把堪扎阿林山顶上的雪梅摘下来就算赢，摘不下来的就为输。"包鲁嘎汗仰头一看，隐隐约约地看见山顶上还真有那么一小团一小团粉色的东西。包鲁嘎汗就答应了，他们约好第二天晌午，要拿到雪梅。

雪梅也叫冰雪梅或叫望天梅，是在雪中开的花，花期比较长，非常好看。奥莫额云把握十足，她觉得包鲁嘎也跟她见过的男子一样是酒囊饭袋，没啥本事，这是自己稳操胜券的事，所以，就没在乎。奥莫额云说："咱们有言在先，凡是要跟我美人鱼比试的，输了我可不轻饶，我吃了你。"包鲁嘎汗笑着说："你也别太张扬了，你惹恼了畏根我，到时我也不饶你。你肯定得是我的人，我就要你做我的沙里甘了。"魔女还

第三章　狼母鹰师——包鲁嘎汗出世

355

在横眉怒目,趾高气扬。

她为啥那么有把握呢?因为这里是她的家乡,部落里有经常爬山的老猎人和采药的老人。奥莫额云曾经派他们上去过,从山上采下来几枝雪梅花,现在就放在奥莫额云的鲸鱼窝棚里用水土栽养着。她想:我到时候就拿这几枝,就说是在山上现采的,他也不知道。所以,她心中有数。包鲁嘎汗心想:你以为你肯定赢?我就肯定输?哼,没那么简单。

包鲁嘎汗回到自己的小窝棚里,用兽语请来了五道眉和山熊。五道眉就是花鼠子。花鼠子身上有的长有三条小黑道,有的长着五条小黑道,长有三条小黑道的,就叫三道眉,长有五条小黑道的,就叫五道眉。五道眉个头不大,有半尺来长。它的尾巴非常粗大,像个小笤帚似的,贴在脊梁上。它专能爬立陡立陡的山,奔跑速度相当快。它的小爪子相当灵敏,抓到木头上能抠到木头里,就是抓到石头缝上也抓得牢牢的,掉不下去。山熊专能爬山,山和山之间的山涧它能蹿过去,当然光板山它上不去。为什么包鲁嘎汗把山熊也请来呢?因为小五道眉能在立陡的山上爬,但太远的山涧它蹿不过去。所以,只能是由山熊驮着它越过一些山涧。然后,再由小五道眉爬上面光秃秃的、立陡立陡的山。包鲁嘎用兽语示意,山熊和五道眉就都明白了。山熊驮着五道眉很快就上了山。

第二天晌午,奥莫额云从她的鲸鱼窝棚里拿来几株望天梅,到了约定地点,她以为包鲁嘎根本就拿不来雪梅花,心里还挺高兴哪。哪知她前脚刚到,包鲁嘎汗后脚也来了。包鲁嘎汗来以后,命身边的人把包袱打开,包袱一被打开,奥莫额云眼前顿时一亮。她长这么大,还头一遭见到这么鲜艳的望天梅。她家里养的那些花因土质、采光、水分、空气湿度不行,长得又矮又蔫,没有山里的花大。包鲁嘎汗拿来的花显得那么精神、水灵,散放出一股股清香味儿。野豹子部的人看了,都大吃一惊,暗叹包鲁嘎真乃神人!

说心里话,魔女奥莫额云也真挺敬佩这个脖子上戴个大项圈的包鲁嘎汗。她和多少男人交过手,还没碰见过一个这么有神奇能耐的人,可她还有些不服输。于是,她直言不讳地说:"包鲁嘎,我不知道你还有什么能耐。这样吧,你要是能比过我海里的本事,我就服你。"包鲁嘎汗说:"行啊,到什么地方你也跑不了啦,我的沙里甘就是你啦,走吧,我的小水鬼。"

奥莫额云自称美人鱼,大海是她的家,她无冬立夏都要到海中畅游，她和大海中的海葵、海鱼、海珊瑚情同姊妹。奥莫额云就把包鲁嘎汗领到了靠近海滨的大土山。大土山上有一个憋死牛洞穴，洞口在山顶。洞穴中的海眼与海水相通，海水由海眼流进洞穴，不少海鱼冬天栖住其中。会潜海的人，可以从海眼中自由进出山洞。奥莫额云便对包鲁嘎汗说："咱俩比钻洞。"包鲁嘎汗说："行，怎么比？"奥莫额云说："咱们俩都钻进这个洞穴，进去以后，洞口由外面人给堵上。咱们每人带三天的干粮和饮水，在这三天内，各自想办法出山洞。谁要是出不来，就得活活饿死在洞里。怎么样，你敢不敢？不敢，你就别想让我做你的沙里甘。"包鲁嘎汗笑了，说："好啊，你不怕困死在洞里，我就更不怕了。"

双方商定以后，由族众做主，每人各带三天的吃喝，便用皮绳绑上，由族众把他俩双双吊入漆黑幽深的憋死牛洞穴之中。

憋死牛洞穴中的海眼非常多，它们有大有小，弯弯曲曲的，有的可以通过人体，有的人体过不去，一旦被卡住，就会有生命危险。奥莫额云对憋死牛洞穴非常熟悉，而且她会潜水。她很自信地认为自己在三天之内，准能在水中摸到可以通往山外的海眼，而这个山外人包鲁嘎不一定会潜水，即使会潜水，也不可能那么快就找到可以通过的海眼。他必死无疑，为他收尸是肯定的了。奥莫额云进入洞中后，便找地方下水去了。

包鲁嘎汗一点也没惧怕。他从小在狼群中长大，跟他狼额莫学会了选地凿洞，知道哪里的土质松软，怎么样能躲过石块，哪里离地面最近，最易打出洞。他从小在洞窟里生活，眼睛明亮如灯，能看清洞中的爬虫、飞蛾。包鲁嘎汗从身上的背囊中取出了一对早已准备好的"石爪钩"，套在手上，下身穿上带毛的野猪皮"分土衫"。他又请来了小马蛇子[①]，让它们告诉自己洞中的土石布局。他还请来了蝙蝠和蚯蚓，先由小马蛇子寻找合适的地方，再由蝙蝠引路，数不清的蚯蚓帮助他翻掘山土。包鲁嘎汗靠"石爪钩"，钻入蚯蚓掘开的松土中，双手学狼獾捣洞之术，一双"石爪钩"插入土中，向两边分拨，不停地将土推到后面，下身的猪皮土衫因为有毛，非常光滑，不粘土，蛹动前行，神速得很，很快接近地表层，钻出洞窟，站在山腰之上。他大声喊道："漂亮的海姑娘，我的沙里甘，我已经出来了，你在哪儿呢？"众人都非常惊讶，

第三章 狼母鹰师——包鲁嘎汗出世

---

① 小马蛇子：满语，蜥蜴。

357

他怎么这么快就出来了？我们的女汗在哪儿呢？

三天的时间到了，还不见奥莫额云的踪影，族人们都惊慌了，难道我们的女汗被困在里头了？包鲁嘎汗也很着急，他嗷嗷呼唤，求洞穴中的黑水獭们帮忙寻找奥莫额云。黑水獭分头行动，很快就找到了已经冻得昏死过去的奥莫额云，并用嘴捧护着将奥莫额云送出水面。包鲁嘎汗把她抱上了岸，用身上的皮衣将她包裹起来。这时，族众点起了篝火。魔女醒来，族众将她俩比赛结果告诉了她。她很羞愧，也心喜自己找到了世上的大英雄，转过身来紧紧搂住包鲁嘎汗，当着众人的面亲个不停，并当众宣布：女汗我今晚就跟包鲁嘎汗成亲。

按照当地的古风，族人们点燃了九十九堆篝火，宰杀了九十九条鲑鱼，选出九十九对男女，身着色彩艳丽的鱼皮彩妆，立起九十九根男女交合的图喇柱。部落的人围着半裸着身子相抱在一起的女汗和包鲁嘎汗，跳舞祝祷他们百年好合。他们敲响震天的鱼皮鼓，吹响松叶曲，坐在海滨边唱边跳拍水舞。野豹子部百年来没有这样的盛事。包鲁嘎汗和奥莫额云的洞房花烛夜，是在鱼骨舟上度过的。明月作证，海风弹弦，海鸟护拥，两位盖世英雄甜蜜地交合到了一起。

包鲁嘎汗同爱妻奥莫额云商量，在野豹子部里重新选出一位女汗，是奥莫额云的姐姐顿顿额云①，由她执掌部落。从此，野豹子部的人团结友爱，同舟共济。其他部落的人想渡海到库兀岛，他们都竭力相助。

包鲁嘎汗带着奥莫额云回到了德钦部。可是，包鲁嘎汗从小就习惯住在深山中，他离开了山，离开了森林，就日夜难眠。于是，他就领着爱妻住在一座高山的洞窟里，这个洞窟就是有名的卢莱巴那洞窟。

我们的英雄包鲁嘎汗，上天赐给他一个心灵手巧的好沙里甘。奥莫额云看包鲁嘎汗成天半裸着身子，仅有个围屁股的鱼皮帘子，就给他用自己熟的海豹皮做长衫、长袍，腰扎鱼皮编织成的花饰大宽彩带，头戴羽翎彩冠。这回包鲁嘎汗夏有夏装，冬有冬服。夫妻俩恩恩爱爱，如胶似漆。

奥莫额云被包鲁嘎汗像宝贝一样的呵护着。奥莫额云想回野豹子部去看看家人们，包鲁嘎汗舍不得让她走。奥莫额云说："我想我的阿玛、额莫了。包鲁嘎，难道你不想你的额莫吗？"包鲁嘎汗说："我咋不想，我狼额莫现在不知道在哪里？我找了多少地方，问过多少狼兄弟，也没

---

① 顿顿额云：满语，蝴蝶姐姐。

找到。"奥莫额云吃惊地说："包鲁嘎，你在说胡话，人怎么能有狼额莫呢？狼能养你，但不能生你呀，你还有一位生你的额莫，生你的那个额莫在哪儿呢？"奥莫额云的话，使包鲁嘎汗非常震动，怎么，我还有一个额莫？我以前怎么一点也不知道？那我的额莫在哪儿呢？这时，奥莫额云指着包鲁嘎脖子上戴的那个大项圈，说："包鲁嘎，你这个项圈是谁给你的？"包鲁嘎汗说："不知道，我从小就戴着它。"奥莫额云说："给你戴这个项圈的人，一定就是你的额莫。包鲁嘎，你老在山里跑，别把它弄丢了，放我这儿吧，我替你保存。"包鲁嘎汗就把他的金项圈摘下来，交给爱妻保存。

　　包鲁嘎汗自从娶了奥莫额云以后，势力越加强大，羽翼更加丰满，使德钦部越来越壮大，在萨哈连以北一带名声大振。谁都知道包鲁嘎汗身世奇特，能通兽语和鸟语。猎民们没有不拥戴他的，不少别的部落的人也纷纷投靠包鲁嘎汗。他接连又招服了七个大小部落，方圆一千里地以内，都是包鲁嘎汗的天下。包鲁嘎汗把他所管辖的部落不再叫德钦部，而改名叫包鲁嘎部。德钦部的历史就此结束了。后来史书上说的包鲁嘎部，就是原来的德钦部，是由包鲁嘎汗创建的。

　　时光如箭，白雪格格已经四十六岁，包鲁嘎也已经三十岁了。俗语说，树大招风。包鲁嘎汗的崛起，引起了清王朝的注意。本书现在所讲这些事儿的时候，历史已经进入了大明末帝崇祯十年，按女真年来算是天牛年。这时候，后金汗努尔哈赤早于十年前去世了。白雪格格曾经所在的建州部，自万历四十四年努尔哈赤在赫图阿拉称"覆育列国英明汗"，建立后金以来，发生了天翻地覆的变化。

　　努尔哈赤在万历四十一年正月，统兵灭了乌拉部。后金天命三年，万历四十六年戊午八月，努尔哈赤发布"七大恨"誓师伐明，大败明兵。后金天命四年，万历四十七年己未八月，努尔哈赤率师灭叶赫。至此，海西四部的哈达、辉发、乌拉、叶赫相继被征服。天命十年，明天启五年乙丑三月，努尔哈赤迁都沈阳，建沈阳宫殿。天命十一年，明天启六年丙寅八月，努尔哈赤由清河温泉返回沈阳途中，至爱鸡堡逝世，享年六十有八。

　　在以和硕礼亲王代善等诸王贝勒大臣的齐呼拥戴之下，皇太极身穿盛装，于当年九月一日，在沈阳后金大政殿接受了群臣贺拜，登基继后金汗位。皇太极时年三十五岁，并决定次年，明天启七年，为后金天聪元年。

第三章　狼母鹰师——包鲁嘎汗出世

皇太极是一位很有抱负的女真明主，立志承继父汗努尔哈赤未竟之业，光华女真大业。他称汗后便说："若治国之道，如筑室然，基础坚固，庀材精良者，必不致连毁，世世子孙可以久居。甚或苟且成工者，则不久圮坏，梓材作诰，古人所以谆谆垂诫也。"皇太极执政中，一改父汗努尔哈赤严峻做法，诫杀戮，求友谅，"满汉之人，均属一体，凡审拟罪犯，差徭公务，毋致异同。"更改变了往昔从俘获与掠取汉人等为奴的做法，编户为民，使众民讴歌，咸颂乐土。他还鼓励农耕，严禁祭礼滥杀牛马骡驴，禁巫觋骗举，国风日振。

皇太极自明天启六年九月继汗位以来，除极力安抚各部，同各部和睦相处，按父汗努尔哈赤遗志密切同蒙古各部的关系，特别是在注意同蒙古科尔沁部往来的同时，还非常注意与朝鲜的关系。他比他父汗活着时更注意北疆萨哈连，即呼尔哈、索伦部的动向，决心招抚北方各部，使他们归降后金，为后金纳贡称臣，等后院安稳后，他才一心无挂地西征长城内的明朝。

皇太极对父汗的继业从无半点疏怠，常常通宵批阅奏文。同时，他又是一位知情知义、有良心的多情男儿。现在自己继了汗位，他首先想到的就是白雪。他总有一种无法平抚的内疚，日日在折磨着自己。他痛恨自己不能在雪儿最艰难的时候保护她，自己欠雪儿的情，就是来生也难以报答啊。皇太极为了抚平他对白雪格格的无限思念，非常敬重科尔沁莽古思家族。可以说，白雪格格的品德和人格，都是莽古思家族哺育栽培出来的。本"乌勒本"中多次提到的莽古思贝勒和大妃所生的小格格，就是宝音其其格因她生来好哭，才被莽古思贝勒和大妃从乌云格格身边要过来的。皇太极和白雪格格到科尔沁时，皇太极还亲过这个小格格。后来，她与皇太极成了婚。

皇太极自和小格格成亲以来，对她总有一种特殊的情感，每见到她，就想到白雪格格。皇太极还多次把小格格的额莫大妃接到宫中居住。小格格非常任性，皇太极常让着她。小格格嫁给皇太极以后，久不生育。她便向皇太极推荐自己的侄女，说她比自己年轻、聪明、美貌。皇太极就在天命十年二月，得到汗王爷的准允，把小格格的侄女、科尔沁贝勒赛桑之十三岁女儿博尔济吉特氏迎娶进赫图阿拉，这便是后来的庄妃。

小格格的侄女确实比小格格温柔、体贴，更懂得疼人。她进宫以来，使皇太极得到了柔情和慰藉。她聪颖好学，彬彬有礼，处处讨得皇太极的喜爱。小格格的侄女也很敬重姑姑，处处迎合自己的姑姑。她们俩人常常在一起热语催劝皇太极，再加上皇太极自己也确实思念白雪格格，便决定派自己的亲信北上萨哈连，既去招抚未降后金的部落，又继续打听这些年来，白雪格格是否还在当年的"静空庵"或流浪到什么地方，此事不能再拖延了，应该尽快找到白雪格格，把她接回沈阳后金宫中团聚。

大明末帝崇祯七年隆冬，后金天聪八年，皇太极在顺利西征大同、收降察哈尔余众胜利凯旋之时，下旨发兵北上，远征萨哈连上游的呼尔哈部。皇太极挑选了两员心腹大将，这就是统领步兵的梅勒章京霸奇兰和甲喇章京萨穆什喀。各位阿哥，这位萨穆什喀可值得向各位好好介绍一下。萨穆什喀，佟佳氏，满洲正白旗人，他是大将扈尔汉的胞弟。扈尔汉还有一个弟弟叫雅赖。扈尔汉当年带着自己的弟弟们投靠了努尔哈赤，一直跟随努尔哈赤转战各地，战功累累。到了皇太极时代，萨穆什喀已很有名气，位十六大臣之列。他也像他哥哥扈尔汉，足智多谋，每每深入敌营刺探军情，总是准确无误，所以深得皇太极的赏识。

皇太极在萨穆什喀临行前，把他叫到自己宫中龙书案前，嘱咐说："萨穆什喀，尔此番北去，还要为我秘密做一件事，就是寻找当年出走的白雪格格。以前也曾有几员大将北征，我都难以开口求助于浴血征杀的众位弟兄，你是我心腹辅弼，又是我最敬重的扈尔汉大哥的胞弟，现在，惟诚心求告于你了。当年白雪格格在北方'静空庵'曾与你兄扈尔汉见过一面，后来一直没有联系，不知其下落。我曾送白雪格格一个金项圈作为纪念，此项圈系汗母生前之物，上有'孟古'二字。记得白雪格格曾跟我说：'你家的东西我什么都不要，只有这个金项圈，我会永远戴在身上。我见到了它，就等于见到了您。将来您只要看到这个金项圈，就等于看到了我。'从此，我们就分别了。你到北疆后，一定细心打听有没有一位戴金项圈的女人，通过它或许可以找到白雪格格的踪迹。"白雪格格在赫图阿拉时，萨穆什喀也多次见过她，对她的歌舞、美貌以及智慧，萨穆什喀也是敬佩不已的。白雪格格的出走，他已有耳闻。特别是对哥哥扈尔汉秘密在东海为皇太极招亲之事，也很不满，曾跟哥哥在背后吵过架。这次皇太极专把他召入深宫，相托此事，他很感激皇太极对自己的信任，也从心里愿意趁这个机会，亲自去寻找白雪格格，弥补已故大哥扈尔汉的罪愆。

萨穆什喀双膝跪地，说："汗敬请放心，萨穆什喀会永记汗对奴才

第三章 狼母鹰师——包鲁嘎汗出世

的重托，在奴才有生之年，一定要代汗找到白雪格格，恳请汗珍重贵体。"

当时，正巧萨哈连呼儿哈部屯长喀拜、郭尔敦、纳屯等人来沈阳朝贡。皇太极赏赐酒宴，请他们为霸奇兰、萨穆什喀作向导。霸奇兰、萨穆什喀俩人率章京四十一员，兵勇二千五百人，于风雪天向北挺进。大军在冬日起行，兵车铁骑便于远行，不沉陷泥塘。而且，萨哈连冰封数尺，长蛇阵似的马队驰骋大江南北没有任何障碍，不必像夏秋季节劳烦舟师，运载极度费时而凶险。

这次大军北进既有向导，又极其诡秘神速，当地不少部落没料到后金兵马千里奔袭，没有防备，使霸奇兰和萨穆什喀非常顺利，大获全胜。他们在萨哈连中游南岸一带村寨收服庄丁二千四百八十余人，包括老少妇女，总人口达七千余人，获马八百五十余匹、牛五百余头，各种珍贵毛皮三千一百四十余张。但是，萨穆什喀他们后备辎重兵马也受到了不少损失，有二百多名巡逻江岸的兵马，突遭一伙强人夜间点起的山火围攻，巡逻的兵马陷入了火海，几乎全被烧死，仅逃出了十几匹伤马，损失惨重。霸奇兰和萨穆什喀两人对这场损失，疑惑不解。

聪明的萨穆什喀突然联想到在天聪五年，他与那日松接待萨哈连上游呼尔哈部来朝贡的首领额立格等人，了解那一带军情时，他们都谈到萨哈连中游出了位奇人，谁敢与他作对，谁就会遇到奇特的灾难，不是受到山鹰的袭击，就是遭到群狼的狂咬，令人防不胜防。看来这次的遭遇与那时所听到的情报如出一辙。萨穆什喀跟霸奇兰说："军爷，我看在北疆有一支咱们尚不知名的强手。他战法奇特，无法琢磨，正耀武在北方，是我们抚北的眼中钉。我意你率师先返京师，我留下来，在这秘密详察原委，以便找出应对之策，回京好向汗王详奏。"萨穆什喀执意要留下来，还有一层深意没有向霸奇兰表露，那就是汗王委他秘密去北疆寻找白雪格格的事。

于是，霸奇兰先行率兵马返回了京师。萨穆什喀仅留下几名精干的随从，化装成当地猎人，悄悄越过冰封的萨哈连，沿萨哈连中上游寻找白雪格格，结果一无所获。他又带着亲信沿萨哈连下行二百余里，依然没有打听到白雪格格的具体下落。但是，萨穆什喀却有了惊人的收获。他在萨哈连中下游不少部落中，打听到了他多年来，一直都想查找的那个祸首。这个祸首原来是萨哈连北部新兴起的一个强大部落的首领，叫包鲁嘎。据访察，这个包鲁嘎是一个身世不详的野人。他先后征服了德钦、莽吉尔、米吉尔、野豹子等部，现在，萨哈连中下游乃至出海口一带，已全由他控制着。在这一带许多地方都流传着关于包鲁嘎的神话，人们异口同声齐赞包鲁嘎是个奇人。他已成为北疆民众的主心骨，谁若想征服北疆，包鲁嘎就是难以折服的劲敌。

萨穆什喀于明崇祯八年，即天聪九年五月，返回京师沈阳，将他所访察到的重要情况，都一五一十禀奏皇太极，深得皇太极的嘉赏。

时光快如闪电。一转眼又到了这年的冬至节。皇太极命那日松夫妻与萨穆什喀经办去科尔沁一带捕捉白兔和獐鹿之事。他们很快便赶着装载白兔、獐鹿的猎车，胜利返回京师。皇太极见了白兔，不禁又想到那年在赫图阿拉蒙父汗准允，自己同查其那等人去科尔沁捕野兔，火中得到白雪格格和妞妞营救，从此自己同白雪格格心心相印。现已事过境迁，皇太极不禁暗自伤神落泪。小格格与侄女儿不住地劝慰皇太极，萨穆什喀也进宫探视汗皇太极。萨穆什喀启奏说："前次奴才北征，正逢严冬，风高雪厚，兵车难进，故不敢轻离大营。尽管如此，八旗兵勇尚有百人冻伤，冻死者遗尸北域。臣恳求再次前往，一来想办法招抚包鲁嘎，二来再寻白雪格格。臣窃思巴雅喇章京那日松谙熟北地，又为白雪格格所敬重，臣愿同那日松同往，若找到白雪格格，由那日松劝说，此事必事半功倍。"萨穆什喀所言，正中皇太极心意。当时，皇太极正率精骑收降察哈尔部，又准备遣将入关，攻击明朝京畿地区，战事甚紧。他不愿看到自己背后的北疆，还有一支不明真相的包鲁嘎部钳制了自己西进的兵力，北部边疆的军情必须摸清楚，最起码挨打也得挨个明白。皇太极马上命侍臣唤来那日松。那日松欣然领命。皇太极又一再叮咛，说："你们若能为汗再去萨哈连，汗我就放心了。你们务要招抚包鲁嘎，讲清本朝诚待北方诸兄弟部落之心。北方诸族皆骨肉兄弟，不应手足相残。只要归顺我后金，按时贡赋，可就地安居，耕牧自定，万不可使其坐大不利北地安稳，扯我西征之肘。那日松，尔深知白雪格格秉性，代汗我坦诉数十余载殚思极虑之情，恭请其南归，在汗宫里颐养天年。汗我死可瞑目矣。你们要作速筹办行囊，早早起程，不要拖误。"

但是，不久因朝中喜逢盛事，那日松、萨穆什喀都日夜忙于操办大喜事，此行的时间被迫耽搁下来。那么，朝中出了什么大喜事呢？

原来，天聪十年四月，明崇祯九年，皇太极喜获元朝传国玉玺。在满、蒙众大臣的拥戴下，在沈阳即皇帝位，受"宽温仁圣皇帝"尊号，改元"崇德"，定国号"清"，沈阳为盛京，册封小格格博尔济吉特氏为

第三章　狼母鹰师——包鲁嘎汗出世

皇后，小格格侄女博尔济吉特氏为庄妃。崇德二年秋，帝应皇后、庄妃之奏，请大妃及乌云格格等科尔沁皇亲来沈阳面圣，以解思亲之情。小格格的额莫大妃来朝，陪同来者有乌云格格、蒙格木贝勒。莽古思贝勒前些日子病逝，乌丹老格格已于五年前病逝。色音布尔受妹皇后和姑母乌云格格之命，也是他本人的意愿，已于去年北上，访察白雪格格的下落，至今未归。

皇太极、皇后、庄妃亲至大妃住处见面，大妃、乌云格格等叩拜皇上、皇后、皇妃，相互寒暄后，皆谈述到北疆已近三十个年头的宝音其其格，即白雪格格，令人十分怀念，叩请皇上派将寻找，以安科尔沁众庶之心。皇太极应道："朕也有此心，不找到白雪格格下落，朕死不瞑目。你们放心，朕择日将委那日松、萨穆什喀再去北疆。"

皇太极追封莽古思贝勒为和硕福亲王，立碑于墓前，封大妃为和硕福妃。大妃即和硕福妃在京师时，那日松、妞妞和萨穆什喀进宫叩见和硕福妃和自己的父母乌云格格、蒙格木贝勒，那日松又将萨穆什喀将军向亲人们介绍，蒙格木贝勒方知萨穆什喀竟是已故扈尔汉将军的胞弟，倍感亲切。

这时，大家知皇上已下旨，命那日松、萨穆什喀只带百余名亲兵即日起程北上，一来智收包鲁嘎，二来再找白雪格格，大家都非常高兴。大妃嘱咐那日松和萨穆什喀，你们去北疆萨哈连，要处处留心，沿途多打听当地人众。宝音是个热心肠的人，她到哪里，都会把一腔热血洒到哪里，同当地的民众结下情缘。腾格里会保佑善良的宝音，她不会死，她会平安活着的。

皇后嘱咐那日松一定要把她宝音姐姐找到，告诉她我在等着她呢，另外，皇后又告诉那日松，她哥哥色音布尔也被自己派出去找宝音姐姐多日了，至今没有消息，你们这次去，也顺便打听一下色音布尔的消息。乌云格格又嘱咐那日松说："皇上派你去寻找宝音姑娘，是有一番用心的。你救过宝音的命，你最理解宝音，去吧，科尔沁所有的蒙古人，都想念着宝音其其格。腾格里保佑你，一定能把宝音姑娘找回来！"那日松和萨穆什喀不住地安慰和硕福妃、皇后等人，请她们珍重身体，这次一定不负众望，找到白雪格格，不弄清楚白雪格格的确切下落，是绝不会回程的。

大妃与乌云格格等要返回科尔沁时，特别把小格格叫到身边，嘱咐她："我们知道你想念你宝音姐姐，皇上不是也在想法子找她嘛。你别整日里愁眉苦脸的，皇上一天那么忙，回宫还得不到好颜色，长此下去，你们之间不就疏淡了么。孩子，你要多体谅皇上啊。"可小格格很有性格，常使小性，皇太极便常去庄妃处临幸。庄妃比皇后小十四岁，聪明、伶俐、美貌，为人随和。庄妃也常来劝慰皇后，可是皇后的秉性耿直，就是改不了。庄妃当然非常敬重自己根本未见过面的白雪格格，也很会处理君臣的礼仪，与皇上情意甚笃。说书人说到此时，庄妃已身怀有孕。第二年，也就是崇德三年正月，给皇太极生下了大清国另一位皇爷，那就是未来的顺治帝福临。皇上大悦，赐封庄妃为贵妃。庄妃常助皇太极出谋献策，更加得到皇太极的宠幸。她便是辅佐太宗，后来又辅佐世祖、圣祖三朝，历史上有名的孝庄文皇后。

话说那日松回家后便整理行装，与姐姐告别，姐姐又是一番殷切叮嘱。此时那日松已有两儿一女。两儿是八旗参将，小女已经五岁。

此时，正是秋末八月，北方天气还不太冷。那日松、萨穆什喀两人并不详细知道包鲁嘎的来历，对北疆凭空出现的一位包鲁嘎部头领的奥妙，觉得有进一步探索的必要，要缚住包鲁嘎，必得先摸清包鲁嘎的情况。他们早就有这个想法，尽快找机会去会一会这个桀骜不驯的野人，看他究竟长出什么三头六臂，怎么这么厉害，难道世上没有能敌得过他的人吗？

各位阿哥，就在那日松、萨穆什喀走后不久，色音布尔贝勒回来了。原来，当年的小格格非常惦记着早年去萨哈连的白雪格格，就对皇太极说："皇上，我看还是让我的哥哥亲自跑一趟，找找我宝音姐姐。"皇太极一听非常高兴，就命皇后赶紧把科尔沁的大贝勒色音布尔请来。色音布尔贝勒很快来了。皇太极亲自设御宴招待自己的皇兄。皇后跟色音布尔说："我和皇上都非常惦记我的宝音姐姐。哥哥，你代我们去找找吧。"色音布尔受命以后，很快就走了，并带去了皇太极封白雪格格为雪妃的册封。

色音布尔回来以后，带来了一个新的消息。静空禅师在皇太极称帝的崇德元年，即丙子年七月，已经圆寂了。静空禅师去世以后，她的弟子白雪不知去向。色音布尔又到附近几个部落打听，也没打听出个头绪来，只好扫兴而归，并把带去的册封又原封未动地带回来，交给了皇上。皇太极长吁短叹，深感失望。第二天，礼部承政大人送色音布尔回科尔沁去了。

色音布尔回到科尔沁不久，一件令人悲痛的事情发生了。色音布尔

第三章 狼母鹰师——包鲁嘎汗出世

的福晋乌力不慎溺死在脑温江,留下了一个十岁的儿子和一个八岁的女儿。色音布尔一咬牙,将两个儿女交给叔伯兄长,即当时很有名气的和硕亲王吴克善养育,自己不要家族的任何名分和产业,到北疆再找宝音其其格去了。

各位阿哥,说书人再说说萨穆什喀和那日松。

话说萨穆什喀和那日松两人辞别了皇上和亲人,率部沿科尔沁脑温江逆水而上,这确是一条很抄近的通往萨哈连的林中鹿道。萨穆什喀为了防范包鲁嘎的偷袭,命众人完全以北疆猎装打扮。每个人只在马上驮些自己用的食品和水壶等,兵刃也仅是匕首、短刀、斧钺之类的短兵器,由精通费雅喀语和索伦语的通事领路。

萨穆什喀和那日松带领的这百余名亲兵可不能小瞧,他们个个都有高超的武功,飞檐走壁、辗转腾挪,样样称奇。所以,这百余人比万马千军还精悍。因为萨穆什喀和霸奇兰吃过一次亏,领教了包鲁嘎汗的厉害,所以,这次北进格外小心。

这次萨穆什喀决心先设法治服了包鲁嘎,然后再继续沿萨哈连江水顺流东进,直到出海口,寻找白雪格格。萨穆什喀、那日松率人日夜兼程,没用七天的工夫,就赶到了萨哈连的中游地带。他们一路谨慎,秘密前行。因江水甚急,要想越江到对岸,必须先上行十余里,伐木编筏,再从上游顺流而下,直奔对岸的精奇里江江口。

萨穆什喀、那日松本以为可以神不知、鬼不觉地安抵北岸。哪知,消息灵通的包鲁嘎汗早得到了乌鸦的传告。他聚来了足足能有千人,据守北岸隐蔽地方。那日松他们从对岸流筏漂下之时,他们早从老远就看到了,只是觉得太远,没有动手。萨穆什喀他们的十几个木筏子刚陆续靠岸,四周就已经被包鲁嘎部的猎民们团团围住了。他们有的站在高高的柞木树干上,手里拿着弓、刀、矛,向下直对着萨穆什喀和那日松他们这伙人;有的站在岸上巨石堆旁边,手把着一块块巨石,一个个瞪眼死盯着他们。

这可急坏了萨穆什喀和那日松,此时,众清兵有的还站在木筏子上,有的刚靠近江边,还没上岸,四周没有半点隐身之处,一旦对方利箭射来或把大石头推下来,清兵们无法躲藏,就会有性命危险。

这时,只见一位披着长发,身穿用白板皮子缝制成的皮裤、皮坎肩的壮年大声喝道:"你们不准动!谁要动一下,我就要谁的命。你们好大胆,想悄悄来偷袭我们包鲁嘎部吗?告诉你们吧,你们怎么能逃出我的眼睛？你们还在百里之外的时候，我的朋友们就已经告诉我了，你们这些强盗。"那日松站在江岸上，只好仰头喊话："这位头领，想你必是赫赫有名的英雄包鲁嘎汗了。我是代表我们大清国皇帝特意从远道来拜望你们的，我们是你们的兄弟、朋友。你们看，我们的马上没有驮着兵器，而是给你们送来了闻名辽东的'八桶香'美酒三十罐，另有布帛百匹、食盐三坛。包鲁嘎，难道远方朋友来看望你们，你们还能这样对待朋友吗？"别说，那日松确实非常机灵勇敢，马上想出一套令对方感动的话来。他猜对了，对方的壮年头领正是英雄包鲁嘎汗。

包鲁嘎听了那日松的一席话，说："对，我就是包鲁嘎汗。你若是我们的客人，就请快离开你们的筏子，到岸上那棵老柳树底下。我的人去取你们带来的东西。不按我说的办，我们就用乱箭射死你们。"

那日松和萨穆什喀对视了一下，眼前的处境也只能按照包鲁嘎的话去办。于是，那日松等依照包鲁嘎汗的指令，依序下了筏子，齐聚在有百年树龄的老柳树底下。包鲁嘎汗命部落里的人取走了筏子上的酒罐、盐坛和一大包裹布匹，又命人把他们每个人的马匹牵走。萨穆什喀急了，马没了，还怎么征战？这不等于束手就擒了吗？他想上前抢马，那日松怕他把事态弄僵，忙把他拦住，解释说："兄弟，不要着急，他们把马牵走并无恶意，是替咱们喂养去了。"

各位阿哥，其实包鲁嘎汗很聪明，他特意想用把马牵走的办法，来激怒大清国的来人。你们不是说来看望朋友吗？我牵走你的马，看你们有什么反应。你们一变颜色，就证明你们来我包鲁嘎部没安好心，那更好，反正我的人已经包围你们了，我们就把你们就地杀掉，以绝后患，看你们还敢到我们地界占便宜。没想到，大清国的人没反感，还愿意把坐骑交给他们，说明大清国来人还有点真心诚意。所以，包鲁嘎汗很高兴，也不像开始那样横眉怒目的了。他走过来热情地说："欢迎你们这些远道来的朋友。走，到家里坐。"又回过脸对那群族众说："孩子们，放下弓箭，快快把咱们的客人接回家去。"

这时，部落的人都跳下江岸，嬉笑着跑过来，迎接那日松、萨穆什喀和众弟兄。这时，大家才注意到，从岸上跳下来还足有几百条狗，都是大个子、尖耳朵、大嘴丫子的猎犬。包鲁嘎汗说："朋友们，刚才它们都藏在我们身后的草棵子里头。你们如果是来害我们的，这些猎犬听到我的口哨，就会冲下来，把你们都给吃掉，就像吃小鸡、小兔一样。现在，你们是我们的客人，看，它们摇头摆尾的，对你们多友好啊。"

第三章　狼母鹰师——包鲁嘎汗出世

367

萨穆什喀等听了，都暗暗伸舌头，咱们好险没成了狗的晚餐。

在进屯寨的时候，包鲁嘎汗回头对那日松和萨穆什喀说："远方的客人，正直的人才会受到人们的敬重，只有强盗才善于欺骗，我们的酒饭是不招待强盗的。说实话，你们是干什么的？从哪里来？你们叫什么名字？"那日松马上应声说："我们是受大清国皇上之命来串亲戚，访朋友来的。我叫那日松，他叫萨穆什喀。我们为路上行走方便，才以猎装打扮。"包鲁嘎汗一看那日松说话痛快，他非常满意，拉着那日松的手说："欢迎你们这些天朝的客人。"

当晚，包鲁嘎汗和大清国的客人们在包鲁嘎部南端的阿莫噶珊欢宴。他们在篝火旁边吃狍子烤肉，边饮米酒和那日松他们带来的"八桶香"美酒。包鲁嘎汗心里非常高兴，他真诚地邀请那日松、萨穆什喀和大清国的朋友们，到他在牛满江上源大山上的家里做客。那日松和萨穆什喀商量，为了取得包鲁嘎汗的好感，建立相互信任的友谊关系，还是不驳他的面子，相信他也不会有敌意的，便欣然同意。

午夜，包鲁嘎汗与部落男女告别，看来包鲁嘎汗在部落里很有威信，部落里的男女老少，都前来送他们的汗王以及大清国的客人们，几十条猎犬跟他们同行。

包鲁嘎汗大咧咧地在前头引路，不时地回答那日松的问话。现在已是深夜亥时，山风呼啸，四周静悄悄的，惟有那日松他们攀折树枝的响动声。山里根本没有路，包鲁嘎汗完全凭着经验在山林中行走，偶而可能望见迎面大树干上有斧凿的印痕，或有一个被放倒在林中的原木，或者迎面山崖处突现出几块奇形怪状的巨石，这些可能就是包鲁嘎汗的山中向导。

那日松望着这四外陡峭的群山和一眼望不到边的密林，感到很奇怪，包鲁嘎汗安的什么心？他要把我们领到深山老狱中的困死牢里去吗？一直跟在他身后边的萨穆什喀突然产生了一个念头，他悄悄捅咕了一下前面的那日松，那日松回一下头，萨穆什喀晃动脑袋给他一个眼色。那日松马上明白了，萨穆什喀的意思是咱们现在远离阿莫噶珊，这里四面都是群山密林，没有人烟，前边只有包鲁嘎，这是很难得的机会，他再有本事，还能抵得过咱们大清国百余名武功高强的武士呀，咱们要是把他抓住带回京师，不就平息了北疆之患么，包鲁嘎部自然就化为乌有，咱们就可以很快招抚萨哈连各部部众。这不就大功告成了么。千万别错过机会，擒住他。那日松把头回过去，干脆没理睬萨穆什喀。

萨穆什喀以为那日松没明白自己的意思，还悄悄地扯那日松的衣服。

这时，包鲁嘎汗走在前头，还随时回过身来，给那日松拨开挡道的树枝，并告诉他说："慢点走，小心被藤条子绊倒了。你们要是累了，咱们就歇歇再走。"那日松说："包鲁嘎汗，我们不累，咱们还是快点赶路吧。"那日松又问："包鲁嘎，你这名字挺好听。谁给你起的这个名字？你的家在哪里？你原来是哪个部落的？你的阿玛和额莫好吧？"

包鲁嘎汗说："我没有家。我也不知道谁是我的阿玛和额莫。我只知道狼是我的额莫，大山就是我的家。我从降生就在这深山里。所以，我熟悉山里的任何地方，就像你们熟悉自己家里一样。包鲁嘎这个名字，是山里人给我起的。"

那日松又问："包鲁嘎汗，你为啥这么相信我们。你一个人领我们这些人走山道，就不怕我们害你吗？"萨穆什喀一听，从他身后狠狠地拧了一下那日松，意思是你小子吃里爬外，还整开我了。包鲁嘎汗笑了，说："我们虽然头次见面，不知为什么，我就看你非常熟悉，非常顺眼。世上的恶人太多了，可我相信你是世上最好的人。再说了，我也不是一个人啊，我不少朋友都跟着我，只是你们看不见罢了。"那日松，特别是萨穆什喀一听这话，慌了神了，插话问："包鲁嘎汗，我们怎么没看见呢？你的人马在哪里？能不能让我们也见识见识啊？"后边跟随的大清国的武士也都很好奇，异口同声地说："请包鲁嘎汗让我们也认识认识你的手下，这一路上好寂寞，请他们也出来，大家热热闹闹的，走起路来也就不觉得累了。"那日松也说："包鲁嘎，亮一手，让我们都长长见识。"包鲁嘎汗可能跟那日松有缘，非常敬重那日松，听那日松这样一说，就放开喉咙，一声长啸，声音宏大尖利，能在深夜中传出百里远，特别是在山里，产生了一阵连一阵的回荡声。回声还没结束，就听林中传来了狼的长嚎声，不一会儿，在山崖处、道两旁、草丛中，探出来数百只狼。狼眼睛瞪得都像小水晶灯一样，贼亮。包鲁嘎汗还在唱着什么。众武士吓得都不敢走了，有的腿都不好使了，可这些狼却一点恶意都没有。包鲁嘎汗笑着说："你们不要怕。它们都是我的朋友，是来欢迎你们的。咱们从噶珊出来的时候，它们就一直跟着，只是你们不知道。它们一来怕我受伤害，二来也保护咱们。方才我给它们唱了歌，告诉它们，你们是我的朋友，请它们放心地回洞里去。"这时，狼群完全消失于莽林之中，一点声响都没有。

包鲁嘎汗又吹了三声尖啸的口哨声，大家还不知道怎么回事，以为

第三章　狼母鹰师——包鲁嘎汗出世

369

又有什么野兽来了呢，忽然，密林两侧燃起数千只火把，像长龙一般，照亮小树林。这时，那日松、萨穆什喀才发现，他们这百余人马，早被包鲁嘎的马队押解在中间，他们竟然没有一点察觉。看来，包鲁嘎汗早对自己的兵马作了安排。那日松由衷地钦佩包鲁嘎有智谋、有韬略，绝非一般山野之人。也正因如此，他才能接二连三地收抚了周围十几个大小部落，被颂为萨哈连赫赫有名的英雄包鲁嘎汗。

萨穆什喀此刻才深感自己虽位列大清国十六大臣，领兵鏖战千百次，智谋还真赶不上这位山野的部落头领，怪不得包鲁嘎威名远震，真是名不虚传啊，自己刚才险些酿成大祸。萨穆什喀打心里服气了，要是大清国有这样的将领，北疆将永固矣。

包鲁嘎汗住在牛满江江源旁边一个高山洞窟之中。洞窟很深，里面有清泉溪水。洞里有很多马蛇子，见包鲁嘎汗回来了，洞窟里的马蛇子、蝙蝠、花斑野鸽飞出来迎接他。他一声高叫，妻子奥莫额云领着两个胖小子从洞里走出来。包鲁嘎汗向那日松及萨穆什喀介绍自己的沙里甘和哈哈济们。萨穆什喀问包鲁嘎汗为啥住在这里，而不住在部落里？奥莫额云说："包鲁嘎汗从小在洞窟住惯了，连累我们也得跟他住洞里。我在这里已经住了三年多了，现在也习惯了。"

山谷里洞窟很多，包鲁嘎汗带来的人分头住在山谷各处。包鲁嘎汗把那日松等人领进他住的洞窟。洞内十分宽阔，住个三五百人满宽绰。包鲁嘎汗说："你们要是看得起我，就和我住在一起吧。"那日松和萨穆什喀他们常年征战野外，能在各种环境下生活，而且他们每人都带着行囊，洞穴里又有许多干树枝。那日松和萨穆什喀他们就利用这些干树枝做铺垫，百余名亲兵齐住在洞窟里。

此洞窟的洞口不太大，进去以后是个连环洞。包鲁嘎夫妇和孩子们就住在最里面的洞穴里。奥莫额云端来了一个大石盆，里面有半盆海豹油，有四个柔木插在海豹油上，柔木已经浸透了油。没想到，四根柔木棒点起来可以照彻全洞，就连洞里的蝙蝠和斑鸽都可以看得清清楚楚。包鲁嘎汗还给客人们端来了一盆煮熟的海豹肉，又让奥莫额云提来一木桶鲑鱼籽，请客人品尝。奥莫额云告诉他们，这些都是从混同江出海口野豹子部带来的。那日松、萨穆什喀等人在初遇包鲁嘎汗同到阿莫噶珊时，就听族众讲述过他们这位首领的故事。他如何斗倒德钦部的老王爷和小王爷，又如何与野豹子部首领美人鱼奥莫额云比试联姻，不单征服了美人鱼奥莫额云，还使她成了自己温柔可爱的妻子。

那日松看眼下自己已经跟包鲁嘎接上了头，而且，包鲁嘎对自己的态度也很友好，便对萨穆什喀说："兄弟，皇上还急等咱们的回信儿，而且现在西征正紧，这里用不了这么多人，不如我留在这里，你先回去吧。"萨穆什喀不同意，说："大哥，那怎么能行，把你一个人留下，一旦有个三长两短，我可就后悔死了。我不能走，要走咱俩一起走。"那日松说："我看包鲁嘎不像传闻讲的那样生性、野蛮。他很通情达理，与我也挺有缘分，我要慢慢亲近他，跟他好好在一起攀谈攀谈。此人的来历很奇特，我总觉得他的年龄跟白雪格格出走的年头差不多，他会不会是白雪格格的儿子？真若那样，可真是天大的喜事啦。我要弄清楚他的身世，然后，我再去混同江找白雪格格。我看奥莫额云还真是一位贤惠热情的人，她家又住海边，遇到难解之事我问他，她会帮我的。你带着众兄弟早日回京师，把这里的一切速速禀报皇上，使皇上放心。好兄弟，我不会出事的。咱们这么多人在这，有些话唠起来不方便。再说，包鲁嘎也怕咱们有什么企图，所以，他也把兵马屯在这里，实际是在监视你我。你要回去了，包鲁嘎就会相信咱们是来和他交朋友的，劝降他才会更容易，我也会更顺利地了解缘由。"萨穆什喀仔细想想那日松说的话，觉得他说得也有道理，便同意了。

第二日，那日松对包鲁嘎汗说："我们来时就告诉你，我们是来和你交朋友的。你现在对我们这么友好，与我们大清国不为敌，我们很高兴。我们打算回去把你的诚意禀报给我们皇上。"包鲁嘎汗说："我原以为你们来这里是与我们争斗来了，说实话，我也做了准备。现在我也相信你们了，我愿与你们永远和好。那日松大人，我很想跟你多唠唠，你就在这多呆几天吧。"那日松顺水推舟地说："包鲁嘎汗，你说让我多留几天，是看得起我，行，那我就多住几天。"

就这样，包鲁嘎汗举办了海兔宴，为大清国的客人萨穆什喀及百余名兵勇送行。那日松则留了下来。那日松曾多次到北疆，他不但会本族的蒙古语，还会索伦语和乞列迷语即费雅喀语。那日松平时少言寡语，但很有心计，办事也非常细致，凡是交他办的事，你就放心吧，他总是克尽厥职，卓然不群。汗王爷在世时，就一再夸赞那日松，说他老实厚道，从不自吹，也从不贪多务得。汗王爷曾对皇太极说过："用人，就用那日松这样的人。"后来，扈尔汉因显示自己，追逐官位，惹汗王爷震怒。扈尔汉虽写了悔罪书，也没得到汗王爷的谅解，最后郁闷而终。汗王爷身边的爱将，现在就剩那日松了。汗王爷临终前，又为他指了

第三章 狼母鹰师——包鲁嘎汗出世

婚，并把他交给了自己的儿子皇太极，使他成为皇太极身边最得力的心腹爱将。

那日松留下以后，想方设法地帮助包鲁嘎汗。那日松教他们制作土火药捕鱼，帮助他们在海滨熬盐，引导他们将盐用船、车运到盛京换回麻布、铁器、陶器和其他日用品。他还帮助奥莫额云领着部落女子破鲸鱼骨，编鱼骨席、鱼骨服，传授用海象牙雕各种工艺品，到京师出售，使部落人头一次见到了丝绸和彩釉陶器，日子开始富有起来。包鲁嘎汗和奥莫额云俩越来越感激那日松。

那日松与包鲁嘎汗和奥莫额云也越来越熟。包鲁嘎汗非常愿意听那日松给他讲山外的事情，他通过那日松的讲述，才知道原来在遥远的千里之外，还有一个大清国，那里有皇帝，有城墙，有各种作坊、买卖，买卖都挂着各种幌子。人们不仅穿着麻布衣服，还穿着绫罗绸缎。那日松请包鲁嘎汗和奥莫额云跟他一起到盛京见皇上，并说皇上非常想见他们，还会赏给他们珠宝、金鞍、绣有花鸟的彩缎袍服。包鲁嘎汗听了嘴乐得都合不上。那日松还告诉包鲁嘎汗和奥莫额云，皇上每年都接待无数个部落的首领，并设宴款待。你们阿莫噶珊南部，精奇里江江口处的首领巴尔达奇就去过盛京，得到了大清国皇上的恩赏。包鲁嘎汗听后，心动地说："有机会我一定去。"

那日松经过了解知道，这深山原来并没有名字。包鲁嘎汗把奥莫额云娶过来后，奥莫额云根据山上的一条小河旁边盛开着的一种小紫花，就用乞列迷语给这地方起了个名字叫"卢莱巴那"①。更使那日松万分惊喜的是，他又从包鲁嘎汗口中得知，他最初的活动地点是在萨哈连的德钦部一带，这进一步验证了自己的判断，与他很长时间以来头脑中一个小野人的影子对上了。那日松并没告诉包鲁嘎汗实话，为探明虚实，他暗暗到了德钦部。

那日松此次去德钦部有很大收获，使他真正解开了疑团。原来，包鲁嘎从小是在狼群中长大的，当时人称"小野人"，后来逐渐走出深山，来到人群中间。而且，包鲁嘎小时候脖子上还戴着一个大金项圈，从发现包鲁嘎到现在，大约已有三十年了。现在是大清崇德三年，追溯三十年前，正是大明朝万历三十六年的时候，也正是可怜的白雪格格含悲北去的时候。如此说来，这个小野人乃至现在的包鲁嘎汗，可能就是白雪

---

① 卢莱：乞列迷语。汉意：紫色的小花。巴那：乞列迷语。汉意：地方。

格格的亲儿子。那日松决定马上返回"卢莱巴那",察看包鲁嘎汗戴过的金项圈是否就是皇上送给白雪格格的那个金项圈,如果是,那包鲁嘎汗肯定就是皇上和白雪格格的儿子无疑了。

那日松正全神贯注地边思索边迅速地在密林里穿梭着往回赶。突然,几十条猎狗跑到了他的跟前。它们有的围着他前后纵跳着,有的咬着他的长衫,使劲拽他。那日松认识这些猎狗,它们是包鲁嘎汗驯养的猎犬。那日松这才想起来了,自己从包鲁嘎汗所住的洞窟来到德钦部,已经走出足有三百余里地了,他已经四天没有回去了。包鲁嘎汗一定在焦急地寻找自己呢,于是,他就在群犬的带领下,走一条非常陌生的、笔直的捷径,只用了一天多的时辰,就回到了包鲁嘎汗住的卢莱巴那洞窟。

包鲁嘎汗夫妇听到狗叫声,赶忙出来迎接那日松。那日松见到包鲁嘎汗,顾不得多说,就问包鲁嘎汗是否有金项圈?包鲁嘎汗就说:"有哇,我是有一个金项圈,原来一直戴着。后来,奥莫额云说那可能是我额莫留给我的,怕我弄丢了,就给我收起来了。"那日松说:"能不能让我看一眼?"包鲁嘎汗说:"可以呀。"包鲁嘎汗就让奥莫额云把金项圈拿来给那日松看看。那日松接过奥莫额云拿来的金项圈仔细瞧看,见项圈里面确实有"孟古"二字。那日松激动得热泪盈眶,他紧紧地搂住包鲁嘎汗,说:"包鲁嘎呀,包鲁嘎,你知道,在千里之外有多少人在想你,惦念你吗?好孩子,我总算找到你了。"包鲁嘎汗并没明白那日松的意思,只是也抱着那日松说:"你走了几天,也没告诉我们一声,我怕你在深山里迷了路,让我的音达浑①去接你。"

包鲁嘎汗从心里亲近那日松。当晚,包鲁嘎汗应那日松之请,跟他住在了一个洞窟里。那日松看着包鲁嘎汗英俊的面庞,看也看不够。包鲁嘎许多地方长得确实像当今皇上,有些地方又很像白雪格格。那日松问包鲁嘎汗:"孩子,你知道你额莫在哪儿吗?""不知道。我是我狼额莫养大的,我找了萨哈连多少河流峡谷,也没找到我的狼额莫。奥莫额云告诉我,我还有一位生我的额莫,那我更没有找到呢,不要紧,我是包鲁嘎汗,我的朋友多,我一定能找到我的额莫。"那日松说:"孩子,你额莫是位非常善良的人。她心肠好,爱我们蒙古人,爱你们女真人,也爱萨哈连这里的使犬部、使鹿部、乞列迷人和索伦人。所有听说过她

第三章 狼母鹰师——包鲁嘎汗出世

---

① 音达浑:满语,狗群。

名字的人,都非常敬重她,怀念她。"包鲁嘎汗急忙抓住那日松的手,问:"你认识我额莫?"那日松说:"认识,你额莫小时候就是在我身边长大的啊。"包鲁嘎汗惊奇地问:"那你是我什么人?我额莫现在又在哪儿呢?"那日松说:"孩子,你别着急,听我慢慢跟你讲。你应该叫我大舅,当年你额莫想回她的故乡去,结果半路生下了你。不知为啥,你们母子又分开了。后来,你额莫到了混同江口,那有个'静空庵'。'静空庵'你知道吗?"包鲁嘎汗说:"我不知道。不过,奥莫额云原来就在那附近住。"包鲁嘎汗说完,忙起身跑进内洞,把奥莫额云拉了出来。包鲁嘎汗问她:"你说我有个生我的额莫,还真让你说对了。那日松大舅就认识我额莫,他说我额莫还在你们那里的'静空庵'呆过。你知道'静空庵'吗?"奥莫额云说:"知道啊,小时候我跟我额莫还去过呢,听我额莫说,那里早年叫'了空庙',后来改成'静空庵',听说现在'静空庵'里已经没人了。"包鲁嘎汗听了非常失望。那日松说:"包鲁嘎、奥莫额云,咱们要有信心,我就是专为接你额莫来的。她为蒙古草原,为大清国出了很多力,皇上特意派我来接她的。"

奥莫额云说:"我额莫作女汗以来,就敬信菩萨,我从小也敬佛,如来佛说,心诚则灵。包鲁嘎,你只要心诚,就一定能找到你的生身额莫。"包鲁嘎汗坚毅地说:"对,就是走遍天涯海角,也要找到我的额莫。"

各位阿哥,白雪格格到底上哪儿去了呢?说书人暗表,白雪格格到萨哈连故乡来,一晃儿已经三十年了。现在白雪格格的模样,可不是崑尔汉来时见到的那样儿了。由于她受到失去爱子的打击和折磨,心情一直不好,而且,"静空庵"又是在江边建的,江风呼啸,庵里异常潮湿,几年的工夫,白雪格格的腰腿就疼痛难忍。她现在苍老得厉害,稀疏的头发已白,满脸的皱纹,而且身体非常消瘦。静空禅师在世时就跟她说:"雪儿啊,你的身体这么不好,我担心你不能到西边找你的儿子去了。"白雪格格就说:"师父,您老现在正在病中,还是早点把病养好,保重身体要紧。不要牵挂我了。"

老禅师九十高寿,安然圆寂。静空禅师这一走,对白雪格格又是一个打击。她不愿意自己一个人在这孤零零地呆着了。现在,白雪格格一心无挂,更想找自己丢失的儿子。孩子究竟是死是活?他在哪里?我们母子应该团聚了。十几年前,慈祥的静空禅师曾经陪着白雪格格,依据白雪格格的回忆,沿着萨哈连往中游一段地方去找过儿子,得到一些线索，听说那里有一个戴项圈的小野人，常常出没在山谷之中。白雪格格同师父静空禅师猜想，这个小野人兴许就是自己当年丢失的孩子。她们本该继续追寻下去，可惜，白雪格格舍不得让自己的老恩师为自己的事儿，就这么着天一个部落一个部落地打听。她们已经足足走了千里多路了，走山路多不易啊，可不能再折磨老人家的身体，既然有线索了，不怕来日查找。于是，白雪格格狠着心劝静空禅师先回庵中暂歇一气儿，等过些日子，雪儿我再想法儿去寻访，请师父不必为我操心。

白雪格格素来就是心肠好、乐于助人的人。她自到混同江下游萨哈连入海口附近以来，这里居住的部落除有黑水女真人外，还有乞列迷人即费雅喀人等。白雪格格是个性格刚强的人，她从不讲自己的苦难身世，思念儿子的眼泪，也从不在师父和当地部落族众面前流露。可是，白雪格格的苦难，怎么能瞒住正直善良的北方族众呢？他们个个都为她的苦难遭遇而叹息流泪，且寄予无限的同情和伤悲，所有当地男男女女、老老少少对静空庵这师徒二人，都寄予了无限的关怀，把她们当做自己的亲人，十分敬重。

静空禅师圆寂的噩耗传出后，方圆数十里的各族人都前来送葬。白雪格格和乞列迷部落的长老们一起，把静空禅师的灵塔，修建在静空庵旁边的古松林中。白雪格格为师傅虔诚地守灵百日。百天以后，她叩拜了一空和尚和静空禅师的灵塔，祈求静空禅师在天之灵，庇佑她顺利找到自己的儿子。此时，白雪格格决心要继续访察儿子的下落，使自己心里真正弄个明白，儿子到底还在不在世上？如果儿子不在人世，自己也就死了心了。

现在正是九月寒露前，秋雨连绵，江水泛滥，偶尔还飘点雪花，严寒的冬日很快就要降临到漠北。萨哈连的洪水暴涨，连沟沟岔岔都是水。凡是认识白雪格格的人，都一再挽留她。一些老玛法、老妈妈劝白雪格格，说："我们同情你的遭遇，寻找儿子是大事。可眼下这洪水天天在涨，有不少河段的土质都松了，极易坍塌。天又一天比一天凉了，说不定啥时候就会降下大雪，山路就更滑、更难走了。而且，不少沿江小路，都是沿山崖凿出来的羊肠道，稍有不慎，就会掉入波涛汹涌的冰凉江水之中。路上人烟稀少，你一个人走这危险的山路，出了事都无人救助，这时西行太危险了。"有的老妈妈说："孩子，洪水无情，一旦走错了路，被洪水围住，无衣少食，就更糟了。"这些老人们对她就像孩子一样，热心关照。

第三章 狼母鹰师——包鲁嘎汗出世

人世上母亲是最伟大的。母爱使白雪格格产生了无穷的力量。各位阿哥可能不知道,在那个年月,塞北人烟稀少,百里无人家,处处是密林荒谷,哪有路啊。人们要寻着野鹿、獐狍走的鹿道摸索步行,方向全凭自己掌握,常常在深山老林中迷了路,十天半个月走不出一里地,就在一个地方打磨磨,俗称"鬼打墙",多少路人被饿死、困死在荒山,何况雪儿又是一个女人。可白雪格格生来就是个倔强的女人,她谢绝了各位族众长老们的热心挽留,简单地收拾了自己的行囊。众人一看实在留不住她了,便送来各种鱼干食品,七手八脚地帮她打点行装。白雪格格把庵门锁好,辞别送行的族众,手拄拐杖,离开了她住了三十多年的静空庵。

当时,萨哈连下游江面宽阔,而且又是洪水期,不少地方洪水四溢,要步行只能沿江攀山道而行了。可是,高山密林里只有猎人们所熟悉的猎道。好心的老人陪她顺江往下游走了四五十里路,一路还告诉她,走路要走山梁,要会看山里路标"照头",要会看萨哈连江水的涨落,勤观察水头在什么地方,要会躲过水头行走,还要多注意江边野兽逃跑、飞鸟鸣叫等危险征兆。老人细心地嘱咐白雪格格,白雪格格向老人施礼致谢,把老人劝回去了。

白雪格格走着,走着,天上下起了小雨。一个路遇的老猎手把蓑衣脱给了她,嘱咐她披身上防雨。白雪格格谢过老猎人,继续往前赶路。此时,雨越下越大,雷鸣闪电,山道泥泞路滑。白雪格格全身湿透了,没办法,她只好脱下皮靴子,把靴带系好,挎在肩上,光脚拄杖前行。

这时,天色已经黑了下来。远处传来山熊的厮咬声和狼的嗥叫声。白雪格格也真走累了,她钻进了一片茂密的古树林中。天虽下着雨,但雨水被密林枝叶挡在了树林外面,林里地面露有干土,风也渐渐小了许多。白雪格格用自己带来的鱼皮篷搭起了个小棚子,又捡些树枝,在林中大粗树中间的空地上,拢起不大的篝火。这些老林子已有百年历史了,个个都有一搂多粗。在粗木空隙间,点不大的篝火不会殃及密林。她用小木碗接些雨水,钻进小窝棚,就着雨水,吃点鱼干、炒米,然后夜宿在密林中。天明的时候,雨住了,她又继续上路。她穿林越涧,爬上了另座高山,爬到山坡高处往下观瞧,惊讶发现,洪水已经冲毁了下面的山路,不但没有了路,而且翻滚着的乌黑混浊的水流,卷着树干、野草向河中哗哗地淌着,看来前行是不可能了,只有绕过这座山梁,才能再寻找道路往前走。

她远望前方的一座隐入云中的高山，巍峨的山间，云气缭绕。她认出来了，前两年自己曾同师父到过那座山，那是有名的"孤儿岭"，又叫"鬼岭"。那里山势陡峭险恶，常有飞石滑落，百丈的悬崖之下，就是咆哮翻滚的萨哈连波涛。山腰上就是北方人们上下江的必经之路，这是萨哈连江船的纤夫们数百年来踩出的一条羊肠小道，因路窄难行，这一带曾坠落过不少车马人畜，故有"鬼岭"恶名。

　　白雪格格又绕行七十多里，从另一座小山绕到了孤儿岭。此时，天又黑了，她只好在鬼岭下暂住一宿。山下原来有条细细的水流，上面有座独木桥。现在水流变成了大河，独木桥也早被洪水冲走了。白雪格格太累了，搭起个鱼皮篷合身而卧。她只想痛痛快快地睡上一觉。

　　谁知道，可怜的事情就在这天夜里发生了。白雪格格在睡梦中，梦见了皇太极，又梦见了自己的师父静空禅师，又好像见到了自己的儿子。忽然，她看见儿子全身破破烂烂的在前面跑着，她就喊："儿子，儿子，你怎么穿得这么破呢？我找了你这么些年，儿子，额莫想你啊。"白雪格格大声喊叫儿子，一会儿就看见有几只猛虎朝儿子扑去了。她一看着急了，大喊一声："孩子，赶紧过我这边来。"醒来却是一场梦。

　　这时，山洪暴发，土块、石头、大树一骨脑儿地随着洪水冲下来了。白雪格格和她搭起的鱼皮小篷，被卷进了洪水中。她只觉得头被什么东西撞了一下，就什么也不知道了。可怜的白雪格格为寻找自己的儿子，被洪水冲走了。

　　各位阿哥，自从白雪格格走后，乞列迷等部落的族众都在互相埋怨，不该让白雪走，眼下洪水泛滥，天又一天比一天凉，这样走出去太危险了。众人商议后，便选出十几个水性好的年轻人，骑快马追赶白雪格格。他们边追边喊白雪的名字，等赶到鬼岭，看见那里山洪暴发，有人发现了被冲在野地上的鱼皮篷。大家都认识，这是白雪的东西。这十几个年轻人分头寻找白雪，结果踪迹皆无。他们只好含泪返回乞列迷等部落。

　　族人们以当地民族礼节在静空庵前的草坪上，用松木刻了一根三丈多高的"百子妈妈"神柱。神柱象征白雪格格在阿布卡赫赫的恩赐下，死后有百儿到了她的身边，妈妈傲立天穹，向世人笑而领之，别有情趣。族人又以熊节祝祭白雪可怜的一生。

　　当时，有位原守护山林的明朝巡抚使，人称蒋阁老。他喜爱北方的风光山色，老年后未返京师，携夫人在乞列迷部落久住下来。老人为雕艺的"百子妈妈"所震动，憨态可掬的神气，使她敬慕乞列迷人的才艺智慧，尤听白雪格格的故事而动心，便将乞列迷人祝祷雪儿的一生苦历之歌，撰写成五言短诗。诗是这样写的：

北疆生孤女，大漠藏金娇。
英风留苏子，长恨江海啸。

别看这首诗短短的只有二十个字，却把白雪格格的坎坷人生都刻记下来了。说它是诗可以，说它是传略也可以。细细品味，充满了深厚的感情。诗里说的"苏子"，是指苏子河，赫图阿拉老城是在苏子河边建的。"英风留苏子"，是指白雪格格到了赫图阿拉，帮助努尔哈赤做了几件大事，当时没有人不佩服的。白雪格格的美名留在了赫图阿拉，赫图阿拉到什么时候也不能忘了白雪格格，不能忘了宝音其其格。"长恨江海啸"是讲述白雪格格一生长恨，流落塞北三十载，没见到自己儿子，竟被洪水冲进了萨哈连，此恨绵绵无尽期。后来，此诗不翼而走，不知怎么，传到了皇太极的大政殿。皇太极爱如珍宝，命乐工谱《三弦曲》传世。这是后话。

各位阿哥，听了朱伯西我这么一说，你们一定悲伤不止。在这里，我要欣慰地敬告各位，白雪格格那是大命之人，她有万灵相助，哪能死呢。

那天半夜，山洪突下，把她和鱼皮篷帐卷入了洪水碎石流里。有棵百年古槐，树上有十几根大树杈，枝繁叶茂，巧得很，正好像巨手一样，将白雪格格给搂抱在大树枝杈之中。白雪格格头部被一块碎石碰了一下，晕了过去。巨树从半空飞旋直下，坠入江涛，树干部分插入水中，上面的枝杈部分露出水面一尺多高。白雪格格像躺在一个大树搂子上一样，顺流而下。

白雪格格苏醒过来的时候，见脚下水浪翻滚。巨树正顺流飞驰而下，前边江心有一个棒槌岛。巨树正好冲向了小岛，水力很猛，把这棵老树抛上了岛。白雪格格从树枝中掉到了地上，好在地上净是松软的沙滩和江水冲来的乱草棵子。白雪格格没有性命危险，但她又被震得昏了过去。

白雪格格醒过来时，发现自己睡在一个小木屋里。屋里没人，火塘中点着火。白雪格格发现，屋子是用木头堆成的，房盖是用碎树枝子搭成的，一看便知，这是谁临时现搭的简易营地。白雪格格感到奇怪，在这渺无人烟的地方，猎人也不会在岛上居住啊，那为啥有人在这个荒岛上搭盖起简易房屋呢？是干什么营生用的？再说，这是哪位好心人，把我救进了他的树枝房子里，睡在这么厚的皮褥子上，盖着这么漂亮的豹皮被。她又仔细看了一下屋地上，摆有小铁锅、吊勺和碗筷、刀子、木盆之类的器皿，墙上还挂着一个旧网和两条大干鱼，看来这个人生活也很艰苦。洪水来了，他为什么不回部落里去？难道他与我一样，也是一个苦命的人？

白雪格格觉得身上有些疼痛，头部也有些肿痛，用手一摸，头上起了一个包。她猜想可能自己被冲下山的时候，被某种硬物给碰了一下，万幸只是一点点擦伤，若是正击中头部，那后果就难以预测了，她从被窝里坐了起来，四下瞧看这个用树干、树枝堆成的屋子，屋子四周没有一个窗户，门是用一块熊皮堵在那里的，透过门边，进来一些光亮。

这时，外边传来人走动的声响，正是往这个方向来的，声音越来越清晰。不一会儿，门帘被打开了，进来一位老人。老人一手拄着木棍，一手提着一条大鱼，肩上背着一个线网。老人进屋以后，把拄棍放在一角，又把网放在墙边的木墩上，再把鱼挂在树枝墙上。鱼还活着，看来是刚打上来不久。老人家又把熊皮门帘打开，使屋里更亮些。忙完了这些活计，他这才眯着眼睛，看了看坐在木枝搭成的床上的这个陌生女人。俩人一见面，都觉得似曾见过，可又不记得在哪见过。过去北疆人烟稀少，几十里、几百里地遇到一个人，不管对方是本部落的还是别的部落的人，也不管对方是男是女，只要相见了，相互间就格外亲密，从不分彼此，只要有吃的、有喝的，就尽管用，都互不介意。这也是塞北的古风。白雪格格在北方生活这么多年了，对这里的生活习俗也已经习惯了。所以，此时此刻，这两位陌生的男女见面，互相就像非常熟的兄弟遇到一起一样，不分彼此。

老人慢慢走过来，对这个被自己救进屋来的女人说："干啥起来呀？多倒一会儿，歇一歇身子骨多好。我这些皮被、皮褥子，都是下江乞列迷部落的打鱼人给我留下的。这江心冷风嗖嗖地刮，全仗人家给我的这宝贝皮被、皮褥子了。怎么样？身子缓过来没有？我当时正站在门口望江水，就听见背后咕咚一声，把我吓了一跳，我以为山塌下来了呢。回头一看，洪水把一棵大树冲上了岛，树上还卡着一个人。哎呀，你真有神灵保佑，这棵大树杈保护了你，你又摔到了松软的沙土地上，才没有

第三章　狼母鹰师——包鲁嘎汗出世

379

摔坏。我赶紧把你抱进屋里来了。你当时一直昏迷不醒。我知道,你是被震了一下,一会儿会醒过来的。我就到江边打了一条鱼,准备等你醒过来的时候,让你尝尝鲜。"老人说着,把那条大活鱼拿过来给白雪格格看,嘴里还说:"这块儿的鱼可多啦,就是涨大水的日子,河套里的鱼也不见少。我用一根细绳,绳头绑上一个带鸡毛的白铁片,下边有个大沟子,往水里一扔,水流就把这个花钩子冲得翻飞,白晶晶的,可好看了。我就觉得手上的线绳一沉,有百斤重的力量往江里拽。我就猛劲儿地往岸上拉,拉啊,拉啊,就拉上了这条足有三十多斤重的大勾辛鱼。哈哈,这回可够咱们吃上几顿的了。"老人说得那么开心,那么入神。可能老人在荒岛上度日,多少日子也见不到一个人,这回好歹见到一个人了,他的话滔滔不绝,讲不够也讲不完。老人又说:"你呀,也别着急。等天好些了,水落了,我就送你上岸去。你能把命保下来了就是福分哪。"

　　白雪格格听着老人讲了这么多,心想:这真是一位好心肠的人啊,外面江风这么大,天又这么冷,人家不但救了我,还为我去打活鱼,回来以后还热语安慰我,从心里敬佩和感激老人。白雪格格下了地,说:"老哥哥,我去做,你坐下歇会儿吧。"

　　白雪格格很麻利地下了地,拿过刀,就拾掇起鱼鳞,然后开膛,掏鱼肠子,旁边的木盆里正好有清水。白雪格格马上把鱼冲洗干净,咔、咔、咔地剁下几块,说:"老哥哥,这一块就够咱们吃了,剩下的鱼肉,我给你挂起来晒着吧。"老人家说:"只可惜盐不多了,只剩下人家给我留下的一小包盐,要不腌上多好啊"。白雪格格这时注意到,屋里还有个用泥和石块堆砌成的小火灶,上面放着两根铁条,可以生火烤鱼,又可生火放锅煮饭。火灶烟囱一直伸向外面。外面也是用泥和石头堆起的高烟囱。那位老哥哥用火镰打着干柴,把火灶点着了。火灶还真好烧,呼呼地着着,屋里马上暖和起来。

　　她们俩做好鱼,吃着鱼肉和两块硬面饼,喝着开水,对面相觑。俩人突然从对方的眼睛、脸庞和行为举动以及语言口音上,似乎感到有一种同自己相近的东西在吸引着自己。老人干脆不坐到对面了,而是移动身躯凑到白雪格格的身边坐下,瞪着大眼睛仔仔细细地上下打量着白雪格格。

　　白雪格格也被老人这一举动吸引住了。她也仔仔细细地瞧看这位老者。老人家满头白发,两眼充满血丝,可能是视力不好,看东西有些费劲儿。不过白雪格格还是认出来了,他哪是什么陌生人啊,腾格里天神啊,感谢您的恩赐,我的色音布尔哥哥,他正坐在我的面前。白雪格格乐得快发疯了,她忘掉了一切,全力地扑到了色音布尔的怀里,像久别多年的孩子见到自己的亲人,大声哭着说:"色音布尔哥哥,我认出你来了,你怎么到荒岛上来了呢?色音布尔哥哥,我是宝音其其格呀。天哪,谁能想到,咱们俩竟会在这儿见面?这是真的吗?是我死后的阴魂?还是我在做梦啊?"色音布尔抱着怀里的宝音其其格,也激动地说:"我说怎么看你总觉得那么面熟呢,好妹妹,你真的就是我的宝音妹妹。世上怎么能有这么巧的事啊,一定是我的心感动了天神。妹妹,我到北边来,就是为了找你呀。我想过多次,我生不能找到你,死后我的魂儿也要留在萨哈边,继续找你,不找到妹妹你,我不甘心啊。我在这里已经三个多月了,我愁得头发白了,眼睛起了朦。我还以为自己得死在这个岛上了,没想到,腾格里天神把你送到了我的身边。这个江心岛与世隔绝,很少见到有船只往来,半年一年见不到一个人影。咱们能在这里相逢,宝音啊,太不易了。"这两个三十多年没见面的老朋友,紧紧地拥抱着,激动的眼泪浸湿了对方的衣裳。白雪格格问色音布尔说:"哥哥,你怎么会到这个岛上来了呢?"

色音布尔说:"说来话长啊,宝音。我在六年前曾到'静空庵'找你,你不在,我等了些日子,也没有见到你,我只好回去。到家后,我阿布还有乌云姑姑都问我你的下落,他们都为你的遭遇鸣不平,草原的人一定要把你找回去。我心里也放不下,就又来找你。我下了决心,不找到你,我就是死在这里也不回去。"就这样,我先告别了草原所有的亲人,一个人又来大北方。谁想到,这趟来正赶上今年入夏以来江河暴涨,阴雨连绵,三个多月里没放晴几天。我是冒着雨来的,走到这鬼子岭河套,被山洪冲到了这个棒槌岛上。后来,岛上来了条渔船。他们年年到此打鳇鱼,这回是来收网的。他们见我在岛上,就让我同他们一起走。我还想去找你呢,就没走。渔船上的人,便把他们吃、住、用的东西都给了我。因雨大,原来的泥土房倒了,我找来树木,又重新搭起来这个树枝房子。我原以为这雨下一阵子就能停下来,江水也会慢慢落下去。哪知老天跟我做对,从我被洪水冲到这里一直到现在,我在岛上已经有三个多月了,这雨就一直没停过。雨不停,江水还在猛涨。我找不到你、又走不出这个江心岛,像被囚在水牢里一样,眼看粮和盐都要没了,能不急吗?半个月前,我突然两眼起了血丝,长了白膜,看东西非常费劲。妹妹呀,我快成了瞎子了。"白雪格格安慰着色音布尔说:"哥哥,会好的。你见到我了,心情就会好起来,眼翳一定会很快消失的。我还记住,我乍到你们家的时候,也起过眼朦,就是你和贝勒爷劝我,安慰我,我的眼睛很快就好了,不是吗?"色音布尔点了点头。白雪格格把色音布尔方才捉到的勾辛鱼的鱼胆拿了出来,用鱼胆汁给色音布尔洗了洗眼睛。色音布尔见到了白雪格格,一片乌云全散了,心情当然好了,眼痛自然轻了许多。

　　三十多年的痛苦别离,三十多年后的神奇相会。白雪格格和色音布尔两人,都有说不尽的感慨,特别是色音布尔感慨最多。他深爱着白雪格格,后来得知她同皇太极的关系后,他有多少个无法言语的痛苦之夜。时光的飞逝,又使他渐渐地忘却了对白雪格格的情感。可是后来,色音布尔得知白雪格格含恨北去,他重又点起一种说不出来的火焰。色音布尔曾追到科尔沁的东平部落,未能见到白雪。隔几年后,他又到塞北访白雪格格,还是未能见到。此次已是第三次北上,洪水将他囚困在江心孤岛上,在他几乎绝望之时,白雪格格来到了他的身边,他能不激动么。他暗自感激腾格里天神的慈爱,使自己一颗赤诚的心终于得到了回报。色音布尔这时才仔细观察白雪格格,他发现白雪格格的脸色很不好,显得那么疲惫不堪的样子,就连跟自己说话都是强打着精神。

　　说实话,白雪格格确实有病了。她从乞列迷出发时,因是雨季,所以不敢骑马,徒步走了六百来里山路,上山下山,冒雨前进,极度疲劳,到鬼岭后,又遇山洪暴发,全仗大树权救了她,使她没有被淹死在江中。她被抛到荒岛上,虽然表面没有什么伤痕,但体内也受到了撞击。

　　色音布尔看白雪格格走路有些吃力的样子,便逼着她把裤子下腿打开。色音布尔见宝音的两个腿已经成了紫红色,肿的像海碗粗,一按一个坑。色音布尔心疼地说:"你还硬挺着给我做鱼吃。从现在起,不许你再动一步,一切听我安排。咱们还要离开这个孤岛,你还要找儿子呢。"白雪格格问色音布尔:"你来找我,庄园的事怎么办?嫂子和孩子都怎么样?"色音布尔说:"庄园的事我已经交给别人代管了。你嫂子前些日子不小心溺死在脑温江里了,孩子们由远房的哥哥照看。"白雪格格听了心里非常难过,也更感激色音布尔,他为了自己,失去的东西太多太多了。

　　人都是这样的,当一种信念在支撑自己时,浑身就会产生无穷无尽的力量。而现在，白雪格格虽然还没有找到自己的儿子，但是见到了离别三十多年的色音布尔，就觉得有了依靠，所有紧张的情绪都没有了，所以，她真的病倒了，多亏白雪格格带着师傅静空禅师给她留下的活络通经的"万金方"良药，才使她没有躺倒。色音布尔深知白雪格格想儿心切，安慰她说："白雪啊，别心急。水这么大，咱们无法渡过这个河套子，等水落一点，咱们就走。你安心养病，别愁坏了身子。"白雪格格因长时行走劳累，江风又大，天天高烧不止。色音布尔急坏了，天天在旁边侍奉。

　　这天夜里，睡在枝杈床上的白雪格格突然被狼的叫声惊醒。她把鱼油灯点着，对睡在地上的色音布尔说："哥哥，快醒醒，我听到了狼叫。这个岛上还有狼吗？"色音布尔说："是有狼，我前天打鱼回来还看见了呢。妹妹，不要怕，我不会让它们伤害到你的。"白雪格格又若有所思地说："哥哥，我刚才做了一个奇怪的梦，我梦见我的儿子了。他说洪水还要涨，让我赶紧离开这里。"色音布尔说："好妹妹，你那是梦里的事，怎么能当真？快睡吧，天快亮了，我一会儿起来给你抓鱼去。"白雪格格说："不行，不能听你的，我得起来看看。"白雪格格迅速穿好了衣裳，并催色音布尔快起来。色音布尔从来都是顺从白雪格格心思的，就学着白雪格格的样子，穿好了衣服，蹬上了皮乌拉，披上一件渔人给他的鱼皮裈子，同白雪格格走出了用树杈原木堆成的树屋。

　　他们走出树屋，江风迎面袭来，吹得令人喘不过来气。波涛滚滚的洪水，从岛的四面八方涌上了小岛，已经离他们住的小树屋不远了，要不了多长时间，小树屋就得被洪水冲走。白雪格格赶紧进屋把行囊收拾起来。色音布尔观此情景，焦急万分，眼下得赶紧想办法同白雪格格离开这危险的地方。他一边拉着白雪格格的手，一边环顾四周，观测地形。他在琢磨看看哪一段河套里的水能浅一些，水流不太急，自己好把白雪背过去，说什么也不能把白雪妹妹扔在这里。活，活在一起；死，死在一块。色音布尔紧拉着白雪格格的手，四处寻摸能下水趟河的地场，可哪里都不合适。他正在着急的时候，白雪格格大声说道："哥哥你看，那边不是有桥么，咱们从桥上过，不就上岸了么？"色音布尔心中好笑，心想：妹妹，你真是急懵了，这里哪儿有桥啊，要是有桥，我不早就离开这儿了么。可是白雪格格紧拉着他的手，仍大声说："哥哥，你看，那儿真有个长桥。"色音布尔顺着白雪格格手指的方向仔细观望，哎呀，那儿真有座细长细长的桥，从岛上直通江岸的密林之中。

第三章　狼母鹰师——包鲁嘎汗出世

色音布尔心想：这可能是冲下来的木头挤到了一起，暂时成的桥，一旦洪水将这些原木冲走，我们就又要困在岛上了。于是，他急忙喊道："对，是桥，是桥。快，快，我背你上桥。"色音布尔背起白雪格格，将所有的东西都提着，大步迈上桥。色音布尔觉得这些大原木真怪，在水里漂着，不仅不滑，还很干涩。桥虽窄，走起来却挺安稳的。就这样，俩人很快走过了洪水上面的这座细桥，到了江岸。

　　他们俩爬上高崖，回过头来向下望，刚才他们走过的那座细细的长桥不见了。此时天已放亮，江面映出了红光。色音布尔和白雪格格两人这才看清楚，江涛中有万只江龟在游动。原来，刚才的桥是江龟临时搭成的。江龟们将头伸出水面，好像在祝他们俩一路平安。

　　两人正在惊诧之中，远处又传来狼的长嗥声。紧接着，他们俩的身边跑来了几十只猎犬，蹿跳着，撒着欢地围着白雪格格，好像非常熟悉似的舔着白雪格格。在犬吠声中，又跑过来十几匹长鬃小黄马。小马真精神，黄鬃、黄尾，站在色音布尔和白雪格格跟前，低头叫着，前边的右蹄还不停地刨着地。色音布尔和白雪格格都是常骑马的人，非常懂得马的灵性，知道这是马在表示对主人的亲昵之情，请主人快骑在它身上，它要带着主人远行。白雪格格身体不好，自己无力上马。色音布尔拍了拍小黄马的额头。小黄马很懂事，趴下来让白雪格格骑上。色音布尔自己骑上另一匹小黄马。北域的马多称"果下马"，身材不高，善跑，喜在沼泽、河谷、塔头甸子上奔跑。冬夏不单喂，冬天它就自己用小圆蹄子刨雪，啃雪下的绿草、青苔，非常好养。它机警、不生病、跑得又快、还能上山。北域人都非常喜爱它。它素有"域北飞舟"的美誉。

　　天空，鹰在盘旋；山岭，狼在呼叫。这是生的呼唤，猎犬随着狂吠起来，像在互相呼应一般。众犬跳起来，蹿起来，往前跑着，好像在提醒色音布尔和白雪格格说："快点上路，快点上路啊。"十几匹长鬃小黄马，也马上精神起来。它们扬鬃甩尾，咴咴叫着，前蹄刨着地，跟着狗群出发了。

　　此时，天刚放晴，山上笼罩着薄雾。白雪格格瞅了瞅色音布尔，意思是：哥哥，咱们这是要往哪儿去呢？色音布尔瞅瞅她，点点头，意思是：妹妹，咱们就跟小马、猎狗们走吧。马和狗都有它们的主人，随它们走，必能找到人家，找到部落，见到了人，咱们就好办了，眼下，咱俩只能听小黄马和这群猎狗的啦。白雪格格会意地笑了。

　　小黄马四蹄蹬开，跑得很快，上山下坡都很稳当。白雪格格和色音布尔像坐在车子上一样，平稳不颠簸。他们俩就这样骑在马上，也不知翻过了多少道山，越过了多少条河，穿过了多少遮天蔽日的密林。他们从日出走到日落，又从日落走到日出。到了第三天清晨，猎狗们突然又狂吠起来，远处也随之响起了狗的叫声。看来前边不远处必有屯寨，小黄马们更有精神。它们扬起头，大声地咴儿咴儿叫着，向前飞跑。这时，远处又传来了鼓号声和马叫声。

色音布尔、白雪格格顺声望去，见前边不远的高山下，是个宽阔的山谷，那里旌旗招展，鼓号声声，聚集着能有数千人马。在这荒僻的萨哈连，能见到这么多的人马，真令人万分惊喜。这时，有人骑着马朝这边来了。

宝音其其格也就是白雪格格，三十多年没有见过这么热烈的场面了。三十多年，她一个人孤零零地度过了一个个辛酸的昼夜，即使在睡梦中，也没再找寻回来当年那叱咤风云的壮丽场面。这场面，现在又重现在她眼前。难道这是什么部落在欢庆盛节？白雪格格和色音布尔正在惊诧中，突然，前面传来一个她非常熟悉的声音，这是白雪格格三十多年没有听到的，最亲切入耳的声音。白雪格格激动得哭了，三十多年没有过的笑容重又出现在她的脸庞。各位阿哥，前方究竟是何处人马？又是谁的声音使白雪格格和色音布尔如此激动不已？请听我朱伯西继续讲唱末章"乌勒本"。

第四章　尾声——黑水号子

各位阿哥，前章说到白雪格格和色音布尔骑的小黄马，驮着他俩奔跑到人群跟前。白雪格格和色音布尔惊喜万状，热泪盈眶，齐声说道："我们又见面了。"

各位阿哥，朱伯西我抑止不住激动的心情，还是让我手打夹板，讲唱给你们此时此刻的情景吧。

高空飞过的大雁，被观望声吸引，不想离去；
高空飞翔的雄鹰，被狂欢的人群吸引，不想飞去；
高空飘浮的白雪，被相逢人的喜悦吸引，不想飘去。
卢莱巴那啊，今日是最幸福的时日，
卢莱巴那啊，今日是最欢乐的时日，
卢莱巴那啊，今日是最甜蜜的时日，
卢莱巴那啊，今日是最吉祥的时日。
兴安岭上的百兽，都来为包鲁嘎祝福，
兴安岭上的百卉，都来为包鲁嘎怒放，
兴安岭上的百蝶，都来为包鲁嘎欢舞。
兴安岭上的百禽，都来为包鲁嘎歌唱，
包鲁嘎身穿那日松给他的一身蒙古袍，
包鲁嘎头戴那日松给他的一顶蒙古帽，
包鲁嘎腰挎那日松给他的一柄蒙古刀，
包鲁嘎脚蹬那日松给他的一双蒙古靴。
骑在马上的宝音惊喜凝望：
难道我回到了阔别经年的科尔沁？
难道我回到了思念已久的科尔沁？
难道我回到了梦魂萦绕的科尔沁？
难道我回到了恩情似海的科尔沁？
跪在地上的英俊少年和美女，
这是谁家子弟啊？

这是哪路英杰啊?
这是谁人后代啊?
这是为谁叩拜啊?
色音布尔见到身着盛装的将军,
如梦方醒,慌忙下马,
与将军行跪地抱见礼说:
"那日松啊,那日松,
千里之遥兄弟在此相逢,
你怎么也在萨哈连?"
那日松说:"好弟弟,好弟弟,
大江的水都往东流,
人们的心思念北疆。
你我他都是一声祝祷,
宝音其其格该有美好的今天!"
在马上的白雪格格,
耳边传来那日松的名字。
多么亲切的名字啊,
白雪顿时泪如泉涌。
没想到,
那日松将军也在萨哈连。
往事又一幕一幕,
浮现眼前。
白雪命运的赐与者,
白雪命运的拯救者,
白雪的哀怨、血泪、荣耀,
四十七年的风云历程,
都与你那日松,
紧密相连,息息相近。
是你拯救了我的生命,
又是你赋予我新的勇气和生的希望,
在我最危难的时候,
总有你出现在我的眼前。
宝音其其格——白雪格格,

第四章 尾声——黑水号子

387

这时才看到那日松
依然那么魁梧英俊,
一丝未改当年风韵。
白雪格格在马上哽咽地说:
"那日松大哥,您好啊。
怎么又烦劳大哥到漠北来,
白雪我真是难以
报答您的恩情啊。"
白雪格格要下马叩拜那日松。
那日松慌忙走过来,拉着白雪格格的手说:
"好妹妹,别动,
今日是你又一个终生难忘的时光。
我奉大清国皇帝圣命,
来萨哈连迎候白雪格格。
太阳能照遍万里北疆,
您的风采和光耀无论在何处,
都会展露在世间,
宝珠熠熠,不减当年。
我们终于找到了你啊,白雪格格,
幸福的人哪,你的亲人,
正跪迎在你的马前。
你看哪,跪在你面前的英俊首领是谁?
你看哪,手捧哈达的美丽海女是谁?
整个卢莱巴那百鸟鸣喧,
山崖、溪涧、丛林,
旌旗飘展,螺号连连,
穿着鱼皮彩衫的部落少女们,
在为谁雀跃翩跹?
穿着虎皮坎肩的部落少年们,
在为谁巧弹丝弦?
今日共祝天下骨肉欢聚,
今日同贺你们母子相见,
谁不为这喜庆佳音无限感慨,

谁不为这神奇佳话无比感叹。
白雪格格，
快快接受你的儿子儿媳
虔诚的祝福和祈愿，
同饮合欢酒，
共享团圆宴。"

此时，那日松命长号吹起来，鲸皮大鼓擂起来，乞列迷古老的"塞塞阔"（猎舞）尽情跳起来。

那日松领着包鲁嘎和他心爱的沙里甘奥莫额云，给马上的白雪额莫磕九个头。包鲁嘎自从那日松来后，对那日松佩服得五体投地，处处都依那日松的话办理。那日松成为包鲁嘎部的总谋士、总军师、"安斑赊夫"（大师）。今日的迎亲礼，全是那日松一手操办的。各位阿哥可能要问：那日松怎么知道白雪格格要来？这还多亏了包鲁嘎的那些狼朋友们。各位阿哥可能还记得，白雪格格在寻儿的路上，经常听到狼的叫声，其实，它们都是包鲁嘎汗派出去帮他寻找额莫的使者。包鲁嘎自信狼额莫和众狼朋友，能在遥远的地方可嗅到自己的气味。那么，自己生身额莫的气味，也必逃不出我狼朋友那比猎犬还灵敏的嗅觉，它们定会寻找到的。成群的猎狗和群狼日夜寻踪查找，它们终于从白雪格格一路食用扬弃遗物中的味觉，追到了鬼岭、棒槌岛，并将这一信息由猎犬传告给包鲁嘎汗。群狼求助江龟，使白雪格格和色音布尔在即将被淹没的荒岛中逃了出来。包鲁嘎便将群狗和小黄马派出去接回自己的额莫，并请那日松帮自己准备隆重的迎亲大礼。

包鲁嘎和奥莫额云叩完头，包鲁嘎又跪着把自己亲自在五百里外北海岸边山崖顶上采来的，象征着吉祥、幸福和长寿的向阳花编成的长寿花环，按乞列迷人习俗，套在白雪额莫的脖子上。奥莫额云也将那日松专程从盛京宫中皇后娘娘——小格格赐给的一条哈达跪献给白雪额莫。那日松说："白雪格格，这两件礼物，非比寻常。火红的向阳花，开在外兴安岭北海之崖，迎雪而开，有极强的生命力。乞列迷的部族们将它奉为圣洁的花，专门采撷来祝老人吉祥长寿。火红的向阳花，不怕磨难，越在酷寒的季节，越怡香开放。这条洁白的哈达，是非常熟悉您的人——小格格，当今皇后懿旨命我带来的，它遥寄皇后对您的敬慕和思念。"

第四章 尾声——黑水号子

白雪格格不敢相信眼前这一切是真的。她愣怔怔地坐在马上，说不出话来。那日松笑着走过来，和色音布尔一起把白雪格格搀扶下了马。白雪格格问那日松："他真的是我的儿子？"那日松说："没错，我的白雪格格。你仔细看看他就是这北疆包鲁嘎部的包鲁嘎汗，了不起的小英雄，你失去三十多年的儿子。"白雪格格看着跪在地上仰脸凝望着自己的儿子，这才相信眼前的事实，激动得大声呜咽起来，泪如泉涌。

这时，包鲁嘎汗和奥莫额云从地上站起来，由那日松领着，恭恭敬敬来到白雪格格近前跪下，用乞列迷古老的迎接亲人的礼节，俩人双手交叉握成个"田"字腕。包鲁嘎汗和奥莫额云恭敬地说："您的儿子，儿媳请额莫坐'腕轿'。"白雪格格眼含热泪，左右手各搂着儿子和媳妇的脖子，坐在他们用双手做成的"腕轿"上。在鱼皮鼓、空心木鼓的敲击声中，金幌铃响声悦耳，包鲁嘎和奥莫额云两人把白雪格格抬起来，周围的族众们载歌载舞相随，欢欢乐乐地走进了包鲁嘎住的洞窟。

那日松和色音布尔也随着走进了已经布置一新的洞室，洞室里有用各种皮张缝制成的皮帐篷。包鲁嘎和奥莫额云把白雪格格放在帐篷里的皮榻上。色音布尔刚才已将白雪格格被洪水冲上孤岛、现在身患疾病的情况告诉了那日松。那日松走过来跟包鲁嘎耳语了几句，包鲁嘎让族人们散去。奥莫额云端来鱼油茶，献给额莫、那日松、色音布尔。白雪格格虽然身体不适，但此刻见到了自己失散多年的儿子，早将身上的病忘了。她看着自己的儿子，高兴地说："儿啊，额莫我能见到你们，全仗你那日松、色音布尔舅舅的帮助，等以后有时间，额莫再给你们讲讲这其中的故事。去，你们先给你那日松、色音布尔舅舅磕个头。"包鲁嘎和奥莫额云很听话的给那日松、色音布尔跪地叩头。

白雪格格问包鲁嘎，说："孩子，我在找你的时候，听德钦部不少的族人说，他们常见到一个戴项圈的小野人。那个戴项圈小野人是你吗？"包鲁嘎说："额莫，是我。"白雪格格说："那个项圈在哪儿呢？拿来给我看看。"包鲁嘎说："奥莫额云看我总在山里走，怕我弄丢了，就让我摘下来，她给我存着呢。"包鲁嘎说话的时候，奥莫额云早进入内洞将金项圈拿了出来。白雪格格接过项圈仔细看了看，一个劲儿地点头说"正是，正是，这个冤家，折腾得咱们娘俩好苦。"那日松、色音布尔安慰白雪格格，劝她不要悲伤，母子团聚就是最大的快乐。白雪格格又说："孩子，过来，把衣服脱了，让额莫好好看看。"包鲁嘎疑惑地把身上的鱼皮上衣脱掉，光着背膀。白雪格格看见了他右肩上的一大块红痣，百感交际，抱着包鲁嘎又是一阵痛哭。那日松、色音布尔劝住了白雪格格。

包鲁嘎说："额莫，我求助狼朋友帮忙找到了您，把您老迎回到卢莱巴那，请额莫在这安心静养，儿子包鲁嘎和儿媳一定好好侍奉您老。"

白雪格格见到了爱子，大半生的夙愿实现了，心里也踏实了。她身上多少年来落下的痼疾却都找上来了。白雪格格重病不起，全部落的人没有不焦急的。色音布尔原打算等白雪格格见过儿子后，就把她带回科尔沁，可现在走不了啦。那日松见此情景，告诉色音布尔："天一天比一天冷，你也先不要寻思回科尔沁的事了。我和包鲁嘎还有许多事要办，你就留在宝音身边。她身边有你，也能安心一些。"就这样，色音布尔便留在了白雪格格的身边，亲自护理、照看她。

当时的北海海滨一带，有不少部落都在为争夺海岛的特产、山里的皮张而互相刀矛相见，争杀不止。包鲁嘎汗在那日松的辅助下，到了海滨一带，一连平服十几个大小部落，并选出了自己的部落首领。包鲁嘎汗又到了东海边火山地带的一些乞列迷部落，平抚了那里的野人部。从此，萨哈连的下游地区乃至库兀岛，都在包鲁嘎汗的管辖之下。

包鲁嘎汗命人将牛满江的大牛鱼，二百多斤重的大草根鱼，东海的盐、北海的海豹、海狗、海狗肾、东海的鲸鱼、北海的海狮牙、殊角、以及貂皮、狐皮等当地土货，运到内地销售。包鲁嘎部的生活一天比一天富裕起来，势力也更强大了。从此，包鲁嘎汗的名声也越来越大。

在萨哈连上游一带，有一位首领赫赫有名，此人就是博穆博果尔。博穆博果尔原住在萨哈连中游的索伦部，是乌鲁苏穆丹地方人氏。他力大无穷、刀马娴熟、武术高强、技艺高超。他曾与同伴们在上至石勒喀、额尔古纳河，下至中游的精奇里乌拉、牛满江乌拉一带打猎，捕捉貂、豹、虎、猞猁等野兽，每次都猎物丰盛。上江下江认识他的人很多。后来，他就在萨哈连上游雅克萨城附近住下，成了当地著名的大首领。他为人仗义，又有组织才能，拥戴他的索伦人、鄂温克人、鄂伦春人、女真人越来越多。他的势力也越来越大。博穆博果尔长得身材魁梧，人们都非常喜欢和尊敬他。

当时，在萨哈连上游到中游一带，一些部落的首领们常选一个中心地召开奥米南盛会。盛会上比弓箭、比马术、比舟技、比布库，又有各种渔猎之物互相交换，是当时萨哈连一带的盛会。远近几百里的人都去参加，男女都可报号上阵。在乌吉密尔河一次秋天的奥米南盛会上，在

第四章 尾声——黑水号子

弓法比赛中，有三个骑手在众英雄中脱颖而出，被在场人称为大英雄。他们一个是众望所归的博穆博果尔；一个是住在何斯尔河东岸的巴尔达奇；另一个是位女英雄，住在何斯尔河西岸的托勒嘎部。女将真是巾帼英雄，在比试地上箭、马上箭时，箭不虚发，博得全场的喝彩。巴尔达奇也是少年英俊，但没有博穆博果尔长得英俊、高大，不过他头脑机灵，也是当地一位著名首领。最后，在族人的一片鼓乐欢呼声中，博穆博果尔得了头筹，成为巴图鲁；巴尔达奇名列第二。他俩都非常敬佩那位女英雄。她不仅年轻美貌，马术高强，而且箭法高超。两个人都从心里爱慕她。

这位女英雄住在何斯尔河西岸，与对岸的巴尔达奇部落的人早互有来往。他们经常在一起渔猎，关系很密切。巴尔达奇早就有心思娶她为妻。不过女孩儿家倒没有这个心思，但也从心眼里敬佩巴尔达奇。参加奥米南盛会，巴尔达奇特意去接姑娘，两人并辔而来。巴尔达奇没有想到，人外有人，天外有天。在各路英雄好汉都汇聚到来的盛会上，又冒出一个比自己高、比自己强、比自己英俊的博穆博果尔。巴格达奇不能不败下阵来。

博穆博果尔正当壮年，当即就看上了女英雄。女英雄也从心里爱慕博穆博果尔一表人才，是个顶天立地的大英雄。双方坦然表露心声。于是，他们两个就在乌吉尔密河畔选花草最美、百蝶翩跹的地方双双野合。他俩从此成了夫妻。当时在北方各族中，许多盛会是青年男女互相幽会的好机会。他们在这里互找情人，自由结合在一起。这也是北方的古俗。

各位阿哥你们想，巴尔达奇能咽下这口气吗？当然不能。他从心里想同博穆博果尔较量一下，可是又一想，不成啊，博穆博果尔是远近闻名的大部落的头领，人多势众，兵强马壮。自己的这个小部落根本不是人家的对手，不用说部落与部落之间无法复仇，就是单打，一个对一个，自己也不是博穆博果尔的个呀。他正愁得无奈时，他的弟弟说：“哥哥，咱们为什么不去结交后金国？要是有后金国做咱们的后台，还怕他博穆博果尔？”这还真是一个好主意。其实，巴尔达奇早就有这个想法，去盛京朝贡，归服后金国，自己的势力也就起来了。

于是，在天聪八年，明崇祯七年五月，巴尔达奇亲率他弟弟等四十多人，长途跋涉，走了半个多月，到了盛京，贡给朝廷上好貂皮一千八百余张，深得朝廷的赞誉。皇太极亲自赐宴，并赐衣、帽、鞍辔等，命礼部丞政陪同游赏盛京城。巴尔达奇等在盛京住了十数日，由丞政使设宴饯行。从此，巴尔达奇倾心内服，岁贡方物，与后金国关系密切。

皇太极称帝以后，改国号为"大清"，定年号为崇德。巴尔达奇在天聪九年、天聪十年、崇德二年、崇德三年连续进京朝贡，深得皇太极宠爱。皇太极将宗室之女晋升为格格嫁给了他。巴尔达奇身为皇帝的额驸，衣锦还乡，声名显赫，成为大清国通晓萨哈连索伦诸部落情况的可靠内应。

自天聪八年巴尔达奇臣服后金国后，博穆博果尔与众索伦部的其他首领们，都认为巴尔达奇是皇太极安插在索伦部的一个钉子和耳目，对本部落日后的发展极为不利。博穆博果尔便亲率几个部落的首领到巴尔达奇处去好言申明此事。巴尔达奇兄弟没有款待，冷落得很。博穆博果尔盛怒之下，当夜率领自己的兵马，夺了巴尔达奇的两个屯寨，掠走牛、马、羊等财物。巴尔达奇火速派人飞报盛京，才引出前书所讲，皇太极于天聪八年冬天，派梅勒章京霸奇兰、甲勒章京萨穆什喀率领兵马奇袭萨哈连索伦部，掠夺了大量人口、马、牛和珍贵的皮毛物品，博穆博果尔损失很大。后来，博穆博果尔身边的亲信和其他部落的首领给他出主意说："巴尔达奇能朝见后金国汗王，咱们为啥不能去盛京？咱们也带着咱们上等的貂皮、狐皮去朝贡，和巴尔达奇斗，咱们的皮张比他多，他能比过咱们？"

博穆博果尔觉得大家说得也在理。于是，他于崇德二年率亲随八人，带着马匹、貂皮，也去盛京朝贡，表示愿臣服大清。朝廷设宴款待，并留他在盛京观玩。接着，博穆博果尔又于崇德三年，率瓦代、噶凌阿等来朝，贡貂皮、猞猁皮等奉物，且带着朝廷赏赐的鞍马等物，返回萨哈连故乡。

博穆博果尔和众人发现，朝廷对巴尔达奇倍加重视，赐宴与赐物都远高于博穆博果尔。这使得博穆博果尔对朝廷十分恼怒。博穆博果尔看出来，朝廷支持巴尔达奇，制造博穆博果尔与巴尔达奇的不睦，而巴尔达奇也被朝廷纵容得更加趾高气扬，随时将博穆博果尔反朝廷情绪和牢骚及谩骂之词禀报朝廷，更引起朝廷对博穆博果尔的戒心和不满。博穆博果尔是性情刚烈之人，便说："我生下来也没怕过谁，你大清国欺人太甚，我离你两千多里地，凭什么我要归你管，看你的眼色。我博穆博果尔的骨头没那么软。"博穆博果尔就想到了他下江的朋友包鲁嘎汗，那是一位大英雄，为人耿直，性情豪爽，势力也很强。自己不如求助于他，请他帮我惩治巴尔达奇，联手反对大清国。博穆博果尔便来到下江卢莱巴那山谷，拜见包鲁嘎汗。他见到包鲁嘎汗便讲："包鲁嘎汗啊，好兄弟，你是天下最主持正义的人。现在，我们那边一个小部落巴尔达奇与大清国合伙欺负我，使我喘不过来气，请你帮帮我。"包鲁嘎汗头脑单纯，总好打抱不平，最气不公的事就是看不上仗势欺人之人。他看博穆博果尔那副委屈样儿，对他说的话也没加考虑，当即答应下来，而且应博穆博果尔之邀，迅即发兵，共同惩治巴尔达奇。

包鲁嘎汗并没把这事当成什么大不了的事，也就没告诉那日松。那日松和色音布尔这两天在忙着照顾白雪格格，没注意包鲁嘎汗的行动。而且，包鲁嘎汗仍有着往日的一些老习惯。他喜欢深山老林，每隔几天总要到大山林中寻逛一阵，一两天就回来了。所以，那日松也就没在意。

单说包鲁嘎汗带着自己的三千兵马，很快就冲到了何斯尔河地区，杀向何斯尔土寨。巴尔达奇弟兄还没有准备，便被包鲁嘎汗冲开了土木城寨。巴尔达奇兄弟携带自己家族的人，匆忙东逃。住在巴尔达奇那里的清军联络笔帖士，由巴尔达奇的驯马人带路，经小路慌忙骑快马飞报盛京朝廷。

皇太极得到信息，知道自己的额附遭到索伦部人的袭击，就知道一定是博穆博果尔干的。他已经一连半年不与朝廷联系，不到朝廷交纳贡物了，现在竟然又勾结索伦部的人袭扰巴尔达奇额驸，着实十恶不赦。朝廷震怒，便速命萨穆什喀为左翼主将、伊孙为副将、索海为右翼主将、叶克舒为副将，率兵迅速北上萨哈连，征讨索伦部叛民。萨穆什喀抵达萨哈连中游呼玛尔河以后，分路包剿索伦部各城屯，引路的人便是巴尔达奇家中的驯马人。当时，索伦部除了何斯尔河附近一带在巴尔达奇控制之外，其余萨哈连中上游的绝大多数地方都在博穆博果尔的管辖之下，势力也是很强大的。博穆博果尔现在又有包鲁嘎汗的雄兵助阵，势力更加强大。

清军左翼在萨穆什喀统领之下围攻雅克萨，守城的统帅就是博穆博果尔的弟弟噶凌阿。噶凌阿指挥有方，多次打退清军的围攻。萨穆什喀忙用火攻，推来柴草烧毁城墙的木栅和房屋，打开突破口。清兵刚要冲入城中时，突然从城外又杀来一彪人马。此彪人马甚是勇猛，为首的将领除率领众马队之外，还带来了鹰队、犬队。雄鹰飞在空中，专啄清兵人马的眼睛，清兵根本无法再战。萨穆什喀忙令鸣金收兵，躲过了鹰犬的攻击，只将博穆博果尔之弟俘虏了。清军左翼死二百余人，近四百人被鹰啄伤了身体，大小伤痕不等，吱哇怪叫，躺了一地。索海的右翼也损失严重，也不知从哪儿一下子来了上千余条狗，吠哮着冲入清营。狗非常机灵，矛刀砍刺不着，上蹿下跳，咬得清军的马甩下骑兵逃跑。跑晚了的马，便被群狗咬折大腿，撕开肚子。右翼清军被群犬咬死能有上百人，惨得很。

伊孙、索海、叶克舒等回到清军大营，对这场败仗都大感奇怪，而萨穆什喀心里反倒有数了，他似乎预感到定有一个虎将暗中插手。萨穆什喀与众将把博穆博果尔的胞弟噶凌阿带上来询问，证实他兄长请了下江包鲁嘎汗带三千兵马助阵。巴尔达奇村寨遭劫掠都是包鲁嘎汗所为。萨穆什喀忙与索海等众将商议，并告诉他们包鲁嘎汗的简单来历。战事甚紧，索海让萨穆什喀速去包鲁嘎的大营与他通话，告诉他帮助叛民反朝廷，有杀头之罪。清军必发兵征讨，速令其不要助纣为虐，否则后果自负。伊孙等将恼怒得想先发兵征讨包鲁嘎汗，抓住包鲁嘎汗，出出这口恶气。萨穆什喀知那日松正在密办此事，怕伊孙和索海等人把事端闹大，不利那日松行事，只好好言劝解众将。他告诉索海等人，此包鲁嘎可非一般人等，你用武力恫吓是制服不了他的。此人性格粗鲁，有野性，可心地善良，乐于助人，眼下情形必是博穆博果尔蛊惑欺瞒所致，只有以理说之，他会领兵而去的。萨穆什喀心中暗想，现在那日松奉圣命还在那里，他怎么不阻拦此事，其中甚为蹊跷。

萨穆什喀找来星纳，命他速去卢莱巴那拜见那日松，并带去自己写的牛皮书函。星纳是清营参将。各位阿哥，此将咱们在前书曾提到过，阿哥们也都很熟悉，他不是别人，正是原名叫德贝儿的人。说起来，他与宝音其其格也很有缘，他同那日松在北疆救了宝音。在赫图阿拉——现在已被皇太极封为天眷兴京之地，宝音颇受努尔哈赤敬重，使德贝儿一步登天。德贝儿对北疆很熟悉，前不久，他随那日松大将来过北疆，对北疆比较熟悉。萨穆什喀命他去见那日松将军，并一再嘱咐他："一路上千万要小心。包鲁嘎的兵是神兵，又有鹰犬相助，小心别让他们发现。你秘密找到那日松将军，将密函亲手交给他。"星纳当然欣然愿往，那是他早年的主子啊。星纳带领三名随从兵勇，装扮成猎人，连夜赶往下江，绕过包鲁嘎的围兵，径直奔向卢莱巴那洞窟。

各位阿哥，单说正在卢莱巴那洞窟中的白雪格格、那日松和色音布尔几人正在闲谈着。白雪格格躺在病榻上，总是想着自己的儿子。白雪

第四章 尾声——黑水号子

395

格格自从跟儿子见了面，儿子不管多忙，每天总要到白雪格格的病榻前问寒问暖，就是到山里去，也都过来打声招呼，这回儿子怎么一连两天多没见面呢？白雪格格很是惦念。奥莫额云也感到奇怪，她畏根每次走，都跟她打声招呼，为何这次不知去向？难道出了什么事？那日松心想：包鲁嘎武力过人，又有特殊技能，在山中没有他对付不了的敌手，估计不会有什么闪失。那么，他到何处去了呢？那日松、色音布尔怕白雪格格挂念，对病情不利，就安慰白雪格格说："好妹妹，别着急。你儿子是世上最勇敢的人，他不会出事的，他很快就会回来的。"

他们正在议论着。突然，看守烽火台的哨卡喽兵来了，对奥莫额云禀报说："哨卡外面站着四个猎人，说是从上江来的，要找一个叫那日松的人。"那日松一听，忙站起来，让奥莫额云、色音布尔好好照顾白雪，自己出去看看就回来。他出了洞窟，下了山，到另一座山腰的烽火台下边，那里正是哨卡大门，几个喽兵正围着四个人。那日松离老远就认出来了，忙告诉哨卡喽兵让他们进来。喽兵们知道那日松是包鲁嘎汗身边的师傅，对那日松都恭敬从命，由那日松把四个人带进了山谷。

星纳将萨穆什喀写的牛皮函件递给了那日松。那日松看后大吃一惊，方知皇上派来征讨上江博穆博果尔的大军已经到了，而且战事是由于博穆博果尔请来包鲁嘎带兵参战，掠夺了大清国额驸巴尔达奇的城寨引起的，现在包鲁嘎又用鹰犬伤害了不少清兵。萨穆什喀命那日松速让包鲁嘎撤兵，以解上江之围。那日松此时方知包鲁嘎惹了大祸，必须想办法迅速制止包鲁嘎蛮干。那日松对星纳说："我先带你去见一个人。"星纳感到很奇怪，在这偏远的地方，还有我认识的人吗？星纳带着疑惑，跟着那日松进了洞窟。

星纳进洞以后才看到，洞里点着十几盏鱼油灯，很宽绰，也很明亮。他见到了科尔沁的色音布尔。星纳曾跟随那日松去莽古思贝勒那里办事，所以，早就认识色音布尔。他心想：难道将军带我见的人就是色音布尔？可看将军的表情好像并不是这么回事，那是谁呢？他看站在地上的这位年轻女人根本就不认识，再看卧榻上半靠着身子躺着的这位老年女人，倒是有些面熟。他看了半天，认出来了，天哪，这是白雪格格。星纳惊喜万分，慌忙跪地叩头，说："白雪格格，您老可好哇？德贝儿给您叩头了。"

白雪格格对那日松领进来的这个人根本没认出来，更没想到他会是当年的德贝儿，听星纳这么一说，忙让奥莫额云扶自己起来，以便仔细辨认。白雪格格看了半天，才认出来了，双手握着德贝儿的手，激动地说："见到你真不易呀。"说着，眼里的泪水流了出来。那日松因军务紧急，不想让星纳在此久留，就在那张牛皮文书上也写了几句，命星纳速速返回。那日松在给萨穆什喀信上嘱咐他们先不要急于出兵，尽量以情感化，以理服人，少杀戮人，否则物极必反，反而对抚北安民不利，留下后患，并说自己马上动身去劝服包鲁嘎，让他们等候自己的信儿。那日松又嘱咐星纳："你见到白雪格格的事，对任何人都不能说。这是圣命，抗旨要杀头的。"星纳说："我明白。"星纳与那三个兵勇先行下山，回兵营见萨穆什喀去了。

那日松怕白雪格格着急，不想把真相告诉她，便把奥莫额云叫出来，告诉她："包鲁嘎现在在上江跟我们大清国的兵马打起来了。我断定包鲁嘎是不明真相，受骗了，我必须去劝阻他。你在洞里好好照看你额莫。我去去就回来。"奥莫额云深知包鲁嘎的脾气，忙说："舅舅，你去也不成。他那野性脾气上来了，把你也能撕了，那仗得打得更凶。不行，我也得去。"那日松心想也是，包鲁嘎在气头上，自己跟他相处时间短，又只是一般交情，这个野小子，气急了说不定还真能吃人哪。那日松同意了奥莫额云的提议，但自己和奥莫额云要是都走了，白雪格格势必会有疑问，还是实话实说吧。那日松就把情况简单地告诉了白雪格格。白雪格格头脑非常清醒，也深知此事关系重大。她知道自己的儿子放荡惯了，像个脱缰的儿马，难以制服。白雪格格打着咳声说："你们去吧，要是说不通，我再去跟他说。告诉他，就说我说的，不能抗旨，还是早点归到一起好，都是大清国的人么。"那日松飞马急赶，到了清兵大营，见到了索海和萨穆什喀。

索海仗着自己在朝中刑部有人，又有弘文院大学士希福大人的宠爱，根本没把那日松、萨穆什喀放在眼里。他不同意那日松的意见，大声地说："那日松将军，我们不能硬等你的信儿。明儿个晌午，我就发兵马踏索伦屯寨。"索海说完，大步走出了营房，回他的行营饮酒睡觉去了。

索海走后，那日松便将他已找到白雪格格的喜讯告诉萨穆什喀，并告诉他白雪格格现在正在养病，要想使白雪格格安返盛京，万不可草率行事。萨穆什喀想：皇上要我密察白雪格格之事，此事又不好告诉索海，可怎么办好？萨穆什喀也真是为难，看来只能见机行事了。

那日松当夜离开清军大营，直接来到在铎陈城外扎营的包鲁嘎驻

第四章　尾声——黑水号子

地，通报喽兵，依次内传。包鲁嘎不愿意让那日松知道他帮助博穆博果尔的事。那日松是大清国的人，他一定会向着他们自己人。喽兵传报以后，包鲁嘎一惊，心想：他怎么知道我在这里？那日松进屋后，直截了当地告诉包鲁嘎不要听博穆博果尔的蛊惑，不要上当。这是叛乱反逆，有杀头之罪，到时候，朝廷的兵马不仅要清剿博穆博果尔，大祸还会降临到你们头上。那日松好话说了三千句，包鲁嘎一句也听不进去。包鲁嘎说："大清朝有什么了不起的，我就不怕他。他们离我们那么远，为啥到我们这里来管我们的事，挑唆巴尔达奇欺负我的好兄弟，烧人家房子，掠夺人家财产，过些日子，他们还不得来抢我呀。不行，我不允许，我就要管。"那日松还要与之争辩，包鲁嘎把桌子一拍说："你凭什么来管我。告诉你，我马上就能让你死。"这时，奥莫额云跑进来说："包鲁嘎，不许胡来。他是你额莫的救命恩人，是咱们的长辈，你不能以小犯上。"包鲁嘎说："谁说什么也不行。告诉你们，这事我管定了。"

正说着，喽兵来报，清军已经逼近了乌尔库，并且开始放火烧城墙。博穆博果尔冲进敌阵，被清军包围了。包鲁嘎一听火了，不顾奥莫额云、那日松的阻拦，提上他那根大木棒，冲出门外骑上马，喊道："走哇，孩子们，跟我去救博穆博果尔。"那日松一看不好，也骑马追赶，想拦住包鲁嘎。包鲁嘎的小黄马一纵就纵出几丈远。那日松不会调遣这些小黄马，小黄马根本不听他的号令。那日松拼命喊包鲁嘎。奥莫额云怕那日松受到包鲁嘎的反击，也骑马追来。

包鲁嘎冲进清军营中，没等索海问话，便飞起一棒，打中索海身边的参将。这位参将当时脑瓜崩裂，死在马下。那日松怕包鲁嘎伤着索海，惹下大祸，便甩出自己的套马绳，想用套马技术把包鲁嘎套住。谁知跟随包鲁嘎的那些猎犬，早看到那日松在甩绳子，知道他这是要捆自己的主人。十几条猎犬同时蹿起来，不仅把飞起的绳子咬住，而且群犬齐咬那日松的衣裳，没等那日松反应过来，就被群犬扯到了地上。群犬非常懂事，没有主人的命令，从不咬伤被制服的人。这时，过来几个包鲁嘎的喽兵，把那日松双手捆上，头上套上了大皮囊。那日松还在皮囊里大喊："包鲁嘎，别胡来，听舅舅的话。这样你额莫要生气的。"包鲁嘎根本没听那套，吹了一声口哨，那日松就被几个人连推带搡地押到行军大帐的后侧，秘密囚困起来。眼下天已经黑了下来，双方各自回营休息，想来明天必有一场恶仗。

奥莫额云一看这情况，知道自己也劝不住包鲁嘎，便喊过几条猎犬,在猎犬耳边悄悄说了几句,那几条猎犬便跑到大帐里保护那日松去了。奥莫额云飞身骑上小黄马,带着几十条猎犬,飞快地隐入江畔密林中,她回去求助白雪额莫去了。

小黄马在林中急速飞奔。它们熟悉沿江山路,很快就跑了几百里,真是神速。奥莫额云回到卢莱巴那时,东方远山凹处刚刚露出鱼肚白。奥莫额云跑进洞,白雪格格和色音布尔正在焦急地等待着消息。奥莫额云就把包鲁嘎因禁那日松的事告诉了额莫。白雪格格一听都快气炸肺了,说:"这孩子太野性了,真气死我也。我怎么能认这样驴性的儿子。他连自己的亲人都不认识,将来还不知要变成什么样。快,色音布尔哥哥,让他们给我备马,咱们马上去救那日松大哥。"色音布尔说:"妹妹,你身体不好,不行啊。"白雪格格说:"现在顾不了那么多了,救人要紧。"色音布尔感到现在也只能如此。奥莫额云也一同前去。洞窟由几个喽兵看守。

他们几个人分别骑上了马,走了一天多的时间,赶到了包鲁嘎和清军对峙的地方。清军在博穆博果尔和包鲁嘎汗联军的合击之下,将领朗图、阿尔休以及兵勇近百人战死,伤亡惨重。

白雪格格赶到包鲁嘎的大营,众将一看汗王的额莫来了,忙跪地迎接。包鲁嘎汗经过连续作战,已经筋疲力尽,还在大睡之中。当他听说自己的额莫来了,忙起身迎接。白雪格格进屋以后,厉声说道:"原来你这么不懂事。我真后悔当初那么辛苦地找你,难道你真想让我伤心,让我死吗?你要是我儿子,就快把我的救命恩人放出来,如果你不放,我就死在你面前。"别看包鲁嘎那么野性,却是个孝子。他看自己的额莫真生气了,"扑通"一下就跪下了,说:"额莫,您别生气,小心气坏了身子,其实儿子就是看不惯欺负人的事。"白雪格格大声说:"少说废话,快带我去把那日松将军接出来。混账东西,那是额莫的救命恩人。你怎么能这么待他?"

包鲁嘎赶紧领着白雪格格、色音布尔来到后帐的一个小内室,里面绑着那日松。那日松由于头上戴着头套,呼吸困难,已经昏过去了。色音布尔急忙上前把皮套扯下,将皮绳解开。白雪格格大声喊着那日松的名字。半天,那日松才长叹了一口气,苏醒过来。他一见白雪格格来了,便说:"妹妹,你身体不好,怎么也来了?"包鲁嘎把那日松抱到猞猁皮的皮褥上安卧。那日松喝了几口水,才真正开始恢复过来。

这时,白雪格格神情庄重,威严地说:"包鲁嘎,如果你承认是我

第四章 尾声——黑水号子

的儿子，就必须听我的话，马上撤兵。如果不听，我与你舅舅们马上就走。我们到什么地方也不用你管。我以后永远都不再见你。"包鲁嘎吓得没敢吱声。宝音其其格——白雪格格见此情景，端坐在大帐帅椅上，发号施令道："包鲁嘎，我命你速带你的兵马拆锅拔灶，收拾帐篷，迅速返程。有违抗迟误者，斩，有私拿当地民众财物者，斩。"包鲁嘎还没见过自己的额莫竟这么会用兵呢。他都看傻了，只有诺诺听命。白雪格格的命令下达不到半个时辰，包鲁嘎的兵马就全部撤走了。

次日凌晨，清兵发起攻势。博穆博果尔因为有包鲁嘎助阵，士气才越来越勇。他现在没有了支援，供应不足，城墙又被清军烧毁，只好率残部突围，向西部逃窜。崇德五年冬，博穆博果尔在西蒙齐吉台被俘，押解盛京，次年春被处极刑。

索海和萨穆什喀于四月胜利返回盛京。皇太极亲自设御宴嘉奖索海、萨穆什喀。萨穆什喀密奏皇太极，那日松已经找到白雪格格，并找到她的儿子包鲁嘎。包鲁嘎现在已经是索伦部的首领。皇太极龙心大悦，在御宴上亲自为北归的索海、萨穆什喀斟酒。皇太极也多贪了几杯，由侍卫们搀扶回宫。

各位阿哥，话说包鲁嘎带兵马返回卢莱巴那洞窟。白雪格格因对儿子包鲁嘎的震怒，又因长途劳累，病情日渐沉重，日日昏睡不醒。包鲁嘎天天到山里为额莫猎来飞禽补养，可白雪格格的病情依旧不见好转，而且日渐加重。荒漠的北疆根本没有郎中，那日松和色音布尔商议，若想救治白雪，只能先把她接回科尔沁。俩人同包鲁嘎和奥莫额云商量，包鲁嘎和奥莫额云也没有其他更好的办法，只好遵从两位舅舅之意。那日松劝包鲁嘎夫妇也同回京师，包鲁嘎执意不肯。那日松、色音布尔也深解其心。包鲁嘎从小长在漠北风雪山林之中。他深爱着黑水和大小兴安岭，同这里的一人、一物、一草、一木都有着深厚的感情。而且，他为人仗义、正派，有颗善良的心，深得当地各部落的拥戴。这里的猎民们也真离不开包鲁嘎汗。更主要的，他有些怨恨阿玛皇太极，不愿意见皇太极的面。所以，他们也就同意了包鲁嘎的打算。那日松说："等我们回到京师，上奏皇上。皇上知道了你的功劳，会降旨恩赏的。"

白雪格格临行前，包鲁嘎将金项圈又交给了额莫，与额莫白雪格格拥抱泪别。白雪格格坐在一辆当地猎民精心打造的大花轿车上。包鲁嘎率众喽兵相送额莫一行人百里后，伫立凝望，直到车马看不见了，才返回古洞。

崇德六年秋，那日松、色音布尔陪着白雪格格回到了科尔沁。和硕福妃即大妃、乌云福晋将白雪格格搀进了蒙古包。白雪格格见到了大妃、乌云福晋，热泪不止。大妃、乌云福晋也都激动不已。此时，白雪格格已病入膏肓，虽经多位郎中调治，仍不见效。

一天，白雪格格跟大妃、乌云福晋、色音布尔说："我感谢额莫们、哥哥对我的抚育，感谢两位阿哥把我接回科尔沁，只可叹我宝音寿命不长，不能孝敬众亲友，不能陪伴各位了，我只求死后，将我的骨骸烧掉，请色音布尔哥哥送到漠北萨哈连我的家乡去，我要同我的儿子在一起。"

崇德七年九月，在白雪格格弥留之际，皇太极与皇后得悉白雪格格病危，便以巡视蒙古科尔沁之名，亲到和硕福妃府邸看望白雪格格。皇上到卧榻前，见到了阔别三十多年的白雪格格，连唤雪儿的名字。皇后也在一旁哽咽地叫着姐姐、姐姐。白雪格格在恍惚中，似乎感到皇太极来了。她高兴地睁开了双眼，看到了一位白发老人，也在流泪望着她。她感到非常幸福，终于见到了自己朝思暮想的亲人了。可是，白雪格格并没有说出话来，眼睛又紧紧地闭上了。她是笑着走的……

皇太极这时才看到，白雪格格的手里，还紧紧地抓着那个金项圈。

皇太极降旨，正式封白雪格格为"雪妃"，立碑永祀，其子包鲁嘎身膺漠北首魁，忠心本朝，抚慰黎庶，安居乐业，固我北疆，其诚堪嘉焉，赏赐鞍辔、马、牛若干、缎帛、白银，以充农猎之资。色音布尔遵照雪妃娘娘的嘱托，背着她的骨骸罐和皇上的封诰，又回到萨哈连。此时，包鲁嘎和奥莫额云已携子回到了"静空庵"所在的乞列迷部落。他与部众们一起将雪妃娘娘安葬在"静空庵"外的落叶松林之中，立碑祭奠。色音布尔从此并未回科尔沁，他在雪妃娘娘的墓旁搭盖了一个小泥屋，为雪妃娘娘守灵。色音布尔于崇德八年春，在睡眠中长逝，当地族众将其安葬在离雪妃娘娘坟墓不远的地方。

皇太极自看望雪妃娘娘，回返盛京后，总是郁郁不乐，身体也感到不适，而且鼻血痼疾愈加严重，经常流血不止，但皇太极因国事繁忙，自己并未在意。闲暇之时，他总是拿着那个金项圈发痴呆想。崇德八年，明崇祯十六年八月九日亥时，皇太极端坐在清宁宫南炕上，恍惚中，他看到雪妃娘娘在前面走着。他追啊，追啊，溘然而崩。终年五十有二。

各位阿哥，单说北疆自建起了雪妃娘娘的坟，年年都有不少当地的

第四章 尾声——黑水号子

猎民来扫墓祭奠。包鲁嘎汗活到顺治初年，为牛满江一带著名部落首领，受宁古塔副都统衙门管辖。他一心护国，不受罗刹诱惑，几次受到清廷恩赏。可惜，一次外兴安岭突发山火，他率众扑救山火，将几千部众送出山外，而他葬于火海。乞列迷部的族众为其修筑的坟就在雪妃娘娘坟墓的旁边，并在坟墓四周矗起了大小数百个雕镂工艺绝伦，巍峨峥嵘的彩绘图喇柱，即"魂柱"，又称英雄柱，象征英魂永在，庇佑八荒。人们每年都来叩拜雪妃娘娘和包鲁嘎汗。随着时光的推移，这两座坟越填土越多，堆到了一起，像座小山丘似的。

年湮日久，这座小山丘成为一座大山。人们把它叫做"包鲁嘎阿林"，或叫"母子山"。山上树木葱茏，百兽栖息，灵禽鸣唱，天上山鹰盘旋，成为塞北一个非常著名的胜地。不少猎人，在山中搭起帐篷歇脚。他们晒鱼干，晒肉干，载歌载舞，其乐融融。这里水深流稳，深水里潜藏有千余斤的大鳇鱼。吉林打牲衙门在这岸边修筑有打鱼楼子，网得的大鳇鱼，养在岸边木栅围成的鳇鱼圈里。年年宫里有万寿之日，必选上品鳇鱼运京师。百名工匠特造的条条"安巴扎卡"①，专门为远送活鱼而用。打牲丁们拉纤唱着不知是何人留下的《黑水号子》。歌声激扬婉转，满江荡漾：

　　白云悠悠，哎嘿 哟哟，
　　黑水泱泱，哎嘿 哟哟，
　　包鲁嘎汗，哎嘿 哟哟，
　　雪妃娘娘，哎嘿 哟哟，
　　英名千古，哎嘿 哟哟，
　　永世流芳，哎嘿 哟哟 哟哟哟……

（全书终）

---

① 安巴扎卡：满语，大帆船。

后 记

　　时值2003年一个隆冬的夜晚，繁华的重庆路上人流涌动，人们开始了迎春的商品竞售。此刻，我仍在十楼暖间里，为自己能够顺利完成了一部曾梦寐以求的文化工程，而深感兴奋与自豪。功夫不负有心人，一部沉睡数百年的满族传统说部，经过我一年多的记录、整理，终于完满脱稿了！

　　我喜爱满族说部，也为满族说部波澜壮阔的历史风云人物所鼓舞和感动。我从小生长在红旗下，是社会主义幸福的新生活哺育我茁壮成长，有关中国社会的历史全是从书本上了解到的。这次我有幸参与满族传统说部的抄录与整理，知道了许多极为生动的中国北方诸民族明代及清初以来的社会变革和重要历史人物故事，了解了中国北方诸民族往昔的文化生活轨迹、生活信仰与习俗。这些内容是无复可见的文化遗产，是历史文化的百科全书，是我们今天从事民族学、民俗学、原始宗教学、社会学、语言学等学科研究的重要参考资料和佐证。

　　满族传统说部《雪妃娘娘和包鲁嘎汗》，讲述的是十六世纪末至十七世纪中叶努尔哈赤父子开基创业并与蒙古科尔沁部联姻的珍贵历史故事，数百年来始终在我国北方满族、蒙族、达斡尔、乞列迷（费雅喀）等民族中广泛传讲。全说部极力描述了宝音其其格和她的儿子包鲁嘎汗机智勇敢、正义无畏的英雄的品德，将全书引入波澜壮阔的历史漩涡之中，令人回味无穷。宝音其其格悲剧性的结局，更使故事跌宕起伏，激情澎湃，感人肺腑。全书有说有唱，充分显示了满族传统说部特有的艺术魅力。除此，《雪妃娘娘和包鲁嘎汗》还有血有肉地刻画了二十余位令人难忘的英雄人物，他们都像宝音母子一样性格鲜明，呼之欲出，尤增全说部的传奇性和可读性，与满族其他说部相比，另具特色。

　　在整理过程中，我始终坚持忠实记录全故事，不怕繁琐和麻烦，一遍又一遍地读念原采集文稿，梳理演进中出现的矛盾细节，力求保持讲述者的语言风格、原形原貌、原唱句形、原汁原味。正因如此，记录和整理《雪妃娘娘和包鲁嘎汗》是一项极为严肃、细腻的古文化遗产的修复与整补重任，我为此付出了艰辛的劳动和努力，获得了经验和体会。

403

通过《雪妃娘娘和包鲁嘎汗》的整理，使我对满族说部产生浓厚的感情和兴趣，愿为弘扬满族传统文化，不断发挥我的绵薄之力。这也正是我眷爱满族说部和《雪妃娘娘和包鲁嘎汗》的情结。

王慧新
2003 年 11 月 10 日

富育光小传

富育光，满族。1933年5月生，黑龙江省爱辉县人，1958年毕业于东北人民大学（现吉林大学）中文系。毕业后被分配到中国社会科学院吉林省分院文学研究所，投身于民间口碑文学挖掘、搜集与研究工作。1984年9月，由吉林人民出版社出版了其搜集整理的满族传说故事选《七彩神火》。这是建国以来，我国最早一本满族传说故事选，受到国内外好评。1986年2月，由中国民间文艺出版社出版合作整理的《康熙的传说》。1989年2月，由中国文联出版社出版合作整理的满族传说《风流罕王秘传》。

富育光曾任吉林省民间文艺家协会理事、副理事长。现为吉林省民族研究所研究员、中国社会科学院民族文学研究所萨满文学研究中心顾问、长春师范学院萨满文化研究所名誉所长、吉林省民俗学会名誉理事长。1993年起享受国务院颁发社会科学有突出贡献政府特殊津贴。曾承担和主持国家"八五"、"九五"萨满教研究课题，参与国家"十五"社会科学基金项目《满族史诗〈乌布西奔妈妈〉研究》。独立或合作出版萨满文化研究专著及论文集六部、民族文化研究编著二十余部、论文七十余篇。

王慧新小传

王慧新　女　汉族　1962年9月生,吉林省长春市人,1983年毕业于长春市机械工业学校。1989年毕业于长春光机学院函授班。本人自幼受外祖父和父母的影响,酷爱文学,在富育光、王宏刚等先生的帮助下,整理满族、汉族民间传说故事,余暇时写小小说等文学作品。1983年,将母亲孙玉清讲述的满族神话传说《白云格格》整理后,收入上海文艺出版社出版的《满族民间故事选》,1991年收入中国文联公司出版的《中国新文艺大系》。从1986年起,在《江城日报》、《吉林民间故事》发表《春天的脚步》(散文)和《勇敢的阿浑德》等满族传统民间故事。2001年,协助富育光先生整理中国北方《萨满英雄传说故事集锦》。2003年记录、整理完中国满族传统说部《雪妃娘娘和包鲁嘎汗》。2004年4月在《北方民族》发表论文《浅谈萨满神柱文化崇拜》。

图书在版编目(CIP)数据

雪妃娘娘和包鲁嘎汗/富育光,王慧新编著.
— 长春:吉林人民出版社,2007.12
(满族说部/谷长春主编)
ISBN 978-7-206-05477-8

Ⅰ.雪… Ⅱ.①富…②王… Ⅲ.满族—民间故事—作品集—中国 Ⅳ.I277.3

中国版本图书馆CIP数据核字(2007)第181722号

雪妃娘娘和包鲁嘎汗

丛书主编:谷长春
讲 述 者:富育光　　整 理 者:王慧新
责任编辑:邢万生　　封面设计:李晓东　　责任校对:罗建强
吉林人民出版社出版 发行(长春市人民大街7548号 邮政编码:130022)
网　　址:www.jlpph.com
全国新华书店经销
发行热线:0431-85395845　85395821
印　　刷:北京铭传印刷有限公司
开　　本:787mm×1092mm　1/16
印　　张:26.75　　　　字　数:430千字
标准书号:ISBN 978-7-206-05477-8
版　　次:2007年12月第1版　　印　次:2020年9月第3次印刷
印　　数:1-3 000册　　　　　定　价:66.00元

如发现印装质量问题,影响阅读,请与印刷厂联系调换。